De la même autrice, aux éditions Bragelonne :

Le Secret du Roi

Chez d'autres éditeurs :

Witch and God (BMR Hachette)

www.bragelonne.fr

Marie Valente

Le Secret du Roi

Bragelonne

Carte :
Plan de Paris, connu sous le nom de « Plan de Turgot », gravé par Claude Lucas, 1734-39 (gravure) d'après Louis Bretez – © Bridgeman Images

ISBN : 979-10-281-1400-8

Bragelonne
60-62, rue d'Hauteville – 75010 Paris

E-mail : info@bragelonne.fr
Site Internet : www.bragelonne.fr

À ma mère et à mon père, pour leur soutien infini.

1
2
3
4
5
6
7
8
9
10
11
20
21
22
23
FAUBOURG
MONTMARTRE
NOUVELLE FRANCE
PARIS

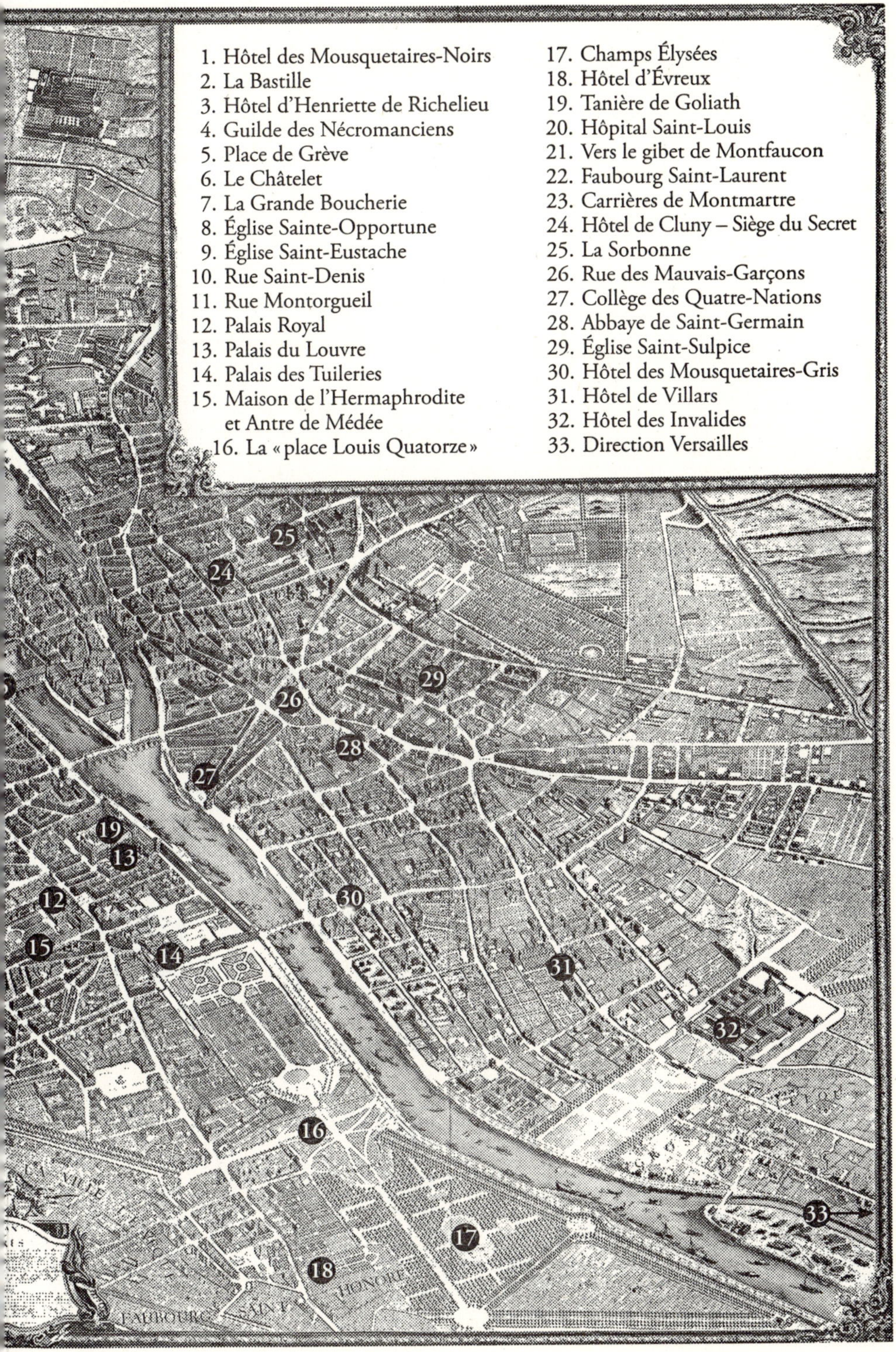
1. Hôtel des Mousquetaires-Noirs
2. La Bastille
3. Hôtel d'Henriette de Richelieu
4. Guilde des Nécromanciens
5. Place de Grève
6. Le Châtelet
7. La Grande Boucherie
8. Église Sainte-Opportune
9. Église Saint-Eustache
10. Rue Saint-Denis
11. Rue Montorgueil
12. Palais Royal
13. Palais du Louvre
14. Palais des Tuileries
15. Maison de l'Hermaphrodite et Antre de Médée
16. La « place Louis Quatorze »
17. Champs Élysées
18. Hôtel d'Évreux
19. Tanière de Goliath
20. Hôpital Saint-Louis
21. Vers le gibet de Montfaucon
22. Faubourg Saint-Laurent
23. Carrières de Montmartre
24. Hôtel de Cluny – Siège du Secret
25. La Sorbonne
26. Rue des Mauvais-Garçons
27. Collège des Quatre-Nations
28. Abbaye de Saint-Germain
29. Église Saint-Sulpice
30. Hôtel des Mousquetaires-Gris
31. Hôtel de Villars
32. Hôtel des Invalides
33. Direction Versailles

« Enfants des ténèbres
Voici les enfants de la lumière
Enfants de l'homme
Combattez les enfants de la Nuit »

Lestat le vampire, Anne Rice, 1985, traduction de Béatrice Vierne.

Prologue

Château de L'Isle-Adam, près de Paris, 1727

La petite chambre était maintenue dans la pénombre. Les volets tirés et les paravents déployés bloquaient le peu de lumière offerte par cette pâle journée de mars. Un domestique, le visage fermé, entra sur la pointe des pieds pour approcher une bougie du lit. De grandes tentures noires avaient été pendues au baldaquin, annonçant funestement le prochain écrin du corps qui gisait sur des draps immaculés. Un prêtre psalmodiait des prières, agenouillé près de la couche. Ses murmures se confondaient avec la respiration sifflante du malade.

Le domestique se pencha au-dessus du visage de son maître. La lueur de sa chandelle vacilla sur la peau suintante du prince de Conti. Il déglutit devant les yeux arrondis et vifs que le prince tourna vers lui.

C'était un homme affreux. Bossu, difforme, cruel, pervers... toute la cour de Versailles l'avait haï et, pourtant, avait suivi ses turpitudes avec ferveur. On avait composé des chansons pour se moquer car on le craignait. On riait de lui et on plaignait son épouse en chanson.

Vous avez, Belle Conti,
Un vilain singe de mari ;
Bran l'hymen qui vous le donne,
Belle mignonne, belle mignonne.[1]

1. *Vie privée du prince de Conty, Louis-François de Bourbon*, G. Capon et R. Yve-Plessis, éd. Jean Schemit Libraire, 1907, p. 16.

Mais depuis quelques jours, on ne les entendait plus dans les couloirs versaillais. Louis-Armand de Bourbon-Conti, cousin du roi Louis XV, se mourait d'un mal qui lui brûlait la poitrine, à l'âge de trente et un ans.

Le prince tendit une main tremblante et ouvrit la bouche, mais le domestique n'attendit pas qu'un mot en sorte. Il se détourna du spectacle et se pressa à l'extérieur, dans l'antichambre où seuls quelques membres de la famille attendaient, tous vêtus d'habits de deuil, car l'issue de la journée ne faisait aucun doute. L'épouse du prince, Louise-Élisabeth, ressemblait de plus en plus à une statue tant elle pâlissait dans sa robe de soie couleur de jais. Un châle de dentelle était jeté sur ses épaules, et elle avait déplié une couverture brune sur ses genoux. Le domestique ralentit le pas en l'atteignant. Il se pencha vers son beau visage encore jeune et marqué des dernières colères d'un mari violent.

— Son Altesse est toujours en vie, murmura-t-il avant de reprendre sa place près de la cheminée, guettant de futurs ordres.

La princesse baissa les yeux. Malgré la dureté de son mariage, elle avait conservé sa douceur et tout son bel esprit. D'une nature déterminée et raisonnable, l'agonie lente de son époux la consumait cependant de sentiments contraires. Devait-elle faire preuve de dévotion et de chagrin ? Ou devait-elle se sentir soulagée par ce dénouement inespéré ?

Son fils, Louis-François, s'approcha d'elle et prit sa main. Du haut de ses dix ans, il avait vu et entendu suffisamment de choses pour prendre le parti de sa mère et souhaiter ne plus entendre parler de ce père après expiration. La princesse lui accorda un mince sourire et embrassa ses petits doigts. Ils avaient les mêmes yeux bruns, et la même chevelure châtain.

— Nous rentrerons bientôt à Paris, le rassura-t-elle à voix basse.

La rumeur des courtisans, proches ou curieux, qui hantaient le château de L'Isle-Adam en épiant l'avancée des derniers instants, surgit soudain du salon adjacent. Un valet ouvrit les deux battants de porte et s'inclina avec respect avant d'annoncer :

— Le roi.

La princesse se leva pour faire une révérence.

Louis XV était un jeune homme de dix-sept ans aux traits encore enfantins. Son visage rond s'allongeait peu, mais ses grands yeux mordorés cerclés de noir prenaient plus de profondeur et sa chevelure brune, bouclée et soigneusement coiffée, lui donnait un air plus mature. Sa haute taille surprenait toujours au premier coup d'œil. Il avait revêtu un habit de soie sombre, brodé de rinceaux gris, et aux boutons d'argent des plus raffinés.

Sa visite était inopinée, il ne s'était jamais entendu avec son cousin. Tout les séparait : l'un était adoré pour sa beauté et son nom, l'autre abhorré pour sa laideur et sa mauvaise réputation. Pourtant le roi s'était déplacé lui-même, sans la reine. Il était suivi de près, comme toujours, par son cher confesseur, l'abbé Pinsec, un vieil homme peu loquace, vêtu d'une longue soutane et ganté de noir. De faible corpulence et de petite taille, ses cheveux mi-longs ressemblaient plus à une poignée de fils d'argent qu'à une chevelure.

— Comment se porte le prince ? demanda le roi d'un ton posé, presque indifférent.

La timidité du roi, ou plutôt son art du retrait, était frappante. Cela le rendait difficile à déchiffrer.

— Il est au plus mal, Sire.

— Je vais lui parler.

La princesse s'interposa entre le roi et la porte de la chambre.

— Vous ne devriez pas, lui conseilla Louise-Élisabeth avec résolution. Ne risquez pas votre vie, il n'en a plus pour longtemps.

— Je ne crains rien, chère cousine, la rassura-t-il d'un sourire avant de reprendre sa posture impassible.

N'osant obéir promptement, la princesse finit pourtant par s'écarter devant l'immobilité autoritaire du roi. Le domestique se pressa d'ouvrir la porte, laissa les deux invités entrer, puis referma et resta à l'affût d'un retour.

Pinsec dégagea le prêtre d'un tapotement sévère sur l'épaule, approcha une chaise du lit pour le roi et se tint debout de l'autre côté de la couche, bras croisés.

* * *

À la vue des deux intrus, le prince se redressa, bandant ses muscles tremblants et serrant les mâchoires. Il repoussa un coussin pour s'y appuyer, la respiration rauque.

Le roi le considéra en silence.

— Votre sobriquet vous sied enfin, finit-il par dire en constatant la couleur maladive de son cousin. Le Singe est vert.

Le prince de Conti eut un sourire, mais son regard demeurait féroce.

— Un geste de vous et je serai guéri.

Il tendit les mains vers le roi avec défi.

— Vous savez très bien qu'il n'y a plus de thaumaturge dans le royaume depuis longtemps.

Le prince laissa ses mains reposer avec mollesse sur la couverture.

— Je présume que vous les gardez jalousement. Je regrette tant de n'en avoir jamais trouvé pour mon cabinet de curiosités, ajouta-t-il avec un mince sourire.

Son attitude arrogante en cet instant décisif désarma le roi. Louis avait toujours trouvé la cour et la noblesse très cruelles, beaucoup trop. La laideur du prince et ses emportements lui avaient attiré les moqueries les plus impitoyables, jusqu'à en faire une sorte de bouc émissaire. Toujours tenu à l'écart, toujours montré du doigt, il avait fini par se prendre lui-même pour une créature. Unique, sauvage, incontrôlable. Sous-estimée. Plongé dans une vie d'excès, faite de vin, de violence et de bordels, il avait nourri une rancœur monstrueuse pour tout ce qui lui était opposé. Et une fascination impétueuse pour tout ce qui lui ressemblait. C'est ainsi, au détour de sa frénésie, qu'il avait découvert la face cachée du monde.

— Armand, vous allez bientôt vous présenter devant Dieu. Allégez votre âme : parlez.

Le prince de Conti fut secoué par un rire qui se transforma en violente quinte de toux. Il porta un morceau du drap blanc à sa bouche, tachant le tissu de rouge. Loin de s'alarmer, le roi ne cilla pas. Il attendit que son cousin reprenne son souffle.

— Dites-moi où sont mes deux agents.

— Je ne vois pas de quoi vous parlez, Sire.

— Sont-ils encore en vie ?

— Autant que je puisse l'être, probablement, répondit-il d'un ton moqueur avant de tousser à nouveau.

Le roi jeta un regard sur Pinsec. L'abbé retira alors ses gants et attrapa le poignet gauche du prince, qui grimaça à son contact.

— Vous ne pouvez pas me faire parler !

Pinsec resserra son emprise, le visage fermé.

— Où sont mes deux agents ? interrogea à nouveau le roi.

Le prince n'avait pas assez de force pour se dégager. Son souffle diminuait, la fièvre l'affaiblissait. Il n'était plus de taille à cacher ses pensées au vieil abbé… Le mensonge était inutile.

— Là où je serai ce soir, entre quatre planches, sous terre.

Louis eut un léger recul. Pinsec lui avait bien dit de ne montrer aucun signe de faiblesse, et il s'y efforçait jour après jour. Mais certaines cruautés le saisissaient encore d'effroi.

— N'avez-vous jamais songé à ce qu'il y avait avant la Création ? dériva le prince, le regard fixe. « La terre était informe et vide, il y avait des ténèbres à la surface de l'abîme… » J'ai hâte de voir cet abîme originel, d'y retourner, car c'est de là que nous venons tous. Moi, vous, et toutes ces créatures qui vivent dans l'ombre. Assoiffées de sang, animales et laides, comme moi.

Le roi retint un soupir. La folie du prince était bien le signe que le monde n'était pas encore prêt à connaître l'étendue de la Création.

— Et le garçon boucher ? s'enquit-il alors, d'une voix presque éteinte. Où est votre complice ?

— Quel garçon boucher ?

— Où est le garçon boucher, monsieur ? répéta Louis. Où est votre âme damnée, ce bourreau qui a écorché deux garçons de ferme, qui vous a suivi comme votre ombre ?

Le prince eut un sourire tordu de douleur, et pourtant presque tendre.

— Ce garçon est un ange, affirma-t-il d'un murmure.

Louis se mordit la langue pour ne pas rétorquer. Quelques années auparavant, le prince avait mené une vengeance infâme contre une prostituée après avoir attrapé la vérole et contaminé la princesse. Il avait déniché ce garçon boucher quelque part dans Paris et l'avait engagé pour torturer la pauvre jeune femme jusqu'à la mort. Ne pouvant condamner un Bourbon-Conti, la justice du roi avait puni les tenanciers du bordel. Cette affaire lui restait encore en travers de la gorge.

— Où est-il ?

Le prince serra les dents.

— Il est mort lui aussi.

— Il ment, dit Pinsec.

— La vie ne m'a apporté que des insatisfactions. Quelle existence misérable, souffla-t-il avec difficulté. J'espère que la mort va enfin m'assouvir !

Une autre toux secoua son corps, tant et si bien que le roi se leva. Les yeux du prince s'écarquillaient sous l'âpreté de sa respiration coupée. Son visage si pâle devint tout rouge. Il s'efforça de se calmer, mais son souffle se fit haletant.

— Parlez ! somma le roi. Parlez tant qu'il est temps !

Le teint du prince reprit une blancheur cadavérique, mais sa tête et ses bras tremblaient. Pinsec se redressa et relâcha la main.

— Que faites-vous ? s'agaça le roi.

— Il meurt, Sire.

Le prince levait le menton pour tenter de trouver un peu d'air. Il n'y avait plus ni haine ni moquerie sur ce visage disgracieux, seul l'effroi des derniers instants. Ses doigts agrippés au drap se détendirent doucement, ses lèvres esquissèrent une ou deux paroles incompréhensibles et laissèrent échapper le souffle final. Tous ses membres tendus semblèrent s'abandonner. Ses yeux féroces se vidèrent de toute émotion.

Le roi inspira, bouche ouverte. Le spectacle désolant de la mort le terrorisait toujours autant. Il se détourna de la couche pendant que Pinsec fermait les yeux du prince et récitait une prière du bout des lèvres. Louis repoussa un paravent, ouvrit les volets et les battants d'une fenêtre. Un soleil pâle et un air tiède s'engouffrèrent dans la chambre. Louis serra ses poings. « Un roi maîtrise son corps, son esprit et son royaume d'une même poigne », se récitait-il.

Lorsqu'il avait deux ans, il avait perdu en l'espace de quelques mois père, mère et frère aîné, emportés par la maladie. Il ne devait la vie qu'à l'ardeur de sa gouvernante qui avait repoussé les médecins. De cette immense perte pour le royaume et pour lui, il avait hérité d'une relation tortueuse avec la mort, entre fascination et terreur.

— Sire ? finit par intervenir l'abbé, conscient de sa confusion.

— Pinsec. J'ai pris une décision.

— Je vous écoute.

— Nous fermons le Cabinet du Secret.

Pinsec en resta coi.

— Sire, le Cabinet a toujours existé, protesta-t-il à demi-voix.

Le roi lui jeta un regard de côté.

— Nos deux agents sont morts et nous ne retrouverons pas leurs dépouilles. Je ne veux plus sacrifier de vies ainsi. Le garçon boucher n'a plus de protecteur, il va se terrer quelque part et disparaître. Pour le bien de tous.

I

Les agents du Secret

Chapitre premier

Château de Sancy en Auvergne, 1727

Un envol affolé de corneilles battit brusquement les arbres du petit bois. Elles s'élevèrent dans le ciel et se mirent à tourner en rond dans un désordre inhabituel. Interrompue dans sa promenade en solitaire, Hippolyte ne put les quitter des yeux. Le jardin n'offrait qu'immobilisme depuis des heures.

—Étrange.

Un bras s'enroula autour de ses épaules, l'arrachant à sa contemplation.

—À quoi songes-tu, petite sœur ?

Elle dut lever ses yeux verts pour croiser ceux de Baptiste, son frère jumeau. On les avait sans arrêt confondus durant leur enfance. Ils en avaient beaucoup joué tous les deux. Après tout, ils partageaient le même blond et un profil similaire, si bien qu'il avait toujours été difficile de déterminer si c'était lui l'efféminé ou elle la masculine. Et voilà qu'à quinze ans il devenait véritablement un homme et elle, une femme. La parfaite injustice de la Nature. À lui les bas de soie et les culottes, les chemises blanches boutonnées au col et ornées de cravates de mousseline, les vestes en soie près du corps et les habits juponnés. À lui l'élégance du tricorne, à elle toutes les contraintes du vêtement de poupée : les corps à baleines, les paniers en osier qui blessaient les jambes, les jupons encombrants et les robes épinglées.

—Tu en fais une tête ! remarqua-t-il d'un ton taquin.

—Tu n'as que dix minutes de plus que moi, grommela Hippolyte avec mauvaise humeur. Ce n'est pas suffisant pour me qualifier de

« petite sœur ». Ce n'est pas parce que monsieur va devenir gentilhomme qu'il doit me rabaisser !

Surpris par son emportement, il la relâcha et recula d'un pas. Ils se fâchaient rarement tous les deux. Mais plus le temps passait, plus elle enviait la position de son frère.

— Hippolyte, de quoi parles-tu ?

Elle se mordilla la lèvre tout en croisant les bras. À vrai dire, elle marchait dans le parc depuis une heure ou deux en espérant en vain évacuer sa frustration du moment.

— Maman m'a parlé mariage, ce matin.

Son frère demeura silencieux, comme s'il avait prévu une meilleure explication.

— C'est tout ? Tu savais bien que ce moment arriverait.

— Mais pas si vite. Nos parents t'ont promis l'épée de grand-père, à moi un nouveau maître.

— Un boulet à ton pied, tu veux dire.

— Ça reste une chaîne, se désola Hippolyte.

— Je n'ai pas tellement le choix, moi non plus, dit-il avec plus de tendresse. Le titre des Sancy ne repose que sur mes épaules et sur celles de ma future progéniture. J'ajouterais, ma très chère sœur, que l'homme qui prétendra demander ta main n'est pas près de franchir le seuil de cette maison. Je l'attends de pied ferme !

Hippolyte posa son front contre son épaule, rassurée sur l'instant. Il était de toute façon trop tôt pour y songer. Elle devait accepter son destin : un mariage utile et honorable pour sa famille.

Profitant de la présence apaisante de son frère, elle leva les yeux vers le ciel et guetta les ailes noires des oiseaux qui poursuivaient leur ronde au-dessus du petit bois.

— Tu as vu ça ?

— Les corneilles ?

— Oui, elles s'agitent comme des diables depuis tout à l'heure.

Baptiste ne partageait pas sa perplexité.

— Les chasseurs disent que des loups sont descendus des montagnes depuis quelques jours. Peut-être qu'ils sont dans le petit bois ? Des bergers ont été retrouvés exsangues, le corps recouvert de morsures.

— De simples loups ? Les corneilles ne les craignent pas à ce point.

Son frère haussa les épaules et eut l'un de ses demi-sourires complices, annonciateurs d'aventures imminentes.

— Nous pourrions vérifier.

Hippolyte en fut interloquée. Elle était toujours partante pour quelques tours, mais pas au point de risquer sa vie. Encore moins celle de son frère, dont le goût pour la bravade l'effarait de plus en plus.

— Vérifier si des loups rôdent dans le bois ? récapitula-t-elle, tendue.

Baptiste la jaugea de bas en haut.

— Tu es la plus grande peureuse du royaume, ma sœur.

La pique provocatrice eut l'effet escompté : le tempérament fier d'Hippolyte se mit à bouillir. Elle le modéra aussitôt, les muscles raidis.

— Ne sois pas idiot, frère.

— Couardise, sœur.

Elle ouvrit la bouche pour répliquer, mais la voix de leur père les interrompit :

— Baptiste !

Ils pivotèrent d'un même mouvement en direction du château familial. Ce dernier avait miraculeusement réchappé au démembrement des forteresses locales ordonné par Richelieu et conservait encore ses tours d'angle, son chemin de ronde et ses étroites fenêtres. Malgré le mariage de leur père, un baron désargenté, avec une riche bourgeoise de Clermont, le domaine de Sancy avait bénéficié de peu d'aménagements. Il dégageait donc une allure bougonne de bastion alors que la mode était aux petits espaces confortables et lumineux.

C'était de l'une de ses meurtrières que Jacques de Sancy jaillissait, engoncé dans une lourde robe de chambre de fourrure, à la mode polonaise.

— Ne t'éloigne pas, c'est bientôt l'heure de ta leçon de grec !

Baptiste soupira, ennuyé par avance. Hippolyte serra les dents pour ne pas se moquer trop fort.

— Je viens ! lança-t-il.

Jacques fut visiblement apostrophé, regarda derrière lui, acquiesça et revint à eux.

— Hippolyte, ta mère espère que tu n'as pas sali ta robe.

La jeune fille leva les yeux au ciel. Ce fut au tour de son frère de ricaner. Leur père disparu, Thérèse de Sancy, née Thérèse Bonnet, prit sa place, elle aussi à la dernière mode avec sa robe volante pastel. Une mèche de cheveux torsadée s'échappait d'un chignon complexe pour retomber sur son épaule.

— Nous sommes attendues à 17 heures chez ta tante, Hippolyte, rappela-t-elle avant de refermer la fenêtre.

— La barbe, murmura la jeune fille. Qui a envie de bavasser pendant des heures et de… ?

Baptiste ne l'écoutait plus ; il s'éloignait déjà. Hippolyte se précipita à sa suite.

— Où vas-tu ?

— Au petit bois !

— Tu n'es pas sérieux ?

— C'est toi qui ne l'es pas, tu ne vas pas me suivre dans cette tenue !

La confiance débordante de Baptiste la fit céder. Elle n'allait de toute façon pas l'abandonner. Hippolyte souleva ses jupons avec énergie, défit le nœud qui ceinturait le panier à sa taille et le laissa glisser le long de ses jambes jusqu'au sol. Elle rassembla les pans de sa robe sous le bras, prenant soin de ne pas les souiller.

Ils s'élancèrent côte à côte dans le parc, contournèrent la fontaine et dévalèrent les marches qui menaient à une petite grille toujours ouverte. Derrière le muret de pierre noire débutait la campagne : d'abord un pré rempli de noyers, puis le petit bois de chênes, connu pour ses trois pierres ancestrales en son cœur. Une balade habituelle pour les enfants de Sancy.

— Si tu étais à ma place, que ferais-tu ? lança Baptiste en ouvrant la marche.

— Certainement pas des leçons de grec. Je ferais comme grand-père. Je prendrais mon épée et je parcourrais la France pour rosser les hommes qui le méritent. Et moi aussi je graverais une entaille à chaque vie prise sur sa garde, ajouta-t-elle avec vantardise.

— Tu crains déjà de t'aventurer jusqu'ici ! se moqua son frère.

— On ne provoque pas des loups en duel, grommela Hippolyte. Toi, si tu étais à ma place, que ferais-tu ?

Son frère s'arrêta au milieu de grosses fougères vibrant sous la brise, les traits froncés par la surprise.

— Je l'ignore, je ne me suis jamais posé la question.

— Parce qu'aucun homme ne souhaite prendre la place des femmes.

Baptiste ouvrit la bouche et la referma aussitôt.

— Tu vois, tu ne sais pas quoi…

— Chut, la coupa-t-il.

Des bruits retentissaient autour d'eux, des bruits de brindilles craquées et de feuilles froissées. Hippolyte se rapprocha de son frère qui tendait l'oreille. Il partait souvent chasser avec leur père : il connaissait bien la faune environnante.

— Eh bien ? s'enquit Hippolyte à voix basse.

Baptiste, soucieux, ne répondit pas immédiatement, accentuant l'appréhension de sa sœur.

— Les loups ne se déplacent pas aussi vite, murmura-t-il.

Il saisit sa main et la serra.

— Rentrons.

Baptiste pressa le pas. Des hurlements jaillirent derrière eux, freinant Hippolyte.

— Des loups ! se rendit-elle compte.

— J'ai l'impression qu'il n'y a pas que cela. Viens ! reprit Baptiste en lui tirant le bras.

Ils se mirent à courir. Hippolyte dut lutter contre la végétation qui accrochait la soie et les dentelles de ses jupons. La peur au ventre, elle eut pourtant une pensée pour sa mère et son injonction sur sa tenue. En culotte, c'était certain, elle s'en tirerait beaucoup mieux !

L'orée du bois ne se trouvait plus qu'à une trentaine de pas quand une silhouette apparut d'un seul coup devant eux, les forçant à s'arrêter brutalement. Hippolyte rentra dans son frère ; ils furent déséquilibrés, mais parvinrent à ne pas tomber.

Un homme leur faisait face, bras le long du corps, immobile, un rictus sinistre aux lèvres. Il portait un long habit de soie jaune, bouffi de dentelles aux manches et au cou. Des gants recouvraient ses mains et une longue perruque bouclée retombait sur ses épaules et sa nuque. Une mode de la Régence qui commençait à s'éteindre. Pour combler le tout, il s'était enduit le visage d'une épaisse couche de blanc de céruse.

— Qu'avons-nous là ? dit-il d'une voix glaciale, sans réelle interrogation.

Hippolyte sentit les phalanges de son frère se crisper.

— Qui êtes-vous ? Vous êtes sur nos terres ! s'exclama-t-il.

— C'est mon territoire à présent, soutint l'inconnu en dévoilant une rangée de dents rougies.

Hippolyte eut un mouvement de recul. Cette bouche terrifiante lui fit froid dans le dos. Et c'était sans compter le regard assuré, statique, étrangement violet. Ils avaient peu de chances de l'effrayer avec une mise en garde !

— Éloignez-vous d'eux ! exigea une autre voix, beaucoup plus rauque.

Les jumeaux n'eurent pas le temps de voir le nouvel intrus. L'homme en habit Régence attrapa la gorge d'Hippolyte d'une main, l'obligeant à relâcher son frère pour s'agripper à l'étau, et balaya Baptiste de l'autre. Son corps vola dans les airs à plusieurs toises.

Le second intrus apparut près d'Hippolyte. Un homme sans souliers, en culotte brune, une chemise blanche débraillée sur le dos. Des cheveux épais et lisses, d'un gris presque blanc, glissaient de sa nuque pour frôler des mâchoires carrées. Il avait un physique de molosse, avec des épaules massives et un corps athlétique. Plus étrange encore : un énorme loup argenté à la fourrure dense se tenait à ses pieds, pattes tendues, tête basse, crocs dehors.

— Ce n'est pas votre territoire, prévint-il. Votre rébellion doit cesser, les morts que vous semez ne passent plus inaperçus !

Le premier homme resserra son emprise sur Hippolyte sans la quitter des yeux. La jeune fille, les sens en alerte, la respiration en peine, comprit qu'ils n'étaient pas venus seuls, ni l'un ni l'autre. Les bruits n'avaient cessé autour d'eux ; des déplacements rapides, des grognements de bêtes, des cris… et, un peu plus loin, son prénom retentit, la rassurant au moins sur un point : Baptiste était vivant.

— Je sais pertinemment que le Secret n'est plus, rétorqua l'homme en habit Régence, serein. Plus aucune loi ne nous gouverne. Et contrairement à vous, seigneur Cadell, seigneur Fenrir, je ne suis pas prompt à obéir à nos maîtres de Paris.

Leurs paroles n'avaient aucun sens ! Quel secret ? Qui étaient-ils ?

— Réglons cela entre nous, insista le second. Laissez-les partir.

Le premier pencha la tête et détailla sa proie avant d'élargir son sourire effroyable.

— Je leur laisse une chance, nous verrons bien s'ils courent vite.

— Baptiste ! appela Hippolyte, paniquée.

Son agresseur rapprocha sa tête de la sienne ; ses yeux violets l'absorbèrent, l'arrachant à la réalité physique autour d'elle. Elle flottait, légère comme l'air, des rayons lumineux irradiant de toute part. Les voix s'estompèrent, l'étau de la main se desserra, et elle eut soudain l'impression d'oublier où elle se trouvait.

Se focaliser sur une idée, vite ! Le blanc de céruse sur le visage, le seigneur Fenrir, les maîtres de Paris… céruse, Fenrir, Paris… Fenrir… Paris…

Que se passait-il ?

Elle tremblait de tous ses membres lorsqu'elle franchit la grille au fond du parc. Tout était calme autour d'elle : des chants d'oiseaux ici et là, une brise fraîche qui caressait les joues, une lumière douce de fin de journée et une bonne odeur de luzerne coupée. Tout était paisible. Alors pourquoi cette fièvre ? Ses entrailles étaient nouées. Elle inspira profondément pour tenter de se reprendre. Les mains crispées sur les pans de sa robe, elle remarqua que la soie était parcourue de griffures. Sa mère allait encore lui voler dans les plumes !

Hippolyte s'immobilisa près de la fontaine et grommela tout en inspectant sa tenue. Qu'avait-elle bien pu faire pour en arriver là ?

Et où était son frère ? Elle était seule, pourtant ils étaient sortis tous les deux. Elle regarda autour d'elle ; rien. Les corneilles au-dessus du petit bois avaient disparu.

Chapitre 2

Clermont en Auvergne, 1728

La lanterne se balançait au bout de la potence, sa chandelle de suif à peine allumée. La rue des Gras, déserte, jonchée d'immeubles noirs et d'étals de boutique fermés, était un formidable cul-de-sac qui aboutissait sur la cathédrale Notre-Dame-de-l'Assomption, perchée sur la hauteur. Le soleil venait de disparaître derrière les montagnes à l'ouest ; la nuit donnait à la rue des allures de couloir infernal émaillé de torches. Hippolyte ne ralentit pourtant pas. Elle passa la main sur sa bouche. Le sang ne coulait presque plus, mais elle demeurait fébrile.

Elle ne savait pas encore si c'était une bonne ou une mauvaise idée. Avoir enfilé les vêtements de Baptiste et s'être baladée en ville le soir, comme si elle commémorait la témérité de son frère disparu… Le bon côté, indéniable même, était sa liberté de mouvement et sa capacité à se fondre dans la masse. Les robes, plus volumineuses que jamais, n'étaient après tout faites que pour attirer le regard. En culotte et manteau, personne ne lui avait accordé d'attention. Le mauvais côté était qu'à la première ruelle traversée, on l'avait bousculée pour lui voler les quelques pièces de sa poche. Elle avait protesté et on lui avait décoché un coup de poing qui l'avait laissée sur le carreau.

Hippolyte s'était relevée, confuse. Elle avait fait demi-tour sans imaginer aller plus loin. C'était absurde de frapper quelqu'un comme ça. Ce qu'elle était en train de faire était insensé.

— Rentrez chez vous, il est tard. Et évitez de laisser du sang derrière vous.

La voix dans son dos la surprit suffisamment pour la faire pivoter. Un homme montait la rue, enveloppé dans une longue cape brune, une profonde capuche engloutissant sa tête. Elle ne voyait pas son visage mais aperçut des cheveux argentés encadrer un menton carré. Il était pieds nus, ce qui expliquait qu'elle ne l'ait pas entendu venir. Il disparut dans une ruelle adjacente sans rien ajouter. Ce n'était pas le premier vagabond qu'elle croisait, mais aucun ne s'était permis de lui donner un avertissement.

— C'est ce que je suis en train de faire ! lança-t-elle, agacée.

Elle reprit sa route, poings serrés. En vérité, cette intrusion de nulle part lui avait fait peur. Il ne manquerait plus qu'elle se fasse à nouveau dépouiller. Sur ses gardes, elle guettait le moindre bruit, le moindre mouvement autour d'elle. Elle connaissait très bien la rue des Gras, mais, une fois vidée et plongée dans le noir, tout semblait différent.

Aussi, lorsqu'elle aperçut une silhouette masculine sortir de l'hôtel de Fontfreyde, à quelques pas de là, elle s'immobilisa par précaution. Si c'était une menace, elle l'avait en face d'elle cette fois-ci.

La lueur de la lanterne, placée juste au-dessus de lui, éclaira le visage de l'inconnu qui se coiffait d'un tricorne noir. Hippolyte reconnut Pierre de Varceau avec soulagement. Il s'éloigna sans la voir, alors elle se faufila derrière lui pour le rattraper avec discrétion. Elle pourrait s'amuser à le surprendre, mais Pierre, fils cadet d'un marquis, ami de son père et âgé d'une bonne dizaine d'années de plus qu'elle, était mousquetaire du roi. Finir embrochée par l'épée d'un mousquetaire n'était peut-être pas la meilleure fin qui soit.

Dès qu'elle arriva près de lui, elle prit soin de conserver une courte distance entre eux avant de l'interpeller :

— Vous me raccompagnez ?

Pierre tressaillit, main sur la poignée de sa lame.

— Hippolyte ?

— Elle-même.

Il la scruta de bas en haut avant de se détendre et d'esquisser un air railleur devenu familier. Pierre était un libertin, un esprit penseur et un bon militaire, en visite chez eux après être passé voir son père. Ses yeux noirs se plissaient dès qu'il souriait, éclairant ainsi et en toutes circonstances un visage moqueur. Sa chevelure brune était coiffée en catogan et il portait un long habit bleu roi. Il avait tout pour séduire n'importe qui ; elle enviait et détestait tout à la fois cette insupportable assurance.

— Pourquoi cet accoutrement ? s'étonna-t-il.

— Je dois admettre que je me pose la même question.

Pierre commença par s'en amuser avant de tendre la main vers elle, une anxiété nouvelle sur ses traits.

— Que vous est-il arrivé ? demanda-t-il en passant son pouce sur le coin douloureux de ses lèvres.

Hippolyte recula. Comme c'était humiliant de dire à un mousquetaire qu'on l'avait volée et cognée dans une ruelle !

— Je me baladais et j'ai trébuché, répliqua-t-elle vite.

— Vraiment ?

— Vraiment, oui, insista-t-elle en reprenant sa marche.

Elle entendit Pierre la suivre de près.

— Que faisiez-vous à l'hôtel de Fontfreyde, vous ? On dit qu'il y a des tables de jeu dans ses salons. Votre rente de mousquetaire ne vous suffit pas ?

— Le plaisir du hasard.

— Il y a du plaisir dans le hasard ? douta-t-elle, intriguée.

Ce satané hasard l'avait jetée au sol un peu plus tôt, et les jeux d'argent qui faisaient perdre bêtement les deniers ne lui inspiraient rien du tout.

— Notre rencontre à l'instant en est la meilleure illustration, énonça Pierre avec évidence.

La tension qui habitait Hippolyte s'apaisa.

— Où allez-vous ?

Elle s'arrêta. Pierre désignait une ruelle pour rejoindre la place Derrière-Clermont, la dernière alternative pour ne pas passer par la cathédrale. Le mousquetaire était athée et ne s'en cachait pas auprès de ses amis. Mais, de son côté, si elle n'était pas insensible à cette pensée, elle redoutait de devoir marcher à nouveau dans les passages étroits dont chaque redent et chaque porte pouvaient cacher un truand.

— Je préfère couper par l'église.

Pierre, comme attendu, grimaça, mais céda. Ils firent quelques pas, puis le mousquetaire émit un grognement embarrassé.

— Je suis désolé.

— Pourquoi ?

— J'avais oublié. Pour votre frère. Une année s'est déjà écoulée.

Les entrailles d'Hippolyte se serrèrent.

Son jumeau était mort depuis un an, jour pour jour.

Ils avaient organisé des battues et retrouvé son corps dans un tel état qu'on lui avait interdit de le voir. Elle avait pourtant rôdé autour de la chapelle ardente sans oser entrer. Les domestiques, effarés, avaient murmuré quelques mots qu'elle avait perçus au détour d'un couloir. « Méconnaissable », « déchiqueté », « vidé ». Son imagination avait toujours fait le reste malgré elle.

La culpabilité pesait sur ses épaules. Elle aurait dû y rester, elle aussi. Ou au moins se souvenir de quelque chose, mais les événements qui entouraient la mort de son frère demeuraient inaccessibles dans sa mémoire. Le physicien qui s'était occupé d'elle ce jour-là avait confirmé que c'était courant : les femmes et leur sensibilité pouvaient être aisément choquées.

Grotesque sensiblerie féminine !

Elle accéléra en ruminant, n'acceptant ni la mort de Baptiste ni son propre échec. Grimpant les marches du parvis avec nervosité, elle sursauta lorsque Pierre surgit devant elle.

—Abandonnez cette colère, elle ne vous mènera nulle part.

Pierre retira son tricorne pour le caler sous son bras et lui ouvrit l'un des grands battants de porte.

—Même après plusieurs batailles je n'ai jamais cessé de la ressentir. L'impuissance rend colérique, Hippolyte de Sancy.

De l'impuissance. Elle mettait enfin un nom sur son tourment. Elle n'avait pas pu empêcher la disparition de son frère, comme elle ne pouvait contraindre son destin. Elle traversa l'une des nefs latérales sans ralentir, passant devant les chapelles avec l'espoir de juguler sa frustration.

—Vous ne brûlez pas un cierge ? s'étonna Pierre.

La remarque arrêta sa course.

Voilà pourquoi le mousquetaire l'avait suivie jusqu'ici tout en évoquant Baptiste. C'était en effet une bonne excuse pour ne pas parler de sa crainte des ruelles. Elle n'avait cependant plus de pièces sur elle. Alors, elle tendit la main avec aplomb. Pierre la jaugea, incertain, puis critique.

—Vous venez ici les poches vides ?

—Je n'y ai pas pensé en m'habillant ainsi. Allons, vous avez sûrement des gains à me céder ?

Le mousquetaire soupira et plongea la main dans sa bourse. Hippolyte sourit avec contentement. Mentir était tout un art ! Cette impression d'esquiver les interrogations de son ami lui rappela les cours d'escrime de son frère qu'elle avait tant observés, assise sagement dans un coin, à défaut de pouvoir participer. Elle glissa les sous dans le tronc des pauvres et alluma un cierge avec une réserve qu'elle masquait à peine. Elle garda le silence, se laissant hypnotiser par la flamme dansante.

— Vous mentez, murmura Pierre.

— Pardon ? rétorqua-t-elle.

— Vous n'êtes pas sortie vous balader, puis prier ici. Vous vous êtes vêtue de la sorte pour chercher les ennuis.

Elle laissa échapper un rire nerveux.

— Qu'est-ce qui vous fait dire ça ?

— C'est un coup, qui laisse ce genre de marque au visage, pas une chute.

Elle ne voyait pas comment contrer cela. Alors, elle haussa les épaules et s'écarta. Pierre la talonna.

— Je ne les ai pas cherchés, mais ils m'ont trouvée, marmonna-t-elle. C'était une erreur. Je crois que je voulais me rapprocher de Baptiste en mettant son habit, en agissant comme lui. Mais on n'était pas pareils, tous les deux.

— C'est vrai, vous étiez différents. Cependant...

Il laissa sa phrase en suspens.

— Quoi ?

— Pardonnez-moi, Hippolyte, vous n'avez peut-être rien pu faire pour votre frère ce jour-là mais, vous, vous avez survécu.

— Parce que Baptiste s'est sacrifié, répliqua Hippolyte avec nervosité.

— Une meute de loups ne se satisfait pas d'une seule proie lorsqu'elle en a deux sous le museau. Ce que je vous dis peut vous paraître cruel, mais vous vous en êtes sortie indemne alors que vous faisiez face au même danger que votre frère. Vous avez bien plus de ressources que vous ne le croyez.

Hippolyte n'avait jamais raisonné en ces termes. Comment diable avait-elle pu survivre ? Baptiste était pourtant plus aguerri, plus physique qu'elle. Il aurait forcément su quoi répliquer au voleur qui l'avait frappée un peu plus tôt, *lui*.

— Pas vraiment indemne, observa-t-elle pensivement.

Pierre lissa du bout du doigt une petite cicatrice près de son œil.

— Rien qui n'entache votre charme, au contraire.

— Flatteur, gronda-t-elle.

— Vous devriez partir à Paris avec moi, suggéra Pierre.

Hippolyte ricana.

— Je suis très sérieux. Dans mes souvenirs, enfant, c'est vous qui parliez toujours de vous lancer sur les routes, Baptiste ne pensait qu'à la chasse.

— Et je deviendrais quoi ? Votre compagne de route ? Votre servante ? Votre laquais ?

Le sourire provocateur de Pierre s'élargit.

—C'est un bon début, oui.

Hippolyte, qui doutait du sérieux de la proposition, secoua la tête, à la fois amusée et agacée. Il avait l'air de prétendre qu'elle n'avait pas grand-chose à perdre, mais il se trompait. Elle avait encore sa fierté. Et, même si le désir de partir était très fort en elle, le seul choix respectable qu'elle pouvait faire était celui d'un bon mariage.

—Je ne peux pas déshonorer le nom de mes parents. Ils n'ont plus que moi.

—Est-ce réellement ce que vous souhaitez ?

—Ce que je souhaite réellement, c'est que Baptiste soit encore là.

—Chut ! intervint un prêtre avec un regard sévère alors qu'il priait près de l'autel.

Hippolyte se précipita vers la porte sud tout en marmonnant un « maudit curé » entre ses dents. Elle déboucha sur la place Derrière-Clermont, éclairée par une poignée de lanternes et une demi-lune blanchâtre. Une autre personne était présente à cet endroit, vêtue d'un habit écarlate et d'une longue perruque bouclée, mais trop éloignée pour en distinguer les traits.

—Je n'avais pas l'intention de vous blesser, s'excusa Pierre en sortant à son tour.

Hippolyte vit le mousquetaire s'approcher avant de reporter son attention devant elle. Elle était persuadée d'avoir vu quelqu'un deux ou trois secondes auparavant. Mais peut-être avait-elle rêvé ? La fatigue.

—Ce n'est rien, dit-elle alors.

Ils n'avaient plus qu'à descendre la rue qui longeait l'édifice, à l'est, jusqu'à la petite place du Terrail. La porte cochère de l'hôtel était à deux pas.

Partir avec un mousquetaire… l'idée trottait dans sa tête. Ce pourrait être un pied de nez au « couardise » dont l'avait affublée Baptiste juste avant de mourir. Une escapade courte, avec un début et une fin, et la compagnie d'un ami. Les affaires de son frère étaient entreposées dans l'attique avec la fameuse épée de leur grand-père. Une fois déguisée, comme elle venait de l'expérimenter, aucun risque que l'on reconnaisse la fille de Sancy dans une auberge. Elle reviendrait, saine et sauve, et se marierait.

Alors qu'ils traversaient la cour en silence, Hippolyte attrapa le bras de Pierre.

—À quelle heure pensez-vous partir demain ?

—À l'aube.

— Et vous me garantissez un retour sans encombre ? Voire un soutien auprès de mes parents si jamais ils le prennent mal ?

— Je ferai ce que vous me demanderez, lui assura-t-il.

Elle poussa la porte de chez elle. Des chandeliers éclairaient le sol en damier noir et blanc et l'escalier qui menait aux étages. Tout était à la dernière mode ici : une succession de petits espaces, un esthétisme fleuri et léger et de discrètes dorures parcourant les lambris. Cette aisance calfeutrée, nichée au cœur d'un paysage citadin, loin de tout bois, avait procuré le réconfort dont ils avaient eu tant besoin en quittant le vieux château de Sancy. Mais l'extérieur lui manquait, les balades et la liberté de se salir sans être durement jugée par la société, omniprésente en ville.

Partir, c'était comme suivre Baptiste dans une nouvelle aventure. Sauf que Pierre n'était pas son frère. Alors qu'elle le regardait monter l'escalier, elle se dit que le mousquetaire lui rendrait un autre service cette nuit-là. Avoir le contrôle de son propre corps et choisir son premier amant, c'était probablement le véritable pied de nez qu'elle pouvait faire à son destin.

Chapitre 3

Sur la route de Nevers, trois jours plus tard

L'auberge du relais offrait le confort nécessaire pour apaiser ses muscles endoloris. Hippolyte était une bonne cavalière en amazone, mais monter comme un homme changeait ses habitudes du tout au tout. Heureusement, les vêtements masculins de son frère procuraient l'aisance nécessaire pour un tel voyage. Son corps n'était plus contraint à l'immobilité, les boutons lui permettaient de retirer et remettre veste et habit à sa guise, les bas et la culotte déchargeaient ses jambes sans les rendre accessibles. Le sentiment de liberté qui en découlait lui allait comme un gant. Elle craignait déjà l'instant où, de retour chez elle, elle devrait y renoncer.

— Votre ragoût et votre vin, annonça l'une des filles de salle en déposant les assiettes et le pichet sur la table.

Hippolyte plongea aussitôt une tranche de pain de campagne dans la sauce pour faire taire son estomac. Elle pouvait dévorer son plat sans regard désapprobateur. Pierre était le seul témoin complice de son appétit.

— Que souhaitez-vous faire à Paris ? demanda-t-il en sirotant le vin blanc de Loire.

Hippolyte haussa les épaules. À vrai dire, elle avait une idée précise en tête, sans savoir véritablement d'où elle venait.

— Voir à quoi ressemblent nos maîtres.

Aussitôt son esprit associa le mot « céruse » à cette pensée. Elle s'imaginait bien les visages peinturlurés des courtisans.

— J'espère que vous ne serez pas déçue, s'amusa Pierre. Ils ressemblent à n'importe qui.

— Même le roi ?

— Même le roi.

Elle espérait bien l'apercevoir, ce monarque de droit divin adoré de tous. La mère d'Hippolyte était sa première admiratrice. Elle collectionnait même les assiettes commémoratives qui le mettaient en scène : couronnement, mariage, naissance des princesses… La vaisselle décorative avait envahi leur salon, au grand dam de leur père et au plus grand amusement de sa fille.

L'évocation de ses parents lui provoqua un pincement au cœur. Elle ne regrettait pas d'être partie – et ne le regretterait jamais –, mais ne pouvait s'empêcher de se demander ce qu'ils vivaient, eux.

— La viande vous déplaît ? interrogea Pierre.

— Non, je repensais à mes parents. J'espère qu'ils ne m'en veulent pas.

— Vous leur avez laissé une lettre garantissant votre retour…

— Ça ne suffira pas.

— Non, c'est certain. Mais ils vous aiment, ils ne lanceront donc personne à vos trousses. Ils savent ce qu'encourent les femmes qui se travestissent en homme. Sans compter que je prendrai votre défense.

Hippolyte déglutit. Elle était d'ores et déjà coupable de destruction morale et religieuse, d'être contre-nature au point où elle risquait enfermement, châtiments corporels, voire condamnation à mort.

— Je ne suis pas la première à voyager de cette manière, grogna-t-elle avec la ferme intention de défendre son ébauche de liberté.

Une exclamation retentit à l'autre bout de la salle, à la meilleure table, près de la cheminée dans laquelle mijotait le contenu d'une grosse marmite. Deux hommes bruyants chahutaient une servante depuis l'instant même où ils avaient posé les pieds dans l'auberge. Hippolyte avait remarqué leur manège, mais personne ne leur prêtait attention. La fille de salle, les joues rouges, les doigts malaxant son tablier avec nervosité et l'appréhension tordant son visage, lui inspirait un mélange de pitié et de rage.

Lorsque l'un des deux clients empoigna son bras alors qu'elle déposait du pain sur la table, il y eut comme un flottement. Il lui glissa quelques paroles à l'oreille, elle tenta de se dégager sans succès et l'intervention précipitée de l'aubergiste tassa la situation. Il posa ostensiblement un pichet débordant de vin sur la table, si bien que l'opportun lâcha prise.

— Des mercenaires, indiqua Pierre.

— Comment le savez-vous ?

— On peut facilement les acheter. Et ils sont armés.

Hippolyte n'avait même pas entrevu ces détails. Elle se lança dans une observation plus fine, bien décidée à apprendre le plus de choses possible du mousquetaire. Elle ne voyait qu'une épée, pas de quoi se pavaner !

— Vous n'en aurez pas besoin, ajouta Pierre.

Elle suivit son regard et s'aperçut qu'elle avait posé la main sur sa rapière, comme si elle s'apprêtait à intervenir. En vérité, elle attendait fiévreusement le moment où elle pourrait la dégainer. Elle n'avait pourtant jamais pris de leçons d'escrime. Regarder son frère les suivre et l'avoir imité avec une épée imaginaire durant des années suffisait-il ? Avoir lu des traités d'armes lui avait-il réellement appris quelque chose ? Elle avait l'impression de tout connaître en théorie mais, en pratique, elle n'avait aucune idée de ce qu'elle valait.

— Je peux la voir ? reprit le mousquetaire.

Hippolyte déposa la longue lame effilée sur la table, entre eux.

— De l'acier de Tolède ?

— De la pointe à la poignée, exécutée par un armurier réputé, ajouta fièrement Hippolyte.

Seule la pierre du pommeau détonnait dans cet ensemble métallique argenté, parfois rendu mat à force d'usure : une améthyste trouble et vive à la fois, d'un violet intense et contrasté, polie et pourtant bossue. Une pierre de vignoble dénichée dans la région, qui protégeait la famille depuis les temps anciens.

— Faite pour la taille et l'estoc, poursuivit Pierre. Votre grand-père a fait forte impression dans l'armée. Et cette épée a sa part de renommée.

— Vraiment ? s'enquit Hippolyte avec un sourire.

Pierre acquiesça tout en la soupesant.

— Une marque pour chaque mort, sembla-t-il réciter en admirant les entailles sur la garde en forme de spirale.

Celle-ci s'enroulait autour de la main du possesseur, la préservant comme un gantelet virevoltant.

— Qu'est-ce qui vous plaît chez elle ? Sa pierre ?

— Son utilité, répliqua Hippolyte sans hésiter.

Ce n'était pas une épée de parade pour défiler dans ses plus beaux habits. Non, c'était une arme de combat qui avait défendu, attaqué, esquivé, désarmé. Une lame avec sa propre expérience et son efficacité.

Une nouvelle clameur surgit de la table des mercenaires. Ils venaient de briser un pichet vide sur le sol pour en réclamer un nouveau. L'aubergiste, soucieux de plaire et pressé de les voir partir, obéit. Ils exigèrent aussitôt la fille de salle, entre l'ordre et la plaisanterie, avec une bonne dose de prétention.

— Pourquoi vous n'intervenez pas ? s'impatientait Hippolyte en jetant un regard furieux à son compagnon de route.

— C'est le problème de l'aubergiste. Ce ne sont pas ses premiers clients grossiers, ni les derniers.

— Vous pourriez tout de même faire quelque chose. Pour moi, insista Hippolyte.

Pierre se pencha au-dessus de la table, un sourire malin aux lèvres.

— Je suis mousquetaire, je n'obéis qu'au roi.

Hippolyte s'affaissa sur sa chaise en maudissant l'arrogance des privilégiés. Elle aperçut la servante sortir de la salle avec un seau vide. Les deux hommes se levèrent immédiatement pour lui emboîter le pas. Loin des yeux de l'aubergiste et des regards curieux des clients, tout devenait permis.

Le pouls enragé, Hippolyte bondit sur ses pieds.

— Restez, conseilla Pierre.

— Faites comme bon vous semble, s'agaça-t-elle en traversant la salle pour sortir à son tour.

La cour du relais était vaste, éclaboussée d'un soleil de milieu de journée et parsemée de voitures, de charrettes pleines de foin et de tas de crottin. Hippolyte se souvenait d'avoir vu le puits en arrivant, près des étables et de l'entrée.

— L'aubergiste l'a permis. Tu ne voudrais pas lui désobéir ?

Le premier homme agrippait les bras de la fille de salle ; le second se tenait près d'eux, goguenard, mains sur les hanches. Hippolyte attrapa un caillou et le jeta de toutes ses forces sur le plus agressif.

L'impact surprit tout le monde. Les mercenaires se figèrent avant de se tourner vers elle, une grimace peu coopérative aux lèvres.

— Le petit seigneur veut son tour ? lança le premier.

— Le petit seigneur va vous corriger ! fit-elle avec hargne.

Hippolyte tira l'épée. Ils répliquèrent en brandissant des pistolets. Elle tressaillit. Elle ne les avait pas vus venir, eux ! Elle avait bêtement pensé qu'elle provoquait le mercenaire à la rapière en duel. Ils firent feu ; la fille de salle, libérée, attrapa son seau et l'envoya dans leurs dos alors que les étincelles des silex frottés faisaient leur œuvre. Hippolyte plongea à terre. Les détonations résonnèrent dans la cour, les balles se logèrent dans la portière et la roue d'un carrosse.

— Garce ! s'emporta l'un des mercenaires en frappant la servante.

— Lâches ! rugit Hippolyte.

Elle se releva vite. Il fallait à tout prix éviter qu'ils rechargent leurs pistolets. Elle balaya l'espace devant elle, les forçant maladroitement à reculer. Le mercenaire dégaina son épée et lui fit face tandis que son acolyte sortait une dague.

— Je ne crains pas de saigner un nobliau de passage, prévint-il.

— En garde, maraud !

Il engagea aussitôt le fer en déportant tout son corps sur sa jambe droite, lame en avant. Hippolyte eut un soubresaut et fit une parade en la repoussant d'un geste brouillon. Les seuls combats qu'elle avait scrutés étaient des duels de salle d'escrime où tout était ordonné, réglé comme du papier à musique. Là, soudain, elle faisait face à l'inconnu. Une vague de sueur l'envahit, son cœur s'emporta. Elle devait se maîtriser !

L'homme attaquerait le ventre, la partie du corps la plus facile à toucher. Elle s'échina donc à éviter la lame adverse en s'abaissant et en se retirant au dernier moment. Par tous les diables, elle se trouva plutôt agile ! Au point où le mercenaire s'impatienta.

— Allons, mon garçon ! De toute évidence tu ne sais pas te battre. Tu ne pourras pas m'éviter bien longtemps !

Il n'avait pas tort, elle seule était en danger. Elle tenta d'attaquer, mais elle ferraillait plus qu'autre chose. Il lui fallait une botte. Ce mouvement de combat l'avait toujours fascinée, un art qui combinait habileté et ruse. Elle fit mine de viser l'abdomen pour, en fait, relever seulement son poignet et diriger la pointe de l'épée vers la gorge. Le mercenaire fut surpris par sa vitesse mais parvint à parer en écartant brutalement sa lame. Le coup violent dévia le bras d'Hippolyte sur le côté, offrant une ouverture que son adversaire ne manqua pas : la pointe de sa rapière trancha sa veste et sa chemise en travers de son ventre, laissant dans son sillon une ligne rouge brûlante.

Hippolyte en tomba à la renverse, soufflée d'avoir été touchée aussi facilement. Rien de grave, mais la vue de son sang la plongea dans un instant de détresse. Elle pouvait trépasser, ici et maintenant, alors qu'elle n'avait encore rien vu ni rien fait ! Elle écarquilla les yeux en direction des deux hommes qui avaient retrouvé le sourire.

— Finissons-en, proposa l'homme à la dague.

D'une main, il l'attrapa par le col et lui colla le fer froid sur le cou. Un geste et on l'égorgerait !

— Un dernier mot, petit seigneur ? s'enquit l'homme à la rapière.

— Allez au diable ! cracha-t-elle.

— Tu nous précéderas, dit-il avant de frapper.

Un coup de feu et un cri suspendirent la dague. Pierre venait d'intervenir avec un tir au fusil qui troua l'épaule du mercenaire.

— Payez votre dû et quittez les lieux, ordonna-t-il en rechargeant son arme.

Il ne portait pas sa tenue de mousquetaire, mais sa prestance suffit à déstabiliser les deux hommes. Le blessé serra les dents pour ne pas hurler ; son camarade grogna, mit son épée au fourreau et fouilla sa bourse pour jeter quelques pièces aux pieds de la servante. Il agrippa son acolyte pour le soutenir et ils s'en retournèrent, têtes basses mais poings serrés, avalant difficilement leur retraite.

Hippolyte restait fébrile. Elle ne ressentait pas seulement de la peur : elle avait envie de sourire, frappée par l'excitation de son premier combat. Perdu, certes. Mais elle avait agi, s'était frottée au danger et…

— C'était complètement idiot ! s'exclama Pierre. Vous auriez pu mourir ! Si vous tenez tant à vous servir de cette épée, apprenez déjà à la tenir.

Ils s'affrontèrent du regard un court instant, entre la fureur et l'hébétement. Comme elle ne dit rien, il tourna les talons et rentra dans l'auberge en injuriant chaque obstacle sur son passage. Hippolyte, elle, inspira profondément, essayant de ne pas se sentir aussi humiliée que les deux mercenaires.

— Merci.

Elle leva un regard enflammé sur la servante qui, penaude, se tenait devant elle, la main pleine de pièces.

— Moi, je vous ai trouvé très chevaleresque.

Elle ponctua sa phrase d'une révérence et s'éloigna, laissant Hippolyte songeuse. Chevaleresque, c'était honorable.

Pierre avait réveillé son désir d'évasion, celui qu'elle maintenait ferré au fond d'elle depuis toujours. Mais rester auprès de lui et rentrer chez elle en sécurité, c'était accepter une vie de servitude dans le mariage, loin de toute aspiration. Ce combat lui avait ouvert les yeux. Il y avait quelque chose en elle, quelque chose d'utile et de fiévreux qu'elle ne pouvait plus nier. Elle devait partir, voir le monde, expérimenter, vivre doublement sa vie. Et, pour cela, elle devait apprendre à s'affranchir. De la volonté de ses parents, des attentes de la société et de la protection imposée par un amant. Certes, il ne cherchait qu'à l'aider, mais il la faisait également douter de ses capacités.

Hippolyte s'était levée avant le soleil, avait rassemblé ses affaires et était sortie de la chambre qu'elle partageait avec Pierre sur la pointe des pieds.

Lorsqu'elle se hissa sur sa monture dans la cour, l'aube pointait à peine.

— Hippolyte !

Pierre déboula hors de l'auberge, à peine vêtu, son habit roulé en boule sous le bras.

— Je continue seule, dit-elle d'un ton qui n'encourageait aucune riposte.

Le mousquetaire garda le silence en baissant les yeux, déçu ou contrarié. Il finit tout de même par esquisser un demi-sourire qui lui rendit toute sa superbe.

— Quoi ?

— Tu te rends compte que je te cours toujours après ?

Hippolyte acquiesça en retenant un rire.

— Je t'épargne cette peine à partir d'aujourd'hui.

— Tu feras sûrement quelque chose de stupide et dangereux.

— Sûrement, s'amusa-t-elle. Et ce sera mon problème.

Pierre flatta l'encolure de son cheval.

— L'épée de ton grand-père ne peut pas rester sans héritier, dit-il en saisissant sa dague pour la lui tendre. Si un adversaire repousse ta lame, protège-toi et pare avec celle-ci.

— J'apprendrai, lui assura-t-elle en glissant le présent à sa taille.

— Je n'en doute pas.

Pierre fit un pas de côté pour lui laisser le champ libre.

— Aurai-je la chance de revoir la demoiselle de Sancy ?

Elle esquissa un sourire tout en s'élançant.

— Pas de sitôt !

Chapitre 4

Sur la route de Saint-Germain, près de Paris, une année plus tard

La coupure lui brûlait l'avant-bras, mais son esprit restait focalisé sur la tache pourpre qui s'étendait autour de sa lame. Le corps gisait dans l'herbe, au bord du chemin, la rapière à l'améthyste plongée dans le cœur. Aucune douleur ne pouvait la détourner de ce spectacle affligeant. Elle venait de tuer un homme.

Ce n'était pourtant pas son premier combat mais, jusqu'ici, au premier sang, l'adversaire, ou bien elle, reculait. L'homme à ses pieds n'avait pas reculé. Il l'avait même sérieusement entaillée avant qu'elle n'abrège l'affrontement d'un coup hasardeux. On aurait presque pu dire « chanceux ». Elle s'était écartée, il était revenu à la charge en levant si haut son épée mal affûtée qu'elle n'avait eu qu'à tendre le bras et le laisser s'embrocher dessus.

Elle sentait encore, dans sa main, les ondes de l'acier pénétrant les chairs, râpant une côte et se bloquant dans l'omoplate. Un haut-le-cœur retourna son estomac. Elle crut régurgiter son déjeuner. Elle avait pourtant beaucoup appris sur les routes qui l'avaient menée de Nevers à Paris, mais voilà qu'elle se retrouvait démunie devant ce cadavre dont elle était la cause. Un brigand de grand chemin, un sans-le-sou, une brute qui aurait pu réfléchir !

Un coup de feu fit sursauter Hippolyte, la sortant de ses pensées. Elle arracha son épée du corps et pivota. Une femme était sortie du carrosse qu'elle avait secouru, son pistolet encore fumant, sa main tremblante. En suivant des yeux le bras tendu, Hippolyte découvrit un autre corps non loin d'elle. Le deuxième bandit qu'elle avait blessé. Elle ne pensait pas qu'il aurait assez de force pour se relever et l'attaquer, encore moins dans le dos ! Il y en avait bien eu un troisième, mais il avait fui à toutes jambes.

Hippolyte mit son épée au fourreau et s'approcha de la dame à l'imposante robe de voyage brun et grenat. Elle portait l'un de ces petits tricornes plus décoratifs qu'utiles, épinglé dans une chevelure brune dont la coiffure ne manquait pas d'élégance. Elle devait avoir trente-cinq ans, peut-être un peu plus.

— Je vous remercie, madame, dit Hippolyte en inclinant la tête.

— C'est moi, monsieur, répondit la dame en abaissant son bras.

Elle semblait encore échevelée par son geste, mais le sourire qu'elle lui accorda, empli de reconnaissance, effaça toute gravité de son visage. Mis à part, peut-être, les trois plis de son front qui demeurèrent.

— Sans vous, ces truands auraient dérobé mes chers trésors !

Avant même qu'Hippolyte n'ait pu la questionner sur leur nature, des aboiements aigus surgirent de la voiture. Deux petits king-charles noir et feu s'agitaient depuis la portière laissée ouverte. Hippolyte se mordit la lèvre pour éviter une remarque moqueuse. Des chiens ! Cette femme avait eu peur pour ses chiens ! Un éclat brillant, caché dans leur fourrure, attira son attention. Des colliers ornés de pierres précieuses ceignaient leurs cous. De quoi rendre Hippolyte encore plus perplexe. La dame parlait-elle des bêtes ou de leurs bijoux ?

— Mon garçon, votre bras !

Hippolyte baissa les yeux sur la manche de son habit gris : une coupure rouge la tailladait. Elle le retira et remonta énergiquement ses manches, empêchant l'inconnue de s'occuper d'elle, risquant de découvrir sa véritable nature. Anticiper les réactions et les décisions des autres était sa principale préoccupation depuis qu'elle avait quitté la compagnie de Pierre.

— Ce n'est rien, souffla-t-elle, soulagée.

La coupure ne saignait plus, elle était juste douloureuse. Un nouveau haut-le-cœur la saisit. Le sang entourant sa lame, le cadavre à terre, ce bruit sourd de l'acier contre l'os…

— Vous n'avez pas l'air bien, remarqua l'inconnue en relevant son menton pour la regarder dans les yeux. Quel âge avez-vous, mon enfant ?

Bon Dieu ! Elle était partie de « monsieur », passée à « mon garçon » et voilà l'« enfant » qui terminait la course !

— Dix-huit ans, madame, répondit-elle abruptement.

Cette dame paraissait tout à fait bienveillante, mais Hippolyte sentait comme une furie dévorante lui vriller l'intérieur du corps. Jamais encore elle n'avait donné la mort, ni n'avait vu personne mourir à vrai dire. Alors pourquoi cette impression de revivre une expérience ? Des mots tournaient dans sa tête : « Paris », « céruse » et… « Fenrir ». D'où ça sortait, ça, « Fenrir » ?

— Monsieur, reprit la dame, confuse.

Hippolyte desserra les mâchoires. Elle avait des joues imberbes et un visage encore un peu rond ; elle n'avait donc pas l'allure d'un jeune homme de dix-huit ans, il fallait le reconnaître.

— Accompagnez-moi jusqu'à mon hôtel du Marais, je vous en prie, vous pourrez vous soigner chez moi, invita la dame avant de tourner la tête pour hausser la voix. Dès que mon coquin de cocher voudra bien sortir de sa cachette !

La silhouette raccourcie et balourde d'un homme s'extirpa de sous le carrosse, puis se précipita à sa place en bafouillant des excuses.

— Que madame me pardonne ! Nous repartons dès que madame me l'ordonne.

La dame eut un soupir digne.

— Les gens ne sont plus ce qu'ils étaient, devisa-t-elle avant de retrouver son sourire. Alors, acceptez-vous ?

Hippolyte n'aimait pas la charité, mais la vie en solitaire lui avait appris l'art des concessions. Elle avait trouvé refuge dans des fermes quand elle avait eu vraiment faim et monnayé un gîte contre des travaux lorsque l'hiver était arrivé. Elle pouvait bien accepter l'hospitalité d'une dame de qualité. Ne serait-ce que pour manger un vrai dîner !

— Volontiers.

Rassurée, la dame grimpa à l'intérieur du carrosse. Hippolyte attacha sa monture à l'arrière avant de rejoindre cette rencontre inopinée. La voiture se remit en branle sur la route dès qu'elle claqua la portière. Elles restèrent silencieuses un moment ; seuls les deux chiens allaient et venaient entre elles avec des grognements.

— Vous rendiez-vous à Saint-Germain ? interrogea la dame qui attrapa une boîte cachée sous la banquette.

— Oui, je n'ai jamais vu le palais.

Les joues de son interlocutrice virèrent à un rose des plus joyeux. Elle souleva le couvercle de sa boîte, dévoilant un service à vin composé d'une bouteille en cristal et de deux verres. Elle les remplit, puis en tendit un à Hippolyte qui accepta sans discuter. Boire. Une autre découverte de ces derniers mois. Voilà qui rendait le sourire !

—Mon ami, je vous y conduirai moi-même la prochaine fois !

Hippolyte acquiesça avec reconnaissance avant de se rendre compte qu'elle ignorait tout de la personne en face d'elle.

—Puis-je connaître votre nom ?

La dame secoua la tête tout en levant les yeux au ciel, partageant la même fulgurance. Elle présenta à Hippolyte le dos de sa main libre.

—Henriette de Richelieu.

Elle aurait pu ajouter un titre, mais, visiblement, elle n'en avait point. Ce détail plut tout de suite à Hippolyte qui en était démunie, elle aussi. Puis l'aura du nom finit par l'atteindre. « Richelieu », un patronyme prestigieux ! Hippolyte baisa sa main.

—Je suis la sœur du duc, précisa Henriette.

Elle avait *a priori* l'habitude d'être définie par la position de son frère, un illustre personnage dont on parlait beaucoup à Paris et dans ses alentours. Un ami très proche du roi, et un courtisan qui faisait parler de lui par ses exploits de libertinage.

—Je dispose d'un hôtel confortable à Paris, d'une belle fortune et je ne suis pas mariée.

Henriette lui jeta un regard de côté, un demi-sourire aux lèvres.

—Ne suis-je pas le meilleur parti qui soit ? insista-t-elle.

Face à l'humour évident de la question, la jeune femme ne put contenir un rire gouailleur. Henriette en fut si surprise qu'Hippolyte s'interrompit avec maladresse.

—Je ne voulais pas rire de vous ! Vous êtes bien entendu une femme... aux charmes... euh...

Hippolyte touchait à son meilleur sujet d'embarras : son discours aux femmes en tant qu'homme. Bien plus complexe et sibyllin qu'elle ne l'aurait cru.

—Pardonnez-moi, murmura-t-elle, livide.

L'atmosphère s'allégea aussitôt. Henriette glissa deux ou trois gorgées de vin dans sa bouche avant de reprendre.

—Jeune homme, vous manquez de finesse. Mais je crois que je vous apprécie. Votre mise est abîmée et vous êtes amaigri. En guise de remerciement pour ma vie sauve, je vous propose un patronage. J'ai une chambre confortable dans le Marais...

L'imagination d'Hippolyte s'emballa aussitôt à l'idée de bénéficier d'une chambre douillette et privée.

—Et je connais de très bons maîtres d'armes à Paris.

L'ajout l'interloqua. Elle voulut se défendre en prétendant ne pas avoir besoin de leçons, sa fierté piquée, mais Henriette ne la laissa pas râler.

— Vous êtes doué, assura-t-elle. Je ne suis pas une épéiste moi-même, mais je ne suis pas insensible à cet art et je reconnais un talent certain chez vous. Je pense seulement que vous manquez de rigueur pour exceller. Qu'en pensez-vous ?

L'analyse objective de son combat la rendit muette. Après tout, cette femme était en train de lui témoigner un respect franc qu'elle ne connaissait pas encore. Elle lui offrait surtout ce que le sort lui avait refusé depuis sa naissance : apprendre sans plus se fier au hasard. Elle ne pouvait pas continuer à batailler en se reposant sur son seul instinct : un jour, sa chance pourrait tourner.

— C'est une offre inespérée. Je l'accepte.

Henriette lui sourit avec complicité.

— À votre tour, donnez-moi votre nom.

Elle hésita. Henriette de Richelieu n'était pas n'importe qui.

Jusque-là, Hippolyte s'était fondue dans un peuple qu'elle ne connaissait pas très bien. Sa mère était issue de la bourgeoisie, certes, mais elle s'était élevée et avait coupé les ponts avec cette société. En parcourant les routes, la jeune femme était devenue une sorte d'arpenteur anonyme de grands chemins. Elle observait tout et tout le monde, leur façon de parler, de marcher, de se comporter. Elle copiait, s'en amusait parfois, se trouvant aussi bouffonne qu'un acteur de foire. Elle n'avait plus de contrainte sociale, mais elle n'oubliait pas non plus qu'elle était fille de baron. Malgré elle, un reste d'orgueil aristocratique demeurait ancré dans sa tête. Elle ne pouvait cependant pas permettre à madame de Richelieu de remonter à ses origines, découvrir qui elle était et plonger ses parents dans l'opprobre.

Devait-elle alors renoncer à cette hospitalité et à cette amitié naissante ?

Son regard se posa sur le pommeau de sa rapière. Elle serait toujours une de Sancy, mais, aux yeux du monde, il valait mieux être quelqu'un d'intouchable. Une inconnue.

— Monsieur ? appela Henriette.

— Hippolyte d'Arcy, madame, répondit-elle alors, confortée par son choix.

— Hippolyte d'Arcy, répéta sa protectrice. Impétueux chevalier !

Hippolyte sortit sa dague pour marquer d'une entaille la garde de son épée.

Un mort.

Elle n'avait pas l'intention d'imiter son grand-père et de poursuivre cette habitude. Elle souhaitait seulement se souvenir de cet instant, de cette mort qu'elle avait donnée et qui l'avait bousculée.

De cet instant qui changerait peut-être tout en elle.

Chapitre 5

Inverness en Écosse, 1730

Les braises rougeoyaient encore et la fumée restante lui piquait les yeux. Une brume épaisse dévalait des montagnes pour se mêler à l'anthracite des rues en basalte. Le froid glacial mordait son visage, et pourtant James conservait un brûlant sentiment de révolte dans le cœur.

Moira venait d'être réduite en cendres. Ses cris déchirants retentissaient encore dans sa tête sans qu'il puisse rien y faire. Les Loups, lorsqu'il s'agissait de souffrance, excellaient dans l'art de la torture. Harold avait aidé le feu à prendre vite. La pauvre femme n'avait pas eu le temps de s'étouffer, les flammes l'avaient dévorée vive avec une rare violence.

Moira. La douce Moira. Elle vivait en dehors de la ville, sur les flancs d'une colline. Elle aidait les gens d'Inverness et du comté à soigner les blessures quotidiennes et les maladies. Les femmes en couches faisaient appel à elle. Tout le monde la considérait comme une guérisseuse, une savante. Et elle l'était, pleine de connaissances. Des livres inattendus composaient sa bibliothèque : traité d'Hippocrate, abrégé de médecine d'Ibn Nafis, jusqu'à la théorie des signatures sur les plantes de Paracelse. Probablement une alchimiste.

Élancée, le nez long et arqué, la chevelure aussi brune que la terre, Moira incarnait une Écossaise indomptable et drôle. Elle l'avait conquis avec bien plus de panache qu'aucune autre : elle avait su le faire rire.

À présent son image n'était plus qu'un souvenir.

—James, appela Lewis en s'approchant.

Le jeune homme abaissa son tricorne sur sa chevelure rousse avant de faire face à son collègue, un homme svelte et calme d'apparence. Entièrement vêtu de noir, il était amaigri, les cheveux blonds et ras.

— Viens, les autres nous attendent au *Deer and Lamb*.

James hésita une courte seconde – comment boire dans un instant pareil ? –, puis acquiesça. Il referma le dernier bouton de son long manteau de laine noir, ajusta ses gants et suivit Lewis en silence.

En prenant la défense de la guérisseuse, il s'était mis en danger. Ses compagnons l'avaient tous dévisagé avec suspicion. Or, il *devait* conserver la confiance des Loups.

La Grande-Bretagne était rongée par d'incessants conflits internes depuis que James II Stuart, roi catholique d'origine écossaise, avait été chassé du trône et remplacé par le protestant Guillaume d'Orange en 1688. En 1714, les Hanovre, eux aussi protestants, incarnèrent la nouvelle dynastie régnante à Londres au grand dam des jacobites, les fidèles soutiens du roi James, qui se révoltèrent donc en 1715. À nouveau défaits, ils furent forcés de s'exiler à Rome, auprès des Stuart et du pape, et en France, auprès de leur principal allié militaire, Louis XV. Leur volonté ne fut pas entravée pour autant. Même depuis l'étranger, ils poursuivaient la lutte pour réintroniser leur légitime lignée.

C'était ce combat-là qui animait James, Écossais de naissance et banni de ses terres depuis ses huit ans. Il avait choisi la manière douce : l'espionnage. Sa cible était la plus difficile à infiltrer. Il était parvenu à se faire recruter par les Loups, une faction d'élite aux ordres directs du roi George II de Hanovre composée d'hommes aux capacités remarquables. Ils avaient pour mission de traquer et ferrer les êtres dotés de facultés surnaturelles dans tout le royaume. Leur action, qui demandait le plus grand secret, n'était donc soumise à aucun autre contrôle que celui du roi. C'était pour cette seule raison que les Loups se retrouvaient là, à Inverness.

Car le souverain était contraint par un puissant parlement et par la crainte d'une guerre avec la France. Il avait dû accepter une politique d'apaisement après de très dures répressions en Écosse afin d'étouffer le moindre désir d'émancipation. Mais George II n'oubliait pas. Les détournant de leurs premiers devoirs, il avait chargé ses Loups d'arpenter les territoires rebelles et de chasser toute personne mettant en péril son pouvoir : les jacobites comme quiconque ayant un pouvoir inhumain, quitte à les faire passer pour des sorciers. Un vampire se montrait trop téméraire ? On le brûlait. Un nécromancien interrogeait les esprits des rebelles trépassés ? On le brûlait. Un homme envoyait des renseignements sur une garnison anglaise ? On le brûlait. Depuis des mois, les Loups jugeaient et condamnaient en toute liberté. De quoi satisfaire leur soif de sang dévorante. Moira n'était pas leur première « sorcière », et ne serait malheureusement pas la dernière.

James et Lewis déambulèrent dans les rues désertes de la ville. Lorsqu'ils franchirent la porte basse de la taverne, la chaleur de l'âtre les accueillit. Une partie des Loups était réunie autour d'une longue table et buvait pour fêter l'événement, un grand drapeau de la croix de saint Georges accroché à l'une des poutres de la salle.

— James ! Lewis ! s'enchanta Blake.

Le préposé à la torture, un garçon d'à peine vingt ans, blafard et dur, poussa du pied un tabouret en face de lui pour inviter James à s'asseoir. Ce dernier prit place sans un mot. Il l'avait connu très jeune et avait vite découvert une personnalité perverse derrière ces yeux gris. Des vices nourris par leur chasse. Finn, Edmond, Harold et Randall complétaient la table. Tous étaient vêtus d'habits noirs et gantés. Bruyants, leur bonne humeur détonnait avec la mine basse des deux ou trois Écossais qui occupaient les recoins de la salle. Le tenancier, un vieil homme à la barbe grise, jetait des regards froids et fatigués sur leur table. Son épouse rivait les yeux sur ses gobelets, s'acharnant à les laver et les essuyer, attendant leur départ avec impatience. Et il y avait cette troisième silhouette dans un coin, un garçon rachitique qui mâchonnait un morceau de pain rance, l'air éteint.

James en avait les entrailles retournées.

— Tu dois goûter cette pisse qu'ils osent appeler whisky, lança Blake en le servant d'office.

James força un demi-sourire et porta le verre à sa bouche sans se plaindre. Il percevait toute l'attention des Loups sur lui ; ces ombres d'humains lui semblaient plus menaçantes que jamais. L'alcool lui brûla la gorge. Il avait le goût de tourbe, peu d'âge et peu de couleur. Un whisky de contrebande sans aucun doute. Rude et fort, imprécis et fier, comme son peuple. On décelait difficilement le contour des visages ici : ils se confondaient avec les paysages et la brume, avec la fatigue et la misère. On vivait d'une terre peu clémente mais qu'on aimait de toute son âme. À la fin de sa gorgée, James aurait voulu dire voulu dire que c'était la meilleure eau-de-vie qu'il avait goûtée jusque-là, mais il garda pour lui son émotion crue.

— J'en ai goûté de plus grisants, confirma-t-il afin d'entrer en communion avec ses compagnons.

Ils sourirent et se détendirent. Seul Blake le scrutait sans cligner des paupières. James le remettrait volontiers à sa place si on lui en donnait l'occasion. Mais la Cheffe n'aimait pas les querelles entre ses ouailles. Ils se permettaient des piques, jamais des coups. Et pourtant, les occasions s'étaient souvent présentées. Combien de fois James aurait brisé un nez ou une mâchoire de Loup s'il l'avait pu… ?

— Elle était vraiment une sorcière et une jacobite, avança Blake en resservant les quelques verres autour de lui. Randall, montre ce que nous avons trouvé dans sa cabane.

L'Anglais chauve et ventru s'essuya les mains sur son habit, puis en sortit un morceau de tissu chiffonné. Il le posa sur la table, sous les yeux de James. Le carré était jaune, brodé d'un lion rampant rouge. L'étendard des Stuart d'Écosse depuis des siècles. James avait déjà abordé le sujet avec Moira. Oui, elle s'était positionnée en faveur des jacobites, mais elle préférait rester en dehors du conflit. Encore un odieux piège de plus ; cette « preuve » n'était même pas apparue au cours du procès, ils la rajouteraient dans le rapport pour le roi George.

— Je suppose qu'elle méritait ce qui s'est passé, commenta James d'une voix impénétrable.

— Oui, j'ai pris mon temps. Je lui ai lentement arraché les doigts, cassé les genoux…

James déglutit avec rage. Ses doigts devinrent blancs à force de serrer son gobelet. Il tenta par tous les moyens de se raisonner. Il était seul. S'il levait la main sur Blake, les autres le tueraient en un rien de temps.

Comme le tortionnaire ne semblait toujours pas convaincu de sa bonne foi, il poursuivit son manège. Il se tourna vers le tenancier de la taverne et agita le tissu.

— Hé, vieil homme ! Prouve-nous que tu es un vrai sujet de Sa Majesté le roi George II et brûle *ça*.

L'homme demeura immobile.

— Allez, obéis, encouragea Blake.

Le tavernier finit par s'approcher, saisit le lion rampant après que Blake eut esquissé un geste de retrait par amusement, puis s'avança vers l'âtre de la cheminée, le poing serré.

— Nous attendons, reprit Blake en chantonnant.

L'homme resta figé un instant de plus avant de lâcher l'étendard. À cet instant précis, les flammes jaillirent hors du foyer et se jetèrent sur ses jambes. Le tenancier bondit en arrière, d'abord surpris, puis alarmé.

Il trébucha sur le sol et sa femme poussa un cri. James se rua sur le drapeau anglais, l'arracha à la poutre et courut auprès du pauvre homme pour étouffer le feu alors que les Loups trinquaient. James inspecta l'état des jambes : grâce à son pantalon de laine, les brûlures n'étaient que superficielles.

— Ton père doit avoir honte, murmura l'homme essoufflé, alors que sa femme gémissait auprès de lui, apeurée.

James releva un regard hébété. Il avait quitté la région à l'âge de huit ans ; il était persuadé que personne ne pourrait l'identifier. Mais l'homme avait peut-être connu son père, voire combattu à ses côtés en 1715 lors du dernier soulèvement des jacobites contre les Anglais. Le comté de Nairn, leurs terres, n'était pas si loin d'ici après tout, et les habitants y avaient une mémoire plus vive qu'ailleurs.

— Tu croyais vraiment que je ne te reconnaîtrais pas ? Tu as le visage de ton père, *foillear*[1], cracha-t-il.

James recula, glacé malgré la chaleur de l'âtre. Il ne savait plus vraiment qui il trahissait. Les Anglais qu'il était censé infiltrer et espionner ? Ou les Écossais qu'il regardait de l'autre côté du miroir ? Son objectif était de les aider, pourtant il participait, même passivement, à la répression qu'ils subissaient depuis trop longtemps.

Lorsqu'il se redressa, Blake, à l'opposé de ses camarades, se tenait debout et l'observait, bras croisés.

— Es-tu un traître, *frère* ?

James empoigna son épée, livide. Il allait dégainer sa lame, prêt à l'embrocher, quand l'ouverture de la porte et le vent frais qui s'engouffra le retinrent. Deux Loups entrèrent. En apercevant James, l'un d'eux l'interpella.

— La Cheffe veut te voir.

Fébrile, James acquiesça et contourna Blake. Avant de sortir, il aperçut Lewis calmer le tortionnaire en le rasseyant pour lui offrir à boire. Bien. Il ne s'élancerait pas tout de suite après lui. L'air frais lui fouetta le visage ; il inspira avec l'impression de quitter un sarcophage de plomb. Il se dirigea vers la forteresse d'Inverness qui surplombait la ville, longée de près par la rivière. Son père s'était emparé par le passé de ce vieux château qui avait appartenu au Macbeth de Shakespeare. C'était une sorte de grosse chimère tant il avait été bâti, rebâti et agrandi de morceaux disparates par les Anglais qui souhaitaient conserver un bastion au cœur des Highlands.

1. « Traître. » (gaélique écossais)

James grimpa la colline et salua les soldats en faction dans l'entrée. Les Loups étaient hébergés comme des princes. On leur réservait les salles chauffées et le confort, tandis que les tuniques rouges se coltinaient les hauteurs des remparts et les braseros de la cour. Sans précipitation, James se rendit au dortoir qu'il partageait avec ses compagnons, attrapa sa sacoche en cuir et son pardessus, s'assura de ne rien oublier d'important et redescendit l'escalier. Il avait rempli son devoir en supportant cette situation bien trop longtemps. Il avait délivré des messages ici et là et avait pris note de tous les échanges du roi George avec les Loups. Sa situation devenait trop périlleuse.

Il ne croisa personne pour s'étonner de ses agissements. C'était presque trop facile. Aucun soldat ne lui dirait quoi que ce soit, les Loups étaient indépendants de leur commandement. Il prit donc un cheval dans les écuries, plaqua sa sacoche contre lui et referma son manteau. En traversant la cour, dernière étape avant les Highlands à perte de vue, il entendit les gonds d'une porte-fenêtre grincer en hauteur. La chambre de la Cheffe des Loups y avait un beau balcon en fer forgé.

Elle apparut, vêtue d'un déshabillé rouge qui laissait entrevoir sa chemise de nuit immaculée. Elle s'accouda sur la rambarde avec un sourire.

Personne ne savait d'où elle venait, qui elle était, ni quelle relation elle entretenait vraiment avec le roi. Elle menait les Loups d'une main de fer, seule, sans aucune crainte. James devait s'avouer avoir été fasciné au départ par cette femme aux longs cheveux noirs et aux yeux clairs comme une fiole de poison. Elle avait un grain de beauté au coin de l'œil gauche qui attirait toujours le regard, empêchant de s'attarder sur l'inquiétant reflet de ses iris. James avait accepté de céder à ses avances, car rien ne valait les confidences faites sur un oreiller… mais aussi parce qu'elle avait un charme implacable, une intelligence et une détermination féroces. Le genre à mener l'homme le plus sensé au bord de la folie. Cependant, la logique froide avec laquelle elle se débarrassait de chacun des ennemis de la Couronne britannique l'avait peu à peu rempli d'effroi.

— Où vas-tu ? Je t'attendais.

— Chevaucher, Milady, j'ai besoin d'air.

Elle braqua toute son attention sur lui, comme si elle tentait de décortiquer sa pensée. Son visage peu expressif, comme celui d'une poupée de porcelaine, en avait tourmenté plus d'un.

— Tu sais qu'elle était une traîtresse, prononça-t-elle comme une affirmation plus qu'une demande. Ton pouvoir ne te dévoile qu'une facette de la vérité. Tu n'as pas à t'en vouloir.

James ne put retenir un sourire dépité.

— Je sais, répondit-il, plus détendu. Attends-moi, je reviens.

Ces paroles semblèrent la rassurer : elle referma derrière elle, sans savoir qu'elle lui offrait ainsi quelques heures d'avance. Il s'éloigna avec un nouvel objectif : parvenir à Oxford assez vite pour devancer tout chasseur.

Chapitre 6

Oxford en Angleterre, une dizaine de jours plus tard

La cité universitaire était battue par la pluie. Une fois la nuit tombée, les rues ne laissaient circuler que les étudiants qui se réunissaient pour échanger sur les cours particuliers de physique newtonienne ou pour débattre théologie. James, lui, sortit de la Divinity School, annexe de la bibliothèque de Bodley, et marqua un arrêt sur le pas de sa porte nord en voyant les torrents d'eau se déverser dans les rigoles d'évacuation. Il remonta le col de son pardessus jusqu'au nez en observant d'un œil inquiet les hautes façades anciennes du bâtiment. À cette heure-ci, l'endroit était désert. Seul le théâtre Sheldonien, juste en face, semblait occupé. Une lueur tremblante éclairait les fenêtres et une musique hasardeuse résonnait à l'intérieur. Du clavecin, Haendel. Les quelques fausses notes le firent grimacer. Pourquoi torturer un tel génie… ?

James écrasa son tricorne noir sur sa tête avant de s'élancer dans les rues, le pas pressé. Les grosses silhouettes des collèges lui semblèrent menaçantes, elles qui habituellement éveillaient en lui un sentiment de sécurité mêlé d'une douce nostalgie. Il contourna la Lanterne, longea l'église Sainte-Marie-la-Vierge et tourna dans High Street avec, pour cible, le Magdalen College, dont le clocher se découpait sur le clair de lune.

Des bruits de pas précipités près de lui le forcèrent à se cacher dans une ruelle adjacente. Un groupe d'étudiants, qui avaient troqué leurs tuniques académiques pour des habits rutilants de soie brodée et des masques vénitiens, passa en chahutant, sans tenir compte de la pluie sous leurs longues capes, en route pour l'une de ces nuits où la jeunesse s'encanaillait.

James souffla. Il reprit son chemin à pas véloces, ses bottes humides se couvrant peu à peu de boue. Une fois le Magdalen College passé, un petit pont de pierre surplombait la rivière Cherwell et menait à un carrefour. La route de Londres était mieux aménagée à cet endroit, mais cela n'empêchait pas les flaques en temps de pluie. James se précipita au relais White Horse qui fournissait des chevaux frais pour effectuer le voyage ; il était censé y récupérer des nouvelles de Rome et de son père. De l'autre côté de la porte, la cheminée lui offrit chaleur et réconfort. Il se dirigea vers l'âtre, puis défit les boutons de son col relevé et retira son tricorne pour l'égoutter au-dessus du feu.

— Que puis-je faire pour vous, monsieur ? demanda une voix bourrue.

James fut d'abord surpris de ne pas entendre la voix familière de Rose, la tenancière. Il avait séjourné treize mois en Écosse ; certaines choses avaient changé depuis. Restait à savoir si Rose avait laissé des instructions à son successeur pour lui remettre ses messages.

— Une assiette et une pinte de votre meilleure bière, commanda-t-il, privilégiant la discrétion.

L'homme acquiesça et hurla un ordre en direction du comptoir au fond de la salle. James prit place à une petite table séparée des autres par des cloisons de bois, près d'une fenêtre pour garder tout de même un œil sur les allées et venues, et attendit avec impatience le plat chaud. Ce dernier ne tarda pas à arriver.

— James Darroch ?

Il releva un regard étonné vers la servante, qui tenait une gamelle remplie de ragoût de lapin d'une main et une chope de bière dans l'autre.

— Comment connaissez-vous mon nom ? répliqua-t-il, méfiant.

La jeune femme, à la peau noire et aux cheveux coupés ras, avait un corps athlétique et des yeux sombres, francs et droits. Sa chemise en chanvre et sa jupe brune n'étaient pas très propres ; un corps piqué en tiretaine rouge offrait un généreux décolleté, et les curieuses bottines à ses pieds la rendaient aussi suspecte qu'insignifiante.

— On m'a confié un pli pour vous, répondit-elle en posant abruptement le plat et la pinte sur la table.

Elle glissa la main dans la large poche de son tablier et en sortit une lettre encore cachetée qu'elle conserva entre ses doigts. James garda le silence. Il valait mieux attendre un complément d'information : être jacobite au royaume du roi George requérait une prudence permanente.

—Rose m'a donné une description, ajouta la jeune femme avant de regarder ostensiblement alentour. Et je n'ai pas l'impression que les hommes vêtus de noir à la chevelure « semblable à un buisson de bruyère » fassent congrès ici ce soir.

Ça, ça ressemblait bien à Rose, mais il trouvait le choix du messager plutôt curieux : la modération n'était pas son fort. James agrippa son poignet.

Il lui suffisait de poser les mains sur un inconnu pour déterminer s'il était digne de confiance. Des images lui parvenaient en tête sans qu'il sache comment : en une poignée de secondes, il pouvait déceler des éléments disparates et emmêlés du passé, du présent et du futur de son interlocuteur.

La jeune femme était née dans une plantation, probablement aux Antilles. Elle avait fui avec quelques esclaves alors qu'elle était adolescente. Elle sentait la poudre à canon et la mer. Un événement avait ébranlé sa vie. Dans la dernière vision, elle se tenait enfin aux côtés de James, armes à la main, avec un nabot blond, à Paris, au service de la France.

James la relâcha et expira. Puis, sans un mot, il prit la lettre, la décacheta et se mit à la lire.

—Prenez place, invita-t-il à demi-voix.

Elle mit quelques secondes à s'asseoir.

—Que venez-vous de faire ?

—Je me suis assuré de votre parole.

—... Comment cela ?

James porta son attention sur son hôtesse. Elle respirait la suspicion. Il la fixa de ses yeux bleus très clairs, un peu trop grands et statiques, il en était tout à fait conscient. Elle finit par avoir un mouvement de recul, s'appuyant contre le dossier de la chaise. Il était passé maître dans la déstabilisation des gens trop confiants. Il reprit sa lecture dans un silence proche du malaise. Les nouvelles étaient codées, bien sûr. Et pas très bonnes. Son père, le comte de Nairn, était mourant. James avait pour projet de fuir en France, mais il faudrait d'abord qu'il retourne à Rome pour rejoindre les siens. Il allait donc manger son ragoût, puis partir pour Douvres.

—Quel est votre nom ? interrogea-t-il en pliant la lettre pour l'enfoncer dans la grande poche intérieure de son habit.

La jeune femme avait changé d'attitude. Bras croisés, sourcils froncés, elle semblait le défier du regard. À bien l'observer, elle dégageait une puissante hardiesse : il en fallait plus que ça pour la remettre à sa place. Bonne chose. Après tout, ils allaient manifestement faire un bout de chemin ensemble.

— Olympe, finit-elle par lâcher.

Il était trop tôt pour parler de son pouvoir avec elle, alors il récita un discours destiné aux cas comme celui-ci :

— Une observation appliquée peut mener à toutes les déductions.

— Très bien, je vous écoute. Qu'avez-vous appris sur moi ?

Elle ne semblait pas du tout convaincue. Une sceptique, c'était parfait : elle aurait toujours du recul. Puisque leur sort semblait lié, il ne s'inquiétait pas vraiment de l'issue de cette conversation. Alors il avala une première cuillerée de son ragoût, fut étonné des épices employées, et poursuivit :

— Vous êtes née esclave, chez un propriétaire terrien de Nouvelle-France.

Olympe laissa échapper un ricanement.

— Je suis noire et j'ai un accent français. Je suis sûre que vous pouvez faire mieux !

— Vous avez eu un passage dans la piraterie, ajouta-t-il en jetant un œil sur l'entrée du relais.

Cette fois-ci, elle parut troublée.

— Comme la plupart des esclaves en fuite, finit-elle par répliquer.

— Mais vous, vous avez également fui la piraterie. Avez-vous, par hasard, attaqué un négrier ? Est-ce ainsi que vous avez découvert ce commerce dont vous étiez issue ? Des hommes, des femmes, des enfants, parqués sur plusieurs niveaux dans la cale…

La jeune femme ne répondit rien, les lèvres déformées par une grimace.

— Comment le savez-vous ? interrogea-t-elle avec froideur.

— Peu de pirates survivent à leur style de vie. Vous avez l'air solide, mais quelque chose a dû vous ébranler suffisamment pour que vous vous retrouviez ici, au beau milieu de l'Angleterre.

Olympe regarda ailleurs, à l'évidence agacée d'avoir été mise au jour.

— Notre bateau a attaqué un navire marchand, nous ne savions pas qu'ils avaient pour commerce des êtres humains. Nous n'avons pas pu secourir tout le monde. Une poignée en a réchappé.

James reposa sa cuillère, rassasié, l'assiette finie. Soupçonnant qu'elle n'en avait pas terminé, il garda le silence.

— J'espérais décimer l'homme blanc et je suis devenue comme lui : j'ai sacrifié les miens sans le savoir. J'ai laissé tomber la piraterie, j'ai débarqué à Londres et suis devenue servante de relais en relais, jusqu'ici.

Il acquiesça. Il ignorait encore pourquoi ils en arriveraient à faire équipe, mais son étrange pouvoir lui avait conféré assez de confiance en cette femme pour l'inviter à le suivre.

— Et votre situation vous convient ?

Olympe voulut répondre, mais son patron se mit à rugir depuis le comptoir :

— Hé ! Tu as de la vaisselle à faire, Négresse !

La jeune femme se crispa.

— C'est une bonne raison de quitter cet endroit, commenta James.

La porte de l'auberge s'ouvrit au même instant, laissant s'engouffrer un courant d'air froid. Un homme, lui aussi vêtu d'un long pardessus noir, entra en parcourant l'espace du regard. Il était suivi de deux soldats, fusil à l'épaule. James se redressa ; les Loups l'avaient finalement rattrapé. Même s'il s'était toujours arrangé pour se rendre au White Horse en toute discrétion, il n'était pas étonné qu'ils viennent jeter un œil ici… seulement il ne s'attendait pas à l'aide de l'armée.

— Ils sont là pour moi, chuchota-t-il à Olympe.

— Nous sommes à la recherche d'un jacobite, lança l'homme à voix haute pour être entendu de toute la salle. Ce chien a été vu dans le coin.

Les clients se jetèrent aussitôt des regards mi-apeurés, mi-suspicieux. Oxford avait eu des tendances jacobites lors de la révolte de 1715, et d'importantes arrestations avaient eu lieu dans la cité après leur défaite. Le comté était resté à l'affût par crainte de voir resurgir les prémices d'une insurrection. Il avait manifestement suffi que les Loups accusent James d'être un fervent jacobite pour que l'armée du roi le poursuive.

James boutonna son pardessus, mit ses gants et coiffa son tricorne, le tout avec un flegme déroutant.

— Alors, vous venez ?

— Donnez-moi un instant.

Olympe se leva pour aller à la rencontre des intrus.

— Nous n'avons pas de jacobite ici. Partez, vous effrayez la clientèle.

— Ferme-la, sauvage, grogna l'homme.

Elle lui décocha son poing droit avec une violence surprenante. L'homme recula de plusieurs pas avant de trébucher sur le sol, hébété, le nez en sang. Les deux soldats partagèrent un regard surpris, puis s'emparèrent de leurs armes. Le coup de feu ne partit pourtant pas d'eux mais du fond. James s'était levé pour en viser un au pistolet. L'autre pivota et le tint en joue.

— C'est lui !

Les clients du relais, d'abord immobiles, se ruèrent vite sous les tables pour éviter une malencontreuse blessure. Olympe attrapa une petite hache coincée dans son dos, entre son corps piqué et le nœud de son tablier. Elle la ficha brutalement dans l'épaule droite du soldat, qui poussa un hurlement.

— Par ici ! lança-t-elle à James avant de récupérer son arme et de courir à l'arrière de la salle.

Il lui emboîta le pas, sacoche au bras. Olympe attrapa une michc de pain et un baluchon d'affaires derrière le comptoir avant de donner un coup de pied dans une porte de la réserve. Ils se faufilèrent dans l'écurie, montèrent sur deux chevaux et s'élancèrent sur la route de Londres alors que le tenancier appelait à l'aide.

Ne pouvant tenir les chevaux au galop bien longtemps, ils ralentirent au bout d'une lieue et sortirent de la route principale pour couper à travers la campagne. Leurs traces lanceraient les poursuivants sur la piste de Londres tandis qu'ils continueraient en direction de Douvres.

— Vous avez toujours une hache à portée de main ? s'intéressa James alors que leurs montures s'engageaient sur des pentes plus ou moins glissantes.

— J'ai vécu sur un bateau plusieurs années, entourée de pirates aux mains baladeuses, répondit-elle. Une hache est toujours très utile.

Elle marqua un silence avant de reprendre :

— Alors vous êtes un jacobite.

— C'est exact.

Il ne développa pas plus, même s'il ne doutait pas que ce serait insuffisant pour sa nouvelle compagne.

— Les rebelles écossais ne sont pas les bienvenus dans le coin. Que faites-vous là ?

— Je suis de passage.

— L'homme en noir ne ressemblait pas à un soldat.

— Je ne fuis pas seulement les soldats du roi George.

— Alors qui ?

— Je préfère ne pas m'étendre sur le sujet.

Couper à travers les champs imposait de descendre de cheval pour ouvrir les clôtures et les refermer derrière soi fréquemment, chose que James exécuta sans trop rechigner, même si embouer plus ses bottes le dépitait. Il était très soigneux avec ses affaires. Ils s'enfoncèrent dans une campagne sombre et humide. Ils ne pourraient pas rester dehors toute la nuit : la température chutait, la lune éclairait peu à cause des nuages. Il faudrait faire une halte rapide dans un endroit tranquille. Une étable ou une grange devrait convenir : mieux valait éviter les lieux de passage comme les auberges ou les relais.

— Et où allons-nous ? enchaîna Olympe.

— À Paris, avec un détour par Rome. Mon père vit dans l'entourage du Prétendant légitime au trône.

— Qui est l'homme en noir ? Si vous souhaitez que nous poursuivions la route ensemble, je veux au moins savoir à qui j'ai affaire.

James aurait préféré éviter le sujet – parler des Loups sans évoquer leurs particularités était un exercice difficile –, mais Olympe avait de bonnes raisons de s'inquiéter de ses ennemis.

— Un ancien compagnon de la confrérie des Loups.

— La confrérie des Loups ? De quoi s'agit-il ?

— Un rassemblement d'acharnés qui chassent tout ce qui est hors du commun.

— Allez-vous me dire que vous êtes hors du commun ? se moqua-t-elle.

James dodelina de la tête.

— En quelque sorte. Je suis jacobite, souvenez-vous.

— Je vois, répliqua-t-elle, perplexe.

— Vous connaissez la devise latine « *Homo homini lupus est* » ?

— « L'homme est un loup pour l'homme. »

— Les Loups tiennent leur nom de là. Cela vous renseigne sur leurs intentions d'une manière générale : comme l'homme est une menace pour ses congénères, ils se sont mis à le chasser.

— « Ils » ? Vous en étiez, vous aussi, non ?

James poussa un soupir.

— Oui et non. J'ai quitté Rome pour l'Angleterre avec la mission d'espionner la confrérie qui menaçait les jacobites. J'ai été recruté et j'ai pu observer leurs faits et gestes, mais je savais, par le plus simple bon sens, que les personnes qu'ils accusaient de sorcellerie n'étaient pas forcément mauvaises ni même dangereuses. J'ai fini par refuser d'apporter mon appui à la condamnation d'une femme innocente. Malgré mes protestations, ceux qui étaient mes compagnons l'ont brûlée vive. Donc je suis parti.

Elle garda le silence un court instant.

— J'imagine qu'on ne quitte pas un tel rassemblement comme ça.

James approuva. Il avait eu une éducation catholique à Rome, mais aussi une formation à l'espionnage par son père. Sa personnalité devenait dichotomique : d'un côté, il était tourné vers la foi et la dévotion, et de l'autre, de façon plus dévorante et rationnelle, il analysait les situations et cherchait des solutions pour sortir d'un mauvais pas. Il devait bien reconnaître que, dernièrement, la prière ne l'avait pas aidé.

— Le chasseur est devenu le chassé. Ils ne m'ont pas lâché depuis Glencoe et, apparemment, ils ont fait appel à l'armée.

— Jamais personne n'a accusé les Loups de sorcellerie ?

James eut un rire désabusé.

— En plus d'être protégés par la Couronne, les Loups sont basés à Oxford : la bibliothèque et la plupart des collèges leur appartiennent. Ils se reposent sur le savoir et la théologie, ce qui leur offre une complète immunité.

— Eh bien, vous voilà dans de beaux draps, monsieur, constata Olympe avec un poil de légèreté.

Leurs parcours étaient plutôt semblables : tous deux fuyaient un monde qui avait été le leur avant qu'ils le rejettent, effrayés par sa violence.

— Je suis curieux d'entendre à mon tour le récit de votre vie, invita James.

— Il y a beaucoup à dire sur ce que j'ai vu et vécu entre la Nouvelle-France et Oxford.

— Bien ! Plusieurs jours de voyage nous attendent.

Olympe eut un demi-sourire. Elle lança le pain dans les mains de James et sauta de cheval pour ouvrir la clôture suivante.

— Dites-moi d'abord : pourquoi Paris ?

— J'ai cru comprendre qu'il se passait des choses intéressantes en France. Le roi est notre allié et j'ai toujours voulu visiter Versailles, répondit-il en plongeant ses doigts dans la mie du pain.

Il garda pour lui une autre information qu'il venait d'apprendre en lisant l'avenir d'Olympe : le Cabinet du Secret ne tarderait pas à rouvrir.

Chapitre 7

Palais de Versailles, 16 août 1735

Hippolyte inspira profondément. Son corps était si tendu par l'excitation qu'elle n'avait pas dormi de la nuit.

Elle était restée allongée dans son lit, le cœur martelant sa poitrine pendant des heures, les yeux grands ouverts. Elle avait même eu peur de se laisser aller et de ne pas se réveiller à temps, de manquer la voiture, de rester à Paris, étourdie par sa bêtise. Elle avait fini par attendre le soleil dans l'entrée de son immeuble, prête, vêtue de son plus bel habit gris perle, un tricorne galonné d'argent sous le bras, sa fidèle épée au fourreau. Lorsque la voiture s'était arrêtée devant elle, elle avait grimpé à l'intérieur avec une telle impatience qu'elle s'était pris les pieds dans la traîne de la robe d'Henriette.

Cette dernière s'éventait auprès d'elle, tout aussi exaltée par leur destination. Elles franchirent toutes deux la seconde grille du palais de Versailles, éblouies par le soleil qui se réfléchissait dans chaque dorure. Le château royal, ouvert à tous, ressemblait à une grosse ruche dans laquelle circulaient visiteurs français et étrangers, magistrats, nobles, valets, servantes, soldats… Tous semblaient répondre à un savant ballet, le pas parfois mesuré, parfois hésitant, levant des yeux ébahis sur la façade ou se faufilant comme des souris à travers les attroupements.

— Passons par la galerie des Glaces, proposa Henriette.

Hippolyte suivit son amie dans le grand escalier des Ambassadeurs. Henriette ramassa la longue traîne de son habit de brocart orangé. Le panier, aplati devant et derrière, donnait du volume à la jupe sur les côtés et forçait les hommes à s'écarter de son passage. Les perles pendantes du grand corps en pointe produisaient la musique d'un carillon désaccordé, attirant tous les regards. À Versailles, il fallait être vu.

Alors Henriette agitait théâtralement les dentelles de ses manches mi-longues en désignant les œuvres d'art qui jalonnaient leur chemin au cœur des Grands Appartements. Bustes du Bernin, tableaux de Poussin et de Véronèse, céramiques de Chine et de Perse, plafonds marouflés de Le Brun, marbres colorés de France… Hippolyte n'était pas du tout dans son élément. Devenue adepte de la vie simple et de la bonne chère, elle préférait les tavernes et leur joyeuse compagnie aux salons guindés des hôtels et des palais.

Elle avait passé les dernières années à courir Paris et sa région, toujours avec l'idée de se mettre à l'épreuve, tout en suivant les cours du maître d'armes choisi avec soin par sa patronne. Le pauvre s'était arraché les cheveux au tout début. Sa salle était déjà pleine; il l'avait acceptée juste pour faire plaisir à madame de Richelieu. Pour couronner le tout, Hippolyte était dotée d'une complète intolérance à la discipline et à l'autorité. Les leçons d'escrime n'avaient été, durant de très longs mois, qu'une répétition de gestes et de postures qu'elle trouvait inutiles. Elle apprenait des chorégraphies plus esthétiques que pertinentes. Impatiente, elle avait souvent pensé à baisser les bras.

Les petits truands se battaient rarement à l'épée: ils s'armaient plus souvent de gourdins ou de bâtons. Adopter une parfaite garde de tierce alors qu'un homme lui courait après avec une massue ne serait pas plus efficace que ses coups hasardeux.

Puis elle avait eu son premier duel: un noble de passage aux manières fâcheuses qui l'avait provoquée. Le combat eut lieu devant témoins, à 7 heures du matin, alors qu'une brume épaisse faisait disparaître les arbres du verger dans lequel ils se trouvaient. L'humiliante défaite qu'elle avait connue ce jour-là l'avait marquée au fer rouge, lui rappelant à quel point elle était encore limitée. L'issue était heureusement décidée au premier sang versé; mais le sourire supérieur de cet homme, qui se permit un haussement d'épaules et un rire hautain en la dévisageant, l'avait terrassée.

Elle était retournée à la salle d'escrime avec une volonté de fer, avait accepté les leçons, s'y attardait même jusqu'à tard le soir, rageant contre cet adversaire, mais surtout contre sa propre ignorance. Les années avaient passé et le maître d'armes, adouci, presque admiratif, avait fini par lui proposer de le représenter au cours d'un duel organisé par le duc de Richelieu. Henriette l'avait pressée d'accepter avec enthousiasme; c'était l'occasion de faire reconnaître son talent aux yeux des amateurs de la capitale. Hippolyte avait déjà acquis une discrète mais solide réputation de bretteur. Il ne lui manquait plus qu'un coup d'éclat.

Son adversaire, le Signore Liberi, était un adepte de la manière italienne et le démontrait à travers toute l'Europe. Leur face-à-face, un divertissement d'escrime codifié, avait fait l'objet de paris de manière officieuse, rameutant les joueurs invétérés peu enclins au sport en lui-même. Pour Hippolyte, il représentait un événement capital : une occasion de prendre sa revanche après sa première défaite. Elle avait arraché sa victoire au cours d'un combat sensationnel qui avait saisi l'assemblée. On en avait parlé plusieurs jours dans les salons et dans les salles d'armes, portant aux nues Hippolyte d'Arcy, et même sa patronne Henriette. Mais sa véritable récompense fut la reconnaissance et le respect qu'elle avait pu lire dans le regard de Liberi lorsqu'il s'était incliné.

Hippolyte avait tant travaillé pour en arriver là ! Elle avait gagné son entrée dans le palais du roi de France, mais, à présent qu'elle y était, elle ressentait tout l'embarras de sa position incertaine. Elle tirailla son habit et desserra sa cravate. Son corps avait peu changé depuis son premier travestissement, mais elle avait gagné en taille, en muscles et en poitrine. Elle portait donc un gilet légèrement rembourré qui aplanissait ses hanches et son torse sans rien laisser paraître.

Elle rattrapa Henriette qui traversait un salon d'angle à pas rapides. La galerie des Glaces s'étendit alors sous leurs yeux, coupant le souffle d'Hippolyte. Une fois pourtant, elle s'était retrouvée seule face à quatre bandits armés et n'avait pas un seul instant tressailli. Mais devant cet effet de grandeur et d'harmonie, entre les parquets cirés, les plafonds peints, les grands miroirs, les lustres et les candélabres baignés de lumière, elle ne sut quoi dire.

— J'ai dressé un tel portrait de vous au roi qu'il avait grand hâte de vous rencontrer, déclara Henriette avec fierté.

À nouveau assaillie de crainte et d'impatience, la jeune femme déglutit. Du jour au lendemain, Henriette avait pris la décision de présenter au souverain le jeune homme courageux qui l'avait sauvée des brigands.

— J'espère qu'il ne sera pas déçu du tableau lorsqu'il l'aura sous les yeux, marmonna Hippolyte.

— Ne dites pas de sottises, s'amusa sa mécène. Avez-vous des connaissances à Versailles ?

Elle agita son éventail avec plus d'énergie. Hippolyte commençait à connaître ce regard noisette lorsqu'il se jetait ainsi de côté. Elle haussa les épaules.

— Pas vraiment.

Le visage de Pierre de Varceau surgit de sa mémoire.

— Si, un mousquetaire, ajouta-t-elle alors.

Elle ne put s'empêcher de se demander ce qu'il devenait.

Henriette n'eut qu'une mince grimace.

— Je pensais à une connaissance plus galante, corrigea-t-elle en attrapant un valet qui passait près d'elle.

Dans ces occasions-là, madame de Richelieu lui rappelait sa mère, à la différence qu'elle lui cherchait une jeune fille à marier et non un homme. Hippolyte évita la question en s'approchant d'une grande baie ouverte pour admirer la vue sur les jardins. La perspective offerte par le tapis vert et le Grand Canal donnait une impression d'infini.

— Le roi nous attend près du bassin de Latone, intervint Henriette en la rejoignant.

Elles firent donc demi-tour, sortirent et traversèrent le parterre d'eau. De larges volées d'escaliers menaient jusqu'à la fontaine où s'était attroupée une partie de la Cour. Des gardes de la manche, les gardes du corps rapprochés du roi vêtus de leur hoqueton de soie blanche orné d'un soleil et de fleurs de lys, une longue pertuisane à la main, annoncèrent la présence du souverain.

Hippolyte et Henriette fendirent les courtisans et s'approchèrent du premier valet de chambre du roi pour qu'on les introduise. Hippolyte atteignait un nouveau sommet de nervosité. Le monarque se tenait un peu plus loin, scrutant les gros crapauds dorés du bassin qui crachaient de l'eau bien au-dessus d'eux, sur la statue représentant Latone et ses enfants.

Le roi était grand ; ce fut tout ce à quoi Hippolyte pensa alors que le valet les conduisait auprès de lui.

— Sire, madame Henriette de Richelieu et monsieur Hippolyte d'Arcy, annonça le valet en courbant la tête.

À l'énoncé de son pseudonyme, Hippolyte redouta que le roi ne la démasque d'un coup d'œil. Elle exécuta pourtant sa révérence masculine à la perfection.

— Voici donc le vainqueur de Liberi, dit-il simplement, sa main gauche resserrant le pommeau de sa canne d'ébène.

Le roi portait un bel habit de soie brodée bleu ciel et un élégant tricorne en fourrure de castor, galonné d'or et orné d'une broche de saphirs. Un air distant rendait son beau visage impénétrable. Hippolyte déglutit discrètement.

— Oui, Sire ; le gentilhomme mérite toute votre bienveillance, confirma Henriette.

—Je suis votre serviteur, appuya Hippolyte en inclinant à nouveau la tête.

Le roi ne semblait pas bavard : il la jaugeait en silence.

—Accompagnez-moi, monsieur d'Arcy, invita-t-il alors en tendant le bras en direction des jardins. J'aimerais que nous discutions ensemble.

Hippolyte avait entendu dire que le roi Louis était plus loquace en petit comité ; elle le suivit donc sans ergoter. Si elle pensait au départ qu'Henriette s'incrusterait, comme elle le faisait toujours, la jeune femme s'aperçut vite que seuls les deux gardes de la manche marchaient quelques pas derrière eux.

—Madame de Richelieu n'a pas tari d'éloges à votre propos, dit le roi en remontant son tricorne. Elle vous qualifie de brave, infatigable, excellent épéiste, aimable, franc, honnête...

Les joues d'Hippolyte rosirent sous l'énumération de ses qualités.

—... maladroit, vantard, qui a du goût pour la bravade, la bagarre et le vin. Elle m'a d'ailleurs fait le récit truculent de votre retour un soir, ou était-ce un matin, dans son hôtel, avec pas moins de cinq baudriers piqués sur votre épée alors que vous titubiez fièrement dans l'entrée.

Hippolyte se mit à ralentir avant de s'arrêter. Elle ne doutait pas que son amie Henriette s'était beaucoup amusée du spectacle qu'elle avait offert ce soir-là – ou était-ce un matin ? –, mais pourquoi rapporter cela au roi ?

—On vous dit susceptible et un brin rustique également. Est-ce vrai ?

Elle dodelina de la tête en grommelant, tentant de masquer sa fierté piquée au vif. Elle espérait ne pas se montrer trop familière.

—La colère maîtrisée est un atout, reconnut le roi avec un demi-sourire. Madame de Richelieu a toute mon affection et ne me cache pas la vérité, c'est ce que j'attends de mes amis.

—Sire, j'ai autant de qualités que de défauts, comme tout un chacun, finit par dire Hippolyte.

Elle attendit une réponse qui ne vint pas dans l'immédiat. Elle ignorait si elle se rendait coupable d'un crime de lèse-majesté en regardant le roi dans les yeux ou en supposant qu'il avait donc lui aussi des défauts, mais il ne semblait pas s'impatienter et elle se sentait bien trop flattée par ce tête-à-tête pour ne pas en profiter. Elle n'avait jamais été très douée pour les ronds de jambe, et, même si elle aimait son roi et le servirait toujours sans se questionner, elle savait qu'elle ne ferait pas un très bon courtisan.

— Vous me plaisez, monsieur, déclara Louis en se détournant pour reprendre le chemin.

Étourdie par cette déclaration, Hippolyte ne fit pas attention à leur destination. Une fois devant l'une des grilles d'entrée du bosquet du Labyrinthe, elle aperçut un curieux personnage en face d'eux : un vieil abbé tout vêtu de noir qui s'inclina devant le roi.

— Pinsec, voici d'Arcy.

L'homme lui jeta un regard inquisiteur et ne la salua que d'un mouvement de tête, qu'elle imita. Tout ceci devenait très étrange. Elle savait le roi pieux, la présence de l'abbé ne l'étonna donc pas vraiment ; mais pourquoi le convier à cette promenade ? Ils entrèrent tous les trois dans le Labyrinthe, surveillés à distance par les deux gardes. Le dédale était ponctué de fontaines représentant les *Fables* d'Ésope et de La Fontaine. C'était un lieu propice aux jeux, mais Hippolyte était bien trop intriguée pour en savourer la légèreté.

— D'Arcy, racontez-moi l'un de vos faits d'armes, sollicita Louis. Madame de Richelieu et bien d'autres courtisans m'ont déjà rapporté votre fameux duel contre Liberi, mais j'aimerais entendre autre chose de votre bouche. Ces histoires sont un excellent divertissement.

Hippolyte sonda sa mémoire à la recherche d'une anecdote qui la mettrait en valeur. Il y avait bien cette histoire d'auberge infestée de brigands qui avaient agressé plusieurs courriers, mais c'était sanglant. Quatre hommes tués en un après-midi. Elle avait affronté leur chef en combat singulier, il lui avait laissé quelques bleus avant de trépasser. L'auberge l'avait célébrée comme une ambassade perse, le vin avait coulé à flots et elle avait appris que son allure plaisait aux femmes. Peut-être pas la meilleure histoire, donc. Le roi était un fervent catholique, mieux valait éviter d'évoquer les ribaudes de taverne.

— Un jour, je me suis retrouvé face à un Anglais, près de Saint-Denis. Il venait d'insulter une jeune femme qui l'avait éconduit. Il a saisi son bras pour la traîner à l'écart ; son fiancé, un apprenti maréchal-ferrant, s'est alors précipité pour l'arrêter. L'Anglais était un gentilhomme. Il a sorti son épée et lui a entaillé le bras jusqu'au sang. Je me suis aussitôt interposé.

— C'est très noble, la félicita le roi. Lui avez-vous donné le châtiment qu'il méritait ?

— Le soi-disant seigneur était mauvais bretteur, Sire, se vanta Hippolyte. Je n'ai même pas cherché à sortir mon épée de son fourreau. J'ai évité une flanconade et je lui ai donné un revers de main qui a suffi à le déséquilibrer. Mon pied dans son derrière l'a plongé tête la première dans le ruisseau !

Pinsec se racla la gorge avec insistance pour la rappeler à l'ordre. Hippolyte se ressaisit. Pourtant, le roi lui sourit plus franchement.

— Il n'y a donc pas eu de combat ? relança-t-il, curieux.

— Si, Votre Majesté. L'homme s'est relevé sous les rires et a attaqué de nouveau. Je me suis décidé à sortir ma lame. Lorsqu'un ennemi est fou de rage, il se dessert : il ne m'a suffi que de quelques passes pour le désarmer. J'ai posé la pointe de mon épée juste sous sa gorge, dit-elle tout en mimant la scène. Et je l'ai sommé de lâcher trois pièces pour les dommages qu'il avait causés.

— A-t-il obéi ? s'enquit le roi, pris dans le récit.

— Oui. Il s'est aussi empressé de présenter ses excuses.

— Bravo, monsieur, félicita le roi, conquis.

Pinsec s'avança d'un pas.

— Vous avez forcé un gentilhomme à donner des pièces à l'apprenti d'un maréchal-ferrant ? marmonna-t-il sur un ton inquisiteur.

— Vous avez omis l'information capitale, l'abbé, répliqua-t-elle en serrant les dents. Le malandrin était anglais. Noble ou non, une canaille reste une canaille.

S'il y avait bien une chose qu'elle refusait de nier, c'était ce principe-là.

— Le fait d'avoir corrigé un Anglais ne me laisse pas insensible, déclara le roi.

Ils marchèrent jusqu'au bout d'une allée, tournèrent et s'arrêtèrent devant la fontaine illustrant *Les grenouilles qui demandent un roi*. Le bassin rond, encastré dans une niche taillée dans la haute haie, servait de scène à une grue debout sur un rocher, une patte repliée, faisant face à un petit attroupement de grenouilles alignées. La fable racontait que les grenouilles, lassées de la démocratie, avaient demandé à Jupiter de leur envoyer un roi. Déçues par cet homme dépourvu d'autorité, elles protestèrent et le dieu leur expédia une grue qui les dévora. Hippolyte se récita la fable sans savoir pourquoi ils s'arrêtaient ici précisément. Elle ne remarqua pas tout de suite la présence de deux nouveaux gardes de la manche qui fermaient l'allée sur eux.

Son instinct la titilla. Après toutes ses péripéties, elle connaissait très bien cette sensation. Quelque chose ne tournait pas rond ici. Elle posa sa main sur la poignée de son épée et en lissa l'améthyste du pouce. C'était absurde de se sentir menacée dans le Labyrinthe alors qu'elle était en compagnie du roi en personne et d'un vieil abbé ! Mais l'espace restreint par la garde personnelle de Louis XV ne lui inspirait rien de bon.

— Henriette de Richelieu est une amie très chère, déclara le roi, le regard porté sur la grue. Elle parle beaucoup et me raconte absolument tout. C'est une source d'information inépuisable.

Hippolyte se mit à respirer avec plus de lenteur, un exercice qu'elle avait fini par s'imposer lorsqu'elle sentait monter l'appréhension ou la panique. Henriette avait-elle découvert sa véritable identité ? Elle l'aurait livrée de la sorte au roi sans lui en parler ? Impossible !

— Elle m'a donc confié une question que vous lui avez posée un jour et qui l'a laissée perplexe.

Le roi se tourna vers elle, plus indéchiffrable que jamais. Pinsec s'était rapproché et posa sa main sur l'épaule de la jeune femme, son pouce touchant sa nuque, la mettant aussitôt mal à l'aise. Si le roi n'avait pas été là, elle lui aurait brisé les phalanges.

— Vous lui auriez demandé ce que le mot « Fenrir » lui évoquait.

Le cœur d'Hippolyte manqua un battement. Elle n'avait jamais rien raconté de sa vie précédente, mais ce mot qui lui traînait dans la tête avait fini par sortir de sa bouche. Henriette connaissait tant de monde et tant de choses à Paris qu'elle avait voulu tenter sa chance. Malheureusement, elle avait fait chou blanc. En quoi cela intéressait-il le roi ? Savait-il quelque chose ?

— C'est exact, répondit-elle avant de déglutir.

— Pouvez-vous me dire pourquoi ?

— Honnêtement, je l'ignore, avoua Hippolyte qui ne pouvait, de toute façon, pas ajouter grand-chose.

Le roi la scruta en silence avant de poser une nouvelle question :

— M'êtes-vous fidèle, monsieur d'Arcy ?

Hippolyte tressaillit de colère à l'idée que l'on puisse douter de sa loyauté.

— Oui, Sire ! s'exclama-t-elle, contrariée. Je jure de toujours servir Votre Majesté, jusque dans la mort !

Le roi partagea un regard avec Pinsec qui la relâcha sans un mot. Hippolyte recula d'un pas, bien décidée à comprendre enfin dans quel traquenard elle se trouvait.

— Pourquoi cette entrevue ? Pourquoi ici ? questionna-t-elle en s'adressant à l'abbé.

Le vieil homme se contenta de la lorgner de haut.

— Vous allez vous rendre à l'hôtel de Cluny, reprit le roi avec un sourire de nouveau bienveillant. Vous direz au locataire des lieux que c'est moi qui vous envoie. Il vous remettra une mission en mon nom.

Interdite, Hippolyte finit par détacher ses doigts de sa rapière.

— Qui est le locataire de Cluny ?

Louis tendit le bras devant lui pour l'inviter à prendre congé.

— Faites-moi confiance, mon ami. Nous nous reverrons très bientôt.

Hippolyte exécuta une rapide révérence, recula pour ne pas tourner le dos au roi, puis s'éloigna. Elle dépassa les deux gardes de la manche sans encombre.

Que venait-il de se produire ? Elle avait l'impression d'avoir été testée. Déboussolée, elle erra un moment avant de trouver la sortie du Labyrinthe.

* * *

— C'est de la folie, Sire, décréta Pinsec une fois le garçon suffisamment éloigné. Recruter un aspirant au Secret sur recommandation d'Henriette de Richelieu, ce n'est pas sérieux.

Louis demeura pensif. Il avait demandé à son cercle d'amis le plus proche de lui présenter des jeunes gens doués à l'épée et pleins de bravoure. Tous lui avaient proposé un candidat. Chaque fois, il s'était retrouvé avec un seigneur désargenté en attente d'une charge, et donc d'une rente. D'Arcy n'avait pas l'air d'attendre quoi que ce soit de lui ; il pensait plutôt librement, et Louis savait qu'Henriette portait un excellent jugement sur les personnes qu'elle patronnait. De plus, la familiarité dont le garçon avait fait preuve l'avait charmé. Rien ne l'ennuyait plus que le comportement hypocrite des courtisans.

— J'ai confiance en mes amis bien plus qu'en mes courtisans, expliqua-t-il alors. Ils sont loyaux.

Pinsec dodelina de la tête.

— Certes. Mais vous pourriez convoquer vos meilleurs mousquetaires et voir parmi eux si…

— Les mousquetaires achètent leur charge, interrompit le roi. Ils ne sont pas là par mérite. Dites-moi plutôt ce que vous avez perçu de lui.

Pinsec toussota avec embarras avant de se lancer.

— Vous avez raison : d'Arcy vous est fidèle. Je n'avais pas lu un tel dévouement dans la tête de l'un de vos sujets depuis bien longtemps, encore moins parmi les postulants que nous avons vus jusqu'ici. Elle a été sincère du plus profond de son âme.

Louis se mit à sourire, soulagé d'entendre l'abbé confirmer son sentiment. Puis il finit par tiquer :

— « Elle » ?

L'abbé eut une grimace confuse.

— La carrure ne suffit pas : il faut également du courage et un esprit d'initiative, et elle n'en est pas dénuée. Mais, si vous le souhaitez, nous pouvons la faire arrêter.

Le roi se mit à réfléchir. Jamais encore une femme n'avait été impliquée dans le Cabinet du Secret, c'était une position bien trop dangereuse. Il avait déjà repoussé la réouverture du Secret par crainte de provoquer la mort ou la disparition de ses agents, mais désormais… Il était peut-être temps de prendre plus de risques. D'Arcy lui avait fait une bonne impression.

— Laissons le comte l'évaluer, décida le roi. Il aura le dernier mot. Nous nous débarrasserons d'elle s'il la juge dispensable. Qu'en est-il de Fenrir ? Une coïncidence ? Ou parlait-elle réellement du seigneur Fenrir ?

— C'est là le plus étrange, Sire. Ce n'est pas une coïncidence. Elle n'en pense rien non plus cependant, comme si sa mémoire autour de ce mot avait été altérée. Trois mots en réalité : elle s'est répété « Fenrir », « céruse » et « Paris » à l'instant même où vous avez évoqué le premier.

Louis haussa les sourcils.

— Sommes-nous sûrs qu'elle a toute sa tête ?

— J'en ai bien peur, répliqua Pinsec avec un demi-sourire.

Chapitre 8

Paris, 17 août

L'hôtel de Cluny, rue des Mathurins, près de la Sorbonne, avait la réputation d'être insalubre. Debout devant l'entrée, Hippolyte ne pouvait que confirmer ces dires. Un haut mur crénelé et décrépi bouclait la cour intérieure tandis qu'une porte cochère ouverte laissait entrevoir une façade ancienne évoquant trois niveaux : un rez-de-chaussée pour les communs, un étage noble mais dont les vitres à petits carreaux n'auguraient rien de bon, et un étage en sous-pente probablement incommode au possible, faiblement éclairé par des lucarnes.

Elle passa l'entrée et observa avec embarras le lierre qui envahissait les murs, un vieux puits qui trônait dans un coin sur sa droite, une tour octogonale qui devait abriter un escalier étroit pour accéder au corps de logis, des restes de décor sculpté qui se lézardaient ici et là sur les linteaux.

— Misère, murmura-t-elle pour elle-même.

Un bruit métallique l'interpella ; elle pivota sur sa gauche. Une grande femme à la peau noire, adossée à l'une des colonnes d'une courte galerie qui servait d'écuries, aiguisait une hache en faisant glisser une pierre d'affûtage sur la lame d'un geste précis et répété, les yeux rivés sur elle. Elle portait une robe fonctionnelle avec un grand tablier ; Hippolyte en déduisit qu'elle devait faire partie du service de l'hôtel. Elle s'en approcha donc en la saluant d'un mouvement de tête.

— Bonjour, je viens voir le locataire des lieux. C'est le roi qui m'envoie.

Hippolyte ne mesura le ridicule de sa phrase qu'en la prononçant à voix haute. Peut-être que le roi la mandatait chez un pauvre noble pour exiger qu'il entretienne sa triste demeure… La femme arrêta son activité et la scruta de haut. Elle devait bien faire une tête de plus qu'elle ! Elle était sculpturale. Une poitrine ferme et bien en évidence, des lèvres rouges pulpeuses, des yeux comme deux amandes noires qui ne la quittaient pas… elle lui faisait presque de l'effet. Hippolyte soutint son regard sans ciller, se demandant jusqu'où irait ce duel muet.

Sans explication, la femme se détendit et sourit.

— Le comte m'a prévenue d'une visite. Suivez-moi.

Elles se dirigèrent vers l'entrée de la tour et tournèrent sur la gauche sans grimper les marches inégales. Une longue cuisine occupait l'espace, bien équipée et bien chauffée. L'odeur de la nourriture, du four à pain, des broches à viande de la cheminée et des fruits et légumes entassés dans des caisses fit remonter l'hôtel dans l'estime d'Hippolyte. *Voilà un endroit confortable*, se dit-elle en s'imaginant fort bien assise sur l'un des bancs longeant la table en noyer.

— Qui dois-je annoncer ? s'enquit la jeune femme.

— Hippolyte d'Arcy. Et vous ?

La servante allait se détourner d'elle pour l'annoncer en haut lieu, mais elle s'immobilisa. Elle ne manquait pas d'audace : elle ne se conduisait pas vraiment comme une domestique, à baisser toujours les yeux pour ne pas attirer l'attention. Elle ne devait donc pas manquer d'intérêt !

— Moi ?

— Votre nom, insista Hippolyte.

— Olympe. Attendez-moi ici, je vais prévenir le comte, reprit-elle en poussant une petite porte au fond de la pièce.

Diable ! Est-ce que la cuisine était l'endroit le plus salubre de l'hôtel pour qu'un comte reçoive ici ? Hippolyte secoua la tête, dépitée. Elle tourna autour de la table, humant le bouillonnant ragoût de la marmite au premier passage. Au second, elle ralentit, attrapa une cuillère en bois et la plongea pour s'assurer du goût. Ce fut cet instant que choisit Olympe pour revenir, suivie de près par un jeune homme de belle allure, avec ses grands yeux bleus et sa chevelure rousse. Il portait une veste noire aux manches retroussées, comme si l'on venait de l'interrompre dans son travail.

Le fameux « locataire de l'hôtel de Cluny » la dévisagea avec une indéniable réserve tandis qu'Olympe esquissait un sourire narquois. Hippolyte avala sa cuillerée, puis reposa précipitamment l'ustensile sur la table.

— Monsieur, salua-t-elle. C'est le roi qui m'envoie.

Le comte et Olympe partagèrent un regard indéfinissable.

— Je vous laisse à votre invité, décida la domestique en tournant les talons.

Hippolyte resta seule face au pourvoyeur de sa mission qui la fixa du regard avec attention. Il semblait bien sûr de lui et, curieusement, résigné.

— Que vous a dit le roi ? finit-il par lui demander.

— Que vous aviez une mission à me confier en son nom. Monsieur ?

— James Darroch, comte de Nairn.

— Anglais ? suspecta-t-elle.

— Écossais.

— Ah. Vous faites partie de ces exilés qui peuplent Paris ? Un comte sans terres ?

— C'est exact, dit-il à voix basse. Votre nom ?

La provocation ne l'avait jamais quittée, et son interlocuteur, à l'allure à la fois arrogante et fermée, ne lui inspirait que cela. Elle l'avait blessé, c'était certain. Et jouissif.

— Hippolyte d'Arcy.

— Rien de plus ?

Elle se contenta d'un mince sourire sans monter sur ses grands chevaux.

— Quelle est ma mission ? Pourquoi suis-je ici ?

— Le roi vient de vous mettre au Secret, déclara-t-il alors. Votre vie appartient à la Couronne à présent. Vous emménagerez ici ; un appartement et une rente vous seront attribués, et vous ne rendrez compte qu'au roi et à l'abbé Pinsec.

Hippolyte hochait la tête, perplexe. Elle ne doutait pas du pouvoir de recommandation d'Henriette, mais cette position tombée du ciel devait forcément cacher quelque chose.

— En échange de ?

— De vos bras. Si vous êtes ici, c'est parce que le roi pense que vous êtes un combattant de qualité. Se trompe-t-il ?

— Non, rétorqua-t-elle en se redressant. Est-ce que ça fait de moi un mercenaire ?

James pencha la tête sur le côté.

— Plutôt un agent au service de l'État.

— Un fonctionnaire, murmura-t-elle. Diable.

— Évitez de le convoquer ici, il ne vous sera d'aucun secours, prévint James avant de lui tourner le dos. Suivez-moi, d'Arcy.

Il poussa à nouveau la petite porte du fond et dévoila un étroit corridor plongé dans la pénombre. D'abord hésitante, Hippolyte finit par lui emboîter le pas, bien décidée à comprendre sa nouvelle tâche.

— Avez-vous déjà été témoin d'événements inexpliqués ? De choses dépassant la nature établie ? interrogea James.

— Vous parlez de miracles ? questionna Hippolyte en évitant d'évoquer son aversion pour ces superstitions religieuses.

— Un miracle s'explique par Dieu lorsque l'Église le reconnaît.

Hippolyte se mordit la langue pour ne pas soupirer trop fort. Il fallait qu'elle tombe sur un dévot !

— Où voulez-vous en venir ?

— Le Cabinet du Secret a pour dessein la protection du roi et de la France contre les forces surnaturelles et hostiles.

Incrédule, Hippolyte retint un juron pour ne pas donner foi au « rustique » de ses défauts évoqués par le roi. Elle allait poser mille questions quand le comte écarta un lourd rideau rouge pour déboucher sur une salle voûtée aux dimensions vertigineuses. Les parois en brique et en moellon montaient à plus de quarante pieds ; des arcs contre les murs faisaient office de bibliothèques pleines de livres, et une seule grosse arcade, en hauteur, permettait à la lumière du jour d'éclairer l'ensemble. Avec ses tapis recouvrant le sol, ses malles, ses tableaux et ses objets étonnants déposés ici et là, on aurait dit la caverne d'Ali Baba.

— Vous êtes au siège du Secret.

La voix de James la sortit de sa torpeur. Il se tenait devant une grosse cheminée dans laquelle crépitait un reste de feu. Une ottomane et deux fauteuils permettaient de s'installer au chaud à cet endroit, sous le regard perçant du personnage qui habitait le tableau, au-dessus de l'âtre. Un portrait en pied d'un style particulier, peut-être du XVIe siècle. L'homme était vêtu de hauts-de-chausses en toile et d'une tunique mi-longue serrée à mi-corps par une ceinture en soie rouge. Chaussettes hautes, bandelettes entourant ses mollets et sandales de cuir complétaient la mise par le bas, tandis qu'une cape courte était jetée sur les épaules, fermée par une fibule dorée au niveau du cou. Grand, une moustache tombante, des cheveux épais et mi-longs, un diadème sur le front, un air altier, une épée aux riches pierreries à la taille, un gros pectoral sur la poitrine, le personnage était majestueux… et complètement passé.

— Charlemagne, indiqua James.

— Pourquoi lui ?

— Parce qu'il a créé le Secret après une longue guerre sanglante dont nous n'avons plus de récits aujourd'hui. Il a formé un conseil fermé pour maintenir ces événements dans l'ombre et prévenir les prochaines menaces en l'an 800. Depuis, chaque souverain a légué cette charge à son successeur. Seules quatre personnes dans le royaume composent le Cabinet : le roi qui le dirige, son secrétaire, l'abbé Pinsec, et deux agents recrutés pour leurs compétences ; l'un pour ses connaissances, l'autre pour son bras armé.

Hippolyte entendait les mots « guerre sanglante » et « menaces » avec un mélange d'appréhension et d'appétit.

— À quoi dois-je m'attendre exactement ?

— À du danger, répliqua James sans préambule. La charge d'agent du Secret est risquée. Nos deux prédécesseurs sont décédés en 1727. Le roi n'a jamais pu procéder à un enterrement faute de corps. C'est la raison pour laquelle il a fermé le Cabinet.

Hippolyte resserra son épée.

— Pourquoi le rouvrir alors ? Pour sacrifier d'autres vies ?

— Une sombre affaire de convulsionnaires possédés par le démon, il y a quelques semaines, a mis en danger la sécurité de l'État. Le royaume ne peut plus se permettre de se passer du Secret.

Hippolyte soupira avant de se détourner du comte pour faire quelques pas dans la salle, tentant d'assimiler toutes ses paroles.

— À quoi elles ressemblent, ces forces surnaturelles ? demanda Hippolyte.

— Vous souvenez-vous du Masque de Fer ?

— Un ennemi politique de Louis XIV ?

— Un puissant magicien immortel qui avait pris son apparence. Il a été capturé et emprisonné dans les colonies pour plus de sûreté.

— Fichtre.

Celui-là, elle ne put le retenir.

— Le Cabinet réécrit les événements pour qu'ils ne perturbent pas la vie des sujets. Vous trouverez peu de cas communs entre la réalité que vous venez de quitter et celle dans laquelle vous entrez. Personne ne se souvient, Dieu merci, de l'invasion des araignées géantes dans la forêt de Notre-Dame, ni même de la prise de pouvoir du démon Kobal sur les théâtres parisiens.

Tout ceci avait de moins en moins de sens. Elle se planta devant une grande carte de Paris accrochée au mur et annotée. Est-ce qu'on se jouait d'elle, ou venait-elle de découvrir le plus grand mensonge de l'Histoire ?

— Et ce plan ?

— La localisation des peuples connus du Secret et de leurs représentants dans la capitale. J'essaie de le tenir à jour, mais vous verrez que nous ne sommes jamais à l'abri des surprises.

Hippolyte se rapprocha du mur.

— « La Guilde des Nécromanciens », lut-elle près de l'Hôtel de Ville.

— Des invocateurs d'âmes. Ne vous les mettez pas à dos, conseilla James en revenant vers elle. Ils sont trop proceduriers.

— Vous listez aussi les alchimistes ? Chercher la formule qui transforme le plomb en or fait-il d'eux des êtres surnaturels ?

— Cette légende remonte à Nicolas Flamel. Un original. Les alchimistes tels que nous les répertorions ici maîtrisent l'un des quatre éléments : eau, terre, feu, air. En général, ils vivent dans les bois, comme des Merlin cachés en Brocéliande. Dans de rares cas, ils s'installent en ville pour se mettre au service des humains. Ils sont pacifistes, mais nous veillons tout de même sur eux.

— Il y a des alchimistes femmes aussi, ou c'est une science réservée aux hommes ?

— C'est un peuple, pas un corps de métier. Vous allez en croiser de nombreux et très différents de vous et moi. Évitez de les offenser, même par mégarde.

— Êtes-vous sûr que vous n'êtes pas en train de vous moquer de moi ? rétorqua Hippolyte sans transition.

Le comte eut un mouvement de recul, surpris.

— Pensez-vous que le roi en personne s'est moqué de vous hier ?

Elle haussa les épaules. Après tout, on aurait pu lui suggérer de s'occuper du comte parce qu'il était fou et dangereux.

— Peut-être que ma mission est de vous arrêter, vous et vos divagations sur Charlemagne, Merlin et Flamel.

James hocha la tête en souriant.

— Donnez-moi votre main, je vous dirai des choses que vous seul connaissez.

— Vous lisez dans les lignes de la main ? s'amusa Hippolyte en haussant les épaules.

— Vous ne craignez rien, la provoqua James.

— Je n'ai pas peur, s'agaça vite Hippolyte en s'exécutant.

Elle replia son autre bras dans son dos et saisit sa dague sans la dégainer, prête à agir au moindre faux pas.

Le comte posa sa paume contre la sienne ; ses yeux se voilèrent. Il demeura immobile quelques secondes, grimaça, la relâcha d'un geste froid et lui tourna le dos.

— Alors ? s'impatientait Hippolyte qui, malgré tout, ressentait une certaine curiosité.

— Vous avez une sœur jumelle et un goût prononcé pour la bagarre et les tavernes, répondit James sans lui faire face.

Hippolyte tressaillit à la mention d'une sœur jumelle. Il la confondait avec son frère. Mais jamais elle n'avait parlé de Baptiste, ni de sa famille, à personne. Un charlatan pouvait tenter sa chance en évoquant des frères et sœurs – c'était commun après tout –, mais un jumeau ? Trop risqué. Avait-il vraiment vu son frère ?

— Et c'est tout ? parvint-elle à prononcer.

— Oui, je ne vois que des bribes de votre passé, éventuellement de votre futur, rien de plus.

Quelle vision de pacotille !

La fuyant presque, James se dirigea vers un bureau embarrassé de papiers. Un second lui faisait face, vide, prêt à accueillir le travail d'un collègue. James souleva des tas de lettres et de papiers avant de trouver un petit livre à la couverture rouge qu'il lui rapporta.

— Tenez. Il contient un historique du Cabinet, le détail du comportement à adopter selon la situation, et répertorie l'essentiel de nos connaissances sur ce qui vous attend.

Hippolyte l'attrapa, confuse, et découvrit le titre sans surprise : *Répertoire à l'usage du Cabinet du Secret*. Elle feuilleta les pages sans y prêter attention.

— Ne l'égarez pas, précisa le comte en se reprenant.

— Je vais m'y employer, répliqua Hippolyte, dents serrées.

— Bien sûr, vous avez droit à une période d'essai.

— Vraiment ?

— Si vous décidez de ne pas aller plus loin, le Secret fera passer votre mort pour un accident.

Une exclamation moqueuse échappa à Hippolyte.

— C'est vous qui vous en chargerez, j'imagine ?

— Possible.

Elle le balaya des yeux en secouant la tête. Il avait tout du noble précieux ; elle n'en ferait qu'une bouchée s'ils venaient à se battre.

— J'aimerais bien voir ça.

— Espérez le contraire, répliqua James en rabaissant ses manches. Ne sous-estimez personne et perdez vite votre comportement provocateur si vous voulez rester en vie. Des questions ?

— Olympe ?

— Une amie qui m'est chère.

— Pas une domestique alors ?

— Pas à mes yeux, mais elle a décidé de se rendre utile ainsi. S'il faut se battre, nous pourrons toujours compter sur elle.

— Vous n'avez pas de valet ?

— Nous ne pouvons pas nous permettre de domesticité élaborée, pour ne pas divulguer notre activité. Olympe vous montrera votre appartement tout à l'heure. Je vous attendais pour partir : le lieutenant général de police Hérault m'a envoyé un message ce matin. Il a un cadavre problématique sur les bras. Il ignore tout du Cabinet, il sait juste qu'il peut faire appel à moi lorsqu'un cas est inexplicable.

Hippolyte acquiesça tout en fourrant le petit manuel dans la poche intérieure de son habit, prête à le suivre. Elle était encore un peu sceptique, mais bien trop intriguée pour faire demi-tour.

— Retrouvons-nous dans la cour, je finis de m'habiller, requit le comte.

* * *

Une fois seul, James empoigna sa bouteille de whisky et se servit un verre.

Conformément à la vision qu'il avait eue plusieurs années auparavant avec Olympe, son nouvel acolyte, « le nabot blond », venait de faire son apparition. Le roi lui avait recommandé deux ou trois bretteurs de talent avant celui-là, tous ayant passé le test de Pinsec, mais James les avait refoulés avant même de leur adresser la parole. Bien malgré lui, il devait le reconnaître. Le garçon qui venait de sortir dans la cour lui semblait trop jeune.

Durant toute leur conversation, il avait mis en pratique ses années d'observation pour déceler le caractère et les attentes du garçon. Il avait scruté l'habit gris perle plus confortable qu'esthétique, la griffure familière au coin de l'œil, l'améthyste au pommeau de sa rapière dont la main calleuse ne quittait pas la poignée – il avait visiblement tenu plus longtemps l'épée que la plume –, et le regard qui exprimait toute l'impatience et la fierté du jeune coq de basse-cour à la provocation facile. Débrouillard et pragmatique, oui, certainement. Récalcitrant et indiscipliné, ça, il le craignait. Or, l'art du Secret résidait le plus souvent dans la conciliation.

Bref, un compagnon qui pouvait se révéler aussi utile que dangereux.

Mais jamais il n'avait contré le destin : Dieu seul décidait. Le Secret était au complet.

James se resservit un fond de whisky. Il devait également avaler la vision que son don lui avait offerte : deux bébés qui pleuraient, un garçon et une fille, des jumeaux et uniques enfants. Des images floues qui entouraient un drame violent, des images éparses et insensées, comme si on les étouffait volontairement. Le garçon sur les routes, des combats à l'épée en rase campagne contre des truands. Quelques abus de vin et d'éclats de rire dans les tavernes de Paris. Son corps ensanglanté, blême, allongé sur un beau parquet.

Il ne s'était pas attendu à cela. Dans cette dernière vision, le garçon n'avait pas vieilli. Il avait déjà vu des morts imminentes et s'était toujours écarté de la personne concernée, ne souhaitant pas s'attacher et ne pouvant la mettre en garde. Cette fois-ci, il n'avait pas le choix. Ses émotions tournoyaient avec confusion en lui. La dernière fois qu'il avait expérimenté ce malaise, il avait prédit à son roi exilé qu'il ne parviendrait jamais à reprendre l'Écosse. Tout ceci ne signifiait qu'une seule chose : il s'entendrait bien avec d'Arcy. Il allait l'apprécier, et il allait le perdre.

Déterminé à se reprendre, comme il l'avait toujours fait, il enfila son habit vermeil brodé de rinceaux. Une broche d'argent, figurant un voilier et un chêne dans un bandeau circulaire, était épinglée au niveau du cœur avec un ruban de tartan rouge et noir. Il devait rester rationnel afin de servir au mieux le Secret.

Chapitre 9

Paris, quartier du Châtelet

Le chemin jusqu'au Châtelet, édifice où logeaient l'administration policière de Paris ainsi que des cachots temporaires et une morgue, fut plus court que prévu grâce à la langue bien pendue d'Hippolyte. Une fois sur place, ils traversèrent un couloir de cellules dans lesquelles des voleurs ou des suspects étaient enfermés, dégrisant ou attendant un relâchement ou un transfert.

—Hé hé! les interpella un garçon grassouillet à leur passage, debout derrière les barreaux d'une grille. Monseigneur!

—Criquet? s'étonna Hippolyte.

Elle reconnaissait très bien la silhouette immanquable et pourtant furtive du captif. Elle l'avait attrapé en train de fouiller sa bourse alors qu'elle se baladait dans l'une des foires de Paris plusieurs mois auparavant. Elle ne doutait donc pas qu'il soit coupable, mais ce n'était pas un mauvais garçon. Après l'avoir sermonné, au point qu'il était devenu aussi penaud qu'elle à son âge après une bêtise, elle s'était laissé envahir par la compassion. Il ne semblait pas sauvage et perdu comme certains enfants des rues, lâchés de toute autorité et de toute affection depuis bien longtemps. Criquet possédait un côté maladroit et presque familier auquel elle s'identifiait. Elle lui avait alors proposé de l'aider à piéger deux bandits près de Saint-Cloud en échange d'une non-dénonciation. Il s'était exécuté et chargé de repérer le terrain avec plus de discrétion qu'elle. Leur coup fut un tel succès qu'elle avait fini par lui offrir quelques pièces en plus de sa liberté. Depuis, ils se croisaient de temps en temps et il mouchardait pour elle: tel voleur se planquait dans telle auberge, tel truand recherché venait de recruter des hommes de main à tel endroit.

— Monseigneur, c'est une abominable erreur ! se plaignit le garçon.

— C'est ce qu'il geint depuis des heures, appuya un jeune homme assis par terre. Si vous pouviez le convaincre d'accepter son sort…

— Qu'as-tu volé ? accusa aussitôt Hippolyte.

— Rien ! J'ai malencontreusement bousculé un gentilhomme aux Halles, sa broche s'est retrouvée accidentellement dans ma poche, je ne m'en suis aperçu que lorsque la garde m'a arrêté.

— Si nous allons par là, déclara le jeune homme en se levant à son tour, je suis moi aussi victime d'une erreur judiciaire.

Sa mise était plus soignée. Il avait les yeux bruns, le front haut, l'air ingénieux et une tenue convenable.

— Non, je n'ai pas poussé ce gamin prétentieux sur les marches du collège des Quatre-Nations. Disons, pas intentionnellement.

James finit par s'approcher de la grille.

— Votre visage ne m'est pas inconnu, s'aperçut-il. Nous sommes-nous déjà croisés ?

— Monsieur le comte ! confirma-t-il en tendant la main entre les barreaux.

James déganta sa main droite pour la serrer.

— Denis Diderot, se présenta le jeune homme. Étudiant à la Sorbonne. Enfin, jeune diplômé. Sans profession, somme toute. Vous logez à l'hôtel de Cluny, je vous croise de temps en temps au café Procope.

Le comte s'immobilisa quelques secondes, puis il relâcha le prisonnier.

— Je vais vous faire sortir de là, lui assura-t-il avec un sourire avant de reprendre son chemin.

— Merci, mon seigneur !

— Et moi ? geignit Criquet.

Hippolyte rattrapa James.

— Il va falloir que le fringant Diderot s'habitue aux barreaux, marmonnait-il en gantant à nouveau sa main.

— Et Criquet ? Il met son nez partout, il peut nous être utile.

— On n'est plus à un garçon des rues près, finit par acquiescer James en s'arrêtant devant une porte au bas de quelques marches. Vous avez déjà vu des cadavres ?

— Bien sûr, grommela-t-elle, irritée par ce ton supérieur qu'il adoptait depuis le début.

James poussa la porte, et l'odeur qui semblait planer jusque-là dans les couloirs s'abattit sur eux avec force. Il avait sorti un mouchoir pour le poser sous son nez, mais Hippolyte, n'ayant pas anticipé, fut prise d'une nausée qui la fit se pencher en avant un court instant.

— Monsieur le comte, je vous attendais, les accueillit un homme dégarni à lunettes.

— Commissaire Roussette, le salua James.

Il y avait peu de mobilier dans la petite pièce : un pupitre pour prendre des notes et des étagères d'apothicaire, le tout éclairé par une grosse meurtrière et quelques lampes. Un cadavre était allongé sur une table, au centre. Hippolyte plongea son visage dans son coude.

— Alors ? pressa James.

— Messieurs, nous avons affaire à un homme du guet, Jean Nogaret, mort dans la nuit du 15 au 16 août, exposa le commissaire. Comme vous pouvez le voir, l'agression a été très violente : crâne défoncé, profondes plaies sur le torse, le cou et le visage ; son bras droit est presque arraché et sa cheville semble avoir été rongée par de puissantes mâchoires.

— On dirait qu'il a été attaqué par un chien ou un loup, remarqua James.

— Oui, mais quel animal serait assez fort pour projeter l'homme à environ une toise de hauteur ? On a retrouvé du sang sur le mur de l'église Sainte-Opportune, là où son crâne a probablement frappé, à en croire la forme de la blessure.

— D'autant plus si la prise de l'animal se trouvait au niveau de la cheville, confirma James. D'Arcy, un avis ?

Ne recevant aucune réponse, il finit par tourner sur lui-même. Hippolyte se tenait contre le mur, à l'écart, livide. En trois pas, il la rejoignit.

— Mais que faites-vous ?

— Je tente de survivre : mon odorat vient d'être condamné à mort.

— Ce sont les rudesses de notre travail.

— Il n'y a rien d'écrit à ce sujet dans le manuel. Comment s'adresser à une sorcière, ça oui, mais supporter une telle puanteur ?

— Tout va bien ? finit par demander le commissaire.

James acquiesça.

— Vous voulez bien solliciter monsieur Hérault de notre part et faire sortir monsieur Diderot et le dénommé Criquet du cachot ?

Le commissaire accepta volontiers puis sortit de la pièce. James attrapa le bras d'Hippolyte pour la ramener près du cadavre.

— Il va falloir vous y faire, dit-il en la relâchant. Nous avons probablement affaire à une attaque de lycanthrope.

— De quoi ? demanda Hippolyte en touchant une blessure du bout du doigt.

La peau était froide et rigide.

— De lycanthrope, d'homme-loup si vous préférez, éclaira James en observant de plus près les traces de crocs. Mais pourquoi une attaque alors qu'ils sont censés se tenir tranquilles ? Nous devrions interroger leur représentant à Paris.

— Vous voulez dire que des lycanthropes se baladent parmi nous sans que personne les remarque ?

— Les lycanthropes ont deux formes : humaine et animale. Leur représentant actuel travaille juste à côté, à la Grande Boucherie, comme la plupart des membres de sa meute. Nous nous arrêterons à son étal en sortant. Il faudra faire attention : les lycanthropes sont encore méfiants, voire agressifs avec nous. Il n'est pas rare que, sous leur forme animale, ils soient chassés par les humains sans espoir de justice. Le Secret ne peut malheureusement pas faire grand-chose dans ces cas-là sans dévoiler la vérité. Vous lirez le chapitre concerné dans votre manuel pour plus de détails.

Hippolyte plissa les yeux. James soupira.

— Quoi ?

— « Mon » manuel ? Vous n'en avez pas, vous ?

— Est-ce que j'ai l'air d'avoir besoin d'un manuel ? Je suis la tête du Cabinet, vous les bras.

* * *

La Grande Boucherie contenait des abattoirs dans son gros ventre, et était cernée d'installations extérieures pour la découpe et la vente de la viande. Malgré l'odeur de sang, le bruit des mouches et le grouinement des porcs, James constata que son acolyte semblait respirer à nouveau. Le jeune Denis Diderot les avait remerciés mille fois et s'en était allé ; Criquet avait fini par leur fausser compagnie.

James se rendit jusqu'à la boutique d'un homme massif, aux cheveux gris argenté et à la barbe courte. Ce dernier montra aussitôt les crocs à travers une grimace peu avenante.

— Que puis-je faire pour l'agent du roi ? lança-t-il en abattant un hachoir dans un jarret.

— « Les » agents, corrigea Hippolyte.

Le boucher se contenta de grogner à son encontre.

— Juste un renseignement, Goliath, répondit James.

Le lycanthrope avait resserré le manche de son hachoir. Ce geste anodin attira l'attention d'Hippolyte.

— Un lycanthrope est-il sorti des rangs récemment ? Une violente agression a eu lieu non loin d'ici, il y a deux nuits.

— Seriez-vous en train d'accuser l'un des miens ? rugit Goliath.

— Non, je vous demande, en tant que représentant, de me fournir une explication si vous en avez une, au nom des accords passés avec le Cabinet, réitéra James d'une voix claire.

— Aucun lycanthrope n'a attaqué personne ! cracha l'intéressé, les canines dehors.

Son visage sembla se mouvoir ; son nez s'allongea, ses yeux s'étirèrent, et l'envergure de son bras prit de l'ampleur. Lorsqu'il leva le hachoir en l'air, Hippolyte sortit sa dague et, juste au moment où il allait l'abaisser, le bloqua entre la lame et la garde.

Le lycanthrope projeta son agressivité sur lui.

— Tout doux, l'ami, fit Hippolyte en le fixant droit dans les yeux.

James apprécia d'autant plus l'action de son acolyte qu'il ne s'était pas attendu à une telle vitesse. Contrer un lycanthrope, un chef de meute qui plus est, n'était pas une mince affaire. Mais il valait mieux que la tension baisse : ils attiraient déjà les regards autour d'eux. On commençait à se demander ce que ces deux seigneurs pouvaient bien vouloir au boucher.

Goliath finit par se détendre ; son visage redevint humain.

— Je sais reconnaître un guerrier lorsque j'en croise un, déclara-t-il avant de renifler Hippolyte.

Le garçon eut un mouvement de recul ; le lycanthrope, lui, afficha un sourire moins carnassier, puis reprit son hachoir et son travail de découpe.

— Je ne sais rien d'une attaque nocturne récente. Mais ça pue la mort dehors.

Rengainant sa dague, Hippolyte marmonna que ça puait la mort partout autour de la Grande Boucherie. James nota la remarque de Goliath sans relancer la discussion. Il esquissait une salutation quand la voix rêche du lycanthrope le retint.

— Et vous n'achetez rien ?

Ce fut ainsi qu'ils se retrouvèrent avec deux livres de lard en main.

Ils marchèrent un moment, traversèrent le Pont-au-Change aux multiples boutiques et passèrent sous l'Horloge du palais de l'île de la Cité.

— Vous pensez que Goliath ment ? demanda Hippolyte.

James haussa les épaules.

— Ce n'est pas vraiment son genre. J'ai dû remettre un peu d'ordre dans les accords passés entre la Couronne et les diverses communautés surnaturelles de Paris à la réouverture du Cabinet du Secret. Les lycanthropes se sont tous engagés à ne pas mener d'attaque contre les humains.

Hippolyte approuva d'un mouvement de tête.

— Que faisons-nous à présent ?

— Nogaret n'était pas seul : son camarade Thuilliez est porté disparu. On a retrouvé leurs montures dans les jardins du Palais Royal. Ce qui a attaqué les deux hommes a laissé un corps et pris l'autre selon toute vraisemblance.

— Quelle… créature aurait besoin d'un corps ? formula Hippolyte.

— Malheureusement de nombreuses.

Ils empruntèrent le pont Saint-Michel et flânèrent le long de la rue de la Harpe.

— Je peux vous poser une question ? reprit Hippolyte en se rangeant sur le côté pour laisser passer une voiture.

James opina, craignant de ne pas avoir d'autre choix. Ils entraient dans le quartier qu'il avait adopté à Paris, celui de la Sorbonne, de la Comédie française et des cafés.

— Les lycanthropes ont-ils une seule âme ? Ou deux ?

— Que voulez-vous dire ? s'étonna-t-il.

— S'ils sont à la fois homme et loup, cela signifie-t-il qu'ils ont une âme humaine et une âme animale ? Ou une seule et même âme et, donc, potentiellement, un animal peut avoir la même âme qu'un homme ?

Le raisonnement surprit James. Peu insistaient sur la possibilité que les animaux aient une conscience et une âme. C'était une pensée assez récente, même si elle avait été soulevée au siècle dernier en réponse aux affirmations de Descartes qui qualifiait les animaux de « machines ». La dernière fois qu'il avait lu cela, c'était dans un ouvrage qui avait été censuré et même brûlé par l'autorité à Rouen l'année passée. Il faisait heureusement partie de ceux qui avaient acquis un exemplaire au moment de sa sortie. Il avait même une version anglaise puisque l'insolent Voltaire, son auteur, avait rédigé ses *Lettres philosophiques* en revenant d'Angleterre. Exilé de Paris, ce provocateur, surtout connu pour son grand poème *La Henriade*, vivait ses débuts philosophiques en Champagne.

— Eh bien, nous avons le choix concernant l'âme. D'un côté, les cartésiens pensent que les animaux en sont dépourvus, ce qui impliquerait qu'un lycanthrope, lorsqu'il devient loup, perd momentanément son âme. De l'autre côté, nous avons ceux qui pensent que les animaux en possèdent une ; le lycanthrope passerait de l'une à l'autre selon ses transformations. Pour ma part, je reste persuadé que le lycanthrope a une âme propre. Une fois animal, il est capable de penser, d'après mes observations.

— Donc c'est un loup avec une âme.

— Non, c'est un lycanthrope avec une âme.

Ils marchèrent en silence un court instant.

— On les appelle « galipots » chez moi, reprit Hippolyte. On a plein d'histoires sur eux en Auvergne, mais je pensais que c'était des contes pour effrayer les enfants.

— Il vaut mieux que les choses demeurent ainsi pour le commun des mortels.

— Vous savez ce que nous avons de bien aussi en Auvergne ? s'emballa Hippolyte.

— Non, dites-moi, répondit James sans se douter qu'il venait d'ouvrir les vannes d'un flot sans fin.

* * *

Le soir venu, Hippolyte s'était installée dans son appartement composé de deux pièces : une antichambre avec deux fauteuils à la reine, deux consoles contre les murs et un secrétaire avec sa chaise ; et une chambre dotée d'un gros lit, d'un paravent et d'un nécessaire de toilette. Malgré l'aspect désuet de l'hôtel de Cluny, les vieilles tapisseries aux murs et le mobilier dépareillé, c'était tout de même confortable. Ne résistant pas à l'envie de prendre un bain, elle avait fait chauffer de l'eau dans sa cheminée et rempli une baignoire de cuivre, luxe qu'elle ne s'était pas permis depuis longtemps. Plongée dans l'eau chaude, Hippolyte tentait de réfléchir aux événements de la journée.

James avait travaillé l'après-midi durant dans l'immense salle du Secret, à la recherche des enleveurs de corps. Il était d'un tel sérieux qu'il avait fini par la mettre mal à l'aise, comme tous les érudits qui se parlaient à eux-mêmes en feuilletant des écrits. Elle était persuadée qu'il aimait l'opéra, les envolées lyriques et la musique, alors qu'elle préférait la Comédie italienne, burlesque et drôle. Il avait réuni une bibliothèque impressionnante de livres plus ou moins rares : des dictionnaires de médecine et de métiers, des ensembles impressionnants sur la théologie, des ouvrages plus confidentiels sur la démonologie, la sorcellerie et toutes sortes de sciences occultes. Hippolyte était encore persuadée que, si la police faisait une descente ici, ils finiraient brûlés vifs.

Elle l'avait donc observé un long moment, le nez dans les livres. Il prenait des notes dans un carnet qu'il conservait contre lui. Un grand drap de tartan rouge et noir était étendu sur une table derrière lui, et un couteau à lame noire trônait sur son bureau près d'une bouteille de whisky. C'étaient là les seuls témoignages de sa nature d'Écossais, sans compter ses cheveux indisciplinés qui semblaient en totale contradiction avec son état d'esprit. Il demeurait somme toute assez discret et peu bavard. Hippolyte avait fini par l'abandonner à ses ouvrages pour s'occuper de son côté.

Elle ne pouvait s'empêcher de juger son compagnon louche. Elle se retrouvait dans une configuration qu'elle ne connaissait que trop bien et qui ne lui avait pas manqué : elle devait se démarquer d'un coéquipier face à l'autorité. Tout dans l'attitude de James lui rappelait Baptiste et ce besoin étouffant de prouver que sa valeur l'égalait, voire la dépassait.

L'ouverture de la porte de ses appartements la fit se redresser. Elle avait l'habitude de vivre seule et ne s'attendait pas à de la visite. Comme elle entendait les pas se rapprocher avec détermination, elle tenta d'attraper le drap de bain pour l'étendre sur la baignoire mais n'en eut pas le temps. Olympe était entrée, un panier de bûches dans les bras.

— Je vous laisse une petite réserve pour la nuit, au cas où vous auriez froid.

Elle déposa le bois près de l'âtre.

— Vous pourriez frapper avant d'entrer, lui reprocha Hippolyte, mortifiée.

— J'en ai vu d'autres, monsieur.

Olympe se redressa et, alliant le geste à la parole, jeta un coup d'œil dans la baignoire.

— Ah. Je ne m'attendais pas à les voir, ces deux-là.

Hippolyte voulut protester haut et fort, prise au piège. Elle ne doutait pas de l'extrême fidélité de la jeune femme envers le comte : elle pouvait à présent tout perdre. Mais Olympe eut un large sourire amusé. Elle attrapa un tabouret et s'installa près d'elle.

— Racontez, je suis curieuse de savoir comment vous en êtes arrivée là.

Hippolyte démarra par une suite d'onomatopées reflétant sa confusion. À vrai dire, c'était la première fois qu'elle se retrouvait dans cette situation et elle n'avait jamais préparé de réquisitoire pour sa défense. Voyant dans quel état elle se mettait, Olympe brandit les mains comme pour montrer qu'elle n'était pas armée.

— Qui suis-je pour vous juger ? Et puis, vous aurez sûrement besoin d'une alliée ici.

Hippolyte cligna des paupières. Olympe poursuivit :

— J'étais la seule femme sur un navire de pirates pendant trois ans. Si j'avais pu cacher mes atouts féminins, j'aurais fait comme vous. Mais je suis faite ainsi.

Le visage de la jeune femme pouvait être dur, mais aussi d'une grande douceur lorsqu'elle souriait. Hippolyte finit par se détendre.

— Ce n'est pas que je voudrais être un homme, précisa-t-elle alors. Mais plutôt me conduire comme l'un d'eux. Une femme qui se bat à l'épée, ça n'existe pas.

Olympe hocha la tête.

— Vous m'avez bien eue.

— Il faudrait que je pense à fermer ma chambre.

— Le comte ne viendra jamais jusque-là, ne vous en faites pas.

L'occasion était trop belle. Hippolyte se redressa un peu.

— Comment vous le trouvez, le comte ? Hautain, non ?

Olympe croisa les bras.

— Vraiment ? Je n'ai pas cette impression. Que puis-je vous dire… Il est très méticuleux avec ses affaires. Lorsqu'il n'a pas de réponse, il prie. Et parfois il lit des partitions de musique pour être sûr de ne pas entendre les fausses notes d'un interprète.

Hippolyte plissa les yeux, pas vraiment étonnée par ces travers.

— Ça lui arrive de sortir seul sans dire où il va ?

— Pas que je sache, répliqua Olympe.

Hippolyte attendit plus mais rien ne vint ; elles se regardaient dans le blanc des yeux. Elle ne tirerait rien de l'amie du comte. Alors Hippolyte revint en arrière, profitant de leur complicité naissante. Elle s'accouda au rebord de la baignoire.

— Vous étiez pirate sur un navire pendant trois ans ? Racontez-moi.

Chapitre 10

Paris, 21 août

Hippolyte s'appuya sur l'épaule de son camarade de beuverie. Elle s'était proposée pour des rondes de nuit et ouvrir l'œil, et avait terminé sa patrouille chez Auguste qui tenait une taverne près de la Sorbonne. Elle avait retrouvé le jeune Diderot et ils avaient partagé plusieurs pichets de vin de Touraine avant de sortir à l'aube. Elle avait ri tout le long du chemin, alors que les premiers travailleurs sortaient de chez eux pour ouvrir les boutiques. Une odeur de pain chaud se faisait sentir près des boulangeries. Les habitants des immeubles biscornus qui côtoyaient les plus solides en pierre écartaient leurs volets pour jeter le contenu des pots d'eaux usées, qui tombait sur le pavé en grosses flaques.

—Vous m'épatez, d'Arcy, cinq pichets et vous tenez toujours debout !

—Une longue pratique, l'ami, une longue pratique… Dites-moi.

Ils s'étaient arrêtés devant l'hôtel de Cluny ; elle chercha le pommeau de la porte cochère et glissa contre sa surface jusqu'au sol. Diderot attrapa son bras pour la relever.

—Diable, la porte me fuit, se rendit-elle compte.

—Attendez.

Il poussa lui-même le lourd battant et la fit entrer dans la cour intérieure.

—Vous disiez ?

—Je disais quoi ?

—« Dites-moi ».

— Hein ?

Diderot sourit sans chercher plus loin.

— Vous tenez étonnamment bien debout, vous, finit par constater Hippolyte en croisant les bras, tanguant sur ses jambes.

— Sur les cinq pichets, je n'en ai bu qu'un et demi.

— Il va falloir que je fasse votre éducation.

— Ou que vous repreniez la vôtre.

La porte de l'hôtel vola. Le comte surgit sans masquer sa fureur et se lança dans une longue tirade dont elle ne retint que le quart.

— Un messager est arrivé très tôt ce matin, il y a eu une nouvelle attaque qui pourrait expliquer le cadavre de Nogaret, avec un témoin cette fois-ci ! On nous attend à l'hôtel des Mousquetaires-Gris depuis une bonne heure à présent. J'ai même cru que vous étiez mort quelque part, sur le parquet de quelqu'un !

Il l'attrapa par le col ouvert de son habit, la fit décoller du sol et la secoua.

— Où étiez-vous donc passé ?!

Il s'arrêta un instant, espérant une bonne explication. Hippolyte, dont la vue s'embrouillait, approcha son index de son nez.

— Si je n'étais pas si… fatigué, je vous corrigerais, monsieur.

James vit rouge.

— « Fatigué » ? Vous êtes ivre !

— Ivre ? Moi ? J'ai pris le temps de ramener ce garçon chez lui !

Le comte jeta un œil féroce sur l'étudiant qui se tenait plus loin.

— Chez lui ? Pourquoi est-il encore là, alors ?

— D'Arcy ne retrouvait plus sa rue, tenta Diderot.

James la reposa à terre sans la relâcher. Il l'embarqua de force dans la cuisine en sommant Diderot de les suivre. Il les fit asseoir, puis demanda à Olympe de refaire du café. La liqueur était reconnue pour lutter contre les maux de tête et le sommeil, tout ce qu'apportait le vin en abondance. Olympe fit bouillir de l'eau dans une cafetière en fer-blanc, elle y ajouta quelques cuillerées de café moulu et remit le tout sur le feu.

En attendant le breuvage, Hippolyte tentait de rester éveillée, accoudée à la table, le menton dans les mains. Les vapeurs commençaient à peine à se dissiper et la nuit blanche à peser lourd sur ses épaules. Diderot n'en menait pas large non plus, mais il se tenait un peu mieux qu'elle. Ils avaient le même âge, les mêmes envies, dont celle de vivre avec le plus de liberté possible. Le garçon avait été destiné à l'Église par sa famille, mais, au sortir de ses études, il s'était rendu compte que ce plan de carrière ne lui correspondait pas du tout. Il repoussait sans arrêt l'entretien que son père programmait avec l'évêque de Langres, sa ville natale. Il cherchait encore sa voie et soutirait de l'argent à sa famille, qui perdait patience.

James abattit sa main sur la table, les faisant tous deux sursauter.

— Laissez le marc retomber, conseilla Olympe en servant les deux tasses. Vous êtes sûr que d'Arcy est en état de faire quoi que ce soit ?

— Il le faudra bien : après l'hôtel des Mousquetaires-Gris nous devons partir pour Versailles, le roi veut nous voir, répondit James.

— Il me reste de la soupe et du pain de la nuit dernière, je vais leur en servir.

Chaque nuit, elle ouvrait la cour intérieure et servait un repas chaud aux pauvres errants de Paris. La nouvelle se propageait dans les rues et ils étaient de plus en plus nombreux, hommes, femmes, enfants, vieillards, à venir se rassasier sans débourser un denier. Hippolyte en saliva dès que l'assiette se retrouva sous son nez.

— Vous allez mieux ? demanda James.

Diderot s'était laissé vaincre par le sommeil, allongé sur le banc ; Olympe déposa une couverture sur lui.

— Je crois, bredouilla Hippolyte.

Elle avait l'impression de pouvoir tourner de l'œil d'un instant à l'autre.

— Il faut vous changer et vous rafraîchir, continua James en la harponnant par l'épaule.

Elle lui fut reconnaissante de la guider dans l'escalier, même si elle se serait bien passée de sa brutalité. Elle ne sentait pas encore l'effet du café, mais la soupe et le pain apaisaient son estomac. James relâcha sa prise dès qu'ils arrivèrent dans sa chambre. Il versa de l'eau fraîche dans une bassine en céramique ; Hippolyte plongea le visage dedans, espérant que cela suffise.

— Mettez un habit de cour, nous n'avons pas de temps à perdre.

Elle se redressa, s'essuya, retira son habit brun pour enfiler le gris perle et des bottes montantes noires. Son lit semblait l'appeler. Elle lui jeta des regards emplis de désir. James posa son tricorne sur sa tête et l'inspecta en silence. Il défroissa le col de son manteau, frôlant la peau de son cou par inadvertance, et se mit à rougir au point de se détourner d'elle.

— Vous devriez changer de cravate, grommela-t-il.

Elle s'exécuta avec lenteur et, profitant qu'il lui tourne le dos, s'allongea mollement sur son lit, les paupières lourdes.

— Vous êtes prêt ?

Elle grogna avant de se sentir soulevée et traînée dehors.

— Je pourrais dormir une heure ou deux…

— Nous sommes attendus ! rappela-t-il en la bousculant dans l'escalier. Le café va bientôt faire effet, vous irez mieux.

Les rues de Paris au matin étaient bondées. Ils devaient de surcroît traverser le quartier de Saint-Germain-des-Prés qui, grâce au patronage de la grande abbaye, avait développé un marché très important qui attirait un grand nombre de Parisiens non loin de l'édifice religieux. Ils arrivèrent tant bien que mal jusqu'à la Grande Rue du Bac et à l'hôtel des Mousquetaires-Gris, une caserne qui faisait face au palais des Tuileries de l'autre côté de la Seine. Le pont Royal facilitait ainsi la circulation des mousquetaires entre leur lieu de villégiature et les organes du pouvoir royal lorsqu'ils étaient à Paris. Comme le roi résidait à Versailles, une partie de la garnison y logeait également ; l'autre restait à Paris, car elle était, avec la Garde française, garante de la sécurité de la ville.

La caserne se déployait autour d'une cour intérieure. Un large avant-corps, face à l'entrée principale, abritait les appartements du capitaine qui répondait aux ordres directs du roi. Les mousquetaires gris, la première compagnie, devaient leur surnom à la couleur de la robe de leurs chevaux ; la seconde compagnie était établie à l'hôtel des Mousquetaires-Noirs, dans le faubourg Saint-Antoine, tout près de la Bastille.

En entrant dans la caserne, Hippolyte éprouva un regain d'énergie. Les soldats s'affairaient ici et là, prenant soin de leurs fusils et de leurs montures ou s'attablant sur des tréteaux pour partager une collation. Tous portaient un bel uniforme rouge aux manches galonnées d'or, avec, par-dessus, une surveste bleue ornée d'une croix blanche, sorte de tunique sans manches serrée à la taille par un ceinturon d'or lui aussi.

Ils posèrent le pied à terre et se pressèrent jusqu'à l'escalier en fer à cheval menant à l'intérieur de l'avant-corps. Hippolyte, ragaillardie, tentait tout de même de ne pas bousculer les hommes autour d'elle, parfois sans succès. Comme les soldats étaient habitués à la rudesse, ils ne se formalisaient pas de ses maladresses et continuaient leur bout de chemin sans se retourner.

— Hippolyte ?

La jeune femme leva les yeux vers le comte, mais l'appel ne venait pas de lui. Dans son dos, le mousquetaire qu'elle venait de croiser l'apostrophait.

— Pierre ! s'aperçut-elle avant de dévaler les quelques marches qui les séparaient.

Elle ne put s'empêcher de l'enlacer, heureuse de le revoir. Puis, se rappelant qu'elle était considérée comme un homme au milieu d'une caserne, elle se détacha bien vite de lui. Il était toujours aussi fringant, ses yeux bruns plissés en un sourire malicieux. Des années les séparaient de son départ du relais sur la route de Nevers. Émue, elle afficha son enthousiasme, pressée de lui raconter toutes ses aventures.

— Laissez-moi vous regarder… vous n'avez pas changé, s'amusa-t-il en constatant son déguisement.

— Alors c'est ici que vous logez ?

— Non, j'appartiens aux mousquetaires noirs ; j'apportais seulement des messages de mon capitaine à celui des gris. Je suis lieutenant, à présent.

Hippolyte reconnut les galons d'argent qui différenciaient les uniformes des deux compagnies.

— L'hôtel des Mousquetaires-Noirs n'est pas si loin de l'hôtel de Cluny.

— Je reviens de Versailles, je vais rester un moment à Paris, confirma-t-il.

— Bien, nous nous reverrons alors.

Son sous-entendu n'échappa pas au mousquetaire.

— Très vite, je le souhaite.

Elle hocha la tête avec hâte. Ils restèrent plantés quelques secondes l'un en face de l'autre, retenant un flot d'anecdotes et d'histoires qui ne demandaient aucun témoin. Puis Pierre la salua et poursuivit sa route, prenant tout de même le temps de se retourner au bas des marches.

— J'attends vos faits d'armes ! lança-t-il avant de disparaître.

Hippolyte se mordilla la lèvre, fit demi-tour, et préféra ignorer l'air inquisiteur du comte.

Louis de Bannes, comte d'Avejan et capitaine de la première compagnie, les attendait dans son bureau. La pièce recouverte de boiseries reflétait les qualités militaires de son hôte : trophées d'armes sculptés sur les panneaux de bois ; peintures figurant les batailles de Louis XIV, dont le siège de Maastricht durant lequel le célèbre capitaine des mousquetaires, d'Artagnan, avait trouvé la mort ; deux armures médiévales montant la garde ; et une grande collection d'armes, dont des mousquets du siècle dernier. C'était d'une austérité à toute épreuve.

— Ah ! Monsieur le comte ! s'exclama-t-il en relevant le nez de ses papiers avec mauvaise humeur. Je m'impatientais.

— Je suis navré, une affaire urgente nous a retenus, inventa James.

— Je n'en doute pas, répliqua Louis de Bannes avec un faux sourire. Votre témoin est rentré chez lui, escorté par le commissaire Roussette qui, Dieu seul sait pourquoi, vous avait fait mander.

— Que s'est-il passé ? Qu'a-t-il vu ?

— André Caron est horloger, il tient une boutique rue Saint-Denis.

— Près de Sainte-Opportune ? s'étonna Hippolyte.

— C'est exact, répondit avec froideur le capitaine interrompu. Il est descendu dans sa boutique pour travailler de nuit. Il a entendu du bruit dehors, a jeté un œil entre les volets de sa vitrine et a vu mon mousquetaire poursuivi par une « bête immonde », selon ses dires. Il y a eu ensuite des hurlements et Caron a saisi un maillet avant de sortir dans la rue. Mais rien. Il a quand même alerté le guet qui l'a ensuite mené ici.

— Une « bête immonde » ? Rien de plus ? s'enquit James.

— Si vous vouliez un récit plus détaillé, il fallait être là ! Caron était fatigué, il a à peine aperçu ce qui se passait. Il doit s'agir d'une meute de chiens errants.

— Qui aurait fait disparaître un mousquetaire ? se moqua Hippolyte.

Louis de Bannes frappa du poing sur la table. Son visage était devenu presque aussi rouge que son habit, sa surveste bleue étant posée délicatement sur le dossier d'un fauteuil.

— L'un de mes meilleurs hommes manque à l'appel ! Je suis prêt à engager une battue la nuit prochaine avec la Garde.

— Nous nous rendons à Versailles ; je ferai part de votre requête au roi, le calma James.

Le capitaine bougonna mais ne le contredit pas. Hippolyte allait préciser ses doutes sur de simples chiens, mais le comte lui attrapa le bras et salua Louis de Bannes avant de la traîner dehors.

— N'oubliez pas ! fit-il une fois sur le perron de l'avant-corps. Si le monde est persuadé qu'il s'agit d'une meute de chiens féroces, alors il s'agit d'une meute de chiens féroces !

Chapitre 11

Château de Versailles

Ils avaient laissé leurs chevaux aux écuries, à l'extérieur de la première grille. James jeta un œil sur son compagnon de route pour s'assurer qu'il s'était bel et bien remis de son ivresse. Se présenter aviné au roi, c'était la pire des choses à faire. Louis XV souhaitait une véritable proximité avec ses collaborateurs. Hippolyte se tenait droit. Il avait les traits tirés, certes, et une grimace de temps à autre, mais il semblait alerte.

James ne cessait de se demander, depuis qu'il l'avait aidé à s'habiller, quel âge le garçon pouvait bien avoir ? Sa peau était imberbe, ses yeux verts limpides et ses jolies lèvres lui donnaient un air angélique, un peu comme les visages que peignait Boucher au Louvre.

— Pas mécontent d'avoir le pied à terre, j'ai bien cru que j'allais régurgiter mon repas, se plaignit Hippolyte en se massant le ventre.

Sa remarque le ramena bien vite à la raison.

Alors qu'ils se dirigeaient vers la salle des gardes des appartements privés, James ralentit. Deux silhouettes aux broches d'argent retenant des rubans de tartan aux couleurs différentes, au milieu de la cour de marbre, lui firent un signe.

— Je vous rejoins, attendez-moi.

Alistair McDonald et Lamont Fraser étaient deux des jacobites les plus importants en France. Alistair, un homme âgé d'une cinquantaine d'années à l'allure massive et au regard clair et perçant, avait participé à la rébellion de 1715 et fui en France après la défaite. Son entêtement légendaire faisait de lui l'un des meilleurs dirigeants de la cause à Paris.

Le roi exilé avait confiance en lui, tout comme la famille de James. Lamont Fraser, quant à lui, bien que du même âge, n'avait pas participé à la dernière rébellion. Il faisait partie de ces jacobites expatriés depuis bien plus longtemps, son père ayant suivi le roi James II en 1688. L'Écosse était pour lui un pays fantasmé, chèrement aimé mais jamais foulé. Plus grand et plus sec que son compatriote, ses yeux bruns avaient tendance à se montrer découragés là où ceux d'Alistair étaient batailleurs.

—Alistair, Lamont, salua James en s'avançant vers les deux hommes.

—Darroch, on ne t'avait pas vu à Versailles depuis un moment, lança Alistair sur un ton accusateur, mais toujours empreint d'une tendresse paternelle.

—Je suis très occupé à Paris.

—Pourquoi ne t'es-tu toujours pas présenté à l'une de nos réunions ? Le Lion rampant t'attend. Tu sais bien que nos deux familles sont liées depuis longtemps, James, ajouta Alistair avec l'intention de jouer de cette cornemuse-là.

Les McDonald de Skye étaient en effet des alliés – des parents proches, même – du clan de James. Les Darroch étaient originaires de l'île de Jura et sa propre branche s'était installée sur Skye, auprès des McDonald, à un moment de leur histoire, jusqu'à ce que la reine Mary Stuart leur cède le comté de Nairn au nord. Le clan voisin, les Fraser, devint un allié à son tour. Sa famille s'était toujours arrangée pour se trouver du côté des catholiques et des Stuart.

À présent il était pris entre deux feux : cette « famille » au sens large du terme, qui créait des sociétés secrètes pour soutenir le mouvement indépendantiste jacobite, et les intérêts politiques et diplomatiques qui le liaient au roi de France.

—Alistair, commença-t-il avec prudence après s'être éclairci la voix. La société du Lion rampant est bien trop risquée pour nos intérêts.

Le jacobite eut un sursaut passionnel, comme le craignait James.

—Nous devons rassembler de l'argent, des défenseurs, tout moyen possible pour remettre notre roi légitime sur le trône !

—Vous risquez de passer au-dessus du pouvoir de notre allié principal...

—Le pape est derrière nous, l'interrompit-il sur le ton de l'évidence même.

—Le roi de France, Alistair, corrigea James. Louis XV a l'argent et l'armée ! S'il apprend que vous agissez auprès de la noblesse française sans son aval, il risque de vous voir comme une menace politique. Votre principe du « à tout prix » est bien trop risqué.

Son ami se contenta de ficher son regard le plus aride dans le sien. Il attendait son soutien parce que James était le comte de Nairn, ami et protecteur des Stuart auprès de Louis XV. Mais il ne pouvait pas s'engager : leur situation était trop incertaine.

Lamont, muet jusqu'ici et habitué aux débordements de son collègue, prit la parole :

— Tu viendras au prochain rassemblement des jacobites ?

— Bien sûr, répondit James sans hésiter. Quand se tient-il ?

Alistair grommela dans son coin. James retint une remarque agacée. On lui reprochait souvent son manque d'implication, mais, pour sa part, son patriotisme était intact, présent, inné. Il ne vivait que pour ce pays dans lequel il était né et qu'il avait si peu connu. Il était en partie romain, et parisien, et oxonien. Il était un peu de tous les endroits dans lesquels il avait vécu, mais jamais assez écossais pour certains.

— Le 11 septembre prochain, à l'hôtel de Villars, renseigna volontiers Lamont pour apaiser l'échange.

— Bien, nous nous y verrons. Pardonnez-moi mais je suis attendu, ajouta James en s'esquivant.

Le cœur battant et la colère intacte, il entra dans la salle des gardes, qui était pleine de courtisans. Tous espéraient être reçus par le roi et tous hantaient cette pièce du matin jusqu'au soir. Le garçon l'attendait, bras croisés.

— Qui sont ces deux hommes ? l'interrogea d'Arcy dès qu'il lui fit face.

— Des amis.

James le contourna et s'adressa au valet garant de l'accès aux appartements du roi. Ils grimpèrent un petit escalier qui déboucha sur une antichambre dans laquelle les chiens favoris du roi dormaient. Ils patientèrent quelques instants, en silence. James tentait de mettre de côté les attentes de ses amis jacobites tout en gardant un œil sur son acolyte, dont les cernes se creusaient à mesure que les minutes s'écoulaient.

On vint les chercher ; les portes s'ouvrirent devant eux jusqu'à une pièce aux proportions modestes. Le roi se tenait là, vêtu d'un bel habit de brocart jaune et d'une cravate de soie noire. Il les invita à s'asseoir dans des fauteuils à la reine tapissés de rouge. Le premier valet de chambre déposa un plateau sur un petit guéridon de bois précieux au décor floral marqueté. L'odeur du café fit frémir les narines d'Hippolyte. En privé, Louis aimait offrir le thé, le café ou le chocolat à ses amis et à sa famille.

Il se déchargeait de son rôle de roi l'espace de quelques instants. Le secret qui liait ses deux agents à sa personne lui permettait d'agir ainsi avec eux. Si le comte avait déjà été témoin de ce comportement, son acolyte parut plus surpris.

Louis XV saisit la cafetière-verseuse d'argent par le manche, remplit trois tasses et en tendit deux à ses invités.

— Merci, Sire, balbutia Hippolyte.

Le premier valet apporta enfin trois pâtisseries, et le roi lui commanda son habit de voyage avant qu'il ne les laisse seuls.

— Ce sont des ali-babas confectionnés par le pâtissier de la reine, Stohrer, indiqua le roi en prenant place. Une brioche au safran, à la crème pâtissière et aux raisins de Corinthe, le tout arrosé de vin de Malaga. La Cour ne s'en est toujours pas lassée.

James, qui tendait la main pour se servir, repoussa celui destiné au garçon en entendant la recette. Hippolyte, qui sirotait son café, se contenta de lui jeter un regard froid. Ce ne serait jamais l'entente cordiale entre eux.

— Je vous écoute, rendez-moi compte, requit le roi en buvant la liqueur.

James posa la tasse pour saisir son carnet de notes. Il exposa la première attaque du guet puis la seconde, et évoqua la volonté du capitaine des mousquetaires d'organiser une battue de nuit.

— Que devons-nous dire à Louis de Bannes, Sire ? termina James.

— Comment peut-on s'assurer que ce ne sont pas les lycanthropes ?

— Nous n'avons que la parole de leur représentant et il ne semblait pas mentir.

— Deux soldats manquent à l'appel, réfléchissait le roi.

— Pourrait-il s'agir de lycanthropes renégats ? interrogea Hippolyte. Goliath semblait sincère en assurant que lui et les siens n'étaient pas concernés, mais peut-être s'agit-il de rebelles ?

— Les lycanthropes obéissent à leur chef de meute, le contra James. Si l'un d'eux veut agir sans son aval, il doit le défier pour prendre sa place.

— Et s'ils venaient d'ailleurs ?

— Il y aurait conflit de territoire ; Goliath n'en a fait aucune allusion.

Trois coups à la porte interrompirent la discussion.

— Entrez, autorisa le roi.

Son premier valet de chambre apparut, un ensemble de voyage sur les bras. Louis se leva et repoussa le valet d'un geste lorsque ce dernier voulut retirer son habit de brocart jaune.

— Laissez, d'Arcy me rendra ce service.

L'homme s'inclina et sortit. Hippolyte se leva à son tour, pas peu fier de l'honneur. Vêtir et dévêtir le roi était une faveur réservée aux courtisans les mieux en place à Versailles.

James observait ce manège d'un œil curieux, entre Hippolyte dont l'orgueil grossissait à vue d'œil et le roi qui ne semblait pas mécontent de sa nouvelle recrue. C'était décidément bien français de démontrer autant de contentement dans l'art du vêtement. Il regrettait presque le côté spartiate des Loups d'Oxford.

— Puis-je demander à Votre Majesté où vous vous rendez ?

— À Fontainebleau, répondit le roi. Je pars chasser quelques jours et je compte sur votre compagnie pour la route.

En fin de journée, les agents du Secret avaient pris place dans la voiture du roi, face à lui, tandis que quatre gardes-françaises ouvraient la marche et autant de mousquetaires gris la fermaient. L'escorte, lourdement armée, donna la cadence. Après une demi-heure, Hippolyte avait sombré dans le sommeil.

— Monsieur le comte, êtes-vous sûr à son propos ? demanda le roi à voix basse.

— Laissons-lui sa chance. Si vraiment il ne vous convient pas, je m'en occuperai.

Profitant du calme, James sortit un livre de sa poche intérieure et plongea dans les *Méditations* de Descartes. Sa discussion avec son acolyte au sujet des âmes des lycanthropes l'avait décidé à relire l'ouvrage. Il parcourut une phrase de la sixième méditation plusieurs fois. D'après Descartes, un animal ne pensait pas, il n'était donc qu'un réceptacle. Alors James se mit à la place d'un lycanthrope dans sa forme animale. S'il avait décidé de mener une attaque aussi violente sur un homme du guet ou un mousquetaire sans laisser de corps à moitié dévoré – éliminant ainsi une attaque alimentaire ou défensive, comme un animal sauvage le ferait –, cela signifierait qu'il avait un motif et que les victimes avaient été ciblées intentionnellement.

Ses réflexions furent interrompues par le début de ronflement de son compagnon. James releva le nez de sa lecture ; il n'avait pas remarqué que le roi parcourait également un ouvrage. Confus, il donna un coup de coude à son voisin pour le réveiller. Ils avaient voyagé environ deux heures, une sieste bien suffisante. Hippolyte se frotta les yeux, encore embrumé.

— Saviez-vous, d'Arcy, que notre amie Henriette de Richelieu et son cercle de Précieuses parisien écrivent des récits romancés sur votre personne? exposa le roi en tournant la page du livre qu'il tenait entre les mains.

Il affichait un sourire amusé, un léger teint rosé sur les pommettes.

— Non, finit par répondre Hippolyte.

— Dans cette histoire, vous vous surnommez « Impétueux » et vous sauvez les nonnes d'un couvent. Je dois dire que le passage avec Sœur des Anges est particulièrement cocasse : vous l'aidez à ouvrir la serrure de sa cellule avec votre clé et de l'huile d'amande.

Le sourire de James s'étira à son maximum, se moquant plus du garçon que de l'organe religieux.

— C'est ridicule, se défendit Hippolyte. Je n'ai jamais mis les pieds dans un couvent.

Le roi et le comte lui jetèrent un regard interrogateur.

— Vous vous rendez bien compte qu'il s'agit d'une image? fit James. À l'évidence, le couvent est une maison close et les nonnes des courtisanes. Je suppose que vous devinez la suite concernant la clé et la serrure.

Le garçon se pétrifia tout en fixant le livre entre les mains du roi. Ce dernier, le prenant en pitié, lui tendit l'ouvrage ; on n'entendit plus que des malédictions marmonnées au fur et à mesure qu'Hippolyte tournait les pages.

Juste à cet instant, un coup de feu retentit. L'attention des trois voyageurs fut happée par l'extérieur. Ils traversaient une forêt voisine de celle de Fontainebleau. La voiture au trot ralentit jusqu'à s'arrêter. Un garde s'approcha de la porte que le comte ouvrit.

— Que se passe-t-il ?

— On a vu un loup dans les bois, nous allons tirer pour l'effrayer puis nous reprendrons la route, Sire.

À l'énoncé de la menace, James regarda le roi qui s'était figé. Les fusils des mousquetaires tirèrent ensemble. Pourtant, tout autour d'eux, les hurlements de plusieurs loups surgirent en réponse.

— Reprenons la route maintenant, au galop, commanda le comte.

Le roi acquiesça. James referma la porte et le mousquetaire lança l'ordre. La voiture s'ébranla. L'Écossais ouvrit son habit pour sortir deux pistolets, qu'il chargea avec toute la vitesse acquise par l'habitude : déboucher la poire à poudre noire avec les dents, verser la poudre dans les canons, insérer la bourre sous forme de petits papiers portant tous une croix sanctifiée, ajouter deux balles en argent et tasser le tout avec la baguette, ouvrir le bassinet, mettre la poudre d'amorce d'une autre poire, le refermer et enfin vérifier le chien qui tenait le silex. Il tendit les deux armes à d'Arcy.

— Tournez légèrement les armes sur la gauche pour tirer.

Il extirpa deux autres pistolets de sa veste puis réitéra la même manœuvre de charge. Dehors, ils entendirent à nouveau les fusils et les voix des soldats. Un garde-française sauta sur le dos de l'un des quatre chevaux de la voiture pour aider le cocher à les maîtriser à pleine vitesse. Les aboiements rauques des bêtes se lièrent aux cris des hommes.

* * *

Hippolyte ouvrit la porte de son côté et passa tout son avant-corps à l'extérieur. Les loups, arrivés à leur niveau, lui semblaient énormes. Ils étaient noir et rouge, extraordinaires ! Ils sautaient à hauteur des chevaux, les terrifiant davantage. L'un des mousquetaires fut envoyé sur le sol et immédiatement saisi à la gorge. Un deuxième tomba de cheval alors qu'une bête lui bondissait dessus, renversant la monture avec son cavalier. Les deux derniers mousquetaires sortirent leurs sabres.

Un loup apparut près de la voiture et courut à la même vitesse sans difficulté. Il montra ses crocs, prêt à bondir. Hippolyte le visa une première fois ; la balle traversa son poil luisant. Le second tir se ficha dans sa gorge, le faisant gémir sans l'immobiliser. Au contraire, le loup accéléra. Hippolyte rentra dans la voiture, incrédule.

— Les pistolets ne sont d'aucune utilité, fit-elle en les laissant à terre pour sortir son épée du fourreau.

La porte restée ouverte, la bête s'élança dans la voiture, les pattes avant plantées dans le sol, gueule grande ouverte, à l'affût de la jambe du roi. Hippolyte n'hésita pas : elle trancha à moitié le cou d'un geste sec. Elle réitéra vite le mouvement pour la décapiter. La tête roula à l'intérieur ; le corps glissa à l'extérieur, les griffes laissant de longues traînées sur le tapis. Louis, qui n'avait même pas eu le temps de réagir, intercepta le regard interloqué du comte.

— Protégez le roi ! lança Hippolyte sur un ton autoritaire qui força James à consentir sans discuter.

Hippolyte sortit de la voiture, s'agrippa aux rebords du toit et passa sur l'arrière-train puis sur la malle harnachée. Un troisième mousquetaire fut happé au sol par un loup qui mordait son sabre, insensible à la douleur de la lame tranchant ses babines. Le cheval, paniqué, poursuivit sa route, talonnant la voiture. Hippolyte saisit l'occasion. Tout en agrippant d'une main la lanière solide de la malle, elle tendit l'autre pour attraper les rênes de la monture, l'attirer sur le côté de la voiture et sauter sur son dos.

— Gardez un côté, je prends l'autre! ordonna-t-elle au mousquetaire restant.

Cinq loups cavalaient derrière eux, langue pendante. Trois se lancèrent à l'assaut du mousquetaire et deux sur elle. Ils avaient une stratégie bien trop élaborée : trois sur l'homme plus costaud, deux sur le plus chétif. Elle entendit James tirer à nouveau. Deux gardes-françaises l'imitèrent, mais les balles, même si elles touchaient les animaux, ne leur causaient aucun dommage, tout juste un très léger effet de recul. Hippolyte fit de grands gestes avec son épée pour les repousser alors qu'ils essayaient de la faire tomber en mordant les jambes de sa monture.

Lorsqu'elle entendit le cri du mousquetaire assailli et qu'elle le vit basculer sur le sol, les deux bêtes qui lui tournaient autour se détournèrent aussitôt d'elle. La voiture poursuivit sa route, elle aussi libérée de ses agresseurs. Hippolyte fit faire demi-tour au cheval malgré son agitation, pour tenter de venir en aide au soldat à terre. Les loups se rangèrent en ligne droite tandis que l'un d'eux égorgeait le pauvre homme.

Hippolyte s'arrêta à quelques pas ; tout était perdu pour le soldat.

Pourquoi les bêtes s'étaient-elles immobilisées ?

Elle leva la tête, le souffle court. Au loin, derrière les bêtes, la silhouette d'un cavalier encapuchonné se dessinait. Les arbres et le soir tombant plongeaient la longue route droite dans la pénombre. Impossible d'en distinguer plus.

James sauta de la voiture arrêtée un peu plus haut, suivi du roi. Les trois gardes-françaises encore à cheval se déployèrent autour d'eux. L'apparition leva le bras gauche en l'air ; une curieuse lumière rougeâtre s'échappait de son poing fermé. Les loups se redressèrent et se rallièrent à lui. La troupe réunie disparut dans la forêt.

Hippolyte sauta à terre pour rejoindre le blessé. La respiration sifflante, le regard perdu, il était à l'agonie. Elle prit sa main avec l'espoir que le contact l'aide à trouver la paix. Il la serra en tremblant, puis son corps s'affaissa. C'en était fini. Hippolyte ferma les paupières du mort. La prière n'était pas vraiment dans ses habitudes, mais elle murmura le souhait qu'il trouve une place au Paradis, avant de se relever.

Tous restèrent silencieux un court instant, choqués par la violence de l'attaque autant que par son dénouement.

—Allez chercher les corps, finit par demander le comte aux trois gardes.

Comme ils hésitaient, le roi prit la parole :

—Pensez-vous que cela soit prudent ?

—S'ils avaient voulu nous tuer, ils l'auraient fait, assura le comte. Ce sont les mousquetaires qu'ils voulaient. Nous devons les prendre avant eux.

Les trois gardes finirent par obéir et s'éloignèrent, les corps étant disséminés le long de la route sur au moins cinq arpents. Hippolyte et le quatrième garde s'occupèrent de ramener le dernier mousquetaire tombé. James s'enquit d'abord de l'intégrité physique du roi, puis s'intéressa à la tête coupée dans la voiture qu'il examina à la lueur d'une lanterne.

—Alors ? demanda Hippolyte en le rejoignant.

Elle avait encore le cœur battant après la bataille et, au fond, une colère sourde d'avoir été témoin d'une mort aussi insensée.

—Ce ne sont pas des lycanthropes. Les balles d'argent sont censées les tuer, or nos coups n'ont rien changé, indiqua James. Je n'avais encore jamais vu ça. Seule la décapitation l'a arrêté. Vous avez vu son état ?

—On aurait dit qu'ils étaient zébrés de rouge, répondit Hippolyte.

—Oui, ça ressemble des blessures purulentes.

James retira son gant et toucha la peau du loup.

—Le sang est coagulé et la décomposition avancée.

—C'est bien trop tôt.

—Le loup était déjà décomposé quand il a sauté dans la voiture.

Le comte emballa la tête dans un linge pour l'emporter. Ils fixèrent le corps du mousquetaire sur le dos de son cheval et harnachèrent l'animal à l'arrière de la voiture. Les trois gardes-françaises revinrent à cet instant, bredouilles.

—Les corps ont disparu !

—Le cavalier n'était pas seul, conclut Hippolyte.

—Il y a des chances, appuya le comte. Ils sont très organisés pour avoir emporté les corps en si peu de temps et sans laisser de trace. Nous devrions partir maintenant.

—Il y a un pavillon de chasse à la sortie de ces bois, avant d'entrer dans la forêt de Fontainebleau, les informa le roi.

—Bien, nous y passerons la nuit.

Tous reprirent leur place dans le cortège avant que la voiture ne s'ébranle à nouveau. Hippolyte garda un œil sur le roi, dont le corps tendu à l'extrême laissait entrevoir sa frayeur, et certainement le poids d'une culpabilité naissante. Il venait de perdre quatre hommes, et trois d'entre eux n'auraient pas de sépulture.

Chapitre 12

Pavillon de chasse de Saint-Christophe

Le petit édifice était un corps de logis Renaissance flanqué de deux communs, isolé de tout et qui n'attendait aucune visite, encore moins royale. Il y avait pourtant un intendant sur place qui, en voyant la voiture arriver dans la cour, se pressa de réveiller les domestiques présents pour qu'ils préparent une chambre. La nuit étant tombée, on vit sortir des écuries des garçons ensommeillés, des flambeaux à la main.

James sortit de la voiture à la suite du roi et d'Hippolyte. Louis XV se laissa guider sans un mot pour l'intendant qui balbutiait des excuses, rendu anxieux par la surprise.

— Sire, nous ne vous attendions pas.

— Nous ne passons que la nuit, faites préparer un souper pour mes amis ainsi que pour nos gardes, finit-il par ordonner avant de sombrer dans le silence.

— Bien, Sire.

Alors que le roi entrait dans le pavillon, le comte attrapa le bras de l'intendant.

— Faites porter le corps du mousquetaire dans une pièce fraîche pour la nuit. Aux aurores, vous ferez quérir un prêtre et les autorités compétentes pour qu'ils le ramènent à Paris.

L'intendant blêmit en découvrant le cadavre à l'arrière de la voiture, mais, soucieux de plaire au roi et de lui démontrer toute son obéissance, il se hâta de faire exécuter la requête. James hésita un court instant mais préféra l'examiner seul, laissant d'Arcy accompagner le roi, qui avait certainement besoin de compagnie.

Après une observation minutieuse du macchabée, il se rendit dans le corps de logis et aperçut Hippolyte en faction à l'entrée de la chambre. Le roi s'était assis près de l'âtre éteint dans un gros fauteuil. Il avait appuyé son front contre sa main, le bras accoudé. L'intérieur de la pièce était minimaliste : de grandes tapisseries ornaient les murs de scènes de chasse, le gros lit à baldaquin semblait ancien et une vague odeur d'humidité s'échappait des tissus.

— Qu'en pensez-vous ? demanda le roi en relevant vers lui des yeux fatigués.

— Les blessures sont semblables à celles que nous avons observées sur le corps de Nogaret, l'homme du guet. Nous demanderons à l'horloger de la rue Saint-Denis une description plus précise des loups, mais je pense que nous tomberons d'accord.

— Ce sont donc ces bêtes qui traînent dans les rues de Paris ?

— J'en ai bien peur, Sire.

— Et le cavalier ? relança Hippolyte. Il les contrôle.

— À première vue, oui, approuva James. Les victimes...

— Assez, interrompit le roi à voix basse.

Il se leva et passa dans la pièce voisine sans un mot. Les deux agents n'osèrent prendre la parole. Ils s'assirent à la table du roi et soupèrent les quelques mets que les cuisines avaient pu fournir en si peu de temps : un potage de perdreau au navet et à la crème réchauffé, une tourte à la viande de porc froide accompagnée d'épinards au lard, une omelette aux œufs d'oie et, pour finir, de la confiture, des petits pains au lait et des fruits confits.

La nourriture les ragaillardit. Deux gardes entrèrent pour prendre place dans l'antichambre après s'être restaurés dans les cuisines ; les deux autres soldats dormiraient cinq heures avant de prendre la relève. Une lingère avait préparé le lit du roi et déposé des couvertures et des oreillers en plus pour les deux seigneurs qui l'accompagnaient. Ils dormiraient sur le sol, comme de coutume pour ceux qui partageaient la chambre du souverain.

— D'Arcy, invita le roi alors qu'il se retirait dans sa chambre.

Hippolyte se dépêcha de le suivre. James aurait bien voulu lui parler seul à seul, mais il devrait attendre. Il attrapa donc quelques fruits confits pour les glisser dans sa poche et sortit prendre l'air dans la cour. La nuit était claire, les étoiles nombreuses. Il plongea la main dans sa poche intérieure et en ressortit une pipe en bois ainsi qu'une petite tabatière en nacre. Les Français préféraient la prise nasale du tabac ; il n'avait de goût que pour le fumer. Il alluma la pipe à la lanterne extérieure puis s'adossa au mur de façade.

Ce cavalier vêtu de noir, encapuchonné, possédant un pouvoir surnaturel émanant des mains… Tout désignait l'un de ses anciens compagnons de confrérie. Les bêtes n'étaient peut-être pas une simple coïncidence si un Loup les manipulait.

* * *

Après un instant dédié à la prière, le roi s'était couché. Hippolyte s'installa près du feu. Elle déboucha une petite flasque d'huile et en imbiba un chiffon pour nettoyer sa lame.

— Quel est votre sentiment sur cette histoire ? la questionna le roi.

Hippolyte leva les yeux.

— Chez moi, on les appelle les meneurs de loups, Sire.

— Des meneurs de loups ?

— Ce sont des histoires qu'on se raconte pendant les veillées d'hiver ; ma mère en connaît plein. On dit que le meneur est un solitaire, bourru et isolé. Il passe ses nuits près d'un feu, entouré de loups. Il parle leur langage et les protège des battues. Parfois, lors des nouvelles lunes, il vient toquer à la porte des fermes pour réclamer des pièces, sinon les loups attaquent le bétail la nuit suivante. Les femmes lui présentent leurs nouveau-nés si elles en ont, et, si l'enfant entend leur langage, il sera épargné de toute attaque jusqu'à l'adolescence.

— En avez-vous déjà rencontré ?

— Ma mère nous racontait bien qu'on en avait reçu un chez nous, lorsque nous étions bébés, ma sœur et moi, et que nous les avions parfaitement compris, mais…

Elle s'interrompit. Avait-elle déjà établi un lien entre cette légende familiale qui n'éveillait qu'une tendre moquerie en elle, et le fait que son frère, adolescent, avait été abattu par des loups ? Quelle sale ironie !

— Eh bien ? relança le roi.

— C'est une mère, vous savez, termina-t-elle à voix basse.

Voilà que l'omniprésence maternelle lui manquait…

— À vrai dire, je ne peux pas vraiment savoir, finit par répondre Louis.

Hippolyte se glaça. Elle avait oublié qu'il était devenu orphelin à deux ans. Elle reprit vite le cours de sa pensée pour ne pas laisser ce silence gênant en suspens.

— Ma mère voulait seulement que nous apprenions à affronter nos peurs, Sire. Avec ma sœur, on se croyait vraiment à l'abri de toute attaque, on courait dans les bois de notre domaine jusqu'à la nuit tombée.

Elle déglutit à la fin de sa phrase. Avaient-ils atteint la limite de leur protection ce jour-là ? Avaient-ils joué avec le feu à ce point ? Elle regrettait à présent de n'avoir jamais posé de questions sur ce meneur de loups. Si elle pouvait le retrouver… S'il avait réellement existé.

— Je vois, commenta Louis avec un sourire. Restez, jusqu'au matin.

— Je ne quitterai pas la chambre, lui assura Hippolyte.

Elle fixa les flammes de l'âtre un long moment avant de s'étonner de l'absence du comte. Se savoir ici, seule, à deux pas du roi de France, l'empêchait de dormir. Au bout d'un moment, elle se leva pour faire les cent pas, anxieuse. Elle s'approcha des fenêtres et perdit son regard dans la cour.

Lorsque la pendule de la chambre sonna la première heure du matin, elle aperçut James se rendre jusqu'à la grille d'un pas précipité. Hippolyte se rapprocha de la vitre et distingua, près de la route, deux cavaliers vêtus de noir. D'instinct, elle posa sa main sur la poignée de son épée, prête à porter assistance à son acolyte, mais les deux cavaliers mirent pied à terre ; aucun comportement hostile n'était à relever.

— Curieux, murmura-t-elle avec suspicion.

* * *

James s'arrêta à quelques pas des deux cavaliers dont les manteaux étaient fermés jusqu'au nez. Il hésita à sortir ses pistolets, mais préféra jouer la carte de la prudence. Il était seul, le roi n'avait que d'Arcy et quatre gardes pour lui venir en aide ; autant ne pas se montrer menaçant au premier abord, même s'il savait pertinemment à qui il avait affaire.

— Que faites-vous là ? Vous n'êtes pas dans le bon royaume.

Malgré l'obscurité, il reconnut Finn, un grand rouquin aux mâchoires massives et au front haut, une brute dotée d'une force insoupçonnable et imparable.

— La cheffe veut te voir, dit le second. Remercie le Ciel que nous soyons aussi courtois après ta trahison.

Cette voix posée ne pouvait appartenir qu'à Blake. Un seul contact de sa main et la cible perdait l'usage de son corps ; un second contact pouvait la sortir de cet état paralytique. Il en avait vu des hommes torturés, enfermés dans leur propre chair, jusqu'à ce que la mort les délivre. Ne souhaitant pas provoquer le sort, James sortit un pistolet chargé au préalable.

Les deux Loups, les mains gantées de noir, ne furent pas surpris.

—Allons, nous n'avons pas l'autorisation d'utiliser la force, le sermonna Blake. La Cheffe veut que ton retour soit volontaire. Tu l'as dit toi-même : nous ne sommes pas dans notre royaume.

—Des attaques de bêtes féroces ont eu lieu dans la forêt près d'ici ainsi qu'à Paris. Quel est votre rôle dans cette affaire ?

Finn éclata de rire.

—Crois-tu vraiment que l'on ait besoin de bêtes féroces ?

Il marquait un point.

—Elle t'attend à l'hôtel d'Évreux, ajouta Blake.

—Elle est à Paris ? s'inquiéta James en abaissant son arme.

Un long frisson de colère le saisit et ne passa pas inaperçu. Finn eut un sourire amusé, et Blake braqua sur lui ses yeux de rapace.

—Tu lui manques, tu étais son favori. Vois, elle a traversé la mer pour que tu reviennes à elle.

—Elle t'a pardonné pour la sorcière, tu devrais en profiter, ajouta Finn.

—Cette femme n'était pas une sorcière ! s'agaça James. Je sais très bien pourquoi vous êtes là, et ce n'est pas pour moi.

—Foutus jacobites ! pesta Finn en crachant par terre.

Blake leva la main pour le calmer.

—Nous attendons ta visite, James.

Il attrapa les rênes de sa monture et sauta en selle. Finn, bougon, l'imita. James recula, la main crispée sur la crosse de son arme. Il attendit de les voir disparaître avant de la ranger et de faire demi-tour. Si les Loups n'étaient pas là pour massacrer des soldats dans les rues ou poursuivre le roi de France dans la forêt, alors ce ne pouvait être que pour une seule chose : atteindre les intérêts jacobites à Paris.

Il grimpa les marches trois par trois, entra dans l'antichambre en espérant se poser au calme pour boire quelques gorgées de whisky, mais vit surtout débouler d'Arcy à toute vitesse avant de s'immobiliser sous son nez.

—Où étiez-vous ?

—Je prenais l'air. Comment va le roi ?

—Bien, il dort.

James se détourna pour jeter un œil sur les deux soldats ; ils jouaient aux dés près de la cheminée, l'air soucieux et fatigué.

—Tant mieux.

Il prit place dans un gros fauteuil et ouvrit une flasque de whisky.

— Vous en voulez ?

— Non, merci.

Le garçon tourna les talons.

— D'Arcy, retint James. Nous accompagnons le roi jusqu'à Fontainebleau et nous rentrons à Paris dès que possible.

Hippolyte ne répondit pas.

— Vous vous êtes bien battu dans la forêt.

Il se contenta d'incliner la tête en guise de remerciement et disparut dans la chambre.

Chapitre 13

Paris, 23 août

La rue Saint-Denis, rue d'apparat des rois, était pleine de monde en cette belle journée d'été. C'était un quartier en expansion bourgeoise, avec des immeubles récents à fenêtres cintrées qui possédaient une clé d'arc décorée de figures pastorales et d'élégantes balustrades de ferronnerie rocaille. Les boutiques des rez-de-chaussée étaient ouvertes et avaient déployé leurs auvents pour offrir de l'ombre aux passants.

James et Hippolyte ressortirent de l'une d'elles, l'horlogerie Caron, les réponses attendues en main. L'homme n'avait pas vu grand-chose mais il avait confirmé l'aspect étrange des bêtes striées de rouge.

—Le pauvre homme semblait bien dépassé par ce dont il a été témoin, commenta Hippolyte en rejoignant la rue Montorgueil.

Elle avait sauté sur l'occasion en apprenant que le pâtissier de la reine, Stohrer, possédait une boutique à deux pas de l'horlogerie. Ils slalomèrent entre la boue plus ou moins sèche, les déchets jetés à même le sol et le crottin omniprésent des chevaux.

—Le futur de son rejeton est brillant. Beaumarchais, retenez ce nom.

—Vraiment ? se permit de douter Hippolyte.

—Lui, Diderot, Voltaire, ils vont construire une tout autre France.

—Voltaire ? Vous l'avez rencontré ?

—Croisé dans les visions de certaines personnes.

Hippolyte se contenta d'un mouvement de menton appréciateur.

— Diderot, vous êtes sûr ? relança-t-elle, plus perplexe sur ce cas-là.

— Bien sûr, vous ne pouvez pas le lui répéter.

— Il ne me croirait pas ! Il essaie d'échapper à une carrière d'ecclésiastique et il veut écrire pour le *Mercure*, il n'est pas près de changer la France.

Ils débouchèrent dans la rue Montorgueil, qui connaissait la même agitation que la rue Saint-Denis.

— J'ai lu dans mon manuel un chapitre sur les Manusdei. C'est ce que vous êtes ?

— C'est exact, mais nous n'utilisons plus cette dénomination depuis bien longtemps.

— Pourquoi ? Après tout, vous êtes comme les lycanthropes ou les nécromanciens, une sorte de race anormale, ajouta Hippolyte avec un dédain provocateur.

— Parce qu'elle concernait avant tout les thaumaturges et que ces derniers ont peu à peu disparu.

— Le roi n'est pas censé l'être ? s'interrogea Hippolyte. Chaque année, il appose ses mains sur les écrouelles pour les guérir.

— Cela relève de la tradition, tous les rois de France sont thaumaturges. Mais ce n'est plus le cas depuis bien longtemps. C'est plutôt blasphématoire d'appeler « mains de Dieu » des hommes dotés d'une seule capacité, même hors norme.

Hippolyte ressortit de la pâtisserie, une jolie boîte rose dans les mains contenant trois ali-babas. Elle perçut le regard moqueur de James.

— Quoi ? grommela-t-elle.

— Rien.

— Ils ne vaudront pas les pâtes de fruits que les confiseurs font en Auvergne, mais je leur donne une chance.

— Vous comparez vraiment le pâtissier de la reine aux confiseurs de votre province ?

Elle allait répliquer quand un passant, la doublant par sa droite, lui donna un violent coup dans le coude ; la boîte lui échappa et échoua dans du crottin. L'homme, un aristocrate à en croire son épée et un somptueux habit prune aux dentelles foisonnantes, chemina sans se retourner. Hippolyte trembla de colère.

— Faquin !

L'homme s'arrêta. Il recula de deux pas avant de faire face à l'insulte. Son visage ovale au long nez était recouvert de blanc de céruse et ses lèvres minces de rouge. Ses cheveux naturels étaient masqués par une perruque grise à rouleaux surmontée d'un tricorne garni de plumes blanches.

—Monsieur, peut-être ai-je mal entendu, lança-t-il sur un ton léger.

—Oh, vous avez très bien entendu, monsieur le peinturluré, répliqua Hippolyte en bouillonnant.

—Vous allez goûter l'acier, mon *petit* monsieur, s'amusa l'homme en sortant son épée de son fourreau.

Un cercle se forma autour de l'attraction. Hippolyte n'allait en faire qu'une bouchée ! Il était rare, après tout, que les nobles soient experts à l'épée.

—Et si vous me disiez votre nom ? Que je l'écrive sur votre pierre tombale ! s'exclama-t-elle en dégainant sa lame.

—Allons d'Arcy, tenta James en s'interposant. Vous savez très bien que les querelles ne se règlent pas ainsi.

—Poussez-vous, monsieur le couard, s'agaça-t-elle.

—Laissez, monsieur, laissez ! encouragea l'homme en faisant un pas dans sa direction. Que nous nous amusions ! Sachez que le marquis de Frontis va vous éventrer du nombril au menton ! Ce qui ne fait pas grand-chose, en vérité.

—Laissez-moi l'homicider ! rugit Hippolyte, furieuse.

James attrapa son bras.

—Si le roi apprend que son agent se bat comme un chiffonnier dans les rues, vous risquez de perdre son amitié, appuya le comte à voix basse.

L'argument fit mouche. Hippolyte souffla et prit du recul.

—Quoi, déjà ? relança le marquis en levant les bras.

Ses yeux bleus pétillèrent ; une rangée de dents jaunies apparut dans son sourire. Il s'avança d'un pas dansant.

—Allez, monsieur, poursuivez votre route, fit James en restant à ses côtés.

Le marquis pointa son épée vers la broche en argent du comte.

—Vous me voyez désappointé : j'imaginais les Écossais plus sanguins. Ou faites-vous partie de ces jacobites qui n'ont jamais mis les pieds dans ce pauvre pays peuplé de sauvages en haillons ?

Le comte se mit à blêmir à son tour. Hippolyte ne l'avait pas encore vu en colère. Se moquer de son pays semblait efficace !

—Déguerpissez, monsieur le peinturluré, siffla-t-il avec froideur.

—Ah ! mieux ! se réjouit le marquis. En garde, messieurs !

Hippolyte donna un coup de fouet de sa lame sur celle du marquis. Les spectateurs retinrent leur souffle. Les bravades n'allaient jamais aussi loin, les duels à l'épée étant officiellement interdits dans tout le royaume. Elle fit une première attaque parée par le marquis. Ils échangèrent quelques passes ; elle tenta une botte, il l'évita. Cet adversaire-là n'était pas à sous-estimer.

— Faites place à la garde ! retentit une voix à l'arrière du cercle.

Hippolyte rengaina aussitôt. Le marquis, plus joueur, attendit le dernier instant. Les trois gardes-françaises se frayèrent un chemin jusqu'à eux et ne trouvèrent que trois gentilshommes se faisant face.

— Que signifie cet attroupement ? Vous bloquez la circulation, lança le lieutenant à la foule puisqu'il ne trouvait rien à redire aux nobles personnages.

Le marquis de Frontis tourna les talons après une légère inclinaison de la tête. James et Hippolyte, l'air morne, ne bougèrent pas.

Une jeune fille se présenta alors à eux, une jolie boîte rose entre les mains. Pas très grande, le teint clair, les yeux noisette et de longues boucles blondes glissant sur son épaule et sa poitrine, elle s'éclaircit la voix avec une timidité adorable. Les deux agents baissèrent les yeux sur elle.

— J'ai demandé au pâtissier ce qu'il vous avait servi, dit-elle en tendant la boîte.

L'apparition charmante, dans sa robe à la française couleur crème, au semis de fleurs roses et bleues, atténua leur colère. Hippolyte prit la boîte d'un geste gauche.

— Merci, finit-elle par dire.

La jeune fille lui offrit un radieux sourire qu'elle ne chercha pas à masquer derrière un éventail.

— Je vous en prie.

Elle s'effaça comme elle était venue, rejoignant une vieille femme, son chaperon selon toute vraisemblance, et jetant une dernière œillade dans sa direction. Hippolyte s'était toujours débrouillée pour éviter ce genre de confusion qui la mettait mal à l'aise. Elle ignorait comment parer la gentillesse ou la séduction des femmes. Tracassée, elle ouvrit la boîte et dévora un ali-baba.

— Vous en voulez un ? proposa-t-elle au comte à ses côtés.

— Vous avez une admiratrice.

— Mangez.

Chapitre 14

Hôtel de Cluny, plus tard dans la soirée

James s'arracherait les cheveux s'il le pouvait. Olympe, elle, le toisait avec malice. Une fois la soupe close dans la cour, elle avait pris l'habitude de jouer aux cartes avec lui, et parfois avec Hippolyte. Autant d'Arcy avait un don concernant le jeu, autant James éprouvait des difficultés. Il n'était pas très adroit sur le terrain du piquet : Olympe atteignait toujours les cent points la première.

— Vous ne m'avez toujours pas vue tricher. J'ai des cartes de valeur cachées sur moi, j'en écarte plus que je n'en reprends.

James poussa un soupir.

— Tu es trop forte pour moi, reconnut-il.

Olympe ramassa les cartes pour les mélanger.

— Une autre partie ?

— Volontiers.

Elle posa le tas et laissa son adversaire couper avant de distribuer douze cartes chacun par groupes de trois ; elle laissa les huit dernières entre eux.

— Les Loups sont à Paris, annonça alors James, qui ne pouvait plus cacher cette information à la seule personne qui connaissait ce passé-là.

Olympe leva un regard interloqué.

— Depuis quand ?

— Quelques jours, je l'espère. Je ne pense pas qu'ils soient coupables des attaques de nuit mais j'hésite encore à les croire.

— Que veulent-ils ?

— D'après eux, mon retour.

— Et que comptez-vous faire ?

James haussa les épaules.

— Refuser, bien sûr. Ils ne peuvent concrètement rien faire sur les terres du roi de France, mais la Cheffe a traversé la Manche.

Il n'ajouta rien, pourtant quelques-unes de ses mèches se dressèrent à sa seule évocation.

— Est-elle dangereuse ? supposa Olympe en prenant ses cartes en main.

— C'est un véritable poison ambulant qui nous abattra sans la moindre pitié, lui assura-t-il.

— Que savent le roi et d'Arcy ?

— Le roi sait que j'ai travaillé pour l'équivalent anglais du Cabinet ; d'Arcy ignore tout.

— Il va falloir le lui dire.

James se rembrunit. Il marchait sur des œufs avec le garçon, ils ne s'étaient pas encore apprivoisés. S'il lui confiait son passé avec les Loups, il pressentait que le favori du roi le suspecterait de tout. Et puis, Hippolyte avait une manie qui le fascinait, le troublait et l'agaçait tout à la fois : une façon de le fixer, les yeux plissés et les lèvres tordues, et de le décortiquer sans y parvenir. James se sentait intouchable et digne d'intérêt à ses yeux. C'était jouissif, aussi.

Ils allaient entamer la première phase des écarts quand une présence silencieuse se fit sentir à l'entrée du salon du comte où ils étaient installés.

Un homme s'inclina avec un profond et désuet respect. Aucun d'eux ne l'avait entendu approcher.

— Salutations, dit-il d'une voix sucrée.

Sa peau était presque translucide tant elle était pâle et ses yeux eurent des reflets phosphorescents, comme ceux d'un chat pris dans la lumière. Il portait un habit bleu nuit cousu de perles et une perruque démodée à longues boucles blondes retombant sur les épaules. James se leva avec un calme qu'il apprenait à maîtriser en *leur* présence. Il avait fait plus ou moins connaissance avec la communauté vampire de Paris, et il était loin de les qualifier de dangereux. Au contraire, ils étaient excentriques, déphasés et querelleurs seulement entre eux.

— Que puis-je faire pour vous ? demanda-t-il donc avec une politesse marquée.

— La *Maison de l'Hermaphrodite* requiert l'assistance des agents du Secret.

La maison close excellait dans le domaine : ses courtisanes étaient toutes des vampires. Les bordels surnaturels à Paris se plaçaient sous leur responsabilité, ils accueillaient des clients masculins – même si l'on savait très bien que des vampires mâles se prostituaient également avec des hommes et même des femmes –, les hypnotisaient pour se nourrir de leur sang sans les tuer, et les satisfaisaient en échange. Ils ne laissaient aucune marque de morsure apparente, les deux crocs plantés libérant un cicatrisant efficace, et offraient un bon repas réparateur à la cible avant de la raccompagner à leur porte.

Le Cabinet du Secret, depuis François Ier, avait négocié cette solution et ainsi réduit l'instinct de chasseur de cette race, révélant plus leur côté enjôleur et artistique que meurtrier. Louis XIV, à la fin de son règne et sous l'influence dévote de madame de Maintenon, les avait chassés de Paris tout en autorisant leur art à l'extérieur. Le Régent, beaucoup plus libéré et habitant au Palais-Royal, en plein cœur de la ville, s'était empressé de demander leur retour en renouvelant les accords et en leur permettant quatre maisons dans Paris, dont une autour des jardins du palais. Certains vampires, reconnaissants, en étaient restés à la mode Régence.

— Que se passe-t-il ? demanda James en enfilant son habit.

Il empoigna pistolets, carnet de notes, crayon et mallette de cuir rouge.

— Un soi-disant client est entré dans la Maison, il séquestre et menace l'une des nôtres. Ma maîtresse et mon maître savent que seuls les agents du Secret sont habilités à intervenir, en particulier si un humain est concerné, répondit-il en un beau rond de jambe.

Faire régner l'ordre parmi les peuples surnaturels faisait en effet partie des prérogatives du Secret, aussi James inclina la tête en guise de remerciement pour ne pas avoir rendu justice eux-mêmes.

— Nous arrivons.

Le vampire exécuta une dernière révérence et disparut en un clin d'œil.

— Je vais sortir d'Arcy de son lit, annonça James, mallette à la main.

— Il n'est pas seul, le retint vite Olympe.

— Il reçoit ? À cette heure-ci ?

— Un mousquetaire, bel homme, précisa Olympe qui rangeait les cartes. Il a débarqué tout à l'heure, il avait l'air plutôt impatient d'être introduit dans sa chambre.

James se rassit. Le ton d'Olympe avait quelque chose de prévenant et de taquin.

—Avec un homme ?

—Eh bien oui. Avez-vous quelque chose contre ?

D'instinct, il eut envie d'esquisser un signe de croix. Pourtant la nouvelle contentait une part de lui-même. Elle expliquait pourquoi Hippolyte s'était montré si froid avec la jeune fille devant la boutique de Stohrer.

—Non, dit-il finalement, partagé entre son éducation catholique et son esprit qui lui dictait qu'aucun mal n'était commis.

Il se releva pour sortir.

—Si j'étais vous, je prendrais la peine de frapper avant d'entrer, ajouta Olympe en poussant sa chaise sous la table. Je l'ai déjà surpris au bain, il n'a vraiment pas apprécié.

Cette fois-ci, le visage du comte s'empourpra.

Arrivé devant la porte de la chambre de son acolyte, James se redressa et frappa trois coups. Il ne put s'empêcher de tendre l'oreille et de percevoir des chuchotements et du mouvement.

—Qu'est-ce que c'est ? lança le garçon d'une voix rapide.

—Nous avons une urgence, pouvez-vous vous libérer ?

—J'arrive !

* * *

Hippolyte mit une minute à s'habiller avant de surgir, en sueur, un habit chocolat sur le dos.

—Je suis prêt. Que se passe-t-il ?

Elle referma bien vite sa porte. Elle avait juste pris le temps de faire promettre à Pierre de Varceau, qui était venu gratter à sa porte un peu plus tôt, d'attendre l'aube avant de rentrer à la caserne, n'oubliant pas que le danger rôdait toujours dans les rues.

—Un conflit à la *Maison de l'Hermaphrodite*, répondit James en la guidant jusque dans la cour.

—La *Maison de l'Hermaphrodite* ?

—Une maison de vampires. Je ne pense pas que vous ayez besoin de savoir cela pour ce soir, mais sait-on jamais : les vampires sont immortels, très forts et très rapides ; seules la destruction du cœur ou la décapitation en viennent à bout. Oubliez tout ce que vous croyez savoir sur eux, ils ne fondent pas sous l'eau bénite, les croix ne les tuent pas, ils craignent le soleil qui peut finir par brûler leur peau, mais sans les tuer. Et, non, ils ne scintillent pas le jour. Ils ont juste un régime alimentaire spécial.

Hippolyte acquiesça, se disant que, finalement, le doute cartésien ferait toujours partie d'elle à présent.

— Croyez-vous qu'un jour je m'habituerai à ce genre de discours ?

— Je l'espère pour vous.

Sur la route, James lui esquissa les grandes lignes de l'historique des vampires de Paris. La place du Palais-Royal était envahie de carrosses et de voitures ; l'opéra était accolé à l'aile nord du palais et une représentation devait y être donnée. Ils bifurquèrent dans la rue Richelieu qui prolongeait l'aile sud avant d'apercevoir les premières maisons qui encerclaient les jardins à l'arrière. Quelques riches personnages y possédaient une demeure, mais c'était accepter de côtoyer les cabarets, les cafés et les deux maisons closes qui se jouxtaient près du palais.

Comme la prostitution n'était pas autorisée de manière officielle – elle représentait plus une aide policière à présent qu'une réelle liberté –, on prenait ces bordels pour ce qu'ils étaient : un lieu de prostitution officieux toléré par les autorités.

Motivée pour de l'action, Hippolyte sauta de cheval, attacha les rênes à un gros anneau de fer ancré dans le mur et s'apprêta à frapper à la première porte.

— Non ! coupa James. C'est l'*Antre de Médée* et je suis à peu près sûr que vous ne voulez pas poser les pieds dans celui-là.

Hippolyte aperçut la toison d'or en bronze pendue au-dessus d'elle et recula pour rejoindre le comte devant la seconde porte, surmontée d'une enseigne représentant deux profils opposés, comme Janus ; l'un masculin, l'autre féminin.

— Pourquoi ? rétorqua-t-elle.

— Elle est tenue par des succubes.

Elle n'eut pas le temps de sortir son éternel : « des quoi ? » ; le comte enchaîna tout en grimpant les marches de l'entrée.

— Des créatures féminines qui se nourrissent de l'énergie sexuelle de leurs clients. Si vraiment vous le souhaitez, il y a l'équivalent masculin dans le Marais avec des incubes, ajouta James en détournant les yeux.

Hippolyte se renfrogna.

Le comte frappa trois coups à la porte. Hippolyte leva les yeux sur la façade : les ouvertures cintrées abritant les fenêtres étaient closes par des volets complètement aveugles. Lorsque le lourd battant s'ouvrit, après un profond bruit d'engrenages, le messager à la perruque blonde apparut.

— Merci d'être venus, dit-il en les laissant passer.

James s'engouffra à l'intérieur.

Hippolyte, elle, restait clouée sur le pas de la porte. Voir un lycanthrope sous forme humaine, ça ne choquait pas tant que cela. Mais ce personnage, plutôt grand, plus blanc que la craie, aux yeux violets et aux canines acérées, la pétrifia. Malgré les paroles du comte, tout ce qu'elle savait des vampires lui revint en tête : ils se levaient de leur tombe frais comme des roses et buvaient le sang des malheureux qui croisaient leur passage, avant de retourner dormir dans leur cercueil. Puis, sous cette première couche d'appréhension collective, tirée de cette mémoire que tous finissaient par partager à force de contes et de légendes, une autre peur plus sourde lui serra l'estomac. Irrationnelle et pourtant familière. On aurait dit un « déjà-éprouvé ».

— Vous n'entrez pas ? demanda la créature d'une voix très douce.

— D'Arcy ? appela James en jetant un œil derrière lui.

Hippolyte franchit le pas. Elle tâta ses poches et regretta aussitôt d'avoir laissé son manuel dans sa chambre. Le portier lui provoqua des frissons en refermant juste derrière elle. Les salons du rez-de-chaussée de la *Maison de l'Hermaphrodite* ressemblaient à une longue scène de théâtre : le mobilier était hétéroclite, on aurait dit une reconstitution du XVIe siècle mais envahie de bibelots en porcelaine contemporains. De grandes peintures mythologiques étaient marouflées aux plafonds ; Vénus alanguie, Jupiter en taureau enlevant Europe ou encore Psyché et Éros enlacés. Au-dessus des portes, les scènes étaient beaucoup plus explicites sur les prestations proposées par les pensionnaires.

Des vampires libres semblaient attendre le client ici et là, avachies sur des banquettes de soie, des chaises de bois médiévales aux hauts dossiers en ogive, ou encore sur des coussins à la mode orientale. Toutes étaient d'une beauté irréelle, le visage fin et très blanc, statique, aux yeux grands ouverts, mauves, lilas ou violets. Elles ne portaient que des bas de soie colorés et des corps à baleines noués sur le devant avec des rubans. Rien ne masquait leurs sexes.

Hippolyte n'avait jamais posé les pieds dans un bordel, même par curiosité. Elle comprit pourquoi juste à cet instant. Cette audace assumée la mettait mal à l'aise. Elle n'avait pas grand-chose à dire contre le désir, mais une féminité aussi impudique était complètement étrangère à son éducation et à ses habitudes.

Le temps de tourner la tête et elle eut l'impression de marcher dans l'eau, au ralenti. La lumière autour d'elle irradiait, tout semblait flotter. Elle intercepta le regard de l'une des prostituées, une vampire à l'épaisse chevelure auburn, qui se leva lentement pour s'approcher d'elle sans cligner une seule fois des paupières.

—Veux-tu venir avec moi, mon garçon? entendit Hippolyte alors qu'elle n'était même pas sûre d'avoir vu les lèvres bouger.

Prise de sueurs froides, elle eut l'impression d'oublier pourquoi elle était là ; elle avait juste envie d'acquiescer. Au moment où elle crut tomber en arrière, dans un état second, perdue dans une langueur douce et rassurante, une main la saisit et la détourna des yeux violines de la vampire.

—Le garçon est agent du Secret, indiqua James.

Les épaules de la prostituée s'affaissèrent.

—Évidemment. Pour une fois qu'un client n'est pas trop sale.

La magie se volatilisa. Hippolyte posa les mains sur son visage pour être sûre de ne pas rêver. Tout était redevenu normal.

—Ne lui en voulez pas, elle fait seulement son travail, ajouta James en l'emmenant à l'étage.

—Attendez, j'ai été hypnotisé, c'est ça ? s'enquit-elle, bien décidée à ne plus quitter le comte des yeux.

—Oui. Elles ne vous connaissent pas encore, elles ne pouvaient pas savoir.

Il s'arrêta au milieu des marches ; Hippolyte lui rentra dedans.

—Ce n'est pas si désagréable comme expérience. Si l'on accepte de perdre une pinte de sang, bien sûr, ajouta-t-il, incertain.

Hippolyte déglutit. Elle n'avait pas tellement envie de servir de souper. Ils se remirent en marche pour atteindre un nouveau dédale de petits salons et de cabinets, avec de l'activité à l'intérieur de certains, à en juger par les cris et les soupirs qui en surgissaient. James ne marqua pas d'arrêt. Il poussa le double battant du fond pour entrer dans une belle pièce plus classique que les précédentes. Un vrai petit salon confortable de bourgeois.

Deux personnages se tenaient debout devant eux, dans des poses élaborées. La femme était vêtue d'une lourde robe de satin bleu, ouverte sur le devant et laissant un gros jupon rouge grenat apparent sur un panier rond. Des manches bouffantes se prolongeaient d'un amoncellement de dentelles et de rubans ; c'était exquis de désuétude. Elle agitait lentement un bel éventail de plumes roses, l'autre main posée avec délicatesse sur le dossier d'un fauteuil, les yeux rivés sur le plafond comme si elle contemplait les étoiles. Sa lourde chevelure blond vénitien touchait le sol tant elle semblait interminable. Sa beauté avait quelque chose de dépassé ; peut-être était-ce dû au maquillage ou à la robe du siècle dernier ? Pourtant, la jeune vampire resplendissait, comme une peinture qui traversait les âges. L'homme, lui, paraissait encore plus exubérant dans son habit Régence jaune safran surbrodé d'or et orné de bijoux, les manches et le col envahis de dentelles et une longue perruque de rouleaux gris retombant jusque sur la poitrine. Il ressemblait à un danseur prêt à bondir pour un enchaînement de pas complexes.

— Monsieur le comte ! s'exclama soudain la vampire en ouvrant ses bras comme pour l'enlacer, faisant sursauter les deux visiteurs.

Elle ne bougea pourtant pas plus et demeura figée dans cette position.

— Madame la duchesse, la salua James.

Hippolyte l'imita, se redressa et tressaillit à nouveau. Le vampire était apparu juste à côté d'elle.

— Comment se nomme le jouvenceau ?

— Hippolyte d'Arcy, pour vous servir.

Le vampire prit du recul pour exécuter une révérence qu'Hippolyte n'avait encore jamais vue, même au théâtre.

— Clovis Arthur Charles, seigneur de Boréal, se présenta-t-il avec emphase. Vampire depuis le XIIe siècle. Et voici ma bien-aimée, Angélique de Scorailles.

— Comme la duchesse de Fontanges ? s'étonna Hippolyte.

— *C'est* la duchesse de Fontanges, murmura James.

La vampire semblait apprécier cette hésitation. Elle feignait de ne pas écouter mais prisait visiblement l'instant.

— Mais elle est morte il y a plus de cinquante ans, protesta Hippolyte.

— Oui et non, puisqu'elle est une vampire maintenant, s'agaça James.

— Je sais, intervint le seigneur de Boréal. C'est toujours un peu perturbant. Angélique, mon cher amour, est encore dans les mémoires pour avoir été la maîtresse de Louis XIV. C'est pour cela que nous utilisons un pseudonyme en attendant l'oubli.

— Puisse-t-il advenir le plus tard possible, marmonna la duchesse avec un sourire.

— Je vous présente donc madame Flora Rubea.

La duchesse salua son audience.

— Vous êtes Angélique de Fontanges ! s'émerveillait Hippolyte.

Si le visage d'un vampire avait pu rougir, la duchesse se serait empourprée de joie. Elle se contenta de s'éventer plus fort en gloussant.

— Mon père connaît très bien les Scorailles ! Nous venons d'Auvergne, nous aussi.

La duchesse posa théâtralement la main sur son cœur.

— Clovis, mon aimé ?

— Oui, mon adorée ?

— Le garçon me plaît beaucoup.

— À moi aussi.

— Peut-être pourrions-nous lui faire don d'un *letto* ?

Constatant que la situation lui échappait, James se racla la gorge pour rappeler sa présence et fit un pas en avant. C'était le principal souci des immortels : puisque tout était provisoire, ils étaient d'une inconstance désarmante.

— Et si nous en revenions à l'urgence ? Votre messager nous a dit qu'un client malveillant s'était introduit dans votre Maison.

— Encore un marginal qui nous veut du mal, regretta Clovis en s'approchant d'un guéridon pour verser une liqueur rouge dans deux verres en cristal, avant d'en offrir un à la duchesse.

— Le malotru s'est fait passer pour un client, expliqua cette dernière. Il séquestre l'une de mes pensionnaires au troisième étage, dans la chambre au Lys.

Cette annonce ramena Hippolyte à la réalité. Angélique de Scorailles était devenue une immortelle tenancière de bordel. Elle qu'on disait avoir été empoisonnée par sa rivale, la Montespan, elle qui était « morte » abandonnée de tous et se tenait pourtant là, dans toute la beauté de ses vingt ans. Aux côtés d'un vampire de six cents ans. Normal.

— Personne ne semble affecté par l'agression, remarqua James.

— Personne n'est au courant, répliqua Clovis.

— Les affaires sont les affaires, prétexta la duchesse. Nous ne voulons pas effrayer la clientèle.

« Sotte comme un panier », c'est ainsi qu'on l'avait qualifiée à l'époque, se disait Hippolyte. Il fallait croire que mourir assassinée et devenir vampire donnait quelque profondeur.

— Ne perdons pas une minute de plus, fit James en tournant les talons.

Les deux agents reprirent l'escalier pour parcourir le troisième étage, plus bas de plafond que les deux précédents et composé de plus petites chambres, réservées à une clientèle moins fortunée.

— Que signifie « *letto* » ? demanda Hippolyte à voix basse alors que le comte traversait le couloir en regardant les différents motifs de fleur peints au milieu des battants.

— « Lit », en italien. Ils louent des chambres à des clients fidèles.

Hippolyte grimaça. Ce n'était pas ce qu'elle appelait un présent. James s'immobilisa devant une porte ornée d'un beau lys jaune. Hippolyte posa son oreille contre le bois. Elle percevait des cris étouffés, comme si quelqu'un se débattait, mais aussi des bruits de chaîne. Une chaise fut reculée ; une voix masculine, basse et frénétique, semblait parler toute seule.

— Alors ? s'enquit James.

— Je ne distingue pas vraiment, chuchota Hippolyte.

— Reculez, conseilla James.

Il refourgua un pistolet dans les mains d'Hippolyte et donna un violent coup de pied dans la porte qui arracha le verrou. Une vampire nue leur faisait immédiatement face, attachée par les mains au châssis supérieur du baldaquin avec des chaînes, plus pâle encore que ses compagnes, le corps à la torture, les bras étirés au-dessus d'elle. Un bouquet de longues tiges aux feuilles et aux rameaux effilés était accroché autour de son cou avec une grosse croix. Ici et là, sur les poignets et les chevilles, des marques de saignées apparaissaient, toujours ouvertes et coulantes. Elle gémissait des supplications à voix basse, les yeux pleins de larmes, ses cheveux bruns mouillés de sueur.

— N'approchez pas ! Je suis armé !

Un homme, d'abord caché sur un côté du lit, apparut, carnet et plume dans une main, un bistouri d'argent dans l'autre. Dégarni, rondouillard, les doigts noircis par l'encre, on ne pouvait croire qu'il représente un danger.

— Nous ne sommes pas des vampires, le prévint James.

Hippolyte resserra la crosse du pistolet.

— Oh, répondit l'agresseur en abaissant son arme. Ne trouvez-vous pas tout cela extraordinaire ? Comment aurais-je pu me douter que les vampires étaient réels… ? Il fallait que je vienne tester tout ce qu'on raconte à leur sujet : est-ce que l'eau bénite brûle leur peau, quelles sont les réelles vertus de l'herbe de Pline et de la croix ?

Hippolyte et James partagèrent un regard à la fois sidéré et inquiet. Comment l'intrus avait-il pu savoir que cette maison était habitée de vampires, puisque chaque humain qui sortait de ces murs était hypnotisé pour l'oublier ?

— Je vais à présent tenter les blessures mortelles sur mon sujet.

En deux pas, il se retrouva aux côtés de la pauvre victime. Il lui trancha la gorge d'un geste sec et rapide. James eut le réflexe de se jeter à terre, s'attendant sûrement à ce que le sang gicle avec abondance dans leur direction. Hippolyte, en revanche, ne bougea pas, et le liquide rouge lui battit tout le haut du corps comme un gros coup de pinceau. Son instinct lui permit de fermer la bouche et les yeux. Elle se glaça, parcourue de rage et de frayeur, retenant un flot d'injures. Elle entendit le comte lui sommer de ne surtout pas bouger, puis elle sentit un tissu lui nettoyer le visage.

— Parfait ! s'enchantait l'homme. Le sang s'évacue et pourtant elle est encore en vie.

La vampire semblait en effet s'être vidée de tout son sang en quelques secondes, comme n'importe quel être vivant. Mais, puisque ce n'était pas suffisant pour lui ôter toute vie, le corps de la victime se comprimait et son visage s'émaciait à vue d'œil. Hippolyte, face à la malheureuse qui s'étouffait sans pouvoir mourir, ne put refréner plus longtemps une action. Elle chercha l'homme des yeux sans douter que le comte préparait toutes ses armes, et tira une balle dans la tête du tortionnaire. La déflagration fit sursauter le comte ; le corps s'échoua à terre.

— Non ! protesta James. Comment vais-je le faire parler ?

— Vous êtes décidément sans cœur ! cracha Hippolyte en grimpant sur le lit pour détacher la jeune vampire.

— Je réfléchis avant d'agir !

Hippolyte ne l'écoutait déjà plus : elle aida la victime à s'allonger, retira le collier d'herbes ainsi que la croix et rabattit la couverture sur son corps nu. Aussitôt, les blessures se mirent à se refermer.

— Merci, monsieur, bredouillait-elle en pleurant.

* * *

James soupira, maudit l'impétuosité de son acolyte et fouilla les poches de l'habit posé sur le dossier d'une chaise. Il y découvrit le fameux petit *Traité sur les vampires* écrit par un moine fou, Frère Bernardo, après son voyage en Hongrie, en Moravie et en Bulgarie. L'ouvrage répertoriait toutes les bêtises et les quelques vérités sur le peuple vampire. James avait déjà tenté de demander au roi d'interdire cette publication parmi une liste d'une douzaine d'ouvrages mais, comme les auteurs s'en remettaient à Dieu, à l'Église et au roi chaque fois, le cardinal de Fleury, ministre du souverain, refusait d'user de la censure, car il ne voyait pas le mal. C'était pourtant bien ces sottises qu'il fallait brûler en place publique et non Voltaire.

Il rangea le petit livre dans sa mallette et attrapa les notes de l'homme pour vérifier jusqu'où il pensait aller. Il avait écrit que l'herbe de Pline avait un réel impact sur le sujet, sortant ainsi ses qualités du folklore dans lequel elle baignait parmi les croix et l'eau bénite. Ce n'était peut-être pas une mauvaise chose que son compagnon l'ait fait taire d'une manière aussi définitive. L'homme avait quasiment terminé ses expérimentations et pensait conclure avec le traditionnel pieu dans le cœur, les clous dans les tempes, la décapitation puis l'immolation. En tête de page, James crut voir un petit dessin ; il s'approcha d'un chandelier et découvrit un filigrane en forme d'arbre, un serpent enroulé autour du tronc.

— Qu'avez-vous trouvé ? intervint Hippolyte.

— L'arbre de la connaissance. Avez-vous déjà croisé ce papier quelque part ?

Le garçon secoua la tête.

— Soit notre ami a mené sa croisade seul, soit il a conduit ses recherches pour quelqu'un d'autre, réfléchissait James.

Saisi d'un doute, il reprit le traité en main et parcourut les premières pages.

— Tout juste.

Un arbre de la connaissance semblable était estampé dans le coin supérieur droit.

— L'utilisation de ce genre de symbole me ferait pencher pour un travail collectif.

— Comme une société secrète ?

— Vous m'ôtez les mots de la bouche. Elles gangrènent Paris.

— Vous n'avez jamais songé à adhérer à l'une d'elles ?

— Seigneur, non. Nous servons déjà le Secret, c'est bien assez.

Pensif, James eut un léger sursaut quand le bouquet d'herbes surgit sous son nez, agité par le garçon.

— Et ça ?

— L'herbe de Pline, répondit James en l'attrapant. Appelée *ischaemon* par Pline l'Ancien, et « herbe sanguinaire » par Prosper Alpin. Elle empêche toute régénération du sang chez les vampires alors qu'il est normalement invariable. Cet usage est connu depuis les Thraces. Je comprends mieux pourquoi Clovis et la duchesse ont fait appel à nous : les vampires craignent cette herbe comme vous les odeurs de cadavre. Je me demande comment cet homme a pu pénétrer dans la Maison avec l'*ischaemon* sans alerter l'odorat des hôtes.

— Regardons son sac, engagea Hippolyte.

James saisit la sacoche de l'agresseur. Elle était doublée d'une grosse poche en maille de plomb assez hermétique.

— Une doublure en plomb. Vraiment ingénieux, dut-il reconnaître, de plus en plus inquiet.

Il y trouva, outre le bistouri d'argent déjà sorti, un pieu en bois, des clous, des flacons d'eau bénite vides, des feuilles vierges, un encrier plein et deux plumes. Hippolyte ouvrit la chemise du mort ; il portait à même la peau une dizaine de croix en or et en pierres précieuses autour d'une chaîne fermée sur la nuque.

— Il a vraiment tout essayé, remarqua Hippolyte.

— Voilà où mène l'ignorance des humains.

James détacha les croix, n'en laissant qu'une autour du cou du cadavre. Il lui ferma les yeux et garda un instant de silence. Hippolyte respecta son recueillement.

— C'est fini ?

La tête de Clovis de Boréal apparut dans l'encadrement de la porte.

— Oui, il faut juste faire disparaître le corps, répondit James en se relevant.

— Oh, bien. Nous nous en chargerons si vous faites disparaître cette maudite herbe de Pline.

James ramassa le bouquet ainsi que les affaires de l'homme dans sa sacoche doublée en plomb.

— C'est chose faite.

— Bien, répéta Clovis, satisfait, en portant tout de même un mouchoir à ses narines. Toute cette violence me soulève le cœur, prétexta-t-il en grimaçant devant les traînées de sang sur le mur.

Il reporta alors son attention sur la vampire alitée et s'éclipsa à son chevet.

— Ma mie ! Comment vous sentez-vous ?

Il parut soudain surpris du confort dont bénéficiait la blessée. Les humains faisaient peu de cas des vampires, y compris les membres du Secret.

— Quelle humanité, commenta-t-il, ému.

Les blessures de sa courtisane se résorbaient déjà.

— Ma mie, vos amies se sont cotisées et ont toutes donné un huitième de pinte de sang de leurs clients, lui apprit Clovis en sortant un gros flacon fermé de son habit.

Une main tremblante sortit de la couverture pour le saisir.

— Messires, je suis votre obligé, déclara le seigneur, subitement debout près d'eux.

James saisit l'occasion en lui tendant une feuille de papier vierge.

— Reconnaissez-vous ce symbole ?

Clovis jeta un coup d'œil si rapide que son temps de réflexion ne parut durer qu'une seconde.

— Un arbre de la connaissance. J'en ai vu des milliers, mais jamais un semblable à celui-ci. Je peux le montrer à toute la Maison si vous le souhaitez.

— Prévenez-nous si l'une de vos pensionnaires le reconnaît ou si vous le croisez à nouveau.

— Qu'il en soit ainsi, acquiesça-t-il en inclinant la tête. Au plaisir de vous revoir.

Hippolyte et James sortirent de la *Maison de l'Hermaphrodite*. Ils montèrent à cheval et firent le chemin inverse. La place du Palais-Royal était vide, les rues plongées dans le silence. Ils croisèrent des hommes du guet qui circulaient par cinq à présent, le roi ayant décidé d'augmenter la garde nocturne après l'attaque des loups qu'ils avaient essuyée dans la forêt. Alors qu'ils traversaient la Seine par le Pont-Neuf, Hippolyte, incapable de rester silencieux, lança la conversation.

— Ils sont bien inoffensifs, ces vampires.

— Ceux que j'ai connus ailleurs étaient beaucoup plus voraces. Ils ne plongeaient pas seulement les crocs, mais toutes les dents. L'art de boire des vampires parisiens est plus délicat que d'autres.

— Puis-je vous poser une question ?

— Je ne pense pas pouvoir jamais vous en empêcher.

— Les vampires ont-ils une âme ?

— Bien sûr, vous l'avez vu.

— Mais ne sont-ils pas morts ?

— Non, les vampires ne sont pas des revenants. Ce sont des humains qui ont subi une transformation. Leur âme, elle, ne bouge pas.

— Donc Angélique de Fontanges n'est jamais morte.

— Officiellement, si. Lorsque Louis XIV et la Cour se sont détournés d'elle alors qu'elle agonisait, Clovis l'a recueillie. Toutes ces inepties sur les vampires qui se lèvent de leur tombe proviennent du fait qu'ils simulent leur mort afin de vivre leur nouvelle condition.

Ils longèrent le quai des Augustins et reprirent la rue de la Harpe avant de bifurquer dans la leur. Une lanterne sur leur mur éclairait d'une mince lueur la porte cochère de l'hôtel. Ils commençaient à peine à se détendre quand, juste au-dessus du linteau arrondi, à même la pierre, un gros chiffre « 2 » peint en rouge dégoulinant attira leur regard.

— Fichtre, dirent les deux agents en chœur.

Chapitre 15

Hôtel de Cluny, 24 août

Hippolyte se réveilla et s'étira, blottie près de la cheminée ; la grande salle du Secret s'était rafraîchie dans la nuit malgré le feu.

—Quelle heure est-il ?

—Midi passé, répondit nébuleusement James, debout devant l'une de ses bibliothèques, le bistouri d'argent à la main.

—J'ai lu le *Traité sur les vampires* de Bernardo, dit-elle en attrapant le livre qui avait glissé sur le sol. Parmi toutes les sottises qu'il a écrites, y a-t-il quelques vérités sur la façon dont on peut guérir un vampire ? Comme manger de la terre de cimetière et se frotter le visage avec le sang du vampire qui a mordu ?

—Bien sûr que non, rétorqua James en saisissant le second tome de l'encyclopédie de Chambers.

—Et les archivampires à la peau écarlate et aux yeux jaunes ?

—Contentez-vous du manuel.

Hippolyte roula les yeux dans leurs orbites.

—Et comment fait-on pour vous tuer au juste ?

James ne répondit pas tout de suite, mais il releva la tête de son ouvrage et finit par pivoter.

—Je vous demande pardon ?

—Les Manusdei, comment s'en débarrasse-t-on ? poursuivit Hippolyte. Pourquoi n'êtes-vous pas contrôlés comme les autres ? Est-ce que vous avez des tanières dans lesquelles vous vous réunissez ?

Pure provocation : elle ne pensait pas que les peuples aient besoin d'être fichés. James répondit à merveille. En trois enjambées il fut près d'elle, le regard enflammé. La fatigue s'ajoutant au reste, il s'exclama :

— Une conversation avec vous tuerait n'importe qui !

Hippolyte bondit sur ses pieds.

— Bien ! Je m'en vais vous achever. Que faites-vous avec ce livre ? Pourquoi tenez-vous ce bistouri ? Pourquoi ne pas simplement répondre à ma question ? Est-ce que vous avez peur ?

James tourna les talons pour sortir de la pièce. Hippolyte le poursuivit dans le couloir jusque dans la cuisine de l'hôtel, où ils surgirent comme deux boulets de canon.

— Cessez donc de me suivre, je cherche des traces du bistouri en argent dans un livre ! Je n'ai pas besoin de vous !

— Au contraire ! Je peux vous faire la lecture ! Peut-être qu'en deux paragraphes vous serez à l'article de la mort ?!

La vision d'Olympe et Diderot, debout dans la pièce à échanger des civilités, témoins malgré eux de leur querelle, les calma aussitôt.

Hippolyte, qui sentait déjà que la journée serait mauvaise après ce réveil désastreux, s'approcha de la cafetière et huma le délicieux fumet qui s'en échappait. Elle ajouta une tasse sur la table, puis se servit sans plus accorder aucune attention au comte.

* * *

James salua Diderot, ravalant sa colère.

— Vous parliez de bistouri en argent ? demanda Diderot en portant à ses lèvres la tasse de café qu'Olympe lui avait déjà servie.

— C'est exact, confirma James en posant le tome encyclopédique sur la table.

— Puis-je jeter un œil ? Mon père est coutelier, il fabrique ces instruments chirurgicaux depuis des années. Les bistouris sont censés être en acier trempé, pas en argent.

Surpris par cette aide providentielle, James lui tendit l'instrument avant de rechercher l'article « *Scalpel* » dans le gros volume rédigé en anglais par le Londonien Ephraïm Chambers, publié quelques années plus tôt. Si le français différenciait « scalpel » et « bistouri », l'anglais rassemblait les deux dans un seul et même terme. Il n'avait donc pas d'autre entrée possible à étudier. Malheureusement, aucun matériau n'était précisé dans les quelques lignes consacrées à l'outil. Le texte répertoriait en revanche deux sortes de bistouri : ceux dont la lame est tranchante des deux côtés, et ceux qui ont un côté coupant et un plus épais et plat. Au-delà de leur fonction purement chirurgicale d'amputation ou d'ouverture de corps, les premiers séparaient les parties membraneuses et fibreuses lors d'opérations minutieuses, tandis que les seconds décharnaient sans trop abîmer l'os grâce à leur côté non coupant. L'auteur précisait que le *scalpel* avait souvent un manche en ivoire ou en ébène, pas en métal comme celui qu'ils possédaient.

—Auriez-vous une loupe? Je crois voir un poinçon.

Hippolyte se dévoua et ramena bien vite l'instrument à Diderot.

—Intéressant. Cet outil n'a pas été déclaré, annonça le garçon. Habituellement, un objet en argent reçoit quatre poinçons: celui du maître orfèvre, celui de la charge qu'il devra payer, le poinçon de maison commune qui indique le lieu et la date de fabrication et, enfin, le poinçon de décharge lorsque l'orfèvre paie la taxe. Ici, il n'y a qu'une marque, celle du créateur, j'imagine.

—Et à quoi ressemble-t-elle? pressentit James.

—On dirait un arbre.

—Avec un serpent enroulé autour du tronc?

—Tout à fait.

James sortit son carnet pour noter les indications de Diderot.

—Un seul côté est tranchant, dans tous les cas.

—Chambers écrit que ce genre de bistouri sert à décharner les corps.

Diderot leva un regard intéressé.

—Chambers? Le *Dictionnaire universel* d'Ephraïm Chambers?

—Vous souhaitez le feuilleter?

Le garçon s'approcha du livre et en tourna quelques pages.

—Quel dommage qu'il soit en anglais, murmura-t-il avec regret.

—Je vais vous prêter un dictionnaire anglais-français, vous pourrez venir consulter les deux volumes de Chambers quand vous le voulez. Ce sera ma manière de vous remercier pour votre expertise.

Les pommettes du garçon rosirent de contentement. Il accepta avec enthousiasme.

—Pourquoi êtes-vous là? finit par demander Hippolyte, qui en était à sa troisième tasse de café et dont le ventre se mettait à gargouiller.

Olympe provoquait la plus exquise des senteurs en faisant revenir du lard et des légumes dans de la graisse de canard.

—Je venais recueillir vos pensées au sujet des chiffres au-dessus des portes.

Avec leur nuit passée à rédiger un compte rendu détaillé pour le roi et Pinsec, Hippolyte et James avaient oublié l'affaire du « 2 » au-dessus de leur entrée.

— Que voulez-vous dire par « des portes » ? s'étonna Hippolyte.

— Plusieurs rues autour de la Sorbonne ont vu leurs porches numérotés, confirma Olympe qui faisait le marché tôt le matin.

— Qu'est-ce que c'est que cette histoire ? marmonna Hippolyte.

— Peut-être est-ce la main de Dieu marquant les linteaux de ses brebis à épargner, comme dans l'Exode, professa Diderot avec irrévérence.

La remarque fit rire d'Arcy, confortant James dans l'opinion qu'il se faisait de lui : un véritable mécréant.

— Sornettes, les contredit-il alors. Si plusieurs rues sont touchées, c'est sûrement qu'une personne a décidé d'appliquer une décision d'Hérault rejetée par la ville.

— Le lieutenant général de police a décidé de numéroter les portes ? douta ouvertement Hippolyte.

— Pour faciliter les transports, les livraisons et le service du courrier.

— Pourquoi rejeter une décision aussi profitable, dans ce cas ?

— Parce qu'en inscrivant des numéros à toutes les portes d'une rue sans distinction, vous mettez nobles, clergé, bourgeois et plèbe au même niveau. La noblesse n'a jamais accepté que ses beaux hôtels deviennent un simple numéro venant après ou avant l'immeuble voisin.

— C'est ridicule.

— Je partage votre opinion, appuya Diderot.

James se contenta d'acquiescer. Il savait que ce serait le combat futur de ce garçon ; il ne pouvait rien dire ni faire de plus pour l'influencer.

* * *

Château de Versailles

Louis était heureux en famille. Ses enfants l'aimaient parce qu'il était leur père avant d'être leur roi. Leur tendre naïveté l'enchantait ; il exigeait toujours des baisers lorsqu'il leur rendait visite et les quittait malgré lui. Il se disait souvent que, s'il n'avait pas été roi, il passerait tout son temps avec eux. Malheureusement, la vie de ses propres enfants était entrée dans le cérémonial de Cour : ils étaient là à son lever, puis étudiaient avec leur précepteur et leur gouvernante, et il finissait par les apercevoir en fin de journée au retour de la chasse. Parfois, la reine l'invitait à voir les progrès au clavecin de ses deux filles aînées, Élisabeth et Henriette, des jumelles de huit ans. Alors il se rendait dans les appartements de la reine, le cœur serein, plein de joie à l'idée de s'entourer de ses petits.

Louis, le Dauphin, âgé de cinq ans, livre ouvert sur les genoux, semblait décortiquer la gravure d'une fable de La Fontaine, tandis qu'Élisabeth appuyait sur les touches de l'instrument de musique avec application. Henriette se tenait près d'elle et lançait des demi-sourires amusés à son père à chaque fausse note. Adélaïde et Victoire, âgées de trois et deux années, vaquaient à leurs occupations sans faire trop attention à ce qui les entourait tandis que Sophie, la dernière, gazouillait dans son berceau. La reine, que les grossesses successives fatiguaient de plus en plus, se sentait pourtant apaisée de voir le roi sourire.

Adélaïde grimpa auprès de son père et prit seulement sa main dans la sienne, la tête droite, comme sa gouvernante l'exigeait. Louis lui chatouilla le cou, provoquant un petit rire qui déconcentra Élisabeth. L'aînée tourna un regard noir vers sa petite sœur, qui se mordait la lèvre sans dénoncer son père.

— Continuez, Babet, fit le roi.

Le surnom affectueux qu'il donnait à sa fille désamorça aussitôt le front plissé, et le clavecin reprit. Chacune de ses filles avait un sobriquet que lui seul employait.

Le roi serra la petite main rose d'Adélaïde. C'était toujours à ce moment de béatitude extrême, lorsqu'il se disait que rien ne pouvait gâcher ces instants parfaits, que ses idées noires revenaient le hanter. En voyant ses six enfants, il ne pouvait s'empêcher de repenser aux deux qu'il avait perdus à quelques semaines d'intervalle, deux années auparavant. L'angoisse de vivre à nouveau ce drame lui serra le cœur. Un simple rhume avait eu raison de sa troisième fille et de son second fils, emportés en une poignée d'heures.

Une petite main se posa sur son bras. Il baissa les yeux ; Adélaïde le dévisageait. Il était en train d'écraser ses doigts sans s'en rendre compte. Il la relâcha aussitôt et déposa un baiser sur son front. La reine aussi le scrutait, un mince sourire inquiet aux lèvres. Ils avaient tant pleuré tous les deux lors de la mise en terre.

Le cours morne de ses pensées fut interrompu par un valet qui entra dans la pièce et se baissa près de lui, un plateau d'argent dans la main, une lettre pliée et cachetée posée dessus. Le roi se redressa pour ouvrir le courrier. À la première lecture de l'unique ligne, il pensa qu'il s'agissait d'une erreur. Il n'était peut-être pas le bon destinataire ? Et puis le petit motif tamponné et peint au bas de la phrase le saisit.

Il bondit sur ses pieds, interrompant la musique. La reine et ses enfants se levèrent à leur tour, intrigués.

— Sire ? Une mauvaise nouvelle ? s'enquit la reine.

Il leva les yeux et força un sourire.

— Une nouvelle plutôt surprenante. Je dois vous laisser.

Il distribua des baisers rapides sur les fronts de ses enfants, puis s'effaça. Il traversa le palais en pressant le pas pour ne pas devoir accorder la parole aux rares courtisans qui baguenaudaient par là. Il ne s'arrêta qu'une fois dans ses appartements privés.

— Allez chercher Pinsec, commanda-t-il.

Il resta cloué au sol, tendu, le poing serré sur la lettre, jusqu'à l'arrivée de l'abbé.

— Sire, se présenta ce dernier en inclinant la tête.

— Je veux que l'auteur de cette mauvaise plaisanterie soit identifié et enfermé à la Bastille ! exigea le roi en brandissant la missive.

Pinsec afficha sa mine la plus grave : le roi se mettait rarement en colère. Il attrapa le papier et lut à haute voix :

— « Au plaisir de vous revoir. »

Le dessin au bas des quelques mots l'interpella aussitôt : un petit singe acrobate, les pattes avant levées, la queue en spirale, coloré.

— Un singe vert, dit-il alors, le visage exsangue.

Il tenta de replier la lettre et de réunir les deux morceaux du cachet pour voir si l'expéditeur pouvait être reconnu, mais le motif du sceau reprenait celui du singe. Le roi n'avait pas fait attention à ce détail en l'ouvrant.

— Je vais demander au Cabinet noir, mais je doute qu'il puisse dire quoi que ce soit sur le suivi de ce courrier.

Ses pensées suivaient déjà une autre piste, aussi il ne perdit pas une seconde et enchaîna :

— Sire, j'ignore si cette information est une coïncidence, mais demain nous fêtons la Saint-Louis.

— Et alors ? lança Louis sans réfléchir, pétri d'inquiétude.

— Vous devrez communier et faire acte de thaumaturgie, *sa* principale obsession, ajouta Pinsec en montrant la lettre. Il faut annuler. Préserver votre vie.

Quatre ou cinq fois par an, le roi communiait. À cette occasion, les scrofuleux l'attendaient à la sortie de l'église pour le rituel sacré du thaumaturge : en apposant ses mains, il était censé les guérir. Puisque Louis savait qu'il n'en était rien, il renâclait à la tâche.

Le roi opina et fixa le morceau de papier. Le sous-entendu de l'abbé finit par le frapper.

—Armand de Bourbon-Conti est mort.

—Je vois cette lettre comme un avertissement : quelqu'un utilise le Singe vert pour vous menacer.

Le discours de Pinsec semblait plausible. Mais le Singe vert les avait quittés en 1727 en emportant avec lui l'emplacement des corps de ses anciens agents du Secret.

—Où est son fils, en ce moment ? s'enquit l'abbé.

—Le prince de Conti est lieutenant général de notre armée en Allemagne, je doute qu'il soit d'humeur à ces plaisanteries.

—Vous avez pourtant eu des querelles tous les deux.

—Mon filleul est insubordonné et possède un certain goût pour le scandale, mais je doute qu'il emploie ce genre de référence pour me faire part d'un reproche.

Pinsec acquiesça. Il fallait qu'il s'en assure. Il avait toujours mis les Conti sous surveillance sans en parler au roi, qui aimait la princesse douairière ainsi que son jeune cousin. Mais l'abbé, qui recherchait toujours des traces des deux anciens agents du Secret disparus, n'avait jamais abandonné l'idée que le château familial des Conti, L'Isle-Adam, ne leur avait pas livré tous ses secrets.

Chapitre 16

Paris, 25 août

Hippolyte faisait sauter la pomme dans sa main, en croquant un morceau de temps en temps. Elle avait fait le tour de la Sorbonne pour se dégourdir les jambes avant de revenir à Cluny. Elle jeta son trognon dans un tas d'ordures ménagères puis s'arrêta. Elle pivota et scruta la rue. Depuis qu'elle avait quitté l'hôtel, elle avait l'impression d'être suivie. Le pressentiment la saisissait jusque dans ses entrailles. Pourtant, elle ne remarqua rien ni personne de suspect. Hippolyte reprit son chemin en plongeant sa main dans la poche intérieure de son habit. Pour s'occuper l'esprit, elle relut le message que Pierre lui avait envoyé dans la matinée pour lui demander quand ils pourraient se revoir.

Lorsqu'elle franchit la porte cochère de l'hôtel, elle eut des frissons dans le dos tant elle ne pouvait se défaire de l'impression tenace d'être suivie. Le comte surgit dans la cour avant même qu'elle eût le temps de lever les yeux sur la façade délabrée.

— Ah, vous voilà ! Fort bien !

— Vous avez l'intention de me sauter dessus chaque fois que je franchirai la porte ?

Il fronça les yeux.

— Le comique de répétition, éclaira Hippolyte.

Le comte se rembrunit.

— Le lieutenant général de police nous a envoyé un message : des hommes de l'hôpital Saint-Louis ont signalé la présence de loups dans les alentours plusieurs nuits de suite. Ils ont fait appel à un louvetier de Monceaux, il aurait aperçu de grosses bêtes rayées de rouge près du gibet de Montfaucon. Hérault nous demande s'il y a un lien avec les attaques de bêtes sauvages dans Paris et si nous pouvons enquêter ce soir avant de faire intervenir une escouade de louvetiers. Le roi a déjà demandé au capitaine des mousquetaires gris de ne pas se lancer inutilement dans une battue en ville, mais à l'extérieur de Paris il sera plus difficile de justifier une absence d'intervention.

— Très bien, quand y allons-nous ?

— Prenez du repos, nous partirons à 19 heures. Olympe se joindra à nous ; nous camperons sur le gibet cette nuit.

Hippolyte se frotta les mains : elle avait hâte de voir la jeune femme à l'œuvre. À en croire ses récits de piraterie, elle savait manier la hache comme personne.

Lorsqu'ils franchirent la porte Saint-Martin, passant sous l'arc de triomphe de Louis XIV, ils quittaient la ville pour entrer dans les faubourgs. Des immeubles et des hôtels avec leurs dépendances jalonnaient la rue du Faubourg-Saint-Martin, puis le paysage se parait de jardins maraîchers et de potagers. On récoltait les légumes pour la capitale et on commençait à regarder les vignes et à guetter les vergers. Il flottait dans l'air un parfum de campagne, de terre humide qui avait chauffé au soleil, de foin tiède et de luzerne qui séchait.

Hippolyte inspira à pleins poumons.

— Merveilleux.

— Vous savez que l'une des décharges de Paris se situe au pied de la butte de Montfaucon ? s'amusa James.

Hippolyte se contenta de hausser les épaules.

— Rien de ce que vous pourrez me dire ne me gâchera ce plaisir.

L'imitant, Olympe avait opté pour une tenue d'homme : une culotte brune, des bottes noires, une chemise et une veste de chasse. La seule touche féminine qu'elle ne put refuser fut un corps à baleines qui maintenait sa poitrine et lui offrait, à son goût, plus de liberté de mouvement si elle ne serrait pas trop les lacets.

Le soleil couchant éclaboussait de lumière rouge l'hôpital Saint-Louis. Des hommes allumaient des flambeaux aux quatre points d'entrée du bâtiment. La construction de l'établissement médical en ces lieux avait condamné l'usage du gibet voisin depuis un siècle, les émanations pestilentielles des cadavres exposés indisposant les malades.

Ils longèrent l'hôpital et continuèrent au nord. La route devint alors plus escarpée. La butte était plutôt aplanie, écrasée par la hauteur du gibet qui se dessinait dans l'ombre au milieu de petits bois, d'arbustes et d'herbes hautes. Le vent du soir apporta à leurs narines l'odeur de la décharge du coin. Hippolyte plongea le nez dans son coude le temps de s'y habituer. Ils arrivèrent à un croisement de routes dont la principale, la route de Meaux, continuait en meilleur état que les autres. Un chemin étroit menait jusqu'au sinistre gibet.

Sa base massive, haute de trois toises, supportait les restes des seize piliers en pierre alignés sur trois des quatre côtés. Certains avaient vu leurs sommets démantelés ; seuls neuf étaient complets – ou presque – et encore reliés par leurs poutres auxquelles on pendait les cadavres.

Hippolyte, James et Olympe s'arrêtèrent devant, en silence. Ils descendirent de leurs montures et les attachèrent au calvaire dressé face au gibet. Les dernières lueurs du crépuscule tombèrent lorsqu'ils grimpèrent les quelques marches menant sur le podium de pierre. Une vieille trappe en bois pourrissait au centre, et devait mener à la cavité dans laquelle on jetait les restes des condamnés. Olympe s'appuya contre l'un des piliers pour scruter la nuit. Hippolyte noua sa cravate sur la moitié inférieure de son visage, dérangée par l'odeur de la décharge qu'elle sentait encore.

— Et maintenant ? demanda Olympe.

— On attend. Et on espère voir quelque chose.

James et Hippolyte s'assirent par terre pour vérifier leurs armes.

— Vous n'avez plus l'impression d'être suivi ? demanda James.

— Depuis que nous avons quitté Paris, non, répondit Hippolyte en choyant sa lame.

Ils attendirent en silence un long moment, chacun plongé dans ses pensées. La nuit était totale, les étoiles entamaient leur course dans le ciel, les grillons se mettaient à chanter.

— Vous croyez aux fantômes ? reprit Hippolyte.

— Oui, il y en a plein en Écosse.

— Vous en avez déjà vu, alors ?

— Quelques-uns, oui.

— Et vous, Olympe ?

— Non, répondit-elle seulement.

— Ils ressemblent à quoi ?

— À des hommes et des femmes vaporeux, soupira James sans montrer d'entrain à lui répondre.

L'attention d'Olympe fut accaparée par un mouvement dans les hautes herbes, puis plusieurs arbustes craquèrent à leur tour.

— Quelque chose approche, prévint-elle en saisissant sa hache.

Au même moment, les trois chevaux frappèrent le sol et hennirent bruyamment. Hippolyte traversa la plate-forme pour les surveiller. Dans la précipitation, elle ne fit pas attention à la trappe et passa au travers dès qu'elle posa un pied dessus. La chute fut courte. Son dos percuta rudement un sol surélevé, la sonnant quelques secondes. Elle tenta de se redresser une première fois, fut prise de nausée, s'immobilisa, reprit son souffle avec trois grandes inspirations, puis fit une nouvelle tentative. Ses mains s'appuyèrent sur la terre et les objets durs éparpillés alentour.

James finit par apparaître au-dessus d'elle, un flambeau à la main.

— D'Arcy ?

Les flammes firent pénétrer une lumière jaune dans la cavité. D'abord aveuglée, Hippolyte acquiesça en plissant les yeux.

— Ne paniquez pas, conseilla James d'une voix calme.

Elle grimaça, une vive douleur dans la nuque. La vision d'un empilement de trois cadavres dans un état de décomposition avancée lui fit vite oublier toute peine.

— Morbleu !

Elle recula à quatre pattes jusqu'au mur en appuyant le tissu de sa cravate sur son nez, comprenant qu'elle ne sentait pas uniquement la décharge depuis leur arrivée. Il y avait des ossements éparpillés du siècle dernier. Mais, à en juger par les rats et les vers qui banquetaient là, les trois corps étaient beaucoup plus récents.

La voix d'Olympe retentit :

— James !

Le comte se détourna avant de la prévenir :

— Je vous laisse le flambeau, je reviens. Ne bougez pas.

Il laissa tomber la lumière sur le sol et disparut.

— Où pourrais-je bien aller ? râla Hippolyte.

Le halo lumineux éclaira mieux les corps ; un détail brillant attira alors son attention. Elle s'en approcha avec prudence. Malgré la rigidité de ses membres blancs, presque jaunes, l'homme du dessus possédait deux éléments familiers : une croix en or et pierres précieuses autour du cou ainsi qu'un trou noir sur le front.

— Le client de l'*Hermaphrodite*.

* * *

James se rapprocha d'Olympe. Plusieurs ombres s'agitaient aux alentours, et une lueur rougeâtre s'approchait. Un cavalier encapuchonné apparut à l'orée du petit bois. Il s'arrêta face à eux. Son poing gauche, d'où émanait la lueur rouge, était abaissé le long de sa jambe. Il faisait trop sombre et il était bien trop loin pour qu'Olympe et James distinguent autre chose.

L'homme leva le bras. Les loups sortirent des fourrés et formèrent une ligne juste devant lui.

—Il n'est pas seul, regardez, prévint Olympe.

Des silhouettes humaines s'avançaient en ligne derrière les loups, le pas lourd.

—Une demi-douzaine, compta James.

—En plus des bêtes. Je ne veux pas être pessimiste, mais il est possible que l'on meure ce soir, commenta Olympe en faisant tourner sa hache d'une main.

—D'Arcy ne mourra pas ce soir, affirma James.

—Alors on devrait le laisser là où il est, appuya Olympe.

Le comte approuva. Il alluma un autre flambeau et sortit son arme et sa poudre d'amorce. Il avait d'abord pensé que les loups attaqueraient, mais ce furent les hommes qui avancèrent, coururent même, et se mirent à grouiller sur les murs verticaux jusqu'au sommet du podium d'une manière tout à fait extraordinaire. Ils se hissèrent sur la surface, apparaissant enfin à la lumière.

—Qu'est-ce que c'est…? murmura Olympe en ouvrant de grands yeux.

Les visages étaient exsangues, émaciés, presque gris et cireux. Les yeux s'enfonçaient dans les orbites, les lèvres disparaissaient.

Ce fut à cet instant que James constata avec effroi qu'il s'agissait, pour la plupart, de mousquetaires; et, à en juger par les grosses blessures purulentes qui ravageaient leurs corps, des mousquetaires gris disparus. Ceux-là mêmes qui avaient été attaqués par les loups devenus à présent leurs compagnons.

Ils avaient tous une allure funeste, mais étaient bel et bien vivants.

—Olympe, coupons les têtes…

* * *

Les corps avaient bougé, Hippolyte en était sûre. Pas à cause des rats: ces bestioles venaient de fuir leur festin à toute vitesse, se pressant dans la minuscule ouverture qui menait à l'extérieur. Non. Le client venait de lever le bras, comme s'il cherchait à se raccrocher à quelque chose. Il tâta ensuite des mains son environnement et finit par se redresser, bousculé par les deux corps sous lui qui tentaient, eux aussi, de se relever. Le deuxième y parvint à peu près ; quant au troisième, ses jambes n'avaient plus assez de tendons ni de muscles pour le maintenir et il s'affaissa sur le ventre, les bras repliés, la tête relevée.

— Par tous les démons de l'Enfer ! s'alarma Hippolyte.

Le client et le deuxième cadavre se tournèrent vers elle, le visage émacié, en lambeaux. Ils n'avaient plus d'yeux ni de lèvres, dévorés par les rats. L'inconnu avait même la mâchoire inférieure pendante. D'une main tremblante, Hippolyte dégaina son épée et se rapprocha du flambeau. Les deux morts émirent des râles à défaut de parler et la suivirent de leurs orbites creuses. La jeune femme resta immobile, la respiration haletante. À l'instant où elle se souvint qu'elle pouvait appeler à l'aide, les deux morts eurent un mouvement synchronisé et se jetèrent sur elle.

Hippolyte balaya devant elle avec son épée et ouvrit une tranchée dans le corps du client, en travers de son thorax. Cela n'eut pas l'effet escompté puisque le mort, ignorant la blessure qui ne pouvait plus saigner, poursuivit sa route et lui attrapa la gorge. Il la plaqua contre le mur avec une force inattendue et l'étrangla. Les pieds au-dessus du sol, elle se dit d'abord que tout était perdu. Les morts étaient *déjà* morts, son épée ne pouvait rien contre eux ! Et puis l'idée lui vint en tête comme une claque.

Elle attrapa sa dague, la leva et trancha le bras en trois coups secs. Si le client sembla s'étonner d'être séparé d'un membre, sa main coupée, elle, restait serrée au cou d'Hippolyte. Elle dut arracher le pouce pour se sortir de l'étau et respirer enfin. À peine tentait-elle de se redresser que le deuxième mort plongea sur elle, la renversant sur le dos, et agita ses griffes pour avoir accès à sa gorge. Elle se protégea de ses avant-bras, les pensées embrouillées. Il ne s'agissait manifestement pas de fantômes. En revanche, ils lui faisaient penser aux loups putréfiés dont seule la décapitation avait pu venir à bout.

Hippolyte rassembla ses forces et, d'un poing fermé sur la poignée de son épée, la planta dans le cou du mort dont les ongles s'enfonçaient dans sa chair. La lame ne pénétra qu'à moitié. Le mort cessa de s'agiter, apparemment surpris. Hippolyte en profita pour arracher la lame et réitérer le coup. La tête vola sur le côté ; le corps s'affaissa.

— Diable de tous les diables ! pesta-t-elle en le repoussant sur le côté.

Le client l'attrapa au col pour la traîner de son unique bras valide. Leur force était vraiment décuplée ! Elle avait beau se débattre, il la jeta tout de même contre le mur. Hippolyte se redressa, hors d'haleine. Elle devait l'empêcher d'approcher avant que le troisième mort, pourtant mal en point, parvienne à la rejoindre en rampant sur ses coudes.

Hippolyte roula sur le sol pour se précipiter sur le flambeau. Se redressant d'un bond, elle mit le feu à la chemise du client, qui ne parut pas s'alarmer de la menace.

— Combien de fois faudra-t-il que je te tue !

Les coups de feu et les cris à l'extérieur l'inquiétèrent un peu plus sur la situation en surface. Elle alterna coups de torche et coups d'épée, tailladant le client ici et là. Elle finit par lui planter le flambeau dans le creux du cou, provoquant un hurlement grave et guttural qui lui fit froid dans le dos. Le maudit client agrippa l'arme des deux mains sans craindre le feu ; elle en profita pour le décapiter, s'en débarrassant une nouvelle fois.

Le troisième cadavre, lui, s'immobilisa.

Hippolyte lui coupa la tête avant de le saisir par le peu de cuisses qui lui restait, puis le tira en arrière pour le poser sur le corps du client. Elle ajouta enfin le dernier cadavre sur la pile, formant ainsi un tremplin de feu digne des meilleures cabrioles de foire.

Elle rengaina ses armes, recula, prit de l'élan et sauta dessus pour tenter d'atteindre le rebord de la trappe.

Ses doigts se fichèrent dans le cadre en bois de l'ouverture, qui émit un craquement sous son poids. La chaleur du feu qu'elle avait provoqué lui lécha les pieds ; elle tenta de se hisser, usant de ses dernières forces pour agripper les dalles irrégulières du sol.

— Rôtir sur le gibet de Montfaucon, quelle fin pitoyable ! grommela-t-elle en luttant pour maintenir sa position.

Mais que pouvaient bien faire James et Olympe ?

Elle allait hurler quand une apparition se pencha soudain juste au-dessus d'elle. Une jeune femme, très belle et très pâle, aux yeux violets et aux longs cheveux bruns, lui attrapa les mains pour la tirer du trou enflammé avec une facilité surnaturelle.

— Le seigneur de Boréal m'a chargée de veiller sur vous.

Hippolyte, les bras tremblants, reconnut alors la vampire qu'elle avait secourue à la *Maison de l'Hermaphrodite*. Elle s'était régénérée et semblait en parfaite santé. Sa veste noire fermée jusqu'au cou et son pantalon fuselé étaient certes tout à fait pratiques, mais aussi d'un esthétisme qui ne l'étonna pas pour une vampire.

Elle put enfin distinguer ce qui se passait autour d'elle. Une chose était sûre : c'était le chaos. Des hurlements bestiaux surgissaient ici et là, une meute de gros loups argentés s'abattait sur les fameux loups noir et rouge, des cadavres de mousquetaires jonchaient le sol, la peau cireuse et la tête tranchée ; et, plus loin, sous les arbres, le cavalier encapuchonné levait un poing d'où jaillissait la lumière rouge. Alors qu'Hippolyte s'apprêtait à venir en aide à ses comparses, le cavalier ordonna la retraite. Les quelques loups qui n'étaient pas aux prises avec la meute argentée suivirent le mouvement et disparurent aussitôt dans les bois.

* * *

James se laissa choir, incrédule et soulagé à la fois. Olympe posa un genou à terre, le souffle court. Un gros loup argenté grimpa les marches du podium pour rejoindre les trois humains délivrés. L'animal, dressé sur ses pattes arrière, se mit à grossir et à prendre de la hauteur ; son museau se raccourcit, ses poils disparurent, et il fit place à un massif homme nu à la chevelure d'argent.

— Goliath, soupira James avec un sourire.

Jamais encore il n'avait été aussi heureux de voir un lycanthrope.

— La vampire nous a demandé notre aide et, comme nous avons un accord de non-agression avec eux, nous sommes venus.

— Un accord de non-agression ? s'étonna James.

— Il fallait bien pallier l'absence du Secret, grogna Goliath. À première vue, vous étiez en mauvaise posture, vous pourriez nous remercier.

James hocha la tête, dépité, et s'exécuta. Il jeta un œil sur Olympe, la sueur au front, les muscles encore fébriles, puis chercha des yeux d'Arcy et l'aperçut assis près de la vampire, les manches de son habit déchiquetées, son visage ahuri zébré de griffures.

— Que vous est-il arrivé ? s'étonna-t-il, pensant que le garçon était en sécurité dans la cavité.

— Les trois cadavres se sont réveillés et ont essayé de me tuer ! rétorqua Hippolyte. Je peux savoir ce que vous faisiez, vous ?

— Nous étions attaqués par les mousquetaires disparus.

— Je croyais qu'ils étaient trépassés.

James haussa les épaules. Il n'avait encore jamais vu ça.

— Ils en avaient tout l'air.

— Je vous l'avais dit que ça sentait la mort, appuya Goliath.

— Je commence à comprendre ce que vous vouliez dire, admit James.

Olympe époussetait sa tenue ; Hippolyte se tenait auprès de la vampire, une expression d'admiration et de reconnaissance au visage.

— Comment avez-vous su que nous serions ici ? Outre le fait que vous jetez vos cadavres problématiques à cet endroit.

— Je vous suis depuis ce matin. Le seigneur de Boréal et madame Flora Rubea m'ont mise à votre service en guise de remerciement.

Voilà qui expliquait la présence que le garçon avait ressentie dans les rues de Paris.

— Ce serait à nous de vous remercier, garantit Hippolyte. Quel est votre nom ?

— Galatée, pour vous servir, répondit l'intéressée en inclinant la tête.

— Vous êtes rompus et blessés, constata Goliath. La taverne de mon bras droit n'est pas très loin, au faubourg Saint-Laurent. Nous vous y offrons l'hospitalité. Les miens vont récupérer les corps et vous les apporter.

À la fin de sa phrase, son corps se tassa en plusieurs contorsions qui ne manquaient pas d'harmonie, comme si les deux corps ne faisaient au final qu'un, avant de reprendre son allure de loup. Il se mit à hurler pour rallier sa meute, qui escorta le Secret. Hippolyte, Olympe et James poursuivirent à pied, leurs trois chevaux ayant déguerpi depuis longtemps.

À l'approche du faubourg plongé dans la nuit, Goliath redevint homme. Il désigna une auberge à l'écart des habitations dont la lanterne éclairait une enseigne en forme de tête de loup.

— Voici la taverne de mon bras droit, Fenrir.

Chapitre 17

Faubourg Saint-Laurent

Un lycanthrope nommé Fenrir. Elle ne pouvait croire à une simple coïncidence.

Hippolyte avait tressailli mais n'avait rien dit. Elle n'avait jamais associé « Fenrir » à une personne : ce mot voguait sans raison dans son esprit depuis la mort de son frère… tué sauvagement par des loups. Son cœur se noua. Elle n'osait pas formuler, même en pensée, l'idée folle qui débarqua soudain dans son esprit.

« Méconnaissable », « déchiqueté », « vidé ». C'était ainsi que l'on avait décrit le corps de Baptiste. Elle ne savait pas encore de quoi était capable un lycanthrope, mais James les avait tout de suite suspectés lorsqu'ils avaient trouvé le pauvre homme du guet massacré près de Sainte-Opportune.

Fenrir, le lycanthrope.

Hippolyte reprit son souffle et posa la main sur sa rapière, prête à toute éventualité.

Goliath poussa la porte, et tous s'engouffrèrent à l'intérieur. La taverne était uniquement fréquentée par des lycanthropes ; ces derniers trouvèrent donc des culottes et des chemises de rechange dès qu'ils franchirent l'entrée, transformés en humains. Ils échangèrent à grands cris, s'envoyant de violentes tapes dans le dos et puisant la bière à même le tonneau pour se rafraîchir. James et Olympe s'assirent à une table près du feu et retirèrent leurs vestes pour panser leurs plaies. Hippolyte, elle, restait plantée au centre de la salle, guettant chaque lycanthrope dans l'espoir vain de reconnaître un visage.

Goliath posa un pot à pharmacie en céramique sous les yeux des agents du Secret.

— De l'eau des rois pour vos blessures, un vulnéraire. Médecine lycanthrope !

Seule Olympe s'interrogea sur sa composition et demanda des précisions. James se contenta de l'appliquer avec confiance.

— Vous ne souhaitez pas soigner ces griffures ? demanda Galatée, tout près d'Hippolyte.

À la lumière de la taverne, la jeune femme s'aperçut que la vampire avait une couche épaisse de blanc de céruse sur le visage. C'était d'ailleurs la seule partie de son corps exposée, des gants fins et une cravate protégeant mains et cou.

— Est-ce ainsi que vous pouvez sortir le jour ? demanda-t-elle alors, ne résistant pas à poser la question.

— La céruse nous protège du soleil.

— Vous n'êtes pas obligée de me suivre en journée, vous savez.

— M'empêchez-vous d'être reconnaissante ?

— Ce n'est pas ce que je voulais dire. Je n'ai pas l'habitude d'avoir quelqu'un à mon service, s'agaça Hippolyte sans hausser le ton.

— Je me ferai discrète, assura Galatée.

Sans préambule, elle encadra le visage d'Hippolyte de ses mains et ferma les yeux.

— J'écoute votre circulation sanguine. Vous avez des contusions dans le dos, sur l'épaule gauche, au niveau de la hanche droite et…

Hippolyte se dégagea vite ; elle avait le corps rompu de douleurs diverses, ce n'était ni la première ni la dernière fois.

— Merci, dit-elle avec une froide sincérité. Mais ce sera tout.

Penaude, Galatée baissa la tête. Hippolyte reprit l'observation de la pièce avant de se mordre la lèvre. Finalement, peut-être que Galatée pouvait l'aider ?

— Connaissez-vous Fenrir ?

La vampire désigna une silhouette près des larges tonneaux empilés sur des tréteaux. Elle se voulait discrète malgré sa carrure immanquable. Le lycanthrope aux longs cheveux argentés la fixa de ses iris noisette, presque dorés. Il tira plusieurs pichets de bière et reprit son apparente place, derrière le comptoir de la taverne. Bras croisés, il se mit à l'épier, le visage figé dans une expression étrange à mi-chemin entre la mise en garde et la quiétude. Comme un vrai loup.

— Le seigneur Fenrir vous attend, murmura Galatée.

— Que savez-vous de lui ? s'enquit Hippolyte.

— C'est un rôdeur, un lycanthrope solitaire qui accomplit les tâches de Goliath.

Hippolyte resserra son emprise sur sa rapière. Sans un mot de plus et à pas prudents, elle se dirigea vers lui, au milieu de la liesse.

— Je ne pensais pas vous revoir un jour, dit-il à voix basse, tout en lui servant une chope de cervoise.

— Donc nous nous sommes déjà croisés, rétorqua Hippolyte.

Fenrir inclina la tête en guise de confirmation.

— Vous ne devriez pas faire ça, la prévint-il.

Hippolyte avait tiré son épée de moitié. Au diable la taverne remplie de loups-garous, d'une vampire et de fonctionnaires ! Si son instinct ne la trompait pas – et il ne la trompait jamais –, cet aubergiste était lié à la mort de Baptiste. Elle le sentait dans toutes ses tripes !

— Avez-vous tué mon frère ?

Fenrir n'afficha qu'un très agaçant demi-sourire avant de dire :

— Non.

— Ne me mentez pas, vous savez quelque chose.

Fenrir s'appuya sur le bois sombre.

— De quoi vous rappelez-vous ?

Hippolyte déglutit. Huit années s'étaient écoulées et aucun souvenir de cet événement n'avait surgi depuis. Rien.

— Le vampire a altéré votre mémoire, déclara Fenrir en faisant glisser la chope de bière sous son nez. Buvez, et rentrez votre épée.

Assaillie de doutes, elle relâcha difficilement sa rapière pour attraper la pinte et en vider la moitié.

— Quel vampire ?

— Un renégat qui a profité de la fermeture du Secret pour reprendre ses chasses, répondit Fenrir, trempant à son tour ses lèvres dans une pinte. Lui et les siens se sont octroyé le territoire d'un chef lycanthrope et ont semé des cadavres de bergers ici et là. C'est toute la communauté surnaturelle de la région qu'il mettait en danger en agissant de la sorte.

— Je me souviens de ces corps découverts exsangues et recouverts de morsures, confirma Hippolyte qui termina sa chope et la frappa contre le comptoir, près du pichet, pour en réclamer plus. On accusait des loups descendus des montagnes.

— C'est toujours la faute des loups, grogna Fenrir.

Il lui servit une pleine rasade.

— Cela dit, le domaine de Sancy appartient à ma famille, pas à des lycanthropes ou des vampires, reprit-elle sans perdre sa mauvaise humeur.

— En vérité, c'est votre famille qui s'est installée sur une infime partie du territoire d'une meute menée par Cadell, corrigea rudement Fenrir. Je doute que vous vous en souveniez, mais il a dû se présenter à votre naissance pour sceller un pacte sur vous et votre frère.

— Foutre… le meneur de loups, comprit-elle.

Fenrir acquiesça.

— C'est bien pour ça qu'il vous a protégés ce jour-là, vous et votre frère. Il a même apposé sa marque sur vous, ajouta-t-il en désignant sa cicatrice au coin de l'œil.

Elle la lissa du bout du doigt, interloquée.

— Vous semblez perplexe, remarqua-t-elle ensuite.

— Cette marque est réservée aux louveteaux, pour qu'on puisse les pister, les retrouver s'ils se perdent… les ressentir. Mais pas aux humains. J'ignore pourquoi Cadell a fait ça.

— Vous n'avez rien vu ? douta Hippolyte. Vous étiez là !

— Je me suis éloigné pour tenter de sauver votre frère. Lorsque nous nous sommes retrouvés, vous étiez partie.

Hippolyte cacha sa frustration dans son bock qu'elle vida, espérant que l'alcool allège la douleur qui revenait au galop.

— « Sauver votre frère », marmonna-t-elle sans pouvoir réprimer le reproche.

Fenrir baissa la tête.

— Je suis désolé, murmura-t-il. Les renégats étaient nombreux et rapides. Ils l'ont dévoré sans que nous puissions rien y faire.

« Dévoré ». Un nouveau qualificatif. Baptiste avait été dévoré.

Fenrir la resservit sans rien ajouter.

Hippolyte reprit la parole au bout de sa chope.

— Vous savez que je suis une femme, s'aperçut-elle avec un regard sur la table du Secret.

— Tous les lycanthropes savent que vous êtes une femelle, assura Fenrir sur le ton de l'évidence. Notre odorat ne nous trompe jamais.

Goliath l'avait reniflée à leur première rencontre ; il savait donc depuis le début.

— Et vous ne dites rien ?

— Ça ne nous regarde pas. Si un jour vous avez besoin d'aide, allez voir Cadell au *Trois Galipots* à Clermont-Ferrand, sa tanière vous sera toujours ouverte.

* * *

La table du Secret s'était remplie d'assiettes contenant de gros morceaux de porc rôti, de pâté, d'épaisses tranches de jambon séché, de pain de seigle et de chopes de bière.

— Alors, à quoi avons-nous affaire ? finit par interroger Hippolyte, la bouche pleine.

— Je n'en ai aucune idée, reconnut James.

— Ce sont des revenants, non ?

— Bien souvent les humains confondent revenants et vampires ; nous sommes différents, préféra préciser Galatée, prenant l'assemblée de court.

James acquiesça : il savait le sujet sensible pour les vampires.

— Ils ne semblaient pas faire preuve de volonté propre de toute façon, ajouta-t-il. Un revenant ou un fantôme sont une apparition de l'âme, et donc un être unique. Là, nous avons affaire à des corps de chair et d'os creux, *morts*, qui répondent à un maître.

— Qu'entendez-vous par « creux » ? s'enquit Hippolyte.

— Sans âme. Comme des pantins dont les fils sont tirés par le mystérieux cavalier.

— Ils agissaient tous en même temps, approuva Olympe. Ils ont attaqué et se sont arrêtés au même moment.

— Qui est le cavalier, alors ? poursuivit Hippolyte. S'il a contrôlé les mousquetaires disparus, il a aussi réveillé trois corps au passage, peut-être sans le prévoir, dont l'homme qui s'est introduit dans la *Maison de l'Hermaphrodite.*

— Nous ne pensions pas que cette cachette poserait problème un jour, s'excusa Galatée. Seuls les clients dangereux terminent là.

Le comte ne chercha pas à discuter. Les vampires avaient déjà fait beaucoup pour combattre leur nature carnassière.

— Un magicien ? supposa Hippolyte.

James ne sut quoi répondre. La tablée le fixait comme s'il avait réponse à tout, mais, pour ce soir-là, il se sentait démuni. Il avait besoin de ses livres pour y dénicher un cas similaire.

— Invoquer les esprits, faire de la nécromancie, beaucoup le peuvent. Rendre la vie à un corps, beaucoup moins.

— On recherche un être capable de résurrection, alors ?

— Ressusciter un mort, à savoir rendre la vie à un corps et réincorporer l'âme à l'intérieur, seules deux ou trois personnes ont pu le faire à ma connaissance. Y compris le Christ avec Lazare.

— Reste l'origine de la lueur rouge qu'il a dans la main, évoqua Olympe.

— Si seulement nous pouvions l'approcher pour identifier ce qu'il tient, approuva James. Goliath, Galatée, le Cabinet du Secret a une dette envers vous, et pourtant c'est le Cabinet qui vous le demande : apporteriez-vous votre aide dans cette affaire ? Je pense qu'il n'en est qu'au commencement et qu'il va tuer de plus en plus. Il a besoin de cadavres.

— J'en parlerai aux miens, répondit Goliath. Mais je ne garantis rien : après tout, vos rois nous ont toujours mené une chasse impitoyable.

Ni James ni Hippolyte n'osèrent commenter. Le Grand Louvetier de Versailles ne faisait guère la différence entre un loup et un lycanthrope.

— J'exposerai votre demande au seigneur de Boréal et à madame Flora Rubea, suivit Galatée sans rien ajouter.

Ils terminèrent le souper en se racontant plus en détail le déroulement de chaque combat. Lorsque Goliath proposa aux humains de rester dormir dans les chambres de l'étage, ils acceptèrent sans discuter. Galatée préféra s'éclipser pour rentrer à la *Maison de l'Hermaphrodite* avant le lever du jour.

James s'isola dans la cour arrière de la taverne pour fumer. Il se laissa choir en grimaçant sur un banc en pierre, sortit sa pipe et sa tabatière rescapées de la poche intérieure de son habit et avala la fumée, les yeux rivés sur un grillon qui traversait la terre battue. La petite lanterne offrait une lumière trouble secouée à la moindre brise. Elle illustrait parfaitement sa propre foi. Dieu pouvait-il être dans tout cela… ? Dans ces corps décharnés qui reprenaient du service contre l'avis probable de leur âme ? Il avait de plus en plus de mal à concilier la religion et ce monde bizarre, inconnu du commun des mortels.

— Je peux m'asseoir ?

Il leva les yeux sur le visage griffé d'Hippolyte.

— Vous ne dormez pas ?

— Je crois que je ne pourrai pas dormir cette nuit. J'ai le cœur qui s'emballe dès que je repense à cette puanteur et à ces trois morts sans yeux.

— Moi aussi, admit-il.

Le garçon eut un sourire résigné, presque complice.

— Donc ces créatures n'ont pas d'âme.

— Je me demande encore comment nous exposerons tout cela au roi. Il est revenu de Fontainebleau au bout de deux jours et avec tout un régiment, tant l'attaque des loups l'a perturbé. Comment même nommer ces choses… ?

Il s'adossa au mur de la taverne et contempla le visage fin de son acolyte tourné vers lui.

— Les morts-vivants ? proposa Hippolyte.

— Les morts qui marchent.

— Les marcheurs blancs.

— Zombies.

Ils levèrent les yeux ; Olympe venait d'apparaître à son tour.

— C'est comme ça qu'on appelle des corps dénués de toute volonté dans les Antilles.

Hippolyte haussa les épaules.

— « Zombies », ça ne marchera jamais.

II

Les corps creux

Chapitre premier

26 août 1735

Le marquis descendit les marches tortueuses du laboratoire d'un pied léger. La cave voûtée était haute de plafond, et profonde. Un gros âtre chauffait cet intérieur humide. Il tournoya sur lui-même, ravi.

— Qu'en dites-vous ?

— Frontis, c'est merveilleux !

Claude Bouilly de Lacrihais, mains jointes sur le cœur, s'enchantait.

Frontis exécuta une révérence théâtrale sans quitter la femme des yeux. Ses cheveux rouges en grosses boucles courtes lui conféraient une tête d'originale. Quant à son mari, Charles de Lacrihais, avec son crâne dépouillé et ses petites lunettes sur le nez, il semblait niais. Mais était-ce seulement un air ou bien une faiblesse d'esprit ? Frontis ne tranchait pas encore là-dessus.

Charles avait ouvert l'une des caisses qu'ils avaient apportées et en sortait, avec une grande minutie, des morceaux de momies égyptiennes – mains, pieds, bouts de crâne – qu'il disposait en ligne sur une table.

— Comment vous remercier ? continuait Claude en accrochant un panneau de bois peint au mur.

— Avez-vous des nouvelles de votre agent ?

— Non, aucune.

Elle ne semblait pas affectée par sa disparition. Elle se contentait de fixer son tableau du regard avec une éclatante satisfaction.

— Ne craignez-vous pas que cela ralentisse vos projets ? s'enquit Frontis.

— Au contraire, marquis, au contraire. Le seul fait de sa disparition est une preuve. Notre ami est un martyr.

— Très chère, où met-on tout notre matériel ? interrogea Charles en se penchant sur une deuxième caisse.

Il en sortit des objets en argent et en or, des crucifix, des livres, des flacons de diverses couleurs, des bouquets d'herbes et bien d'autres objets dignes d'un étal d'apothicaire.

— Nos confrères installeront des meubles, répliqua Claude en s'approchant de la table. Regardez, marquis : nous sommes en train de préparer une parure de protection pour chacun de nos agents en nous fondant sur tout ce que nous savons des vampires. Nous pourrons affiner la chose à mesure que nous emmagasinerons des connaissances.

Le marquis admira les longues chaînes d'or qui possédaient toutes les mêmes pendentifs : une croix en argent et une en bois, une petite fiole de terre issue d'un cimetière, et une d'eau bénite.

— Et ceci ? demanda le marquis de Frontis en désignant des flacons de cristal remplis d'un liquide transparent.

— L'une de mes inventions, se targua Claude. De l'essence d'herbe de Pline. Sans odeur pour nous, mais censée terrasser les vampires.

— Impressionnant, commenta-t-il avant d'en venir aux morceaux de momies avec amusement.

Charles semblait fouiller la caisse avec plus d'agacement ; il sortait des trousses d'outils, des ossements étiquetés de martyrs chrétiens et des liasses de papiers griffonnés.

— Il me manque un instrument, grognait-il. Claude, vous n'auriez pas vu mon bistouri d'argent ?

— Notre agent l'avait emprunté, il a dû disparaître avec le corps. Vous en referez un !

L'homme grommela en comptant le reste de sa trousse chirurgicale. Claude croisa les bras.

— Pourrions-nous savoir d'où vous tenez votre information au sujet de la *Maison de l'Hermaphrodite* ? demanda-t-elle avidement au marquis.

— Une présomption, répondit-il, touchant tous les objets du bout du doigt.

La femme ne sembla pas convaincue, mais n'alla pas plus loin sur ce terrain-là. Elle en trouva un autre digne d'intérêt.

— Notre confrérie va pouvoir se lancer dans les meilleures conditions et mener ses expériences à bien grâce à votre patronage. Alors pourquoi diable vous acoquiner avec ces idéalistes de jacobites ?

— Ce n'est pas pour leurs idéaux, mais plus pour les personnes en elles-mêmes. Contentez-vous de me rapporter des corps de vampires. Des *corps*, madame, insista Frontis d'une voix plus froide. Je m'occupe du reste.

— Où comptez-vous les conserver ? Cet endroit est merveilleux, mais trop étroit pour les entreposer.

— Sans compter la décomposition, appuya Charles.

— Paris regorge de carrières interdites, répliqua nébuleusement Frontis.

— Puis-je savoir ce qui se trouve derrière cette grille fermée ? enchaîna Claude en désignant l'ouverture à l'autre bout de la pièce.

— Ah, ma chère, vous posez trop de questions ! s'emporta Frontis.

Le marquis pivota pour sortir, s'arrêta, recula et revint devant le panneau peint. Il se lécha l'index pour le passer sur une tache de poussière. Puis, il admira une dernière fois les multiples ramages de l'arbre ainsi que le réalisme avec lequel l'artisan avait reproduit le serpent enroulé autour du tronc.

— Prenez soin de votre arbre de la connaissance ! lança-t-il en tournant les talons.

Chapitre 2

Paris, 5 septembre

La nuit ne tarderait plus à présent. Hippolyte regardait avec un appétit non dissimulé les plats qu'Auguste, le tavernier voisin, livrait à l'hôtel de Cluny. Ce soir-là, le Secret recevait les représentants des communautés surnaturelles de la ville pour discuter d'une collaboration. Il fallait maîtriser au plus vite la menace qui pesait sur Paris et ses alentours.

L'attaque au gibet de Montfaucon avait en effet poussé le roi à prendre des décisions officielles d'urgence : sous prétexte d'une épidémie mortelle véhiculée par des chiens errants, il avait demandé à son ministre Maurepas de faire établir par le lieutenant général de police un couvre-feu sévère dès la tombée de la nuit. Les hommes du guet, secondés par des soldats de la Garde française, avaient pour ordre de tirer à vue sur tout animal égaré. Ces mesures avaient soulevé des critiques dans certains salons bourgeois, mais, au cours des jours qui avaient suivi, plusieurs disparitions suspectes avaient fini par les faire taire. La majorité des Parisiens craignaient surtout de connaître le même sort que Marseille quelques années auparavant, lorsque la peste de 1720 avait emporté la moitié de la population. Aussi, beaucoup prenaient la précaution d'acheter des herbes et des masques afin d'éviter toute contamination. L'Académie royale de chirurgie s'était même portée volontaire pour étudier le cas, à condition d'avoir un sujet sous la main. La demande restait pour le moment sans réponse.

— Tout est prêt, annonça James une fois le dernier livreur sorti.

Ils s'installeraient dans le salon du comte, le plus grand de l'hôtel mais aussi le mieux meublé. Son intérieur était bien plus confortable que celui d'Hippolyte : de grands tapis au sol, deux belles bibliothèques bien remplies, de petits tableaux de paysage aux murs et, entre les deux fenêtres, un guéridon en bois peint de ruines romaines supportait un ensemble impressionnant de partitions et un violon du luthier italien Stradivarius. Certaines nuits, Hippolyte entendait des airs de musique de Rameau surgir de l'appartement de James, sans aucune fausse note. Une belle table ronde avait été dressée au centre ; les chaises étaient dépareillées, sans pour autant choquer le regard.

— Un homme demande à vous voir mais j'ai l'impression qu'il cache quelque chose, annonça Olympe en venant les chercher.

Ils descendirent dans la cour, Hippolyte gardant son épée parée et James s'assurant d'avoir chargé ses pistolets. Depuis l'attaque du gibet, ils se tenaient sur leurs gardes. Même Olympe filtrait les allées et venues de l'hôtel d'une main de fer.

Deux hommes attendaient sous la porte cochère, tous deux vêtus d'un long manteau au col relevé qui masquait en partie leurs visages. Si l'un restait en arrière, l'autre, devant, baissait la tête, de sorte que son tricorne empêchait de voir ses yeux.

— Que voulez-vous ? lança Hippolyte avec rudesse.

L'homme se décoiffa en guise de réponse et les deux agents s'immobilisèrent, stupéfaits. Le roi leur accorda un sourire amusé.

— Vous voulez que je vous en débarrasse ? proposa Olympe en sortant sa hache de son dos.

— Non ! s'exclama vite Hippolyte.

James fit un pas en avant.

— Sire, c'est de la folie, exposa-t-il à voix basse.

Hippolyte remarqua aussitôt le trouble d'Olympe. Ses doigts se resserrèrent sur le manche de son arme et ses mâchoires se crispèrent. Inquiète, Hippolyte posa sa main sur le bras armé, l'arrachant à ses pensées. Olympe se détourna sans un mot et s'éloigna. Ni James ni les intrus ne détectèrent quoi que ce soit de cet échange silencieux. Hippolyte reporta son attention sur le roi, un nœud à l'estomac. Elle devrait veiller sur son amie.

— Je ne suis pas venu seul, dit Louis en désignant l'homme qui l'accompagnait.

Pierre dévoila son visage et un air complice. En tant que mousquetaire, il pouvait très bien jouer les gardes du corps du souverain, son commandant direct.

— Vous vous connaissez, constata le roi.

— Nos parents sont amis depuis notre enfance, répondit Hippolyte.

— J'espère que vous avez quelques nouvelles de votre famille à m'apporter, ajouta Pierre.

— Vous monterez la garde ici, monsieur, imposa le roi avec confiance.

Le mousquetaire obéit, et Louis s'avança jusqu'à l'hôtel.

— Quelle est donc cette histoire de numérotation de portes ? s'enquit-il lorsqu'ils arrivèrent dans le salon.

Les deux agents partagèrent un regard embarrassé tandis qu'Hippolyte attrapait le long manteau du roi. Malgré le déploiement de force mis en place, quelqu'un s'amusait toujours à numéroter les habitations de la ville, quartier après quartier.

— Une quelconque protestation, répondit James avec prudence.

— Protestation ? releva le roi. Mais contre quoi ?

— Contre l'inégalité sociale, à première vue.

Le roi soupira.

— Comme si nous avions besoin de ça. Ils bravent le couvre-feu, il faut donc les arrêter. Je reçois des plaintes de toute la noblesse contre ce vandalisme.

Hippolyte leva discrètement les yeux au ciel. Henriette avait gémi une matinée entière après avoir découvert un numéro peint au-dessus de sa porte cochère. Elle imaginait fort bien les nobles venir pleurer auprès du roi, inconscients des véritables enjeux.

— Et l'arbre de la connaissance ? s'enquit le roi.

— Les occupants de la *Maison de l'Hermaphrodite* ont loué les services de deux lycanthropes pour renifler les clients et éviter qu'ils entrent avec de l'herbe de Pline. Depuis, nous n'avons eu aucun retour les concernant, exposa James.

— Aucun de vous n'a de contact avec des sociétés secrètes ? On dit qu'elles sont toutes plus ou moins en réseau.

Le roi de France ne cachait pas son dégoût pour ces communautés qui pullulaient dans le royaume. Aussi, Hippolyte se pressa de répondre par la négative.

— Et vous, comte ? insista le roi.

— Je peux interroger des jacobites, répondit-il de façon laconique.

— Bien. Questionnez votre ami, Alistair McDonald.

Le nom énoncé avec une suspicion évidente embarrassa James, qui s'inclina. Hippolyte songea aussitôt aux deux Écossais croisés à Versailles. Chacun avait un signe distinctif – une broche et un tartan – accroché au manteau. Un signe de société secrète ? Peut-être que son acolyte avait finalement quelque chose à cacher ? Lui aussi, elle allait le garder à l'œil.

Louis poussa un soupir, nerveux.

— Avez-vous des recommandations à me faire ?

— Les lycanthropes seront sévères, prévint alors James. Ils sont en colère, au point de s'être alliés avec les vampires pour faire front lorsque le Secret a été dissous. Mais nous avons besoin d'eux, ce sont des guerriers puissants.

Louis acquiesça.

— Quant aux vampires…, commença James sans finir.

Hippolyte se rembrunit. Elle les estimait si inoffensifs et si menaçants tout à la fois.

— Espérons que cette histoire de confrérie qui les agresse chez eux ne les détourne pas du Secret, soupira le roi.

Il croisa ses mains dans le dos, l'air soucieux.

Son habit n'était pas aussi éclatant qu'à Versailles : il était d'un gris profond, sans fioritures, avec une cravate noire. Les cheveux simplement retenus en catogan donnaient l'impression que l'on avait affaire à n'importe quel nobliau de la Cour. Seule une broche incluant un incroyable diamant bleu nuit, au niveau du cœur, le désignait comme une personnalité à part. C'était le fameux Bleu de France, une pierre indienne taillée en multiples de trois et de sept qui, d'après ce qu'on disait au Secret, conférait une protection très puissante.

— Un dernier conseil ? s'enquit le roi.

— Méfiez-vous des succubes, répondit James.

Voilà des créatures qu'Hippolyte trépignait de voir. Elle avait lu leur chapitre consacré dans son manuel, où le rédacteur précisait que « leur trop grande indépendance est à craindre ». Si elles avaient renouvelé les accords avec le Cabinet, elles n'avaient pas pour autant renoncé à leur liberté de se vêtir et de se conduire comme bon leur semblait. Le personnage le plus fascinant de leur communauté était la fameuse dame Sémiramis, leur dirigeante. Il n'y avait qu'une seule note à son sujet, provenant de François Ier et annonçant l'arrivée à Paris de la « succube Sémiramis, fondatrice de Babylone ». Cette seule phrase ouvrait un imaginaire incroyable !

— Pourquoi les craignez-vous ? demanda-t-elle à son collègue.

— Je ne les crains pas, rétorqua James. Elles sont juste effrontées et incontrôlables.

— Quel mal y a-t-il à cela ?

— Cette simple remarque me confirme que vous êtes également effronté et incontrôlable, d'Arcy, répliqua James.

— N'est-ce pas plutôt le fait qu'elles soient des femmes ?

— Ce ne sont pas des femmes, ce sont des succubes.

Deux voix dans l'escalier interrompirent leur discussion. Hippolyte reconnut celle d'Olympe mais pas la seconde ; celle, *a priori*, d'un vieil homme empli de conviction.

— … La prochaine fois que vous avez besoin de glace, faites appel à moi, je vous en fournirai sans problème, même en plein été. Ce sera ma contribution.

Olympe apparut sur le pas de la porte et tendit la main en direction du salon. L'invité s'inclina devant elle avec un respect sincère, la laissant coite. Elle mit quelques secondes à se détourner pour redescendre.

Le premier invité était vêtu d'un bel habit azur brodé de motifs spiralés. Sa chevelure, un foisonnement de boucles blanches débordant de son tricorne, et son nez, très long et crochu d'une manière assez élégante, le désignaient comme un être à part. Ses yeux bleus donnaient l'impression que sa pensée avait une longueur d'avance tant il semblait absent tout en étant là.

— Messieurs, les salua-t-il avant de reconnaître le roi.

Aussitôt, il fit une révérence d'un mouvement sûr, même appuyé sur une canne, le dos dessinant une légère voûte.

— Sire, c'est un plaisir de vous revoir.

Le roi inclina la tête en guise de salutation.

— Maître Azureus, comment se porte votre famille ?

— Bien, Sire, remercia-t-il d'un sourire.

Hippolyte se pencha vers James alors que l'homme parlait de sa fille et de son petit-fils turbulent, comme n'importe quel être humain.

— C'est un alchimiste ?

— Oui, un maître élémentaire de l'eau.

— … Ce garçon a des idées bien trop arrêtées, racontait Maître Azureus, apparemment dépassé par son petit-fils. Je devrais l'envoyer à Brocéliande pour qu'il se rapproche de ses origines.

— Faites en sorte qu'il ne s'attire pas de problème, conseilla le roi. Mais s'il lui arrive quoi que ce soit, prévenez-moi, je vous aiderai.

Le vieil homme se montra reconnaissant envers le roi comme un ami pouvait l'être.

Cette fois-ci, les voix qui surgirent de l'escalier furent bien plus aiguës et emportées. Hippolyte les reconnut immédiatement : Clovis de

Boréal et Angélique de Fontanges ne faisaient pas preuve de la même discrétion ni de la même humilité que le sage alchimiste. Lorsqu'ils apparurent sur le pas de la porte, sans Olympe, ils ressemblaient à deux promeneurs surpris d'avoir rencontré de la compagnie au détour d'un bosquet.

À l'occasion de cette réunion, ils avaient mis leur garde-robe à jour. Clovis portait un habit céladon et une perruque à rouleaux et catogan à la dernière mode; deux grosses broches de diamant en forme de crocs ornaient son tricorne garni de plumes. Angélique, quant à elle, s'était vêtue d'une époustouflante robe de cour rose avec un grand corps brodé sur son corset, recouvert de perles. Comme la nuit n'était pas encore tombée, chacun d'eux portait les armures adéquates contre le soleil. Des gants enveloppaient leurs bras. Le visage de Clovis était recouvert de blanc de céruse; il avait ajouté du rouge sur ses lèvres et sur ses pommettes pour se donner bonne mine. Angélique se protégeait les épaules d'un châle de soie chinoise et, malgré son épais maquillage, tenait encore à la main une ombrelle et un éventail en guise de masque.

Leur gaieté, qui semblait leur état naturel, se figea lorsqu'ils aperçurent le roi. Avec plus de contenance, Clovis effectua une belle et respectueuse révérence.

—Sire, c'est si inattendu…

—Je souhaite que cette rencontre demeure loin de toute solennité, déclara vite le roi.

La duchesse sembla si émue qu'elle agita frénétiquement son éventail. Elle avait, après tout, très bien connu l'arrière-grand-père royal.

—Vous lui ressemblez tant…

—Angélique, chère ange, tempéra Clovis en s'emparant avec théâtralité de sa main. Contenez-vous et laissez votre royal amant, feu Sa Majesté Louis XIV, pour ce soir. Notre très cher et bien-aimé roi reçoit assez de comparaisons avec son bisaïeul comme ça, ajouta-t-il d'une voix qui se voulait plus basse, mais qui ne passait pas du tout inaperçue.

Hippolyte grimaça en s'assurant que le roi n'était pas trop heurté. James l'avait prévenue que les immortels ne se rendaient plus compte de la portée de leurs propos, infimes poussières dans le déroulement de leur temps. Il ne fallait donc pas en prendre ombrage.

Les vampires étant très à cheval sur les principes – d'autant plus le seigneur de Boréal et les siens –, Angélique de Fontanges exécuta une révérence d'une élégance parfaite qui fit oublier qu'elle tenait un bordel.

Passant aussitôt à autre chose, la duchesse ouvrit les bras en direction d'Hippolyte mais resta immobile, comme à son habitude.

— Monsieur, Galatée est si satisfaite d'être à votre service. Mais ne me l'abîmez pas, elle reprendra son activité dans les années à venir.

Hippolyte acquiesça en bredouillant une approbation, le visage rouge d'embarras.

Le couple de vampires s'écartait à peine de la porte que d'autres visiteurs s'y présentèrent. Goliath et Fenrir étaient tous deux vêtus d'habits sombres et plutôt soignés. Pas aussi flamboyants que ceux de l'alchimiste ou des vampires, mais bien coupés et propres, masquant tout juste leur masse. Goliath avait même coiffé sa chevelure d'argent en catogan. Ils ne furent pas du tout surpris de la présence du roi. Hippolyte songea même que le chef de la meute traînait des pieds parce qu'il savait que le souverain était là. Le flair des lycanthropes avait dû leur donner l'indice depuis des lieues.

Les deux visiteurs se contentèrent d'une inclinaison de tête.

— Soyez les bienvenus, messieurs, répondit le roi sans s'épancher plus.

Un certain silence fit suite. Les peuples surnaturels étaient en paix entre eux, mais les us et coutumes des uns choquaient les autres et *vice versa*.

— Il ne manque plus que les succubes, murmura l'alchimiste.

— Comme d'habitude, regretta Angélique en secouant la tête avec fatalisme.

— Monsieur le comte, interpella la voix distraite du jeune Diderot alors qu'il surgissait à l'entrée du salon, le nez dans un bouquin. Puis-je vous emprunter votre Voltaire ?

James répliqua d'un toussotement précipité qui lui fit lever les yeux. Le garçon s'immobilisa, surpris de voir autant de monde dans l'appartement habituellement désert. Les regards braqués sur lui de tous ces inconnus le firent pâlir sur le coup.

— Pour aller le brûler le plus vite possible ? se dépêcha-t-il d'ajouter, conscient que tout Paris n'était pas d'accord avec l'écrivain et qu'il pouvait donc les mettre dans une situation délicate.

James se mordilla la lèvre en hochant la tête.

— Nous en reparlerons, le prévint le roi.

Hippolyte attrapa le bras de Diderot et l'entraîna au rez-de-chaussée.

— Je suis désolé, je ne pensais pas que vous aviez de la visite, s'excusa-t-il.

— Rentrez chez vous, le couvre-feu va bientôt commencer, l'encouragea Hippolyte. Et gardez Voltaire quelques jours sans trop vous en vanter.

Tout en surveillant le départ du garçon, elle jeta un œil à Olympe qui pressait les derniers indigents à prendre la nourriture pour rentrer se mettre à l'abri. Elle ne pouvait plus tenir une soupe de nuit alors elle donnait ce qu'elle pouvait : du pain, des pommes, des navets et de la viande gracieusement proposée par Goliath.

— Olympe, pourquoi tu n'es pas là-haut avec nous ? Tu étais à Montfaucon toi aussi.

— Je ne m'assiérai pas à sa table, rétorqua-t-elle avant de tourner les talons pour se réfugier dans les communs.

Hippolyte n'osa pas poursuivre.

« *Ce déguisement est si ingénieux.* »

Hippolyte se redressa, étonnée de cette phrase surgie de nulle part. Elle était seule dans la cour, et le soleil venait à peine de plonger dans l'horizon. Elle apercevait seulement la silhouette de Pierre près de la porte cochère, face à une nouvelle venue.

« *Votre ami ne peut pas m'entendre.* »

Hippolyte s'avança jusqu'au mousquetaire. Une paire d'yeux noirs la fixait alors que Pierre s'adressait à leur propriétaire.

— Êtes-vous attendue, vous aussi ?

— Oui, le comte de Nairn m'a conviée.

C'était bien la même voix.

« *Je vous parle à travers vos pensées.* »

Hippolyte s'arrêta près d'eux, sidérée. L'intruse était une jeune femme à l'allure tout à fait inattendue. Elle portait une longue tunique de soie bordeaux et dorée brodée de motifs orientaux, la taille marquée d'une large ceinture. L'un de ces pantalons à la turque complétait l'ensemble, bouffant de soie pourpre, assorti de bottines de feutrine épaisse. Sa chevelure noire était nouée en un chignon complexe, et sa peau mate n'avait pas besoin de poudre pour offrir un teint resplendissant, même s'il ne correspondait pas aux canons de blancheur de la Cour. Elle possédait, en plus, un tatouage sous l'œil gauche, un petit dessin qu'Hippolyte ne reconnut pas.

« *La constellation d'Andromède, ma protectrice.* »

— D'Arcy, me confirmez-vous ? s'enquit Pierre qui semblait suspicieux.

— Qui êtes-vous ? lança Hippolyte, incertaine.

— Je me nomme Astarté, compagne de dame Sémiramis.

Les fameuses succubes !

« *Nous n'apprécions guère le terme de "succubes". Nous lui préférons "filles de Lilith".* »

— Nous l'attendions, assura Hippolyte.

— Êtes-vous sûre ? interrogea à nouveau Pierre. Ce serait le premier convive à entrer armé.

Hippolyte remarqua alors la poignée dorée d'une lame qui dépassait de son dos.

— Remettez-nous votre arme, s'il vous plaît, engagea-t-elle alors.

— Les nobles se défont-ils de leurs épées ? répliqua Astarté, faisant allusion à sa rapière.

Pierre se tendit, dévoilant son fusil en guise d'avertissement. Mais Hippolyte devança toute intervention en défaisant son baudrier. Les succubes, ou filles de Lilith, n'avaient pas confiance en eux ? Elle pouvait tenter de les rassurer sur ce point-là.

— Fais attention, prends-en soin, recommanda-t-elle à Pierre en lui refourguant sa précieuse épée.

Le mousquetaire l'observa avec des yeux ronds, mais il accepta.

— Puisque c'est ainsi, convint Astarté.

À son tour, elle sortit son sabre du fourreau avant de le tendre au soldat avec cérémonie. Pierre s'écarta donc du passage, sans pour autant abandonner sa méfiance. Astarté s'avança dans la cour sans se retourner.

« *Avec votre sagesse, dame Sémiramis aura peut-être enfin une interlocutrice au sein du Secret.* »

— Tu peux m'expliquer ce qui se passe ? lâcha le mousquetaire, perplexe.

— Le roi va rester ici cette nuit, tu n'auras qu'à monter me rejoindre plus tard.

— Ne détourne pas la conversation.

Hippolyte grimaça, le temps de trouver une esquive.

— Ne te soucie de rien. Nous n'attendons plus personne.

Elle fit quelques pas, mais Pierre la retint délicatement par le bras.

— Hippolyte, j'ignore ce que vous faites ici, mais reste prudente, recommanda-t-il.

Cette fois-ci, elle ne retint pas un sourire plus moqueur qu'attendri. Elle s'approcha de lui, attrapa sa nuque pour attirer son visage à elle et déposa un baiser sur ses lèvres.

— Ferme les portes et mange quelque chose de chaud, je viendrai te chercher.

* * *

Après avoir exposé tout le détail des attaques liées à leur affaire, James but une gorgée de vin et s'adressa à l'assemblée qui avait pris place autour de la table.

— La question est : que savons-nous réellement de l'adversaire ?

L'emploi du terme « adversaire » avait fini par s'imposer pour qualifier la silhouette encapuchonnée.

— Il s'agit à première vue d'un homme seul possédant le pouvoir d'animer les morts dans un certain périmètre autour de lui, poursuivit James. Il procède de préférence de nuit ou à l'écart des populations. Il semble récolter seulement des corps en bonne santé et bien portants ; il s'agirait d'une condition indispensable pour que son pouvoir opère. J'imagine qu'ils se décomposent avec plus de lenteur ainsi.

— Que savons-nous de ce pouvoir ? questionna l'alchimiste, les sourcils broussailleux froncés, occupé à piquer des petits pois sur les fourches de son couvert.

— Ce n'est pas de la nécromancie, répondit James. En Nouvelle-France et aux Antilles on appelle cela des zombies, des êtres sans plus aucune volonté propre et manipulables. La mort chasse l'âme, et le corps devient un pantin.

Le roi voulut esquisser un signe de croix, mais la duchesse de Fontanges et le seigneur de Boréal le devancèrent. Les vampires avaient malgré tout cet avantage : ils avaient été humains, contrairement aux lycanthropes, aux succubes ou aux alchimistes qui naissaient ainsi. Clovis de Boréal était un chrétien convaincu. James se souvenait de l'avoir entendu dire que sa condition de vampire était à la fois une épreuve et une bénédiction de Dieu.

— Je dois bien avouer que je n'ai rien découvert de tangible pour le moment, continua James. Nous avons maints récits d'invocation d'âmes, mais aucun sur l'invocation du corps seul. L'adversaire doit se servir d'un objet puissant qui laisse échapper une lueur rouge, peut-être pour décupler sa magie.

— Se pourrait-il que ces corps fonctionnent comme des golems ? demanda Maître Azureus avant d'enfin enfourner sa fourchette dans sa bouche.

— Nous avons examiné les cadavres laissés au gibet de Montfaucon : il n'y avait aucune trace d'inscription. La décapitation semble rompre le lien avec l'adversaire. Il n'est plus question d'âme puisque l'âme est absente, mais plus de l'habitude sensorielle du corps à être commandé par la tête, supposa James.

— Les cadavres qui se sont relevés sous la trappe du gibet avaient encore de la chair, confirma Hippolyte avec une petite grimace, reposant son os rongé pour s'essuyer la bouche avec un bord de nappe. Plus ou moins, certes, mais ils en avaient.

— Une bien malheureuse tragédie pour les corps de ces mécréants, glissa Angélique de Fontanges en buvant une gorgée délicate du sang qu'ils avaient apporté dans un service en cristal.

— C'est quoi, un golem ? demanda ensuite Hippolyte.

Il n'y eut que James pour s'étonner du délai de l'interrogation.

— Un golem est une créature d'argile qui devient vivante et exécute les ordres de son créateur selon ce qu'il écrit dessus. Il suffit d'effacer le mot « vie » pour que le golem perde toute vitalité. C'est une vieille magie hébraïque.

— Peut-être un vrai meneur de loups alors, supposa Hippolyte.

Goliath ne put contenir un rire moqueur, proche du grognement.

— Les meneurs de loups font partie du folklore, rétorqua James.

— Allez au bout de votre idée, invita pourtant le roi.

— On dit qu'ils charment les animaux pour les contrôler, expliqua Hippolyte. Et s'il s'agissait ici du même principe ? Une sorte de sort qui relèverait les morts ? J'ai lu dans mon manuel, que je n'ai pas perdu, qu'il existait des contre-charmes. Ça pourrait être une solution pour parer l'adversaire ?

— C'est une idée, admit James. Mais il faudrait réussir à l'approcher pour l'entendre prononcer la formule.

— Je peux parcourir quelques ouvrages et rechercher des charmes pouvant relever les morts, appuya Maître Azureus.

— Bien, approuva le roi. La question de ses intentions, elle, demeure.

La tablée garda le silence.

— Je crains de plus en plus que nous ayons affaire à une sorte de savant qui teste quelque chose, déclara James.

— Vous êtes en train de supposer qu'il découvre tout juste ce pouvoir ? interpréta avec justesse Astarté.

— Il me donne l'impression d'*expérimenter*, en effet, confirma James. Il ranime d'abord des animaux, ensuite des hommes, comme n'importe quelle académie de médecine se pencherait d'abord sur l'animal puis sur l'être humain. Il choisit des corps qui ont le plus de chances de tenir, jeunes et robustes. Je pense que c'est pour cela qu'il s'est attaqué à nous près de Fontainebleau, Sire. Vos mousquetaires et vos gardes étaient peu nombreux, dans un endroit isolé et facile d'accès. Il teste ensuite les capacités de ses… « créatures ».

— Pourquoi ? insista le roi.

James commença par hausser les épaules.

— Pour prouver quelque chose ? Le monde d'aujourd'hui lit Newton et réhabilite Galilée ; James Bradley a prouvé que la Terre tourne autour du Soleil…

Il se retint de justesse d'évoquer Diderot qui produirait l'*Encyclopédie* quelques années plus tard, participant ainsi à l'élan de ce siècle. Et il se garda bien de mentionner Voltaire.

— Galilée était très charmant, commenta Clovis à voix basse. Mais obsédé par les mathématiques, et donc, forcément, très barbant.

— Je ne pense pas qu'il s'agisse d'un magicien ou d'un nécromancien, reprit James. Ces gens savent très bien quelles sont leurs capacités. Et je ne peux m'empêcher de penser à l'intervention malheureuse de ce fou dans votre maison, Clovis. Cet homme avait toute la démarche d'un savant cherchant à prouver l'existence des vampires. J'ignore les intentions de ce cavalier, mais si le monde extérieur comprend que les morts se relèvent, ce sera le chaos. Et l'Église risque de mettre son nez plus loin qu'elle ne le devrait, formula-t-il avec précaution.

— Il faut le neutraliser, et vite, confirma le roi.

Louis XV était souverain de droit divin et l'Église considérait la France comme sa fille aînée. Il n'était donc pas question d'entrer en conflit avec elle. Ce que cherchaient de plus en plus les philosophes.

— Que pouvons-nous faire dans l'immédiat pour protéger Paris ? demanda Astarté.

Les succubes étaient du genre pragmatique, ce qui les rendait encore plus froides dans leurs actions et décisions aux yeux des hommes.

— J'ai une idée à vous soumettre, si vous me le permettez, Sire, avança James.

Louis approuva d'un mouvement de menton.

— Je vous propose de diminuer le nombre de patrouilles pour augmenter la proportion de gardes dans chacune d'entre elles, exposa-t-il. Goliath, nous voudrions que vos lycanthropes puissent intervenir en cas d'agression ; vous avez prouvé au gibet votre indéniable efficacité. Et nous aimerions, Clovis, et vous madame la duchesse, que vos vampires guettent les rues et nous préviennent au moindre mouvement suspect. Votre rapidité et votre discrétion sont des atouts indispensables.

* * *

Alors que les invités réservaient leurs réponses, James enchaîna avec les points stratégiques de la ville à surveiller. Hippolyte, déjà bien familière du plan, décrocha pour se servir un café.

« *Votre collègue a raison : ces créatures n'ont plus d'âme.* »

Elle réprima un frisson à l'intrusion d'Astarté dans sa tête.

« *Nous avons le pouvoir de nous introduire dans l'esprit des hommes sans échanger pour autant. Lors de l'une des dernières attaques, j'étais à proximité. Dame Sémiramis nous a déjà demandé de patrouiller pour récolter des informations. Trois soldats ont été pris. J'ai tenté de pénétrer l'esprit de l'un des morts, il n'y avait rien.* »

S'introduire dans la tête des hommes. Au point de les contrôler, donc ? Comme l'adversaire ?

« *Non. Nous ne percevons que la présence d'une raison, ou d'une âme si vous préférez. Nous n'avons un réel pouvoir de persuasion ou de contrôle que lorsque l'homme est endormi, à travers ses rêves. Ces cadavres ambulants sont des corps creux. J'ai pourtant cru entendre un murmure très lointain. Peut-être la voix du manipulateur.* »

Un charme récité ? Que disait-il ?!

« *C'était bien trop ténu et j'étais bien trop éloignée.* »

Pourquoi n'avait-elle rien dit avant ? Ces informations pouvaient être capitales !

« *Vous vous rendrez vite compte que notre voix n'est pas écoutée. Nous ne faisons même pas partie du plan établi par le comte. Vous êtes de toute façon parvenus seuls à cette conclusion.* »

Hippolyte se mordilla la lèvre, agacée par le comportement du Secret qui avait d'office, en effet, mis de côté les succubes.

« *Les filles de Lilith.* »

… Les filles de Lilith.

— Votre plan est intéressant, déclara Goliath. Mais j'imagine que, pour gagner notre aide, vous allez nous accorder des faveurs.

Cela ressemblait plus à une condition qu'à une suggestion.

— Je vous écoute, confirma le roi.

— Vous savez ce que les lycanthropes désirent ardemment depuis des années : l'abrogation du titre de Grand Louvetier de France et la révocation de l'actuel, le marquis d'Heudicourt.

Fenrir grogna pour acquiescer. Goliath ne quittait pas le roi des yeux. Si Hippolyte ne connaissait pas le lycanthrope, elle lui aurait déjà sauté dessus pour l'empêcher d'attaquer.

— Vous savez que je ne peux accéder à cette demande, répondit le roi avec un certain embarras, plus contraint que de mauvaise volonté. Cette position rassure mes sujets, les loups ont toujours été et sont encore une source d'agressions et de mort dans ce royaume.

— Heudicourt a tué pas moins de dix lycanthropes durant ses chasses dans votre royaume. Dix des miens, rappela Goliath en serrant les poings.

Les traits de son nez s'allongèrent, penchant vers l'animalité.

— Vous souhaitez notre aide pour vous débarrasser des zombies, alors considérez-nous comme vos sujets, nous aussi.

La revendication toucha Hippolyte. Elle dévisagea le roi, espérant une réponse à la hauteur.

— Accordez-moi du temps, finit-il par dire. Je demanderai à ma police de rechercher une irrégularité chez le marquis afin de le démettre de ses fonctions et de le renvoyer sur ses terres sans pour autant trahir votre existence. En attendant, je lui ordonnerai de réduire les chasses au loup pour un temps.

Le ton ne calma que partiellement le lycanthrope.

— Nous pourrions vous héberger dans le cadre des nouvelles rondes nocturnes, lança alors Hippolyte. Il vous faudra un repaire sur la rive sud après tout, les vôtres sont tous sur la rive nord il me semble.

La proposition apaisa. Offrir l'hospitalité à un lycanthrope était un gage de sûreté, mais aussi de respect.

— Très bien. Mes loups formeront des groupes et attendront dans nos trois repaires du nord de Paris : au Louvre, près de la Bastille et près du Temple. Et un autre ici, dans le sud. Avec l'aide des succubes, je l'espère, ajouta Goliath en regardant Astarté.

Les regards se tournèrent donc vers elle. Les succubes et les lycanthropes n'avaient jamais été ennemis, pour la simple et bonne raison que la vie des succubes s'organisait aussi autour d'une cheffe et qu'elles avaient donné naissance au mythe des Amazones tant leurs capacités au combat étaient réputées. La Couronne et le Secret y avaient pourtant toujours fait la sourde oreille : des êtres puisant leur énergie dans l'acte sexuel ne pouvaient pas en toute décence se battre à leurs côtés.

— Que demandent les succubes pour cette aide ? questionna tout de même le roi.

— Nous serons ravies de rendre service à Sa Majesté sans rien attendre en retour, déclara Astarté qui ne se fâcha pas de l'emploi du nom « succubes ».

Le roi semblait espérer une suite. Hippolyte se douta aussitôt de la raison : on tenait les courtisans en distribuant des privilèges, c'était bien là la leçon d'or de son bisaïeul. Or, les succubes n'avaient jamais rien demandé. Elles n'avaient besoin de rien. Si bien que la Couronne se retrouvait toujours débitrice.

— Êtes-vous certaine ? insista alors le roi.

Astarté acquiesça.

— Nous sommes vos loyales sujettes, nous aussi.

Il ne put contrer cela et préféra passer au camp des vampires et des alchimistes, en bons termes de leur côté.

— Et vous, Clovis et madame la duchesse ?

L'attention revenant à eux, Angélique battit son éventail plus fort et Clovis se redressa en jouissant de l'instant.

— Nous mettrons des vampires des quatre maisons à votre service, ils observeront les rues en toute discrétion et préviendront les hommes du Secret, les lycanthropes et les succubes au moindre problème. En échange, nous aimerions, la duchesse et moi, ouvrir une cinquième maison. À Versailles.

Il imposa un silence.

— Les accords du Régent stipulent que vos maisons restent à l'intérieur de Paris, rappela James.

— Eh bien, changeons-les, engagea Clovis. Sire, vous êtes le seul souverain. Le Régent n'est plus. Votre Cour navigue entre Paris et Versailles : nous voyons une manne en votre royale cité.

La duchesse souffla quelques mots à l'oreille de son seigneur.

— Oh, oui. Nous souhaiterions aussi recevoir une invitation aux tables de jeu de temps en temps.

— Les êtres surnaturels ne sont pas admis à l'intérieur du domaine de Versailles, mentionna à nouveau James.

Clovis eut un grand sourire.

— Sire, nous souhaitons seulement jouer avec vos courtisans ! Pas envahir votre palais. Ma bien-aimée, la duchesse, connaît les arcanes de Versailles, nous saurons bien nous tenir.

— Soit, je vous autorise la maison. Nous discuterons de l'emplacement. Quant aux tables de jeu, gageons qu'une invitation récompensera la défaite de l'adversaire, pour commencer.

Clovis s'inclina.

— Merci, Sire.

Seule Hippolyte trouvait l'action des vampires pas du tout à la hauteur de leurs capacités. Après tout, si une bande de renégats avait pu donner du fil à retordre à des lycanthropes et massacrer son frère avec autant de violence, Clovis et les siens pouvaient sûrement participer plus à la cause plutôt que de jouer les sentinelles à l'abri du danger.

— Seigneur Clovis, ne pourriez-vous pas mettre vos dons au service d'une action plus physique que l'observation ? Vous ne feriez qu'une bouchée de ces zombies, fit-elle remarquer.

Le seigneur de Boréal se redressa, perdant son sourire affable. Ses traits se durcirent et il sembla la jauger de haut. Ses yeux se plantèrent sur elle comme des crocs.

— Si nous avons su nous battre à une époque, c'est seulement parce que nous avons été un peuple acculé. Lorsque l'on bat et réduit un animal, il mord. Par bonheur, l'humanisme du XVIe siècle n'a pas éclairé que les humains, ajouta-t-il sur un ton pincé.

Hippolyte se rembrunit. Elle avait envie de hurler que l'humanisme n'avait rien empêché huit années auparavant. Seul Fenrir sembla lui accorder un air désolé. James lui assena un coup de coude discret pour l'inciter à la prudence.

« Ne pas réveiller le monstre » : c'était ce qu'elle avait lu dans son manuel à leur sujet. Le Secret n'encouragerait donc pas d'actions violentes de leur part.

Maître Azureus se racla la gorge pour demander à reprendre la parole.

— Je mettrai mes services au vôtre, sans restriction. Mais une question me tracasse encore. Que se passerait-il si l'adversaire mettait la main sur un être surnaturel ? De simples humains morts ont une force décuplée. J'imagine que des vampires, des lycanthropes ou des succubes seraient bien plus puissants s'ils étaient transformés en… zombies.

Un silence de plomb suivit sa tirade.

— Il faudrait déjà qu'il mette la main sur l'une de nous, finit par dire Astarté avec une fierté débordante.

Goliath grogna en guise d'agrément.

— Je n'émets qu'une supposition, se défendit Maître Azureus.

— Vous êtes autant, voire plus puissants que ces zombies, rassura James.

— Qu'en est-il des alchimistes ou des Manusdei ? s'enquit Hippolyte.

— Ne nous appelez pas ainsi, rappela James à voix basse.

— Est-ce que vos corps perdraient leurs pouvoirs ? poursuivit-elle.

— Les zombies sont essentiellement physiques, contra James. Les mousquetaires qui nous ont attaqués n'utilisaient pas d'armes, mais leurs mains. Cependant rien ne prouve qu'ils n'en soient pas capables.

La tablée ne fit aucun commentaire. Des zombies d'êtres surnaturels, ce serait une véritable catastrophe. Tous se rendaient compte qu'ils pouvaient devenir une cible potentielle.

Le roi prit la parole pour conclure la réunion :

— Je ferai parvenir de nouvelles instructions au prévôt des marchands et au lieutenant général de police à propos des patrouilles. Le couvre-feu sera maintenu pour empêcher les déplacements, sauf si ceux-ci sont strictement nécessaires. Je vous demande à tous de prendre grand soin de vous et des vôtres. Et cela vaut pour vous deux, ajouta-t-il en jetant un œil sévère sur Hippolyte, puis sur James.

Chapitre 3

Paris, 11 septembre

Ce soir-là, les jacobites de Paris organisaient un rassemblement pour fêter la bataille de Stirling remportée par William Wallace contre les Anglais en 1297. Le patriotisme écossais était exacerbé en ces temps de rébellion : tout rappel de victoire était bon à prendre. James appréhendait ce rassemblement ; à présent qu'il devait aussi interroger ses propres compatriotes, il freinait des quatre fers. Il enroula la longue pièce de tartan rouge et noir autour de sa taille, noua une ceinture pour la maintenir, fit passer l'extrémité du tartan dans son dos pour le rabattre sur son épaule et la fixa à un habit de soie écarlate avec sa broche d'argent. Il ne manquait plus que le couteau noir glissé dans l'un de ses mi-bas de laine.

En sortant de sa chambre, il tomba nez à nez avec d'Arcy qui surgissait dans son salon privé. Le garçon s'immobilisa, surpris.

—Vous portez une jupe.

—C'est un plaid ceinturé, l'habit écossais. Je me rends à une fête jacobite, j'en profiterai pour poser des questions sur l'arbre de la connaissance.

—À ce propos, je pourrais peut-être vous accompagner ?

James grimaça. Écouter son compagnon enchaîner remarque sur remarque l'irritait déjà.

—Vous pouvez sans doute venir avec des invités ? Je soutiens votre cause, ajouta-t-il.

—Depuis quand ?

—L'Auvergne a toujours été une alliée de l'Écosse ! Tenez, votre régent exilé, Jean Stuart, il a épousé une comtesse de La Tour d'Auvergne il y a deux siècles. Il a même été gouverneur de la région et plusieurs châteaux ont été « terres d'Écosse » quelques années. Ses armes sont encore dans la Sainte-Chapelle de Vic-le-Comte, avec son cœur et celui de la comtesse.

Une fois sa démonstration d'historiographie terminée, il croisa les bras tout en barrant la porte de sa personne. Soit. D'Arcy était plutôt fier de sa région, et l'étroite relation entre l'Auvergne et l'Écosse pouvait intéresser les siens. Assez, en tout cas, pour le laisser entrer sans problème.

— Quand même, les Stuart passent la majeure partie de leur vie en exil, non ? Jean Stuart, la reine Mary Stuart, votre roi actuel…

— Je veux bien que vous veniez mais évitez ce genre d'annotation, coupa le comte en se maudissant d'accepter.

Hippolyte eut un large sourire qui provoqua un réchauffement de poitrine chez James. Ce garçon était capable de le troubler en un rien de temps. Il ferait mieux de cesser de se focaliser sur les petits détails physiques qui lui plaisaient bien trop chez lui.

— Je vais mettre mon plus bel habit ! lança Hippolyte en disparaissant.

Même au-delà de l'attrait charnel, son entrain et sa vivacité le charmaient au point où il se mettait à les guetter, une ardente impatience au fond du ventre.

James descendit dans la cour pour prendre l'air ; la nuit ne tarderait plus. Avec les nouvelles dispositions prises par le roi, les organisateurs de la fête de Stirling avaient demandé aux invités d'arriver avant le coucher du soleil et de repartir à son lever. La mode des fêtes du couvre-feu venait de naître. On s'amusait du danger et on célébrait la nuit avec plus de vie que le jour. L'opéra et le théâtre programmaient leurs pièces dans l'après-midi, les cafés fermaient plus tôt mais les salons nocturnes accueillaient en continu des lectures d'ouvrages, des dégustations de café et des récitations de poèmes jusqu'au matin.

— Si quelqu'un nous demande, nous serons à l'hôtel de Villars, rue de Grenelle, indiqua le comte à Olympe avant de monter à cheval.

Hippolyte dévala les marches de la tour d'escalier et déboula dans la cour. Il avait enfilé son bel habit gris perle et opté pour une cravate noire qui faisait plus habillé le soir venu.

— Je suis prêt !

Ils traversèrent le quartier Saint-Germain et constatèrent que les Parisiens se hâtaient de rentrer chez eux, encadrés par des gardes-françaises.

La rue de Grenelle était beaucoup plus calme. La majorité des bâtiments étaient neufs : c'était un quartier en pleine expansion, sur la route de Versailles. Les Invalides marquaient le début de la campagne et des champs cultivés. Les hôtels bâtis là possédaient à la fois un pied dans le calme rural et un autre dans l'agitation urbaine de Paris.

Lorsqu'ils arrivèrent devant l'hôtel de Villars, la cour était déjà encombrée de voitures et de montures. Des garçons attendaient près de la porte avant de la fermer pour la nuit ; les cochers et autres valets étaient accueillis dans les communs bordant la cour pour se restaurer et dormir. La façade de l'hôtel affichait cette légèreté propre au style Régence. On avait déposé des bougies sur chaque rebord pour éclairer les fenêtres, des branches de chêne décoraient les ferronneries et des vasques enflammées encadraient l'entrée.

Un homme, lui aussi portant un plaid de tartan ceinturé à la taille, se tenait dans l'entrée, un bonnet bleu sur la tête. Il interpella les visiteurs alors qu'ils atteignaient le perron.

— *Cò tha sin ?*[1]

— *Tha mise James Darroch, Siorrachd Inbhir Narann*[2], répliqua James.

À ce nom, l'homme s'inclina avec respect. Les Darroch étaient reconnus parmi les jacobites et inspiraient l'estime.

— Et voici mon invité, Hippolyte d'Arcy, un sympathisant auvergnat.

— Les amis de James Darroch sont les bienvenus, dit l'homme avec un sourire en leur cédant le passage.

* * *

Les deux battants du grand salon, ouverts, offraient un spectacle qui fascina aussitôt Hippolyte. L'assemblée des jacobites s'était parée de divers tartans colorés : plaids ou culottes pour les hommes et robes volumineuses pour les femmes. Des branches de chêne, piquées de roses blanches, sillonnaient en guirlandes le haut des murs, et quatre paires de drapeaux – croix de Saint-André sur fond bleu, et lion rampant rouge sur fond jaune – se dressaient dans les angles. Près de la cheminée, un ensemble musical de cornemuses, tambours sur cadre et bâtonnets, violons et flûtes, s'était installé et jouait un air entraînant. Si la musique

1. « Qui va là ? » (gaélique écossais)
2. « Je suis James Darroch, du comté de Nairn. » (gaélique écossais)

de salon et les fêtes françaises assommaient Hippolyte, la camaraderie ambiante des Écossais lui plut tout de suite.

Les invités saluèrent James avec chaleur en échangeant des nouvelles en gaélique, la laissant dans le flou. Un mal pour un bien, car elle put se concentrer sur le principal : le buffet gargantuesque étalé sur de belles nappes blanches. Volailles rôties, gibier et terrines de tailles différentes, écrevisses flambées, montagnes de fruits, pyramides de confiseries…

Elle s'en approcha et se frotta les mains avant de piocher dans les pâtés en croûte et le whisky. Au bout de trois grosses parts, et alors qu'elle attaquait une tourte au poisson, James la rejoignit pour se servir à son tour.

— Vous avez trouvé vos amis ?

— Pas encore, répliqua-t-il avec appréhension.

Ce ne fut qu'à cet instant, alors qu'elle levait les yeux sur lui, croisant sa broche d'argent, qu'elle remarqua que tous les invités en portaient une identique. Pas très discret pour un symbole de ralliement à une société secrète !

— Qu'est-ce que c'est ?

— Le blason de mon clan, il en contient le symbole et la devise.

— « Tèd sine gou tir », tenta-t-elle de décortiquer.

— *Theid sinn gu tir*, corrigea-t-il en prononçant des sons qui n'apparaissaient visiblement pas dans l'écriture. « Nous irons à terre. » À l'origine, la devise familiale était : « Rester sur ses gardes. » Mon clan est originaire des îles de Jura et de Skye, c'étaient des navigateurs. Quand mon ancêtre est devenu comte de Nairn, il a adopté la devise que vous voyez, expliqua-t-il avec mélancolie.

Hippolyte se rendit compte qu'elle ne s'était jamais intéressée à la famille de James. Sa curiosité fut piquée au vif.

— Pourquoi ? Vous avez déjà quitté les îles pour les terres.

— Pour nous, « la terre », c'est Jura et Skye.

Une grande fierté, d'habitude discrète, transparut sur le visage de James Darroch.

— Qu'est devenu votre domaine de Nairn si vous êtes ici ?

— Confisqué par les Anglais après l'engagement de mon père dans la rébellion jacobite de 1715. J'avais huit ans quand nous avons quitté l'Écosse pour Rome. Aux dernières nouvelles, un officier anglais s'est installé dans notre demeure.

— Vous n'êtes jamais retourné en Écosse depuis ?

— Si, mais pas chez moi.

Il resta plus évasif sur ce point.

—Et votre famille?

—Ma mère est morte quand j'avais cinq ans, mon père s'est remarié à Rome et a eu deux filles.

—Vous avez deux sœurs, alors? Je n'arrive pas à les imaginer, s'amusa-t-elle.

Le comte attrapa un verre de whisky et haussa les épaules.

—On n'a jamais été très proches. Elles sont mariées et établies à Rome. Et votre sœur jumelle?

Hippolyte avala sa bouchée de travers, toussa et se reprit:

—Elle ne veut pas se marier. Elle est un peu… sauvage. N'avez-vous jamais songé à vous marier vous-même?

—Non.

Il ne tergiversait pas. Elle apprécia d'autant plus qu'il ne justifiait rien: il avait une décision bien arrêtée, tout comme elle.

—Moi non plus. Quel ennui, le mariage, marmonna-t-elle.

James approuva d'un sourire. Puis il se redressa et désigna un plat.

—Tenez, goûtez le haggis, c'est un petit animal que l'on chasse dans les Highlands.

Déconfite face à l'allure du plat, Hippolyte s'en servit tout de même une grosse assiette et en avala une bouchée avec une grimace. C'était gras et pas très agréable en bouche, mais, pour ne pas blesser son collègue, elle persista.

—Vous avez mangé ça toute votre enfance? le plaignit-elle.

Le comte affichait un air goguenard.

—Disons que Rome m'a offert une planche de salut avec les fromages, les oranges, les sorbets et le vin.

—James! lança une voix derrière eux.

Un homme s'approchait en fendant la foule avec difficulté, fringant dans son tartan vert, bleu et rouge. Ses joues devenues écarlates lui donnaient un air jovial.

—Alistair, le salua James avec tiédeur.

—Je suis content de te voir, engagea l'Écossais en tapotant l'épaule du comte.

Hippolyte remarqua aussitôt les coups d'œil rapides d'Alistair, comme s'il s'attendait à ce qu'elle disparaisse d'elle-même pour les laisser seuls. Mais c'était peine perdue. Elle était là pour observer l'entourage de James; d'ailleurs, ce dernier ne chercha pas à se débarrasser d'elle, au contraire. Il agrippa son bras pour l'attirer auprès de lui.

— Alistair, je te présente mon ami, Hippolyte d'Arcy, un sympathisant de notre cause. Hippolyte, voici Alistair du clan McDonald.

— Monsieur, salua-t-elle avec déférence.

— Je lui ai promis de lui faire découvrir les us et coutumes de l'Écosse ce soir.

Alistair opina, chagriné de ne pouvoir s'isoler avec le comte.

— Allons trinquer, venez, proposa-t-il alors.

Il les entraîna sur le côté, vers un guéridon qui supportait un petit bassin d'eau et quelques verres à pied remplis de vin. Hippolyte, ayant attrapé juste à temps un morceau de volaille, observa la cérémonie avec curiosité. Les deux Écossais prirent un verre tout en se faisant face, le levèrent au-dessus de l'eau et se regardèrent dans les yeux.

— *Radeat*[1], prononça Alistair.

— *Reditti*[2], répondit James.

Puis ils vidèrent le contenu et sourirent. Les jacobites avaient tant de rites qu'il n'était pas si étonnant que les sociétés secrètes fleurissent dans leur sillon. Hippolyte prit un verre pour le regarder de plus près : ces mêmes mots latins étaient gravés sur la panse avec un portrait du roi exilé James Stuart.

— Pouvons-nous discuter à l'écart ? proposa le comte qui ne voulait pas perdre de temps.

Alistair ouvrit l'une des portes-fenêtres qui donnaient sur le jardin, à l'arrière de l'hôtel. Hippolyte, ne les lâchant pas d'une semelle, referma derrière eux. L'air frais lui fit remarquer qu'elle avait déjà bien bu et qu'elle ferait mieux de rester alerte.

— Connais-tu une société qui aurait adopté l'arbre de la connaissance comme blason ? interrogea James sans détour.

Il voulait sûrement observer la réaction de son compatriote ; celui-ci parut surpris.

— Quelle est cette question ?

Quoi qu'il laisse paraître, Hippolyte fut plutôt convaincue qu'il savait quelque chose.

— Nous avons des informations pour eux, ajouta James sans détailler plus.

Alistair hocha la tête avant de laisser un petit sourire se dessiner sur ses lèvres. Son attitude changea du tout au tout.

— Il se peut que je sache quelque chose.

1. « Qu'il revienne. » (latin)
2. « Restauré. » (latin)

— Que veux-tu en échange ? soupira James.

— Tu le sais.

Ils s'affrontèrent du regard un instant. Hippolyte, les yeux rivés sur eux, jeta son os de poulet par terre, prête à agir.

— Je suis le représentant officiel de Sa Majesté le roi James Stuart à la cour de France, rappela James. Je ne peux pas compromettre ma situation ni celle de mon roi dans votre organisation.

— « Compromettre » ? Nous cherchons des solutions concrètes avec le Lion rampant !

— Malgré les alliances et les accords politiques déjà en place. C'est bien trop dangereux ! Si nous perdons le soutien du roi de France, notre cause sera réduite à Rome. Et le pape choisira la France s'il est au pied du mur. Le roi te cite déjà avec méfiance.

— L'Angleterre devient de plus en plus puissante. Attendrons-nous qu'elle ait réduit notre Écosse à néant ? Pour ne pas froisser un roi étranger tenu par ses traités et sa diplomatie ? ajouta Alistair avec une aversion manifeste.

— Ce roi a des moyens et une armée.

Alistair tourna les talons pour ne pas envenimer plus l'échange. Hippolyte l'intercepta aussitôt :

— Je n'ai que faire de votre querelle. Je cherche des informations sur un groupe d'idiots dangereux dont l'un des membres s'est introduit dans une maison close à Palais-Royal, a enfermé et torturé une jeune femme, persuadé qu'il s'agissait d'une vampire. Si vous savez quelque chose, vous feriez mieux de parler. Contrairement à mon ami, je n'aurai aucun scrupule à vous arracher les mots de la bouche.

Alistair resta coi. Il ne devait pas s'attendre à une telle franchise. L'insistance d'Hippolyte – et peut-être sa main calée sur la garde de son épée – porta ses fruits.

— Je ne les ai rencontrés qu'une seule fois, finit-il par avouer. Au café *Procope* alors que nous prospections des recrues. Ils se font appeler la confrérie du Savoir. J'ignore combien ils sont, mais ils ont l'idée absurde de prouver l'existence des vampires.

— Des noms ? poursuivit Hippolyte.

— Il y avait un couple dont je ne me souviens plus du nom, et un marquis, qui paraissait être leur bienfaiteur. Comment se faisait-il appeler... ? se mit-il à réfléchir avant de se redresser. Frontis, le marquis de Frontis !

— Diable, murmura Hippolyte. Le nom m'est familier...

Elle reçut un coup de James dans l'épaule.

— Le peinturluré de la rue Montorgueil !
— Le faquin ! Une autre bonne raison de le saigner !
— Merci, Alistair, apprécia James.
Son ami écossais acquiesça.
— Puis-je m'entretenir seul à seul avec toi, maintenant ?
Hippolyte guetta la réponse de Darroch, et ne tourna les talons que lorsqu'il lui sourit avec reconnaissance.

* * *

James resta face à son ami dans un silence agressif et embêté tout à la fois. Puis, Alistair soupira et tourna sur lui-même avant de s'immobiliser devant le jeune homme.
— Jamie, ton père aurait été d'accord avec moi.
Il leva les yeux au ciel. Seuls ses parents l'appelaient « Jamie ».
— Nos clans sont plus que de simples alliés, poursuivit Alistair. Les McDonald et les Darroch sont des cousins sur Skye.
— Et je n'oublie ni ma famille ni mon clan, répliqua James. Mais je ne veux pas de morts inutiles. J'en ai vu bien assez en Écosse. Jusqu'à des femmes brûlées vives sous prétexte qu'elles étaient jacobites, ajouta-t-il avec fébrilité.
Alistair baissa les yeux et se rembrunit. James s'approcha de son ami pour tapoter son épaule, espérant mettre à nouveau de côté cette société secrète qu'il trouvait si dangereuse.
— Buvons nous aussi, et enterrons notre querelle pour ce soir.
Alistair finit par obtempérer.
— Soit. Je vais chercher une bonne bouteille de vin italien, décida-t-il avec un mince sourire avant de rentrer.
James descendit les quelques marches de la terrasse pour marcher dans le jardin à la française de l'hôtel, encadré de hauts murs. Il profita du silence et de l'air frais pour réfléchir. Comment retrouver la trace du marquis de Frontis, cette si hasardeuse rencontre ?
— James ?
La voix qui l'appelait n'était pas celle d'Alistair ; le comte frémit avant même de voir son propriétaire. Il pivota, main sur la poignée de son épée. L'homme vêtu de noir, les cheveux blonds et courts, gantait ses mains tout en approchant.
— Lewis. Que fais-tu ici ? Comment es-tu entré ?
L'homme s'arrêta à quelques pas.
— Tu n'es pas le seul Loup à avoir du sang écossais.

Il portait une écharpe de tartan bleu et vert, tenue elle aussi par une broche représentant le blason de son clan. Ou plutôt du clan de sa mère, son père étant un riche anglais installé en Écosse.

— Toi, tu revendiques tes racines ? se moqua James en jetant de rapides coups d'œil sur l'hôtel.

Les portes avaient été fermées.

— J'ai seulement demandé aux invités de rester à l'intérieur, expliqua Lewis en remarquant son inquiétude.

Le pouvoir de suggestion du Loup était le plus terrible d'entre tous. Un contact, et la victime exécutait tout ce qu'il lui demandait de faire sans s'en rendre compte. Il avait dû toucher tous les invités un par un, Alistair et d'Arcy compris. James resserra son épée, gagné par une appréhension plus éprouvante encore. Car Lewis était le seul Loup qui avait pu s'approcher de la définition d'un « ami » durant ses années d'infiltration.

— Ne t'en fais pas, ma suggestion est limitée dans le temps.

— Que veux-tu ? Que je te suive volontairement ? répliqua James, tendu.

Était-ce un piège ?

Lewis leva les mains devant lui pour prouver qu'elles étaient bel et bien gantées et qu'il n'était pas armé. Il s'approcha encore.

— Je viens pour discuter.

Le Loup était tout en longueur ; son visage ovale et harmonieux n'affichait aucune agressivité. Fut un temps, il avait eu quelques scrupules à employer son pouvoir. James lui avait fait plus ou moins confiance à l'époque ; cependant, il n'avait jamais envisagé de lui confier ses secrets.

— Et ?

— Comment te portes-tu ?

James fronça sourcils. Lewis se contenta de croiser les mains dans son dos, attendant la réponse sans témoigner d'impatience.

— C'est *elle* qui t'envoie ? répliqua-t-il.

— Je suis le seul à parler gaélique, répondit le Loup en haussant les épaules.

— Après tout ce qui s'est passé en Écosse, vous croyez encore que je vais vous suivre ?

— C'est à cause de toi si cette femme est morte, lâcha Lewis sans détour.

James se glaça.

— À cause de moi ?

— Tu étais *son* favori et tu t'es entiché d'une autre. Une femme qui soignait les maux avec des plantes, innocente, écossaise : une victime idéale pour de la sorcellerie. Ne pouvais-tu pas réfléchir ?

James sortit son épée de son fourreau, mais la garda baissée. La fureur surgit en lui et son souffle s'emporta.

— Cette femme était innocente et vous l'avez brûlée vive parce qu'*elle* était jalouse ?

Lewis se contenta de le fixer du regard.

— Est-ce tout ? s'agaça James. Tu es venu jusque-là pour ça !

— Les autres ne savent pas que je suis ici, personne ne m'a envoyé. Je suis venu à toi de ma propre volonté.

— Et je suis censé te croire.

— Finn et Blake nous ont parlé ; tu crois que nous sommes en France à cause des jacobites.

— Les Loups passent plusieurs années en Écosse à chasser les jacobites et les sorcières, et tu voudrais me faire croire que votre présence ici, où beaucoup ont trouvé refuge, n'est pas liée ?

— C'est la vérité, confirma Lewis, toujours très calme.

Il s'avança encore un peu.

— Écoute-moi. Si nous sommes là, c'est uniquement pour toi. Ou plutôt, à cause de toi.

— Cesse les détours, s'agaça James.

— Lorsque tu nous as quittés il y a quelques années, tu t'es introduit dans la réserve de la bibliothèque de Bodley et tu as pris une copie de l'inventaire que nous avions faite avant notre départ pour l'Écosse.

James eut un mouvement de recul. Il n'était pas parti les mains vides, en effet. Mais que la cheffe des Loups se déplace elle-même pour la copie de cet inventaire, c'était tout de même exagéré. Certes, entre des mains ennemies, le registre pouvait représenter un danger, mais pas autant que les objets en eux-mêmes.

— Vous êtes là pour récupérer la copie de l'inventaire ?

— Tu n'as pas volé que ça.

— Vous avez traversé la Manche pour récupérer les deux ou trois livres que j'ai emportés ? reprit James, de plus en plus incrédule.

Lewis semblait attendre une nouvelle confession. Cependant, son air si maîtrisé s'émaillait. À cet instant, James perçut ce doute en lui.

— Quelqu'un s'est introduit dans la réserve et a volé un objet, comprit-il enfin.

Lewis se figea. James leva son épée comme pour l'accuser.

— Vous avez laissé quelqu'un s'introduire dans la réserve et vous voler !

— Le conservateur a refait un inventaire au début du mois de juin et a constaté qu'un objet avait disparu ; il n'a communiqué sa nature qu'à la Cheffe. Tu es le dernier, à notre connaissance, à être entré dans la réserve sans l'accord du roi.

— Je n'ai pas volé d'objet...

Tout se bouscula dans la tête du comte.

Voilà pourquoi les Loups étaient aussi discrets et pondérés : ils souhaitaient récupérer l'objet disparu sans esclandre, et sans que le roi de France puisse mettre la main dessus. La réserve secrète de la bibliothèque de Bodley conservait des artefacts magiques de toutes sortes, parfois redoutables. Il eut le pressentiment soudain que l'objet incriminé pouvait être celui qui levait les morts de leur torpeur. Son cœur se mit à battre très vite. Si cette disparition était liée aux événements de Paris, cela expliquait que la cheffe des Loups n'intervienne que deux mois après le constat du vol, juste au moment où les bêtes mortes commençaient leurs attaques.

Il devait absolument consulter l'inventaire !

James rengaina son épée et courut vers l'hôtel.

— James ! Tu ne pourras pas la fuir bien longtemps, rappela Lewis.

Le comte s'arrêta et pivota. À vrai dire, le comportement du Loup l'intriguait.

— Pourquoi es-tu venu me parler ?

— Je voulais te mettre en garde : la meute cherchera à t'arracher cet objet de gré ou de force. Pour le moment, le mot d'ordre est la douceur.

— Pourquoi me mettre en garde ?

Lewis poussa un soupir.

— Des remords, peut-être ?

Pouvait-il réellement le croire ?

Quoi qu'il en soit, Lewis lui avait livré une information qui pouvait s'avérer capitale. Sans un mot de plus, James tourna les talons et poussa les portes du grand salon. La fête suivait son cours. Peu à peu, les invités se rendraient compte qu'ils pouvaient également sortir. Il attrapa d'Arcy par l'épaule et l'entraîna comme il put à sa suite.

— Hé ! Je n'ai pas terminé mon verre ! protesta-t-il en se débattant dans l'indifférence générale.

— Nous devons rentrer, tout de suite !

Hippolyte le repoussa avec toute sa brutalité. Il était sous l'emprise du pouvoir de Lewis ; le convaincre de sortir ne serait pas une mince affaire.

— Il fait encore nuit !

— Nous devons rentrer.

Le garçon se dégagea et se cogna contre une haute silhouette. Lewis plaqua sa main sur son visage.

— Obéissez à tout ce que James commande jusqu'au lever du jour.

Il retira sa main.

— Sortez de ma route ! s'exclama Hippolyte en le bousculant.

— D'Arcy, insista James avec une légère hésitation. Allons-y.

Le garçon obtempéra aussitôt.

— Tu me remercieras, assura Lewis avant de s'éloigner de son côté.

Décidément, rien ne tournait rond. James rejoignit son compagnon qui était déjà sur sa monture, près de la porte cochère. Ils sortirent dans les rues désertes. Si tout se passait comme prévu, les vampires étaient censés repérer leur passage sans qu'eux-mêmes ne les voient. Ils ne croisèrent effectivement personne et ne prirent pas le temps de vérifier la surveillance qu'ils avaient organisée. Alors qu'ils remontaient la rue des Boucheries, près de l'abbaye de Saint-Germain, James pensa entendre du bruit dans la rue adjacente des Mauvais-Garçons.

Il ralentit en croyant apercevoir deux silhouettes familières : Criquet et Diderot. Les deux compères de cellule ! Mais sa vue lui jouait des tours : il n'y avait personne. Une sorte de halo flou brouillait les façades des immeubles, comme lorsque la chaleur de l'été trouble l'air aux abords des routes. James se frotta le visage. Les vampires les auraient prévenus s'il y avait eu des frondeurs.

Chapitre 4

Paris, 12 septembre

Hippolyte avait dormi un long moment dans la matinée et s'était forcée au lever vers 13 heures. La tiédeur de fin d'été était encore agréable mais n'apaisait pas sa migraine.

Elle n'avait plus vraiment de souvenirs de la nuit passée. James, qui avait étudié d'arrache-pied un inventaire d'objets magiques, lui avait vaguement raconté qu'elle avait rangé toute la bibliothèque du Secret... Étrange tout ce que l'on pouvait faire, ivre !

Hippolyte approchait de l'hôtel de son amie Henriette, dans un Marais toujours aussi cher à ses yeux. L'élégant mascaron de nymphe couronnée de feuillage, au sommet du cintre de la porte cochère, semblait la saluer chaque fois qu'elle en franchissait le seuil. À peine avait-elle posé un pied dans la cour intérieure qu'un bras s'empara du sien. Elle tressaillit en se rendant compte qu'il s'agissait de Galatée, qu'elle n'entendait toujours pas approcher.

La vampire portait une robe à rayures roses et vertes sur fond crème, dont les manchettes formaient un amas de dentelles qui roulaient jusqu'aux poignets. Ses mains étaient gantées, son visage très maquillé, peut-être trop. On aurait dit une chanteuse d'opéra dans son costume de scène.

— Je ne crains rien, finit par déclarer Hippolyte.

— J'en avais assez d'observer de loin.

Son visage si parfait et impassible reflétait une légère impatience teintée de curiosité. Les vampires n'avaient pas vraiment le loisir d'examiner les humains de près dans leur vie quotidienne, encore moins de jour. Hippolyte ne tenta pas de l'en dissuader : elle poursuivit sa route, entraînant sa compagne à l'intérieur.

Les baies étaient ouvertes de l'autre côté, ouvrant sur le jardin de madame de Richelieu. Quatre grands carrés de buis entouraient des parterres de fleurs. Au croisement central, un kiosque en treillage de bois envahi de lierre procurait une ombre fraîche aux deux dames installées là. Des orangers et des citronniers, plantés dans des caisses semblables à celles de Versailles, étaient en cours de réaménagement dans le bâtiment longiligne au fond du jardin. La petite orangerie au cœur de Paris était un luxe dont Henriette s'enorgueillissait souvent.

— Mon ami ! s'exclama cette dernière en l'apercevant.

Elle buvait une tasse de chocolat en compagnie d'une jeune femme aux boucles noires, aux yeux azur et à la bouche souriante. Un grain de beauté près de l'œil droit et un teint éclatant lui conféraient une sensualité indéniable. Hippolyte pouvait sentir son parfum de rose depuis sa position. Contrairement à ses compatriotes qui boudaient le bain pour s'appliquer des parfums poudrés et chargés, l'invitée dégageait une odeur fraîche et agréable.

En maîtresse de cérémonie, Henriette prit les présentations en main.

— Mon ami, voici la marquise Constance de Waterford, haute noblesse britannique et jacobite. Chère marquise, voici mon ami, Hippolyte d'Arcy, un bretteur plein de talent.

Henriette avait l'art et la manière de résumer une vie.

— Alors c'est vous le vainqueur de Liberi, l'impétueux chevalier ? lança la marquise dans un français parfait.

La référence à ce livret libertin rédigé par son amie empourpra Hippolyte.

— Impétueux est un bien grand mot, répliqua-t-elle avec froideur. Ne vous sentez-vous pas isolée dans notre capitale française ?

— Isolée ? Comment le pourrais-je en étant entourée de si exquises amies, répondit-elle avec un sourire désarmant tout en posant sa main sur le bras d'Henriette.

Le ton mielleux interpella aussitôt Hippolyte. Autant Henriette était parfaitement inoffensive et drôle, autant la marquise ne lui inspirait que de la prudence.

Hippolyte invita Galatée à prendre place à la table alors que cette dernière restait en retrait.

— Mesdames, je vous présente ma cousine, Galatée.

La vampire s'assit, raidie par l'appréhension et les regards intrigués qu'on lui lançait.

— Où étiez-vous hier ? s'enquit Henriette en sonnant une clochette pour appeler l'un de ses valets. Nous étions à la troisième du nouvel opéra-ballet de Rameau, les *Indes galantes*. J'espérais croiser votre ami le comte pour lui présenter la marquise, c'est un tel féru d'opéra.

Son amie espérait vraiment jouer l'entremetteuse avec James Darroch ? Quelle drôle d'idée ! Hippolyte ouvrit la bouche, mais Constance de Waterford l'interrompit.

— Je disais à madame de Richelieu que votre absence ne pouvait qu'être due à l'avancée des séances dans l'après-midi, à cause du couvre-feu.

Henriette roula les yeux dans leurs orbites.

— Oh, ce couvre-feu, se lamenta-t-elle. Cette maudite épidémie !

Son valet déposa des tasses de chocolat devant Hippolyte et Galatée.

— En vérité, nous nous préparions à passer la nuit à l'hôtel de Villars, il y avait un rassemblement jacobite écossais.

L'intérêt réveillé fut double.

— Oh, vous y étiez ! s'émerveilla la marquise. Je n'ai pas pu m'y rendre, comment était-ce ?

— Fascinant, racontez-nous tout, la pria Henriette.

Hippolyte se lança dans un récit illustré de musique, de rites et de costumes, de bras de fer hardis et de cuisine exotique à base de haggis, petit animal chassé dans les Highlands. À cette évocation, Constance déploya son éventail pour masquer un rire. Cette attitude embarrassa Hippolyte. Elle n'aimait pas que l'on rie de sa personne, mais la marquise provoquait des sentiments contraires en elle, entre attirance et opposition.

— Très chère, vous ne buvez rien ? s'enquit Henriette en jetant un œil inquiet sur Galatée.

La vampire fixait le chocolat d'un drôle d'air.

— Non, merci.

— Souhaitez-vous autre chose ?

— Non, je suis un régime spécial.

— À base de ?

Galatée témoignait de plus en plus son désarroi. Hippolyte lui vint en aide :

— Henriette, avez-vous mené à bien les aménagements de votre orangerie ? Vous m'en aviez tant parlé.

Le code fonctionna à la perfection : jamais il n'avait été question de l'orangerie dans leurs échanges, aussi Henriette comprit qu'elle cherchait l'intimité pour une conversation plus privée.

— Venez, mon ami, je vais vous montrer. L'illustration vaut toujours mieux que la parole.

Elle s'empressa de prendre son bras et l'entraîna dans son jardin. Lorsqu'elles furent suffisamment éloignées, Henriette ne lui laissa pas le temps de commencer.

— Qui est cette étrange jeune femme que vous m'avez amenée ?

— Galatée est une amie, rien de plus.

Hippolyte enchaîna vite. La raison de sa visite était liée au Secret et à la compétence reconnue de madame de Richelieu : sa connaissance du milieu versaillais.

— J'ai besoin de vos lumières. Connaissez-vous un certain marquis de Frontis ?

— Marquis de Frontis…

Henriette tordit sa bouche en regardant le ciel.

— Le nom ne m'est pas inconnu. Je crois que je l'ai entendu à Versailles, dans certaines discussions, mais je ne l'ai jamais croisé. C'est une petite noblesse de l'Artois, d'après les dires.

— Vous n'en savez pas plus ?

— Les seules fois où son nom a jailli, les conversations tournaient autour des sciences occultes. Sa réputation se forge sur cette lourde et inintéressante enclume.

Hippolyte reconnaissait bien là la femme de salon, qui préférait débattre de Newton plutôt que de nécromancie. Henriette tenait un salon plutôt réputé à Paris, même si le roi avait délibérément qualifié l'entourage de madame de Richelieu de « Précieuses ». Composé en majorité de femmes, on y débattait des arts, de littérature, de sciences et parfois de philosophie.

— Il me semble que c'est la princesse douairière de Conti qui l'évoquait. Sa belle-fille, l'épouse de ce cher prince de Conti stationné en Allemagne avec les armées, est d'une nature maladive et fragile. Elle a mis du temps à se remettre de ses premières couches, et maintenant elle subit des fièvres qui ne la laissent plus quitter le lit. Après tant de souffrance, la princesse douairière craint le pire. Elle doit chercher une solution pour soigner la pauvrette. Vous êtes trop jeune pour vous souvenir de son défunt époux, mais déjà feu le prince de Conti était très intéressé par les sciences occultes, à ce que l'on dit.

Henriette se pencha un peu plus vers Hippolyte pour baisser la voix.

— Quel vilain personnage. Laid et méchant. La pauvre princesse a bien souffert à ses côtés. Toute la Cour le surnommait le Singe vert.

— Le Singe vert ?

— Oui-da. Je vous déconseille de le mentionner devant le roi, Sa Majesté l'a toujours eu en horreur.

Hippolyte acquiesça. Au milieu de ces anecdotes, il y avait tout de même quelques éléments dignes d'intérêt.

— Allons voir l'orangerie, insista Henriette en gardant son bras.

L'agent du Secret flaira le piège : son amie avait bondi sur l'occasion avec trop de facilité. Sans surprise, elle découvrit donc une présence singulière : la jeune fille à la robe fleurie, celle qui lui avait acheté des ali-babas dans la rue Montorgueil. On aurait vraiment dit l'une de ces mignonnes petites figurines de porcelaine, bergère ou pèlerine, qui trônaient dans les salons et boudoirs des aristocrates comme des bourgeois.

— Yvaine ! Quelle surprise ! s'exclama Henriette avec emphase avant de tirer le bras d'Hippolyte pour un aparté. Yvaine est ma nièce, elle n'est promise à personne et adore les histoires d'Impétueux.

— Mais je ne suis pas...

— Yvaine, mon enfant, je vous confie d'Arcy ; je me dois à mes invitées, esquiva Henriette.

Une fois seules, elles commencèrent par se scruter sans un mot. La jeune fille semblait nerveuse, mais peut-être pas autant qu'Hippolyte.

— Lorsque ma tante m'a parlé de vous il y a quelques semaines, je vous ai suivi dans Paris pour savoir qui vous étiez. Et je vous ai vu vous battre contre ce marquis peinturluré...

Ses joues se colorèrent aussitôt.

— C'était très brave, ajouta-t-elle, impressionnée.

Était-ce seulement une impression ou l'adolescente masquait un comportement beaucoup plus spontané sous un costume d'éducation et d'élégance imposées ?

— Vous ne m'en voulez pas de ne pas vous avoir dit qui j'étais ?

— Non, répondit aussitôt Hippolyte. Si j'étais vous, je me serais moi aussi assurée de la personne que l'on me destine.

Elle était intriguée, elle ne pouvait pas le nier. Il fallait un véritable esprit d'initiative pour suivre un inconnu dans les rues, en dehors de tout confort et de toute bienséance. Mais Hippolyte n'avait pas l'intention de la fourvoyer : mieux valait lui brosser un portrait peu reluisant pour la décourager.

—Autant être franc avec vous tout de suite : j'aime les tables de jeu, le vin et les femmes. Je ne vous mérite pas, je suis bien trop attaché à votre tante pour entraîner sa nièce dans ces débauches-là.

Elle espéra sincèrement que cette accumulation ferait mouche, mais l'effet fut contraire. Yvaine lui attrapa les deux mains avec un élan soudain.

—Je ne veux pas me marier, moi non plus ! Faites de moi votre maîtresse !

—Diable, murmura Hippolyte, déconfite. La jeunesse n'est plus ce qu'elle était…

—Je ne veux pas d'un vieil époux qui contentera ma famille : je préfère vivre une aventure moi aussi, comme Impétueux !

Ni une ni deux, Yvaine se jeta à son cou et l'embrassa. Ses lèvres se contentèrent d'un baiser suivi d'un petit soupir, le tout très innocent, mais qui stupéfia Hippolyte.

—Nous partons ?

La voix les fit sursauter toutes les deux. Galatée venait d'apparaître. Hippolyte saisit l'occasion sans réfléchir.

—Oui, partons !

Elle attrapa le bras de la vampire et traversa le jardin à toute allure, s'approcha d'Henriette pour la saluer précipitamment puis se dirigea vers la sortie. La marquise se joignit à elles, prenant congé.

—Monsieur d'Arcy, savez-vous si le comte est à l'hôtel de Cluny en ce moment même ?

Au milieu de sa confusion, Hippolyte tenta de se rappeler ce que Darroch lui avait dit. Il s'était reposé lui aussi, mais souhaitait se rendre à l'église et pouvait y rester des heures. Elle avait aussi fini par comprendre qu'il se baladait en ville pour s'aérer l'esprit avant de retourner travailler, tout comme elle. Le parfum hypnotisant de la marquise la ramena à la question.

—Non, je crois qu'il s'est absenté jusqu'à ce soir, répondit Hippolyte.

—Oh. Quel dommage, regretta Constance en baissant les yeux.

Elle les releva avec un sourire.

—Au plaisir de vous revoir, monsieur.

Hippolyte souleva son tricorne et la regarda grimper dans sa voiture. Elle reprit la route, Galatée toujours à son bras, dans les ruelles étroites du Marais.

—Je ne comprends pas, dit la vampire au bout d'un moment.

—Quoi donc ?

— Vous aimez la jeune Yvaine ? L'éblouissante marquise ? Le séduisant mousquetaire ? Ou le ténébreux comte ?

Hippolyte commença par balbutier plusieurs syllabes sans aucun sens.

— Mais aucun, voyons ! Pourquoi serais-je obligée d'aimer quelqu'un ?

— Je perçois plein d'émotions contraires.

— La vie humaine est pleine de contradictions.

La vampire acquiesça à la leçon en se la répétant à voix basse. Trois rues plus tard, elle reprit la parole :

— Hippolyte.

— Quoi ?

— Êtes-vous une femme ?

Hippolyte se figea.

— J'ai eu des doutes à l'auberge de Fenrir, en écoutant la circulation de votre sang.

Son secret s'éparpillait sans qu'elle puisse l'en empêcher. Elle dodelina de la tête et reprit sa marche.

— Je vais passer par la taverne d'Auguste, et boire, décréta-t-elle.

Chapitre 5

Hôtel de Cluny

James était ressorti de l'église, l'esprit plus serein. Il avait flâné dans les rues, acheté des gaufres au café à un vendeur ambulant et s'en était gavé jusqu'à la Sorbonne. De meilleure humeur, il se sentait prêt à reprendre le travail. Il passa la porte cochère de son hôtel vers 18 heures et aperçut Hippolyte debout, bras croisés, semblant l'attendre, les traits de son visage froncés.

— Nous échangeons donc les rôles, s'amusa-t-il.

— Qui sont les Loups ?

Le ton abrupt le surprit dans un premier temps. Puis, il entendit « Loups » et se mit à douter de sa propre ouïe.

— Pardon ?

Hippolyte fit jaillir un papier de son habit et l'agita sous son nez.

— Je viens de rentrer et j'ai découvert ce mot en lieu et place d'Olympe. « Cher James, nous t'empruntons ta cuisinière. Ne t'en fais pas, Blaque a été plus doux qu'à l'habitude mais Arolde n'a toujours pas oublié sa réception à la petite auberge d'Oxford. Si tu souhaites la récupérer en un seul morceau, tu sais où te rendre. Tendres baisers, la cheffe des Loups. »

Le sang de James ne fit qu'un tour ; il arracha le papier des mains de son acolyte et le relut plusieurs fois. Écrit en français, bien sûr – avec l'accent d'Hippolyte, il n'avait pas reconnu Blake ni Harold –, l'anglais aurait été beaucoup trop discret. Lewis l'avait prévenu : il ne pouvait pas fuir éternellement leur cheffe. Il fallait s'armer et l'affronter de ce pas. Il se tourna vers Hippolyte, et se figea. La pointe de sa rapière s'enfonça dans sa gorge, creusant un point rouge.

— Plus de mensonge, monsieur, prévint Hippolyte. Qui sont les Loups ?

Olympe lui avait bien dit de tout confesser ; il avait repoussé l'échéance plusieurs fois et se trouvait pris au piège. Il chassa avec prudence la lame d'un index.

— Je vais tout vous dire, mais nous n'avons pas de temps à perdre pour aller au secours d'Olympe.

Hippolyte reposa sa lame sur le cou du comte.

— Je fais plutôt confiance à Olympe pour tenir ses ravisseurs en respect. Expliquez, allez !

— Soit. Les Loups sont l'équivalent du Secret en Angleterre. J'en faisais partie avant de venir en France.

— Espionnez-vous à leur compte ?

— Non, ce sont eux que j'espionnais pour les jacobites. J'ai rencontré Olympe en les fuyant.

Hippolyte le fixait droit dans les yeux avec méfiance.

— Ce sont eux qui se sont présentés au pavillon de chasse dans la forêt ? Et avec qui vous avez discuté sans m'en parler ?

Le garçon l'avait donc surpris et n'avait rien dit. James comprenait mieux pourquoi Hippolyte s'était montré sec au point de tourner les talons sans vouloir s'asseoir un moment avec lui.

— Oui, deux Loups, Finn et Blake. Ils me prévenaient que leur cheffe était à Paris.

— Pourquoi n'avoir rien dit ? insista son acolyte, le regard sévère.

— Parce que j'avais déjà l'impression que vous me faisiez peu confiance.

Il parvint à lire un trouble au fond des yeux verts, peut-être un peu coupable. Puis Hippolyte afficha un mince sourire en coin.

— Et vous trouvez que les choses ont bien tourné ?

James se raccrocha à cette étincelle et se permit de secouer la tête.

— Pas très bien, à vrai dire.

Après la menace, vint la dernière méfiance.

— Dites-moi pourquoi je vous ferais confiance, imposa Hippolyte avec gravité.

Rappeler qu'il avait passé le test de Pinsec ne le convaincrait qu'à moitié – si ce n'était pas du tout. Son compagnon d'armes requérait une preuve bien plus personnelle, une preuve qui le toucherait. Le garçon ne manquait pas d'une loyauté sincère, il était aussi plus sensible aux émotions que lui : colère, joie, peine. James devait utiliser son empathie.

—Parce que les hommes que j'ai côtoyés des années ont non seulement massacré des familles entières d'êtres surnaturels, mais ils ont aussi arrêté, torturé et assassiné la femme que j'aimais.

Il ravala la suite de ses paroles. Prononcer ces mots tout haut fut comme se prendre des coups de poing dans le ventre. Hippolyte cilla. La pointe de son épée s'abaissa sans qu'il la rengaine.

—J'ai beau avoir pris sa défense, poursuivit James, je n'ai rien pu faire. J'étais piégé. Regarder un être cher brûler, en ayant les poings liés, n'étouffe aucune culpabilité. Je la traîne encore avec moi. Les Loups payeront, tôt ou tard. Croyez-moi, Hippolyte, je les exècre. Je le jure sur mon âme et ma cause.

James reprit son souffle. Hippolyte lui parut illisible dans un premier temps, puis, avec lenteur, il retira sa lame. Il crut même le voir déglutir. Le garçon n'avait pas perdu son entière suspicion, mais la détresse de James – réelle – sembla l'atteindre.

—Soit. Je comprends la colère et l'impuissance, dit-il avant de sourire avec réconfort.

—Merci, répondit James, soulagé.

Et c'était à la fois pour lui et pour sa relation avec Hippolyte qu'il sentit un poids en moins sur ses épaules. Il avait trop fui. Il était temps de faire face à son passé et d'avoir confiance en son acolyte. Ce dernier s'était redressé pour démontrer toute sa détermination.

—Que sait le roi de cette affaire ?

—Il sait pour les Loups, c'était indispensable pour qu'il me prenne à son service.

—Et que viennent-ils faire en France ?

—Ils croient que j'ai volé un artefact magique très important avant de fuir l'Angleterre. Lewis m'a fait penser que ce vol était peut-être lié à l'apparition des zombies. C'est pour cette raison que nous avons étudié l'inventaire toute la nuit dernière. Aidez-moi, d'Arcy, le pria James. Les Loups sont redoutables, soudés, implacables, leur cheffe est folle à lier : seul, je n'ai aucune chance. Mais, avec votre lame, Olympe sera hors de danger.

Le compliment fit mouche – James commençait à bien le connaître, la flatterie était très utile – ; la proposition d'aventure acheva de le convaincre.

—Très bien, je vous suis.

—Prenons des chevaux. Les Loups sont à l'hôtel d'Évreux, rue du Faubourg-Saint-Honoré, près de…

—C'est l'hôtel du comte d'Évreux ! se rendit compte Hippolyte.

Le froncement de sourcils de James lui fit préciser sa pensée :

— Louis-Henri de La Tour d'Auvergne ! Le fils de feu le gouverneur de mon pays ! Et petit-neveu du grand maréchal de Turenne ! Lui-même un de La Tour d'Auvergne !

— Grand Dieu, grimaça James, dépassé par un enthousiasme qu'il ne partageait pas. Si vous aviez un écu chaque fois que l'Auvergne sortait de votre bouche, vous seriez Crésus.

— J'ai hâte de rencontrer le comte, se réjouissait Hippolyte sans faire attention à ses bougonnements.

— J'espère pour lui qu'il n'est pas dans son hôtel, appréhenda James en sautant sur sa monture.

Il se posa enfin la question du parquet et de son motif. Et si son compagnon mourait là-bas ? Cette nuit ?

* * *

L'hôtel d'Évreux était l'une des plus belles demeures de Paris. Il possédait une cour jalonnée d'arcades à balustrade qui accueillaient des communs. Sa façade classique offrait une entrée centrale à fronton et à colonnes, et ses jardins à l'arrière étaient, disait-on, ouverts directement sur la promenade et sur le jardin des Champs Élysées. L'étage noble n'avait aucune lumière. Les combles semblaient eux aussi plongés dans l'ombre. Rien ne laissait percevoir des traces de vie au rez-de-chaussée.

Hippolyte mit pied à terre avec un mélange de confiance et d'appréhension. Le calme de l'endroit, alors que le soleil déclinait de plus en plus, n'inspirait que la prudence. Alors qu'ils avançaient tous les deux jusqu'aux portes, James s'immobilisa au centre de la cour.

— Quoi ? s'enquit Hippolyte en s'arrêtant à son tour.

— Surtout ne laissez aucun Loup vous toucher, lui conseilla-t-il.

— J'avais cru comprendre, merci, répondit-elle, perplexe, avant de se remettre en route.

Il l'attrapa par la manche de son habit brun.

— Et aussi… Il faut que je vous dise…

James parut désorienté. Les mots s'entravaient dans sa bouche alors qu'il parcourait la façade de l'hôtel des yeux.

— Quoi ? le pressa Hippolyte.

Quelque chose le turlupinait.

— Le haggis, déclara-t-il soudain. Ce n'est pas un animal, mais une panse de brebis farcie.

Hippolyte manifesta toute sa stupeur.

— Fichtre ! Vous m'avez fait manger de la panse de brebis ! lui reprocha-t-elle.

Elle agrippa alors son poignet.

— Voilà pourquoi la marquise riait ! Je me suis ridiculisé par votre faute !

— C'est une plaisanterie commune.

— Avez-vous autre chose à confesser ? s'agaça-t-elle. Ou pouvons-nous y aller ?

Elle tourna les talons. James l'agrippa à nouveau.

— Diable ! Avez-vous peur à ce point ? s'exclama Hippolyte.

— Vous savez, votre grande gueule qui vous caractérise tant ?

Le visage d'Hippolyte gonfla et rougit de fureur. James posa les mains sur ses épaules.

— Surtout, faites-en usage, n'hésitez pas. Votre sale caractère et votre brusquerie sont de vraies armes face à ces Britanniques méthodiques, vous verrez.

Hippolyte se renfrogna. Son ami paraissait bien anxieux en vérité, alors elle finit par acquiescer. Mais son comportement l'inquiétait. Devait-elle s'attendre à un ennemi qu'elle ne pourrait pas vaincre ?

James la relâcha et se remit en route. Ce fut à son tour de le retenir.

— Vous pensez que l'on peut aimer un homme et une femme de la même manière ?

Pris de court, son acolyte ouvrit la bouche et la referma aussitôt.

— Pensez-vous que ce soit bien le moment pour cela ?

— Contrairement à la panse de brebis, vous voulez dire ?

Il poussa un soupir, embarrassé. Elle aurait pourtant cru qu'il répliquerait vite et sans hésitation. Pour un catholique convaincu, c'était à prévoir. Elle avait même un peu misé sur une affirmation franche pour enterrer son propre doute.

— Un homme avec une femme, le reste est un péché mortel, déclara-t-il en marmonnant.

Elle se sentit à la fois rassurée et ennuyée. Le délai de sa réponse, le baiser d'Yvaine et le parfum de la marquise se jouaient d'elle. Elle avait pourtant du désir pour Pierre, et peut-être un peu pour le comte depuis que Galatée avait cru percevoir quelque chose. Ou alors était-ce elle qui se laissait manipuler par les paroles de la vampire… Hippolyte lui reprit le bras alors qu'il s'éloignait.

— Mais du coup, si c'est un péché, il suffit de le faire et de se confesser juste après, non ? C'est ainsi que les choses fonctionnent.

James dodelina de la tête.

— À condition de ne pas mourir avant.

Hippolyte eut un grand sourire.

— Voilà qui règle bien des choses !

— Vraiment ? douta-t-il. Vous couchez avec un mousquetaire et je n'ai pas l'impression que vous soyez passé à confesse entre-temps.

Hippolyte commença par hausser les épaules, mais son « et alors ? » fut ravalé aussitôt. Le comte n'était pas censé le savoir. Elle n'avait pas non plus fait preuve d'une discrétion poussée. Cela dit, de son point de vue à lui, sa situation était en effet dantesque.

— Oui. Oui, vous avez raison, marmonna-t-elle. Je vais faire attention de ne pas y rester ce soir.

— Oui, faites.

Avant qu'ils ne pénètrent dans l'antre des Loups, James la retint une nouvelle fois. Il sortit son couteau noir, s'approcha d'elle, souleva son habit dans son dos et glissa la dague dans sa ceinture, contre sa peau.

— Au cas où.

— Ou vous auriez aussi pu me le remettre, tout simplement.

Il se contenta d'un sourire revanchard avec une pincée de charme.

Cette fois-ci, ils avancèrent de concert. Arrivés devant le palier, deux flambeaux encadrant la porte s'enflammèrent d'eux-mêmes.

— Harold est là, murmura James. Restez sur vos gardes, ils aiment la mise en scène. Le rideau vient de se lever.

Elle approuva, main sur la poignée de son épée. Ils entrèrent dans l'hôtel. Seul le rez-de-chaussée avait été décoré et soigné : Hippolyte avait raconté au comte que le Régent avait promis une charge à Louis-Henri de La Tour d'Auvergne s'il se faisait construire une demeure à Paris à la dernière mode. Le comte d'Évreux avait accepté le défi et aussi parié que le Régent n'irait pas fouiner dans les étages. Quel coup de maître, admirait Hippolyte qui, en bonne Auvergnate, se réjouissait de voir payer le moins possible pour le meilleur. James avait nuancé l'exploit en rappelant que l'argent de la dot, versé par le beau-père d'Évreux, Antoine Crozat, avait fructifié en Louisiane grâce à l'esclavage dont était issue Olympe. Hippolyte s'était glacée et n'avait plus dit un mot à ce sujet.

Le grand salon dans lequel ils se rendirent, en suivant les lueurs et les murmures à gauche de l'entrée, débordait de riches boiseries rocaille sculptées, de peintures qui s'ajustaient entre elles et de lustres fraîchement sortis des manufactures.

Hippolyte et James ralentirent cependant devant la scène que l'écrin architectural abritait : une table ronde était dressée, nappée de blanc, et recouverte de chandeliers et de vaisselle d'argent massif. Autour d'elle, tous les Loups étaient assis, tous en noir, et tous semblaient attendre le comte de Nairn. Mais peut-être pas autant que la femme en rouge trônant au milieu de la meute, un large sourire aux lèvres.

Hippolyte envoya son poing dans le flanc de James.

— La marquise !

— Quelle marquise ?

— La marquise de Waterford ! Qu'Henriette voulait vous présenter !

— James ! Quelle merveilleuse idée de m'amener d'Arcy, s'enchanta la Louve, accoudée à la table, un verre à la main. Tu m'as tellement manqué, mon Loup bien-aimé.

Elle se leva avec cérémonie. Son visage si voluptueux se transforma en masque froid sans pour autant perdre son sourire.

— Tu m'as demandé de t'attendre, tu te rappelles ?

— Me voilà, répondit James, tendu.

— Je crois que tu as oublié ce qui me plaît et ce qui me déplaît. La trahison... Quelle perfidie. À cause de toi, nous n'avons pas pu livrer tous les jacobites que le roi voulait. Je suppose que prévenir ces pouilleux d'Écossais et partager mon lit ne t'ennuyait pas. Mais je ne perds jamais, James. Tous les jacobites que nous n'avons pas eus en Écosse, je vais les trouver ici. Paris en regorge ! Dites-vous jacobite et la société vous ouvre les bras et vous donne des noms. Je dois dire que livrer Alistair McDonald au roi George serait un véritable coup d'éclat pour les Loups.

— Tu n'es pas là seulement pour les jacobites, la coupa James.

Son sourire redoubla.

Hippolyte s'extirpa de leur échange pour observer les Loups. Les hommes n'avaient pas bougé : ils écoutaient, scrutaient le comte et elle-même. L'un d'eux lui parut familier. Grand et blond, impassible. Elle l'avait croisé à l'hôtel de Villars. Hippolyte ne remarqua qu'à cet instant la présence de cinq hommes armés le long des murs. Ils n'avaient pas les mêmes habits ni la même allure que les Loups. Des mercenaires plutôt.

— Bien sûr que non, répliquait leur cheffe. Je suis aussi là pour te ramener, toi, et ce que tu m'as volé.

— D'Arcy, appela James en ignorant le ton menaçant de la marquise. Fouillez l'hôtel, je vous laisse vous occuper d'Olympe. Vous devriez trouver Finn et Blake puisqu'ils ne sont pas là.

Hippolyte acquiesça et fit demi-tour. Elle jeta un rapide coup d'œil dans l'appartement des bains à droite de l'entrée, constata que les salles étaient désertées, et décida de monter par l'escalier de service puisqu'il n'y avait aucun escalier d'apparat. La sobriété de l'étage tranchait véritablement avec le rez-de-chaussée. Hippolyte perçut des voix dans la première antichambre. Sans attendre plus, elle donna un grand coup de pied dans la porte. Le battant propulsa au sol l'homme qui se trouvait derrière.

Son entrée fracassante figea la scène. Les hommes interloqués relevèrent de gros yeux. Hippolyte sortit sa rapière et sa dague de leurs fourreaux. La grande pièce était bel et bien dépouillée ; la cheminée sans revêtement mangeait son feu, les fenêtres étaient dépourvues de rideau et seule une longue table de cuisine en bois, flanquée de deux bancs, la meublait. Olympe était allongée sur le long plateau, sans entraves et pourtant immobile. Un grand roux se tenait devant elle, bras croisés. Un garçon aux cheveux noirs semblait examiner une lame. Tous deux étaient gantés de noir. Trois mercenaires complétaient les adversaires ; deux dégainèrent leurs épées tandis que le troisième, à terre, gémissait, le nez en sang.

— Relâchez mon amie, les rosbifs, somma Hippolyte.

Les deux Loups partagèrent un regard avant d'éclater de rire.

— Sérieusement ? Tu ne sais pas à qui tu parles, s'amusa le plus jeune.

Elle avait fini par déduire, d'après le récit détaillé de James, que le grand roux était Finn, celui qui avait la force de dix hommes, et que le second Loup, dont le regard froid frisait la folie, était le fameux Blake qui avait immobilisé Olympe.

Ce dernier reposa le scalpel sur la table.

— Qui êtes-vous, monsieur ? demanda-t-il en glissant sa main sur la cuisse d'Olympe.

— Hippolyte d'Arcy.

— Et ?

Elle pointa son épée sur chacun d'entre eux.

— Et je vais vous rosser l'un après l'autre.

Les deux mercenaires aptes au combat s'avancèrent. Après avoir fait face à tant de situations surnaturelles, Hippolyte espérait n'avoir rien perdu de son habileté à l'épée en combat classique. Elle se mit en garde, le cœur battant. Le premier sur sa droite chargea ; elle para avec sa dague, esquiva l'attaque du second, revint sur le premier et se baissa juste à temps pour éviter la lame du second qui souhaitait lui trancher la gorge. Elle prit un peu de recul. Lorsqu'on était assailli par plusieurs adversaires, il fallait les forcer à se gêner mutuellement. Elle obligea donc le mercenaire de droite à dévier vers son compagnon d'armes en attaquant son flanc gauche.

Elle profita de ce court instant d'incertitude pour exécuter sa botte favorite : elle enchaîna des passes rapides avant de déporter tout son corps sur sa jambe droite, en baissant son bras mais en levant la pointe de son épée. Cette dernière s'enfonça de quelques centimètres dans la gorge du mercenaire. Un gargouillis de sang se fit entendre et le corps s'effondra. Son compagnon rugit en se jetant sur Hippolyte. Elle esquiva plusieurs fois une lame qui aurait pu lui être fatale. Les échanges s'intensifièrent alors que le troisième se relevait en recouvrant ses esprits.

— Ça devient long, s'impatientait Blake.

L'occasion était parfaite : le commentaire avait attiré l'attention du mercenaire. Elle engagea un liement des lames, moulina son poignet et le désarma.

— Je vous laisse une chance de partir vivant, somma-t-elle avec aplomb.

— *For God's sake!*[1] s'agaça Blake.

Le bruit d'une épée tirée du fourreau derrière elle la fit pivoter sur elle-même. D'un coup d'estoc, elle acheva le troisième homme qui eut la folie de vouloir la surprendre. Puis elle tint le deuxième en respect, attendant qu'il déguerpisse ou de lui ôter la vie. Au moment où elle crut qu'elle gérait la situation, trois autres mercenaires débarquèrent avec précipitation. Hippolyte recula, passa près de la table, s'assura qu'Olympe n'était pas blessée et pointa son épée en direction des deux Loups.

— N'aurez-vous donc pas le courage de m'affronter ? lança-t-elle avec ardeur. Montrez-moi pourquoi le comte vous redoute autant !

— Nairn ? Vous êtes l'ami de James ? s'étonna Blake.

— Serviteur, monsieur, répliqua Hippolyte en piquant la peau de son cou avec son épée.

Finn avança d'un pas ; les quatre mercenaires restèrent immobiles. Blake ne semblait pourtant pas craindre la situation.

— Délivrez mon amie de l'état dans lequel vous l'avez plongée, exigea-t-elle.

Un court silence suivit.

---

1. « Pour l'amour de Dieu ! »

— Pourquoi pas, se décida Blake. À deux contre six, *fair enough*[1].

Il déganta lentement sa main et posa son index sur le bras d'Olympe. Cette dernière bondit sur ses pieds, se rua vers la cheminée et attrapa un tisonnier.

— Chiens ! rugit-elle.

— Olympe, ça va ? s'enquit tout de même Hippolyte.

— Ça ira lorsqu'ils seront à terre, les jambes brisées !

Finn et Blake finirent de déganter leurs mains, puis le plus jeune écarta les bras avec impatience.

— Jouons !

Les quatre mercenaires se jetèrent sur elles. Olympe défonça le crâne de l'un d'eux en un tour de main. L'homme, chancelant mais toujours debout, reçut deux violents coups dans les jambes. Les os craquèrent ; il s'écroula en hurlant. Hippolyte grimpa sur la table pour dominer deux mercenaires à l'épée. Elle ne prêta pas attention à Finn qui put attraper sa cheville et la faire décoller à travers la pièce. Aucun meuble ne la réceptionna : elle percuta violemment le mur et roula à terre.

— Diable, fit-elle en tentant de se relever, des douleurs plein le corps.

— Ne l'abîme pas trop, je veux le faire moi-même, lança Blake.

Alors qu'Olympe bataillait face à trois hommes armés, Hippolyte se redressa et vit le géant roux faire craquer ses phalanges tout en s'approchant. Son épée et sa dague, elles, étaient loin de sa portée. Elle se releva avec difficulté, la vue trouble, et évita un premier poing, le front en sueur. Elle ne doutait pas que le Loup était capable de la tuer d'un seul coup. Il était presque aussi rapide qu'elle, ce qui en faisait le plus redoutable adversaire qu'elle avait jamais eu. D'une paume de main, il la projeta contre l'allège d'une fenêtre avant même qu'elle puisse enchaîner une esquive, toujours plus loin de son épée. Hippolyte attrapa les loquets des volets pour se remettre sur ses pieds ; Finn s'empara de sa gorge par-derrière pour l'étrangler au creux de son coude. Ses pieds décollèrent du sol. Elle tenta de toutes ses forces de s'extirper de son emprise, sans succès.

Cette fois-ci, elle ne s'en sortirait pas. Et alors qu'elle les maudissait, ces satanés Anglais qui interrompaient sa course, elle aperçut, à travers l'un des carreaux de la fenêtre, le visage de Galatée. Elle avait dû atteindre l'étage d'un bond de vampire et agitait à présent sa main pour lui faire signe.

1. « C'est juste. »

— A… vou… be… d'ai… ? crut-elle percevoir.

Finn, qui préférait torturer lentement sa proie, serrant petit à petit son bras, ne prêta pas attention à la fenêtre.

— Avez-vou… beso… d'aid… ? répéta Galatée.

Hippolyte hocha la tête tant bien que mal, agacée. Galatée souffla sur le carreau pour faire de la buée, dessina ce qui ressemblait à une botte, puis elle en tapota le bout de son index. Hippolyte leva les yeux au ciel. Décidément, les vampires d'ici étaient vraiment très loin du prédateur. Elle déploya toute son énergie dans son pied droit et piétina les orteils du Loup. Il poussa un cri, desserrant un peu son emprise. Elle en profita pour se dégager et envoyer son pied dans son entrejambe. Finn se plia en deux.

Hippolyte put regarder autour d'elle : Olympe avait disparu avec les mercenaires. Blake, lui, semblait attendre, mains croisées dans le dos.

Le souffle court, elle se rua sur son épée et sa dague, sans manquer de se prendre les pieds dans le corps d'un autre mercenaire ensanglanté sur le sol, les tibias déformés par le tisonnier d'Olympe.

— Ils ont tenté de s'enfuir, elle s'est mise à les poursuivre en me promettant mon tour, indiqua Blake avec un haussement d'épaules. Elle ne mentait pas en tout cas, je pense qu'ils auront tous les jambes cassées.

Hippolyte s'approcha de lui ; il lui tendit les mains.

— Allez-vous me donner une leçon ?

— Avec plaisir.

— Bien. Laissez-moi débuter, alors.

Il empoigna la lame de l'épée, se coupant la paume volontairement, sans témoigner la moindre douleur.

— Un Loup…

Stupéfaite, Hippolyte tenta de reprendre son arme, mais il l'attira à lui d'un geste sec.

— … n'a peur de rien, acheva-t-il.

Et il la gifla, la privant de toute mobilité.

* * *

James regarda Hippolyte filer à l'étage. Constance Waterford – c'était du moins sous ce nom qu'il la connaissait – s'impatienta, comme prévu.

— L'artefact, James. Où est-il ?

— Pourquoi ne pas avoir fouillé Cluny au lieu d'enlever Olympe ?

Constance laissa échapper un petit rire.

— Ce n'est pas le genre d'objet qu'on laisse sans surveillance. L'as-tu sur toi ?

Elle s'avança jusqu'à lui. Sa robe écarlate mettait en valeur ses formes et son teint. Elle avait toujours su utiliser ses charmes. Heureusement pour lui, il ne voyait plus, à présent, que sa cruelle personnalité.

— Faut-il que je te fouille ? La tâche ne me rebute pas, mais elle pourrait mal finir.

— Ce n'est pas moi qui l'ai, indiqua-t-il, espérant tout de même en apprendre plus.

— Ce n'est pas Olympe non plus. Peut-être d'Arcy ?

— Pourquoi confierais-je un tel objet à d'Arcy ? releva-t-il avec perplexité.

— La fraternité, la confiance peut-être. Tout ce que les Loups ont partagé avec toi, rappela-t-elle, guettant sa réaction.

Comme il ne répondait rien, elle se tourna vers les mercenaires.

— Allez chercher d'Arcy.

Trois hommes acquiescèrent et sortirent du salon. James ne s'inquiéta pas outre mesure. Il jugeait le garçon capable de se défendre… et le parquet de l'étage n'était sûrement pas aussi soigné que celui-ci.

— Pourquoi es-tu venue en personne ?

— Vraiment, je te croyais plus malin, James. T'emparer d'un tel artefact ! Ressusciter les morts ! N'es-tu pas catholique ?

— L'âme reste là où elle doit être, répondit-il en rebondissant sur sa réplique. Seuls les corps se relèvent.

— Jusqu'à ce que le joyau d'Endor soit desserti, grogna-t-elle en faisant les cent pas.

À cette annonce, James se raidit. Il ne put masquer sa stupeur. Il ne se souvenait pas d'avoir croisé la ligne de l'inventaire qui correspondait à cet objet. Jetant un coup d'œil vers Lewis, il constata la même surprise sur son visage. Son ancien ami ne lui avait pas menti : il ignorait quel était l'artefact manquant et il n'avait pas révélé le contenu de leur discussion à la Louve. James fit demi-tour et se pressa dans l'entrée.

— Où comptes-tu aller comme ça ? lança Constance.

Il accéléra. À l'étage, des portes claquèrent avec des cris. Il attrapa la rampe de l'escalier de service et grimpa les marches trois par trois. Il arrivait à mi-parcours lorsqu'une boule de feu jaillit devant lui, lui soufflant un air brûlant au visage. Il bascula en arrière et dévala les marches pour atterrir sur le carrelage, sonné.

* * *

Blake tapota sa joue pour la sortir de sa torpeur.

Hippolyte, emprisonnée dans son propre corps, n'avait pu empêcher les Loups de lui retirer son habit pour fouiller ses poches. Ils avaient tâté son thorax comme s'ils cherchaient un pendentif, mais n'avaient pas rencontré ses deux atouts féminins, pressés par une bande et son gilet rembourré. On l'avait assise à califourchon sur le banc et on lui avait attaché les chevilles entre elles et les mains dans le dos. Quelques instants plus tard, Finn ramena le comte assommé et l'attacha à elle par les poignets, dos à dos. Les Loups sortirent de la pièce, les laissant seuls.

Hippolyte secoua le corps derrière elle pour le réveiller.

James gémit :

— Par tous les saints...

— La bonne nouvelle, c'est qu'Olympe s'est enfuie.

— D'Arcy ?

— Lui-même.

James tirailla sur les cordes pour tester leur résistance.

— J'imagine que l'interrogatoire de cette... délicieuse et pourtant détestable marquise s'est mal terminé ?

Le comte cessa de gesticuler ; il ne faisait que resserrer les liens. Il n'émit aucun commentaire à son « délicieuse ».

— Pas tant que cela : je sais enfin quel objet a volé l'adversaire.

— Vrai ?

— Si je vous dis « Endor » ?

Hippolyte se mordilla les lèvres.

— Hum. Une forêt remplie d'oursons ?

— Dieu, vous êtes plus mécréant encore que je le pensais. La sorcière d'Endor, le premier livre de Samuel, chapitre 28 ?

— Cessez de me poser ce genre de questions, vous savez que je n'ai pas la réponse !

— Le roi biblique Saül s'est rendu chez une magicienne pour qu'elle ressuscite le prophète Samuel. Elle s'est servie d'un artefact que, dans les cercles de nécromanciens, on appelle le joyau d'Endor. Les interprétations successives de la Bible ont fini par gommer l'existence du joyau, faisant d'elle une sorcière capable d'invoquer un fantôme. En réalité, la magie ne vient pas de la personne qui le tient, mais du joyau lui-même : n'importe qui peut l'actionner.

— Mais nos morts ne sont pas ressuscités, contra Hippolyte.

— C'est juste. Le joyau vient d'Orient, il a été offert à Charlemagne par un calife qui l'a enchâssé dans un talisman en or en forme d'ampoule de pèlerinage. Vous voyez ce que c'est ?

— Une petite gourde pour rapporter de l'eau ou de la terre sainte, récita Hippolyte, qui se souvenait de la petite collection d'ampoules de sa grand-mère.

— L'ampoule doit avoir quelques propriétés qui contiennent la magie du joyau d'Endor et qui permettent de dissocier l'âme et le corps, empêchant ainsi la résurrection complète. Il faudrait que j'étudie des dessins. Si nous n'avons pas pensé à lui, c'est parce que nous n'avons reçu aucun témoignage de son utilisation.

— Comment savez-vous que le joyau d'Endor est monté dans une ampoule de pèlerinage, alors ?

— Nous savons tous en vérité de quoi il s'agit : vous-même vous l'avez vu dans la salle du Secret. On l'appelle le talisman de Charlemagne, il le porte en pectoral sur son portrait.

— Oui, s'exclama Hippolyte. Diable ! Nous avions la réponse sous les yeux depuis tout ce temps !

— Charlemagne l'a gardé près de lui toute sa vie jusqu'à se faire ensevelir avec. Il n'a été sorti de sa tombe que bien après, mais toujours conservé dans le plus grand secret. Le talisman devrait être à Aix-la-Chapelle, ce n'est pas normal que les Loups l'aient eu en leur possession. Je comprends d'autant plus pourquoi ils ont aussi peur que le roi de France s'en aperçoive. Vous connaissez la prophétie liée à ce talisman depuis Charlemagne ? Celui qui le détient prendra le contrôle de l'Europe. On peut espérer que les Loups le gardent seulement pour cette raison, car reconnaissons au moins cela, ils ne semblent pas s'en être servis.

Ils restèrent silencieux un moment.

— Nous pourrions ramener à la vie tous les mousquetaires qui ont péri, se rendit compte Hippolyte.

— Non : ce qui est fait ne peut être défait. Telle est la volonté de Dieu.

— Que faites-vous de la volonté des hommes ?

— Croyez-vous vraiment que les hommes agiront avec raison ? On ne peut changer la destinée des êtres. Si vous devez mourir demain, vous mourrez demain.

La voix du comte s'enraya en prononçant ces mots, avant de poursuivre :

— Seul un miracle pourrait changer cela, et non une ancienne magie venue de Perse.

— Soit, soupira Hippolyte. Et maintenant ?

— Vous avez perdu mon couteau noir ?

Elle se redressa.

— Je l'avais complètement oublié ! Je l'ai encore !

Elle força sur les liens pour glisser la main dans son dos, tordant le bras du comte. La porte s'ouvrit à cet instant. Constance entra seule. Elle s'approcha, en faisant bruire les plis de sa robe à la française au décolleté pigeonnant. Alors qu'elle prenait place sur le banc, près du comte, son parfum de rose titilla à nouveau l'odorat d'Hippolyte.

— Quelle est la note de votre fragrance ? Le mensonge ? lança-t-elle, bien décidée à provoquer des remous pour finir de sortir sa lame.

— Non, répondit la Louve en se rapprochant de James avec un sourire. C'est le parfum préféré de mon Loup.

Hippolyte sentit son acolyte tressaillir au moment où Constance posait sa main sur lui.

— Tu te souviens de Fort William ? Quelle nuit merveilleuse.

— Je me souviens surtout que tu y as fait brûler toute une famille d'alchimistes, répliqua James avec nervosité.

— Oui, s'enchanta-t-elle. Et je commence à comprendre d'où te venait ce feu. La colère, quelle émotion fascinante. Combien de créatures dois-je brûler pour que mon amant revienne ? susurra-t-elle près de son oreille.

James eut un léger mouvement de recul.

— *My sweet Wolf*[1]...

Hippolyte se voyait mal découper un cordage avec un couteau alors que la soi-disant marquise s'était collée au comte. Elle n'avait d'ailleurs jamais imaginé James Darroch en amant irrésistible. Alors que Constance déclamait ses mots d'amour, elle, elle avait vu sur le tas de cadavres des mercenaires empilés dans un coin, les armes sur le côté. La vue de sa rapière la rassura, et elle lui envoya de tendres pensées en espérant leurs retrouvailles au plus vite. Recevant un coup de coude involontaire de son partenaire prisonnier, elle poussa un soupir.

— Vous ne le voyez peut-être pas, mais je suis au comble de l'embarras. Peut-être devriez-vous vous rendre dans une chambre.

— C'est une excellente idée, la félicita Constance en se redressant.

1. « Mon Loup bien-aimé. »

— Ou alors, nous pourrions en revenir à la situation pressante dans laquelle nous sommes, s'agaça James. Je n'ai pas l'artefact, je ne l'ai jamais eu ! Quelqu'un a réussi à pénétrer dans la réserve de Bodley lorsque nous étions en Écosse, et s'en sert pour relever des cadavres !

Hippolyte profita de la protestation pour commencer à trancher les liens. Ce ne fut pas suffisant, mais c'était un début.

— Tu es en train de demander notre aide ? interpréta Constance avant d'éclater de rire. Moi ! Aider ce piteux roi de France !

— Retirez, madame ! s'exclama Hippolyte. Ou vous rendrez gorge !

— Voyons, d'Arcy, mon Loup me rejette et il faudrait que j'aide ?

Hippolyte s'humecta les lèvres et tourna la tête.

— Bon, monsieur le comte, donnez de votre personne puisque madame le veut.

James bondit sur lui-même, participant sans le savoir au tranchage des liens.

— Il n'est pas question de cela maintenant ! Nous avons plus urgent ! rugit-il avant de reporter son attention sur Constance. Les Loups ont conservé ce joyau dans la réserve et tu t'es déplacée toi-même pour le récupérer ; nous voulons tous le récupérer, et puisque le joyau est en France, alors nous laisserons le roi décider s'il doit retourner en Angleterre ou non.

— Tu te trompes si tu penses que je vais collaborer, lui assura-t-elle.

Hippolyte gesticula à nouveau en faisant mine de s'impatienter. James, en sentant la pointe du couteau sur sa peau, comprit son manège.

— Crois-tu que servir la France vous aidera, toi et ta cause ? lança la Louve. Ce n'est pas en faisant équipe avec ce maigre Secret que l'Écosse sera épargnée, c'est plutôt le roi George que tu devrais servir !

— Elle n'a pas tort, commenta Hippolyte. En plus, votre pouvoir est bien dispensable.

— Taisez-vous, d'Arcy. Vous ne savez pas ce que vous dites.

— Quel donneur de leçons !

— Vous n'êtes qu'un sot ignorant !

Le bruit sourd d'une lame rebondissant sur le banc puis tombant sur le plancher immobilisa les deux interprètes dans leur scène. Constance se leva et aperçut la dague noire entre les pieds de ses prisonniers.

— M'a échappé, fit Hippolyte alors que James levait les yeux au ciel.

— Oh, d'Arcy. Et moi qui commençais à vous apprécier, regretta la marquise.

Elle se baissa pour attraper l'arme ; Hippolyte lui assena un coup sur la nuque, suffisant pour la sonner un court instant. Elle reprit le couteau et se dépêcha de trancher les liens à ses chevilles. Après avoir libéré James, elle lui rendit le couteau et courut reprendre son épée et sa dague, le cœur soulagé. Leur perte aurait été une véritable tragédie. Elle récupéra même son habit brun.

Ils se pressaient jusqu'à l'entrée quand les battants se refermèrent sous leur nez. Hippolyte fut saisie ; il n'y avait pourtant personne de l'autre côté. James, lui, pivota. Constance était à genoux, la main droite tendue, plus du tout d'humeur galante. Elle se releva, la bouche tordue.

— D'Arcy, commença James avec une véritable crainte dans la voix. Je ne vous ai pas prévenu mais son pouvoir est...

Constance fit un large geste du bras gauche ; le banc décolla et défonça une fenêtre avant d'éclater en morceaux sur le sol de la cour pavée. Hippolyte en fut bouche bée.

— ... impressionnant, termina-t-il.

Hippolyte se déporta près de lui alors que la Louve se relevait, le souffle court, le regard menaçant.

Constance se mit à faire les cent pas en envoyant les armes des mercenaires à travers la pièce. Les deux agents reculèrent.

— Qui a le talisman ?! interrogea-t-elle, toujours aussi folle de rage.

— Je l'ignore, répondit James avec calme.

— Le roi exige son retour !

— Personne à Oxford n'a vu qui s'était introduit dans la réserve ?

— Tout le monde est persuadé que c'était toi !

Elle balaya l'air de sa main droite et propulsa un cadavre près de la cheminée. Ses os se brisèrent en un instant. Hippolyte déglutit, abandonnant même l'idée de plaisanter avec cette Louve.

— Instaurons une trêve, au moins le temps de trouver le joyau et d'arrêter ces massacres, proposa James avec prudence. Nous reprendrons notre... querelle ou quoi que ce soit d'autre, après.

Constance s'immobilisa. Elle n'avait pas le choix. Le roi George avait dû lui ordonner de ramener le talisman coûte que coûte, sans pour autant provoquer d'incident diplomatique en France. Or, si elle voulait mener sa mission à bien, il fallait qu'elle coopère.

— Soit, céda-t-elle donc, maussade.

Elle sortit de la pièce en les rasant.

Ils descendirent l'escalier et trouvèrent dans l'entrée les Loups faisant face à deux femmes : Olympe, le visage, les bras et le torse maculés de rouge, et Galatée, du sang plein les babines, l'air ragaillardi. Cette dernière, en voyant les prouesses d'Olympe, en avait profité pour se restaurer sans pour autant se salir les mains. Elle semblait ravie de l'expérience. Plus aucun mercenaire ne tenait debout.

— Laissez-les partir, ordonna Constance avant de marquer un arrêt devant les deux survoltées. Vraiment, James. Il ne manquait plus qu'une vampire dans votre pathétique escouade.

Elle fendit sa meute pour se rendre au salon et reprendre le souper. Les deux camps se scrutèrent avec hésitation. Hippolyte interpella le Loup blond :

— Où est le comte d'Évreux ?

— Je lui ai suggéré de rester à Versailles un moment, répondit Lewis avant d'incliner la tête et de retourner dans le salon.

Quelques Loups le suivirent, mais Blake n'en démordait pas. Olympe tendit le tisonnier dans sa direction.

— On se retrouvera, lui assura-t-elle.

— Toute la hâte est pour moi, madame, dit-il avec son sourire carnassier avant de tourner les talons.

Les agents du Secret franchirent le seuil et ralentirent pour inspirer de l'air frais. La nuit était tombée, les grillons des jardins aux alentours chantaient.

Olympe leur barra la route près des chevaux.

— J'en ai fini avec la cuisine, déclara-t-elle sur un ton emporté. Et je prends le troisième appartement, au rez-de-chaussée.

Hippolyte et James approuvèrent, ravis que leur amie se joigne enfin à eux. Elle s'éloigna pour emprunter un cheval aux communs des Loups. Galatée s'esquiva à son tour, laissant les deux agents seuls.

— Redoutable, je confirme, lâcha Hippolyte au bout d'un silence.

— Je vous avais prévenu : les Loups ne sont pas à prendre à la légère.

— Je parlais surtout de votre maîtresse. Vous pensez bien que j'attends le récit de votre histoire ! N'hésitez pas à entrer dans les détails, mes oreilles ne sont plus chastes depuis longtemps.

Elle crut que sa remarque allait le provoquer, mais James n'eut qu'un demi-sourire amusé.

Chapitre 6

Versailles, dans la nuit

Louis se redressa dans son lit. Il avait pourtant fait aménager une petite chambre plus confidentielle dans ses appartements privés, loin du protocole. Malheureusement, même là, le sommeil pouvait lui échapper. Réveillé, il attrapa la robe de chambre posée sur un fauteuil et entreprit de faire un tour dans le palais désert. Les grands appartements ouvraient au public du lever au coucher du soleil, règle établie par son prédécesseur. Une fois la nuit tombée, le calme et le silence étaient tout aussi apaisants que sinistres. Il traversa la chambre du Conseil, la chambre de parade, le grand salon de l'Œil-de-bœuf et entra dans la galerie des Glaces. Les lustres terminaient leurs chandelles, la lumière tamisée scintillait dans les miroirs et les fenêtres. Louis s'avança au centre de la galerie, puis jusqu'à la fenêtre la plus proche. Son regard se perdit dans les reflets de la lune sur les bassins du jardin.

Des pas interrompirent le fil de ses songes. Probablement un garde de la manche qui se dégourdissait les jambes dans le salon de la Paix ou celui de la Guerre, tous deux aux extrémités de la galerie. Louis se redressa, soucieux de ne pas offrir son accablement à la vue de ses gardiens. Puis la cadence l'interrogea. Il connaissait bien les hommes qui l'entouraient sans cesse : ils marchaient d'un pas assuré, militaire. Ce pas-là était lent.

Le roi se décolla de la fenêtre et recula.

L'homme venait du salon de la Guerre. Il portait une livrée ; ce devait être l'un des nombreux valets du palais. Mais que faisait-il ici au milieu de la nuit ? Il semblait tenir une lettre au bout d'une main molle qui pendait le long du corps. Louis ne sut pourquoi, mais cela le mit mal à l'aise. De loin, le domestique avait le teint pâle, les cheveux collés le long des joues, la bouche ouverte. Il le laissa approcher, s'attendant à identifier l'un de ses gens de maison. Mais plus ses traits se distinguaient, plus l'appréhension nouait sa gorge. Ce n'était pas un domestique comme les autres. Celui-ci semblait… mort. Sa peau était cadavérique, ses yeux ne regardaient plus et ses joues étaient creusées.

Cloué au sol, le roi serra les poings. Avec une lenteur désarmante, le mort levait le bras comme pour lui tendre la lettre. Louis fit quelques pas en arrière avant de se reprendre.

— Garde ! Garde ! appela-t-il d'une voix d'abord tremblante, puis ferme.

Cette fois-ci, il perçut les pas rapides des hommes courir.

— Arrière, prévint-il alors que le mort ne s'alarmait pas de son cri.

Arrivé à une ou deux toises, le corps s'immobilisa, lettre en avant. Deux gardes se pressaient derrière lui. Louis mit quelques secondes à attraper la lettre et prendre du recul.

— Cet homme ne me sert pas ! s'exclama-t-il alors.

Avant même que les deux gardes ne se jettent sur le domestique, il chuta sur le sol et ne bougea plus. Les souvenirs de ses discussions avec les agents du Secret surgirent de sa mémoire : si le mort ne marchait plus, cela signifiait que l'adversaire avait quitté les alentours. Cela signifiait surtout qu'il était ici, à Versailles.

— Fouillez le palais, arrêtez tous les intrus ! ordonna-t-il, paniqué.

Il fit demi-tour et décida de réveiller la reine et ses enfants. Si l'adversaire pouvait pénétrer le palais avec une telle facilité, il fallait envoyer sa famille et la cour loin d'ici. En marchant, il décacheta la lettre ; le motif du Singe vert au bas du papier attira aussitôt son attention. Il s'y attendait.

> *« En parcourant les ouvrages de mon laboratoire, je suis tombé sur le Symbole de Nicée, fondation de notre sainte Église catholique.* Et expecto resurrectionem mortuorum, et vitam venturi saeculi[1]. *Quelle inspiration ! L'attendez-vous, vous aussi, ce monde à venir ? »*

* * *

1. « J'attends la résurrection des morts, et la vie du monde à venir. »

Il régnait un émoi anormal au palais de Versailles. Hippolyte mit pied à terre aux côtés de James, dans la Cour royale, après la seconde grille, au milieu des voitures. Des garçons portaient de grosses malles et des écuyers vérifiaient le harnachement des chevaux. Des courtisans discutaient en petits groupes, l'air soucieux, tous en habits de voyage. Puis, la foule s'écarta. La reine apparut dans la cour de Marbre, suivie de ses dames de compagnie et de ses enfants. Ils prirent tous place dans trois carrosses frappés aux armes de la famille royale et entourés de gardes-françaises, de gardes suisses et de chevau-légers qui ouvraient la marche. Une fois le convoi extraordinaire formé, les courtisans s'engouffrèrent dans leurs voitures et suivirent la reine, générant la plus grande des agitations. Les montures se cabraient et les cochers criaient, forçant les deux agents du Secret à reculer pour ne pas finir sous les roues des plus pressés.

— Par ici ! entendit Hippolyte.

L'abbé Pinsec leur faisait signe près de l'entrée centrale du palais par laquelle la reine était sortie. Ils le rejoignirent sans avoir le temps de l'interroger : l'abbé leur fit traverser les salles du rez-de-chaussée et les entraîna d'un pas rapide vers les jardins, de l'autre côté. Une petite voiture attendait là.

— Que se passe-t-il ? finit par demander Hippolyte alors que Pinsec donnait ses instructions au cocher.

— Montez, le roi est à Trianon.

— Pourquoi la reine quitte-t-elle Versailles ? enchaîna James qui ralentissait comme pour attendre une explication.

— Montez, ne perdons pas plus de temps, le pressa Pinsec.

Une fois qu'ils furent assis, la voiture s'ébranla. Les deux agents regardèrent Pinsec jeter des coups d'œil inquiets par les fenêtres alors qu'ils longeaient l'une des grandes allées ombrées qui menaient au petit palais bâti pour abriter la vie privée de Louis XIV.

— L'adversaire s'est introduit dans le palais la nuit dernière, annonça alors Pinsec.

Les deux agents restèrent cois. Hippolyte voulut l'assommer de questions, mais un nid-de-poule les secoua et toutes ses contusions gagnées la veille la firent grimacer.

— Que vous est-il arrivé ? remarqua l'abbé.

— Est-ce que le roi a été blessé ? s'enquit Hippolyte, confuse.

— Non, mais cette intrusion l'a plongé dans la plus grande inquiétude.

— Nous avons des révélations à vous faire, commença James.

Pinsec leva la main pour l'arrêter.

— Nous avons beaucoup à nous dire. Le roi doit tout entendre.

Ils gardèrent tous le silence le temps que la voiture traverse une partie du parc.

— Où se rend la reine ? reprit Hippolyte.

— À Chambord. Lorsque la famille royale est menacée d'aussi près, elle se rend toujours là-bas. Le château a été conçu par Léonard de Vinci, un puissant alchimiste du Secret de François Ier.

Hippolyte acquiesça, impressionnée. En réfléchissant bien, Léonard de Vinci était un vieux barbu au visage assez anguleux. Qu'il soit en réalité alchimiste était plutôt plausible.

— Donc le château de Chambord a des pouvoirs ? supposa-t-elle.

— Toutes ses dimensions sont des multiples de neuf, indiqua James. Les mathématiques qui le construisent forment un puissant talisman. Aucun être surnaturel ne peut le prendre d'assaut ni même le pénétrer.

— Pourquoi le roi n'est-il pas parti, alors ?

Pinsec sembla se redresser, outré.

— Le roi de France ne fuit jamais.

Hippolyte se dépêcha d'approuver, consciente d'avoir commis un impair. Ils finirent par arriver dans la petite cour du Trianon. Le soleil faisait resplendir son marbre rose. Le péristyle carrelé de noir et de blanc et aux belles arcades ouvertes offrait une ombre propice à la quiétude. Pourtant, en sortant de la voiture, l'omniprésence des mousquetaires dans les allées les frappa. Pinsec les guida jusqu'au roi qui faisait les cent pas.

— Ah, vous voilà, les accueillit Louis avec soulagement.

Le roi congédia son valet d'un geste.

— L'adversaire s'est introduit à Versailles, il m'a délivré un message.

Pinsec ouvrit son maroquin pour sortir deux papiers.

— Ce n'était pas la première fois, ajouta le roi. J'ai reçu une autre lettre marquée du même sceau, il y a plusieurs jours.

Hippolyte attrapa les feuilles sur lesquelles seules quelques lignes manuscrites figuraient, ainsi qu'un motif estampé et coloré qui lui rappela aussitôt sa conversation avec Henriette.

— Un singe vert !

Le roi et Pinsec levèrent sur elle un regard étonné.

— Je ne sais pas si cela est une coïncidence, mais hier, Henriette m'a parlé de feu le prince de Conti que l'on surnommait le Singe vert…

Elle crut s'étrangler en se souvenant aussi que le roi abhorrait ce cousin décédé plusieurs années auparavant.

—Pour quelles raisons l'a-t-elle évoqué ? interrogea Louis.

—Je voulais savoir si elle connaissait le marquis de Frontis. Elle m'a raconté que la veuve du prince de Conti, la princesse douairière, avait fait appel au marquis pour soigner sa belle-fille. Nous venions de découvrir qu'il était lié à l'agression de la *Maison de l'Hermaphrodite*, expliqua Hippolyte.

—Et donc qu'il serait lié à la confrérie du Savoir, enchaîna James. C'est cette société secrète qui utilise le symbole de l'arbre de la connaissance et qui s'est introduite dans la maison de Clovis. Avec leur aide, le marquis de Frontis voudrait prouver l'existence des êtres surnaturels.

Hippolyte nota que son acolyte éclipsait volontairement la source jacobite de son information. James devait avoir ses raisons ; elle décida de ne rien dire pour lui laisser le bénéfice du doute. Il ne se livrait pas avec facilité, mais ses confidences sur son passé l'avaient touchée. Après tout, ils formaient une équipe.

Le roi se détourna de la conversation, préoccupé.

—Comment ce marquis de Frontis et cette confrérie du Savoir peuvent-ils être liés à mon cousin décédé ?

—Frontis aurait découvert les occupations occultes du Singe vert en aidant la princesse douairière à soigner sa belle-fille et l'utiliserait pour vous menacer ? supposa Pinsec.

—Pour quelles raisons ?

—Est-on sûr que la princesse douairière n'est pas impliquée ? insista Pinsec. Est-on sûr de son fils, le jeune prince de Conti ?

Louis croisa les mains dans son dos, l'air sombre. Hippolyte et James partagèrent un regard perplexe.

—Sire, quelle est cette histoire de Singe vert ? Pourquoi ce message, « Au plaisir de vous revoir » ? questionna Hippolyte.

Pinsec guetta les réactions du roi. Il allait entamer un récit raccourci, mais Louis l'interrompit :

—Feu le prince de Conti, mon cousin, savait que notre monde avait un côté surnaturel. Il s'est longtemps intéressé aux Manusdei et plus particulièrement aux thaumaturges, surtout lorsqu'il a eu la vérole. Persuadé que je l'étais en tant que roi consacré, il a cherché à me soutirer une apposition des mains pour le soigner en échange de son silence sur l'existence des vampires, des alchimistes et même du Secret. J'ai toujours refusé. Son épouse, malade elle aussi, s'est occupée de lui. Les choses auraient pu s'en tenir là. Mais lorsqu'il est à nouveau tombé malade à la fin de sa vie, il a retenté ce marchandage, au point de démasquer vos deux prédécesseurs et de les faire disparaître. Comme vous le savez, je ne suis pas un thaumaturge, il n'en existe plus depuis bien longtemps. Le prince de Conti est donc mort en 1727, Pinsec et moi-même pouvons le confirmer.

— La princesse douairière, la veuve de feu le prince de Conti, vous a-t-elle déjà demandé votre aide pour soigner sa belle-fille ? interrogea James.

— Non. Je ne pense pas qu'elle soit impliquée, il est plus probable que Frontis profite d'elle et agisse de son côté.

— Soyons tout de même sur nos gardes avec les Conti, insista Pinsec.

Le roi finit par approuver mais sans conviction.

— Nous avons donc un suspect plus que probable, appuya James. Et nous connaissons à présent l'arme.

Pinsec et le roi reportèrent leur attention sur l'Écossais.

— Nous l'avons découverte la nuit dernière.

— D'où notre piteux état à présent, marmonna Hippolyte.

— Les Loups sont à Paris, Sire, annonça James.

Le roi se rembrunit.

— Ils ont pour mission de récupérer un artefact très puissant qui leur a été volé il y a cinq ou six ans, poursuivit James. Ils étaient persuadés que je l'avais ; maintenant nous savons que c'est l'adversaire qui le détient.

— De quoi s'agit-il ? s'enquit Pinsec.

— Du talisman de Charlemagne.

— Sottises ! Le talisman de Charlemagne est à Aix-la-Chapelle, contra l'abbé.

— Volé depuis plusieurs années et sûrement remplacé par une copie, expliqua James. Il était jusqu'à présent entre les mains de l'Angleterre, dans la réserve des Loups à Oxford. D'où leur présence à Paris aujourd'hui.

Un court silence s'imposa.

— Ridicule, souffla le roi. Ce talisman est celui de la lignée des rois de France depuis Charlemagne. Aix-la-Chapelle est une ville libre du Saint Empire germanique, les Anglais n'ont aucun droit sur cet objet. Ce vol est un acte de guerre.

Pinsec voulut le tempérer, mais James ne lui en laissa pas l'occasion.

— Vous n'avez pas tort, Sire. Je crois que la volonté du roi George est de revendiquer sa puissance grâce au talisman de Charlemagne. Heureusement pour nous, il ne semble pas connaître son entière utilité, au contraire des Loups qui l'ont gardé sans jamais l'actionner. Quelqu'un leur a subtilisé le talisman et s'en sert aujourd'hui, ici même. Il s'agit peut-être du marquis de Frontis.

Le roi soupira à nouveau, tendu.

— Que savez-vous de son fonctionnement ? interrogea Pinsec.

James sortit son carnet de la poche intérieure de son habit et déplia une feuille de papier sur laquelle était dessiné le pectoral.

— Il se compose du joyau d'Endor, cette grosse pierre centrale très puissante, et de l'ampoule qui l'enserre. L'orfèvre devait être un alchimiste, car il a contenu la magie du joyau grâce à l'or et aux pierres qui décorent l'ampoule : des émeraudes qui sont de solides talismans de protection, des perles lisses qui représentent l'âme, et des grenats taillés en goutte qui symbolisent le sang, et donc la chair. Nous savons que le joyau seul ressuscite le corps et l'âme ; je suppose donc que l'ampoule ne bloque pas sa magie mais en réduit les effets. Le joyau d'Endor doit pivoter d'une manière ou d'une autre : l'une de ses faces est lisse, elle sert à appeler les âmes. L'autre face est irrégulière, elle appelle les corps. Si le joyau est desserti, il ressuscite.

— Savons-nous comment annuler son pouvoir ? Ou l'amoindrir ? s'inquiéta le roi.

James secoua la tête à la négative.

— Le joyau d'Endor est un artefact de grande puissance. C'est une très vieille magie perse dont nous ne savons pas grand-chose. Quant au talisman, c'est un outil de nécromancien pour consulter une âme et faire de la divination, pas pour ramener des corps en aussi grand nombre.

— Si le marquis de Frontis est réellement le coupable, s'il s'approprie l'identité de mon cousin pour expérimenter la résurrection des corps, je crains le pire pour le royaume, se tourmenta le roi. Jusqu'où peut-il aller ?

— Jusqu'où *veut*-il aller ? nuança James.

Un court silence inquiet pesa sur le Secret.

— Cherchez Frontis, ordonna le roi. Dans son dernier message, l'adversaire évoque le laboratoire du Singe vert, je suppose qu'il parle plutôt de son cabinet de curiosités. Feu le prince de Conti devait y rassembler le fruit de ses recherches. Il est temps de découvrir son emplacement. Cela nous mènera peut-être à Frontis.

— Comment vos agents vont-ils s'introduire au château de L'Isle-Adam ? douta Pinsec.

— Nous irons tous dans la demeure des Conti, le corrigea Louis. Ma chère cousine, la princesse douairière, donne un bal masqué le soir du 15 septembre, en l'honneur du retour d'Allemagne de son fils.

— Le jeune prince de Conti est en France ? s'enquit Pinsec.

— La situation en Allemagne s'est calmée et reste à notre avantage, je l'ai donc autorisé à rejoindre son épouse souffrante avant le retour officiel de notre armée, expliqua le roi.

— Sire, se lança Hippolyte. Ne serait-ce pas plus prudent que vous restiez à l'abri ?

— L'adversaire joue avec l'identité des miens et me menace sous mon propre toit, je ne resterai pas en retrait, répondit le roi avec fermeté.

Les trois agents obtempérèrent donc. Louis XV n'avait pas la réputation d'agir avec force et résolution. Surprotégé dès l'enfance, on l'avait toujours habitué au repli et à la prudence.

— Les masques nous offriront une certaine protection et ma présence occupera les esprits pour que vous puissiez fouiller la demeure en toute quiétude.

— Bien, Sire, dit alors Hippolyte avec un sourire.

Le courage lui seyait bien mieux.

— Comte, donnez vos notes sur l'artefact à Pinsec, je veux que nous gardions autant d'archives que possible. D'Arcy, suivez-moi.

Hippolyte le suivit dans les jardins. Des mousquetaires patrouillaient tout autour du Trianon ; elle avait presque l'impression d'être aux abords d'un champ de bataille. La mise du roi, pourtant toujours soignée et très élégante, était négligée. Sa cravate était à demi nouée, son justaucorps aux broderies florales désaccordé de son habit et ses cheveux bruns liés en un simple catogan sur sa nuque, le ruban noir pendant inégalement dans son dos.

— Vous qui avez pu voir les Loups, dites-moi ce que vous en pensez, requit le roi.

— J'en ai vu une dizaine, tous ont des pouvoirs différents : la force, le feu, la paralysie, la suggestion… Leur cheffe a même l'habileté de déplacer les choses à distance. Ce nombre et ces capacités font d'eux une menace indiscutable.

— Quelles sont leurs véritables intentions ? Ils veulent seulement reprendre l'artefact ?

— C'est ce qu'ils maintiennent. Mais leur cheffe a aussi évoqué les jacobites réfugiés en France.

Louis grimaça, l'air pensif.

— Je ne voudrais pas que les Loups du roi d'Angleterre chassent sur nos terres en toute impunité. Les jacobites sont nos alliés.

— Le comte de Nairn s'en assurera, lui garantit Hippolyte. Il les a en horreur, et les Loups lui en veulent beaucoup pour sa trahison. Pour le moment, ils ne poseront pas de problème.

— Que voulez-vous dire ? demanda le roi en s'arrêtant dans une allée.

— Nos intérêts sont communs : reprendre le talisman. Si nous y parvenons, alors il faudra que vous interveniez pour garder le talisman de Charlemagne en France, Sire.

— Votre confiance débordante est rassurante, déclara le roi avec un sourire.

Soudain, il s'approcha d'elle et posa la main sur sa pommette pour lisser d'un pouce attentif la contusion qui la marquait.

Hippolyte se glaça, surprise par ce geste déplacé.

— Avez-vous vu un physicien pour vos blessures ? interrogea-t-il avant de reculer d'un pas. Vous devez être reposés pour le bal masqué, tous les deux.

— La médecine lycanthrope fait des miracles, le rassura-t-elle.

Pinsec s'approchait d'eux, sonnant le départ. Hippolyte prit congé et rejoignit James, qui s'était tenu à l'écart et l'attendait pour rentrer à Paris.

Chapitre 7

Château de L'Isle-Adam

Le jeune prince de Conti traversa le pont menant à l'île du Prieuré sur laquelle s'étendait le domaine familial. L'île, tout en longueur au milieu de l'Oise, était divisée au nord par le château et au sud par les jardins, tous construits sur un terre-plein qui surélevait l'habitation et la protégeait des inondations. Il passa la grille principale en ralentissant sa monture. Deux tapis de gazon encadraient l'allée qui menait à une grande cour et au château qui longeait la rivière sur le côté droit. Le jeune homme sauta à terre, pressé de rejoindre sa mère qui pleurait déjà. La princesse douairière, Louise-Élisabeth, resserra son châle sur ses épaules, un immense sourire aux lèvres.

Toujours en habit de guerre, son grand manteau bleu poussiéreux sur les épaules, Louis-François retira son tricorne et l'enlaça, ému de la retrouver.

— Mon garçon, dit-elle en embrassant ses deux joues avant de l'inspecter avec le regard inquisiteur de la mère guettant la moindre égratignure.

Lieutenant général d'armée à dix-huit ans, il affichait un demi-sourire fier et amusé à la fois. Frondeur et provocateur, on commençait à dire de lui qu'il aimait la philosophie seulement parce que le roi n'y goûtait pas du tout. Il aimait pourtant le roi, mais ne pouvait s'empêcher de pousser au défi la moindre autorité. L'excuse de sa jeunesse le servait bien pour le moment. Plus il grandissait, plus il ressemblait à sa mère : il avait ses cheveux châtains et ses yeux bruns.

—Mère, vous le voyez, je me porte à merveille, rassura-t-il en baisant sa main. Et je constate que vous aussi, alors donnez-moi vite des nouvelles de la princesse.

Le prince avait eu la chance de trouver l'amour dans son mariage arrangé avec Diane d'Orléans, fille du Régent. Sa mère, touchée par ce qu'elle avait tant souhaité pour son fils après son mariage désastreux, prenait donc un soin tout particulier de la jeune femme. Elle commença cependant par un soupir.

—La fièvre l'a enfin quittée, mais elle demeure fragile.

La joie s'estompa du visage du prince. Louise-Élisabeth prit son bras pour l'entraîner vers le château.

—Mon fils, tâchez de ne pas trop vous inquiéter. J'ai de bonnes raisons de croire qu'elle ira mieux. Regardez plutôt les avancements des travaux.

Le prince leva les yeux sur l'édifice. Le grand corps de logis principal, encadré de deux pavillons en saillie, paraissait neuf. Le nettoyage de la façade, le remplacement de certains linteaux et les nouveaux garde-fous plus modernes changeaient sa perception du château familial. Il aperçut sur le pavillon nord les traces des échafaudages à l'arrière pour la suite des travaux. Constatant que d'étranges jardinières entouraient la demeure, pleines d'herbes fines et hautes, il en revint à la curieuse promesse de sa mère.

—Qu'entendez-vous par «bonnes raisons»? demanda-t-il en passant le pas de la porte.

L'intérieur était le même depuis quelques dizaines d'années, mais, peu à peu, les Conti le redécoraient au goût du jour. L'entrée carrelée ouvrait sur ses grands appartements et sur les salons de réception. La galerie principale semblait sens dessus dessous. Des garçons grimpés sur de hautes échelles dépoussiéraient les corniches, d'autres frottaient le parquet, et des femmes lavaient les vitres.

Une silhouette se détachait: celle d'un homme en habit de soie vert surbrodé, au visage long et émacié recouvert de blanc de céruse.

—Le marquis de Frontis, indiqua alors Louise-Élisabeth en menant son fils jusqu'à leur invité. Il s'intéresse à une médecine non académique.

Le prince détesta l'allure de cet homme. Il avait l'impression que le marquis se conduisait comme s'il était chez lui, à contrôler les travaux des domestiques.

—Votre Altesse, je suis honoré, déclara-t-il en exécutant une révérence plus basse que terre.

— Monsieur, répliqua le prince.

— Nous devons au marquis la disparition de la fièvre de la princesse, expliqua Louise-Élisabeth.

— Puis-je savoir de quelle manière ?

— *Vigr*, décoction d'achillée et de saule blanc.

Les traits du prince témoignèrent de ses doutes.

— C'est une vieille recette nordique d'homme-loup, ajouta Frontis.

— Ce sont les herbes si peu appropriées qui entourent le château ? interrogea Louis-François.

Le marquis eut une très rapide expression moqueuse.

— Non, Votre Altesse, il s'agit d'une précaution : de l'*ischaemon*. Pline la recommandait pour chasser les mauvais esprits. Cela ne peut pas faire de mal à la princesse.

— J'ai lu Pline, contra Louis-François. L'*ischaemon* arrête les hémorragies.

Le marquis ne l'aurait pas sur ce terrain-là.

— Qu'est-ce qu'une maladie si ce n'est un mauvais esprit, Votre Altesse ? fit alors le marquis en inclinant la tête.

La première réaction qu'il retint de justesse fut de sortir son épée et de lui transpercer le cœur. La fureur de la guerre était encore présente dans chacun de ses muscles. Il serra cependant les poings et força un sourire, optant pour en savoir plus de sa mère avant de mettre le malotru dehors. Il prit le bras de la princesse douairière et se détourna du marquis.

— Cet homme ne m'inspire pas confiance, êtes-vous sûre qu'il ne s'agit pas d'un charlatan ? Parler d'une décoction « d'homme-loup » ou de se préserver des mauvais esprits, ce n'est pas sérieux.

— Louis, allez voir la princesse, vous jugerez ensuite. Peut-être que le monde possède encore un peu de mystère et que tout n'est pas à brûler en place de Grève.

Le prince céda d'un soupir, déposa un baiser sur la joue de sa mère et traversa ses appartements pour atteindre la chambre de son épouse. En marquant un arrêt dans sa chambre, il retira son habit militaire, rattacha ses cheveux et jeta ses gants et son épée sur son lit. Il remerciait souvent le sort qui avait fait mourir son père dans une chambre à l'étage et non pas dans celle qu'il occupait à présent. Il plongea le visage dans une bassine d'eau fraîche pour retirer le gros de la poussière de la route, s'essuya, et n'attendit pas les valets qui semblaient se presser de le rejoindre.

Les appartements de la princesse étaient accolés aux siens. Il poussa doucement la porte de sa chambre et fut d'abord surpris par la luminosité de la pièce, s'attendant à la pénombre habituelle des malades. Les volets étaient ouverts et les paravents repliés. La princesse n'était pas couchée mais assise sur une ottomane, les jambes allongées sous une couverture. Ses dames de compagnie brodaient, l'une jouait de la harpe et une autre tenait dans ses bras le futur prince de Conti, leur fils d'à peine un an.

Son arrivée surprit la petite assemblée. Diane leva un regard qui étincela aussitôt.

—Louis ! Nous ne vous attendions pas si tôt ! Votre mère ne m'a rien dit !

Le prince s'assit près d'elle et saisit ses mains pour les baiser avec sa tendresse retrouvée. Le teint de son épouse avait rosi, ses cernes s'étaient amoindris et elle ne délirait plus. Ses longs cheveux bruns paraissaient même resplendir ; sa beauté le toucha comme au premier jour. Soudain, la contribution de cet obscur marquis lui sembla moins inquiétante.

—Elle aura voulu vous ménager la surprise en vous cachant mon arrivée comme elle m'a caché vos progrès.

—Je vais si bien que vous allez pouvoir me faire danser au bal.

—Quel bal ?

—Le bal masqué donné en votre honneur, dans deux jours. Votre mère a convié tous nos amis, le roi lui-même viendra.

Le prince opina, comprenant enfin pourquoi les domestiques astiquaient le grand salon. Il embrassa à nouveau ses doigts et voulut congédier ses dames de compagnie pour rester seul avec elle quand il aperçut, aux quatre coins de la chambre, de gros bouquets d'œillets blancs et d'*ischaemon*. Il devrait tout de même garder un œil sur ce marquis qui parasitait jusqu'à la chambre de son épouse.

Chapitre 8

Hôtel de Cluny, 14 septembre

Hippolyte frappa trois petits coups à la porte avant de la pousser. Depuis qu'Olympe avait décidé d'abandonner les tâches domestiques et de s'installer dans l'appartement du rez-de-chaussée, la cuisine était devenue le théâtre d'expériences culinaires. James s'en sortait plutôt bien. D'après lui, c'était grâce à son expérience chez les Loups qui pouvaient parfois partir dans les confins de la campagne plusieurs jours. Il fallait alors savoir cuisiner le minimum, bien souvent des œufs en omelette, ou alors commander à l'avance des pâtés et des fromages aux fermes des alentours pour manger un morceau en route.

Hippolyte avait aussi vite compris que James sortait dîner et souper, et rentrait le ventre plein, alors qu'elle-même laissait brûler les aliments dans les casseroles et finissait toujours par tartiner d'épaisses couches de beurre sur du pain parce qu'elle n'avait absolument pas la culture du restaurant. Olympe supervisait bien encore la soupe le soir, avant le coucher du soleil, mais elle ne pouvait décemment pas faire l'aumône de la sorte. Même si l'idée lui avait traversé la tête une ou deux fois. La perte la plus difficile fut celle de l'art du café qu'elle ne maîtrisait pas du tout. Ce fut avec cet objectif qu'Hippolyte finit devant la porte d'Olympe.

— Je peux entrer ?

— Venez, entendit-elle au fond de la chambre.

Le salon avait été nettoyé et décoré d'une manière peu orthodoxe reflétant à la perfection les goûts de la locataire. Les meubles présents avant l'aménagement de la jeune femme étaient plus que désuets. Il y avait un vieux cabinet massif de bois sombre du siècle dernier pour ranger les papiers, posé dans un coin avec lourdeur ; une table à écrire aux appliques de bronze manquantes et des fauteuils troués. Olympe avait pendu un étendard rouge figurant des chaînes et des fers rompus noirs près du cabinet ciré, elle avait rafistolé la table en renforçant ses coins avec de l'osier, et rembourré les fauteuils avec de la paille avant de les tapisser avec de la toile de jute. Les chandeliers étaient remplacés par des lanternes, et le sol était recouvert de nattes plus confortables que jolies.

Hippolyte sentit un frisson d'excitation lui parcourir l'échine. Tout reflétait la personnalité de son amie : tout était à sa place dans l'appartement sans l'être dans l'ensemble de l'hôtel. Elle s'avança jusqu'à la chambre qui connaissait le même traitement.

— Olympe, votre mobilier est fa…

Elle s'interrompit. La jeune femme était nue, adossée dans un grand baquet de bois qui servait aux lavandières pour blanchir le linge, et qu'elle avait transformé en baignoire. Hippolyte pivota, confuse.

— Pardonnez-moi, j'aurais dû…

— Il n'y a rien que vous n'ayez jamais vu, la rassura Olympe. Asseyez-vous.

Hippolyte repoussa la porte, rapprocha le tabouret de la baignoire et prit place, penaude. Olympe tenait entre ses doigts un bâtonnet fumant qu'elle porta à sa bouche pour en aspirer la fumée avant de la souffler.

— Qu'est-ce que c'est ?

— Un petit cigare, fait avec des feuilles de tabac.

— Tout ceci est si exotique, commenta Hippolyte, intimidée par cette nouvelle Olympe qui semblait avoir lâché prise.

— C'est comme ça qu'on fume le tabac dans les Caraïbes. Que vous arrive-t-il ?

— Eh bien…

Elle avait honte à présent de lui demander comment faire du café.

— Je venais causer, comme ça.

Olympe lui sourit en retour, ce qui tassa l'appréhension de la visiteuse.

— Attrapez la bouteille derrière vous, buvons un verre.

Hippolyte s'empressa de la saisir et interrogea son hôte d'un regard en ne trouvant qu'un verre.

— Je boirai au goulot, la rassura Olympe en se redressant.

À la première gorgée, Hippolyte se lécha les babines.

— Du rhum, indiqua Olympe en buvant. Acheté en contrebande.

Olympe était la beauté même aux yeux d'Hippolyte, avec ses formes épanouies, ses cheveux de plus en plus volumineux et cette franchise qui n'avait pas de masque. Sans parler de cette poitrine ferme qu'elle sortait de l'eau pour la resservir. Son regard fut happé quelques secondes avant qu'elle ne s'en détourne en levant les yeux au ciel.

— Quoi ? s'enquit Olympe.

Hippolyte commença par dodeliner de la tête.

— Plus je me conduis comme un homme et plus j'ai l'impression d'être attirée par les femmes. N'est-ce pas étrange ? Le comte dit que c'est un péché mortel, une femme avec une femme et un homme avec un homme.

Olympe ne retint pas un ricanement.

— Vous vous posez bien trop de questions ! Essayez, et vous serez confortée dans vos décisions.

— Je ne connais aucune femme qui soit intéressée par les femmes, bougonna Hippolyte en vidant son verre.

— Galatée ?

— C'est une vampire !

— D'après ce que vous m'avez raconté, elle semble voguer entre deux rives.

— Je ne suis pas sûre qu'elle ait déjà accosté quelque part.

Olympe éclata de rire avec elle.

— Êtes-vous parée pour le bal masqué ? enchaîna-t-elle.

— J'ai prêté une fortune pour un costume d'Arlequin, j'espère bien récupérer la caution.

— Espérons que vous ne croisiez pas de zombies.

Hippolyte trinqua à cela.

— Trouvez-vous étonnant que le comte choisisse le déguisement du Docteur ? C'est le personnage de la Commedia dell'Arte le plus bizarre, à toujours faire la leçon et à distribuer son savoir comme s'il s'agissait d'images pieuses. On le croirait tout droit venu d'une autre planète.

— Je ne suis pas étonnée le moins du monde, répliqua Olympe.

Hippolyte s'appuya contre la baignoire avec un petit soupir. Un autre coup d'œil sur son amie lui fit remarquer un détail peu visible sur son épaule gauche : des petites taches blanches et noires.

— Qu'est-ce que c'est ?

Olympe suivit son regard.

— Un tatouage. Un symbole de protection fait par ma mère. Elle était une sorte de prêtresse guerrière dans son village, à Dahomey.

— Dahomey ? releva Hippolyte avec une curiosité débordante.

— Un royaume d'Afrique qui pratique le commerce avec des comptoirs occidentaux installés sur ses côtes.

Hippolyte acquiesça en tentant d'imaginer à quoi pouvait bien ressembler ce coin-là du monde.

— Quel genre de denrées peut-on trouver à Dahomey ?

Olympe jeta sur elle un œil peu surpris.

— Des êtres humains, répliqua-t-elle.

Hippolyte grimaça sans comprendre au premier abord, avant de blêmir d'embarras. Ici, au cœur du royaume de France, c'était comme si l'esclavagisme n'existait pas. On ne le voyait pas vraiment sauf si l'on vivait à Nantes ou à Bordeaux, dans les grands ports du littoral.

— Ma mère a été capturée par une tribu voisine qui l'a ensuite vendue à des marchands français pour les Antilles.

Réprimant un frisson horrifié, Hippolyte déglutit avant de reprendre la parole d'une voix basse :

— Qu'est-elle devenue ?

— Elle a d'abord travaillé dans une plantation de cannes à sucre, puis le Régent a décidé d'apporter l'esclavage en Louisiane, alors nous avons été vendues à un propriétaire de plantations de tabac. Ma mère est morte d'épuisement quelques mois après.

— Et votre père ? murmura presque Hippolyte.

Olympe haussa les épaules.

— Je n'ai jamais su qui il était. Aux Antilles, le propriétaire avait décidé de sélectionner quelques femmes encore jeunes et robustes et quelques serviteurs noirs bien dressés pour qu'ils se reproduisent.

En prononçant ces mots, elle serra la bouteille de rhum dans sa main. Hippolyte n'avait encore jamais vu cette rage si profonde chez son amie. De la souffrance et de la colère, oui, mais cette fureur lui était encore inconnue.

— Des animaux, ni plus ni moins. Je suis le fruit d'un viol parce qu'un homme a décidé de se lancer dans l'élevage de nègres.

Elle but une grande rasade.

— Ma mère a tenté de me protéger le plus longtemps possible. J'avais dix ans lorsque nous avons été vendues pour la Louisiane. En arrivant dans cette nouvelle plantation, elle a tatoué ce symbole sur moi. Sakpata, divinité de la terre, de la maladie et de la guérison.

— Comme une sorte de protection magique ?

— Il m'a toujours préservée des maladies, je suppose, répondit Olympe en détournant les yeux.

— Vous n'avez jamais eu peur d'être arrêtée et reconduite en Louisiane ?

— Le Code Noir stipule que « le sol de France affranchit l'esclave qui le touche ».

— Ah, soupira Hippolyte, rassurée. Ce Code Noir dit de bonnes choses.

Olympe jeta un regard dubitatif sur son amie.

— Vous n'avez aucune idée de ce qu'est le Code Noir, n'est-ce pas ?

Hippolyte se mordilla la lèvre avant de secouer la tête à la négative. Elle se sentait honteuse d'être aussi ignorante à ce sujet. Jamais encore personne ne lui avait raconté ce qu'Olympe venait de lui confier. Tout lui semblait flou, faux et vrai à la fois, presque fictionnel tant elle peinait à reconnaître que tout ce commerce puisse exister.

— C'est un texte de Colbert qui réglemente la vie des esclaves dans les colonies, en commençant par définir l'esclave comme un bien meuble.

Olympe se redressa et lui tourna le dos. Sa peau était striée de marques.

— Il détaille aussi quelle punition infliger pour quel délit. J'ai volé un morceau de pain un jour. Après avoir été battue jusqu'au sang pour cela, je n'ai plus enfreint aucune règle jusqu'à mon évasion. J'avais intérêt à réussir du premier coup, parce que si un esclave tente de s'échapper et est repris, pour un mois de fuite, on lui coupe les oreilles et on le marque d'une fleur de lys au fer sur l'épaule.

Elle se rassit dans la baignoire. Hippolyte se sentit bien livide.

— Le Code dit aussi que le maître doit épouser l'esclave qu'il a engrossée, si vous voulez en entendre du bien.

Hippolyte leva la main.

— Cessez, s'il vous plaît, dit-elle avec froideur. Je m'afflige moi-même d'ignorer tout cela. Que pouvons-nous faire ?

Olympe, dont le ton et les traits s'étaient peu à peu figés d'agacement et de rage, se détendit.

— Révoquer le Code Noir et abolir l'esclavage.

— Le roi est bon, il pourrait vous entendre, tenta Hippolyte.

— Le roi a promulgué le troisième édit du Code Noir il y a dix ans, cingla Olympe. Le roi ne serait de toute façon pas suffisant. C'est tout un système économique qu'il faudrait saboter. Nous avons essayé sur notre navire pirate, en pillant le plus de bateaux possible afin de décourager le commerce des colonies.

Elle imposa un silence avant de reprendre :

— Le roi se bat ici contre un monstre qui asservit les corps, pourquoi ne le fait-il pas là-bas ? Ces corps-là ont encore une âme, pourtant.

— C'est parce que le monstre, c'est nous, murmura Hippolyte, bouleversée.

Elle vida le fond de son verre, abattue. Olympe lui tapota l'épaule et la resservit.

— Les choses se font pas à pas, Hippolyte. Un jour tout changera. Les nègres ne seront plus des esclaves et les femmes pourront se battre à l'épée sans se cacher.

Chapitre 9

Château de L'Isle-Adam

La nuit était profonde et sans nuages. Les invités avaient quitté Paris et Versailles dans l'après-midi avec empressement. La princesse douairière de Conti avait promis une fête inoubliable : l'occasion du retour de son fils était une chance unique d'éblouir la Cour. Ou, du moins, une partie de celle-ci, puisque l'autre était à Chambord avec la reine. Il ne restait que les amis du roi.

Les voitures s'arrêtaient au centre de l'île ; les invités passaient la grille du château à pied, remontant une allée éclairée de flambeaux menant à un labyrinthe déployé dans toute la cour.

Hippolyte, masque noir à la main, costume d'Arlequin bariolé sur le dos, chapeau à larges bords sur la tête, regardait le spectacle depuis la grille avec enthousiasme.

— Nous y allons ? demanda James, à ses côtés.

— Allons-y, Docteur !

Le costume du comte était d'une grande simplicité : une longue cape noire et ample recouvrait une grosse fraise blanche, un justaucorps et une culotte sombres ; le masque était noir lui aussi, mais le nez plongeait en avant comme un bec d'échassier. Le chapeau noir était haut et rappelait sans peine les comédies de Molière. Pourtant, avec la rumeur d'une infection qui courait les rues, le costume ne pouvait pas être plus d'actualité que cette nuit-là.

Soudain, Hippolyte frissonna et se tourna vers la présence plus ou moins inattendue qui apparut à ses côtés.

— Galatée ?

La vampire avait dû revêtir l'une des robes de la duchesse de Fontanges puisqu'elle était coiffée et habillée à la mode de la cour du Roi-Soleil. Comme elle sortait de nuit, son maquillage était bien plus léger qu'à l'habitude. Pas de blanc de céruse, seulement un peu de poudre et de rouge sur les joues avec un masque doré.

— Je suis prête, confirma-t-elle sur un ton déterminé.

Les trois invités s'engagèrent dans l'allée.

— Rappelez-moi en qui vous êtes déguisée ?

— En madame la duchesse.

Hippolyte allait la taquiner quand elle remarqua un filet de sang coulant de ses narines. La vampire ralentissait, et finit par s'immobiliser pour se pencher en avant.

— Galatée ? Vous vous sentez bien ?

— De l'herbe de Pline, comprit-elle, prise de nausée. Je suis désolée, je vais devoir vous attendre près de la voiture.

Hippolyte n'eut pas le temps de répliquer ; la vampire s'éclipsa.

— Ce n'est pas anodin, murmura James. L'herbe de Pline ne pousse pas naturellement dans cette région, il faut décider de l'implanter. Soyons prudents.

— Les Conti craignent les vampires ? douta Hippolyte.

— Si le marquis de Frontis les conseille, il se peut qu'il ait fait en sorte de protéger le château des êtres surnaturels.

Hippolyte s'empara de son bras pour l'arrêter.

— Y a-t-il un moyen d'empêcher un Manusdei d'entrer quelque part ?

James ferma les yeux un court instant avant de marmonner.

— Ne nous appelez pas « Manusdei ».

— Je suis très sérieux, insista Hippolyte.

— À ma connaissance, non, finit-il par dire.

— Bon.

Ils se remirent en marche et parvinrent à l'entrée du labyrinthe qu'il fallait traverser pour pénétrer dans le château. Des rires, des exclamations et de la musique s'en échappaient. Les beaux panneaux blancs et translucides ne laissaient apparaître que des ombres derrière eux. Ils étaient plus grands qu'un homme, et peints de motifs végétaux à l'encre noire. Au premier embranchement, deux figures accompagnaient deux directions, invitant le visiteur à choisir une voie.

La première, à droite, était la ravissante déesse de la jeunesse Hébé, couronnée de fleurs, la poitrine dénudée, une œnochoé à la main pour servir le nectar et l'ambroisie aux dieux de l'Olympe. Le personnage de gauche était plus mystérieux. L'homme, à l'habit défait, crotté, le visage émacié, presque squelettique, désignait sa voie d'une main décharnée, les épaules bancales.

— Je crois que le choix s'impose, déclara Hippolyte. Hébé va nous apporter la boisson !

James la rattrapa par le col alors qu'elle s'élançait sur sa droite avec entrain.

— Vous ne trouvez pas le personnage de gauche étrange ?

— On dirait un mort. Pourquoi devrions-nous le suivre ?

— N'êtes-vous pas curieux de ce choix ?

Un couple les dépassa et s'engagea sur la voie d'Hébé d'un pas pressé. Il était évident que c'était celle qu'il fallait emprunter.

— Très bien, prenons la voie du zombie.

Ils se dirigèrent donc à gauche et suivirent un étroit couloir de panneaux. Un nouvel embranchement se présenta à eux : d'un côté Vénus, belle comme l'amour, à demi nue, tenant un agneau dans ses bras, un rosier s'épanouissant près d'elle, et de l'autre un homme à tête de loup, laid, difforme, monstrueux. Les quelques frondeurs qui tentaient de suivre l'image sibylline du mort-vivant avaient encore une chance de choisir Vénus. Les deux agents prirent donc la direction opposée.

— Qu'en pensez-vous ? demanda Hippolyte, finalement intriguée.

— Que l'on veut tester ceux qui savent.

— Ou que l'on souhaite piéger ceux qui savent ?

— Nous sommes de toute façon là pour cela.

Un groupe de trois jeunes gens, déguisés en croisés de Jérusalem, chahutèrent derrière eux.

— Suivons l'homme-loup ! Suivons l'homme-loup !

Ils poussèrent des hurlements et s'éloignèrent.

— Ou alors c'est la voie de ceux qui ont déjà trop bu, supposa Hippolyte.

James lui sourit en retour, amusé. Ils poursuivirent leur route, ne croisant aucun divertissement, une manière comme une autre de décourager ceux qui s'aventuraient là. Au carrefour suivant, Bacchus, ivre, tenant une coupe pleine de vin, couronné de vigne, faisait face à une femme en robe de cour mais aux longs crocs maculés de rouge, les yeux bas et menaçants, tenant une coupe pleine de sang.

— Tout ce décor m'a l'air bien réfléchi, s'inquiétait James. Hébé, la jeunesse, contre la mort du zombie ; la beauté de Vénus contre l'animalité du lycanthrope ; le vin de Bacchus contre le sang de la vampire.

— Mais le lycanthrope n'est pas si laid et les vampires savent se tenir.

— Pas pour le commun des mortels.

Décidés à découvrir le dénouement du labyrinthe des surnaturels, ils ne prirent plus le temps d'hésiter face à chacun des choix. Ils rencontrèrent ainsi le dieu Mercure voletant, face à une magicienne devenue sorcière inquiétante ; une nymphe à la poitrine dénudée, symbolisant la nature, face à un alchimiste calculateur, manipulant la nature à son gré ; Apollon, une lyre entre les mains, dieu de la beauté et de l'art, face à une succube enlaidie par son péché de luxure. Au septième embranchement, Hippolyte marqua un arrêt, peu certaine du chemin à suivre : d'un côté une jeune femme jouant de la flûte, vêtue d'un péplos grec, de l'autre un homme en habit de cour, les deux mains tendues, paumes ouvertes et laissant échapper des rayons.

— Euterpe, muse de la musique, entama James.

— Et un Manusdei, j'imagine, compléta Hippolyte.

Le comte ne rebondit pas à son expression. Il finissait peut-être par comprendre que plus il réagissait et plus elle s'acharnerait.

— L'une utilise ses mains pour la création, l'autre pour la destruction.

— Vous détruisez quoi, vous ? questionna Hippolyte avec un regard de côté tout en prenant le chemin du Manusdei.

— L'avenir, je suppose.

— Parce que, bon, les Loups ont quand même des dons incroyables à côté du vôtre, je me demande à quoi vous pouviez bien servir dans cette bande.

— J'étais le seul qui pouvait prédire le succès ou non d'une mission, ou tenter de percevoir la réelle personnalité d'un suspect, répondit le comte avec patience.

— La marquise peut déplacer les choses, elle.

— Où voulez-vous en venir au juste ? répliqua-t-il en pivotant face à elle alors qu'ils arrivaient dans un énième détour.

Elle ne pouvait pas s'empêcher de le titiller : c'était amusant de voir ses cheveux se redresser malgré son chapeau, et ses yeux turquoise rouler dans leurs orbites.

— Pour quelqu'un qui prédit le futur, vous ne l'avez pas vu venir, lui, répondit-elle en apercevant un homme seul, à la sortie du labyrinthe.

Deux flambeaux entouraient une longue silhouette toute vêtue de noir, un masque écarlate recouvrant son visage. Il ne semblait pas menaçant, seulement incongru. Les deux agents s'avancèrent avec prudence. Hippolyte voulut attraper son épée et se rappela qu'elle l'avait laissée à Cluny pour lui préférer sa dague et deux pistolets chargés, plus discrets, planqués dans son costume.

Une fois devant lui, le curieux interlocuteur s'inclina théâtralement.

— Vous avez bien mal choisi, messieurs. Mais le prince de Conti est magnanime et vous offre tout de même l'hospitalité ! Vous devrez cependant porter cette plume afin que les invités de leurs altesses se méfient de vous, ajouta-t-il sur un ton romanesque.

Alliant le geste à la parole, il fit apparaître deux plumes de paon coupées, de sorte qu'il n'en reste que le bout à l'œil chatoyant, fixées sur deux épingles dorées. L'homme les attacha sur les costumes, près du cœur, puis il tendit le bras sur le côté pour les inviter à contourner le labyrinthe et rejoindre l'entrée du château.

James et Hippolyte s'éloignèrent sans échanger un mot avec l'acteur.

— Une plume, finit par dire Hippolyte, perplexe.

— L'œil d'Argos qui nous scrute, je dirais.

— Ce n'est qu'un symbole… n'est-ce pas ?

— Le géant Argos aux cent yeux, capable d'une surveillance infinie. Si un sorcier ou une sorcière possède les dons suffisants, il peut créer un sort pour que la plume de paon devienne à nouveau un œil d'Argos et observe son porteur. Il faut nous en débarrasser une fois à l'intérieur.

Des feux de Bengale traçaient un large chemin jusqu'à l'entrée du château.

— Regardez, murmura James en désignant d'étranges jardinières entourant la demeure, pleines d'herbes fines et hautes.

— De l'herbe de Pline, reconnut Hippolyte.

— Et elle a été entretenue.

Des guirlandes de fleurs surlignaient le linteau de la porte et retombaient en foisonnantes tresses sur les côtés. En haut des marches du perron, un couple accueillait chaque invité qui surgissait du labyrinthe. Hippolyte et James firent une belle révérence devant le prince et la princesse de Conti, vêtus de costumes spectaculaires : le chevalier Renaud et la magicienne Armide incarnés, dignes d'un opéra royal.

— Doit-on s'étonner qu'un Docteur suive le mauvais chemin ? commenta le prince de Conti en désignant la plume de paon, sans pour autant cacher une légère ironie.

— Gageons que la faute revient à Arlequin, s'amusa la princesse.

— J'accepte la faute si la belle Armide me la cède, répondit Hippolyte en déposant un baiser sur sa main.

La princesse la salua en inclinant la tête.

— Pour prouver ma bonne foi à Vos Altesses, je peux vous faire quelques prédictions si vous acceptez de me confier votre main, avança James, tendant l'une des siennes, dégantée, vers le couple.

Le prince se montra dubitatif, ce qui rassura Hippolyte. S'il se méfiait du premier charlatan qui passait, il devait sûrement se méfier de Frontis. La princesse, en revanche, tourna vivement la tête vers son époux avec un grand sourire avant de présenter la sienne, paume ouverte. Le prince faillit l'en empêcher, mais se retint. James se pencha sur la main puis se redressa, masquant une grimace qui n'échappa pas à Hippolyte.

— Alors, que voyez-vous ? interrogea Diane, piquée de curiosité.

James hésitait.

— La princesse de Conti devrait fermer la porte de sa chambre à son époux pour une année, prédit-il.

Le prince reprit jalousement la main de son épouse qui ne put s'empêcher de rire.

— À votre tour, insista-t-elle. Ne souhaitez-vous pas vérifier si le Docteur dit la vérité ?

Pour ne pas peiner la princesse, Louis-François obtempéra.

James ferma les yeux et saisit sa main avant de se redresser, cette fois-ci avec un demi-sourire.

— Eh bien ?

— Vous devriez fermer votre porte aux bonimenteurs, Votre Altesse.

— Je devrais peut-être vous chasser, alors, répliqua aussitôt le prince.

— Si vous me chassez, vous reconnaîtriez que ma prédiction est juste et que je ne suis donc pas un bonimenteur.

Le court silence fut brisé par l'éclat de rire du prince.

— C'est vrai ! Entrez, monsieur, vous et votre Arlequin. Et permettez que je lève cette punition, ajouta-t-il en retirant la plume de paon de l'habit du comte.

Les deux invités firent quelques pas dans l'entrée, soulagés.

— Vous voilà débarrassé de la vôtre, l'envia Hippolyte.

— Épinglez-la dès que possible sur quelqu'un d'autre avant que nous partions à la recherche du cabinet de curiosités.

— Qu'avez-vous vu ?

— Le prince fera de grandes choses. Il fréquentera même Beaumarchais, le fils de l'horloger. Quant à la princesse... elle mourra en couches l'année prochaine.

L'annonce, dite à voix basse mais sur un tel ton réservé et peu compatissant, paralysa Hippolyte. Il avait bien prévenu la princesse en l'encourageant à fermer sa porte à son époux, mais ne pouvait-il pas être plus clair ?

— Pourquoi vous ne lui dites pas la vérité ?

James parut impatient. Sans oser la regarder, il marmonna :

— Personne n'a envie d'entendre l'heure de sa propre mort.

Il traversa l'entrée au carrelage noir et blanc sans un mot de plus. Hippolyte le talonna, confuse. Ce n'était ni l'endroit ni le moment de remettre en question les choix de son collègue, mais sa froideur l'interrogeait.

— Le roi est ici avec Pinsec, désigna James sur le seuil de la grande salle de bal.

Un pèlerin masqué de blanc, en habit de soie rose pâle brodé d'argent et au mantelet chocolat décoré de coquilles Saint-Jacques, un long bâton à la main, se tenait près d'un Brighella vêtu d'un habit d'aubergiste vert olive et blanc crème, au masque noir bien moqueur pour le vieil abbé.

— Êtes-vous sûr qu'il s'agisse du roi ? douta Hippolyte. Pierre m'a dit qu'il serait déguisé en pèlerin.

Le mousquetaire lui avait confié que Louis XV l'avait choisi pour être son garde du corps ce soir-là.

James lui indiqua alors un second pèlerin au même costume, à l'opposé du premier, près d'une console et de son chandelier.

— Allez le mettre en garde, qu'il soit vigilant. Je fais confiance au prince de Conti, mais tout laisse à penser que Frontis a investi le château. Regardez les vases sur les tables.

De gros bouquets d'œillets blancs et d'*ischaemon* décoraient l'endroit.

Hippolyte acquiesça et laissa le comte. Au fond de la salle, les invités s'étaient écartés et écoutaient une chanteuse interpréter des morceaux de l'*Armide* de Lully. Les hauts lustres se réfléchissaient dans les miroirs placés entre chaque fenêtre, donnant une impression d'espace sans fin dans lequel les masques se répétaient sans cesse. Des garçons en livrée proposaient des coupes de vin de Champagne pour accompagner un buffet étalé sous les fenêtres, sur des nappes blanches parcourues de fleurs.

Hippolyte s'approcha du pèlerin et souleva vite son masque.

— Pierre, c'est moi, chuchota-t-elle avant de prendre son bras.

Le pèlerin baissa les yeux sur elle et reposa son verre sur la console.

La jeune femme observa les alentours afin de trouver un endroit où elle serait sûre de ne pas être écoutée. Elle aperçut un garçon pousser une petite porte derrière la cheminée, près de l'entrée. Le battant devait donner sur une courte galerie côté rivière. Elle entraîna alors son compagnon sans lui adresser un autre mot. Elle attendit que le garçon ressorte puis elle entra, bouscula le mousquetaire pour le presser et referma derrière eux. Elle releva son masque, et s'apprêtait à parler lorsqu'elle se rendit compte que la petite galerie abritait les boissons et les desserts que les Conti offriraient dans la soirée : des pyramides de gâteaux et de fruits confits, des confiseries de toutes les couleurs, et des bouteilles de vin de Loire amassées sur toute une table. Les fenêtres étaient ouvertes, pour en conserver la fraîcheur.

— Diable…

Elle se rua sur les sucreries en pâte d'amande pour en dévorer une demi-douzaine et en cacher tout autant dans ses poches.

— Les Conti ne se moquent pas de leurs invités, commenta-t-elle en essuyant ses mains sur son costume.

Elle se tourna vers son compagnon. Pierre dans un costume de pèlerin rose prêtait à sourire.

— Jamais je n'aurais cru te voir un jour sur le chemin de Compostelle.

Elle guetta une réponse. Son ami prit son temps, peut-être agacé par la contrainte de sa tâche.

— Sur le chemin de Cythère, plutôt.

Sa référence à l'île d'Aphrodite et à ses pratiques libertines la rassura. Il ne perdait pas son sens de la repartie.

— Voilà qui te ressemble plus. Mais trêve de plaisanterie, fit-elle en se rapprochant. Tu dois rester aux côtés du roi, il se pourrait que le château ne soit pas sûr.

— Pourquoi ? demanda-t-il, à la fois surpris et perplexe.

— Il va falloir me faire confiance, requit-elle en croisant les bras.

Elle n'allait pas à nouveau devoir l'affronter sur ce terrain-là ? Elle avait déjà dû batailler lorsqu'elle lui avait annoncé qu'elle serait à ce bal sans lui dévoiler la véritable raison.

Heureusement, le mousquetaire n'enchérit pas plus. Il avança de quelques pas et posa sa main sur sa taille. Hippolyte ne le repoussa pas ; elle lissa la fermeture de son habit. Profitant de la pénombre, il glissa ses deux mains sur ses joues qui rougirent. D'un mouvement un peu maladroit, qui la fit sourire, il déposa un baiser sur ses lèvres.

Dans un coin de sa tête et de façon furtive, Hippolyte s'étonna de cette timidité. Elle passa vite à autre chose en infiltrant ses doigts sous l'habit du pèlerin, entre deux agrafes ; le fin tissu de sa chemise se froissa à son contact. Il ne put contenir un frisson qui redoubla son sourire. Pierre n'avait jamais été aussi timoré avec elle ! Sa seconde main rejoignit la première et elles se firent plus caressantes. Et conquérantes. Alors qu'il se détendait enfin en posant ses mains sur sa taille pour la rapprocher de lui, elle l'interrompit, le souffle court :

— Vraiment, Pierre, ce n'est pas le moment ni même l'endroit.

— Au contraire.

Il quémanda un autre baiser, en reçut un… ainsi qu'un coup brutal dans la cage thoracique qui le fit reculer d'un pas. La douceur n'avait jamais été la spécialité d'Hippolyte. Mais Pierre, même s'il semblait hébété et déçu, l'avait toujours comprise, elle et ses manières. Elle remit son costume et son masque en place.

— Le devoir d'abord, les plaisirs viennent ensuite, déclara-t-elle en lui accordant un sourire avant de se diriger vers la sortie.

Elle marqua une pause, puis pivota en détachant la plume de paon pour l'épingler sur l'habit de pèlerin.

— Je garderai un œil sur toi, dit-elle avant de se détourner.

Elle s'en alla d'un pied léger.

Chapitre 10

Château de L'Isle-Adam

James parcourait les invités des yeux, espérant croiser la silhouette fanfaronnante du marquis de Frontis. Il remarqua celle, délicate et immanquable, de la princesse douairière déguisée en Isis, déesse égyptienne, protectrice de son fils Horus et de l'héritage de son époux Osiris. Elle était cernée de sa cour et exhalait l'assurance. James s'était fondu parmi les masques et étudiait chaque geste et chaque comportement, se risquant à toucher les personnes qui lui semblaient les plus suspectes, sans tomber sur Frontis.

Pinsec lui agrippa le bras au beau milieu de ses recherches.

— Vous avez vu le roi ? murmura-t-il, le souffle court.

James leva les yeux sur le pèlerin à ses côtés et voulut esquisser une réponse évidente quand il comprit la manœuvre : le roi était le pèlerin à l'écart, et le mousquetaire avait pris sa place.

Hippolyte avait sûrement décelé le tour.

— Ne vous en faites pas, il est avec d'Arcy qui le met au courant. Tenez-vous sur vos gardes, je n'ai pas vu Frontis mais il est partout.

L'abbé approuva sans pouvoir s'empêcher de scruter l'assistance, soucieux, et il s'éloigna avec le mousquetaire. Une poignée de secondes plus tard, Hippolyte prit leur place.

— Je n'ai plus la plume de paon, nous pouvons commencer.

— Oui, il est temps.

Les invités dansaient et discutaient ; le prince et la princesse de Conti venaient de rentrer et attiraient le regard de tous. Personne ne ferait attention aux deux agents.

— Avez-vous une idée ?

— Je pensais aux combles, puis je me suis souvenu d'avoir lu que le fondateur du domaine de L'Isle-Adam au XVIe siècle était un grand maître de l'Ordre de Malte. Depuis l'affaire des Templiers, ces ordres ont toujours prévu des souterrains pour cacher des choses ou s'enfuir en toute discrétion.

— Pourtant les sous-sols sont occupés par les communs.

— Oui, il faut donc trouver un endroit suffisamment à l'écart en bas pour que l'ancien prince de Conti s'y soit rendu sans que personne le remarque.

— Vous ne pensez pas que Pinsec aurait déjà vérifié ?

— Je pense qu'ils ont cherché un cabinet de curiosités tel que nous l'imaginons en temps normal. Et puis, le Secret a été dissous juste après la mort du prince. Aucun agent n'a fouillé cette demeure.

Tout en parlant, ils se retrouvèrent dans l'entrée. James prit le parti de suivre le chemin des commis de cuisine ; il poussa donc l'une des petites portes en trompe-l'œil de l'entrée pour parcourir les couloirs exigus de service et prendre l'étroit escalier menant au sous-sol et à la vaste cuisine. Il y régnait une goûteuse agitation. Les marmitons suivaient les instructions des cuisiniers, des volailles bien rôties sur le feu étaient arrosées de jus et les parfums des sauces embaumaient l'air. Hippolyte ne put s'empêcher de gargouiller du ventre en passant près de cet antre gastronomique.

— À quand remonte votre dernier repas ? s'enquit James en cherchant des yeux un possible passage dans la salle.

— À la démission d'Olympe, je crois, grogna-t-il en se frottant l'estomac.

— Et qu'avez-vous mangé aujourd'hui ?

— Des tartines.

— Pourquoi diable n'allez-vous pas souper au restaurant ?

— Quand je suis chez moi, je m'attends à souper chez moi.

— Dites plutôt que vous êtes avare.

— Je n'ai pas les habitudes d'un petit-bourgeois, répliqua Hippolyte.

James baissa les bras.

Il ne voyait pas pourquoi l'ancien prince de Conti prendrait le risque de devoir descendre en cuisine pour atteindre son laboratoire, exposé à la vue de bien trop de personnes. Restait la réserve, à l'opposé de la cuisine, dans un recoin calme.

— Je vous préparerai quelque chose lorsque nous serons rentrés. Vous en profiterez pour en prendre de la graine.

—J'ai hâte de mettre les pieds sous la table, se réjouit Hippolyte.

La réserve était divisée en deux parties : un garde-manger d'un côté, une cave remplie de tonneaux de l'autre. Les deux agents entrèrent dans le premier espace à la lueur d'une chandelle. Ils observèrent les jointures des grosses pierres nues composant les murs et les carreaux de terre cuite posés au sol. Hippolyte tentait d'ignorer les jambons et les saucisses fumés qui pendaient sous son nez.

—Regardons la cave, proposa James en passant dans la seconde salle.

Plusieurs rangées de tonneaux, posés sur des tréteaux, occupaient le vaste espace. Ils firent la même inspection que dans le garde-manger sans rien trouver d'étrange. James décida tout de même d'examiner avec plus de soin chaque parcelle du lieu.

Des bruits de pas attirèrent leur attention. Hippolyte se faufila jusqu'à James ; ils se tassèrent au fond d'une allée.

—Tout de même, semblait grogner un échanson en versant le contenu d'une bouteille dans une carafe. Ce marquis ne manque pas d'air.

—Il ne s'est pas présenté ce soir ? s'étonnait un garçon.

—Le rustre a refusé l'invitation de Madame la princesse. Monsieur le prince ne l'a pas très bien pris.

—L'un des jardiniers m'a dit que le marquis voulait revoir toute l'organisation du potager pour faire pousser des herbes médicinales.

—Il est grand temps que Monsieur remette de l'ordre dans sa maison.

Les hommes s'éloignèrent. Les deux agents échangèrent un regard.

—Le prince sera de notre côté, c'est rassurant, murmura James avant de se remettre au travail.

Tout au fond de la cave, il remarqua que les tonneaux étaient plus gros, plus poussiéreux et que les tréteaux reposaient sur des nattes. Il tapa du pied sur chacune d'entre elles et finit par entendre un son boisé et creux.

—Je n'avais pas pensé à regarder en bas, commenta Hippolyte en s'approchant.

—S'il doit y avoir des souterrains, il faut qu'ils soient plus profonds que le niveau de l'Oise pour passer en dessous.

Ils poussèrent le gros tonneau apparemment vide et purent dégager une trappe grippée. Après l'avoir ouverte, dans un court nuage de poussière, ils approchèrent la chandelle pour éclairer le puits découvert. Des barres en fer fixées dans la paroi permettaient de descendre.

— Je vais jeter un œil, se lança Hippolyte. Éclairez au mieux le passage.

James acquiesça. Hippolyte testa d'abord la stabilité des barres puis s'engagea dans le puits. Il le regarda disparaître. Le fond ne semblait pas si éloigné, mais l'humidité et l'obscurité étaient bien présentes.

— Pouvez-vous descendre avec l'une des chandelles ? entendit-il.

— J'arrive, répondit James en s'accrochant aux barres.

Hippolyte attrapa la bougie dès qu'il put l'atteindre et alluma la lanterne laissée par terre, seul vestige d'un passage fréquent, à une époque donnée. Un couloir se déployait devant eux. Ils se débarrassèrent des accessoires contraignants de leurs costumes avant de poursuivre. Le tunnel était droit, des gouttes perlaient et des flaques d'eau parsemaient le sol à intervalles plus ou moins réguliers. L'espace était à peine assez large pour avancer côte à côte, alors Hippolyte prit l'initiative d'ouvrir la marche.

Au bout de plusieurs minutes, une curieuse odeur chatouilla leurs narines. Elle finit par leur soulever le cœur.

— Diable, grogna Hippolyte en nichant son nez dans son coude sans lâcher la lanterne.

De son autre main, il attrapa un pistolet et le tint prêt.

— J'ai l'impression qu'on va découvrir un charnier, craignait James.

Il s'attendait à buter contre un corps allongé à tout moment. C'était même étonnant ne pas entendre le couinement des rats qui, en général, rongeaient les morts. Ils progressaient depuis une dizaine de minutes, en silence, au rythme de leurs seules respirations, quand son compagnon s'immobilisa en levant son bras armé.

— Halte !

James regarda par-dessus son épaule. Une silhouette se tenait debout contre le mur, devant eux. Immobile.

— Qui va là ? lança Hippolyte.

Personne ne répondit. La silhouette n'eut aucun mouvement, pas même un frisson, rien. Ils firent quelques pas de plus. La couleur de la manche les interpella, tout comme le galon doré qui bordait le tissu rouge.

— Un mousquetaire gris, murmura James en attrapant un pistolet.

L'homme ne bougeait pas parce qu'il n'était qu'un cadavre raide, appuyé contre le mur, les yeux grands ouverts. D'ailleurs il n'était pas seul : d'autres corps étaient alignés contre le mur, en piteux état. Ce fut à ce moment que les deux agents sentirent une autre odeur, jusqu'ici masquée par celle des chairs décomposées. Un mélange d'épices et d'alcool.

— Qu'est-ce que c'est ? s'inquiéta Hippolyte, les traits grimaçants.

— J'ai bien une idée mais c'est tout de même saugrenu.

— Plus saugrenu que des cadavres alignés dans un souterrain ?

James pencha la tête sur le côté avec hésitation.

— Je pensais à Frederik Ruysch, un Hollandais qui a inventé une solution de conservation d'organes. Il n'a jamais révélé son secret, mais j'ai eu le loisir d'étudier l'un de ses foies en fluide dans un cabinet de curiosités romain.

Hippolyte lui jeta un regard de travers.

— Il va vraiment falloir que nous reparlions de vos loisirs.

— D'habitude, la conservation en fluide est faite avec de l'esprit-de-vin, continua James. Seulement Ruysch a utilisé des épices macérées dedans. Je suis certain que votre formidable odorat va les détecter.

— Clou de girofle, cardamome et poivre, je dirais. Même s'il y a une autre odeur.

— Du camphre. J'ignore dans quel ordre et en quelle quantité ces ingrédients interviennent. Tout ce que j'ai pu comprendre, c'est que l'ensemble est distillé et sert à conserver les chairs.

— Vous croyez que le laboratoire du Singe vert se trouve au bout du couloir ?

— Possible. Dans tous les cas, il doit être absent, sinon ses morts seraient…

— Vivants ?

— Exactement.

Ils décidèrent d'avancer en longeant le mur opposé. Mais à peine enchaînèrent-ils les premiers pas qu'un grognement les fit tressaillir, comme s'ils avaient déclenché un piège de chasseur. Hippolyte brandit la lanterne et balaya les deux ou trois mousquetaires près d'eux. Ils eurent le même mouvement : ils se penchèrent en avant, et d'autres bouchèrent le tunnel devant eux. Lorsqu'ils ouvrirent la bouche en levant les mains pour les attraper, les deux agents se plaquèrent contre le mur.

— Fuyons ! souffla James.

Ils détalèrent à toute vitesse. Derrière eux, les zombies s'élancèrent à leur poursuite. Les agents ne pouvaient que compter sur leur rapidité : à deux ils prenaient moins de place et avaient peu de chances de se gêner en courant, alors que la troupe de cadavres, désordonnée et maladroite, se poussait contre les murs en essayant d'accélérer.

James jeta un œil derrière lui : ils étaient à quelques pas, la mâchoire pendante et l'haleine mortelle, les yeux à moitié dévorés par le temps. Son cœur s'emballa, et il se hâta en poussant Hippolyte à faire de même. Soit Frontis les suivrait, soit le périmètre d'action du talisman s'amoindrirait et les zombies feraient demi-tour. Encore fallait-il atteindre cette limite à temps.

— Plus vite ! Plus vite ! s'exclama Hippolyte.

Le bruit désarticulé des corps leur donna des frissons. James imaginait bien les épaules craquer, les rotules se démettre, supportant pourtant les restes. La puanteur se rapprochait ; il se retourna à nouveau et vit Hippolyte basculer en avant, renversé par un coup de patte dans les jambes. La lanterne s'écrasa sur le sol ; la mèche s'éteignit, les plongeant dans le noir.

— D'Arcy ! s'écria-t-il.

Le souffle de son acolyte s'éloigna à toute vitesse et des mains agrippèrent soudain ses jambes. Il se sentit traîné en arrière comme un ballot au bout d'une corde. Il tenta de se recroqueviller sur lui-même pour limiter les risques de blessures ; le sol défoncé lui rentrait dans les côtes, le faisant rebondir et atterrir sur des bosses.

Le chemin fut très bref. Une lumière apparut au bout du tunnel. Il décolla et fut projeté en avant, dans une large salle éclairée de flambeaux. Le choc de l'atterrissage l'immobilisa un instant.

Le souffle court, James tenta de se redresser, les bras et les jambes piqués de multiples écorchures. Hippolyte, à ses côtés, était dans le même état que lui. Le garçon ne pouvait pas mourir ici, quoi qu'il advienne. Il l'entendit même bouillonner de colère après leur débâcle et grommeler « et en plus je vais perdre la caution du costume d'Arlequin ». Il eut un sourire grimaçant, avant de percevoir une paire de bottes noires cirées à la perfection, juste sous son nez.

Le cavalier encapuchonné se dressait là, enroulé dans une longue cape noire, le visage sous un masque de fer décoré d'un singe, la main refermée sur le talisman qui laissait échapper une lueur rougeâtre. James s'agenouilla.

— Vous êtes fini, Frontis !

L'homme garda le silence quelques secondes avant de rire. Le comte en profita pour observer l'endroit d'un œil. Les zombies, composés de mousquetaires et de gardes, fermaient l'issue derrière eux. La salle voûtée était profonde, mais on en voyait le bout grâce aux torchères allumées aux quatre coins de la pièce. Une seconde grille menait à un autre tunnel. L'Ordre de Malte avait tout prévu. Les murs étaient recouverts de simples étagères clouées du sol au plafond. Des centaines de livres les occupaient, mais aussi des centaines et des centaines de bocaux qui conservaient des organes, dont des mains sur au moins trois meubles.

Des mains. Des mains coupées et étiquetées, conservées en fluide. Des mains de toutes les couleurs, de femmes, d'hommes et même d'enfants. La vision le fit pâlir d'horreur. Des Manusdei ? Le Singe vert était si obsédé par les thaumaturges que ce ne pouvait être que cela. Il détourna les yeux, le cœur au bord des lèvres, et se concentra sur le sol. Il était irrégulier, formé de dalles dont une centrale, longue et large d'au moins une toise.

— Agents du Secret, soyez les bienvenus ! lança la voix étouffée par le masque.

Ils restèrent à genoux, une main de zombie pressée sur leurs épaules. L'adversaire se tenait au centre de la pièce avec une attitude théâtrale qui ne l'étonna pas. Ils avaient eu affaire au marquis de Frontis une fois, dans la rue Montorgueil : il était maniéré et grandiloquent à souhait. Provocateur et sûr de lui.

— Nous savons tout, c'est terminé, répliqua James.

— Dans votre position, je n'en serais pas si certain.

La longue cape dévoila un plastron de cuir brun épais. Sa main gauche était gantée de noir, mais la droite, celle qui tenait le talisman au bout d'une chaîne dorée, laissait apparaître une peau abîmée et cireuse. Elle présageait l'état de son visage, qu'il avait masqué de blanc de céruse lorsqu'ils l'avaient croisé.

— Il était temps que nous soyons proprement introduits.

— Comment doit-on vous nommer ? Marquis ? ou Singe vert ?

L'adversaire passa la main sur son masque ; James était sûr qu'il jubilait. Il devait se sentir flatté du « Singe vert », comme si ce personnage du passé projetait sur lui son rayonnement et sa renommée.

— Vous saviez que nous serions là ce soir, assura Hippolyte.

— Je vous ai invités, vous et le roi.

La lettre évoquant le laboratoire du prince de Conti avait donc cette utilité. Ils s'étaient jetés dans la gueule du loup.

— Pourquoi ce soir ? s'enquit James.

— Paris se porte mieux sans la désastreuse réglementation du Secret.

Une diversion ! Frontis avait besoin que les agents du Secret quittent Paris ce soir-là. Mais pour quelle raison ?

Le Singe vert s'approcha d'eux. Son impatience et ses mouvements aléatoires faisaient accroître leur inquiétude. Il se mit à ralentir et se pencha sur eux pour donner l'effet d'un prédateur dominant sa proie. James observa de plus près la main renfermant le talisman, toute proche. Il voyait même les bords de l'ampoule dorée et l'étrange lueur qui semblait flamboyer à l'intérieur.

— Votre cave est très confortable, dit soudain le garçon, sur le ton de la conversation la plus banale possible. Le choix de la décoration est plutôt discutable cependant.

James tourna un visage défait vers son acolyte. Était-ce le bon moment pour le provoquer ?

— Vous trouvez ? semblait s'amuser l'encapuchonné.

— Des mains dans des pots, il fallait y penser.

— Le Singe vert a toujours eu beaucoup de goût, confirma-t-il.

James reconnut ceci : le garçon n'était pas si sot qu'il l'avait cru au départ, et le cavalier entrait dans son jeu avec une facilité déconcertante, comme s'il avait envie de jouer lui aussi.

— Il aurait presque pu ajouter les vôtres, commenta Hippolyte en jetant un œil grimaçant sur les longs doigts abîmés du cavalier. Vous avez déjà essayé la crème d'amande ?

La courte seconde qu'il fallut à l'adversaire pour baisser les yeux sur sa main lui offrit l'opportunité qu'il semblait attendre. Hippolyte projeta tout son avant-corps sur le Singe vert, échappant à la garde du zombie, tendit le bras et agrippa la chaîne du médaillon pour tenter de le lui arracher. L'adversaire bascula en arrière mais ne laissa pas le talisman lui échapper. Il resserra l'ampoule dans sa main et poussa un hurlement furieux alors que le collier lui lacérait le cou. Un attroupement de zombies tomba aussitôt sur Hippolyte pour l'immobiliser. James n'eut pas le temps de lui venir en aide puisqu'il s'écroula à son tour, écrasé par quatre cadavres.

L'adversaire força les doigts d'Hippolyte à se retirer de la chaîne, et se releva, essoufflé.

— Bien essayé ! Quelle fougue, monsieur ! Quelle… rapidité !

— Serviteur ! cracha Hippolyte qui n'avait pas cessé de se débattre.

— C'est de personnes comme vous dont j'ai besoin !

— Plutôt mourir !

— Ha ! se mit-il à rire avec force. Mais ça, c'est indispensable !

— Votre expérience est loin d'être au point, fit remarquer James. Vos corps pourrissent.

Le Singe vert fit un pas en avant, mais prit soin de ne pas s'approcher plus. Sa respiration emportée parut se calmer.

— C'est vrai. J'ai du mal à conserver les chairs, c'est un sérieux problème. Voyez-vous, dès que je relâche le talisman, mes corps reprennent leur lente décomposition.

James échafauda une théorie : dès que le cavalier ne tenait plus le médaillon, il devait entreposer les zombies dans des bains de fluide... Mais cela demandait de la place, et il n'en aurait pas ici.

— Soit, messieurs. Je vais emporter ce fougueux garçon et me le réserver. Si je le tue trop vite, son corps se gâtera.

Les zombies se redressèrent tous en même temps mais maintinrent Hippolyte et James entre leurs mains. Le comte tenta de se débattre pour s'extirper de leur emprise, la peur au ventre. Il n'allait pas déjà perdre son insupportable acolyte ?

— Je ne me laisserai pas zombifier aussi facilement ! rugit Hippolyte en gesticulant.

Le Singe vert leva un bras et l'un de ses pantins jeta son poing dans la nuque du garçon, l'assommant d'un geste brutal. James refoula un cri de colère, serrant les mâchoires.

— Ne vous en faites pas, monsieur, tempéra le cavalier. Je vais vous laisser ici. Je ne vais pas embarquer les deux agents du Secret d'un seul coup, ce serait bien trop facile !

James ne fut pas dupe : l'épargner servait forcément ce monstre. À rapporter au roi qu'il avait une longueur d'avance sur eux, par exemple, ou à confirmer qu'il les avait éloignés de Paris à dessein.

— Et qui sait ? poursuivit le cavalier. Peut-être vous retrouverez-vous face à face tous les deux ? Saurez-vous décapiter votre partenaire avant qu'il ne vous embroche pour que vous nous rejoigniez ? Les paris sont ouverts, n'est-ce pas ?

Non seulement il démontrait une assurance très arrogante, mais en plus il avait un petit côté joueur très prononcé. Tout ce que le comte haïssait. Ce comportement était imprévisible, même avec son pouvoir.

— Pas si je vous retrouve avant, grogna-t-il sans quitter son ennemi des yeux.

— Ah ! Gageons sur cela aussi !

James n'eut pas le temps de répliquer : il reçut un coup violent à l'arrière du crâne et s'affaissa sur le sol. Il ne perçut qu'un cliquetis de chaînes alors qu'il suppliait son corps de rester conscient. Mais les brumes l'engloutirent.

* * *

Une brise fraîche picota les joues d'Hippolyte. Elle entrouvrit les paupières : l'obscurité l'entourait, mais le bruit des grillons lui confirma qu'ils se trouvaient bel et bien à l'extérieur. Elle était ballottée sur un rythme régulier. Ce ne fut qu'à cet instant que l'odeur terrible des cadavres, mêlée à la solution de Ruysch, lui assaillit les narines. Un zombie la portait sur son dos, d'où le mouvement inlassable qui lui brouillait l'estomac. Les bras enroulés autour du cou de son ravisseur, ses poignets étaient liés contre la poitrine du zombie par un morceau de tissu déchiré.

Elle observa le terrain alentour. Ils marchaient vite, et elle entendait les sabots d'un cheval à l'avant. L'adversaire devait faire courir ses corps derrière lui. Ils n'étaient pas sur un chemin mais traversaient un bois au sol accidenté. Hippolyte ne voyait pas d'autre choix d'évasion que de disparaître dans l'un des ravins qui les bordaient, même si elle n'était pas très sûre de pouvoir courir. Après tout, elle avait une monture : un mousquetaire plutôt grand, et dont le craquement des os et le couinement de la chair molle lui donnaient la nausée. Elle inspira et tenta le tout pour le tout.

Hippolyte tira le zombie en arrière. Ce dernier sortit brusquement du rang. Elle déporta tout son poids sur sa gauche pour se rapprocher du long fossé dont elle ne voyait pas encore le fond. La troupe se figea et le cheval s'arqua, paniqué par le sursaut de son cavalier.

— Arrêtez-le ! hurla-t-il.

Hippolyte se dégagea de sa monture, chuta sur le sol et roula d'elle-même dans le ravin sans savoir à quoi s'attendre. Son corps se mit à rebondir au moindre talus avant de défoncer un obstacle de bois à toute vitesse. Elle entendit ses os se briser et poussa un gémissement de douleur qui lui fit perdre connaissance quelques secondes.

Un violent coup au visage la ranima.

— Que puis-je faire d'un corps rompu ? Chien ! s'enrageait l'adversaire, accroupi au-dessus d'elle.

Il se redressa, lui envoya son pied dans les côtes, la mettant au supplice, et il tourna les talons, se désintéressant d'elle. Le corps meurtri, elle toussa pour retrouver son souffle, incapable de bouger. Finalement, elle allait finir sa vie au fond d'un fossé, comme l'avaient toujours tant craint ses parents.

* * *

Lorsqu'il rouvrit les yeux, James roula sur le ventre, se redressa en tremblant et régurgita le contenu de son estomac. Une violente migraine martelait ses tempes. Il tenta de reprendre ses esprits. Combien de temps s'était-il écoulé ? Quelques minutes peut-être, tout au plus. C'était déjà trop pour espérer s'élancer à la poursuite de son ami. Il se releva pourtant, tanguant sur ses jambes avant de les forcer à avancer. La grille fermée avait été laissée grande ouverte. L'adversaire leur livrait donc le laboratoire du Singe vert ?

James s'y engouffra, marcha de plus en plus vite dans le tunnel et déboucha au fond d'un puits. Il leva les yeux et écouta l'environnement. Peut-être étaient-ils encore à la surface ? Mais rien. Aucun bruit suspect. Seuls les insectes et les animaux nocturnes poursuivaient leur vie comme si de rien n'était.

Il avait perdu Hippolyte. Sa conscience mise à rude épreuve, il grimpa tout de même à la surface pour constater qu'il n'y avait plus personne. Jamais jusque-là ils n'avaient pu rattraper le cavalier et ses zombies. S'élancer à l'aveugle cette nuit ne servirait à rien. Abattu, il redescendit et décida d'explorer le laboratoire avant de rejoindre le roi et Pinsec.

L'estomac de nouveau fragile, il parcourut des yeux les étagères de bocaux contenant des mains et en attrapa un pour lire l'étiquette au dos, écrite d'une plume soignée.

« Manusdei, mâle, 34 ans, leveur de feu. »

Elle lui confirma ce qu'il craignait : le Singe vert avait collectionné les Manusdei. Avait-il tenté de conserver leurs pouvoirs de cette manière ? Était-ce seulement possible ? Il ne s'était jamais interrogé là-dessus. Pouvait-on même enclencher le pouvoir tout en étant inconscient ? Ce serait envisager qu'un zombie de Manusdei puisse utiliser son pouvoir…

Tous ces morts pour rien.

Écœuré, il s'en détourna pour se consacrer à la bibliothèque : des traités savants et religieux pour l'essentiel. Aucun de ces ouvrages n'était particulier. Il en ouvrit quelques-uns pour s'assurer qu'il n'y avait rien de glissé à l'intérieur ou encore qu'il ne s'agissait pas de faux livres contenant une cachette, mais ne trouva rien de suspect. Il finit par sortir des étagères trois exemplaires identiques du *Traité sur les vampires* de Frère Bernardo, semblables à celui retrouvé dans les affaires de l'agresseur de la confrérie du Savoir. Il examina la première page, s'attendant à trouver l'arbre de la connaissance estampé dans un coin, mais ce n'était pas le cas. Cette confrérie avait donc un repaire bien à elle, où ils pouvaient marquer leurs livres ou fabriquer leurs instruments en argent.

— Diable, murmura-t-il en découvrant un petit livre rouge familier.

Le Singe vert avait un exemplaire du *Répertoire à l'usage du Cabinet du Secret*. Voilà comment Frontis et sa confrérie avaient eu vent de l'existence des vampires ou encore des facultés de l'herbe de Pline ! Cet ouvrage était réservé aux agents du Secret, comment… ?

Un long frisson glacial remonta son échine. James baissa les yeux sur la dalle au centre de la salle. Il l'avait remarquée dès son arrivée ici, et comprit pourquoi à ce moment précis.

On aurait dit une tombe.

Il fouilla la pièce et finit par dénicher un coffret contenant des outils de toutes sortes : des scies, des ciseaux de tailleur et des maillets. Il imaginait sans mal à quoi tout ceci avait pu servir. Lorsqu'il s'empara d'un pied-de-biche, James n'eut plus vraiment de doute sur sa découverte. Il descella la dalle et la souleva suffisamment pour la faire glisser sur le côté. Au bout d'un effort lycanthropique, il créa une ouverture et plongea son visage et une torche à l'intérieur de la cavité.

Deux cercueils de plomb, quasi cylindriques, étaient déposés côte à côte au fond.

Ils avaient disparu en 1727 et avaient péri des mains du Singe vert.

— Nos prédécesseurs.

* * *

Galatée ferma à nouveau les yeux. Lorsqu'un vampire écoutait la circulation sanguine d'un humain, il identifiait un son bien propre à la personne. Son odorat n'était pas aussi aiguisé que celui d'un lycanthrope, mais elle savait reconnaître un être humain aux battements de son cœur à plusieurs lieues de distance. Celui d'Hippolyte d'Arcy avait tambouriné très fort avant de sombrer dans une lenteur qui faisait craindre pour sa vie. Au château de L'Isle-Adam, l'herbe de Pline avait brouillé ses sens ; elle avait donc été surprise de la percevoir au-delà du périmètre du domaine des Conti. Hippolyte devait être blessée, son signal était devenu très faible. Il fallait qu'elle se concentre pour être sûre de suivre la bonne piste.

Lorsqu'elle rouvrit les yeux, elle s'éclipsa pour se retrouver au-dessus d'un ravin. Le corps d'Hippolyte gisait au fond. Galatée bondit près d'elle et apposa ses mains sur son visage pour tenter un premier diagnostic. Hippolyte n'eut qu'un gémissement à son contact. Deux côtes brisées éraflaient dangereusement son poumon gauche, faisant pression sur son cœur. Le fémur droit était fendu, le poignet gauche souffrait d'une entorse. Son corps s'était refroidi dans l'humidité de l'herbe. Le simple fait de le bouger pouvait l'achever. Galatée tapota sa joue, espérant au moins la sortir de sa torpeur.

—D'Arcy ? Vous m'entendez ?

Elle entrouvrit les paupières.

—C'est moi, Galatée.

—Où suis-je… ?

—Vous êtes mal en point, mais je vais vous aider. Ça risque d'être… douloureux.

La vampire commença par détacher les poignets d'Hippolyte, puis elle glissa la bande de tissu dans le costume d'Arlequin. Elle se redressa et se débarrassa de l'excès de jupon, du masque et des accessoires de son costume pour enrouler Hippolyte dedans et la harnacher à elle. Si au moins elle pouvait faire en sorte que le corps de son amie bouge le moins possible lorsqu'elle le porterait, elle pourrait empêcher que ses côtes cassées ne fassent plus de dommages. La bouche d'Hippolyte se tordait de douleur à chaque manipulation.

Le soin qu'elle mit et l'inquiétude qui lui ravageait le ventre surprirent Galatée. Elle eut l'étrange sensation que la vie de cette personne lui importait. Les êtres mortels étaient de passage et sans importance. Pourtant elle refusait de la voir mourir sous ses yeux.

—Tenez bon.

Elle la chargea sur son dos et se releva. Les mains de l'humaine agrippèrent son vêtement alors qu'elle serrait les dents pour ne pas hurler. La vampire noua leurs deux corps l'un contre l'autre.

—Avec ma vitesse, nous serons vite à Paris, la rassura-t-elle avant d'apercevoir les premières lueurs de l'aube.

C'était une course contre le temps à présent. Lorsque le soleil serait levé, ses forces s'amenuiseraient, la mettant elle aussi en danger.

Chapitre 11

Hôtel de Cluny, 16 septembre

James passa la porte cochère de l'hôtel vers 10 heures du matin. Il posa le pied à terre, exténué. Olympe surgit aussitôt.

— Te voilà enfin, parfait ! dit-elle, le pas pressé.

Elle regarda derrière lui.

— Où est d'Arcy ?

— Enlevé par Frontis, répondit-il avec une nervosité pleine d'épuisement.

— Enlevé… ? Comment ?

— C'est une longue histoire. Rassemblons quelques surnaturels pour nous aider à le retrouver.

— Bien, mais il faut que tu entendes autre chose avant. Très tôt ce matin, le gamin est venu ici, il veut te voir de toute urgence et…

— Le gamin ? grimaça James en l'interrompant.

La fatigue et l'angoisse lui donnaient envie de rugir. Il ne manquait plus qu'un contretemps ! Il sentait son corps se tordre, courbaturé, et son cœur s'élancer avec douleur. Il allait envoyer paître le problème quand Criquet apparut, suivi de Diderot.

— Enfin ! s'exclama Criquet, bouleversé.

— J'espère pour toi que c'est urgent, déclara James avant de jeter un regard noir sur le compagnon du voleur à la tire. Que faites-vous là, vous ?

Criquet, qui ne souhaitait pas attendre plus, se lança dans son explication :

— Nous nous trouvions dans la rue de la Boucherie pour numéroter les portes quand...

James lui attrapa immédiatement l'oreille.

— Numéroter les portes !

Le garçon se mit à couiner ; Diderot recula d'un pas.

— Tu sais ce que tu risques si tu te fais prendre ! l'admonesta le comte en le secouant. Et en plus tu entraînes cet honnête garçon dans cette grotesque entreprise. Tu n'as peut-être rien à perdre, toi, mais que sais-tu de lui ? Il pourrait être traîné dans la boue, avec son nom et toute sa famille !

L'effet escompté fut le bon : Diderot pâlissait à vue d'œil tout en se mordillant la lèvre de compassion face à la punition infligée à Criquet. James relâcha ce dernier et jeta un index accusateur sur le futur philosophe. Il allait l'invectiver de toutes ses forces restantes, mais sa cible leva les bras et le devança.

— Je n'ai plus de chez-moi, j'ai perdu ma chambre, se dépêcha-t-il de dire. Je suis sans emploi et sans logis. Mais diplômé de la Sorbonne ! Je peux sûrement tenir vos papiers, écrire votre courrier, faire vos comptes ? Moyennant quelques deniers ?

James soupira. Il n'avait pas vraiment envie de jeter Diderot à la rue. Ce dernier lui tendit un livre avec un petit air de suppliant qui ne voulait justement pas supplier plus.

— Je vous rends votre Voltaire.

— Bon, bon, marmonna le comte. Soit. À la condition que vous recherchiez un véritable emploi. Vous dormirez dans la cuisine en attendant.

Diderot acquiesça vite et courut se réfugier dans son nouveau logis. Si James pensait s'être débarrassé de l'urgence, Criquet enchaîna sans attendre.

— Monsieur, vous devez m'écouter ! Seuls les agents du Secret peuvent agir.

La stupeur remplaça l'agacement.

— De quoi parles-tu ?

— Je suis un alchimiste ! Le petit-fils de Maître Azureus.

Incrédule, James jeta un œil sur Olympe qui hocha la tête pour confirmer les dires. Apparemment, elle lui avait tiré les vers du nez. Il comprenait mieux pourquoi les auteurs des numérotations de portes avaient bravé le couvre-feu : avec l'aide d'un alchimiste, ils pouvaient très bien passer inaperçus. Le souvenir de son hallucination, rue des Mauvais-Garçons, trouva enfin une explication. Il avait vraiment aperçu Criquet et Diderot en pleine nuit !

—Nous nous lancions dans la numérotation de la rue de la Boucherie quand des voitures sont arrivées devant la *Maison de l'Hermaphrodite*, reprit Criquet. Plusieurs personnes masquées sont entrées avec précipitation pour y passer la nuit, elles sont sorties juste avant l'aube en avançant chaque voiture devant la porte. Je n'ai pas vraiment compris ce qu'elles faisaient. Pourquoi avoir des voitures si c'est pour monter à l'arrière ou sur le toit ? Quand elles se sont éloignées, je suis allé voir dans la Maison…

Il s'arrêta pour déglutir.

—C'est un véritable carnage à l'intérieur.

—Que veux-tu dire ?

—La Maison est vide, il y a du sang partout mais aucun corps, parce que ce sont les corps qu'ils chargeaient discrètement à l'aube.

Le comte tenta de rassembler ses idées. Cet événement devait être lié à leur présence au château de L'Isle-Adam. La fameuse diversion. Les agents du Secret absents, Frontis pouvait attaquer une maison de vampires sans attirer l'attention de leurs rondes : si l'adversaire, le talisman et les zombies étaient à L'Isle-Adam, restait la confrérie du Savoir, composée d'humains indétectables puisqu'ils respectaient le couvre-feu et connaissaient l'usage de l'*ischaemon*.

—Pourquoi es-tu resté devant la Maison toute la nuit ?

—Grâce à mon aptitude, j'ai *senti* qu'ils avaient des doublures en plomb dans leurs manteaux, c'était suspect, répondit le garçon avec sang-froid.

James apprécia son instinct. En inspectant Criquet, il se rendit compte que sa condition d'alchimiste éclairait le personnage : son aspect loqueteux n'était qu'un déguisement passe-partout qui lui permettait de circuler dans Paris comme bon lui semblait. Mais, en tant que petit-fils du grand Maître Azureus, il avait reçu une bonne éducation et ne manquait pas de moyens.

—Tu as bien fait, dit James, plus posé. Et Diderot ? Qu'a-t-il vu ?

—Pas grand-chose : il a compris que nous ne bougerions pas dans l'immédiat, par sécurité, alors il a bouquiné et s'est endormi.

—Bien. Reste ici, nous allons inspecter la Maison.

—J'ai fait prévenir le commissaire Roussette pour qu'il la garde et empêche quiconque d'entrer, indiqua Olympe.

James acquiesça, reconnaissant.

—Vas-y, je reste ici. Et ne t'en fais pas pour d'Arcy, je lui fais confiance, il tiendra en respect quelques zombies, le rassura-t-elle en lui tapotant l'épaule.

Le comte sourit en songeant au même conseil qu'Hippolyte lui avait servi au sujet d'Olympe, enlevée par les Loups. Il la remercia et reprit les rênes de sa monture.

* * *

Église Saint-Eustache, quartier des Halles

Le soleil avait retranché Galatée dans une église. Elle avait tenté d'avancer le plus possible, mais les rayons de l'astre étaient bien trop puissants. Ses protections habituelles pour lui faire face lui manquaient. Pas de blanc de céruse, pas d'ombrelle, pas de gants. Les premières lueurs lui avaient brûlé le visage et les bras. Elle avait poussé le battant de l'église Saint-Eustache et posé délicatement son fardeau dans l'une des chapelles latérales nord, là où le soleil était faible, même à travers les vitraux.

Les mendiants et les badauds étaient tolérés; certains restaient prostrés sur la paille, près des piliers, une main tendue. Les aristocrates et les bourgeois pouvaient alors s'adonner à l'une des occupations religieuses les plus simples: la charité. Ils déambulaient, un petit mouchoir sous le nez, gênés par l'odeur des vagabonds que l'encens masquait à peine, et donnaient une pièce à un valet pour que celui-ci se penche et fasse tomber la monnaie dans la main crasseuse d'un mendiant.

Galatée regardait ce spectacle avec désolation. Clovis était bien plus pieux que n'importe lequel de ces humains. Leur don était un présent du Ciel: c'était ce qu'il répétait chaque dimanche, lorsque tous allaient à la messe du soir.

Un râle attira son attention. Hippolyte se contorsionnait dans son inconscience. Galatée l'avait allongée bien à plat sur le sol, pensant que la fraîcheur de la pierre ralentirait sa fièvre, mais ce traitement aurait bien vite raison de la jeune femme si elle ne trouvait pas une solution. Elle était coincée dans cette église. Elle pourrait quémander du secours, mais qui aiderait un Arlequin en sang, enveloppé dans ses jupons, et une créature comme elle, dont le visage rougi ferait plus peur que pitié? Elle commençait à bien connaître les humains, et ils n'étaient pas tous aussi compréhensifs que d'Arcy.

Alors qu'elle allait se résoudre à donner de l'eau bénite à boire à Hippolyte, elle perçut l'écho d'une voix familière. Galatée se cacha derrière un pilier pour observer la propriétaire de cette voix fluette et ennuyée.

Yvaine de Richelieu arborait le visage grognon de l'adolescente forcée qui ne se privait pas d'exprimer sa lassitude. Elle portait l'une de ces belles robes d'imprimé à fleurs avec une élégante cape bleue à capuchon. Saint-Eustache était bien loin de sa véritable paroisse. Galatée comprit que la vieille femme toute vêtue de noir qui l'accompagnait, sa chaperonne, devait résider non loin. Elle réprimait la jeune fille d'un regard sombre tout en distribuant des pièces.

Galatée se souvenait de cette enfant qui s'était entretenue avec Hippolyte dans l'orangerie de l'hôtel des Richelieu. Elle attendit que la chaperonne soit trop entourée pour prêter plus d'attention à sa jeune maîtresse, qui traînait de toute façon les pieds.

— Psst, psst... Mademoiselle...

La curiosité attisée, Yvaine se déplaça en crabe et rejoignit Galatée.

— Vous ! reconnut-elle en plaquant ses mains sur sa bouche. Mais que vous est-il arrivé ?

Autant ne pas s'étendre sur son problème de brûlures qui la démangeaient. La vampire désigna le corps inerte un peu plus loin.

— Mon ami est blessé, il a besoin d'aide.

Yvaine se précipita dans la petite chapelle et s'agenouilla près d'Hippolyte.

— Que s'est-il passé ? s'alarma-t-elle.

— Avez-vous une voiture ?

Elle hocha la tête tout en posant sa main sur le front d'Hippolyte.

— Il est brûlant de fièvre.

— Nous devons nous rendre à l'hôtel de Cluny.

— Non, nous l'emmenons chez ma tante, refusa tout bonnement la jeune fille. Elle fera venir son médecin.

Galatée marqua une hésitation : elle avait besoin d'Yvaine mais le secret d'Hippolyte risquait d'être dévoilé si un médecin l'auscultait de près.

— Son compagnon doit être à sa recherche, insista Galatée en songeant au comte de Nairn.

— Nous le ferons prévenir. Je vais demander à avancer la voiture devant l'entrée.

Elle se redressa avec une détermination qui trahissait son emballement à jouer les sauveuses. Galatée la regarda filer en se disant que ce n'était peut-être pas une si bonne idée. Elle détacha avec douceur un jupon du corps inconscient pour s'emmitoufler dedans et pouvoir porter son amie jusqu'à la voiture.

* * *

Maison de l'Hermaphrodite

James se frotta les yeux dans l'espoir d'effacer les traces de fatigue et salua le commissaire Roussette qui attendait devant l'entrée de la maison, un scellé sur la porte. Quelques passants jetaient des regards vers les battants, mais personne ne s'attardait vraiment. C'était une maison close, après tout. Il valait mieux faire mine d'ignorer cet endroit.

— Terrible affaire, monsieur le comte, dit le commissaire en guise de salutation.

— Avez-vous des témoins ?

— Pas le moindre.

— Des survivants ?

— Aucun.

— Même les clients ? s'enquit James.

— Si clients il y avait, clients il n'y a plus.

— Avez-vous fouillé l'endroit ?

— J'ai fait le tour pour chercher des blessés, mais je n'ai vu personne. Vous trouverez cependant une inscription suspecte dans l'une des pièces qui me fait craindre pour les vôtres, ajouta-t-il, embêté mais convaincu de ne pas vouloir en dévoiler plus lui-même.

James hocha la tête. Quelle absurdité pour un regard extérieur tous ces corps disparus…

— Empêchez quiconque d'entrer, conseilla-t-il avant de pousser la porte, brisant le scellé apposé.

Combien y avait-il de vampires ici ? Une trentaine de pensionnaires environ ? La duchesse de Fontanges et le seigneur de Boréal manquaient-ils réellement à l'appel ? Clovis était un vampire ancien et puissant. Ils n'avaient pas pu tous périr ainsi !

Frontis, avec l'aide du manuel du Secret, avait dû distiller les informations sur l'herbe de Pline et l'art et la manière de tuer les deux lycanthropes engagés pour garder l'entrée. Ces derniers avaient pourtant eu leur utilité : James imaginait bien que leur présence avait ralenti les travaux de la confrérie et que Frontis avait perdu patience.

Le comte tenta de recréer mentalement l'attaque. Criquet avait parlé de poches doublées de plomb ; les hommes de la confrérie avaient caché l'herbe de Pline pour ne pas attirer l'odorat des lycanthropes. Ils avaient dû entrer groupés et les poignarder avec des lames d'argent, comme le bistouri, avant de brandir l'*ischaemon* et d'égorger toute âme présente.

Chaque giclée de sang visible sur le sol ou sur les murs lui racontait cette histoire. Il y avait encore des verres sur les guéridons, les manteaux de certains clients, des chaises renversées. Il imaginait bien la panique qui avait saisi la salle. Tous avaient dû courir à l'étage pour réchapper à la brutalité des bourreaux. James parcourut minutieusement chaque pièce du rez-de-chaussée avant de prendre l'escalier. Roussette avait ouvert les volets pour faire entrer la lumière ; les chambres voyaient le jour pour la première fois depuis des années.

Toujours aucun corps. James laissa là son inspection des petites chambrées pour se rendre dans le cabinet des deux propriétaires. Le désordre était plus probant encore. Clovis avait dû résister. Mais la force de l'herbe de Pline était insurmontable pour tout vampire. L'adversaire avait fait une monstrueuse rafle. Ces êtres surnaturels, transformés en zombies, seraient bien plus puissants que n'importe quel humain.

Il devait prévenir le roi au plus vite.

Son œil fut soudain attiré par la fameuse inscription suspecte, appliquée au doigt, avec du sang, sur le portrait de Clovis de Boréal : « Une mission pour le bien de tous, sous le pavillon du Lion rampant. »

James se reprit à deux fois avant de jurer. Comment le Lion rampant pouvait-il apparaître ici ?! Impossible de l'effacer, Roussette l'avait vu. Il n'avait même pas réagi à sa remarque. Les « vôtres », les Écossais ! Il n'avait plus qu'à prévenir Alistair et Lamont et leur conseiller de fuir au plus vite. Le roi pourrait comprendre le piège, mais il était déjà suspicieux et cet événement ne ferait que le pousser sur cette voie. Après tout, le Lion rampant avait rencontré la confrérie du Savoir et Frontis lui-même.

— Quel bordel, s'amusa une voix derrière lui.

James sursauta et pivota, pistolet à la main. Blake et Lewis se trouvaient derrière lui.

— Que faites-vous là ?

Blake, fidèle à lui-même, souriait, prenant plaisir dans cette débauche de sang insensée, tandis que Lewis, le visage plus fermé, tenait un mouchoir sous son nez. Tous deux étaient gantés.

— On t'a attendu devant Cluny ce matin et on t'a suivi, exposa Blake en regardant autour de lui. Puisque nous collaborons, la Cheffe nous a demandé de ne pas te lâcher pour se mettre au parfum. Comme elle craint que je te fasse *accidentellement* du mal, elle a demandé au « sang-mêlé » de m'accompagner.

Lewis ne prêta aucune attention à son propos, habitué aux sautes d'humeur de son compagnon. James, pour la première fois depuis bien longtemps, ressentit de la compassion pour l'un de ses anciens confrères. Il comprit aussi que Lewis avait *suggéré* au pauvre commissaire de les laisser entrer.

—Alors, celui qui a le talisman possède aussi des corps de vampires ? interrogea Lewis.

—Ce ne serait jamais arrivé à Londres, commenta Blake avec dédain.

—Évidemment, puisque vous éliminez tout vampire que vous croisez, grogna James.

—Ce sont des créatures nuisibles.

—Ce n'est pas le cas ici, il y a des accords avec la Couronne depuis François Ier.

—*French people*[1], marmonna Blake.

Il s'immobilisa devant l'inscription et un long sourire étira ses lèvres.

—Le Lion rampant ? Ne me dis pas que les jacobites sont impliqués dans cette affaire ! Ce serait nous offrir Alistair McDonald sur un plateau.

—Vous n'avez aucun droit ici, rappela James. Une intervention de vous et c'est l'incident diplomatique.

—Ces créatures et cette affaire sont bien loin de la diplomatie des humains, souligna Blake en haussant les épaules. Comment veux-tu que leur justice comprenne ce qu'il vient de se passer ? Une véritable hécatombe… Ça me rappelle cette ruine à Édimbourg. Je n'ai pas réussi à tous les avoir, ces maudits vampires, deux se sont échappés.

Il eut une expression de divine révélation.

—Ah, mais c'était toi ! Tu les as prévenus !

James eut un mince demi-sourire.

—Ces vampires n'étaient pas dangereux.

—Combien de créatures as-tu laissées filer entre nos mailles ? s'interrogea Blake sur un ton froid.

—Autant que possible. D'ailleurs, vous n'avez jamais rien soupçonné, jusqu'à ce que je parte de moi-même.

C'était tout de même une petite victoire : il avait bien fourvoyé la meute entière.

---

1. « Les Français. »

Un bruit sourd les mit en alerte. Il venait d'une cloison de bois. James s'en approcha et tâta le panneau. Un petit mécanisme s'enclencha lorsqu'il le poussa à mi-hauteur. Le panneau s'ouvrit et découvrit une cachette qui parut vide au premier coup d'œil. James baissa les yeux et aperçut, tapie dans un recoin, la duchesse de Fontanges, recroquevillée et en larmes.

— Fermez les volets ! lança-t-il en s'accroupissant près d'elle.

Lewis s'exécuta tandis que Blake allumait quelques bougies. La duchesse geignait, blafarde et aussi tourneboulée que l'intérieur de la maison.

— Madame, appela James en lui tendant la main pour la relever.

Les yeux humides, hoquetant et reniflant, le visage éternel de jeune femme de vingt ans avait pris une teinte plus âgée.

— Oh, se rendit-elle compte. Monsieur le comte.

— Madame, êtes-vous blessée ?

— Blessée ? Je ne crois pas. Même si mon cœur est à l'agonie… Clovis, mon cher Clovis, mon aimé…

— Que s'est-il passé ? Où est le seigneur de Boréal ?

James n'avait pas très envie de la bousculer, mais il n'avait pas le choix. L'affaire était grave.

— Ils l'ont pris, comme tous les autres.

— Savez-vous qui a fait ça ?

— Mon aimé m'a poussée ici avant que je ne puisse les voir. Je les ai entendus parler d'un lion rampant… Ils ont dit qu'il fallait que ce soit eux les coupables.

C'était bien tout ce que craignait James : Frontis avait piégé les jacobites. Quoi de plus simple avec cette obsession du « à tout prix » ? C'étaient les ennemis parfaits, vu la méfiance notoire de Louis XV envers les sociétés secrètes.

— Venez, vous êtes en sécurité à présent, dit-il en relevant la vampire.

— Ou on pourrait l'achever, marmonna Blake.

Angélique de Fontanges tressaillit ; James le repoussa en attrapant un rideau décoratif pour protéger la duchesse.

— Comment comptes-tu la faire sortir de là ? s'enquit Lewis. Le soleil est à son zénith.

— Je vais demander une voiture.

Il masqua le visage de la vampire pour qu'elle ne voie pas l'horreur du rez-de-chaussée et l'escorta jusque dans l'entrée. Angélique s'était remise à pleurer. Il songea à un refuge, et seul Cluny lui semblait une bonne idée. L'hôtel était bien protégé grâce à la présence quasi constante d'Olympe, de lycanthropes ou de succubes. Il s'avança seul jusqu'à la porte de la Maison, laissant la vampire à l'écart. Olympe se tenait là. Elle haussait le ton contre le commissaire qui refusait de la laisser passer. Il tapota l'épaule de Roussette et lui demanda une voiture pour conduire une survivante en sécurité. Le commissaire s'exécuta, plutôt content d'échapper à l'invective puissante de la jeune femme. James sortit son carnet pour noter un mot à l'intention d'Alistair.

— Olympe, que se passe-t-il ? demanda-t-il tout en écrivant.

Elle ne répondit pas tout de suite. Son attention avait dérivé sur Blake qui sortait de la maison tel un conquistador posant le pied sur le Nouveau Monde.

— Qu'est-ce qu'il fait là, lui ?

— Ils se sont mis dans l'idée de nous assister, répondit James sans cacher son aversion.

— Je devrais lui casser les rotules avant, jura Olympe en serrant le poing.

— Et je te seconderais volontiers.

— Nous allons rendre compte à notre cheffe, déclara Lewis en s'inclinant en guise de salutation.

Il attrapa la manche de Blake, qui préférait défier Olympe du regard. Les deux Loups s'éloignèrent aussi vite qu'ils étaient venus.

— Tu vas vraiment les laisser agir ainsi ?

— On n'a pas le choix avec la trêve : tout ce que nous pouvons faire, c'est nous assurer que le talisman de Charlemagne regagne bel et bien sa place à Aix-la-Chapelle.

Olympe acquiesça sans se montrer convaincue. James reprit l'écriture de son message. Il cherchait une solution de repli pour Alistair, agacé de sentir le fil de ses pensées parasité par la disparition d'Hippolyte… Oui ! D'Arcy et son Auvergne obsessionnelle. Une terre d'accueil pour les Écossais. C'était parfait. Il écrivit donc à Alistair de se rendre à Clermont-Ferrand.

— Qu'est-ce que c'est ? demanda Olympe en le voyant enrouler le papier.

— Le Lion rampant est compromis. C'est un message pour les prévenir. Tu peux t'en charger ?

— Non, refusa bien vite Olympe. Un messager est arrivé à Cluny, Hippolyte est chez Henriette de Richelieu.

L'information prit un chemin tortueux dans son esprit. Il se demanda d'abord ce que pouvait bien faire d'Arcy chez son amie, puis comment il était arrivé là, et enfin pourquoi. Les questions se mirent à fuser. Au milieu de cette débandade, une émotion inattendue, chaleureuse et jouissive, parcourait tout son torse. Un soulagement incroyable, un contentement invraisemblable : Hippolyte n'était plus perdu quelque part. Et puis, la question du pourquoi refit surface.

— Mais que fait-il là-bas ? Je me ronge les sangs depuis des heures et cet idiot rend visite à son amie dans le Marais ?

— Tu vas regretter tes paroles quand tu sauras pourquoi, coupa Olympe. Il est gravement blessé, Galatée n'a pas eu le choix, elle a dû l'emmener là-bas.

L'agacement fit aussitôt place à l'inquiétude. « Gravement blessé » pouvait signifier à l'agonie comme une chance qu'il s'en sorte. Il dut pâlir, car Olympe lui saisit le bras pour témoigner de son soutien et de son impatience.

— J'ai un baume de Goliath avec moi, je vais chez Henriette de Richelieu.

Il acquiesça et reprit une feuille pour écrire des instructions à son nouveau secrétaire ; Diderot tombait à pic. Il se chargerait de porter le message à sa place aux jacobites. La voiture arriva à cet instant. Angélique et le message purent se rendre à Cluny tandis que James et Olympe se dirigeaient vers le Marais.

James tenta de se faire une raison à l'avance : le parquet de madame de Richelieu pourrait très bien correspondre à sa vision. Il partait peut-être pour voir son ami mourir.

Chapitre 12

Hôtel d'Henriette de Richelieu

Galatée observait le drame sans savoir quoi faire. Yvaine avait plus de trempe qu'elle ne s'y était attendue, et elle, en tant que vampire, n'était pas habituée à interagir de manière sociale et répétée avec les humains. Les seuls échanges qu'elle avait avec eux se résumaient à une hypnose, un acte sexuel et une ponction de sang. Jamais encore elle ne s'était retrouvée face à une jeune femme assez déterminée pour déshabiller Hippolyte malgré ses protestations.

Que pouvait-elle bien faire ? La violence ? Les vampires du royaume de France étaient résolument pacifiques. De toute façon, la chose était faite. Yvaine avait fait transporter Hippolyte dans une chambre, avait voulu s'occuper des blessures et observait à présent, avec des yeux médusés, la poitrine dénudée de son soupirant, plongé dans un sommeil fiévreux.

— D'Arcy est une femme, déclara-t-elle, incrédule.

Les humains étaient doués pour déclamer l'évidence.

— Vous auriez dû m'écouter et me laisser faire.

— Quel mensonge est-ce là !

La jeune fille affichait une mine à la fois surprise et intriguée. Galatée ne ressentait pas de colère venant d'elle.

— D'Arcy agit ainsi pour vivre librement.

C'était bien tout ce qu'elle avait compris à son déguisement. Hippolyte se mit à gémir tout en entrouvrant les yeux.

— Mal…

— Allez-vous nous aider ? insista Galatée.

Yvaine leva un regard un peu moins ahuri. Elle s'assit au bord du lit et ferma le gilet rembourré sur le corps de la jeune femme avec délicatesse. La grosse tache violacée qui envahissait son flanc droit l'inquiétait plus que ses atouts féminins.

— Le médecin ne peut pas la voir ainsi, je vais retenir son arrivée.

Galatée acquiesça avec un sourire.

— Est-ce que le comte de Nairn sait ? s'enquit Yvaine en remontant le drap sur l'endormie.

— Non. Personne ne doit savoir.

— Comment va-t-il l'aider, alors ?

Galatée se contenta de hausser les épaules.

Yvaine sortit de la chambre et la laissa veiller sur son amie. La vampire s'assit à la place laissée vacante et attendit. Elle n'avait encore jamais assisté à l'agonie d'un être humain. Sur l'instant c'était dramatique, mais dans dix ans, dans cent ans, aurait-elle oublié Hippolyte d'Arcy ?

— Galatée ?

La jeune femme avait rouvert les yeux et semblait consciente.

— Oui ?

— Vous voulez bien me rendre un service ?

— Tout ce que vous désirez, se hâta-t-elle de répondre.

Hippolyte prit le temps de déglutir. Sa respiration était pénible. Des petits gargouillis indiquaient que du sang se répandait dans ses poumons ; la douleur devait être effroyable.

— Achevez-moi.

La demande la laissa perplexe.

— Que voulez-vous dire ?

— Vous m'avez très bien comprise… J'en ai encore pour des heures d'agonie.

Une toux l'interrompit.

— Un vampire ne peut pas faire ça. Je refuse, répondit Galatée, tendue.

— Alors nourrissez-vous.

La demande déstabilisa la vampire. Elle se mit à entendre le cœur et son séduisant appel. Ce sang qui se débattait pour faire vivre son enveloppe charnelle éveillait un appétit mis de côté. Elle ne s'était pas nourrie depuis bien longtemps, et son corps peinait à guérir de ses brûlures. Lorsqu'un vampire en venait à expérimenter l'extrémité qu'elle avait atteinte, les siens étaient toujours là pour le secourir : réserve de sang, client humain, il ne restait jamais à court bien longtemps.

Mais Galatée vivait plus dans l'environnement des humains que dans le sien ces derniers temps.

Hippolyte voyait le corps de la vampire trembler par intermittence. Ses crocs d'habitude discrets s'allongeaient et ses yeux violines flamboyaient.

— Je ne peux faire ça, souffla-t-elle en luttant de toutes ses forces.

— Pourquoi ? Vous avez veillé sur moi jusque-là, laissez-moi vous rendre ce service.

— Il est interdit de boire sur des humains qui ne sont pas pris en charge. On offre hypnose et nourriture en échange du sang. Je ne vous offrirais que la mort.

— Pitié, Galatée, pitié...

Une autre toux la secoua ; du sang tacha ses lèvres alors qu'elle serrait les draps de toutes ses forces. Galatée tenta de mettre son appétit en sourdine, mais l'invitation d'Hippolyte terrassait sa volonté. Elle posa ses deux mains sur le visage de la jeune femme et établit un nouveau diagnostic. L'espoir d'une guérison était dérisoire. Elle soupira ; au moins l'hypnose calmerait les douleurs.

— Soit, finit-elle donc par dire.

Sa gorge se noua. Elle n'avait jamais désobéi. Les vampires étaient tenus par des règles strictes qui les maintenaient en dehors de toute bestialité. Qu'allait-il lui arriver, à elle ? Se nourrir sur un être aussi faible ? Une amie ?

Elle plongea ses yeux dans ceux d'Hippolyte, qui se détendit ; sa respiration devint plus régulière, son cœur se secoua pour charrier autant de sang que possible avant d'adopter un rythme plus calme.

— Vous ne ressentirez plus de peine, murmura Galatée avant de se pencher sur son cou et de planter ses crocs dans sa peau.

Le sang chaud se précipita dans sa bouche. Elle but à grandes gorgées, réconfortée par cette nourriture plus que bienvenue. Elle resta pourtant alerte et se retira sans trop vider l'enveloppe charnelle. Les crocs, au moment du retrait, abandonnèrent une substance qui accéléra la cicatrisation. Les deux points disparurent donc aussitôt. Hippolyte, s'affaissa, blême mais apaisée. Galatée tituba jusqu'au mur et se laissa glisser sur le sol, euphorique et atterrée. Le sang n'avait jamais été aussi bon ni le repas aussi douloureux. Elle n'avait plus qu'à écouter le cœur affaibli s'épuiser jusqu'à s'éteindre.

* * *

Olympe pressait le pas, mais le comte semblait encore plus bousculé qu'elle.

—Allongé dans un lit, vous dites ? Êtes-vous sûre qu'il n'est pas tombé par terre plutôt ? Sur votre beau parquet ! s'exclamait James en cavalant dans l'hôtel de madame de Richelieu.

Cette dernière était par chance absente, laissant tout pouvoir à sa nièce, la jeune Yvaine, qui protestait de leur intrusion.

—J'ai pris grand soin de lui ! Je ne vous permets pas ! rétorquait-elle vivement.

Elle se mit presque en travers de sa route à l'approche de la porte. Olympe observait d'un œil le manège des deux rivaux qui s'ignoraient et poussa le battant sans attendre. La petite troupe déboula et s'immobilisa à quelques pas de la couche. À la vue du corps inerte d'Hippolyte, bien trop pâle pour qu'il y ait de l'espoir, Olympe songea qu'il était trop tard.

James, après avoir baissé les yeux sur le parquet, fut le seul à paraître soulagé. Il s'avança, retira la couverture d'un geste sec et observa l'abdomen de la jeune femme. Il se mit à sourire, décontenançant l'assemblée.

—Tout va bien ! déclama-t-il en retirant son tricorne pour se pencher sur le visage endormi et lui tapoter les joues. Réveillez-vous, allez, cessez la comédie !

Galatée, d'abord muette, fut la plus stupéfaite de toutes. Yvaine devait être la plus convaincue que le comte n'était qu'un goujat, et Olympe commençait à comprendre qu'il savait très bien comment finirait le trajet d'Hippolyte sur terre.

—On ne peut même pas mourir en paix, murmura Hippolyte.

—Ça suffit, grogna Olympe en sortant une boîte en céramique de sa besace. Laissez-moi lui prodiguer des soins.

Elle s'assit sur le rebord du lit, remonta la chemise et commença à déboutonner le gilet avant de se rendre compte que le comte et Yvaine avaient fiché leurs yeux sur la mince portion de peau qu'elle avait découverte au niveau du ventre. Aussi Olympe se redressa et prit James à part.

—Vous devriez discuter avec Galatée.

Préoccupé, il n'avait même pas remarqué la vampire. Galatée avait secouru Hippolyte et ignorait encore tout du massacre dans sa maison. Cédant, James invita la vampire à sortir de la chambre un instant. Olympe se tourna ensuite vers la jeune Yvaine qui semblait résolue à ne pas bouger, comme en témoignaient ses bras croisés.

—Ce n'est pas un spectacle décent pour une jeune fille, prévint-elle en guise de préambule.

—Je reste.

Olympe fit un pas en avant.

— Sortez, mademoiselle.

Elle la toisait d'une bonne tête ; Yvaine recula d'un pas, mais ne changeait pas d'avis. Olympe hésita à sortir sa hache pour la faire fuir, mais elle se contint encore un peu.

— Ne me faites pas répéter, prévint-elle sur un ton menaçant.

Yvaine cilla mais tint bon.

— J-je reste.

Elle contourna le lit pour se mettre en sécurité.

— La blessure principale est sur le flanc gauche, vous n'avez pas à le déshabiller entièrement. En particulier là, indiqua-t-elle en dessinant une zone au niveau de la poitrine.

— Je vois. Vous savez que c'est une femme.

La jeune fille balbutia avant de se rendre compte qu'elle n'avait rien trahi. Olympe secoua la tête. Pauvre Hippolyte. Elle espérait sincèrement que son identité secrète tienne le plus longtemps possible, mais était-ce même négociable ?

— Vous aussi ? souffla Yvaine d'une voix perchée.

— Seul le comte n'est pas encore au courant. Vous voulez bien l'empêcher de revenir ? demanda Olympe avec plus de calme, tout en reprenant le déboutonnage du gilet.

Yvaine obtempéra enfin.

Olympe grimaça en constatant le bleu qui maculait la peau enflée. Hippolyte semblait pourtant paisible malgré cette blessure. Le gilet avait empêché les éraflures, mais pas les côtes cassées. Olympe saisit le petit pot et prit une noisette de baume du bout du doigt avant de masser la tache violacée de ses mains. La douce chaleur qui en émana pénétra l'épiderme. Le baume était inutile, mais il restait un bon paravent pour son pouvoir.

La chose était invisible. Innée. Le don de Sakpata. Un présent caché à ne jamais révéler, lui avait fait promettre sa mère. Si le monde savait, elle serait pire qu'une esclave aux yeux des hommes. Et pourtant, combien de fois elle aurait voulu s'en servir… à chaque coup de fouet sur le dos des siens, à chaque os brisé par les maîtres, à chaque maladie causée par l'eau sale et la chaleur dans les champs de tabac. Comment pourrait-elle oublier le regard dur de sa mère, les mâchoires serrées, le front suintant, lui interdisant de faire quoi que ce soit alors qu'un des fils du maître la battait pour le plaisir… ?

Un jour, elle avait entendu un prêtre dire qu'alléger les hommes des maux terrestres lui procurait un grand plaisir spirituel. Elle avait presque cru que l'usage de son don pourrait au moins lui procurer cette émotion-là. Mais elle n'avait découvert que la rage de l'impuissance. Tous ces êtres humains enchaînés, c'était à eux qu'elle aurait voulu consacrer son don, cette thaumaturgie dont parlaient les chrétiens. Mais elle avait fui et s'était mise à débarrasser les pauvres errants de leurs maladies en ouvrant une soupe le soir. Ils ne se rendaient compte de rien, pensaient que la nourriture les confortait, personne ne pouvait rien soupçonner. Elle avait toute confiance en James, comme en Hippolyte à présent. Mais elle savait très bien pour qui ils travaillaient. Et jamais elle ne pourrait s'en remettre à une Couronne qui transformait des hommes en bêtes.

Olympe prit le temps d'appliquer ses mains sur le fémur et le poignet, puis sur les blessures éparses et moins graves, et attendit.

Au bout de longues minutes, alors que la tache violette se résorbait sous ses yeux, Hippolyte revint à elle, déconcertée même si la fatigue se lisait encore dans chacun de ses traits.

— Olympe ? Suis-je morte ? Je me sens... bien.

— Baume lycanthrope, expliqua Olympe en fermant le récipient.

— Qu'attend-on pour les élever au rang de physiciens... ?

— Vos blessures n'étaient pas aussi graves que prévu.

Hippolyte dodelina de la tête. Sa douleur n'avait pas été feinte, sa soudaine absence lui paraîtrait étrange un moment, avant qu'elle ne passe à autre chose.

— Vous devriez vous reposer encore un peu, recommanda Olympe. Et je dois vous prévenir : la jeune Yvaine connaît votre secret.

Hippolyte s'affaissa dans l'oreiller de plumes avec un soupir.

— Pardieu. J'aurais dû mourir, tout aurait été plus simple.

* * *

Hippolyte ouvrit les yeux au bout de deux ou trois heures. Olympe l'avait abandonnée au calme et personne n'était revenu. Quels instants parfaits ! Dans un confort qu'elle avait oublié. Sa chambre à Cluny était bien surannée à côté de ce luxe très parisien. Elle devrait peut-être mieux meubler son lieu de vie. Elle songeait à une commande d'édredon quand la porte s'ouvrit sur Yvaine. Elle portait un petit plateau sur lequel le museau d'Hippolyte repéra aussitôt un potage fumant, de belles tranches de pain et des œufs. La jeune femme se redressa dans le lit, l'estomac criant famine.

—Comment vous sentez-vous ? demanda Yvaine en posant l'encas sur ses genoux.

—Bien mieux.

Yvaine semblait embarrassée.

—Écoutez...

—Je sais que vous savez, préféra interrompre Hippolyte. Je suis désolée si cela vous a blessée.

Elle n'avait pas très envie de s'attarder sur le sujet, préférant largement plonger son pain dans la soupe. Peut-être se faisait-elle aussi une raison. Son secret s'égrenait, mais personne ne l'avait encore trahie.

—Je me demandais..., entama Yvaine avant d'hésiter.

—Je vous écoute, l'encouragea Hippolyte.

—Pourriez-vous me prendre comme élève et m'enseigner l'épée ?

Hippolyte n'eut pas le temps de porter la tranche de pain à sa bouche qu'elle la reposa aussitôt. Alors ça, c'était une requête à laquelle elle ne s'était pas attendue. Yvaine semblait pourtant résolue et très sérieuse. Hippolyte avait presque l'impression de se voir elle-même à son âge. C'était un sacrifice que de s'engager dans cette vie-là.

—Votre tante et vos parents risquent de ne pas approuver ce choix.

—Je suis la septième enfant de mon père, ma tante m'accueille ici parce qu'il ne sait plus quoi faire de ses filles, précisa Yvaine.

—Votre oncle, le duc de Richelieu, est un très bon ami du roi. Si vous êtes découverte, votre disgrâce pourrait rejaillir sur lui, prévint Hippolyte.

—Je changerai de nom, répliqua-t-elle tout simplement.

Elle avait au moins les bons réflexes.

Après tout, qui était-elle pour lui interdire ce qu'elle s'était permis elle-même ?

—Si vous êtes résolue, passez me voir un après-midi à l'hôtel de Cluny.

Le visage d'Yvaine s'illumina.

—Merci, monsieur !

Hippolyte se mit à sourire ; elle avait vraiment cru au personnage de la demoiselle en quête d'un soupirant. Demoiselle qui avança son visage près du sien pour presser ses lèvres contre les siennes. Elle ne s'était pas non plus attendue à cela. Elle rendit le baiser tendre et sentit Yvaine sourire. Ce n'était pas si différent du baiser d'un homme, quoique plus doux, peut-être.

La porte qui vola les fit sursauter toutes les deux.

James entra, les bras chargés de vêtements. Il avait donné un coup sec dans le battant pour créer un passage. Il ralentit cependant.

— Je vois que vous allez mieux, finit-il par dire.

Yvaine attrapa le plateau et bondit sur ses pieds.

— Apprenez donc à frapper avant d'entrer.

— J'avais les mains occupées.

Elle se contenta d'un renâclement et sortit. Hippolyte s'affaissa. Le potage était parti, lui aussi.

— Misère, murmura-t-elle, l'estomac à l'agonie.

— Tenez, habillez-vous, conseilla James en posant les vêtements sur le lit. Nous avons beaucoup à faire. J'ai raccompagné Galatée à Cluny, j'en ai profité pour prendre votre habit de cour. Le roi est aux Tuileries.

Hippolyte se leva pour passer derrière un paravent chinois. Elle enfila les bas, la culotte de soie grise, une chemise propre et un justaucorps brodé de feuilles d'acanthe au fil d'argent. Elle était à nouveau étonnée de sa forme retrouvée. Pas la moindre douleur, rien. Elle observa son poignet qui l'avait fait souffrir toute la nuit ; il semblait si bien remis qu'elle se demanda même si son état désolant n'avait pas été dû à un délire fiévreux.

Lorsque le comte vint vers elle, tenant son habit et une cravate, elle le trouva bien fatigué. Comme une vague, les événements de la nuit passée lui revinrent en tête et un flot de questions surgit :

— Que s'est-il passé de votre côté ?

James lui raconta la fouille du laboratoire du Singe vert, le massacre de la *Maison de l'Hermaphrodite*, la disparition du seigneur de Boréal, la survie de la duchesse, l'intervention de Blake et Lewis, et même l'identité révélée de Criquet. Hippolyte écouta, l'inquiétude au ventre. Une maison de vampires massacrée ? Comment pouvait se porter Galatée qui avait sacrifié l'un de ses principes fondamentaux pour elle ?

— Il ne me reste qu'une chose à vous dire, termina James en croisant les bras.

— Allez-y.

— À quoi pouviez-vous bien penser en vous jetant comme ça dans les griffes de l'ennemi ? rugit-il. C'était irresponsable !

Hippolyte, loin de s'offusquer, lut très bien le sentiment qui agitait le comte à cet instant. Elle posa son index sur son poitrail.

— Vous vous êtes inquiété pour moi, affirma-t-elle en souriant.

Il se figea.

— Ne dites pas de bêtises, grommela-t-il en se coiffant de son tricorne. Partons. Vous devez me raconter votre nuit, et nous avons un nécromancien à prendre au passage.

— Un nécromancien ? Pourquoi ?

— Il faut que quelqu'un surveille les Tuileries pour nous, maintenant que le roi l'habite à nouveau.

— Pourquoi ne pas demander aux vampires ?

Hippolyte rassembla ses affaires et les emballa dans un baluchon ; elle demanderait qu'on les fasse livrer à Cluny.

— Parce qu'il est possible que nous perdions tout accord avec les vampires.

— Pourquoi ? insista-t-elle, peinant à suivre son raisonnement.

— Des humains viennent d'exterminer toute une maison de vampires, dont le seigneur de Boréal. Les trois autres maisons peuvent considérer cet acte comme une annulation pure et simple des accords. Racontez-moi ce qui s'est passé cette nuit, à présent.

Hippolyte lui fit un rapide récit. Il n'y avait malheureusement pas grand-chose d'utile à retenir : elle avait été sonnée la plupart du temps. Tout ce qu'elle pouvait affirmer, c'était l'instabilité de Frontis.

— Il a de plus en plus de zombies, réfléchissait James. Il lui faut une cachette en conséquence. Nous savons que ce n'est pas le laboratoire du Singe vert puisqu'il nous l'a livré. Si nous pouvions mettre la main sur cette cachette, nous aurions une chance de les surprendre.

— Surprendre des dizaines de zombies sur leur garde ? douta Hippolyte.

— Ce ne sont que des pantins. Si nous maîtrisons Frontis et le talisman, il n'y a plus de zombies. L'adversaire n'est qu'un homme : il doit forcément dormir à un moment ou à un autre.

— Juste, admit Hippolyte. Comment va Galatée ?

James hésita un court instant sur la réponse ; Hippolyte ne s'en étonna pas. Galatée n'était pas un modèle d'expression émotionnelle.

— Vous lui avez sauvé la vie, en quelque sorte. Si elle n'était pas partie à votre recherche, elle serait rentrée à la *Maison de l'Hermaphrodite*.

— Elle a surtout sauvé la mienne. Est-ce que les autres maisons de vampires vont prendre les rescapées sous leurs ailes ?

James haussa les épaules.

— Les relations entre les maisons sont spéciales. Il faut peut-être que je vous fasse un point à ce sujet : Clovis était leur représentant auprès du Secret depuis des siècles, son accès à cette position n'avait pas été une mince affaire. Il va falloir qu'ils en nomment à nouveau un et…

Hippolyte ralentit, laissant le comte poursuivre et sa route, et son discours. Ils cheminaient sur la large rue Saint-Antoine, envahie de marchands ambulants et de badauds. Son estomac et ses narines venaient de repérer le vendeur de petites gaufres rondes au vin blanc, là, dans un coin. Elle prit son tour dans la file et guetta l'avancée avec impatience. Lorsqu'il arriva, elle n'eut même pas l'occasion de passer commande.

— Vous croyez vraiment qu'on a le temps pour ce genre de chose ? Nous sommes déjà en retard aux Tuileries ! s'agaça James en lui attrapant le bras.

— Ces gaufres sentaient si bon ! protesta Hippolyte.

— Vous et votre odorat de chien…

Son premier réflexe lui dictait une protestation digne de sa faim, mais une tout autre idée débarqua dans sa tête. Elle retint le comte en arrière, frappée par une révélation.

— Oui, mon odorat !

— Eh bien ? Vous vous rendez enfin compte qu'il n'est pas normal ? cherchait-il à comprendre.

— Vous savez qui d'autre a un flair bien plus prodigieux ?

Il ouvrit la bouche pour répondre sans prévoir l'aspect rhétorique de la question.

— Les lycanthropes ! s'exclama Hippolyte.

Il claqua sa langue, sa patience mise à l'épreuve.

— Avez-vous d'autres évidences à me servir ?

— Qui a une odeur bien particulière ?

Il se mit à grogner « vous sentez bien le savon mais je doute que nous parlions de la même chose ».

— Les zombies, poursuivit Hippolyte. Jusque-là, on est d'accord, ils puaient la mort. Mais les fosses communes, les cimetières, les abattoirs, les équarrissages et les décharges ont tous cette même et affreuse odeur. Or, nous savons depuis cette nuit que les zombies sentent aussi l'esprit-de-vin, le camphre, le clou de girofle, la cardamome et le poivre. J'ai en ma possession un morceau de tissu imprégné de cette odeur qui a servi à me lier les poignets. Il pourrait permettre aux lycanthropes de pister les zombies.

Admirant le raisonnement, James sourit en hochant la tête.

— C'est une très bonne idée, qui mérite récompense.

— Très bien, je choisis les gaufres, décida Hippolyte en faisant demi-tour.

Le comte l'attrapa par le col pour se remettre en marche.

— Mon compliment suffira.

Chapitre 13

James la traîna jusque dans la petite rue de la Mortellerie, tout près de l'Hôtel de Ville et du Port au blé bordant la Seine. Les berges du fleuve n'étaient pas construites ici, et des bateaux déchargeaient des céréales destinées à la capitale. Cet endroit de Paris mêlait agitation portuaire et judiciaire, car c'était sur la place de Grève que l'on menait les exécutions publiques. Lorsque personne n'était condamné, le marché attirait toute l'attention. Les cantines dégageaient leurs délicieux fumets de soupe au lard et autres fricassées de porc et légumes aux épices. Hippolyte se dit que c'était elle qu'on suppliciait sur cette place. Elle se mit même à envier tous les sans-emploi qui venaient fouiner ici les offres d'une cargaison à l'autre, prenant le temps de dévorer quelques mets rustiques mais nourrissants.

Ils s'arrêtèrent aux abords de la place, devant la dernière maison de la rue de la Mortellerie, biscornue et tout en colombages. Rien n'indiquait que des nécromanciens officiaient ici. Hippolyte frappa, puis poussa, mais la porte ne bougea pas d'un demi-pouce.

—Admirez le véritable pouvoir des Manusdei, professa James en l'écartant.

Sous l'œil sceptique d'Hippolyte, il posa sa main à plat contre la petite porte ; un déclic se fit entendre et le battant céda.

—Je suis soufflée, se moqua Hippolyte.

—Un sort protège l'endroit de toute intrusion, la porte ne s'ouvre que si elle détecte un élément surnaturel.

—Fascinant. Le monde est vraiment entre de bonnes mains, répliqua-t-elle avant de ricaner.

—Évitez de rire à vos propres traits d'esprit, soupira James, résigné.

Ils entrèrent dans la maison au plafond bas. Le couloir était plongé dans la pénombre; une chandelle brillait au fond, posée sur une petite table. Les murs étaient recouverts de formules bizarres et de formes géométriques. Hippolyte comprenait pourquoi ils se protégeaient de l'extérieur: n'importe quel humain crierait à la sorcellerie devant un tel étalage. La silhouette d'un homme apparut alors qu'ils atteignaient le bout du couloir, où deux autres corridors se déployaient à gauche et à droite. Émacié et longiligne, il était vêtu d'une longue robe de velours rouge et coiffé d'une sorte de toque chinoise de la même matière.

—Bienvenue à la Guilde des Nécromanciens en Grève, les accueillit-il avec un sourire affable. En quoi puis-je vous aider?

Il n'avait pas une mauvaise tête mais était plutôt émacié. Ses yeux bleus globuleux allèrent d'Hippolyte à James sans s'arrêter, guettant la moindre réaction.

—Nous venons pour une invocation, renseigna James.

—Un parent?

—Non, un veilleur plutôt.

Le nécromancien acquiesça et tendit le bras vers le couloir de droite.

—Veuillez me suivre.

Il les mena dans une pièce sans ouverture et pauvre en mobilier. Seuls un bureau, deux chaises et un fauteuil trônaient en son centre. Une quantité de bougies coulaient avec lenteur sur la table, offrant une lueur centrale pleine de mystère. Le nécromancien prit place sur le fauteuil, ouvrit un long tiroir et en sortit un gros livre de comptes. Hippolyte et James prirent place en face de lui. Elle se sentit moins à l'aise que le comte. L'homme plongea sa plume dans un encrier sale, puis releva un visage souriant sur ses deux clients.

—Dites-moi tout.

—Nous voudrions que vous invoquiez l'Homme rouge des Tuileries.

À ce nom, le nécromancien fronça les sourcils.

—Vraiment? Ne fait-il pas partie de ces esprits annonciateurs de désastres?

—Si, c'est pour cela que nous aimerions qu'il veille en continu sur les Tuileries.

—En continu, vous dites, releva-t-il en prenant des notes. Ce ne sera donc pas une invocation limitée dans le temps?

—Disons que ce sera un contrat à durée indéterminée.

— Oh, charmant, charmant, fit le nécromancien en souriant de plus belle. Des demandes spécifiques pour établir ce contrat avec l'Homme rouge ?

— Je tablais sur le fait qu'il n'est pas réapparu depuis Henri IV. Si on l'autorise à se promener dans les alentours des Tuileries la nuit, il se montrera moins menaçant qu'un esprit frappeur tel que lui.

— Tout à fait, confirma le nécromancien. Autre chose ?

— La protection de l'habitant des Tuileries.

Les yeux de l'homme se fixèrent sur le comte sans que son visage bouge.

— Qu'entendez-vous par là ?

— Si une quelconque menace s'approche de la personne du roi, l'Homme rouge devra pouvoir apparaître à l'hôtel de Cluny et tout faire pour protéger Louis XV jusqu'à notre arrivée, reformula plus en détail James sans quitter son interlocuteur des yeux.

— Je vois. C'est ce genre de veilleur *là* que vous souhaitez.

Il gratta encore sa page puis se mit à marmonner. Hippolyte observait l'affaire sans oser dire quoi que ce soit. Tout était bien trop étrange et normal à la fois.

— Une telle opération, dans un tel lieu, pour un tel personnage, vous fera trente livres, messieurs, conclut le nécromancien.

Hippolyte crut bondir de sa chaise.

— Trente livres ?! s'exclama-t-elle.

— Le marché n'est pas aussi bon qu'avant, geignit le nécromancien.

Elle tourna un regard rond vers le comte, interloquée. Son compagnon se racla la gorge, gêné.

— Ce n'est pas le moment de marchander, murmura-t-il.

— En plus, les faux nécromanciens prolifèrent sans que quiconque les en empêche, ajouta l'homme sur un ton critique. Tenez, même les incubes ont fini par faire appel à ces médiums de pacotille, alors qu'ils ne font rien de concret ! Mais leurs formules sont plus exotiques que les nôtres, paraît-il.

Hippolyte ferma le poing, prête à le frapper sur la table, mais James la devança et attrapa sa bourse pour en sortir un Louis d'or et un écu d'argent.

— Tenez, dit-il en posant les deux pièces. Et partons sur-le-champ.

Le nécromancien les fit glisser avec satisfaction dans son tiroir, nota la transaction et se leva. Il attrapa une sacoche en cuir abîmé et se mit en route. Dès qu'ils furent dehors, l'homme prit la tête. Ses longues jambes, aussi maigres que son visage, lui faisaient faire de grands pas. Il semblait couler entre les passants comme l'eau d'une rivière.

—Trente livres, grognait Hippolyte.

—Allons, allons, avançons, tenta de la calmer James.

Hippolyte rattrapa le nécromancien en bousculant quelques promeneurs sur la place de Grève. Ils allaient devoir traverser le centre de la ville, bondé à cette heure-ci. Le nécromancien crut bon de choisir les ruelles moins fréquentées pour couper les axes surpeuplés. Quitte à le payer si cher, autant en apprendre plus sur le procédurier qui les accompagnait.

—Pourquoi la Guilde des Nécromanciens en Grève ?

—Oh, nous avons changé de nom, répondit l'homme en enjambant un tas d'ordures avant de s'enfiler dans une ruelle malodorante. Le précédent était bien trop long, entendez plutôt : « la Guilde des Nécromanciens extraordinaires logés en place de Grève ». Nous avons aussi fini par comprendre que le lieu « place de Grève » n'était pas assez positif à l'oreille de nos clients, alors que « la Guilde des Nécromanciens en Grève », c'est plus dynamique, plus travailleur, plus accrocheur.

—Vous trouvez ?

—Pas vous ? s'étonna le nécromancien.

Hippolyte haussa les épaules. Ils sortirent du trou à souris pour traverser la rue Sainte-Opportune et passer par la rue de la Heaumerie. La Grande Boucherie n'était pas très loin ; les odeurs de viande abattue firent frissonner Hippolyte, à la fois de faim et de dégoût.

—Vous ne pensez pas qu'inventer un système de tunnels pour les déplacements rapides serait une bonne idée ? réfléchissait Hippolyte en se tournant vers le comte. On a avancé si vite dans les souterrains de L'Isle-Adam.

—On a également fui si vite, releva James avec ironie.

—En attendant, on est passés sous une rivière, un bois et plein d'obstacles naturels.

—Certes. Mais Paris est déjà creusé par d'innombrables carrières souterraines.

—Vous traînez, agents du Secret, sermonna le nécromancien, qui revenait sur ses pas pour les reprendre dans son sillage.

Ils atteignirent tant bien que mal le vieux Louvre. Ils passèrent sous l'arc d'entrée de la grande colonnade voulue par Louis XIV pour honorer le style architectural français. À l'intérieur de cette vaste cour carrée, le palais ressemblait à une élégante enceinte pour les quelques habitations bâties là. Hippolyte aperçut l'enseigne de la taverne tenue par le clan lycanthrope de Goliath.

—Vous croyez qu'il y a un lien entre le nom du palais et la présence des lycanthropes ? interrogea-t-elle James.

—Eh bien, certains pensent que Louvre vient de *lupara*, qui peut signifier « lieu infesté de loups », indiqua-t-il.

—Quelle est la version du Secret ?

—C'était un lieu infesté de lycanthropes, jusqu'à ce que le roi Philippe Auguste n'en fasse une forteresse pour les contenir. Ils ont toujours été là, depuis bien plus longtemps que les rois de France.

Une fois place du Louvre, ils n'eurent plus qu'à suivre la rue des Orties qui longeait la Grande Galerie, ouvrage de près de six arpents de longueur reliant le Louvre au palais des Tuileries.

* * *

—Où voulez-vous procéder ? demanda James au nécromancien alors qu'ils se tenaient dans la cour du palais.

—Mettons-nous au plus près de l'édifice, recommanda-t-il. Près des écuries, ce sera discret.

Ils se rendirent donc aux communs, qui dégageaient une forte odeur de crottin et de paille. Ils se mirent dans un redent de la façade du palais, à l'abri des nombreux passages de la cour. Le nécromancien, que rien ne semblait perturber, se mit au travail. Il sortit un sachet en papier ainsi qu'une grande feuille de sa sacoche. Il déplia cette dernière et la plaqua au sol. Une fois agenouillé, il commença à dessiner des formes avec un bâtonnet de charbon contenu dans le sachet, tout en psalmodiant quelques paroles inintelligibles.

—Que dit-il ? murmura Hippolyte qui prit du recul avec appréhension.

—Ce sont d'anciennes formules en araméen, répliqua James, stoïque.

La main du nécromancien se mit à inscrire des mots le long des lignes qu'il avait tracées. Tout son dessin ressemblait à un ensemble de cercles concentriques coupés ici et là par des droites. Géométriquement parlant, ça n'avait pas vraiment de sens pour James, mais il ne pouvait s'empêcher de penser aux cercles des Enfers de Dante. Le nécromancien devait créer des passerelles entre eux pour ramener une âme.

Une fumée rouge émana de la feuille de papier au bout de quelques secondes. Le nécromancien se releva et recula. Une sorte d'explosion étouffée retentit, puis une silhouette humaine apparut au milieu de la nuée écarlate. L'Homme rouge se tenait devant eux.

L'esprit invoqué était recouvert de sang : seuls ses yeux, comme deux taches blanches, semblaient épargnés. Il portait un pourpoint, des bas et des chausses, eux aussi maculés de liquide rouge. Un tablier et un grand couteau de boucher rappelaient sa vie de mortel.

— Hé ! Nécromancien ! Je n'ai pas de désastre à annoncer aujourd'hui ! rugit-il.

Bien qu'il suintât du sang de toute part, les gouttes disparaissaient avant même de toucher le sol. D'ailleurs, ses pieds avaient tendance à se perdre dans une vapeur flottante.

— Je vous ai invoqué au nom de ces messieurs, ils souhaitent vous confier la surveillance des Tuileries et de son occupant jusqu'à ordre contraire. Vous pourrez juste apparaître à l'hôtel de Cluny pour les prévenir. En échange, vous aurez l'autorisation de vous déplacer autour des Tuileries, du palais du Louvre aux Champs Élysées. Comme bon vous semble, la nuit de préférence.

L'Homme rouge retint un rire narquois.

— Il ferait bon m'interdire quoi que ce soit ! Ma boucherie était là, dit-il en tapant la façade de pierre du palais de son couteau. Avant que la reine Catherine la rase pour sa bicoque, tout en m'assassinant au passage.

— Si vous refusez les termes, je vous renvoie d'où vous venez, déclara le nécromancien en jetant un œil sur la montre qu'il sortit d'une poche, avec la nonchalance typique des siens.

Le fantôme toisa les deux commanditaires.

— La mode a encore changé depuis la dernière fois, constata-t-il. J'avais tenté d'avertir Henri IV de sa mort. Un Bourbon, ça valait plus l'effort qu'un Valois, comprenez ? Évidemment, je l'ai terrorisé et il a fui le palais, est passé par la rue de la Ferronnerie et a péri assassiné.

Il ponctua sa phrase d'un coup d'œil sur la façade du palais.

— Qui habite les Tuileries ?

— Un Bourbon, Louis XV, indiqua James.

— Et quelle est la menace ?

— Des morts qui se réveillent et qui risquent d'attaquer.

Le fantôme arqua les sourcils.

— Ah ?

Les deux agents hochèrent la tête.

— Mes aïeux… Bon, bon, je me ferai discret. Si je peux rattraper du temps perdu, pourquoi pas.

— Les deux parties sont donc d'accord, conclut le nécromancien en attrapant la feuille pour la plier avec délicatesse et la ranger dans sa sacoche. Venez me voir lorsque vous voudrez défaire le contrat. Monsieur l'esprit, messieurs, salua-t-il avant de faire tout bonnement demi-tour.

Le fantôme eut un large sourire, pivota sur lui-même et disparut.

— J'espère que vous avez raison, soupira Hippolyte.

— Ne vous en faites pas, les fantômes sont pleins de ressources.

— Étant donné qu'on a déboursé trente livres, j'espère bien.

* * *

Le roi s'était entouré de sa plus proche cour, celle de ses amis, dont le comte et la comtesse de Toulouse et le duc de Richelieu. Le grand salon précédant l'antichambre dans laquelle il recevait était plein de ces courtisans qui semblaient à la fois flattés et décontenancés d'être là. Les Tuileries étaient abandonnées depuis que Louis XIV avait bâti Versailles ; l'endroit était mal entretenu et le confort manquait. Mais c'était le palais d'enfance de Louis XV, le choix n'était donc pas dénué de sens. Le jeune roi se sentait en sécurité ici. Il avait été élevé parmi les Parisiens, qui l'aimaient toujours autant.

— Hippolyte, appela une voix à l'autre bout du salon.

La jeune femme aperçut Pierre s'approcher d'elle. Elle laissa James en lui promettant de revenir vite avant de s'isoler avec le mousquetaire.

— Tout va bien ? s'enquit-il. Tu étais portée disparue et le roi n'a rien voulu me dire…

Hippolyte lui fit signe de baisser d'un ton par prudence.

— Tout va bien. Et toi, le roi ?

— Après que plusieurs invités m'ont pris pour le roi hier et assailli de compliments tous plus intéressés les uns que les autres, je ne critiquerai plus jamais la charge royale.

— Ce n'était pas si désagréable si mes souvenirs sont bons, dit-elle en songeant à leur baiser au château des Conti.

— Si tu le dis, grommela-t-il.

— Je vais bien, tu vas bien, contentons-nous de ce fait.

Elle allait s'écarter quand il lui attrapa le bras.

— Je t'aime, alors s'il te plaît, fais attention.

Sa déclaration était prévisible, mais elle aurait préféré s'en passer. Elle l'aimait comme on aimait un ami, un proche, un confident. Ne trouvant aucun mot juste à répliquer, elle garda le silence.

— J'ai bientôt fini mon service auprès du roi, je serai de retour à la caserne dès demain soir. Tu viendras ? lui demanda-t-il alors.

Aller à la caserne de son amant la nuit, alors qu'elle était censée veiller à Cluny, n'était peut-être pas une bonne idée. Mais comme la dernière chose qu'elle souhaitait était de le blesser, elle approuva. Malgré elle. Et pourtant satisfaite. Troublée, elle le quitta pour rejoindre James.

Les deux agents pénétrèrent dans la pièce aux murs recouverts de tapisseries des Gobelins. Un feu crépitait dans la cheminée et les volets ouverts laissaient entrer une lumière automnale. Trois personnes étaient présentes : Pinsec se tenait à l'écart, près d'une fenêtre, jetant des regards inquiets sur le roi qui discutait avec une jeune femme dont le charme irradiait de toute part.

— Le comte de Nairn et monsieur d'Arcy, annonça le valet avant de refermer derrière lui.

Le roi eut aussitôt un grand sourire. Peut-être pas aussi victorieux que celui de sa compagne : la marquise Constance de Waterford, qui agitait son éventail avec nonchalance. Hippolyte se glaça aux côtés du comte. Le roi s'avança à grands pas jusqu'à elle pour lui donner une accolade plus que chaleureuse.

— Cher ami, vous n'avez rien.

— Je vais bien, merci, Sire.

— Pouvons-nous savoir ce qu'elle fait ici ? consulta James, qui fixait Constance avec une crainte mêlée de colère.

— Oui, se reprit le roi en reculant. Madame de Waterford me confiait à l'instant que le Lion rampant était impliqué dans le massacre de la *Maison de l'Hermaphrodite*. Savez-vous de quoi il s'agit ?

* * *

James avait très bien perçu l'accusation dans le ton : tout ce qu'il redoutait était en train de se produire. S'il perdait la confiance de Louis XV, non seulement il perdrait la considération de la couronne de France, mais aussi celle de son roi exilé. Constance lui souriait avec patience, mais son regard clair était empli de défi. Évidemment, elle était en train d'imposer ses conditions pour sa collaboration : livrer Alistair McDonald et le Lion rampant contre son aide. Autant jouer cartes sur table.

— C'est une confrérie de jacobites, Sire. Ces mêmes jacobites que les Loups ont chassés en Angleterre et pensent chasser ici, sur vos terres.

Louis opina de la tête sans masquer son impatience.

— C'est une société secrète, somme toute. Notre police a déjà rendu des rapports à son sujet, mais son objectif nous paraît encore... vague. Pouvez-vous nous éclairer ?

Lorsque le roi s'incarnait dans un « nous », ce n'était plus vraiment lui qui s'exprimait, mais l'État. Aussi James prit bien garde aux mots qu'il devait employer. La Louve avait semé le trouble dans son esprit, trouble qu'il avait lui-même semé en esquivant certains sujets. Il n'avait aucun moyen d'empêcher le roi de douter du Lion rampant, car ses amis agissaient bel et bien sans son consentement, mais il pouvait encore sauver sa situation et espérer ne pas couper les liens entre la France et l'Écosse.

— D'après ce que je sais, ils veulent lever des fonds pour défendre leur cause.

— Pour former une armée ? Endoctriner notre noblesse en passant outre nos voies diplomatiques ?

— Oui et non, Sire, formula-t-il avec prudence. Je ne les ai jamais entendus parler d'armée. Ils tentent surtout d'aider les victimes de l'occupation anglaise. Je les ai mis en garde à diverses reprises sur les dangers d'une action secrète, mais les Écossais peuvent être obstinés, vous le savez.

— Sire, je confirme, intervint Hippolyte. J'ai été témoin des mises en garde du comte.

Le roi scruta ses deux agents sans dévoiler sa réflexion.

— Madame m'a proposé de lui livrer Alistair McDonald contre une entière collaboration des Loups dans la traque de l'adversaire. Qu'en pensez-vous ?

James n'avait plus qu'à espérer que son message était bien parvenu jusqu'à Alistair et Lamont.

— Je ne peux pas donner mon accord moral à cet échange, Sire, répliqua-t-il. Les Loups ne font pas de procès. Mais si nous devons établir des termes, je consens s'ils acceptent que le talisman soit remis à sa juste place.

Constance parut surprise par sa décision. Peut-être que le roi, Pinsec et Hippolyte croyaient qu'ils respecteraient de tels accords, mais James savait pertinemment que ni la Louve ni lui-même ne suivraient ces décisions à la lettre. Il la connaissait bien, elle et son esprit retors : si elle avait la possibilité de partir avec le talisman, elle le ferait sans aucun scrupule. S'il pouvait prouver au roi de France que les Loups n'étaient pas dignes de confiance, les jacobites seraient mieux protégés dans ce royaume et on ne livrerait plus les siens au détour d'un salon.

— Soit, dit-elle alors. Je suis heureuse que nous ayons trouvé un terrain d'entente.

James se contenta d'un sourire froid.

— Je souhaiterais m'entretenir un instant avec vous, invita ensuite le roi sur un ton qui ne souffrait pas de refus.

James accepta et le suivit à l'écart.

— Votre Majesté, au sujet du Lion rampant..., commença-t-il, croyant que le roi voulait de plus amples explications.

— Laissez cela, interrompit-il. Contentez-vous de tenir vos jacobites.

Le comte acquiesça. S'il tombait à nouveau sur Lamont ou Alistair, il saurait quoi leur dire, c'était certain.

— Est-ce au sujet de Voltaire ? tenta-t-il de devancer.

— J'espère pour vous que vous n'empoisonnerez plus l'esprit de mes jeunes sujets, monsieur, déclara le roi. Travailler pour le Secret ne vous dispense pas de la Bastille ou de Vincennes, et j'éprouverais beaucoup de remords, en tant que personne, à l'idée d'envoyer la police fouiller l'hôtel de Cluny ; mais sachez que le roi, lui, n'hésitera pas un seul instant.

James, le cœur battant, acquiesça tout en baissant les yeux. Louis XV descendait du tempétueux Louis XIV, et parfois cette autorité de Roi-Soleil transparaissait en lui.

— J'y veillerai, Sire, promit-il, tout en sachant très bien que son Voltaire finirait dans une cachette.

Louis reprit son souffle. James avait déjà fait au roi un rapport complet la nuit passée, lorsqu'il était revenu seul de la fouille du laboratoire caché de L'Isle-Adam. Que pouvait-il bien attendre de plus ? Le roi sembla embarrassé.

— Dites-moi, comte, je sais que vous avez pu lire mon cousin la nuit dernière. Avez-vous vu quelque chose ? Pinsec s'inquiète toujours autant d'une possible trahison ; je refuse encore d'y croire.

Ah. C'était là, la véritable requête du souverain.

— Votre cousin n'est pas le Singe vert des messages que vous avez reçus et n'est pas lié à ces agissements.

Le roi garda le silence avant d'ajouter :

— C'est tout ?

La situation devenait délicate. Le jeune prince de Conti et le roi ne s'entendraient pas toujours ; son cousin finirait même sa vie dans la détestation de la religion, creusant un peu plus leurs différences.

— Vous aurez une relation tout ce qu'il y a de plus familiale avec le prince de Conti.

Le roi sembla apprécier la déclaration : ses épaules se détendirent.

— Cela dit, vous devriez garder contact avec lui. Il n'apprécie pas Frontis. S'il sait que vous vous interrogez sur le marquis, il pourrait vous prévenir de sa prochaine visite.

— C'est judicieux, approuva le roi. Je vais lui écrire à ce sujet.

— Sire, qu'avez-vous décidé au sujet de nos prédécesseurs ? Nous pouvons envoyer des lycanthropes récupérer les corps avec la plus grande discrétion, il suffirait de passer par le puits qui donne dans les bois. Les Conti ne s'apercevraient de rien.

Au fur et à mesure que James exposait son idée, avec le plus de tact possible, le roi blêmissait. Il n'avait jamais accepté la perte de ses deux hommes et traînait encore et toujours le poids d'une culpabilité atroce. Perturbé, il acquiesça et esquissa un air reconnaissant, plus proche de la grimace.

— Faites cela, oui. Nous leur donnerons des funérailles décentes.

* * *

Hôtel de Cluny, en soirée

Hippolyte ferma le volet de sa chambre et se glissa sous sa couverture. Le feu crépitait doucement dans l'âtre. Elle avait dévoré quatre tartines de beurre et chapardé de belles tranches d'un fromage de brebis sec, caché dans le petit garde-manger du comte. Malgré l'encas, son ventre criait encore famine et elle n'avait plus le courage de sortir souper quelque part.

Espérant trouver vite le sommeil, elle reprit la lecture des aventures d'Impétueux, le chevalier au secours des nonnes. Si au début elle avait maudit Henriette toutes les deux ou trois pages, elle avait fini par se laisser prendre au jeu, les gravures érotiques aidant.

Trois coups à la porte l'interrompirent. Elle leva les yeux de son livre, pas du tout emballée à l'idée de discuter avec qui que ce soit. Elle avait pris un bain, enfilé sa chemise et une robe de chambre, se rhabiller pour sortir la désespérait à l'avance.

— Entrez, dit-elle tout de même en refermant bien son vêtement.

James entra dans la pièce, lui aussi prêt à dormir, son habit et son épée sous le bras, une liasse de papiers à la main et un air bougon sur le visage.

— Je dors ici, décréta-t-il en refermant la porte. La duchesse de Fontanges a envahi mon appartement et Galatée veille dans mon salon.

Il jeta ses affaires sur le dossier d'un fauteuil et n'attendit pas qu'Hippolyte lui fasse de la place pour s'avachir sur le lit. Elle se décala avec peu d'enthousiasme. Elle rechignait toujours à partager son lit si le compagnon n'était pas son amant. James se plongea dans les partitions de musique qu'il avait apportées, l'air morne.

— Vous écoutez quoi ?

— Les voix d'Hippolyte et d'Aricie de Rameau, acte I, grommela-t-il.

Hippolyte ne répliqua rien, elle reprit sa lecture de son côté. Elle abordait un chapitre bien plus délicat du roman libertin. Impétueux escortait deux nonnes dans un couloir sombre avant qu'elles ne tombent en extase et qu'il tente de les ranimer avec sa verve, l'une après l'autre. Ils finissaient par s'unir dans une prière qui laissait tant de place à l'imagination qu'Hippolyte finit par déglutir. Au même moment, le bras de James la frôla alors qu'il tournait une page, provoquant une vague de frissons.

Elle referma le livre, le feu aux joues. Il valait mieux se ressaisir ! Si elle échangeait trois mots avec son voisin, il s'énerverait, donc il l'agacerait et elle passerait à autre chose.

— Diderot a prévenu vos amis à temps ?

James marmonna sans lever les yeux de la partition.

— Apparemment, oui.

— Ça leur pendait au nez.

— C'est vrai, se contenta-t-il de dire.

Hippolyte se mordilla la lèvre en cherchant un sujet qui le plongerait dans une vraie colère. L'inefficacité des jacobites ? La confiance indécise du roi à son égard ? L'intervention impromptue de la marquise ? Ce fut son ventre qui parla avant elle en émettant un gargouillis sonore qui figea la pièce. Le comte replia la partition d'un geste sec et impatient.

— Vous n'avez toujours pas soupé ?

— Vite fait, dit-elle, presque contente d'avoir faim.

James rejeta la couverture et se leva.

— Venez, je vous ai promis une leçon culinaire.

Hippolyte bondit hors du lit, enfila ses chaussons et suivit James en se réjouissant par avance. Rien ne valait une bonne collation de minuit. Ils descendirent en cuisine et trouvèrent Diderot attablé, grattant plusieurs feuilles de sa plume à la lueur de trois bougies.

— Vous ne dormez pas ? demanda Hippolyte.

Le garçon semblait exalté ; elle prit place à ses côtés tandis que le comte nourrissait le feu de la cuisinière.

— Je me suis dit que la carrière de dramaturge pourrait me convenir, expliqua Diderot, de l'encre plein les doigts.

— Dramaturge ? releva Hippolyte avec un regard moqueur pour le comte.

Lui seul pouvait croire que cet insouciant de Diderot changerait la France.

— Et quel est votre sujet ? s'intéressa James en faisant chauffer une poêle en fer battu.

Diderot s'éclaircit la voix avec cérémonie avant d'exposer théâtralement son idée.

— L'intrigue se déroule sur la planète Mars. Le peuple vit en démocratie mais se lasse de cet état et élit un roi. Mais ce roi est bien trop pacifique et doux, alors ils le détrônent et élisent un autre roi qui s'avère être un tyran qui va les anéantir ! Seule une poignée de philosophes et d'aventuriers vont tenter de sauver la démocratie, conclut-il d'une voix emprunte de mystère.

Son auditoire se tut.

— Alors ? Qu'en pensez-vous ?

James et Hippolyte le scrutaient sans sourciller.

— J'ai déjà entendu cette histoire quelque part, affirma Hippolyte.

— *Les Grenouilles qui demandent un roi*, de La Fontaine, répliqua James, sceptique.

— C'est une réécriture, précisa Diderot.

— La morale de cette fable n'est pas l'insatisfaction ? s'interrogea Hippolyte, tout aussi perplexe que le comte.

— Je suis pleinement insatisfait, fit le garçon sans en démordre. Les Grecs et les Romains se sont débarrassés de la monarchie pour la démocratie et la République. C'est dans l'ordre des choses. La Fontaine s'est contenté d'inverser ce fait pour satisfaire Louis XIV.

James se détourna de la table, l'air pensif, et découpa des tranches de lard pour les faire revenir dans de l'huile d'olive, avant d'ajouter de l'oignon et des échalotes.

— Vous risquez surtout d'insatisfaire le roi, le prévint Hippolyte.

— Voltaire l'a bien fait lui aussi, et son livre est dans votre bibliothèque.

— C'est Voltaire, se contenta-t-elle de dire avec évidence.

— En parlant de livre interdit, vous avez entendu parler des aventures d'Impétueux au couvent ? intervint James.

Diderot retrouva le sourire.

— Oh, bien sûr, ricana-t-il, les joues rosies. Les religieuses devraient en prendre de la graine, les pauvres sont vouées à l'isolement et à la damnation dans ces couvents.

Après la démocratie, l'anticléricalisme. Hippolyte se mordit l'intérieur des joues pour ne pas éclater de rire. Le comte ne devait pas présager cette réaction.

— Vous n'étiez pas censé apprendre à faire une omelette, vous ? reprit James, tendu.

Les deux jeunes gens se levèrent en même temps.

— Restez assis, Diderot, conseilla le comte. C'est à d'Arcy que je parle.

Hippolyte se traîna jusqu'à lui.

— J'ai une particule, moi, grogna-t-elle à voix basse.

— Et Diderot écrira un jour l'*Encyclopédie*, alors vous prenez cette fourchette et vous battez les œufs.

James en cassa plusieurs dans un large bol qu'il lui confia ensuite. Olympe entra à cet instant, l'air plutôt enjoué. Ce qui était peu commun de sa part. Elle s'assit en bout de table et sa bouche dessina une longue courbe amusée.

— Où étiez-vous ? s'intéressa Hippolyte pour tenter de pimenter son omelette.

— Je jouais aux cartes avec les filles…

Elle s'interrompit d'elle-même. La présence de Diderot parmi eux laissa en suspens la fin de sa phrase. Elle devait parler des filles de Lilith, sans aucun doute.

— Vous cuisinez quelque chose, Hippolyte ?

— J'entends votre doute, assura la concernée, bras croisés, la fourchette bavant lentement de l'œuf par terre.

— D'Arcy pense que le restaurant est beaucoup trop bourgeois pour lui, expliqua James.

Diderot et Olympe eurent, selon toute vraisemblance, la même pensée en échangeant un regard, puis le garçon se mit à gratter son papier, les épaules tremblantes, serrant les dents pour ne pas rire trop fort. Hippolyte grommela dans son coin.

— Quelle situation cocasse, les nobles en robe de chambre préparant une omelette, et les serviteurs assis à table, dit le garçon en écrivant.

— Je ne suis pas une domestique, corrigea Olympe en sortant un petit cigare de sa poche.

Diderot lui jeta un regard en coin.

— Qu'êtes-vous donc ? Chacun a sa place dans ce royaume.

Hippolyte était curieuse d'entendre la réponse de son amie. Cette dernière avait été esclave une grande partie de sa vie. Elle était en fuite, en rébellion, en recherche d'une place... C'était ce qu'Hippolyte avait compris. Mais, depuis que les surnaturels avaient surgi à Cluny et l'épisode de l'hôtel d'Évreux, Olympe passait du temps avec les filles de Lilith et les lycanthropes ; elle se fondait dans leurs communautés avec une facilité déconcertante.

— Un être à part, assura-t-elle.

Elle imposa un blanc tout en allumant son cigare.

— Olympe a été pirate en mer, ajouta Hippolyte qui ne masquait pas l'admiration que suscitait encore ce passé chez elle.

— Vraiment ? s'ébaubit Diderot. Fascinant ! Racontez !

— Les gamins bavards comme vous n'ont jamais fait long cours. Un jour, notre capitaine a jeté à la mer un prisonnier de vingt ans parce qu'il récitait les psaumes matin et soir.

— N'importe qui jetterait un récitateur de psaumes par-dessus bord, approuva Diderot.

— Pour sûr, confirma Hippolyte en rendant le bol d'œufs au comte.

Ce dernier ajouta le mélange à sa poêle, dépassé par l'athéisme qui gagnait un élément de plus en la personne de son jeune secrétaire.

— C'est vrai que les pirates élisent leur capitaine ? continuait Diderot.

Olympe hocha la tête.

— Dès que l'équipage est insatisfait, il se débarrasse du capitaine présent pour en élire un nouveau. On a dû le faire deux ou trois fois. La dernière était confuse à cause de l'issue. Il y avait deux candidats, on a choisi le moins mauvais. Quelle drôle d'élection quand on y réfléchit. On devrait toujours voter pour l'un, et non pas contre l'autre.

— Alors pourquoi choisir un capitaine ?

— Les pirates n'avancent pas sans capitaine, énonça Olympe avec fatalisme.

— En fait, vous êtes une grenouille de La Fontaine, en déduisit Hippolyte.

— Non, corrigea Diderot en grattant à nouveau sa feuille. Vous êtes une « Martienne ».

— Je pense pouvoir me définir moi-même, contredit Olympe.

— Exactement, releva le garçon avec un grand sourire satisfait.

James posa des assiettes sur la table tandis qu'Hippolyte reprenait tranquillement sa place. Ils mangèrent en échangeant des anecdotes et, le repas chaud ouvrant l'appétit, James déboucha une bouteille de vin rouge du Languedoc et attrapa l'un de ses petits fromages secs du garde-manger. En le saisissant, il s'étonna du poids allégé, le retourna et constata qu'il en manquait la moitié. Hippolyte détourna les yeux lorsqu'il comprit ce qui se tramait. Elle reposait toujours le fromage en masquant la partie dévorée. Lorsque James l'accusa en brandissant la preuve, elle ne chercha pas à nier :

— Il est bon !

— Oui, parce que je le fais venir de Rome exprès, répliqua James.

Le grognement rauque de Goliath à l'entrée coupa l'échange.

— Que se passe-t-il ?

— Vous avez de la visite, annonça le lycanthrope avant de s'effacer.

James posa tout sur la table. L'inquiétude revint au galop. Il ordonna à Diderot de rester dans la cuisine. Hippolyte et Olympe le suivirent sans poser de questions. Ils se rendirent dans la cour de l'hôtel, à peine éclairée par deux lanternes accrochées à la façade. Les filles de Lilith et les lycanthropes étaient sortis, eux aussi. Tous se tenaient face à six personnages vêtus de noir : trois couples en grand habit de deuil, les hommes arborant une tenue de soie noire chatoyante aux boutons d'argent, les femmes engoncées dans des robes volumineuses et brillantes, un voile sombre tombant sur leur visage. Sur les tricornes des messieurs et sur les grands corps des dames, deux broches de diamant en forme de crocs rappelaient leur nature.

Les représentants des trois maisons de vampires restantes ne perdirent pas leur temps en salutations ni en révérences. Leur air grave n'augurait rien de bon.

— Nous venons chercher la duchesse, exposa l'un d'eux d'une voix glaciale.

Leur réserve et leur noblesse ne retinrent pourtant pas une onde féroce. Les lycanthropes et les filles de Lilith, dont les sens étaient beaucoup plus développés que les humains, frissonnaient de crainte. Hippolyte crut même voir le visage de Goliath s'allonger, comme si son museau de loup se démenait pour sortir.

— Qu'allez-vous faire d'elle ? osa-t-elle demander, plus inquiète qu'effrayée.

— Je doute que cela vous regarde, répliqua l'une des trois vampires.

— Nous ferons mieux que le Secret, ajouta la seconde.

— Les nôtres ne seront plus jamais menacés de cette manière, termina la troisième.

James avança d'un pas.

— Ce qui s'est passé est effroyable, mais la situation est grave, nous avons besoin de vous.

— Vous avez échoué, reprocha le premier vampire d'une voix sévère.

— Le Secret devait nous protéger des humains, ajouta le second.

— Nous nous retirons de tout accord et de toute collaboration durant quarante nuits de deuil, termina le troisième.

Hippolyte se mordit la langue. Le comte avait craint cette catastrophe toute la journée. Ils ne pourraient plus compter sur la surveillance et la rapidité des vampires.

Comme si elles avaient entendu un appel invisible, Angélique de Fontanges, toujours éplorée, et Galatée surgirent dans la cour.

— Oh, mes amis, gémissait la duchesse en s'approchant d'eux.

Les femmes vampires ouvrirent leurs bras à leur compagne. Galatée avançait avec moins de hâte. Elle jeta un œil désolé sur Hippolyte qui serra les poings. Cette fois-ci, elle ressentit une frayeur inattendue. Elle n'avait pas du tout envie que Galatée parte, encore moins avec ces sinistres vampires cérémonieux ! Galatée l'avait mordue malgré les lois de son milieu, parce qu'elle le lui avait demandé. Peut-être allait-elle être punie pour cela, peut-être allaient-ils appliquer l'une de leurs règles sans réfléchir aux conséquences, comme ils le faisaient en ce moment même.

— Galatée n'a pas été démise de son devoir envers moi ! s'exclama-t-elle. Elle doit rester ici, à mes côtés. Le seigneur de Boréal me l'a confiée !

La vampire fut sidérée par son intervention.

— Oh… c'est vrai, oui…, douta Angélique.

La duchesse sembla chercher confirmation auprès de ses compagnons, mais ils se contentèrent d'une très légère grimace démontrant un désaccord complet. Angélique se tourna vers Hippolyte, indécise. Le chagrin lui tournait la tête et l'empêchait d'avoir les idées claires.

— Le seigneur de Boréal me l'a confiée, répéta Hippolyte avec plus de force.

James chuchota un « taisez-vous, je vous en prie » à ses côtés sans qu'elle y accorde la moindre attention.

Angélique fixa Galatée avec une intense réflexion.

— Clovis n'a pas levé son ordre. Tu ne viens pas avec nous.

Les sept vampires réunis s'éclipsèrent sans rien ajouter, laissant l'assemblée de témoins muets. James posa la main sur sa bouche ; même Astarté et Goliath paraissaient embêtés. Mais Hippolyte ne voyait que l'issue favorable : Galatée restait à ses côtés. Cette dernière semblait… bouleversée. Peu d'émotions étaient lisibles sur son visage impassible, mais, là, ses yeux étaient brillants et elle esquissait pourtant un mince sourire, comme si elle n'osait croire ce qui venait de se passer. Les lycanthropes et les filles de Lilith rentrèrent dans leur logis sans commentaire. Seul Goliath s'attarda dans la cour, le visage fermé.

— Qu'est-ce qu'ils ont ? remarqua Hippolyte, déroutée.

— Galatée vient d'être rejetée par les siens, lui apprit James.

— Ils sont juste partis sans elle, contra Olympe.

— Les vampires, les lycanthropes et les succubes…

— Les filles de Lilith, corrigea Olympe.

— Si tu veux, marmonna James. Tous vivent en meute ou en clan. Lorsque l'un d'eux est rejeté, il n'a plus d'appui et moins de chances de survie.

— Galatée nous suit depuis un moment maintenant, lança Hippolyte.

— Et que se passera-t-il si elle manque de sang ? Si elle n'a plus les moyens de se nourrir ? Les siens sont censés intervenir.

Hippolyte songea à la matinée passée, lorsque Galatée, épuisée et affamée, était tout de même restée auprès d'elle sans rejoindre les siens, et avait fini par boire son sang. Elle pouvait comprendre que la situation, parfois, était risquée pour un vampire isolé. Mais elle n'arrivait pas à regretter que Galatée soit là, parmi eux. Ils trouveraient une solution.

— Ce n'est pas le plus grave, soupira James. Nous venons de perdre les vampires. Comme je le redoutais, Paris n'est plus surveillé cette nuit.

— C'est ce que souhaitait Frontis, déduisit Olympe.

— Goliath, interpella James. Avez-vous des nouvelles de vos loups ?

Plus tôt dans la journée, ils avaient confié aux lycanthropes le morceau de tissu qui avait maintenu attachés les deux poignets d'Hippolyte. Goliath avait lancé ses deux meilleurs pisteurs sur l'affaire.

— Pas encore, je leur ai demandé de ne revenir qu'avec une découverte.

— Qu'allons-nous faire à présent ? Vous avez un plan ? s'enquit Hippolyte.

— J'ai bien une idée, mais je doute qu'elle vous plaise.

— Pourquoi ?

— Parce que nous allons demander à la Guilde des Nécromanciens de nous fournir des fantômes à divers endroits de Paris pour surveiller la ville.

Hippolyte s'empourpra.

—Ce faquin de nécromancien a pris trente livres pour un seul fantôme ! Vous imaginez la somme pour plusieurs ?!

—Vous vous en remettrez, promit James en rentrant dans l'hôtel.

Chapitre 14

Laboratoire de la confrérie du Savoir

— Procédons à l'ouverture.

Sans qu'il éprouve aucune douleur, une lame en argent traça une incision verticale sur son torse. Ils étaient nombreux autour de lui. Les mines de plomb crayonnaient des feuilles de papier, des respirations plus ou moins rapides exhalaient un fouillis de senteurs écœurantes. Tout était sombre, pourtant il les *voyait*, ces ombres affligeantes et détachées.

Il aurait voulu grimacer, mais son corps n'obéissait pas. Un pieu en bois était planté dans son cœur, des clous de charpentier s'enfonçaient dans ses tempes et, flottant un peu partout, l'herbe de Pline le paralysait.

—Notez que le sang est très coagulé. Je vois pourtant un petit écoulement liquide dans l'aorte ascendante. Ce doit être une réminiscence.

—Écartons pour voir le cœur. Je veux comprendre pourquoi seul cet organe-là est vital chez eux.

Qui ne savait pas cela ? Le cœur était en effet vital pour tous les vampires. Il était le siège de la raison et de l'âme. Le faucher tuait. Mais pas le sien. Le sien recueillait son immortalité, et son immortalité l'entretenait. Le sien était un monstre de vie qui dévorait les gorges. Et on venait de le réveiller.

Crac !

Ses côtes se rompaient pour ouvrir la cage thoracique.

—Les os sont très solides.

Un burin les brisa.

— Quel âge peut bien avoir le sujet ?

— Il semble indéfini sur son visage. Que disent les livres sur la durée de vie des vampires ?

— Mais de quel âge peut-on parler ? Celui qu'il avait à sa mort, on peut tenter de le déduire à son visage. Qu'en est-il de celui *après* sa mort ?

— Prenons note de tout cela, il va falloir écrire un nouveau traité.

Il avait connu des humanistes, plusieurs siècles auparavant, qui s'étaient posé ce genre de questions… sans pour autant en venir à une dissection sauvage. Il avait appris à « discuter » avec ces humains, comme si l'animal en lui avait été dressé. Il avait acquis cette « conscience » et cette « morale » qui planaient dans l'air à cette époque-là.

— Voici le cœur.

Tout en laissant le pieu en place, ses agresseurs dégageaient son organe vital. Il était temps de se réveiller avant qu'ils ne le sortent de son enveloppe.

Son cœur devait leur paraître encore frais, d'un rouge vermeil éclatant, comme un gros rubis pur. Les tissus, loin d'avoir été déchiquetés par le bois, s'étaient collés à lui. « Un cœur de survivant », il l'avait toujours pensé.

Boum !

— Il… il bat !

— Sornettes, le vampire est mort. On regarde son corps depuis de longues minutes et il ne s'est rien passé. C'est un reste nerveux, rien de plus.

— Je l'ai vu battre, je te dis ! Ce n'était pas juste un mouvement, c'était bien une contraction suivie d'un relâchement. Regarde ! Il y a à nouveau du sang liquide dans l'aorte !

Son retour s'amorçait dans la douleur et dans l'effort. Il aurait pu rester comme il était, mais le destin en avait décidé autrement.

— Sa peau, elle change de couleur…

Le blanc presque translucide devenait aussi brillant et clair que la surface d'un rubis brut.

— Ses yeux ! Ses yeux !

Grands ouverts. Jaunes. Vifs.

Le vampire leva le bras, ses longs doigts attrapèrent le pieu et le retirèrent du cœur. L'organe libéré se mit à battre avec plus de force.

— Dans la cage ! Mettez-le dans la cage !

Les hommes qui l'entouraient s'agitèrent. Ils se ruèrent pour ouvrir la grille d'une cage disposée un peu plus loin, agrippèrent ses chevilles et le traînèrent sans aucun ménagement dans la prison avant de la refermer. La panique envahissait l'atmosphère.

Le torse écartelé, il reçut des aspersions d'eau bénite et des prières déclamées avec précipitation. On accrocha même des bouquets d'*ischaemon* autour de lui.

Le vampire se redressa. Ses côtes se ressoudèrent en craquant, provoquant des sueurs froides dans l'auditoire. Son corps était écarlate, de la tête aux pieds. Sa chevelure blonde, presque argentée, et ses yeux jaunes ressortaient avec plus d'intensité encore. Dans un silence de plomb, il s'immobilisa, debout, face à ses tortionnaires. Une bande composée d'hommes et d'une femme à la triste mine. Des fous qui ignoraient encore ce dont ils étaient véritablement coupables.

— Qu'avez-vous fait… ? souffla-t-il d'une voix rauque.

Tous demeurèrent silencieux, pendus à ses lèvres. Ils n'osaient pas bouger le moindre doigt, de peur de s'attirer ses foudres. Seule la femme, à la volumineuse chevelure auburn, eut l'audace de s'approcher, l'air fasciné.

— Vous êtes… vous êtes un archivampire…

— Un archivampire…, murmura-t-il. Un archivampire… ? Voulez-vous savoir ce que je suis ?

Elle poursuivit ses pas prudents dans sa direction. Elle devait être persuadée que, comme lorsque l'on approchait un animal, tant que l'on ne se montrait pas agressif la bête ne ferait aucun mal. Il était encore trop faible pour lui donner tort.

— Claude, sembla prier l'un des hommes, des lunettes sur le nez et la sueur au front.

— Silence, Charles, rétorqua-t-elle avant de se concentrer sur lui. Oui, dites-moi.

Il porta ses pouces et index aux têtes des deux gros clous enfoncés dans ses tempes pour les retirer d'un geste sec. Aucun sang ne gicla, aucune grimace ne marqua son visage aux yeux statiques.

— Dites-moi, insista Claude.

Il allongea sa tête dans sa direction.

— Je suis Clovis.

Sa voix, d'abord basse, prit soudain de l'éclat, au point de résonner dans toute la cave, terrifiant les témoins.

— Je suis le premier roi chrétien des Francs. Dieu m'a fait ce don le jour de mon baptême. Je me nourris du sang de ses créatures pour les punir de leurs fautes.

Le vampire attrapa les barreaux de sa cage et planta son regard fauve dans celui de Claude, la dernière à rester debout.

— Et je vous viderai tous, un par un !

Plusieurs heures étaient passées. Clovis se tenait debout, dans sa cage. Il avait retrouvé sa forme ancienne et monstrueuse, celle qu'il avait abandonnée après avoir été touché par les idées humanistes. Il lui faudrait encore un peu de temps pour recouvrer son énergie, mais à présent, il possédait une force et une vigueur mille fois plus puissantes que celles des vampires communs. Il pourrait très vite résister à l'herbe de Pline qui, déjà, avait un effet moindre. Surtout, la meilleure de ses capacités perdues ne tarderait plus à resurgir : celle de pouvoir ressentir la présence de sa progéniture, de près comme de loin. Malheureusement, la majorité se trouvait déjà là, inerte, sous ses yeux : ses filles, mortes, un pieu dans le cœur, entassées dans un entremêlement de bras et de jambes.

Et puis, il y avait ce couple d'humains qui l'étudiait à chaque heure, notant le moindre changement dans des carnets.

— Vous ne pourrez pas me retenir longtemps, annonça-t-il.

— Vous nous avez déjà dit ça plusieurs fois, en doutait effrontément Claude.

Avait-elle bien compris qu'il la saignerait avec une violence qu'il pensait éteinte à jamais ?

— Puisque vous avez à nouveau envie de parler, l'aborda Charles, accepteriez-vous de répondre à nos interrogations ? Pourquoi n'êtes-vous pas mort comme les autres ? Pourquoi votre peau… ressemble-t-elle à cela ? Bernardo parle des archivampires dans son traité, mais sans donner d'explication à ce changement physique.

Le couple le fixait, assis à une table parsemée de bougies. Ils avaient peu dormi, chacun leur tour, et n'étaient pas sortis de cette cave alors que leurs complices allaient et venaient. Il pouvait leur faire l'honneur de quelques explications sans craindre les conséquences.

— C'est ma forme bestiale, répliqua Clovis. Lorsque je suis très… très en colère, c'est ce que je deviens. Ou plutôt, c'est ce que j'ai toujours été au fond de moi.

La femme se leva. Elle était la plus assoiffée de connaissances. Elle s'approcha de la cage tout en gardant une certaine distance de sécurité.

— Pourquoi les autres n'ont pas eu cette réaction ?

Clovis jeta un regard sur les siennes. Angélique n'était pas parmi elles, elle avait survécu. Il commençait même à ressentir la faible présence d'une autre survivante : Galatée.

— J'ai reçu mon don des mains de Dieu.

Claude hocha la tête.

— Oui, vous nous l'avez dit. Donc, selon vous, *Dieu* crée lui-même les archivampires tels que vous, et les archivampires engendrent les vampires, c'est cela ?

Elle ne semblait pas convaincue du rôle de Dieu dans l'histoire. Pourtant Clovis avait un souvenir très clair de sa vie d'humain. Jeune roi guerrier, fédérateur des peuples francs, il avait demandé le baptême pour devenir chrétien et avait vécu une expérience bouleversante. Les écrits avaient fini par parler de miracle, indiquant qu'une colombe lui avait remis le saint chrême, utilisé encore aujourd'hui pour sacrer les rois, mais il n'en était rien. Une lumière aveuglante était tombée du ciel et son corps entier semblait lui avoir échappé. Des voix monstrueuses s'étaient enchevêtrées en lui, une puissance incroyable s'était emparée de lui. Il n'était plus seulement un homme, mais une création divine.

— Je ne suis pas un archivampire. Je suis une arme.

Et il allait leur briser le crâne si durement sur le sol qu'il boirait leur sang chaud, entre la vie et la mort.

L'arrivée bondissante d'un homme en habit de soie prune interrompit leur discussion. Fredonnant, il s'arrêta net à l'entrée de la pièce.

— Par tous les diables ! Qu'est-ce que c'est que ça ?

— Le vampire que nous voulions disséquer, seigneur Frontis, le renseigna Charles. Il s'est réveillé et s'est transformé... en ce que vous voyez.

— Il dit qu'il s'appelle Clovis et qu'il est le premier roi des Francs, ajouta Claude, toujours autant perplexe.

Le nouveau venu ne cacha pas toute la fascination que cela provoqua en lui. Son visage grêlé débordait de surprise, ses yeux étaient ronds d'excitation et son sourire poussé à l'extrême.

— Clovis ! Vraiment ! Que fait un roi dans une maison close ?

Le personnage n'inspirait pas du tout Clovis. Frontis semblait plongé dans une douce folie, entre la conscience totale et l'impulsivité dangereuse. Raconter tout son cheminement de roi, puis de vampire, serait une bien trop longue dissertation. Clovis avait choisi de s'inventer un personnage après plusieurs siècles d'existence pour en vivre une autre, mais il était peut-être temps de revenir à ce qu'il était au tout début : un pourvoyeur de carnages.

— Je ne suis plus roi.

Frontis secouait la tête avec lenteur, comme pour apprécier l'instant. Aucune peur n'émanait de lui. Claude et Charles en éprouvaient encore, celle du découvreur et qui s'apparentait plus à de la prudence. Mais Frontis n'en manifestait aucune. Ni peur, ni prudence.

— Le premier roi chrétien, un démon… merveilleux, soupira-t-il. Vous devez reconnaître ceci, alors.

Frontis sortit de son justaucorps brodé un gros pendentif en forme d'ampoule, avec une pierre centrale translucide.

— Vous avez dû voir votre successeur Charlemagne le porter si vous êtes réellement ce que vous dites !

Clovis avait entendu parler de la longue et sanglante guerre qu'avait menée Charlemagne contre une armée de démons Etemmu, ni morts ni vivants. L'empereur les avait battus avec une armée intacte. Ce ne fut qu'à la toute fin, alors qu'il avait vaincu le dirigeant Etemmu, que tous ses hommes avaient péri d'un coup. Clovis n'était pas dans le royaume des Francs à ce moment-là. Il profitait de sa vie éternelle pour voyager et trouver un moyen de faire taire la force impitoyable qui le menait.

À présent qu'il avait le talisman de Charlemagne sous les yeux, qu'il sut que c'était cela qui éveillait les morts à Paris et dans ses alentours, il comprenait aussi mieux ce qui s'était déroulé dans le royaume franc durant son absence. Son descendant avait combattu le mal par le mal. Tout soldat trépassé était réveillé pour se battre à nouveau. Une armée d'humains morts contre une armée de démons. À la fin de ces nombreuses batailles, épuisé et étourdi par les événements, Charlemagne avait fondé le Secret pour prévenir ce genre de conflit. Et Clovis imaginait bien l'état d'esprit du roi carolingien : tout-puissant, terrassé par la mort de son armée entière qu'il avait utilisée, encore et encore, ivre d'un pouvoir trop grand.

— Ce talisman est maudit, se contenta-t-il de dire. Il vous mènera à votre perte.

— À ma perte ? s'amusa Frontis. Et pour quelle raison ?

Un mince sourire étira la longue bouche de Clovis. En temps normal, le genre d'images violentes qui lui traversaient l'esprit à cet instant aurait dû lui donner des sueurs froides. Mais à présent, il avait hâte. Hâte de sortir de sa cage.

— Quel est cet objet ? finit par demander Claude d'une voix haut perchée.

Le marquis ne lui répondit rien : il s'approcha de l'amas de corps, retira son gant et saisit le talisman qui dégagea aussitôt une lueur rouge. Clovis se raidit d'appréhension.

— Regardez ces corps ! s'émerveillait Frontis. Ils sont morts depuis plusieurs heures et pourtant, ils sont encore frais. Ils sont parfaits ! Des vampires et même deux lycanthropes !

Les cadavres se ranimaient, glissant du haut du tas, bousculés par ceux du bas, s'agitant tels des poulains à la naissance. Les jambes tremblaient encore, les bras cherchaient leur équilibre. La troupe s'éparpilla dans la salle : une trentaine de corps animés qui finirent par se tenir droits, dans l'attente d'un ordre du possesseur du talisman. Frontis se mit à rire avec retenue, comme intimidé par le résultat de sa nouvelle expérience, et pourtant s'en délectant.

Claude et Charles s'étaient réfugiés en courant sur les marches, hébétés.

Clovis, fou de rage mais toujours trop faible pour agir, fut réduit au rang de spectateur.

— Eh bien, nous devons prendre congé, annonça Frontis avec une légèreté qui le dérouta.

— Prendre congé ! s'exclama Claude. Mais que faites-vous au juste ? Quelle… magie est-ce là ?!

— Il y a forcément une explication savante, ajouta Charles, tentant de se raccrocher à la science.

Frontis rallia sa troupe fraîche et grimpa l'escalier en marquant un arrêt devant eux.

— Vous me servez bien, jusque-là. Continuez donc sans poser de questions. Je vous laisse votre sujet d'expériences, et je vous en apporterai d'autres si vous me trouvez des corps comme ceux-ci.

Chapitre 15

Hôtel des Mousquetaires-Noirs, faubourg Saint-Antoine

La nuit tombait sur Paris. Hippolyte tentait de trouver la force de sortir du lit pour rentrer à Cluny, mais le bras de Pierre, enroulé autour de sa taille, était une entrave bien trop grisante pour s'en échapper. Le mousquetaire se plaquait contre son dos, déposait des baisers sur sa nuque et ses épaules, et laissait échapper des grognements de désir qui lui faisaient perdre le fil de ses pensées.

— Pourquoi tu gigotes comme ça ? s'amusa Pierre.

— Parce qu'il va falloir que j'y aille.

— Déjà ? Mais tu viens d'arriver, grommela-t-il en basculant au-dessus d'elle.

Il disparut sous le drap, promenant ses lèvres entre ses seins et s'évadant jusqu'au bas-ventre. Hippolyte se tortilla les dents serrées pour ne pas rire trop fort.

— Très bien, je cède. Une dernière fois et je rentre !

Elle s'abandonnait à une nouvelle joute quand une série de coups brusques s'abattit sur la porte du mousquetaire, le figeant dans son occupation.

— Monsieur ! Monsieur !

La voix semblait à bout de souffle, alarmée. Les coups qui suivirent, plus rapides encore, confirmèrent l'affolement.

— Qu'est-ce qui lui prend ? marmonna Pierre en surgissant du lit pour attraper culotte et chemise.

Il les enfila avec des gestes maladroits trahissant sa préoccupation.

Hippolyte rassembla ses vêtements à toute vitesse et s'aplatit sur le sol, tendant l'oreille tandis que Pierre entrebâillait la porte.

— Monsieur !

— Que se passe-t-il ?

— On est attaqués ! s'exclama le mousquetaire. Dehors ! Il y a des… des corps qui apparaissent et disparaissent sans crier gare ! Des corps de femmes nues avec des pieux dans le cœur !

Hippolyte sentit un haut-le-cœur lui brouiller l'estomac. Les vampires de la *Maison de l'Hermaphrodite* !

— Juste ciel, vous avez bu ? douta Pierre.

Au même moment, plusieurs bruits sourds retentirent à l'étage juste en dessous. Hippolyte risqua un coup d'œil : le soldat se crispait sur son fusil, terrifié. Il finissait par inquiéter Pierre. Les mousquetaires connaissaient les champs de bataille, mais ils se trouvaient à Paris. Elle voulait bien croire que pour les soldats de Paris la situation était insensée : la ville était protégée ; pour qu'une armée l'atteigne, il fallait tout de même traverser plusieurs places fortes.

— Allez voir en bas, je vous suis, finit par ordonner Pierre.

L'homme, toujours tremblant, se mit à renifler.

— Je vous suis ! reprit son lieutenant d'une voix plus dure.

Il finit par bouger mais avec une extrême lenteur. Pierre referma la porte.

— Hippolyte, reste ici, je vais voir ce qu'il se passe.

Habillée – ou débraillée plutôt –, elle bondit dans son champ de vision.

— Non, c'est toi qui restes ici, imposa-t-elle.

— De quoi tu parles ? interrogea Pierre qui tenait ses bottes à bout de bras, désarmé.

— Je vais aller défendre le fort, décida-t-elle en espérant que le fantôme en faction près de la Bastille prévienne Cluny à temps. Si tu veux venir, tu restes près de moi et tu décapites tout ce qui passe !

Les épaules du mousquetaire s'affaissèrent. Il attrapa son sabre et se pressa alors qu'Hippolyte tapait du pied en l'attentant, impatiente.

— Ne me quitte pas d'une semelle ! imposa-t-elle sur un ton déterminé.

— Bon sang, je suis lieutenant et c'est ma caserne, grommela Pierre en la talonnant alors qu'elle détalait au pas de course.

* * *

James avait retrouvé le calme de son appartement. Accordant son violon, il était bien décidé à passer une soirée paisible, à jouer une sonate de Haendel en buvant du vin italien. La musique laissait son esprit vagabonder ici et là et, parfois, entre deux mouvements, une idée lumineuse le frappait. Il entama son morceau en inspirant, sourire aux lèvres. Bien. À présent, où ses pensées le conduiraient-elles ? La question de Frontis était complexe, trop complexe. Les jacobites ? Il ignorait dans quelle situation il se trouvait réellement à ce sujet. Le roi de France semblait de plus en plus réservé avec lui, si ce n'était méfiant...

Les femmes ? Bon sujet.

Son désir n'était pas une chose constante. Il supposait que la majeure partie de sa vie passée à espionner, à jouer un double jeu et à se préserver – car toucher sa partenaire pour la première fois et recevoir les quelques bribes de sa vie passée, présente et future pouvait tout autant exciter que refroidir de façon irrémédiable – avait plus ou moins fait taire ses envies d'homme. La dernière fois qu'il avait ressenti du désir pour quelqu'un ? La première image qui le frappa fut ce carré de peau blanche qu'il avait entraperçu chez Henriette de Richelieu, lorsque Olympe dévêtait Hippolyte.

Son archer ripa sur une corde. James s'interrompit. Il ne pouvait pas *vouloir* ce garçon ! Et pourtant, ses lèvres près des siennes, son odeur de savon et ses fougueuses réponses ne le laissaient plus du tout insensible. Hippolyte était déjà attiré par les hommes après tout. Et peut-être aussi les femmes, mais il ne serait pas le premier à jouer sur les deux tableaux...

L'apparition soudaine qui surgit sous ses yeux et le hurlement qui suivit le glacèrent.

Un fantôme criait à gorge déployée en agitant ses mains au-dessus de lui. Vêtu d'une longue tunique blanche trouée et sale, au col taché de rouge, l'homme avait tout de l'allure d'un noble personnage du XVe siècle avec sa coupe de cheveux en écuelle et sa dentition hasardeuse. Un trait rouge vraiment brouillon semblait séparer sa tête de son corps.

Au bout d'une poignée de secondes, le fantôme s'interrompit et s'éclaircit la voix. James se rendit seulement compte à quel point son souffle était coupé. Il recula de trois pas en tremblant.

— Par tous les saints ! s'exclama-t-il. Vous êtes fou !

— Je vous demande pardon, répondit le fantôme avec une politesse surprenante. J'aurais dû apparaître de cette manière devant votre compagnon, mais je ne l'ai pas trouvé.

Non seulement Hippolyte était encore sorti s'encanailler au lieu de rester en faction comme il le devait, mais ce fantôme était *censé* apparaître ainsi ?

— Que voulez-vous dire ?

— Le nécromancien a négocié une apparition brutale pour punir l'avarice de votre ami, selon ses dires. Pour tout vous avouer, je m'en passerais bien, ma tête part toujours trop sur la gauche quand je hurle. Ce n'est déjà pas très valorisant de se balader dans cette éternelle vieille robe de prison, si en plus les vivants vous voient comme ça... Regardez, je peux même avoir les yeux dans le dos.

Tout en parlant, il retourna sa tête dans l'autre sens et posa ses mains sur sa taille.

— Franchement.

Retrouvant son souffle, James reposa son violon.

— En effet, le plaignit-il. Que se passe-t-il ?

Le fantôme remit sa tête du bon côté et lui jeta un regard blessé.

— Vous ne me demandez même pas qui je suis ?

Les fantômes... ils portaient toute la rage de leur vie passée, ce qui les empêchait d'atteindre un autre seuil après la mort et les gardait sur terre. Les vivants étaient donc obligés de supporter leur fiel lorsqu'ils en croisaient un.

— Jacques d'Armagnac, précisa le fantôme, vexé. Arrêté, enfermé dans une cage de fer à la Bastille, torturé et exécuté aux Halles. Enchanté.

— Je suis désolé d'entendre tout cela, répliqua James avec impatience.

— Oui, comme tous les vivants que je rencontre. Pourtant mon bourreau, lui, n'a pas été puni. Comment il est perçu, Louis XI, de nos jours ?

La bouche de James se tordit sur le côté. Il avait surtout entendu parler de ce roi de France – surnommé l'Universelle Aragne tant il avait bien tissé ses ruses tout au long de son règne – pour sa gestion du Cabinet du Secret. Il avait été d'une efficacité redoutable. Bien trop redoutable.

— On ne parle plus vraiment de lui. Nous en sommes à Louis XV, et c'est un Bourbon. Je ne voudrais pas vous bousculer, mais y a-t-il une urgence ?

Jacques, satisfait de la réponse, hocha la tête, la faisant tanguer d'avant en arrière.

— Je viens du quartier de la Bastille, il y a du mouvement du côté de l'hôtel des Mousquetaires-Noirs.

James n'eut pas besoin d'en entendre plus. Frontis attaquait tout une caserne, il avait récupéré les corps des vampires pour cela. Il attrapa ses pistolets et son épée et se précipita dans la cour. Les mousquetaires avaient l'habitude de faire face à une armée organisée, pas à des zombies qui se jetteraient sur eux comme des bêtes. C'était la débandade assurée. Seul Hippolyte, s'il était bel et bien là-bas, comprendrait.

La troupe arriva au plus vite à l'hôtel des mousquetaires duquel retentissaient les cris et les coups des combats. James voulut se ruer jusqu'à la cour de la caserne, mais Olympe l'en empêcha, laissant les lycanthropes et les filles de Lilith s'y engouffrer sans eux. L'édifice se situait à l'extérieur de Paris, au milieu des jardins maraîchers et des réserves de bois qui formaient des amas monumentaux bien ordonnés. L'endroit était isolé, parfait pour une attaque discrète de grande envergure.

— Qu'y a-t-il ? s'enquit James, inquiet.

— Trouvons le Singe vert, il ne s'est sûrement pas introduit à l'intérieur. Il doit être dans les alentours pour protéger sa fuite.

James hésita un très court instant.

— Ne t'en fais pas pour Hippolyte, je suis sûre qu'il se débrouille très bien, devina Olympe en s'aventurant dans les jardins.

Elle avait raison bien sûr, mais James ne pouvait plus entraver son appréhension à présent. Il craignait pour Hippolyte, il craignait l'instant où il verrait son corps meurtri, comme dans sa vision, et ce sentiment d'impuissance et de désillusion qui l'envahissait chaque fois que le destin frappait.

Olympe le motiva en pressant le pas. Ils parcoururent deux allées d'empilements de rondins avant d'enfin apercevoir une lueur suspecte, juste dans l'axe principal de la caserne, à l'arrière. Olympe attrapa le bras de James pour le mettre à couvert avec elle, derrière un muret.

— Là !

Ils plissèrent les yeux pour mieux distinguer la source dans l'obscurité. Le cavalier laissait échapper la lueur rouge du talisman dans sa main. Mais il n'était pas seul : il était entouré de quatre hommes massifs, immobiles, prêts à défendre leur maître.

— Seigneur, murmura James.

— On dirait des lycanthropes, s'aperçut Olympe.

— Oui, ce sont bien des lycanthropes.

Il laissa un blanc.

—Je croyais que Frontis n'en avait que deux, ceux qui surveillaient la *Maison de l'Hermaphrodite*, releva Olympe.

—Goliath peut toujours attendre le retour des deux autres, murmura James.

—Ceux qu'il a envoyés pour retrouver la piste des zombies, finit par comprendre Olympe.

—Ils les ont trouvés, à première vue.

La jeune femme serra le manche de sa hache avec rage. James comprit sans peine sa colère : ils avaient devant eux quatre corps enchaînés à la volonté d'un seul maître.

—Je vais le découper en morceaux, cracha-t-elle en se redressant.

James la retint vite.

—Attends ! On n'a aucune chance contre quatre lycanthropes.

—Tu veux le laisser partir ? protesta Olympe.

—Non, je vais tenter de l'atteindre d'ici au pistolet. Si je le touche, il relâchera le talisman. C'est notre seule chance.

James se pressa de remplir le bassinet de poudre d'amorce. Olympe retint son souffle et le laissa se concentrer. James se leva sans craindre de se faire remarquer. Il faisait nuit et il se tenait immobile : il ne donnait aucune raison d'attirer l'attention. Il plia son bras gauche devant lui pour y déposer le canon de son pistolet et tenter de rendre le tir le plus stable possible. La lueur rouge était la seule chose qu'il pouvait réellement viser. Il n'y avait pas de vent, pas une brise, mais la cible était éloignée. S'il levait un peu son arme, il doublait ses chances de l'atteindre.

—Vite, chuchota Olympe qui craignait que le Singe vert ne prenne la fuite.

L'intervention des lycanthropes et des filles de Lilith menaçait sa récolte de corps ; l'adversaire ne prendrait aucun risque.

James inspira et appuya sur la gâchette. Aussitôt, le silex produisit des étincelles et enflamma la poudre du bassinet. La balle s'éjecta et arracha le haut du crâne d'un lycanthrope. Tout s'était produit presque en même temps. Le simple bruit du silex frotté et les lumineuses étincelles avaient attiré l'attention aiguisée des lycanthropes qui s'étaient dressés devant leur maître pour le protéger.

—Par tous les diables ! rugit James.

La monture du cavalier s'ébroua avec violence. Olympe tenta le tout pour le tout et se mit à courir dans sa direction pour lui envoyer sa hache. L'arme frôla sa cape qui flottait derrière lui, et se ficha dans un tas de bois. Frontis lança son cheval au galop, levant le talisman pour rappeler ses créatures à lui. James chargea à nouveau son pistolet et tira sans espoir, juste pour abattre sa propre frustration. Les trois lycanthropes restants détalèrent, abandonnant leur compagnon tombé à terre, incapable de se relever.

Furieuse, Olympe retira sa hache d'un geste sec. Elle regarda le corps de ce malheureux sans âme, se débattant avec lui-même pour se lever sans aucune autre volonté que celle de son maître. James n'osa pas l'interrompre : elle bouillonnait. La seule chose à faire, à présent, c'était libérer ce pauvre lycanthrope en abrégeant ses souffrances.

Alors elle leva sa hache et le décapita.

James tourna les talons. Ils avaient au moins fait fuir Frontis : le pouvoir du talisman allait s'amoindrir et sauver des vies. Il pressa le pas pour rejoindre la cour de l'hôtel, théâtre d'un champ de bataille qui avait été sanglant. Des corps décapités en parsemaient la surface tandis que d'autres, entiers, prenaient la fuite, grouillant contre la façade de la caserne qu'ils escaladaient sans peine pour s'échapper. James chercha Hippolyte des yeux et le trouva un peu plus loin, isolé, face à face avec son amant, Pierre de Varceau.

Soulagé, James ralentit.

Ce ne fut qu'au bout d'une poignée de secondes qu'il comprit que quelque chose clochait. Le mousquetaire se détourna d'Hippolyte et courut en direction du mur de façade. James voulut hurler à son comparse de le décapiter, mais rien ne put sortir de sa bouche. Comment exiger cela de son ami ?

Le mousquetaire escalada la caserne comme la bête sans âme qu'il était devenu et disparut de l'autre côté.

III

Le Singe vert et le roi

Chapitre premier

Laboratoire de la confrérie du Savoir, 18 septembre 1735

Ils s'étaient tous réunis en fin de matinée. Tous les membres de cette triste confrérie se trouvaient là et lui jetaient des coups d'œil terrorisés. Clovis les fixait sans sourciller.

— Le marquis veut d'autres corps, nous lui donnerons d'autres corps, affirmait Claude.

Elle soulevait des protestations parmi les siens. Si certains voulaient retourner à une approche plus savante, d'autres insistaient pour tout arrêter. Même Charles, l'époux dévoué, hésitait.

— Pourquoi ? Pour réveiller d'autres créatures comme celle que nous avons là ?

— Ne désires-tu pas savoir ce que le monde recèle d'autre ? s'emportait Claude. Il y a encore des maisons de vampires dans Paris, et des lycanthropes !

Elle saisit l'habit noir de Charles comme si elle voulait le secouer.

— Le monde n'est pas comme nous l'avons toujours vu ! Nous avons la chance extraordinaire de compter sur le patronage d'un homme exceptionnel, qui nous a donné l'indication d'autres repaires de vampires. Saisissons cette chance pour nous distinguer !

Elle parvint tout de même à éveiller un certain regain d'intérêt, mais aussi beaucoup de peur. Clovis emplit ses poumons de cette odeur particulière. Oui, ils avaient tous si peur : de lui, de l'inconnu, des vampires et même de ce Frontis… Claude avait beau clamer qu'ils feraient de grandes découvertes, le marquis l'effrayait et elle tentait de se prouver le contraire.

— Que proposes-tu ? demanda Charles à contrecœur.

— Le marquis m'a livré l'adresse d'une autre maison, nous allons répéter notre opération cette nuit.

Plusieurs voix s'élevèrent à nouveau. On invoquait l'épidémie qui s'étendait, la fermeture d'une caserne entière de mousquetaires, la crainte de ramener une maladie de l'une de ces maisons... Ils n'avaient pas fini de se mettre d'accord. Et c'était très bien. Clovis n'avait pas encore recouvré toutes ses forces, mais il ne pouvait pas les laisser faire. Le sang était de toute façon indispensable pour se remettre en forme et il avait des proies juste sous la main.

L'herbe de Pline ne lui provoquait plus que des picotements désagréables ; rien d'insurmontable. Alors Clovis attrapa deux barreaux de sa cage et les écarta pour se créer un passage. Toute l'attention était focalisée sur Claude et leur débat, si bien que personne ne le vit s'extirper de sa prison et s'étirer avec une satisfaction enivrante. Ses crocs s'allongèrent d'excitation ; il était prêt à se restaurer, enfin. Il n'avait plus bu de sang à la gorge d'un humain depuis bien deux cents ans.

Il allait débuter par ce pauvre Charles qui lui avait ouvert le corps comme un animal pour le disséquer. En un battement de cils, il se retrouva derrière l'homme, provoquant un recul instantané des membres de la confrérie, accompagné d'un halètement surpris. Clovis jeta un œil sur Claude qui écarquillait les paupières, et dont la bouche s'ouvrait sans un son.

— Madame, c'est très gentil à vous d'avoir convoqué mon dîner, déclara-t-il avant de planter ses crocs dans la gorge palpitante de Charles.

Ce dernier s'égosilla tandis que ses camarades hurlaient et se percutaient les uns les autres dans leur tentative de fuite. Le sang brûlant envahissait la bouche de Clovis, le plongeant dans une extase divine. Sa proie essayant de se débattre, il la resserra dans ses bras et regarda dans la direction de son épouse : elle avait disparu. La première à avoir fui. Parfait. Il n'avait jamais été contre la chasse par le passé.

Chapitre 2

Hôtel de Cluny

Toujours aucune trace d'Hippolyte. James l'avait pourtant aperçu un peu plus tôt, habillé et prêt à se rendre aux Tuileries, mais, au moment de partir, le garçon avait disparu. Inquiet plus que pressé, James sortit dans la cour et attrapa Olympe au passage. La jeune femme lui accorda un regard distrait, plongée dans ses pensées, sur le point de s'esquiver.

— Tu as croisé d'Arcy ?

— Je l'ai vu sortir tout à l'heure, il doit être à la taverne d'Auguste.

Le comte sentit ses épaules s'affaisser. Il n'osa pas commenter. James n'avait pas envie de lui en vouloir ; il l'avait retrouvé couvert de sang dans la cour de l'hôtel des Mousquetaires-Noirs, en état de choc. Si lui-même ne s'était pas senti si responsable – de son partenaire comme de cet échec –, il se serait volontiers joint à Hippolyte pour boire jusqu'à sombrer dans l'oubli.

— Je vais voir Goliath et les siens, indiqua Olympe en lui tapotant le bras pour le réconforter. Ils vont procéder aux funérailles du lycanthrope que nous avons abattu la nuit dernière.

— Tu lui transmettras mes condoléances ? Et une recommandation ?

— Dis toujours.

— Conseille-lui de la retenue : c'est devenu trop dangereux d'agir seul. Nous n'aurions jamais dû lui demander d'envoyer deux des siens pister Frontis.

Son amie acquiesça avec un maigre sourire.

—Je lui dirai. Je me permets une recommandation à mon tour : va chercher Hippolyte et tâche d'être compréhensif.

—Promis, répondit-il, plus détendu.

Ils partirent chacun de leur côté.

James poussa la porte de la taverne déserte et traversa la salle au plafond bas jusqu'à la table qu'occupait son acolyte. Le beau milieu de l'après-midi ne rameutait pas encore la clientèle habituelle. Le lieu était de fait plutôt silencieux. Seuls le crépitement d'un feu de cheminée et quelques bruits de vaisselle entrechoquée se faisaient entendre. Le comte prit place en face de son compagnon et attendit qu'il lève les yeux sur lui. Mais le visage d'Hippolyte restait fermé, le regard fixé sur un gobelet, un pichet de vin quasi vide près de lui. Alors James se racla la gorge.

—Je n'ai pas assez bu pour écouter de l'opéra aux Tuileries, déclara Hippolyte.

James hocha la tête.

—Nous sommes quand même attendus, dit-il d'une voix posée.

—Le roi n'a rien de mieux à faire ?

—Le roi fait ce qui doit être fait, contra James. La caserne est officiellement en quarantaine, touchée par l'infection. C'est ce que nous avons trouvé de mieux pour expliquer les morts. Et le roi ne peut pas annuler les passe-temps de la Cour au risque d'inquiéter le peuple plus qu'il ne le faudrait.

Hippolyte leva enfin les yeux sur lui. Son visage d'habitude si frais et teinté de légèreté lui sembla bien assombri et dur.

—On a perdu cent quarante-sept mousquetaires cette nuit.

—Je sais. Ils étaient la garde personnelle du roi : il est très touché, lui aussi.

Hippolyte poussa un profond soupir. James posa la main sur son bras et récupéra son attention.

—Passons aux Tuileries et nous reviendrons boire ici. Je crois que j'ai moi aussi besoin de vider quelques pichets.

Hippolyte finit par approuver le projet, versa le fond de vin qui lui restait dans son gobelet et le but d'un trait. Le parcours dans Paris fut silencieux et rapide. On n'entendait parler que de la caserne fermée par décret royal pour endiguer le mal qui s'en était emparé. Alors, de plus en plus de Parisiens marchaient avec un masque fait de mouchoirs imbibés de vinaigre sur le nez, ou encore des porte-bonheur et des talismans sans aucun pouvoir mais qui rassuraient. La seule chose qui empêchait les nobles de rejoindre leurs domaines en province et les bourgeois de plier bagage, c'était la présence du roi au cœur même de Paris. On ne risquerait pas la vie du souverain si le danger était palpable.

Les deux agents laissèrent leurs montures aux écuries du palais des Tuileries et pressèrent le pas. Le grand salon de musique était déjà plein, Louis XV et ses amis prenaient place. Hippolyte et James n'eurent que le temps de croiser le regard du roi. Il avait les traits tirés, et la commissure de ses lèvres qui tenta de se hisser pour esquisser un sourire ne fit que se tordre. Puis il leur tourna le dos, au premier rang, et les invités purent s'asseoir. Les deux agents s'installèrent au fond, le silence s'instaura et la troupe de l'opéra royal entama un premier morceau d'*Hippolyte et Aricie* de Rameau.

* * *

Le récital poussait Hippolyte dans ses derniers retranchements. Trop long, trop déconnecté de sa nouvelle réalité. Elle n'arrivait pas à prétendre que tout allait bien. Elle ne pensait qu'à Pierre. Qu'à son âme évaporée et à son corps qu'elle avait abandonné. Elle aurait pu l'enterrer chez lui, si elle n'avait pas été assez bête pour laisser Frontis s'emparer de lui!

N'en pouvant plus, elle bondit sur ses pieds et sortit du salon. Elle traversa le passage qui desservait le rez-de-chaussée et ouvrit la première porte devant elle. Le petit salon désert était parfait pour accueillir son désespoir et sa résignation. Elle échafaudait des plans tous plus saugrenus les uns que les autres pour récupérer Pierre. Mais il n'y avait aucun moyen d'y parvenir. Elle pourrait toujours payer cher l'un de ces foutus nécromanciens pour invoquer son âme, mais ce ne serait plus jamais lui.

Elle devait accepter l'inacceptable. Pierre n'était plus. Les larmes remontèrent puissamment dans ses yeux et roulèrent sur ses joues. Elle serra les poings. C'était sa faute. Elle aurait dû le protéger mieux que cela. Elle n'avait pas été à la hauteur, elle n'était pas assez forte.

Le grincement des gonds la fit sursauter. Le roi referma la porte derrière lui. C'était l'intermède. Hippolyte passa les manches sur son visage.

— Sire.

Impossible de porter du noir sans attirer l'attention, pourtant le roi avait choisi un habit bleu nuit plutôt étonnant pour l'occasion.

— Écouter la plainte de Phèdre est au-dessus de mes forces à moi aussi.

— Nous mettrons la main sur Frontis, assura-t-elle avec fermeté.

Le roi hocha la tête.

James lui avait envoyé un bref compte rendu dans la nuit, l'urgence lui avait fait prendre des décisions froides et rapides. Le roi affichait son chagrin sans difficulté, mais Hippolyte détectait aussi une préoccupation et une pointe de colère qu'elle n'aurait pas pu prédire.

— Sire ?

Louis jeta un œil dehors ; les jardins des Tuileries étaient baignés d'un soleil d'automne plus pâle que d'habitude. L'été touchait à sa fin.

— Il est temps que j'agisse, pour votre bien et pour le bien du Secret.

Sa déclaration, d'un ton froid et sévère, tendit Hippolyte.

— Le comte de Nairn a écrit dans son rapport que vous étiez déjà à l'hôtel des mousquetaires quand l'alerte a été donnée. Pourquoi ?

La question la glaça. Au contraire de toutes leurs rencontres passées, le roi mettait entre eux une distance inhabituelle. Elle mit quelques secondes avant de trouver la réponse idéale, perturbée de ne pas avoir songé à se trouver une explication.

— Je venais donner des nouvelles de ma famille à mon ami.

— À la nuit tombée ? releva le roi qui ne lui accordait toujours pas un regard. Alors que vous deviez vous trouver à Cluny ?

La suspicion évidente la fit reculer d'un pas. Perdre la confiance du roi serait une épreuve plus dure encore que la nuit passée. Elle ne prit plus le temps de réfléchir : elle savait qu'il se doutait de quelque chose, sans savoir quoi exactement.

— Nous avons perdu la notion du temps.

— Où exactement ? Dans sa chambre ?

Hippolyte déglutit. La soupçonner de coucher avec un homme, en tant qu'homme, salirait la réputation de Pierre et la ferait aussitôt embastiller. Alors on se rendrait compte qu'elle était une femme et on l'enfermerait dans l'un de ces hospices où les déviantes vivaient recluses, privées de liberté, privées de tout. Et sa famille serait traînée dans la boue. Blême, elle se mit à balbutier.

— Ce n'est pas ce que vous croyez…

Le roi tourna enfin la tête vers elle ; son expression inflexible la frappa au ventre.

— Allons, madame, personne ne me dicte ce que je dois penser.

Le début de sa réplique ne la saisit pas immédiatement. Elle s'en voulut d'abord d'avoir dit une telle bêtise dénuée de sens, que l'on sort à l'occasion, comme pour se dédouaner sans argument en poche.

Puis, le « madame » se répéta en boucle dans sa tête. Cette fois-ci, aucune réponse ne se profila. Elle resta muette, incrédule. Elle avait déjà imaginé cette situation, sans la juger plausible pour autant.

Comment l'avait-il découvert ? On l'avait dénoncée ? Pinsec avait-il réellement perçu quelque chose lors de leur première rencontre ? L'avait-il tout de même recommandée et à la moindre erreur, elle payait ?

— Pardonnez-moi, Sire.

Elle ne s'était jamais imposé qu'une limite : ne pas heurter ses parents. Elle venait de l'atteindre.

— Je ne vis que pour vous servir et je ne vous ai jamais trahi, si ce n'est par ce déguisement. J'abandonne ma charge et me retire de Paris, vous n'entendrez plus jamais parler de moi !

Hippolyte s'arrêta là.

Le roi demeurait fermé. Rien ne transparaissait de lui. Alors elle tourna les talons pour se précipiter hors du salon. Elle tomba sur James qui attendait dans le passage, anxieux. Bouleversée, focalisée sur sa fuite, Hippolyte lui expédia un « adieu, monsieur » et reprit sa route sans se retourner.

Elle allait se rendre à Cluny, attraper ses quelques affaires et disparaître. À défaut d'enterrer Pierre, elle mettrait en terre Hippolyte d'Arcy.

Chapitre 3

Clermont-Ferrand en Auvergne, 21 septembre

Trois jours. Il lui avait fallu seulement trois jours pour rejoindre sa ville natale à cheval, quitte à cavaler de nuit, à changer de monture plus souvent, et à ne dormir que quelques heures dans un champ ou dans un bois. Hippolyte était éreintée, mais remonter les rues étroites aux immeubles et hôtels de pierre noire lui réchauffait enfin le cœur. Elle avait même l'impression de se réveiller, de sortir d'une torpeur qui l'avait prise aux Tuileries.

La place Derrière-Clermont se vidait, le soir tombait, il ne régnait pas la même agitation qu'à Paris ni la même crainte d'épidémie. Tout semblait paisible. Hippolyte tourna dans la ruelle qui menait à l'hôtel de ses parents. Une voiture s'y était engagée et semblait coincée face à une autre. Un problème récurrent dans les méandres du vieux centre-ville, qui agaçait beaucoup les propriétaires des véhicules larges et confortables.

Hippolyte n'avait plus la force ni le courage d'intervenir. Elle descendit de cheval, attrapa la bride, guida la monture dans le passage exigu que la voiture pouvait laisser sur le côté gauche et abandonna les deux cochers à leur dispute. L'entrée de l'hôtel se trouvait juste au milieu de l'altercation. Elle s'y enfila et s'immobilisa au centre de la cour, les jambes douloureuses et le cœur lourd. Le garçon d'écurie sortit des communs et se précipita vers elle sans la reconnaître. Il attrapa les rênes, grimaçant devant l'état de fatigue du cheval.

—Le responsable des voiries va m'entendre ! s'exclama la voix de son père, surgissant dans la cour. Quant à ces deux cochers, je m'en vais les rosser !

— Jacques, n'oubliez pas votre canne, conseillait sa mère en lui remettant le bâton, déterminée à laisser son mari les battre.

— Tous les jours c'est la même histoire ! continuait son père avant d'apercevoir le visiteur.

Hippolyte ne dit rien, trop émue. Sept années s'étaient écoulées depuis son départ. Sept années loin de sa famille à courir les bandits, se battre, vivre dans l'insouciance, toucher le pouvoir et chuter.

— Monsieur, je suis à vous dans un instant, lança son père, toujours pris dans sa colère.

Il allait lui passer à côté, canne brandie, quand son regard fut accroché par son visage. Hippolyte se découvrit devant lui et Jacques de Sancy passa de l'emportement à la stupéfaction. Il baissa les bras, médusé, reculant même d'un pas.

— Bonsoir, papa, dit-elle, la gorge nouée.

— Thérèse, c'est la petite, murmura Jacques avant de s'avancer vers sa fille et de la serrer dans ses bras.

Hippolyte se permit enfin de sourire, soulagée d'être chez elle. Elle se laissa étouffer par l'embrassade paternelle alors qu'elle l'entendait rire et pleurer tout à la fois. Elle perçut le frou-frou de la robe de sa mère se rapprocher avec précipitation.

— Hippolyte ? C'est bien toi ? Laissez-la respirer, Jacques ! s'écria Thérèse, les yeux brillants.

Son père la relâcha et sa mère lui donna une tendre accolade. Ils auraient pu l'assaillir de questions, exiger une explication sur son départ, voire la renier et la chasser. Mais non. Ils l'accueillaient à bras ouverts. Pierre l'avait toujours su lorsqu'ils étaient partis tous les deux. Ses parents l'aimaient, ils ne la dénonceraient pas.

— Je te l'avais dit qu'elle reviendrait, sermonnait son père. Elle l'avait écrit.

— Elle a mis des années ! s'exclama sa mère en se décollant d'elle, le visage changeant.

Le soulagement du retour fit place à l'inquiétude. Thérèse se mit à l'inspecter avec minutie, s'alarmant de sa fatigue et des restes de ses derniers combats. Qu'avaient-ils bien pu imaginer de sa vie ? Elle était partie avec un mousquetaire ; la fugue amoureuse devait être la raison la plus évidente à leurs yeux.

— Tu as une mine épouvantable, dit-elle en lui prenant le bras. Viens, tu vas manger un morceau et tout nous raconter.

Thérèse, qui avait enroulé son bras autour des épaules de sa fille pour la mener à l'intérieur, jeta un œil sur son mari.

— Vous n'allez plus rosser les deux cochers ?

Jacques haussa les épaules.

— Ils se débrouilleront. Hippolyte est revenue, c'est tout ce qui compte.

Elle ne raconta qu'une version de son histoire : celle durant laquelle elle avait appris à se battre à l'épée pour traquer les brigands et rencontré Henriette de Richelieu qui lui avait offert un minimum de sécurité – chapitre rassurant pour ses parents. Elle ne parla en aucun cas du roi – leur dernier face-à-face lui pesant encore – ni même du Secret, mais elle évoqua James et Olympe comme deux amis. Elle garda pour elle les véritables circonstances de la mort de Baptiste. Aussi, au bout de son récit, elle ne sentit aucun apaisement mais une nouvelle culpabilité : celle du mensonge aux siens.

Hippolyte termina sa collation en silence.

— Nous avons dit à tout le monde que tu étais partie vivre chez ta tante, finit par raconter sa mère. Mais nous pourrions annoncer que tu es revenue pour te marier. Tu as vingt-trois ans, c'est un peu tard, mais c'est la meilleure chose qui pourrait t'arriver à présent, ajouta-t-elle d'une petite voix. Je me charge de tout, dès demain.

Avait-elle un autre choix ? Elle ne pensait qu'à Pierre qu'elle aurait dû épouser pour se défaire de ce devoir qui déferlait à nouveau sur elle.

— Pierre de Varceau est mort, déclara-t-elle alors, comme pour expulser ce secret-là.

La tablée se tut.

— Il faudrait prévenir ses parents, mais nous n'avons pas de corps.

Elle regarda son père qui avait blêmi ; il écrirait à son ami pour le lui annoncer. Elle n'avait pas pu le sauver, mais elle ne voulait pas balayer sa mémoire.

— Comment ça, « pas de corps » ? interrogea son père alors que sa mère psalmodiait une prière.

— Il fait partie des victimes de l'épidémie qui a cerné Paris.

— Par Dieu, murmura Jacques. Un brillant soldat comme lui, mourir ainsi.

La remarque innocente ébranla Hippolyte. Pierre était mort en se battant, jusqu'au bout. Mais personne ne le saurait.

— Pardonnez-moi, je suis fatiguée, dit-elle en se levant pour monter dans sa chambre.

Rien n'avait bougé dans la pièce, les domestiques avaient seulement retiré les draps blancs recouvrant les meubles et lui avaient préparé un bain comme elle l'avait espéré. Hippolyte se glissa sans attendre dans sa baignoire d'eau brûlante et relâcha ses muscles engourdis.

Elle avait tout abandonné. Elle commençait juste à s'en vouloir. Olympe, elle ne lui avait même pas dit au revoir, obnubilée par sa fuite. Et Galatée qui avait quitté son clan pour elle… ? Et James. Un seul « adieu » balancé au détour d'une porte.

* * *

22 septembre

Elle avait peu dormi mais d'un sommeil de plomb. Au petit matin, elle s'était réveillée avec une idée ancrée dans la tête qui la travailla des heures durant. Au déjeuner, ses parents lui avaient raconté les tracas qui avaient bercé leur vie depuis son départ, et elle avait hoché la tête sans prêter plus d'attention. Les paroles de Pinsec lui étaient revenues en mémoire dès qu'elle avait ouvert les yeux. On ne laissait pas un agent du Secret fuir comme ça. Si elle devait leur tourner le dos, ils feraient passer sa mort pour un accident.

Il devint évident qu'un assassin se présenterait un jour ou l'autre ici, chez elle, avec l'intention de la faire taire pour de bon. Il fallait déjà que le Secret fasse le lien entre elle et les de Sancy ; la chose n'était pas impossible. Elle pourrait se défendre face à deux ou trois assaillants, mais que pourrait-elle faire si l'assassin était un vampire ? Ou un lycanthrope ? James lui avait donné les solutions pour chacun d'entre eux, fallait-il encore pouvoir les appliquer.

Elle avait besoin d'aide.

Hippolyte s'enfonça dans les ruelles parallèles à la rue des Gras en fin d'après-midi. Étroites, bâties de pierre noire et plongées dans l'ombre, elles n'inspiraient pourtant pas le coupe-gorge. De petits hôtels anciens les jalonnaient, avec des fontaines publiques aux bacs de pierre accolées à leurs façades et des boutiques sur rue, leurs étals grands ouverts qui appâtaient les chalands dans une cohue maîtrisée. Hippolyte se fraya un chemin au milieu de la foule jusqu'à ce qu'elle aperçoive une enseigne en bois oscillant au-dessus d'elle : les *Trois Galipots*.

Elle s'engouffra dans le passage voûté et se retrouva dans l'une de ces minuscules cours intérieures qui abritaient les accès aux corps de logis. Une tourelle octogonale, semblable à celle de Cluny, occupée par un escalier à vis, desservait les étages. L'entrée de la taverne était une vieille porte en ogive, dont le tympan sculpté attira aussitôt le regard d'Hippolyte. Avant le Secret, elle se serait contentée de voir là une représentation d'hommes sauvages bibliques. À présent, les trois silhouettes humaines recouvertes de fourrure qui entouraient un heaume et un bouclier ne lui inspiraient qu'une seule chose : des lycanthropes, entre l'humain et l'animal. Une curieuse sensation de sécurité et de familiarité l'envahit. Le fait de *savoir,* probablement.

Ce qui n'était pas le cas de ses semblables. Le silence régnait dans la cour, les clients ne se ruaient pas dans l'établissement. Elle poussa la porte sans aucune peur. L'intérieur de la salle était plongé dans une semi-pénombre chaude. Les cheminées étaient allumées et de grosses marmites de ragoût de viande barbotaient au-dessus. Cette odeur de sauce et de fumée lui tordit l'estomac de plaisir. Hippolyte repéra vite les chemises et les culottes laissées près de l'entrée, pour les lycanthropes qui rentrent de chasse la nuit. Elle fit quelques pas à l'intérieur et ne remarqua qu'à cet instant les regards portés sur elle.

Il n'y avait pas que des lycanthropes. Parmi les corps bourrus, carrés et massifs, une silhouette plus fine et longiligne se détachait, assise seule à une table, une assiette pleine sous les yeux. Hippolyte misa sur un nécromancien qui attendait des clients en se rassasiant. Il ne fallait pas compter sur des vampires ici, encore moins de jour. Fenrir lui avait dit que les relations étaient complexes entre lycanthropes et vampires à Clermont. Tant mieux. Elle ignorait encore ce qu'il était advenu de l'assassin de son frère.

— Qu'est-ce que tu veux ?

La rude question provenait de sa gauche. Une femme la scrutait avec suspicion. Sa longue chevelure blonde, presque blanche, ses épaules larges et son regard perçant lui firent aussitôt penser « louve ». C'était peut-être bien la première qu'elle voyait. Hippolyte se découvrit et s'approcha d'elle.

— Je voudrais voir Cadell.

Au même moment, deux petites boules de poils roulèrent dans la salle en chahutant jusqu'aux pieds d'Hippolyte.

— Ces chiots ! grogna la femme en les attrapant par la peau du cou.

Ils poussèrent des gémissements fautifs jusqu'à l'étage, là où la femme dut les déposer avant de revenir, l'air impatient.

— Cadell, tu dis ? Qu'est-ce que tu lui veux ?

— Lui parler, rien de plus.

La femme plissa les yeux et tendit la main dans sa direction. Hippolyte retint un mouvement de recul. Elle n'avait pas peur, mais son interlocutrice n'était pas encore assurée de son amitié. Cette dernière ne lui toucha que le coin de l'œil, là où s'étirait sa cicatrice.

— Il t'a marquée ?

— Il paraît, oui.

— Tu es la fille de Sancy ?

— C'est bien moi.

Les traits de la femme se détendirent.

— Assieds-toi, il ne va plus tarder.

Hippolyte prit place à une table et se laissa servir une gamelle pleine de ragoût et une pinte de bière. Elle mangea à sa faim, dans une quiétude qu'elle n'avait plus ressentie depuis l'attaque de la caserne de mousquetaires. Tous avaient repris leurs discussions et leurs jeux de dés. Elle se sentait bien, ici, parmi les surnaturels. Mieux qu'en société humaine.

— Je te ressers ? demanda la femme en revenant vers elle.

— Merci, non. C'était délicieux. Je peux savoir votre nom ?

— Freya, je suis la compagne de Cadell et la mère de ces louveteaux.

Hippolyte suivit son regard. Derrière elle, quatre louveteaux étaient assis à la fixer, prêts à lui sauter dessus. Soudain, ils se redressèrent et se ruèrent vers la porte de la taverne. Ils roulèrent par terre, se transformant en humains, nus comme des vers. Le battant s'ouvrit et les quatre enfants bondirent sur l'homme qui eut à peine le temps de refermer derrière lui. Robuste, il ne fut même pas ébranlé par sa marmaille. Il éclata d'un rire qui ressemblait plus à un son rauque et animal. Ce fut sa longue chevelure d'argent qui fit tressaillir Hippolyte. Elle avait déjà croisé cet homme-loup et s'en souvenait très bien. Une nuit, il y a sept ans, alors qu'elle s'était travestie pour la première fois, un vagabond lui avait conseillé de rentrer chez elle, et vite. Elle s'était étonnée de sa nudité cachée sous une cape, et il s'était dirigé dans les ruelles adjacentes à la rue des Gras, pour se rendre ici et reprendre des vêtements, vraisemblablement.

— Cadell, tu as de la visite, déclara Freya en haussant la voix.

— Oui, je l'ai sentie depuis hier, répondit-il en jetant un œil sur Hippolyte.

Il lâcha le cuissot de porc qu'il portait sur l'épaule, chassa ses louveteaux avec tendresse, s'amusant de leur nouvelle transformation, et prit place en face d'elle. Freya caressa sa nuque tout en déposant une pinte de cervoise fraîche sous son nez.

— Que viens-tu faire ici ? la questionna-t-il alors sans montrer de surprise.

Hippolyte décortiquait son visage, espérant éveiller un souvenir enfoui dans sa mémoire retouchée par le vampire. Mais rien ne venait. Il ressemblait à Goliath et à Fenrir avec ses mâchoires puissantes, son regard incisif et cette chaleur qu'il dégageait. Elle la décelait plus vite à présent : les lycanthropes avaient tous ce côté protecteur et battant.

— Je viens vous demander de l'aide. Et des réponses.

Sa présence ici n'était peut-être qu'un prétexte. Elle avait plus besoin de savoir que de secours. Cadell ne commenta pas, il attendait. Il ne s'étonna pas qu'elle soit familière avec ce qui l'entourait ici.

— J'ai rencontré Fenrir, il m'a raconté ce qu'il a pu. Mais il me manque encore beaucoup de choses. J'espérais que vous pourriez combler les vides.

Cadell but plusieurs gorgées de bière avant d'acquiescer.

— Tu sais donc pour les vampires renégats ?

Hippolyte hocha la tête, le cœur battant, impatiente.

— Celui qui s'en est pris à toi m'a affronté. Il te tenait dans sa main, t'a hypnotisée et t'a jetée au sol. Nous nous sommes battus, c'était à la fois rapide et brutal. Un autre vampire t'a attrapée, j'ai repoussé le premier pour te dégager de cette situation. Tu as pu partir en courant. Tu aurais pu être sauve tout de suite, mais tu es revenue quand tu m'as entendu rugir. Le premier vampire m'avait plaqué au sol et me mordait. J'ignore pourquoi, mais tu t'es jetée sur lui avec un morceau de bois que tu lui as planté dans le dos. Ça a dû toucher son cœur, parce qu'il s'est immédiatement effondré.

Les yeux ronds, Hippolyte en resta coite. Elle avait tué un vampire ? À quinze ans ?

— C'est après ça que je t'ai marquée au coin de l'œil, pour veiller sur toi en retour, ajouta Cadell. Sans toi, je n'aurais pas rencontré Freya et je n'aurais pas eu mes quatre petits loups.

Elle acquiesça, touchée. Les paroles de Pierre lui revinrent en tête : elle avait eu plus de ressources qu'elle ne l'aurait cru. Cette révélation la conforta davantage dans son choix de vie. Elle n'était peut-être plus la bienvenue à Paris et elle allait devoir faire face à un assassin tôt ou tard, mais il n'était pas question qu'elle retourne à sa vie de femme à marier.

Elle but la dernière rasade de sa bière.

— Je suis contente d'avoir pu vous aider.

Cadell eut un demi-sourire appréciateur en guise de réponse.

— Comment as-tu appris notre existence ?

— Le roi m'a missionnée pour intégrer le Cabinet du Secret.

Cette fois-ci, Cadell eut une expression de surprise.

— J'avais entendu que le Secret avait rouvert, Goliath a envoyé Fenrir prévenir les meutes. Mais je ne pensais pas que le roi choisirait une femme.

Hippolyte déglutit avec difficulté et fixa sa chope en terre cuite.

— Il ne le savait pas jusque-là. Mais il a fini par le découvrir.

— L'humain blanc est bien ignorant, il n'aime pas ce qui est différent.

— Il faut croire, oui, murmura Hippolyte.

— C'est pour cela que tu es ici, face à moi ? devina Cadell. On ne fuit pas ce genre d'organisation aussi aisément.

Elle se sentit blêmir sur le coup, craignant qu'il refuse par pure prudence. Après tout, il était en droit de ne pas vouloir se mettre le Secret du roi à dos, pour lui et les siens.

— Je redoute l'envoi d'un assassin, confia-t-elle.

— Nous ouvrirons l'œil, lui assura-t-il sans réfléchir plus avant.

Sa confiance sans détour la toucha. Il ne lui restait qu'une question en suspens.

— Et le vampire qui a tué mon frère ?

Cadell termina sa pinte avant de reprendre :

— Il nous a échappé ce jour-là. Mais les vampires n'oublient pas. Si les autres renégats ont tous été traqués, celui-là cherchait aussi sa vengeance et il est revenu à la charge l'année suivante.

Tout devenait clair : la silhouette à la perruque Régence, qu'elle avait aperçue sur la place Derrière-Clermont en sortant de la cathédrale, était bien celle d'un vampire. Le meurtrier de Baptiste. Tout son corps se raidit d'angoisse, mais Cadell désamorça bien vite son élan.

— Il n'est plus de ce monde depuis cette nuit-là. Les vampires de la ville ne sont plus à craindre, ils sont surtout installés dans le vieux Montferrand et se tiennent à carreau.

Les épaules d'Hippolyte s'affaissèrent de soulagement. Freya revint vers eux avec un pichet de bière plein. Cadell la remercia, l'attira à lui pour l'embrasser et servit les deux chopes de la table. Les quatre louveteaux chahutèrent près de leur père sous leur forme humaine, vêtus de chemises amples qui leur permettaient une totale liberté de mouvement. Ce ne fut qu'à cet instant qu'Hippolyte remarqua la cicatrice au coin de l'œil de chacun d'entre eux, autant sur les filles que sur les garçons. Freya prit place à côté d'elle à table avec une chope.

Hippolyte prit le temps de boire et d'en demander plus sur la famille de lycanthropes, satisfaite d'avoir retrouvé, dans sa ville natale, les êtres si spéciaux qu'elle avait appris à connaître à Paris.

Chapitre 4

Rue des Gras

Hippolyte dévala la rue, l'esprit plus apaisé qu'au matin, la bière embrumant ses pensées. La montagne en face d'elle, la cathédrale derrière, elle profitait de l'air ambiant et du brouhaha de la rue marchande quand son regard croisa la façade de l'hôtel de Fontfreyde. Pierre avait eu le vice du jeu, contrairement à elle. Elle s'y rendit pourtant, comme si suivre ses traces entretiendrait le temps d'une journée la mémoire de son ami. On la laissa entrer, la prenant pour un homme, et elle put s'asseoir à un tabouret pour observer une partie de cartes, encore frileuse à l'idée de perdre ses deniers.

Au bout d'une bonne heure, ses pensées focalisées sur les figures rouges et noires, un nom familier surgit dans son dos.

—Maudit Frontis!

—Doucement, Alistair.

Hippolyte se figea. Elle se pencha en arrière avant de tenter un coup d'œil. Assis à une petite table près de la sienne, deux hommes faisaient un piquet, une tasse de thé fumante près d'eux. Elle les reconnaissait de vue et pouvait mettre un nom sur l'un d'eux: Alistair McDonald, jacobite et ami de James. Que faisaient les deux Écossais ici? Ils avaient troqué leur parure traditionnelle pour un habit brun et un autre gris passe-partout.

—Nous avons été piégés par cette confrérie ridicule, Lamont, ruminait Alistair. Et exilés, à nouveau.

—Au moins les gens d'ici ne sont pas hostiles avec nous.

— Mmh. Nous pouvons remercier les de La Tour d'Auvergne et leurs alliances. Mais je n'arrive toujours pas à croire que nous ayons dû quitter Paris à cause de ce marquis.

— Son discours était séduisant.

— … avec son armée de vampires ?

Hippolyte tressaillit à nouveau. Elle se souvenait que Alistair avait rencontré Frontis et la confrérie du Savoir. Il ne leur avait pas dit grand-chose sur les paroles échangées car il devait, à l'évidence, ne porter aucun crédit à leur palabre.

— « Une armée capable de renverser un roi et d'instaurer un nouvel ordre », avouez que c'est exactement ce qu'il nous faudrait. Il est bien dommage que les vampires n'existent pas, conclut Lamont.

Le cœur d'Hippolyte, lui, fit une embardée avant de s'élancer au galop. Une armée pour renverser un roi et instaurer un nouvel ordre… Bon Dieu ! Frontis l'avait à présent, son armée ! Des vampires et une caserne de mousquetaires ! C'était donc cela qu'il voulait ? Renverser le roi ?

Elle bondit sur ses pieds, attirant le regard de la salle sur elle. Elle baissa la tête et slaloma autour des tables, se dirigeant à pas rapides jusqu'à la sortie de l'hôtel. Elle devait partir dès aujourd'hui et prévenir James. Elle n'était peut-être plus la bienvenue au Secret, mais elle devait faire au moins cela. Pour James, Olympe, Galatée, Goliath, Astarté et tous ceux qui se battaient contre les zombies. Il fallait juste qu'elle convainque ses parents et rassemble ses affaires.

* * *

James arpentait le centre-ville depuis une ou deux heures. Clermont-Ferrand était une petite ville perchée plutôt jolie, avec sa pierre noire et sa vue sur les montagnes environnantes. Il retrouvait même un peu de son Écosse natale dans ces paysages, comprenant enfin pourquoi d'Arcy s'entêtait avec ses racines. Il aurait bien visité le coin s'il n'était pas pressé par le temps. Le roi l'avait convoqué le soir même du récital aux Tuileries, après la mystérieuse disparition d'Hippolyte. Si James avait débattu quelques heures avec lui-même, soulagé de l'éloignement du garçon – espérant ainsi ne pas assister à sa mort – et pourtant désemparé par son absence, le roi, lui, était la proie d'un violent remord. Il lui avait ordonné de partir pour l'Auvergne sur l'instant et d'implorer d'Arcy de revenir. James avait bien tenté de protester, sa présence à Paris lui semblant nécessaire, mais Louis XV n'avait rien voulu savoir. Il lui avait confié un pli et souhaité bon voyage. Alors James avait remis le Secret entre les mains d'Olympe et était parti.

La seule chose qu'il n'avait pas prévue, en arrivant dans le cœur de cette région sauvage, fut que personne, absolument personne, n'avait entendu parler d'un d'Arcy. Il avait déduit Clermont-Ferrand des nombreuses discussions qu'il avait eues avec son acolyte, mais se trompait-il ? Fallait-il aller plus loin ? Ou revenir sur ses pas à Moulins ?

James s'attardait sur la place Derrière-Clermont, surpris par l'après-midi paisible et sans menace que vivaient les citadins et les promeneurs au milieu du marché.

— Bonjour, salua-t-il un fermier de passage avec une chèvre et des fromages.

Peut-être qu'il aurait plus de chance avec les gens des alentours.

— Bonjorn, mon seigneur.

— Je cherche la famille d'Arcy, vous les connaissez ?

Comme tous les autres, il secoua la tête, embarrassé de ne pas pouvoir répondre. Décidé à ne pas perdre un client potentiel, il lui tendit un petit fromage en motte qui dégageait une odeur d'ail.

— Avec de pan, de vi et de cotsou, aquò es bon !

Pour combler le tout, James comprenait un mot sur deux. Il donna une pièce au fermier en échange de sa production, eut une pensée pour Hippolyte qui aurait pu le conseiller sur la question gustative, et il s'éloigna.

— Attention d'n'pas le chivader ! lança l'homme avec un signe de la main.

James se rapprocha de la cathédrale et s'immobilisa en apercevant deux silhouettes se balader à quelques pas : Alistair et Lamont. Il espérait bien croiser ses amis jacobites. Ils n'avaient pas encore échangé de lettres, attendant que la situation s'arrange par mesure de précaution. Il leur adressa un signe de la main ; Alistair s'arrêta et afficha un large sourire avant de le rejoindre.

— James Darroch !

Il le serra dans ses bras, ravi de cette rencontre. Lamont lui donna lui aussi une accolade avec un peu plus de retenue.

— Que fais-tu ici ? Pouvons-nous rentrer à Paris ?

— Je suis désolé, mon ami, mais non, répondit James, toutefois heureux. La confiance de Louis XV est branlante. Le roi Georges a dépêché sa meilleure espionne à Paris, c'est elle qui a demandé ta tête au roi de France. Tant qu'elle est là, il vaut mieux que vous restiez discrets tous les deux.

La déception de ses amis fut rude.

— Que nous vaut ta visite, alors ? demanda Lamont avec curiosité.

— Je suis là pour retrouver mon ami, Hippolyte d'Arcy. Vous avez entendu son nom par ici ?

Les deux jacobites eurent la même moue dubitative.

— D'Arcy, non, répondit Lamont.

James se mordilla la lèvre, agacé. Est-ce que le garçon avait donné un faux nom ? Il écouta d'une oreille peu attentive ses deux amis raconter leur quotidien ici tout en se demandant si d'Arcy venait réellement d'Auvergne. Il n'aurait pas menti à ce point, tout de même… Il poussa un soupir, découragé, quand Alistair lui proposa :

— Tu devrais demander au baron de Sancy, lança-t-il. Nous jouons de temps en temps aux cartes avec lui. C'est un original, mais très serviable, il en saura plus sur l'aristocratie de la région.

C'était la meilleure piste qu'il avait jusque-là.

— Nous n'avons jamais rencontré sa famille, mais son hôtel est juste là, près de la place du Terrail, indiqua Alistair d'une main.

— Bien, merci. Je suis assez pressé, mais je ne manquerai pas de passer vous voir avant mon départ. Où logez-vous ?

— À l'hôtel de Montrosier, rue du Port.

Ils se saluèrent et James reprit sa route. Il passa la petite place du Terrail avant de s'engager dans une étroite ruelle, demandant au premier passant s'il était sur la bonne voie. On lui indiqua alors une belle porte cochère ouvrant sur une cour intérieure et une façade d'hôtel de style Régence plutôt raffinée, toujours dans cette pierre basaltique noire. Il se présenta dans l'entrée et attendit, percevant des voix dans le salon attenant. Au bout de quelques instants, un homme finit par en sortir, corpulent mais très en forme, vêtu d'une robe de chambre de fourrure et d'une toque chinoisante.

— Que puis-je faire pour vous, monsieur ? requit-il sur un ton bougon.

— Pardonnez ma visite sans m'être fait annoncer, monsieur le baron de Sancy, je suis à la recherche d'un jeune homme originaire de la région et qui se nomme Hippolyte d'Arcy. Peut-être le connaissez-vous ?

Le baron écarquilla les paupières et se mit à le jauger de bas en haut.

— Et à qui ai-je l'honneur ?

— James Darroch, comte de Nairn.

— Oh.

Le baron se détendit aussitôt, mais conserva une raideur assez étrange. James hésitait à le trouver sympathique ou méfiant. Malgré tout, le baron lui inspirait un bon sentiment.

— Hippolyte est mon fils : il a changé de nom pour poursuivre sa carrière de bretteur sans peiner ses parents.

Sa réponse possédait un curieux mélange d'amusement, d'ironie et d'impératif. Connaissant Hippolyte, James ne put s'empêcher de sourire. Une « carrière de bretteur » ? Il imaginait sans mal les discussions houleuses que cette idée avait soulevées dans son foyer. Mais ce qui comptait, c'était qu'il venait de retrouver la trace de son ami ! Soulagé et impatient, il voulut s'empresser de savoir où il pouvait le trouver quand la porte du salon s'ouvrit à nouveau. Une femme s'avança d'un pas alerte, un bonnet de gaze de travers sur la tête et les joues rougies par une colère qui s'étouffait à peine.

— Jacques, j'espérais que vous vous montreriez plus intransigeant avec notre fille !

— Thérèse, s'empressa le baron en allant à sa rencontre et en attrapant sa main. Nous avons de la visite.

— Eh bien ? s'emporta la femme, pleine d'impatience.

— Voici le comte de Nairn. Monsieur le comte, mon épouse, Thérèse de Sancy.

Les joues de la femme perdirent leur feu dans un premier temps, avant de roussir à nouveau. Elle eut l'exacte même raideur et se mit à dégager un embarras incroyable.

— Oh.

— Notre fils nous a beaucoup parlé de vous, expliqua Jacques en attrapant le bras de sa femme.

— Bien, commenta James, gêné. Où est-il ? J'ai un pli important pour lui, et nous devons rentrer sur Paris au plus vite.

Le couple échangea un rapide regard.

— Notre fils… va descendre d'un instant à l'autre. Venez, allons boire une tasse de thé en l'attendant.

Ils prirent place dans un charmant petit salon pastel à la dernière mode. L'intérieur bourgeois était confortable et chaleureux. Des figurines en porcelaine jonchaient les plateaux marquetés des consoles ainsi que les rayons d'une vitrine en merisier. James s'enfonça dans un fauteuil à la reine tandis que le baron versait lui-même le thé infusé dans quatre tasses. Hippolyte avait été compté, il ne devrait donc plus tarder. Jacques de Sancy s'installa à son tour et se tourna vers lui, une curiosité évidente au fond des yeux, alors qu'un long silence plombait la pièce.

— Vous venez d'Écosse, alors, dit-il tout en allumant sa pipe.

James avait rarement côtoyé un Français qui fumait le tabac.

— Je connais quelques jacobites réfugiés ici, poursuivit le baron en soufflant une volute. Une plaisante compagnie.

— De bons catholiques qui plus est, une belle qualité, ajouta la baronne en agitant un éventail avec nervosité.

Les mettait-il mal à l'aise ?

— Je vis en exil, ma famille s'est installée à Rome, finit-il par dire.

— Parlez-nous de votre pays, requit le baron.

* * *

Hippolyte ferma sa sacoche puis enfila son manteau. Elle n'avait plus qu'à seller un cheval et partir. Elle dévala l'escalier de l'hôtel pour déposer le tout dans l'entrée. Il fallait aussi dire adieu à ses parents, qui n'avaient pas accueilli sa décision de la meilleure façon. Mais elle leur promettrait un retour plus rapide que le précédent. Hippolyte s'avança jusqu'au salon, déterminée, avant de ralentir en entendant une troisième voix inattendue.

— … Si j'étais resté en Écosse, on m'aurait envoyé dans les Lowlands. En tant que Highlander et fils aîné, j'aurais été placé de force dans une école protestante pour recevoir une éducation anglaise, sinon je n'aurais pas eu le droit d'hériter de mes terres.

— Seigneur, envoyer des enfants loin de leurs parents pour de telles raisons, commentait sa mère à voix basse.

Hippolyte frémit. C'était donc James lui-même qui se chargerait de l'homicider ? La traîtrise ultime ! Elle poussa le battant de porte d'un geste brusque afin d'attirer l'attention.

— Fils ! s'exclama son père.

Elle franchit le seuil, la main sur l'épée, tout en préférant garder une certaine distance.

— Que faites-vous là ? lança-t-elle sans préambule.

James se redressa, surpris.

— Bonjour à vous aussi, répliqua-t-il.

— Bonjour, que voulez-vous ?

Elle scruta le visage de son ami, partagée. Était-il capable de cela ? S'était-il proposé, même ? Le roi avait-il eu cette tortueuse idée ?

Ses parents s'étaient levés et demeuraient silencieux. Elle sentait leur angoisse : ils devaient craindre qu'elle soit découverte. James, qui avait déposé sa sacoche sur un guéridon, près de la cheminée, l'attrapa. Hippolyte misa sur le pistolet. Il tirait à la perfection.

— Le roi m'a remis ce pli pour vous, dit alors James en plongeant sa main dans le sac. Il y a un petit objet avec, il me semble.

Il tendit le pli qui était en effet bombé. Hippolyte hésita. Pinsec n'allait pas lui faire le coup de la bombe ? Trop risqué. Le comte pouvait être pris dans l'explosion. Le poison, peut-être ?

Elle fit quelques pas prudents vers son ancien acolyte, attrapa le pli et le posa sur la table de jeu de son père pour l'ouvrir avec des gestes mesurés. Elle tira la ficelle, repoussa le papier du bout des doigts, découvrant une lettre pliée cachetée du sceau royal ainsi qu'une petite tabatière. Surprise, Hippolyte saisit l'objet. Elle le regarda sous toutes les coutures : de forme rectangulaire, arrondie aux angles, la tabatière était recouverte d'un émail noir sur le couvercle et d'un émail coloré, formant des fleurs de lys sur le contour. De petits diamants ornaient le fermoir, qu'elle poussa pour ouvrir la boîte. Elle trouva sur le revers du couvercle un portrait du roi dans un médaillon.

Il aurait pu lui envoyer une boîte à mouches s'il avait voulu lui faire comprendre qu'elle n'était qu'une femme à ses yeux. Une tabatière, c'était un présent d'homme. Elle la reposa sur la table pour lire la lettre.

Sa mère, abasourdie, en profita pour s'approcher et examiner le présent avec une admiration démesurée. Hippolyte recula pour échapper à l'assemblée, qui semblait attendre sa réaction. Le message était court, et inespéré.

> *« Chère amie,*
> *Pourrez-vous me pardonner ? J'ai laissé la peur et la douleur dicter mes paroles, mais mon admiration et mon attachement pour vous n'ont jamais cessé. J'ai craint pour vous. Je confesse vous en avoir même voulu, car vous auriez pu sauver des vies. Cette responsabilité me revient. Vous avez sauvé la plus importante d'entre toutes : la vôtre. Vous êtes celle qui a survécu, vous m'êtes donc indispensable.*
> *Je vous prie de revenir à Paris au plus vite, j'ai besoin de vous à mon service. Acceptez ce présent qui témoigne de toute mon amitié pour vous.*
> *Dans l'attente de vous revoir,*
>
> *Louis. »*

Elle dut relire plusieurs fois le message, à la fois stupéfaite et émue. Mais c'était bien l'homme et non l'État qui lui écrivait, à elle, une femme qu'il reconnaissait. Et il signait de son prénom. Elle retrouvait donc l'amitié du roi.

— Hippolyte ? s'enquit James.

Elle releva les yeux sur son compagnon du Secret, qui ne venait donc pas là avec de mauvaises intentions. Elle avait tant à lui dire à présent.

— Djèmsse, vous me devez quelques pichets, allons-y.

Le comte secoua la tête en se retenant de rire.

— *James*, corrigea-t-il.

— C'est ce que j'ai dit, répliqua-t-elle.

Sa mère attrapa son bras tandis qu'elle glissait la tabatière dans sa poche pour partir.

— Ne me dis pas que tu vas boire dans une taverne ?!

— Ne vous en faites pas, la rassura James. Votre fils a l'habitude.

Le regard foudroyant qu'elle lui jeta la fit tressaillir de crainte.

— Je reviens plus tard, marmonna Hippolyte en fuyant le salon familial.

Elle entraîna James dans la rue, qu'ils descendirent jusqu'à une taverne bien paisible dans sa ruelle peu fréquentée. James avait beau l'interroger en route, elle refusa de répondre tant qu'ils n'étaient pas installés dans un coin, à l'abri d'oreilles indiscrètes. Ils se posèrent à une table du fond, un pichet de vin local entre eux.

— Alors, allez-vous m'expliquer ce qui se passe ? demanda James avec une impatience manifeste. Pourquoi êtes-vous parti ? Que dit le roi dans sa lettre ?

— Pourquoi vos amis jacobites sont-ils là ?

James battit des paupières tandis qu'Hippolyte vidait son premier verre.

— Vous n'allez même pas répondre à ma question ? J'ai fait trois jours de cheval pour venir jusqu'ici, c'était éreintant.

— C'est tout à fait personnel, répliqua-t-elle en se servant à nouveau.

James soupira. Hippolyte céda. Elle avait besoin d'une version de son histoire qui ne trahirait pas ce qu'elle avait vécu ni la confiance du roi.

— Ce qui s'est passé à la caserne était… infernal. J'ai dit au roi que je voulais m'éloigner, il a refusé avec quelques durs mots, ma fierté a été touchée et je suis partie.

James acquiesça mais le froncement de sourcils demeurait.

— Vous êtes la personne la plus intrépide que je connaisse et vous avez voulu vous éloigner ?

Hippolyte baissa les yeux sur son gobelet de vin.

— Oui, eh bien, la perte de mon ami a été difficile, dit-elle à mi-voix.

— Je suis désolé. J'ai peut-être négligé les conséquences de ce décès. Et je regrette par avance de vous poser cette question, mais vous savez que nous pouvons tomber sur lui ? s'enquit-il avec gravité. Allez-vous disparaître à nouveau si c'est le cas ?

Hippolyte avala son verre cul sec. Elle avait déjà pensé à cette possibilité, plusieurs fois. Elle en était arrivée à la seule bonne réponse possible.

— Non, je le décapiterai. Cette chose n'est plus mon ami.

Sa réponse pouvait paraître froide, mais elle était la plus raisonnable. Elle devait récupérer son corps et le rendre à sa famille. Le regard du comte cilla une seconde, avant qu'il n'approuve d'un hochement de tête et prenne la parole :

— Lorsque j'ai compris que mes amis jacobites étaient visés après le massacre de la *Maison de l'Hermaphrodite*, j'ai tout de suite pensé à votre pays pour qu'ils trouvent refuge. Je leur ai conseillé de venir ici.

Hippolyte se redressa avec une fierté peu contenue. Les brumes du vin lui tournaient déjà la tête et pourtant, la raison pour laquelle elle évoquait les jacobites lui revint comme un boulet de canon.

— Oui ! À ce propos !

— Quoi ?

Elle s'accouda sur la table pour s'avancer. Il l'imita, intrigué.

— J'ai surpris la conversation de vos deux amis, plus tôt. Ils ont évoqué Frontis et la discussion qu'ils ont eue avec lui lorsqu'il les a abordés. Il ne procède peut-être pas seulement à des expériences : il prépare une armée et nous pouvons d'autant plus l'affirmer aujourd'hui, après qu'il a visé les mousquetaires…

James parut à la fois surpris et fataliste.

— Oui, il n'y a plus d'autre raison pour expliquer le fauchage d'un aussi grand nombre de soldats.

— Frontis a dit à vos compatriotes qu'avec une armée surnaturelle, ils pouvaient renverser un roi et instaurer un nouvel ordre. C'est ce que cherchent les jacobites, soit, mais est-ce aussi le but de Frontis ? Il n'a aucun intérêt à soutenir les Écossais, mais il pourrait vouloir renverser Louis XV ?

James tâta son habit pour en sortir son carnet de notes ; il tourna vite les pages, quitte à les froisser, et retrouva les quelques lignes qu'il avait inscrites après leur visite au roi à Trianon.

— Ça me rappelle le message du Singe vert, celui que le roi a reçu à Versailles. « *Et expecto resurrectionem mortuorum, et vitam venturi saeculi*[1]. Quelle inspiration ! L'attendez-vous, vous aussi, ce monde à venir ? »

— « Ce monde à venir », répéta Hippolyte. Vous pensez que c'est le « nouvel ordre » évoqué par Frontis ?

— Si on admet définitivement que ce Singe vert est Frontis, il me semble que oui, admit James. Je pensais que l'important de ce mot laissé au roi concernait le pouvoir de résurrection lié à son obsession pour les thaumaturges, et pas le « monde à venir ».

— Mais quel est le lien entre Frontis et le Singe vert ? s'interrogea Hippolyte. Êtes-vous sûr que le jeune prince de Conti n'est pas compromis ?

James hocha la tête.

— J'ai lu son passé et son avenir, il n'est pas compromis dans cette affaire.

Il parcourut à nouveau toutes ses notes.

— Ou alors…

— Quoi ?

Les traits du comte se froissèrent et il secoua la tête.

— Non, rien. Nous devons rentrer sur Paris dès que possible.

— L'après-midi est déjà avancé, partons aux premières lueurs demain matin, proposa Hippolyte.

— Très bien. Vous allez pouvoir me faire une ou deux recommandations et m'expliquer ce que signifie « chivader[2] ». Je n'ai pas compris un traître mot de votre patois.

— Ça passera mieux avec une liqueur locale : la gentiane, plaisanta-t-elle.

1. « J'attends la résurrection des morts, et la vie du monde à venir. »
2. « Faire tomber. »

Chapitre 5

Paris, palais des Tuileries, 22 septembre

Louis ne trouvait pas le sommeil. L'horloge de sa chambre sonna minuit et son valet se retourna sur la couchette étendue au pied de son lit. Il se sentait bien à Paris, en sécurité, entouré, même si le palais était vide. Seuls des gardes-françaises et des domestiques peuplaient les Tuileries la nuit : ses courtisans retournaient tous chez eux, dans leurs hôtels. Pourtant Morphée était fâchée avec lui. Tant que d'Arcy ne serait pas de retour, la contrition le tiendrait éveillé.

Il plongea sa main dans le col de sa chemise de nuit et détacha l'épingle dorée retenant la plume de paon qu'il gardait contre son cœur. La seule chose qu'elle lui avait donnée, en plus d'un baiser, le soir du bal masqué. Il existait des attachements qu'il fallait garder pour soi.

— Sire ?

L'appel le surprit : il pensait son valet endormi. Il cacha la plume dans sa chemise, se redressa et écarta le pan du rideau pendu au baldaquin.

Le roi se glaça à la vue de la silhouette dégoulinante de sang qui se dressait devant lui. Si James Darroch ne l'avait pas prévenu de la présence du fantôme aux Tuileries, il aurait hurlé à gorge déployée.

— Sire, pardonnez-moi, mais vous devriez vous préparer.

Son valet marmonna dans son sommeil ; Louis hésita à le réveiller.

— De quoi parlez-vous ?

— Je me baladais au-delà des jardins, du côté des Champs Élysées, quand j'ai eu de violents frissons dans le dos. Des frissons ! Moi !

Habituellement, c'est moi qui les provoque, les frissons… Mais bref. C'est là que je les ai vus : des cadavres ambulants, bien rangés en ligne dans l'avenue des Tuileries. J'ai déjà prévenu le Secret à Cluny, ils arrivent. Sire, si je n'avais pas été convoqué par le nécromancien, je serais tout de même apparu, car c'est un désastre à venir que je vous annonce.

Le cœur du roi se serra.

— Sire, l'ennemi approche.

* * *

Hôtel d'Évreux

Lewis s'appuya contre le muret qui ouvrait le jardin de l'hôtel sur la promenade des Tuileries, les Champs Élysées et les alignements d'arbres plantés avec une rigueur mathématique. Il alluma sa pipe, soufflant quelques volutes dans la nuit. La lune réfléchissait ses rayons sur les allées désertes, la brise de ce début d'automne balayait les quelques feuilles qui commençaient à tomber. Il se demanda jusqu'où la main de l'homme façonnerait les paysages. Il n'avait aucun goût pour les jardins à la française, un style rigide imposé par Le Nôtre en Europe, qui mettait l'homme au centre de la création. Il préférait ceux à l'anglaise, plus poétiques, plus libres, plus ouverts.

Un bruit sur sa droite le fit se redresser. Le couvre-feu et la peur de la prétendue épidémie fonctionnaient pourtant bien à Paris ; la ville et ses alentours proches étaient désertés à la nuit tombée. Avec prudence, il contourna le muret et se cacha derrière. Lorsqu'il aperçut des rangs de soldats marcher d'un pas lourd, sur l'exact même rythme, en direction des Tuileries, la peau cireuse et les bras ballants, il remercia son instinct de l'avoir mis à l'abri. Autour de ce noyau de soldats, il perçut des ombres se faufiler entre les arbres. Elles semblaient aller et venir, comme des mouches autour d'un cadavre. Lewis inspira avec calme. Au moindre bruit, il serait mort.

Au milieu de cet attroupement apparut un cavalier encapuchonné, le bras replié sur sa poitrine et la main refermée sur un objet d'où émanait une lumière rouge.

Le fameux voleur du talisman de Charlemagne.

* * *

Olympe resserra le manche de sa hache entre ses doigts. Ce n'était pas tant l'absence indéchiffrable de James et d'Hippolyte qui la rendait nerveuse, mais plutôt le fait que les lycanthropes et les filles de Lilith semblaient attendre un commandement de sa part. Lorsque le fantôme de l'Homme rouge avait surgi à Cluny, elle s'était spontanément levée pour attraper son arme fétiche et avait aussitôt constaté que Goliath et Astarté la scrutaient avec un soupçon d'hésitation. Sans savoir comment ni pourquoi, elle avait pris les choses en main. Elle s'étonnait encore, alors qu'elle faisait face aux allées nocturnes des jardins du palais, d'avoir endossé ce rôle avec un mélange de naturel et d'inquiétude.

Goliath avait rassemblé les siens, joignant à sa troupe une partie de sa horde qui logeait au milieu du Louvre. Leur grand nombre donnait encore plus de force et de courage à cette armée bancale. Mais la présence des filles de Lilith, armées jusqu'aux dents, prêtes à agir, la rassurait davantage. Leur cran était aussi menaçant que la lame aiguisée de leur sabre. Le seul élément qui la préoccupait était Galatée. La vampire ne s'était pas nourrie depuis un moment ; sa peau déjà pâle devenait blême, elle tremblait, nerveuse, et guettait le moindre mouvement autour d'elle, comme un prédateur à la recherche d'une proie. Ce n'était pas sur une armée de zombies qu'elle pourrait se sustenter.

Olympe retint un soupir pour ne pas se laisser submerger par l'impatience. Elle avait demandé à Galatée de prendre de la hauteur sur le toit des Tuileries pour un repérage de l'ennemi alors qu'ils stationnaient au milieu du jardin. Il valait mieux garder une certaine distance avec le palais, histoire de ne pas en affoler les résidents. Les gardes-françaises en protégeaient l'entrée : ils défendraient le roi si jamais Frontis passait.

Mais, pour le moment, aucun danger n'était visible alors que la situation semblait pressante, selon le fantôme. Goliath ne masqua pas son soupir agacé.

— Pourquoi sont-ils aussi lents maintenant ?

Olympe sut pourquoi à l'instant même où il posa la question.

— Ils nous attendaient. *Nous* sommes les proies.

Galatée finit par réapparaître devant elle en un battement de cils.

— Alors ? interrogea Olympe.

— Ils arrivent ! Des soldats par dizaines et des…

Elle ravala ses propres mots avant de se reprendre :

— Des vampires en essaim.

— En essaim ? répéta Olympe avec hésitation.

Goliath lui donna un coup de coude qui la fit grogner, mais, lorsqu'elle vit les lycanthropes et les filles de Lilith lever les yeux, elle les imita avec une crainte soudaine. Les vampires zombies bondissaient en groupes, très haut au-dessus des arbres. Elles dessinaient des arcs amples, filant dans les airs, semblant flotter une seconde, puis retombaient vivement sur le sol. Olympe déglutit devant cette arrivée théâtrale. Une excellente diversion pour l'apparition plus contenue de l'adversaire, entouré de son bataillon de mousquetaires et de sa garde rapprochée de lycanthropes.

— Amis ! s'exclama Olympe en saisissant sa hache avec une fermeté résolue. Si votre compagnon tombe à vos côtés, ne pleurez pas, ne réfléchissez pas et tranchez-lui la tête ! C'est le seul moyen de lui éviter une vile servitude. Si vous êtes gravement blessé, retirez-vous le plus loin possible !

L'adhésion fut bruyante et elle sentit sa troupe se tendre, prête à recevoir les premières vampires. Olympe plia les genoux pour courir au besoin, conservant un œil protecteur sur une Galatée terrifiée. Les vampires atterrirent à seulement une toise d'eux. Elle crut que c'était le bon moment pour charger, mais, à sa grande surprise, ses ennemies bondirent à nouveau au-dessus d'eux, les évitant pour se ruer sur le palais. Olympe tourna la tête, sidérée. Impossible de les arrêter ! Elle allait ordonner un repli pour tenter de les ralentir, même sans savoir comment, quand les vampires se figèrent à une très courte distance de la façade. Elles avaient atteint la limite du périmètre du cavalier qui, lui, s'était immobilisé. Voilà qui lui donnait enfin une idée plus précise de son champ d'action : environ deux arpents.

— Empêchez le cavalier d'approcher plus ! hurla-t-elle en lançant la charge contre les mousquetaires. Aux armes !

Et ils s'élancèrent dans la mêlée.

* * *

Palais des Tuileries

Louis enfila sa robe de chambre et se rua à sa fenêtre pour tenter d'apercevoir quelque chose. La nuit était opaque mais la lune, quasi ronde, brillante et sans nuages, lui permit de s'habituer peu à peu à l'obscurité et de distinguer des ombres qui s'agitaient au milieu des jardins. Il se décolla de la vitre pour courir dans le petit cabinet attenant. Là, il avait fait entreposer trois malles avec son attirail scientifique. Il en fouilla une pour retrouver sa longue-vue. Le bruit finit par réveiller son valet.

— Sire ? sembla-t-il s'étonner en ne le trouvant pas dans son lit.

Louis entendit bien l'inquiétude du domestique censé veiller sur lui. Il allait le rassurer en lui indiquant sa position quand l'homme poussa un hurlement inattendu. Le roi se précipita dans la chambre et vit son valet bredouiller devant le fantôme avant de s'évanouir. L'Homme rouge se permit alors un demi-sourire qui rendit son visage ensanglanté plus inquiétant qu'il ne l'était.

— Ça m'avait manqué, admit-il.

Le roi ne fit aucun commentaire. Il ouvrit la fenêtre et utilisa sa lunette pour s'enquérir de la situation. Les choses étaient chaotiques ; difficile de discerner qui menait, qui bondissait ou quelle tête tombait. Loin de la bataille, derrière ses murs, il se sentit à la fois en sécurité et impuissant.

— Sire, vous devriez regarder en bas.

Le ton bien trop calme du fantôme lui fit vite baisser les yeux. La façade de son palais était éclairée de quelques lanternes. Leur lueur vacillante, au premier coup d'œil, ne révélait rien. Mais, à force de scruter, il finit par voir des silhouettes nues, debout, juste au bas des marches de l'étroite esplanade menant aux portes.

— Des vampires, analysait le fantôme.

La dernière impression de sécurité tomba aussitôt. Si ces monstres parvenaient à entrer, il avait peu de chances d'en réchapper. Le roi recula d'un pas, pris de sueurs. Sa vie tenait donc à la troupe rassemblée par le Secret : une cinquantaine de personnes au bas mot, contre environ deux cents zombies. Il laissa tomber sa longue-vue, dont le verre se brisa.

— Sire, vos gardes-françaises !

Louis se rapprocha de la fenêtre et jeta un coup d'œil craintif par-dessus le garde-fou. Ses pensées étaient obnubilées par ses enfants qu'il risquait de ne plus voir et par l'avenir incertain qu'il offrait à son fils de cinq ans. Cinq ans. C'était son âge lorsqu'il était devenu roi. Il ne pouvait pas faire cela à son fils !

— Faut-il les en empêcher ? insista le fantôme.

Se reprenant avec peine, Louis se concentra sur l'action la plus proche. Deux de ses gardes s'approchaient de la ligne de vampires immobiles.

— Qui va là ? lança l'un d'eux d'une voix fébrile.

S'ils avançaient davantage, les zombies les tueraient sans l'ombre d'une hésitation.

— Pouvez-vous faire quelque chose ? s'enquit alors le roi.

L'Homme rouge disparut en un clin d'œil pour apparaître en bas, sous le nez du garde qui tomba à la renverse avec un cri.

— Restez à l'intérieur, pauvres fous ! s'exclama le fantôme. La mort rôde cette nuit !

Les deux hommes déguerpirent en priant Dieu de leur venir en aide.

— J'ai une suggestion, déclara l'Homme rouge une fois de retour. Et si vous fuyiez ?

* * *

Hôtel d'Évreux

— Milady ?

Constance resserra son oreiller dans ses bras. Elle détestait pas mal de choses dans la vie – comme les cérémonies religieuses, le thé froid, la boue ou encore ces bêtises absolues au sujet du rôle de la femme dans une société déterminée seulement par les hommes. Mais, plus que tout, elle abhorrait les réveils impromptus.

— Milady ?

— Recule ou je te tue, grogna-t-elle en espérant ne pas avoir à ouvrir les yeux.

— Pardonnez-moi, Milady, mais c'est une urgence.

Elle finit par se résigner, espérant que l'urgence en valût la peine.

— De quel genre ?

— Le talisman est proche.

L'annonce la fit se redresser. Lewis se tenait debout près de son lit, une chandelle à la main.

— Quoi ?

— J'étais dans le jardin quand j'ai vu l'ennemi avec le talisman, entouré de mousquetaires et de vampires morts. Il est en train de les guider jusqu'aux Tuileries.

— Nom de Dieu ! s'exclama-t-elle en bondissant sur ses pieds. Nous devons y aller ! Maintenant !

— Bien, Milady.

Constance ne prit pas la peine de s'habiller plus. Une robe de chambre et ses bottes suffirent. Elle avait une occasion en or de s'emparer du talisman, elle ne la manquerait sous aucun prétexte. Elle sortit de la chambre, traversa l'antichambre et dévala l'escalier à vive allure.

—Debout, les Loups! rugit-elle dans l'entrée de l'hôtel.

Elle tourna en rond, trois fois, impatiente comme jamais, et s'apprêtait à répéter son appel – chose qu'elle détestait tout autant que le reste –, quand les Loups sortirent de l'appartement des bains dans lequel ils dormaient sur des paillasses. Ils avaient l'habitude de mener une vie à la dure, mais elle distingua très bien la grimace du sommeil dérangé et le grognement à peine échappé de la mauvaise volonté.

—Bougez-vous! On ne peut pas manquer cette opportunité! les motiva-t-elle en prenant le chemin du jardin.

Elle le traversa à grandes enjambées, sans courir, mais forçant ses Loups à presser le pas. Ils remontèrent l'avenue des Tuileries, la large promenade bordée d'arbres des Champs Élysées, et débouchèrent sur une sorte de terrain vague – que l'on osait nommer « place Louis Quatorze » mais qui ne ressemblait vraiment à rien – parcouru de chemins, dont celui qui menait aux jardins des Tuileries. Ce fut là que la Louve mena sa horde en maugréant sur l'état du sol humide, proche de la boue. Le portail avait déjà été forcé; ils n'avaient plus qu'à pénétrer dans le domaine royal.

Une seule ligne droite conduisait au palais dans une perspective de treize ou quatorze arpents. Les Loups passèrent un premier bassin octogonal avant d'apercevoir, entre les vastes parterres et compartiments d'arbres qui occupaient une majeure partie des jardins, un attroupement bien occupé. Constance ralentit enfin et s'arrêta, le souffle court. Il ne s'agissait pas de s'impliquer dans la bataille. Si elle pouvait s'emparer du talisman et fuir, ce serait parfait. Encore fallait-il comprendre qui rossait qui.

—*Oh God*, quel foutu bordel, murmura Blake.

Le détenteur du talisman, discernable car plus en hauteur que ses pantins sur sa monture, était visible au centre.

—Blake, Lewis, interpella Constance à voix basse. Je vais m'approcher et attirer l'ennemi par ici. Soyez prêts. Dès que vous pourrez, vous l'attrapez et l'immobilisez. On reprend le talisman et on retourne en Angleterre.

—Ne devrions-nous pas punir ce traître de James Darroch avant de repartir pour l'Angleterre, Milady? rétorqua Blake, qui avait la dent dure.

—Je m'occuperai de lui plus tard, grogna Constance. Harold, Finn, couvrez-moi.

* * *

Olympe reprit son souffle après avoir décapité un mousquetaire trop pressé de vouloir l'embrocher. Elle et les siens tenaient encore bon, mais ils étaient en sous-nombre et ne tarderaient pas à être submergés. L'adversaire agissait comme un officier d'armée : il n'envoyait pas tout le monde d'un seul coup au combat, il procédait par vagues, les plus faibles d'abord puis les plus forts. Il gagnait ainsi ce qu'il était venu chercher : des corps d'êtres surnaturels. Pour couronner le tout, il avait la possibilité de s'en prendre au roi.

Elle regarda autour d'elle : il y avait peu de cadavres de leur camp qui pouvaient se relever, car ils étaient décapités dès qu'ils tombaient. Mais ils avaient tout de même perdu quatre ou cinq filles de Lilith qui s'avéraient tout aussi redoutables mortes que vivantes. Les lycanthropes, qui reprenaient leur forme humaine juste avant de mourir, avaient grossi les rangs ennemis de six ou sept éléments. Olympe ignorait combien de temps ils pourraient encore tenir. Les zombies ne connaissaient pas la faim, ni la soif, ni la fatigue, il y avait donc peu d'espoir qu'elle puisse revoir la lumière du jour.

Elle trébucha sur le corps d'un mousquetaire sans tête tout en se demandant où avait bien pu passer Galatée. La vampire avait dû se mettre à l'abri quelque part.

— Olympe ! Tout va bien ? s'inquiéta Goliath en s'approchant d'elle, nu et essoufflé.

Elle hocha la tête, la rage au ventre.

— Je commence à en avoir assez de cette vermine !

Pour le moment, le Secret et leurs alliés se contentaient de former une barrière pour empêcher l'ennemi d'avancer plus, alors que ce dernier se permettait de rester à l'arrêt et de récolter leurs corps. Il fallait donc prendre un risque. Créer une ouverture au centre pour atteindre l'adversaire. Risquer de se faire déborder, soit, mais avec une chance de tout interrompre.

« Je vous ouvre le passage ! »

La voix d'Astarté résonna dans sa tête. Le partage et l'acceptation instantanés de son plan la confortèrent dans sa démarche. Les filles de Lilith se regroupèrent au centre, entamant une percée en forme de pointe de flèche dans la masse compacte des zombies. Olympe se rua à leurs côtés, bien décidée à en finir.

— Que se passe-t-il ? demanda Goliath sans comprendre, perturbé.

—Garde les bords ! lança Olympe. Tiens le plus longtemps possible ! Je m'occupe de ce bâtard !

Il se transforma en loup et hurla un encouragement qui ragaillardit sa meute.

Les filles de Lilith, en rang serré, approchaient avec une violente efficacité du cavalier. L'astuce était somme toute simple : trancher les jarrets, forcer les corps à tomber avant de les décapiter. Les bras et les visages souvent recouverts de griffures et d'égratignures, elles progressèrent bien plus vite en se canalisant sur un point d'attaque qu'en jouant la défensive. L'adversaire finit par s'en rendre compte et s'agita. Revigorée, Olympe pouvait enfin distinguer son masque taché de lumière rouge. Il leva sa main et les mousquetaires se concentrèrent autour d'elles, se grimpant dessus pour se déverser au milieu du triangle qu'elles formaient.

—Astarté ! J'avance ! prévint Olympe en bousculant les corps qui lui faisaient barrage.

Elle donna des coups, para les attaques, renversa les assaillants et laissa le soin aux filles de Lilith de décapiter derrière elle. Lorsqu'elle sentit une lame se ficher dans son bras, elle grimaça en s'accusant d'être bien trop téméraire. Elle pivota pour trancher la tête de l'agresseur, se retourna et se retrouva face à un sabre de mousquetaire pointé sur sa gorge. Le temps sembla ralentir. *Idiote*, pensa-t-elle, prête à mourir.

La tête du soldat vola. Astarté venait de la couper d'un geste sec et précis.

—La solitude est bien plus risquée que l'alliance ! gronda-t-elle en la rejoignant.

Olympe ne pouvait pas la contredire sur ce point.

—Je tâcherai de m'en souvenir.

Elles avancèrent à deux, jusqu'à rejoindre le cavalier entouré de ses lycanthropes, anciens comme nouveaux, et d'un soldat isolé : Pierre de Varceau. Il gardait les éléments de qualité près de lui. Mais la vue de ses « esclaves » ne fit qu'entretenir la colère d'Olympe.

—Chien ! hurla-t-elle en s'élançant.

Le cheval se cabra et les regards acérés de la garde rapprochée se braquèrent sur elles. Olympe leva sa hache, sentant la présence d'Astarté près d'elle, quand se produisit la chose la plus inattendue qui soit.

L'adversaire décolla de la selle et fut projeté en arrière. Les zombies s'immobilisèrent à l'instant. Son corps chuta sur le sol et fut traîné par une force invisible jusqu'à ce qu'il parvienne à planter un poignard dans la terre battue.

Abasourdie, Olympe le poursuivit… et s'arrêta aussi net en apercevant la silhouette de la Louve plus loin, en chemise de nuit et robe de chambre, le bras tendu.

* * *

Constance lâcha un juron en constatant que l'ennemi s'était sorti seul de son emprise. Son pouvoir était très puissant, mais pas infaillible : en voulant attirer le talisman, elle avait aussi emporté le porteur. Ce dernier avait relâché sa prise quelques secondes, mais refermé aussitôt le poing sur l'artefact. En un instant, les Loups virent une masse compacte de cadavres se précipiter vers eux.

— Harold ! cria Constance en projetant les assaillants dans les airs.

Le Loup se pressa auprès d'elle et fit jaillir de puissantes flammes des paumes de ses mains. Les premières lignes de zombies s'embrasèrent sans faillir, les rendant plus dangereuses encore. Lewis et Blake étaient impuissants : pour user de leur pouvoir, il leur fallait un corps avec un esprit à manipuler. Aussi décidèrent-ils de tenter leur chance en contournant l'affrontement. Finn, lui, rejoignit sa cheffe. Il attrapa un corps par le poignet, le souleva sans aucune difficulté et l'envoya sur deux autres zombies qui s'approchaient.

* * *

Olympe frappa le sol du pied malgré le départ des zombies. Si les Loups avaient été là pour les aider, ils auraient pu capturer l'ennemi. Mais elle ne doutait pas que leur manœuvre consistait à s'emparer du talisman. Dans cette nouvelle débandade, grâce au feu qui consumait des zombies trop imprudents pour s'approcher du pyromancien, Olympe put apercevoir l'adversaire se détourner du front, récupérer sa monture qui s'était éloignée et galoper pour reprendre sa place initiale, entouré de sa garde.

— Oh non, tu ne vas pas t'en tirer comme ça, murmura-t-elle en se mettant à courir dans sa direction.

Elle ne fit qu'une dizaine d'enjambées avant de chuter sur la terre battue du sol. Un zombie aux jambes coupées l'avait attrapée au niveau des chevilles alors qu'il tentait de ramper sur ses avant-bras. Une main tendue apparut sous son nez. Olympe leva son bras spontanément… et recula en reconnaissant Blake et son sourire moqueur.

— Dommage, dit-il en se redressant.

Olympe bondit sur ses pieds, posant la lame de sa hache sur la gorge du Loup.

— Sales rats ! J'aurais pu l'atteindre si vous n'étiez pas intervenus !

— En attendant, vous vous laissez piéger par des morceaux de cadavres ambulants, contra Blake.

La mort du Loup par décapitation passerait inaperçue au milieu de la bataille… Mais ce projet fut interrompu par une autre main qui s'empara de son poignet sans exercer aucune force physique.

— Ce n'est pas le moment, dit la voix calme de Lewis. L'ennemi est en train de passer votre ligne de défense.

Olympe pivota avec crainte. Sa percée avec les filles de Lilith aurait pu fonctionner, mais elles avaient laissé une faille à l'arrière et le cavalier s'y engouffra à toute allure, entraînant ses zombies à sa suite.

Les vampires postés devant le palais n'avaient plus aucune chaîne.

— Est-ce que je vous ai engagés pour discuter autour d'un thé ?! vocaféra Constance en approchant.

Les deux Loups eurent la même lueur d'appréhension dans les yeux. Olympe décida donc, en tant que remplaçante de James, de discuter avec la cheffe plutôt qu'avec ses larbins.

— Êtes-vous avec ou contre nous ? lança-t-elle d'une voix forte dès que la Louve fut devant elle.

Coupée dans son élan, Constance ne masqua pas sa mauvaise humeur.

— *A priori* avec vous, mais ce n'est que temporaire ! tempêta-t-elle.

— Pressez le pas, alors ! répliqua Olympe, agacée, avant de rejoindre sa troupe pour poursuivre l'ennemi.

* * *

Palais des Tuileries

— Je ne partirai pas, maintenait le roi. Si mes gens me voient fuir, ce sera la panique.

L'Homme rouge marmonna :

— Vos deux gardes-françaises doivent déjà donner l'alarme en bas.

— Personne n'est venu jusqu'ici, ils ne doivent pas considérer votre apparition comme une urgence.

Le fantôme se renfrogna.

— D'habitude, les humains prennent mes recommandations très au sérieux.

Soudain, sans préavis, la ligne de vampires bondit en arrière et dans le désordre. Les corps roulèrent dans l'allée, peinant à se relever. Louis se pencha sur le garde-fou avec un sourire : le Secret venait de repousser l'adversaire ! Mais il n'eut pas l'occasion de crier victoire. Les vampires se redressaient déjà, et, après une courte hésitation, se ruèrent en direction du palais.

— Fuyons, Sire, conseilla à nouveau le fantôme.

Louis recula. Les vampires grimpèrent les trois marches de l'esplanade. Elles sautèrent sur la façade du palais, en direction de sa chambre, avant même d'atteindre l'entrée. Le roi lâcha le garde-fou.

— Fermez la fenêtre ! s'exclama l'Homme rouge.

Louis boucla les deux battants avec précipitation.

— Suivez-moi ! ordonna le fantôme. Passons par les couloirs secrets pour rejoindre la Grande Galerie, c'est plus sûr.

Le roi s'empressa à sa suite en entrant dans son petit cabinet.

— Quels couloirs secrets ?!

— C'est un palais des Médicis, il en est rempli ! Tenez, ici, derrière ce bahut.

Le vieux meuble en noyer n'avait pas bougé depuis des siècles. Il était fixé au mur, fonctionnel et de bonne facture, ce qui expliquait sa conservation. Le fantôme indiqua au roi un motif sur le côté.

— Poussez ici !

Il s'exécuta et le meuble pivota, laissant apparaître une petite porte. L'ouverture fut difficile car peu pratiquée, mais un coup d'épaule fit l'affaire. Le fantôme s'engagea le premier dans l'étroit couloir. Le roi le suivit de près, tâtonnant les pans de mur de part et d'autre du corridor. Une lueur rougeâtre émanait du fantôme, permettant de ne pas être aveugle. Louis dut bien admettre que la présence de ce compagnon étrange était rassurante.

Il traversa une bonne partie du palais dans la longueur avant de passer à travers l'Homme rouge, qui s'était arrêté sans prévenir, et de se retrouver plaqué sur un mur. Le passage était condamné.

— Le palais a changé depuis Médicis. On va devoir continuer par les salons. Il y a une autre porte par là.

Le roi le rejoignit et tenta d'ouvrir le battant, mais celui-ci résistait plus durement que le précédent. Le fantôme passa la tête de l'autre côté avant de revenir dans le couloir.

— Le mur a été retapissé, mais si vous y allez plus fort, les clous devraient sauter.

De toute sa vie de roi, jamais encore il n'avait autant lutté physiquement contre quelque chose. Les palpitations douloureuses de la peur et l'excitation soudaine de l'incertitude amplifièrent ses forces. Le battant sauta, et un bruit de tissu déchiré s'accompagna du rebond métallique des clous sur le sol. Louis se faufila par l'ouverture et déboucha dans un salon de musique vide, dans lequel une chandelle de veille brûlait en toute quiétude.

Au même moment, les vampires convergèrent juste à cet endroit du palais, toujours accrochées aux fenêtres et aux murs extérieurs, comme des insectes suivant une piste alimentaire.

— Comment peuvent-elles savoir que vous êtes ici ? demanda l'Homme rouge, ahuri.

Louis ne prit pas le temps de répondre qu'il l'ignorait. Il s'élança dans l'enfilade de pièces et constata qu'en effet, les vampires le suivaient systématiquement. Le pouvoir de Frontis était-il aussi puissant ? Il y avait des soldats dans le palais, pourtant tous les zombies se consacraient à lui seul.

Il arriva dans un grand salon d'angle, avec des fenêtres sur deux côtés contigus qui furent recouvertes de vampires en un rien de temps. Louis courut jusqu'à la porte qui ouvrait sur la Grande Galerie et sursauta lorsque le fantôme apparut juste devant lui pour plonger sa main dans son corps.

— Que faites-vous ? s'agaça-t-il, pressé de s'éloigner.

— Que portez-vous sur votre personne pour qu'elles vous suivent à la trace ? interrogea le fantôme en sondant son torse. Je sens quelque chose.

Louis déglutit. Il avait une seule chose sur lui, autre que sa chemise. Il détacha la plume de paon de son vêtement et la dévoila.

— Un œil d'Argos ! s'alarma l'Homme rouge. Voilà comment l'adversaire sait exactement où vous vous trouvez. Donnez-le-moi ! C'est un objet enchanté, je devrais pouvoir m'en saisir.

Le roi hésita à s'en séparer, le cœur lourd, mais les carreaux brisés par les vampires le poussèrent à accepter. Il tendit la broche et l'Homme rouge parvint à la prendre avec un sourire satisfait.

— Parfait.

Il se rendit à l'autre bout de la pièce ; les vampires se déplacèrent aussitôt dans sa direction.

— Je vais les attirer de l'autre côté du palais, Sire. Courez vous réfugier au Louvre !

Louis regarda son compagnon s'éloigner avec leurs assaillantes dans son sillage, puis il ouvrit la porte et la referma derrière lui.

La vue de l'immense galerie devant lui, plongée dans le noir, chaque fenêtre éclairant le parquet d'une faible lueur, lui donna le vertige. Il se mit en marche dans un silence de mort.

* * *

Jardins des Tuileries

L'adversaire s'était avancé près du palais, mais n'était pas entré. Il se laissait une possibilité de fuite par les jardins, plus ouverts que les rues étroites de Paris, de l'autre côté des Tuileries. Olympe, blessée au bras et éreintée, regardait avec désespoir leur ennemi si bien entouré ne leur prêtant aucune attention, concentré sur son objectif. L'agitation avait attiré les gardes-françaises qui surveillaient l'entrée. Les vampires, elles, semblaient suivre une cible précise et s'en désintéressaient pour le moment, mais une poignée de mousquetaires massacraient les soldats, gagnant de nouvelles recrues.

— Les Loups sont d'une grande aide, l'informa Astarté en la rejoignant. Ils vont précipiter le retrait de l'ennemi, il est agité.

La Louve était en effet submergée de zombies cherchant à l'empêcher d'utiliser son pouvoir sur le cavalier. Ce dernier, pas dupe, savait qu'elle pouvait l'atteindre plus aisément que les autres.

— Regardez, s'aperçut Olympe. Les vampires reviennent !

Les ombres grouillantes filèrent auprès de leur maître, abandonnant le palais. Soit elles avaient eu le roi, soit elles l'avaient perdu. Quoi qu'il en fût, Frontis levait déjà le talisman pour rallier son armée et fuir par les parterres et les allées d'arbres. Leur rapidité rendait la course inutile. Olympe, rompue, ne s'imaginait pas s'élancer après lui. Elle vit quelques lycanthropes tenter leur chance, mais un hurlement les interrompit. Goliath les rappelait à lui.

— Personne ne les poursuit ? s'étonna Astarté qui hésitait à son tour.

— C'est inutile, répondit Olympe. Nous ne le rattraperons pas. Rassemblez les vôtres, comptez vos pertes, nous avons besoin de souffler.

Astarté acquiesça et laissa Olympe appuyée sur sa hache, étourdie par cette fin de bataille. Deux ou trois morts tentaient de suivre le cavalier, mais, trop mal en point pour se lever, ils rampaient d'une manière si pathétique que le cœur de la jeune femme se serra. Puis, le champ d'action du talisman s'éloignant, ils arrêtèrent de gratter le sol et sombrèrent dans leur dernier sommeil. Il ne restait plus que des cadavres découpés.

Olympe grimaça, la douleur au bras gauche ravivée par l'inaction. Elle posa la main sur sa blessure pour la soigner tout en guettant les Loups. Ils étaient toujours une menace à ses yeux. Rassemblés autour de leur cheffe, ils discutaient, les plus éreintés s'affaissant sur le sol.

— Pardonnez-moi, mais je viens vous informer des événements qui ont eu lieu dans le palais.

La voix étrange détourna son attention. L'Homme rouge se tenait près d'elle.

— Je vous écoute.

— Le roi a été visé par les vampires zombies qui pouvaient le suivre à la trace grâce à un œil d'Argos que j'ai subtilisé, raconta le fantôme en brandissant une plume de paon. Le roi a pu trouver refuge au Louvre tandis que j'attirais les vampires à l'opposé. Elles ont fini par me tomber dessus mais elles n'ont rien pu faire puisqu'elles me passaient à travers! J'imagine que l'adversaire était acculé de votre côté, donc il a abandonné. Et nous voilà donc, le devoir accompli. Le roi voudrait vous parler, cela dit.

Olympe éluda la requête pour saisir la plume.

— Elle fonctionne encore?

— Tant que l'œil est visible, oui.

Elle la jeta à terre et la piétina jusqu'à la réduire en charpie.

— Bien. Maintenant nous pouvons aller voir le roi.

L'aube pointait sur les Tuileries quand, dans un salon des appartements du roi, Olympe, entourée des lycanthropes et des filles de Lilith, fit face à Louis XV. Vêtu d'une longue robe de chambre en brocart d'argent, le souverain avait le visage marqué par la fatigue, mais il se tenait droit, les cheveux bruns ramassés en catogan. Un vieil abbé le secondait, troublé par les événements de la nuit qu'il avait manqués.

Tous deux la dévisageaient avec surprise. Ils ne devaient pas s'attendre à ce qu'une femme noire se dresse devant eux de la sorte, après avoir combattu leur ennemi qui plus est. James l'avait enregistrée en tant que servante en entrant sur le territoire, seule manière pour elle de ne pas être ennuyée. Mais, pour sa part, elle était libre.

Ni esclave en fuite ni servante: libre.

D'un mouvement assez concordant, l'assemblée exécuta une révérence de circonstance, plus par mécanisme culturel que par réelle envie. Seule Olympe ne ploya pas la tête. Elle se contenta de planter son regard dans celui du roi, le visage figé. Sa colère ne pourrait jamais plus se taire à présent. Était-ce seulement le fait de s'être retrouvée immobilisée et impuissante chez les Loups ? Ou alors cette histoire de corps sans âme, animés par la volonté d'un seul maître ? Elle ne saurait le dire.

L'abbé, devant cette audace irrespectueuse, se racla la gorge avec sévérité.

— Je ne baisserai pas la tête, prévint Olympe.

Pinsec s'empourpra d'incrédulité.

— Vous êtes en présence de Sa Majesté Louis le Quinzième, roi de France et de Navarre ! Où est votre maître ?

Olympe ne bougea pas d'un pouce. Pinsec fit un pas en avant, l'air menaçant, mais aussitôt Goliath et Astarté l'imitèrent, plongeant la pièce dans une atmosphère tendue. Louis XV arrêta son confesseur d'un geste de la main.

Les amis d'Olympe n'étaient pas les plus grands admirateurs du roi, qui leur était redevable. Aussi la jeune femme maintint sa position et déclara d'une voix ferme :

— James Darroch n'est pas mon maître, mais mon ami. Je n'ai ni Dieu ni maître.

La gravité d'une telle affirmation pouvait la faire condamner à mort en un instant. Un mot du roi, et c'en était terminé d'elle. Pinsec ouvrit des yeux ronds et pivota face au roi, en quête d'une réaction.

— Je commence à croire vos ministres lorsqu'ils disent que les nègres en France ne sont pas assez bien éduqués dans la foi catholique et prennent trop l'esprit d'indépendance ! s'alarma l'abbé.

Le roi demeurait indécis. Il partageait sûrement l'inquiétude de Pinsec sur la religion et devait trouver Olympe dangereuse. Mais pouvait-il oublier l'aide providentielle qu'elle avait apportée cette nuit ? Pouvait-il se mettre à dos ses sujets surnaturels en la condamnant ? Il avait sous les yeux des filles de Lilith qui n'étaient pas chrétiennes et des hommes capables de se changer en loups. Il pouvait très bien accepter une femme comme elle.

— Vous m'avez pourtant servi cette nuit, fit remarquer le roi.

Olympe constata à cet instant seulement que son souffle s'était coupé.

— Pour nous débarrasser d'un faiseur d'esclaves, répliqua-t-elle. Même si lui n'asservit que des corps sans âme, là où d'autres capturent et soumettent des êtres dotés de parole, de pensée et de croyance.

Elle connaissait très bien le point de vue des sujets du royaume sur l'esclavage : une véritable manne économique qui tenait par la pression des commerçants de Nantes, de Bordeaux ou de Montpellier, un geste charitable pour les religieux car les polythéistes africains étaient enfin convertis au christianisme et leurs âmes sauvées. Pour une minuscule partie des Français les plus cultivés, c'était un crime. Mais leur voix ne portait pas.

Le roi inspira, suffisamment fort pour accaparer l'attention de la salle.

— Madame, je vous mets sous la protection du Secret, décréta-t-il.

— Sire ! protesta Pinsec.

— J'ai dit ! s'exclama-t-il avec raideur.

Le roi ne laissa pas là sa déclaration. Il poursuivit d'une même voix autoritaire :

— Cela ne signifie pas que vous pouvez vous élever contre moi. Cela signifie que je vous tolère, et vous considère aussi exceptionnelle et unique que nos amis et alliés ici présents. Servez les intérêts de la France et de ses sujets, si différents soient-ils, et je vous accepterai. Desservez-nous, et je n'hésiterai pas à vous faire mener en place de Grève.

Voilà une issue inattendue, songea Olympe qui s'en contenterait pour le moment.

— Nous avons à nouveau perdu grand nombre des nôtres cette nuit, reprit le roi. Et vous vous êtes battus avec bravoure, je vous en suis très reconnaissant. Mais nous devons penser dès à présent à ce qui peut suivre. Un autre affrontement tel que celui-ci pourrait nous être fatal.

L'assemblée acquiesça.

— Nous devons approcher l'adversaire, dit alors Olympe. Nous devons lui retirer le talisman, et pour cela il faut découvrir sa cachette.

— Nous nous dévouerons à cette tâche à vos côtés, précisa la Louve en haussant la voix.

Avec tout cela, Olympe avait fini par oublier la présence des Loups, restés en retrait jusque-là. Elle devait reconnaître que leur aide était précieuse, même si elle ne le prononcerait jamais à voix haute, au risque de s'écorcher la langue.

— Soit, fit le roi. Que pouvez-vous nous proposer ?

La Louve, ragaillardie par ce retour sur le devant de la scène, s'avança jusqu'au roi et Olympe.

— Pour commencer, nous pouvons vous aider à faire le ménage aux Tuileries. Votre jardin est non seulement jonché de cadavres, mais, si j'ai bien compris, vous avez aussi des témoins extérieurs qui ont vu des fantômes ou des femmes nues voler.

Son ton arrogant et un brin dédaigneux exaspéra Olympe ; manifestement, il en coûta tout autant au souverain d'acquiescer.

— Et ? demanda-t-il d'une voix impatiente.

Constance fit signe à l'un de ses Loups d'approcher avant de reprendre :

— Lewis va vous aider à couvrir vos arrières.

Chapitre 6

Rue du Hasard, près du Palais Royal

Galatée s'affaissa contre le mur d'un immeuble, les tempes douloureuses, les jambes tremblantes. Des taches brunes passaient devant ses yeux au moindre geste. La faim était si terrible à présent qu'elle avait atteint un point de non-retour. Soit elle se nourrissait maintenant, soit elle mourrait dès que le soleil pointerait. Et, à en croire les lueurs claires dans le ciel, le matin ne tarderait plus. Instinctivement, elle s'était rendue dans son ancien quartier. La *Maison de l'Hermaphrodite* était proche, mais vide. Ses sœurs étaient devenues des monstres qui fauchaient toute vie sur leur passage, son amie Hippolyte l'avait abandonnée. Elle avait aimé et respecté Clovis, son géniteur, mais sans jamais créer d'autres liens plus forts avec qui que ce soit, même avec ses sœurs qui avaient pourtant vécu à ses côtés toute son existence. La vie d'un immortel n'accordait aucune place pour les sentiments, les vrais, ceux qui réchauffaient le cœur. L'attachement qui les liait était comme un vestige d'émotion humaine, une habitude prise qui n'avait plus réellement de fond.

La vampire se laissa choir sur le sol, abandonnant un combat bien trop difficile. Elle ne sentait plus aucun courage ni aucune volonté de continuer. Alors qu'elle fermait les yeux, se laissant aller à la faiblesse qui l'envahissait, une sensation oppressante, confuse et désordonnée s'empara d'elle. Une aura familière s'approchait, la forçant à ouvrir des paupières devenues bien lourdes. Une silhouette vêtue d'un long habit et d'un tricorne noirs s'avançait vers elle.

— J'ai entendu ta douleur, mon enfant.

— Qui va là ? murmura-t-elle en se tassant contre le mur.

L'intrus s'accroupit devant elle, dévoilant un visage écarlate, pareil à un rubis non poli mais quand même transparent, dur et précieux. Ses yeux jaunes étincelaient et de longs cheveux blancs glissèrent de ses épaules. La première chose qu'elle pensa fut que la mort venait la prendre par la main. Mais elle connaissait ce visage.

— Seigneur Clovis ?

— Oui, Galatée ?

Sa voix autrefois si chaleureuse n'était plus qu'un voile glacial. Pourtant il ne semblait pas vouloir lui faire du mal, au contraire.

— Que vous est-il arrivé ? souffla-t-elle. On vous croyait mort.

— Je l'étais. Mais on ne tue pas Clovis, répliqua-t-il avec un mince sourire. Je chasse à présent. J'ai laissé quelques proies s'échapper pour la beauté du jeu. Je sens leur écrasante peur tacher le sol ici et là. Je les retrouve et je les bois jusqu'à la dernière goutte de sang.

Galatée déglutit, effrayée autant qu'attirée par cette parole libérée de toute entrave.

— Mon enfant, tu as bu à la gorge d'une jeune femme sans l'avoir hypnotisée ni même préparée. N'as-tu pas ressenti cette appréhension sucrée dans son sang ? Cette… palpitation brusque, cette excitation soudaine ?

La vampire ferma les yeux, sa soif au paroxysme. Elle se souvenait de tout, dans le moindre détail : la gorge d'Hippolyte à sa merci et la chaleur de son corps meurtri…

— Si, murmura-t-elle.

Une brise caressa son visage. Elle ouvrit les yeux ; son seigneur avait disparu. Le chagrin l'envahit. Avait-elle halluciné ? Était-elle seule depuis le début ? Elle ne voulait pas mourir seule ! Une seconde brise la caressa. Clovis était là, un jeune homme ceinturé et bâillonné entre ses bras, en chemise de nuit, tentant désespérément de se tortiller pour s'échapper.

— Ce n'est pas l'une de mes proies, mais il fera l'affaire, déclara le seigneur en s'accroupissant avec le garçon.

Il présenta la gorge humaine, encore tiédie par le sommeil, sous le nez de Galatée qui s'était à nouveau figée.

— Bois, je l'autorise.

— Seigneur… Non.

— Bois ! L'ère de l'humanisme est révolue !

Galatée, le souffle court, l'estomac très douloureux, voulut résister, mais sa soif fut plus forte que tout. Le seigneur le lui permettait, alors elle se pencha, sentit la peau du jeune homme qui s'agita, terrorisé, et la lécha avec un appétit qui décupla ses sens. Il avait peur, il ne comprenait pas ce qui lui arrivait, il devait penser qu'il cauchemardait, et tout cet ensemble d'émotions brutes pimentait son sang à la perfection.

Elle planta ses crocs dans la peau tendre et laissa le liquide brûlant s'engouffrer dans sa bouche. Elle poussa un gémissement de plaisir, resserrant le corps contre elle alors que Clovis le lui abandonnait. Incontrôlable, acculée par la faim, Galatée but, but, but jusqu'au bout, même après que le cœur eut lâché. Et lorsque le sang manqua, elle se retira, enivrée. Les forces la submergèrent et elle se laissa aller contre le mur, rassasiée.

— Lève-toi à présent, commanda son seigneur. Le soleil ne va plus tarder et je suis bien plus vulnérable à ses rayons désormais.

Galatée se redressa, soulagée de tenir debout, malgré des vertiges encore présents.

— Notre maison n'est pas très loin, allons dormir. Demain, nous reprendrons la chasse.

Chapitre 7

Hôtel de Cluny, 25 septembre

James descendit de cheval en soupirant d'aise. Il avait trois jours de voyage expédiés dans les jambes, en compagnie d'Hippolyte qui ronchonnait depuis qu'il lui avait interdit de foncer dans une bagarre de taverne près de Nevers. Il était donc plutôt ravi de retrouver Cluny, et Olympe qui lui adressa un sourire heureux.

— Regardez qui va là ! lança-t-elle en s'avançant pour le saluer.

— Dis-moi qu'il reste du vin et de la viande, je suis affamé, répondit James.

— Pas autant que moi ! ajouta Hippolyte en donnant une accolade à son amie.

— Vous devriez trouver de quoi vous restaurer, oui, confirma Olympe.

— Alors, qu'avons-nous manqué ? demanda James en attrapant ses sacoches de voyage. La routine je présume ?

La jeune femme grimaça, tête penchée sur le côté.

— Pas vraiment. Disons que j'ai… mmh, trois nouvelles à vous annoncer.

James fut plutôt étonné par la réponse « préparée » d'Olympe.

— Nous aussi nous avons des choses à dire, la devança Hippolyte. Nous devrions nous attendre à des attaques visant le roi lui-même, il faut le prévenir dès que possible.

Olympe acquiesça sans paraître choquée.

— Ça fait partie de l'une des trois choses, à vrai dire.

Les deux agents restèrent pendus à ses lèvres, gagnés par l'appréhension.

— Dis-nous tout, insista James.

— Frontis a attaqué le palais des Tuileries il y a trois nuits. Il visait *a priori* le roi, qui a été sauvé *in extremis* par son gardien fantôme. Nous avons perdu de nombreux éléments de notre côté mais nous avons pu le repousser.

— Parbleu, souffla Hippolyte. Comment va le roi ?

— Disons qu'il a été chamboulé, répliqua Olympe.

James baissa les yeux, de plus en plus préoccupé.

— Et les deux autres nouvelles ?

— Galatée a disparu. Personne ne l'a plus vue depuis la bataille. Cela dit, le commissaire Roussette est venu nous présenter trois corps exsangues, avec la trace de deux crocs dans le cou.

Hippolyte secoua la tête.

— Impossible, Galatée ne ferait pas ça.

— Ça ne peut pas venir des trois autres maisons de vampires, pourtant, contra Olympe. Ils sont toujours en deuil, restent à l'écart de toute discussion et n'ont jamais dérogé à leurs règles. De plus, l'un des trois corps est celui d'un jeune homme retrouvé près de la *Maison de l'Hermaphrodite.*

— Diable, murmura Hippolyte.

— Les deux autres corps ? s'enquit James.

— C'est là que les choses deviennent intéressantes, poursuivit Olympe. Ce sont deux hommes qui portaient autour du cou un ensemble de talismans pour se protéger contre les vampires : des fioles d'eau bénite, des croix, de l'essence d'herbe de Pline…

— Des membres de la confrérie du Savoir ? comprit James.

— À première vue, oui.

— Si c'est vraiment Galatée, aurait-elle pu les mordre alors qu'ils portaient ces protections ? douta Hippolyte.

Olympe haussa les épaules.

— Je l'ignore, Maître Azureus n'a rien pu dire lorsque nous l'avons consulté. Seul un vampire très, très puissant pourrait, à la rigueur, outrepasser le pouvoir de l'herbe de Pline. Mais, à sa connaissance, aucun vampire de Paris ne l'est suffisamment.

Les deux agents affichèrent une mine déconfite. James se mit à regretter les routes tranquilles de la campagne, les auberges confortables, les casse-croûte au bord de la route et les œillades des filles de ferme…

— Et la troisième nouvelle ? demanda-t-il à contrecœur.

Le visage d'Olympe, si sérieux jusque-là, eut un minuscule sourire taquin et fourbe à la fois, qui fit tressaillir le comte.

— Pour la troisième, je préfère te laisser la découvrir dans ton appartement, James.

Il hocha la tête et se décida à monter, espérant s'isoler au calme pour prendre un bain et se vider la tête. Ils grimpèrent tous les trois l'escalier ; lorsque le comte ouvrit la porte, tous retinrent leur souffle.

— James ! Mon doux et traître Loup ! s'exclama Constance, avachie dans l'un de ses fauteuils, l'un de ses livres à la main, l'une de ses bouteilles de whisky ouverte dans l'autre.

Le comte sentit tous ses cheveux se hérisser et un long frisson de rage remonta son échine. Il referma la porte d'un claquement brusque, puis se tourna vers Olympe pour de plus amples explications.

— Ils ont tenté de s'emparer du talisman pendant la bataille, et finalement ils nous ont secondés, même si ça me fait mal de le reconnaître. Lewis a été utile pour faire oublier aux témoins ce qu'ils avaient vu cette nuit-là. Quant aux corps, ils ont été transportés en toute discrétion à l'hôtel des Mousquetaires-Noirs. On a commencé à creuser des fosses en dehors du faubourg pour les enterrer.

James jeta un œil concerné sur son acolyte ; Hippolyte serra les dents à l'évocation de l'hôtel.

— Tant que le roi reste en ville, soupira James.

— On a organisé un roulement entre Cluny et les Tuileries la nuit pour le garder.

James acquiesça et eut enfin un sourire.

— Merci, Olympe, je ne sais pas ce que nous aurions fait sans toi.

Son amie lui retourna son sourire.

— Bon, se décida alors James en posant la main sur la poignée de sa porte. D'Arcy, vous nous faites une omelette ? Je vais m'occuper de cette vipère en attendant.

Hippolyte allait protester, mais il changea d'avis et ravala son habituelle bravade ; de quoi attiser la curiosité de James.

— Très bien.

— Je vais vous tenir compagnie, s'engagea Olympe. Diderot est sorti chercher du travail.

James les laissa donc descendre et poussa à nouveau sa porte. La Louve n'avait pas bougé et affichait son habituelle confiance.

— Ce n'était pas la peine de t'installer là, déclara James en posant ses affaires.

— Je ne veux plus manquer une miette de cette histoire.

— Nous te ferons mandater si nous avons besoin de toi.

— Trois de mes Loups sont en faction aux Tuileries, et moi, je reste ici, insista-t-elle d'une voix calme. Je te ferai une petite place dans ton lit.

Il se rembrunit. Il devait admettre qu'ils avaient besoin de toute l'aide possible. Il ne sut si c'était cette résignation, le souvenir de leurs premières nuits durant lesquelles il avait vraiment, quoique de façon temporaire, apprécié cette femme, ou encore la dure frustration qu'il ressentait à force de côtoyer d'aussi près d'Arcy et de dormir dans la même couche que cet homme qui le troublait, mais James dut comprimer un désir soudain pour Constance.

Il perdait la tête ! Il se détourna d'elle pour éloigner les yeux de sa chemise transparente, pénétra dans sa chambre et retira son habit, des courbatures plein les bras. Le bruit de son battant fermé derrière lui ne l'étonna pas.

— Jamie, *sweetie*, tu m'as manqué.

— Ce n'est pas parce que tu nous as aidés que je vais oublier qui tu es, répliqua-t-il avec nervosité.

Son corps était déjà en train de l'abandonner avec une éminente lâcheté. Ça s'entendait dans le ton de sa voix, essoufflé, alors qu'il tentait en vain de contrôler les battements de son cœur. Lorsqu'elle glissa ses mains autour de sa taille, appuyant son front contre sa nuque, il déglutit.

— Oh, James, je n'ai pas l'intention de te faire oublier qui je suis, seulement de te le rappeler, susurra-t-elle avant de le retourner face à elle.

Elle le bascula en arrière et s'assit sur ses genoux. James enserra sa taille avec empressement. Elle avait envie de lui pour assouvir sa soif de domination ; il avait besoin d'une femme pour oublier qu'Hippolyte était un homme. Les choses ne pouvaient pas être plus limpides, pour une fois.

* * *

Hippolyte acheva son récit après avoir entendu celui d'Olympe qui terminait sa tasse de café, une jambe repliée sur sa chaise. Les deux amies, rassasiées par l'échange de nouvelles, conservaient à présent un silence méditatif. Déjà agacée d'avoir manqué une telle bataille, Hippolyte ruminait au sujet de Galatée.

— Je dois la retrouver. Je n'aurais jamais dû partir comme ça.

— Vous aviez vos raisons, et Galatée doit apprendre à se débrouiller seule, tempéra Olympe.

— Je l'ai sortie de son clan, elle était sous ma responsabilité.

Olympe soupira.

— Je vous aiderai.

Hippolyte ne savait plus comment démontrer toute sa reconnaissance. Aussi, elle proposa ce qu'elle maîtrisait le mieux : la nourriture.

— Vous voulez un peu d'omelette ? Le comte tarde, et mon merveilleux plat refroidit.

Le sourire d'Olympe se figea. Elle laissa un blanc avant de répondre :

— Non, merci.

Hippolyte reprit sa fourchette et engloutit l'assiette réservée à son compagnon de route absent. Elle n'était pas aussi bonne que celle de James, mais pour une première ce n'était pas mal du tout. Elle en était à ces considérations importantes lorsque la voix de Goliath retentit à l'entrée :

— Nous avons une visite inattendue : une personne qui exige de rencontrer le « Secret » et qui sent l'herbe de Pline.

Les deux femmes se levèrent en même temps et sortirent dans la cour pour découvrir une silhouette tassée dans un coin, près du mur, le regard fuyant, la sueur au front. Avec ses cheveux en boucles rouges désordonnées et sa robe défaite et sale, elle ressemblait à une folle échappée de sa retraite. Lorsqu'elle les vit apparaître, elle s'avança, les larmes aux yeux, de gros cernes les soulignant d'un sinistre bleuâtre.

— Protégez-moi, par Dieu, protégez-moi ! s'exclama-t-elle en se jetant à leurs pieds.

Si Hippolyte s'accroupit pour la relever, plutôt étonnée, Olympe resta pragmatique.

— Contre quoi ? Qui êtes-vous ?

— Jurez de me protéger ! Si vous êtes le Cabinet secret qui protège les sujets du roi contre les bêtes infernales, jurez de me protéger !

Olympe lui attrapa le bras avec moins de soin qu'Hippolyte. Un chapelet de pendentifs s'échappa de son décolleté : une croix en argent, une autre en bois, une petite fiole de terre de cimetière, une deuxième d'eau bénite et une troisième d'essence d'herbe de Pline.

— Peste ! s'exclama Hippolyte. Vous faites partie de cette maudite confrérie du Savoir !

Goliath eut un mouvement menaçant qu'Olympe interrompit d'un regard.

— Ils ont massacré plusieurs de mes lycanthropes !

— Et toute une maison de vampires, ajouta Olympe. Autant dire que vous vous êtes attiré bien des problèmes.

— C'est pour cela que je suis ici ! Pitié ! La confrérie n'est plus, elle a été exterminée ! Mon époux… mon époux n'est plus, nous avons réveillé…

Son visage refléta alors un effroi indicible.

— Un monstre.

* * *

Claude Bouilly de Lacrihais était assise en bout de table dans le salon de James, les mains tremblantes, les yeux rougis. Le jeune homme s'était rhabillé en urgence et fuyait les coups d'œil critiques d'Hippolyte qui n'avait pas manqué ses cheveux en bataille et son justaucorps à peine boutonné.

— Vous avez fondé cette confrérie pour mener des recherches sur les êtres surnaturels, reprenait James qui avait servi à Claude un thé, espérant qu'elle se calme et puisse parler sans divaguer.

— Le marquis de Frontis nous a offert un lieu de rassemblement sur les terres des Conti, à L'Isle-Adam. Mais je n'ai pas l'impression qu'ils le savaient. Il disait juste qu'il avait leur protection.

— Où exactement ? l'interrogea James.

— Dans une salle souterraine ; l'entrée se faisait par un refuge de chasseurs, dans la forêt. Il y avait une autre grille cadenassée en bas qui ouvrait sur un tunnel, mais nous n'y avions pas accès.

— Ce tunnel doit relier le laboratoire du Singe vert, réfléchissait James. Je n'ai pas repéré d'autres passages, mais…

— Mais un sort de dissimulation pouvait le cacher, coupa la Louve sur le ton de l'experte.

— Vous nous y emmènerez, décréta Olympe.

Claude tressaillit avec violence avant de secouer la tête.

— Hors de question ! Je ne reposerai pas les pieds là-bas !

Olympe leva les yeux au ciel.

— Quand il s'agissait de massacrer des êtres vivants, vous ne manquiez pas de courage pourtant !

— Je n'ai rien à voir avec cette créature infernale, réfuta Claude, toujours aussi secouée. Dieu me pardonnera.

— Laissez Dieu en dehors de vos crimes, répliqua James.

— *Don't be such a bigot*[1], soupira Constance.

— Elle a raison, appuya Hippolyte à mi-voix.

Au regard acéré que lui jeta James, Hippolyte haussa les épaules.

— J'ai compris le mot « bigot ».

— Je pourrais toujours vous recruter. Vos méthodes peu orthodoxes pour tuer un vampire m'intéressent, déclara Constance, les yeux braqués sur Claude, avec un aplomb qui dérouta l'assemblée.

— Personne ne recrutera personne, c'est le roi qui décidera de votre sort, trancha James avec impatience. Parlez-moi de cette créature. Savez-vous de quoi il s'agit ?

Claude but une gorgée de thé, inspira et reprit :

— Un vampire, du moins au départ. Le marquis nous a permis d'en garder un pour l'étudier, nous avions sélectionné le seul mâle...

— Le seigneur de Boréal, comprit James.

— Nous regardions son cœur lorsqu'il s'est mis à battre à nouveau, continua Claude d'une voix branlante. L'ouverture que nous avions faite s'est refermée, sa peau est devenue écarlate, ses yeux... aussi jaunes que les flammes de l'Enfer.

L'ensemble de la table se tourna aussitôt vers James qui avait blêmi.

— Un archivampire ? Ici, à Paris ? s'ébahit Constance.

— Je croyais que les archivampires n'existaient pas, marmonna Hippolyte.

— Jusqu'à présent, souffla James.

— Ce monstre existe bel et bien, leur assura Claude. Il a décimé les miens et nous a laissés partir, moi et deux de mes confrères, pour nous chasser la nuit.

— Ce n'est pas Galatée qui a tué ces deux hommes, se réjouit Hippolyte.

— Plus rien ne l'arrête, il ne craint plus l'herbe de Pline, ajouta Claude.

— Nous avions bien besoin de cela, soupira James. Parlez-nous de Frontis : vous savez où il se cache... ?

Il transforma son affirmation en interrogation au dernier moment, craignant qu'elle ne connaisse rien de son « bienfaiteur ». Comme elle ne répondit pas dans l'immédiat, il serra les poings, désespéré, puis, en apercevant son air embêté, il comprit qu'elle hésitait.

1. « Ne sois pas un tel bigot. »

— Parlez, n'aggravez pas votre cas, recommanda-t-il avec fermeté. Vous ne craignez rien ici, mais si vous ne parlez pas, je ne pourrai rien faire pour vous.

— Le marquis… J'ignore ce qu'il compte faire, ou même comment cette impossibilité est devenue possible, mais… il relève les morts, murmura-t-elle, effrayée.

— Où se cache-t-il ? répéta James. Dans le refuge de votre confrérie ?

Claude secoua la tête. Elle paraissait autant terrorisée par Frontis que par Clovis.

— Non. Quand on lui a demandé ce qu'il pensait faire des corps il a bien évoqué les carrières de Paris, mais…

James bondit sur ses pieds.

— Les carrières ! s'exclama-t-il. Il faut agir tant qu'il fait jour !

— Pour aller où exactement ? Le sous-sol de Paris est parsemé de tunnels, indiqua Goliath.

— Ils sont nombreux dans le sud, intervint Hippolyte.

— Et trop exposés, contra le lycanthrope. De nombreuses carrières y sont encore exploitées aujourd'hui.

— Vous avez l'air de bien connaître le sujet, s'étonna Hippolyte.

— Les louveteaux chassent les goules là-bas pour s'entraîner, expliqua le lycanthrope avec un demi-sourire fier. J'ai tenté de retrouver l'odeur des deux loups que j'avais envoyés pister les zombies, mais j'ai perdu leur trace au nord-ouest de la ville.

— C'est donc là que nous irons, trancha James.

Il s'éclipsa dans sa chambre pour revenir avec son habit, ses pistolets et un sabre de mousquetaire.

— Allons-y en petit comité, proposa alors Olympe. Frontis a laissé passer quelques jours entre chaque attaque avec son armée, il a besoin de reprendre des forces. On peut tenter de le surprendre et de lui soutirer le talisman.

Le comte hésita un très court instant.

— Olympe a raison, appuya Hippolyte. Je doute que nous fassions un jour le poids face à une armée qui s'abreuve sans arrêt de la nôtre.

— Soit, céda James. Mais nous garderons des éléments à l'extérieur, au cas où.

Goliath approuva.

— Les filles de Lilith et des lycanthropes vous attendront à l'entrée.

Prêts, ils finirent par remarquer la présence silencieuse de Constance qui gardait les bras croisés, l'air triomphant. Elle ne s'était pas proposée d'elle-même, parce qu'elle savait très bien qu'ils avaient besoin d'elle.

— Il faut qu'on vous supplie ? s'agaça Hippolyte.

— Non, pas vous, cher d'Arcy, répliqua-t-elle, tout en battant des cils.

James ferma les yeux, les mâchoires crispées.

— Nous avons besoin de toi, admit-il avec difficulté. N'emmène qu'un Loup et rejoignez-nous au Châtelet, nous commencerons par rendre une visite nécessaire et, je l'espère, fructueuse.

James observait le commissaire Roussette, trop habitué pour être surpris, feuilleter le registre des quartiers V, VI et IX du nord-ouest de Paris, qui répertoriaient les observations et affaires de ces lieux.

— Rien d'étrange, constatait Roussette qui, pourtant, semblait soucieux.

— Mais vous pressentez quelque chose ? se douta James.

Le commissaire haussa les épaules.

— J'ai dû constater un suicidé le 22 août dernier, il s'est pendu à l'entrée d'une carrière de gypse fermée par un arrêté de 1722. Il s'est brisé la nuque sur le coup. D'après sa famille, il ne semblait pas avoir ce caractère-là, mais à première vue il s'était introduit dans une galerie à la recherche d'un gisement à exploiter. Il devait être plus désespéré que sa famille le croyait.

— Qu'y a-t-il d'étrange à cela ? interrogea Hippolyte avec un haussement d'épaules.

Roussette posa son index sur son propre menton.

— Les traces sur sa peau, là. Comme si des doigts avaient fait pression au niveau de la mâchoire et du menton. La nuque a été brisée, mais ça peut aussi être la conséquence d'une pendaison.

— Que vous dit votre instinct ? le questionna James.

— Que le pauvre homme a été homicidé et que son meurtre a été déguisé en suicide. Je n'ai rien trouvé de plus dans la carrière, même si je ne l'ai pas fouillée dans son intégralité : il y a de nombreux effondrements à l'intérieur, et aucun de ses collègues n'avait de motif pour le tuer. Son cadavre près de la carrière a découragé tous les mineurs qui auraient pu souhaiter s'y aventurer. Nos mouches m'ont confirmé que personne n'approchait plus ces galeries, elles seraient maudites.

James et Hippolyte échangèrent un regard entendu. Ce fait divers était la meilleure piste qu'ils avaient depuis des semaines.

— Où est la carrière ?

Roussette déplia un plan de Paris et de ses faubourgs.

— À Montmartre, ici.

Chapitre 8

Ils passèrent par les Halles, puis, près de l'église Saint-Eustache, s'engagèrent dans la rue de Mont-Martre qui traversait tout le nord de Paris jusqu'aux faubourgs. Alors qu'au loin ils apercevaient la butte dans laquelle les carriers creusaient, ils passèrent sur le pont aux Porcherons qui surplombait un égout à ciel ouvert. Les immondices des maraîchers et des éleveurs de porcs s'y déversaient en continu. Hippolyte poussa un gémissement de dégoût tout en plaquant son coude contre son nez.

— J'avais oublié toutes les puanteurs de Paris !

— La rue de la Voirie est réputée pour ses senteurs, confirma James avec une grimace.

C'était un quartier de petits cabarets et de tas de fumier. Olympe donna un petit coup sur le flanc de sa monture pour accélérer le rythme et échapper plus vite aux odeurs nauséabondes.

— C'est plutôt idéal pour que des cadavres ambulants passent inaperçus, supposa Lewis.

Hippolyte le lui concéda d'un mouvement de tête. Elle trouvait même le choix du Loup judicieux de la part de Constance : s'il approchait l'adversaire, il pourrait s'emparer de son esprit.

— Ça expliquerait pourquoi Goliath a perdu leurs traces, approuva James.

Le Loup ralentit sa monture pour chevaucher à leurs côtés. Les jardins maraîchers offrirent un répit olfactif.

— Tu te souviens de la chasse aux *Red Shield Bugs* de Truro ?

— Les quoi ? interrogea Hippolyte.

— Des sortes de punaises écarlates de l'Enfer, on ne peut les abattre qu'avec une balle en cuivre, expliqua James.

— Le problème, c'est qu'elles éclataient et répandaient une pestilence écœurante tout autour d'elles lorsqu'une balle les atteignait, ajouta Lewis. Malheur à celui qui se trouvait dans leur périmètre.

Les deux hommes eurent le même sourire, nostalgique et amusé tout à la fois.

— Blake n'en garde pas forcément un très bon souvenir, déclara Constance, à l'avant, sur un ton froid et autoritaire.

Olympe laissa échapper une exclamation moqueuse qu'Hippolyte appuya d'un rire. Imaginer le Loup éclaboussé de matières gluantes et fétides ne pouvait que les réjouir. Ils poursuivirent leur chemin dans le faubourg en laissant les routes menant aux carrières encore exploitées, pour trouver un étroit sentier laissé à l'abandon. La grande butte de Montmartre était rongée à plusieurs endroits, d'abord par des carrières à ciel ouvert en aval, puis par des carrières souterraines à flanc de colline, qui permettaient l'utilisation des terrains en surface et qui profitaient des parois artificielles d'anciennes carrières à ciel ouvert pour creuser au niveau des masses. Mais le gypse, nécessaire à la fabrication du plâtre, était soluble et faible, ce qui expliquait la fermeture de quelques points d'accès à cette roche.

Le lieu indiqué par Roussette était bel et bien désert. La cachette idéale. Ils s'arrêtèrent en contrebas d'une ouverture sombre : une fente large d'une toise creusée par l'homme dans une paroi d'ancienne exploitation. Une maisonnette en ruine avait dû servir d'abri pour les ouvriers au moment de son activité.

— Les entrées des carrières abandonnées ne sont pas censées être bouchées ? demanda Lewis à voix basse.

— Si. Mais j'ai comme l'impression que le nouvel occupant a déblayé l'ouverture, répondit James en désignant des débris formant un tas sur le côté. Ce n'est pas étonnant qu'un carrier ait tenté sa chance.

— Bon, on y va ? s'impatienta Hippolyte, épée à la taille.

— Oui, assez discuté, ajouta Olympe.

Des bruits agitèrent la végétation derrière eux, ils pivotèrent, et Constance leva les mains pour faire voler ce qui approchait. De gros loups surgirent en bondissant, accompagnés de femmes qui se déplaçaient avec autant de discrétion que des chats. James baissa les mains de Constance. Celle-ci émit d'ailleurs un grognement peu coopératif. Goliath reprit sa forme humaine le temps d'informer l'expédition de ses intentions.

— Je viens avec vous, Fenrir s'occupera de la meute.

James alluma deux petites lanternes et en donna une à Olympe.

— Nous devons surprendre Frontis, rappela-t-il. Déplaçons-nous prudemment.

Hippolyte ouvrit la bouche pour se moquer de son extrême circonspection mais il ne lui en laissa pas le temps :

— Et en silence !

Goliath ouvrit la marche, suivi d'Olympe et de Constance. James resta au côté de Lewis, plutôt habile à l'épée, mais pas un combattant non plus. Hippolyte ne quitta pas le comte d'une semelle, préférant le garder à l'œil. Elle se sentait redevable.

L'entrée n'augurait pas le volume qui les attendait à l'intérieur : une rampe inclinée menait à une immense salle parcourue de gros piliers porteurs. Le ciel de la carrière devait bien culminer à cinq ou six toises de haut. Comme Roussette l'avait observé, des éboulements avaient eu lieu ici et là, mais il était tout de même possible de circuler à l'intérieur.

Ils explorèrent la première salle en constatant que plusieurs ouvertures, plus ou moins régulières, menaient à d'autres espaces. Hippolyte admit que Frontis avait fait un choix pertinent : il pouvait cacher ici une armée entière sans peine, et se réserver plusieurs sorties possibles. Elle en était à se demander combien de salles pouvaient s'enchaîner quand une odeur lui titilla les narines. Elle envoya son coude dans les côtes de James.

— Vous sentez ?

— Vous savez bien que non.

— Goliath l'a flairé, lui aussi.

Le lycanthrope s'était en effet mis à pister quelque chose en direction d'une des salles. Hippolyte accéléra derrière lui, et la petite troupe leur emboîta le pas. Ils franchirent une large ouverture qui débouchait sur une galerie tout en longueur. L'odeur était prenante à présent, une odeur d'esprit-de-vin…

— … de camphre, de clou de girofle, de cardamome et de poivre, murmurait Hippolyte.

Ils s'approchèrent des murs, et les lueurs troublées des lanternes se réfléchirent sur des surfaces liquides aussi planes que des miroirs. Des bassins creusés s'alignaient contre les parois. Hippolyte tendit une lampe au-dessus et tressaillit. Un corps était immergé. Une femme nue aux yeux violets grands ouverts.

— On dirait un mousquetaire, dit Olympe à voix basse, plus loin.

Toute l'armée de Frontis, ici, dans un bain de solution qui la conservait pendant son repos. Hippolyte serra les mâchoires. Pierre devait être là, dans l'un de ces bassins, tout près d'elle. Elle jeta un œil sur ses compagnons ; tous semblaient interloqués.

—Si Harold était venu, il aurait pu mettre le feu aux bassins, regretta Constance.

—C'est vrai, se contenta de dire James.

Hippolyte se retint d'acquiescer par fierté, mais ce n'était pas une si mauvaise idée. Les zombies étaient bien trop nombreux pour les décapiter sans attirer l'attention. Elle vit Olympe dégainer sa hache et les consulter d'un regard. L'occasion était unique, Hippolyte le reconnaissait, mais ils ignoraient si Frontis était relié à son armée d'une manière ou d'une autre. Comme personne n'osait encore rien faire ni rien dire, elle se mit à guetter les corps, le cœur battant, espérant et redoutant tout à la fois de tomber sur Pierre.

—Ne faites rien, murmura Goliath dans sa forme humaine. J'ai entendu une voix près d'ici.

—Trouvons Frontis, nous nous occuperons des corps ensuite, approuva James en s'approchant d'Hippolyte. Venez, vous chercherez votre ami plus tard.

Elle opina sans commentaire.

* * *

Ils se remirent en route avec précaution, James prenant la tête de la troupe. Au fond de la longue galerie, il n'y avait qu'une ouverture donnant sur une salle plus grande encore que la première, mais pleine d'éboulis.

—Attention, chuchota Lewis près de James.

Il désigna un trou noir près d'eux, un puits d'extraction qui descendait dans la deuxième masse. Une chute pouvait y être fatale. Ils le contournèrent et aperçurent des lueurs au fond de la salle, derrière de gros piliers. James éteignit sa lanterne, imité par Olympe. Il y avait manifestement des flambeaux qui éclairaient très bien une partie de la galerie. Tous entendirent une voix qui parlait fort, se croyant isolée. Ils se baissèrent pour passer inaperçus et s'avancèrent jusqu'à un éboulement. De là, ils avaient un bon point de vue sur leur adversaire.

Ils possédaient, pour une fois, l'élément de surprise.

Frontis semblait faire les cent pas. Vêtu de son habit de soie prune qui chatoyait à la lumière des flammes, il était pareil à lui-même : son visage était recouvert de blanc de céruse et les plumes blanches de son tricorne voletaient à chacun de ses gestes. Le talisman, porté librement autour du cou, bondissait sur sa poitrine.

— Ils sont tous morts ! Et inexploitables ! Démembrés ! Vidés de leur sang ! Ces… imbéciles et leurs expériences ! Ils n'apporteront pas d'autres corps… On n'est jamais mieux servi que par soi-même !

— Eh bien, nous irons les chercher nous-mêmes.

La seconde voix, presque semblable, surgissant de l'arrière d'un pilier, fit frissonner les agents du Secret et les Loups. James partagea un regard avec Hippolyte qui fronçait les sourcils.

— Ils sont deux ? esquissa son acolyte du bout des lèvres.

Il avait pressenti une doublure lorsqu'Hippolyte lui avait demandé ce qui pouvait bien lier Frontis au Singe vert… Peut-être qu'ils n'étaient pas une seule et même personne, mais deux hommes distincts.

— Cette attaque aux Tuileries était prématurée, mon seigneur, déclara Frontis.

— Nous avons perdu des corps d'humains, mais gagné des lycanthropes et des succubes. Le change est excellent.

Frontis s'immobilisa et poussa un soupir pourtant contenu.

— Que comptez-vous faire à présent ?

Une deuxième silhouette apparut dans leur champ de vision : le cavalier encapuchonné, avec son plastron de cuir brun et son masque de fer couvrant son visage.

— J'aurai bientôt récupéré toutes mes forces. Nous pourrons passer à la suite. Donne-moi le talisman et raconte-moi tout ce que tu as vu.

Frontis s'approcha du cavalier et retira le pectoral tout en énumérant les détails de sa macabre découverte de la confrérie du Savoir.

Lewis s'approcha de James à petits pas.

— Si je contourne les éboulements, je devrais pouvoir atteindre l'homme masqué par-derrière. S'il a le talisman, c'est mieux : vous pourrez maîtriser Frontis.

James jeta un œil sur la Louve et ne douta pas qu'ils s'étaient mis d'accord avant. Ils n'avaient pas de meilleur plan pour le moment. S'ils attaquaient de front, celui qui possédait le talisman rameuterait les zombies et ils mourraient en un rien de temps.

— Très bien. *Bidh faiceallach*[1].

— *Gu dearbh*[2], répondit Lewis en lui tournant le dos.

1. « Sois prudent. » (gaélique écossais)

2. « Bien sûr. » (gaélique écossais)

James écrasa l'appréhension qui montait en lui et s'approcha d'Hippolyte.

— Gardez un œil sur la Louve, recommanda-t-il d'un murmure. Elle n'hésitera pas à s'emparer du talisman si elle le peut.

Le garçon hocha la tête, une petite grimace tortillant ses lèvres. Après un blanc, il prit la parole :

— Vous voulez dire que coucher avec elle ne mène à rien ?

James lui lança un regard à la fois surpris et coupable.

— Je ne suis pas sûr qu'il y ait un rapport avec la situation.

— J'ai besoin de savoir si vous nous trahissez.

— Bien sûr que non. Ne soyez pas ridicule, rétorqua-t-il avec froideur.

— Un moment c'est une vipère, un autre une maîtresse, je me pose des questions, s'entêta Hippolyte.

— Vous allez peut-être me dire que vous n'avez jamais couché avec une personne que vous détestiez ?

— Non, sachez-le, maintint-il.

— Vous ne savez pas ce que vous perdez, alors.

— Venant d'un bigot, c'est hilarant.

— Dites, intervint Olympe en les rejoignant. Je suis la première à vouloir en savoir plus, mais ce n'est pas le moment. Le Loup approche.

Les deux agents reportèrent leur attention sur Lewis. Il ne pouvait pas agir tant que Frontis faisait face au cavalier encapuchonné, même en étant à quelques pas. Si Frontis le surprenait, l'autre pouvait empoigner le talisman.

— Je vais faire diversion, glissa Constance en levant l'index pour faire bouger un caillou derrière Frontis.

Le marquis pivota, et Lewis réduisit l'espace qui le séparait de l'adversaire en trois enjambées. James retint son souffle. Lewis visa l'une des mains pendantes de la silhouette, seules parties de son corps découvertes. Il l'attrapa d'un seul coup et déclara d'une voix claire : « Obéis-moi. »

Le temps sembla se suspendre. Frontis tourna la tête avec lenteur vers son complice. Ce dernier était immobile. James et Constance, habitués à ce pouvoir, se levèrent aussitôt pour s'approcher. Mais à peine eurent-ils fait trois pas que le cavalier encapuchonné, d'un geste mesuré, attrapa le talisman de sa main libre et se mit à rire alors qu'une lueur rouge s'échappait du pectoral.

— T'obéir ? Mais tu t'es trompé de cible, Manusdei ! s'exclama-t-il en s'extirpant de l'emprise du Loup pour l'attraper à la gorge.

— Que fait-il ici, celui-là ? s'étonna Frontis.

Le cavalier plaqua Lewis contre le mur. Constance sortit de sa cachette pour attirer l'homme d'un mouvement de bras, mais son geste n'eut aucun effet. Elle comprit son erreur juste à cet instant : ce n'était pas l'homme qu'elle devait viser, mais le talisman, comme aux Tuileries. C'était le talisman qui avait mis le cavalier à bas de sa monture. L'homme, lui, était, contre toute attente, immunisé.

— Les zombies arrivent ! prévint Goliath, redevenu homme.

— Le Secret ? devina alors le cavalier. Venu exprès pour moi !

Frontis sortit un pistolet de son habit et visa la Louve. Hippolyte la bouscula en vitesse sur le côté et la balle, dont la détonation résonna dans la galerie, se ficha dans un pilier. Constance roula sur le sol, étourdie par la force du coup d'épaule. Derrière eux, des bruits de pas grouillants se pressaient. Olympe et Goliath aperçurent les vampires bondir et se tinrent prêts à les repousser, sans douter que leurs chances étaient de plus en plus minces.

— Débarrasse-moi de lui ! ordonna le cavalier en jetant Lewis à terre.

Frontis plongea sa main dans son habit et attrapa un second pistolet. James l'imita aussitôt. Le marquis visa le Loup au sol, et le comte, le bras armé de Frontis. Les deux coups partirent presque en même temps. Frontis grimaça, la peau éraflée, mais Lewis plaqua sa main sur lui, touché en pleine poitrine.

— Partons, je ne suis pas encore prêt pour un nouvel affrontement, décida le cavalier.

Une vague de vampires s'abattit sur Olympe, Goliath et Hippolyte. Constance se releva et tenta de les repousser, mais tous ses mouvements désordonnés reflétaient sa surprise. James se précipita auprès de Lewis alors que les deux ennemis prenaient la fuite sans se presser. Le Loup était touché au poumon ; le sang filait entre ses lèvres alors qu'il s'étouffait. Impossible de le soigner : la blessure était mortelle. Sa main agrippa l'habit de James, qui tentait en vain d'endiguer l'hémorragie en faisant pression sur sa poitrine. Lewis se mit à balbutier quelque chose :

— *Fì… Fìo…*

— Que dis-tu ?

— *Fìor… Fìor-charaid*[1]…, réussit-il à prononcer avec un maigre sourire avant d'expirer.

1. « Véritable ami. » (gaélique écossais)

James douta une poignée de secondes de ce qu'il avait entendu, avant de s'affaisser sur ses talons et d'esquisser un signe de croix. Il en oublia même ce qui l'entourait et sursauta lorsque Lewis rouvrit les yeux, tendant les bras pour l'attraper. Basculant en arrière, James poussa un cri. Il se débattit comme il put, jusqu'à ce que la tête de son ami vole et que son corps s'effondre sur lui. La silhouette d'Hippolyte, son épée pleine de sang, se dressait devant lui. Son acolyte avait fait ce qu'il n'était pas parvenu à faire avec son mousquetaire. James repoussa le cadavre sur le côté.

— Merci, bredouilla-t-il, incrédule.

Hippolyte inclina la tête. La voix d'Olympe retentit derrière eux :

— Ils battent en retraite ! Le talisman doit s'éloigner !

Constance, haletante, s'approcha d'eux, constata la mort de Lewis et se mit à hurler de rage en balançant des débris contre les murs. Les parois s'ébranlèrent et le ciel de la carrière perdit quelques morceaux. Leur cliquètement sur la roche affola Hippolyte.

— Ne restons pas là !

James put enfin réagir. Il tendit la main vers la tête du Loup et lui ferma les yeux.

— Adieu, mon ami.

Hippolyte attrapa son bras, le forçant à se relever pour fuir.

— Partons, maintenant.

Chapitre 9

Château de L'Isle-Adam, 26 septembre

Le prince de Conti, après avoir embrassé sa femme, s'installa dans la voiture. À cause de l'épidémie qui sévissait à Paris, il préférait que sa jeune épouse, encore fragile, reste à l'abri. La princesse douairière grimpa à sa suite tandis que deux valets attachaient une malle à l'arrière. Ce domaine, loin de Paris, offrait la paix à sa mère après un rude passé avec son père. Elle ne s'y sentait plus en danger, mais en sécurité. Elle s'était réapproprié les salons, les appartements et la vie de maîtresse de maison. La Cour royale, en revanche, avait tendance à raviver les anciennes blessures. Le roi, même en étant à leurs côtés, n'avait pu empêcher le supplice des moqueries à répétition des courtisans.

La voiture s'ébranla. Le petit matin était frais et les arbres des jardins avaient jauni. Le ciel grisâtre et la brume annonçaient un automne glacial. Aussi glacial que l'atmosphère entre lui et sa mère.

—Allez-vous me faire la tête encore longtemps? s'enquit-elle.

—Vous avez rencontré le marquis de Frontis sans m'en avertir, répliqua le prince, encore agacé par cette relation qui semblait assujettir sa mère à cet homme.

—Il était de passage sur le domaine et ne pouvait s'attarder. Ne puis-je donc plus entretenir d'amitié sans votre accord?

—«Amitié», grogna-t-il. Êtes-vous sûre qu'il s'agisse bien de cela?

Sa mère eut un sourire moqueur.

—C'est donc cela qui vous chagrine? Voyons, Louis! Puisque vous avez tant insisté pour être présent à notre prochaine rencontre, vous verrez qu'il n'y a rien entre le marquis et moi. Vous auriez déjà dû le voir quand il était parmi nous.

Le prince haussa les épaules.

— Je le trouve trop intrusif. Et peu reconnaissant.

Les lèvres de la princesse douairière se serrèrent et elle regarda par la fenêtre, soudain troublée.

— Comme l'était votre père, murmura-t-elle alors.

Le prince tendit sa main gantée et la posa sur celle de sa mère.

— N'est-ce pas une bonne raison de vous défaire de lui ?

— Vous oubliez ce qu'il a fait pour la princesse ?

— Je n'oublie rien, soupira Louis en reculant.

Le silence s'abattit sur la voiture alors qu'elle les secouait en s'engageant sur la route de Paris. Le prince avait hâte de se débarrasser de ce personnage pour retrouver la paix dans son foyer. Il était déjà heureux que le marquis se fasse discret depuis le bal masqué, mais de savoir que, même en étant absent, il parasitait l'esprit de sa mère, le plongeait dans l'affliction et la colère. Il déglutit et tenta de se calmer avant de reprendre plus doucement :

— Où le marquis vous a demandé de le rejoindre ?

Sa mère avait cédé pour qu'il l'accompagne après avoir reçu un message du marquis l'appelant à l'aide.

— Dans le pire lieu de débauche qui soit.

Au regard noir et interrogateur que lui lança son fils, elle afficha un sourire rassurant.

— La basilique de Saint-Denis.

Soulagé, le prince secoua tout de même la tête, mécontent d'être la proie de la moquerie de sa mère.

— Vous voyez qu'il n'y a rien à craindre.

— Sauf peut-être un mariage inattendu, supposa-t-il en croisant les bras.

Elle se mit à rire avec plus de légèreté.

— C'est ridicule, mon fils !

Louis sentit ses lèvres se détendre toutes seules. Il se mit à sourire avec plus de franchise. Il ne l'avait pas vue rire depuis bien longtemps. Pour l'amour et le bien de sa mère, il enverrait un message au roi pour le prévenir de cette rencontre avec Frontis dès qu'ils arriveraient à leur hôtel de Paris, en milieu de journée. Son cousin semblait tout aussi réservé au sujet du marquis, son appui pouvait le servir.

Chapitre 10

Jardins des Tuileries

Hippolyte avait bâillé de sommeil toute la matinée, après avoir passé la nuit près de la *Maison de l'Hermaphrodite*, espérant apercevoir Galatée et la ramener à la raison. La vampire avait eu tellement de mal à la mordre, même avec son consentement ! Elle ne pouvait pas croire que son amie avait sombré dans la bestialité. Mais elle n'avait vu aucune trace de Galatée. Olympe l'avait rejointe avant l'aube pour lui tenir compagnie ; elles étaient rentrées bredouilles à Cluny.

Vers midi, Hippolyte, le comte et la marquise étaient partis pour les Tuileries. Le nouveau face-à-face que le roi souhaita entre eux seuls finit de la réveiller. La course effrénée de son pouls ne se calma pas de toute l'entrevue, même après l'amicale accolade du roi qui acceptait de la reprendre dans son entourage. Plus ou moins figée, elle l'écoutait justifier sa réaction alors qu'elle ne l'avait jamais remise en cause. Le roi semblait si embarrassé qu'elle s'embarrassait d'autant plus en retour.

— … je dois accepter que les membres du Secret soient eux aussi… spéciaux. Vous vous êtes lancée dans un rôle bien périlleux, conclut-il sur un ton complice.

Hippolyte dodelina de la tête. Elle était bien d'accord avec lui sur ce point. Alors qu'ils étaient arrêtés au niveau du bassin central du jardin, ils entamèrent la marche de retour auprès des courtisans et surtout de ses compagnons du Secret, gardés à l'écart par Pinsec. Hippolyte resserra son habit ; il faisait plus frais que la veille à l'extérieur et le ciel n'avait pas encore montré la moindre parcelle de bleu.

— Me direz-vous votre véritable nom ? demanda Louis.

Alors qu'Hippolyte s'était promis de ne plus mentir au roi, elle se retrouva devant une nouvelle incertitude.

— Vous hésitez, constata-t-il.

— Pardonnez-moi, mais j'ai toujours tenu à épargner ma famille.

— Je n'ai pas l'intention de leur causer le moindre mal, la rassura le roi.

— Je n'en doutais pas, se dépêcha-t-elle de dire. Mon père est le baron Jacques de Sancy.

— Le baron de Sancy… L'un de vos aïeux n'était-il pas un compagnon d'armes de Turenne ?

— En effet, Sire, mon arrière-grand-père.

— Vous venez donc d'une famille de soldats.

Hippolyte acquiesça, amusée. Il n'y avait que son père qui jouait l'exception.

— Sire, puis-je vous demander à quel instant vous avez compris que je n'étais pas un homme ?

— Pinsec l'a su au moment où il vous a touchée.

Elle eut une expression de surprise et d'incompréhension mêlées.

— Pourquoi m'avoir gardée, alors ?

— La loyauté est une qualité qui n'a pas de sexe. Ne vous dévoilez pas, voilà tout ce que je vous demande.

Hippolyte hocha la tête, un sourire crispé sur ses lèvres. Ce n'était peut-être pas le moment de lui dire qu'au sein même de la communauté des surnaturels, son secret était déjà éventé.

— Même si je ne comprends que trop bien la difficulté d'entretenir un rôle.

Sur le coup, elle eut envie de démentir. Il n'était pas question d'un rôle pour sa part, mais de sa véritable personnalité. Cependant, elle comprit surtout que le roi, si réservé, tentait d'exprimer un tracas. Alors qu'ils approchaient de l'abbé Pinsec, James et Constance, Hippolyte s'immobilisa.

— Sire, puis-je être franc ?

— Franche, vous voulez dire ?

Elle opina avec un sourire.

— Je vous écoute.

— Personne ne peut être totalement honnête et transparent, tout le monde se cache. Mais avoir un ou deux amis devant lesquels il est possible d'être soi-même allège tout tourment, et permet d'assurer son rôle avec plus de force encore.

Elle pensait à Pierre, qui avait été cet ami-là, avec qui elle avait été véritablement elle-même. Puis son cœur lui lança l'image d'Olympe, sa confidente, une femme avec qui elle partageait de nombreux points communs. Et enfin vint celle de James, alors qu'il ignorait tout de sa situation. Pourtant elle se sentait proche de lui : son « d'Arcy » ne pouvait qu'être l'ami du comte ! Mais que se passerait-il si jamais il découvrait tout ?

— Accepteriez-vous d'être l'une de ces amis ? demanda le roi.

— J'en serais honorée, Sire.

Les traits si préoccupés du roi se relâchèrent.

Ils reprirent leur déambulation et s'arrêtèrent devant le petit groupe qui les attendait. La marquise anglaise était vêtue d'une robe noire sobre malgré son apparent goût pour les couleurs. Le comte avait une mine fatiguée et plutôt contrite. Quant à Pinsec, il jetait des coups d'œil suspicieux sur elle tout en se retenant de tout commentaire.

— J'ai une nouvelle pour vous, commença le roi en guise de préambule. Mon cousin, le prince de Conti, m'a informé que sa mère rencontrait le marquis de Frontis ce soir, à Saint-Denis. Nous avons une chance de nous emparer de lui sans qu'il fasse appel à son armée de morts.

James s'était redressé à cette annonce.

— Il viendra sans le talisman s'il s'attend à ne rencontrer que la princesse de Conti.

— Que voulez-vous dire ? s'étonna Pinsec.

— Nous avons nous aussi une nouvelle surprenante : Frontis n'agit pas seul. Ils sont deux. Frontis n'est pas le cavalier, ni cette réminiscence du Singe vert. Nous avons trouvé leur cachette hier, dans une carrière abandonnée de Montmartre. Ils ont pu s'enfuir...

— En tuant mon Loup, grogna Constance, le visage fermé.

James ne commenta pas et Hippolyte chercha à l'encourager d'un regard. Aussi il reprit, le ton un peu plus bas :

— Mais ils ont aussi dû abandonner les bassins dans lesquels ils tentaient de conserver les corps, et ils ne pourront pas cacher une telle armée bien longtemps. C'est peut-être d'ailleurs pour cette raison qu'il a fait appel à la princesse.

— Si nous avons Frontis, nous pourrons mettre la main sur son complice, approuva Hippolyte.

— Mais qui est-il, ce complice ? retourna Pinsec.

Les agents gardèrent d'abord le silence, puis James reprit ce qu'il avait entendu la veille et mis de côté, perturbé par la mort de Lewis.

— Frontis l'appelait « seigneur », alors quel seigneur a l'intention de se faire passer pour le Singe vert ?

Pinsec et le roi se consultèrent en silence.

— Le garçon boucher, Sire ? supposa Pinsec.

Le roi, muet, les intrigua.

— Qui ? s'enquit Constance, devançant Hippolyte.

— Le garçon boucher a disparu peu avant la mort de mon cousin, éclaircit le roi.

— Ce garçon s'est rendu coupable des pires atrocités avec le Singe vert, expliqua Pinsec. Il était son complice, son âme damnée.

— Savez-vous à quoi il ressemble ? demanda James.

— Malheureusement non, nous ne l'avons jamais vu, répondit Pinsec avec un petit soupir.

— Pourquoi maintenant ? interrogeait le roi, pas du tout convaincu.

— Je l'ignore, reconnut Pinsec. Son esprit était déjà troublé par la folie lorsqu'il suivait le prince, son état s'est peut-être aggravé. Il cherche peut-être à venger son mentor. Lui seul savait où se trouvait le laboratoire du prince à L'Isle-Adam, après tout.

Le roi finit par accorder un petit mouvement d'approbation à son confesseur. Lui et Pinsec semblaient ébranlés à cette idée.

— La princesse douairière est compromise, quoi qu'il en soit, affirma James en ménageant le roi d'un ton délicat. La confrérie du Savoir s'est établie sur ses terres. Même si elle l'ignorait, ils ont agi pour Frontis qui a son patronage. L'un de ses membres a trouvé refuge à Cluny.

— Sire, d'abord les deux corps de nos anciens agents, ensuite cela, insistait Pinsec.

— Je dois lui parler, oui, se résolut le roi.

— Ce n'est pas tout, poursuivit Constance. Cet homme, s'il s'agit bien d'un « homme », semble immunisé contre les pouvoirs des Manusdei. Je n'avais encore jamais rencontré une telle créature.

— Il ne manquait plus que cela, commenta Pinsec, livide. Vous n'avez donc aucune idée de la nature de cette… « chose » ?

Hippolyte eut la même grimace désespérée que l'abbé devant les mines contrariées du comte et de la marquise. Aucun d'eux n'avait été témoin d'une telle résistance à leurs pouvoirs.

— Tâchons d'attraper Frontis, nous en saurons plus ensuite, déclara James. Je me rendrai à Saint-Denis avec d'Arcy, nous le guetterons.

— Sans armée ? s'étonna Hippolyte.

— Frontis viendra seul, il l'a toujours fait lorsqu'il a rencontré la princesse. Il faut qu'elle reste dans l'ignorance de toute cette histoire pour lui être utile. Et puis, si le marquis est occupé à Saint-Denis, le cavalier peut agir de son côté avec le talisman.

— Je viendrai avec vous, décida Constance.

— Tes pouvoirs sont beaucoup plus efficaces face à une armée de zombies, contra James.

— Alors l'un de mes Loups se dévouera, répliqua-t-elle avant de brandir son index sous le nez du comte. Ne t'avise pas de me mettre en colère, alors veille sur lui. S'il meurt, je t'arracherai le cœur moi-même.

Constance enchaîna une révérence bâclée en direction du roi et tourna les talons. Les membres du Secret la regardèrent s'éloigner en silence. James serra les dents. Hippolyte ne put déterminer si la marquise pleurait son Loup ou la perte d'un bon élément. Cette dernière restait illisible, même si une part d'Hippolyte admirait ce caractère imposant et sans détour.

— Je viendrai avec vous.

— Sire ! gronda Pinsec.

— Il s'agit des miens, la princesse est ma famille proche : je viens, répéta le roi.

— Nous veillerons sur vous, Sire, approuva Hippolyte.

Le roi la remercia d'un hochement de tête appréciateur. L'abbé et le comte levèrent les yeux au ciel au même instant. Impossible de leur faire entendre raison !

— L'étau se resserre sur Frontis et son complice, enchaîna le roi. Ce soir, nous n'avons pas le droit à l'erreur.

Chapitre 11

Hôtel de Cluny

L'après-midi était avancé. Le ciel se couvrait de gros nuages sombres et une bise froide balaya la cour. Frissonnante, Hippolyte avait enfilé un surtout de laine grise, boutonné jusqu'au col. Elle se tenait prête à partir.

— Monsieur d'Arcy, aborda Diderot qui tremblotait en se frottant les bras. N'auriez-vous pas, par hasard, un manteau de plus à me louer ? J'ai bien une petite couverture, mais où serait le sérieux si je me présentais avec une laine sur le dos pour trouver un travail ?

— Je dois avoir un surtout de voyage si vous voulez.

Le jeune garçon eut un grand sourire.

— La quête d'un emploi est un véritable voyage !

Hippolyte lui fit signe de la suivre et ils grimpèrent dans son appartement.

— Il fait aussi froid ici que dehors, commenta à voix basse Diderot dans le petit salon.

— Je ne chauffe que la chambre, répliqua Hippolyte, fouillant sa malle pour en sortir un manteau brun un peu plus long que celui qu'elle portait. Avez-vous des pistes pour ce fameux travail ?

Diderot s'emmitoufla dans le vêtement avec plaisir.

— J'ai rencontré un banquier dans la matinée, je lui ai demandé s'il cherchait un secrétaire mais il m'a mis dehors. J'ai tenté de lui expliquer que ma situation n'était pas aussi simple qu'il n'y paraissait, mais ce rude Jupiter m'a rabroué en me disant qu'il n'avait qu'à traverser la rue pour me trouver un travail.

Hippolyte haussa les sourcils.

— Où, du travail ?

— À la taverne du coin.

Elle secoua la tête en sortant de son appartement.

— Le comte vous assure de bons gages, au moins ?

— Oui, j'attends les prochains pour acheter de quoi me vêtir pour l'hiver.

Hippolyte s'immobilisa dans l'escalier, forçant le garçon à freiner au dernier moment.

— Sachez profiter de votre temps, lui conseilla-t-elle.

— Que voulez-vous dire ? Le comte m'a demandé de trouver du travail.

— Le comte ne vous mettra jamais dehors, il croit en vous.

Diderot ouvrit des yeux ronds ; Hippolyte enlaça ses épaules.

— Et moi j'ai découvert sa cachette de vin d'Italie.

Le garçon allongea un sourire tenté.

— Vous avez raison, profitons de notre jeunesse !

Les deux compères dévalèrent l'escalier à pas rapides et tombèrent nez à nez avec James au rez-de-chaussée. Sa mine sombre et ses traits froncés annonciateurs de troubles déclenchèrent un réflexe défensif chez Hippolyte.

— Nous n'allions pas boire !

— J'espère bien, commenta James, perplexe. Diderot, vous voulez bien me rédiger quelques lettres ? J'ai laissé des notes sur ma table de salon.

Diderot se renfrogna, mais accepta sans discuter. Il reprit l'escalier dans l'autre sens et James attendit qu'il disparaisse à l'étage pour en revenir à Hippolyte.

— Vous alliez boire mon vin d'Italie ?

Hippolyte cligna des paupières et croisa les bras.

— C'est votre pouvoir qui m'a dénoncé ? Vous avez eu une vision de moi, buvant votre précieux vin ?

— Non, vous êtes juste prévisible.

Sa pique la fit sourire malgré elle. Elle allait pourtant rugir, mais ce retour à la normale entre eux lui fit plaisir et la rassura.

— Soit.

— Venez, vous devez voir qui s'est introduit chez nous, enchaîna James en l'entraînant dans la salle du Secret.

Le feu crépitait dans la cheminée, et les craquements du bois sec résonnaient jusque dans la haute voûte. Olympe était déjà là, le regard fixé vers le mur du fond. Hippolyte mit bien une minute à distinguer la silhouette qui se tenait droite dans l'ombre, vêtue d'un pantalon fuselé et d'une veste de soie pourpre et brillante fermée jusqu'au cou, les cheveux auburn lissés à l'extrême et lâchés le long de ses épaules.

— Galatée !

La vampire était bien là, le visage encore plus pâle et froid que d'habitude, aussi inexpressif et raidi qu'un masque mortuaire. Hippolyte ne remarqua pas tout de suite le corps mollement agenouillé à ses pieds. Ce fut Olympe qui le lui indiqua d'un mouvement de menton alors qu'elle lui prenait le bras pour l'empêcher d'approcher. Claude Bouilly de Lacrihais semblait somnolente, ou grisée. Absente sans aucun doute.

— Galatée, que faites-vous ? s'enquit Hippolyte avec plus de gravité.

— J'attends mon seigneur. Il ne manquait plus qu'elle, répondit la vampire d'une voix monocorde en raffermissant sa main sur l'épaule de la femme.

— Pourquoi ne se débat-elle pas ? remarqua Olympe.

— Elle est sous l'emprise de Galatée, expliqua James. Les vampires ont un pouvoir hypnotique.

Hippolyte avança d'un pas.

— Laissez-la, elle ne mérite pas toute votre attention, tenta-t-elle. Racontez-moi plutôt ce que vous avez fait durant mon absence.

Le regard perçant de Galatée se porta sur elle. Hippolyte réprima un frisson. Avait-elle même été un être humain par le passé ? Cette part-là était perceptible, avant.

— Elle a massacré mes sœurs, ne mérite-t-elle pas un peu d'attention ? rétorqua Galatée avec une pointe réelle d'interrogation.

— Si, bien sûr, mais la justice du roi va s'en occuper.

Un silence plana entre elles.

— Je suis une vampire, pas une humaine, finit-elle par assurer.

— Les vampires sont toujours soumis aux accords du Secret, contra James. Ce n'est pas parce que les maisons se sont retirées quarante nuits que plus aucune loi ne les régit.

— J'obéis aux lois de mon seigneur, objecta Galatée.

— Et quand vient-il ?

— À la nuit tombée.

Hippolyte sentit la main de James agripper son bras. Il l'attira à lui avec Olympe.

— Je dois rejoindre le roi, vous devriez attendre ici. Si Clovis vient, il faudra le convaincre de rester de notre côté.

— Avec qui pars-tu ? Tu seras seul ? s'inquiéta Olympe.

— Non, un Loup sera présent. Nous capturons Frontis et nous revenons ici dès que possible.

Olympe acquiesça, mais Hippolyte demeurait inquiète et son acolyte le perçut très bien. James lui demanda de le suivre jusque dans la cuisine.

— C'est la meilleure solution, vous êtes les bras du Secret, rappela-t-il alors. Le roi sera mieux protégé avec moi que seul aux Tuileries. Si le cavalier tente quelque chose, il ciblera l'endroit où tout le monde pense que le roi se situe : au palais.

Hippolyte finit par obtempérer devant cette logique.

— Pourquoi pensez-vous que mes bras seront utiles ici s'il suffit de convaincre Boréal ?

James enfila ses gants et referma son manteau.

— Parce que Clovis a recommencé à tuer.

Chapitre 12

Saint-Denis, près de la basilique

Le roi se frotta les mains alors qu'il attendait près de l'entrée d'une taverne, emmitouflé dans un surtout de laine fine. Il était sorti des Tuileries grâce aux passages secrets que l'Homme rouge lui avait indiqués, s'était engouffré dans une discrète voiture mandatée par Pinsec, et avait quitté le palais en tout anonymat. S'il avait hâte de faire face à ce marquis et de l'interroger, Pinsec, lui, se tordait les doigts d'angoisse tout en guettant la rue.

— Du calme, ce n'est que Saint-Denis, finit par dire Louis.

Au même moment, les cloches de la basilique sonnèrent six heures. À cet instant, le roi fut frappé par une évidence qu'il n'avait pourtant pas décelée avant : la nécropole royale se trouvait dans cette église. À l'idée de se retrouver aussi près de son bisaïeul, de son grand-père ou de son père, deux dauphins qui n'avaient jamais régné, un long frisson glacial parcourut son échine.

— Nous pourrions nous faire dépouiller par le premier sauvageon qui passe, grommela Pinsec.

Le roi déglutit. Si la situation était certes dramatique, passer pour n'importe lequel de ses sujets lui plaisait tout de même. Et, pour le moment, ils n'avaient croisé que des hommes assoiffés qui discutaient fort, riaient et devisaient ensemble tout en entrant dans la taverne. Pas le moindre « sauvageon ».

— Messieurs, les aborda le comte de Nairn en s'approchant.

Les trois hommes échangèrent une inclinaison de tête.

— Où est d'Arcy ? s'enquit Pinsec, nerveux.

— Une affaire urgente l'a retenu à Cluny.

— Qui attendons-nous d'autre, alors ?

James allait répondre mais une voix l'en empêcha :

— Moi.

Le roi et l'abbé levèrent les yeux sur l'homme tout en noir qui s'approchait. Louis le trouva bien jeune, et l'air crispé de son agent ne lui échappa pas.

— Blake, pour vous servir, dit le garçon avec nonchalance.

Louis n'eut pour lui qu'une froide salutation.

— Si nous sommes tous là, allons-y.

Il ouvrit la marche ; James le rattrapa et lui adressa quelques paroles à voix basse :

— Ne le laissez pas vous toucher sans gant, il vous emprisonnerait dans votre propre corps d'un seul geste.

* * *

James fit ralentir la troupe dans la nef latérale. Il venait d'apercevoir Frontis, vêtu d'un long manteau noir. Ses dentelles fournies dépassaient de ses manches et il avait troqué les plumes de son tricorne pour une broche vermeille, faite de grenats et de rubis. Il se tenait devant la princesse douairière et le jeune prince de Conti. La première ne paraissait pas sereine, tandis que son fils ne masquait pas son impatience. James avança encore et finit par entendre les mots du marquis.

— Il est temps de terminer notre histoire ! s'exclamait-il.

— Qu'entendez-vous par « terminer notre histoire » ? Allez-vous nous quitter ? répliquait la princesse.

— Moi ? Non. Mais vous, il y a des chances, oui. Sinon pourquoi mon seigneur m'aurait-il demandé de vous convoquer ici ?

La princesse recula d'un pas.

— Expliquez-vous, monsieur, je n'entends rien à ce que vous dites !

Le marquis était bel et bien en train de menacer les Conti. James pressa le pas pour intervenir.

— Oui, expliquez-nous, Frontis, nous sommes curieux de vous entendre, lança-t-il, suivi de près par le roi.

Loin de s'alarmer, Frontis ouvrit pourtant de grands yeux alors que son sourire s'allongeait. Il tourna le dos à la princesse pour les toiser.

— Oh, voilà un retournement inattendu !

— Sire ! s'aperçut la princesse en écarquillant les paupières.

Son fils prit son bras d'un geste protecteur.

— Le roi lui-même ! Rien que pour moi ! s'enorgueillit Frontis en dévoilant ses dents jaunies. Le Secret et… compagnie.

Il fixa Blake avec une grimace si théâtrale qu'elle inquiéta James. Il ne semblait en aucun cas affolé par la situation. Soit il était aussi fou qu'un damné, soit il avait de bonnes raisons de ne rien craindre.

— Que me vaut le plaisir de votre intrusion ? continua Frontis.

— Qui êtes-vous ? interrogea le roi.

— Oh.

Frontis feignit l'embarras.

— Je crois que mon seigneur sera plus à même de répondre à cette question.

— Où se cache-t-il ? rétorqua Louis.

— Plus près que vous ne le croyez, révéla le marquis avant de se mettre à rire.

Ses épaules se secouèrent et un son rauque surgit de sa bouche. Un rire lugubre et peu lucide. James retira ses gants. S'il valait mieux le faire parler avant de l'immobiliser grâce au pouvoir de Blake, il pouvait toujours, lui, déterminer l'identité réelle de cet homme en le touchant.

— Quelle drôle d'ironie ! Dire que nous voulions vous attirer dans un piège et que vous vous jetez dedans bien plus tôt que prévu !

James attrapa la main de Frontis d'un geste vif.

Les visions fusèrent dans son esprit : un garçon pauvre, taché de sang, un grand couteau de boucher entre les doigts. Un jeune homme perturbé, qui suivait un seigneur comme son ombre et qui s'abreuvait de sa folie dans une cave familière. Un coupeur de mains et un tortionnaire de Manusdei. Un homme loyal et dévoué, au point de s'introduire dans la bibliothèque de Bodley d'Oxford pour voler le talisman à l'aide de quelques dons extraordinaires. Un homme capable de dessertir le joyau d'Endor pour mener une expérience des plus interdites…

James le relâcha avant de reculer, le souffle coupé.

Frontis reprit sa main et l'essuya sur son manteau, indisposé par le contact.

— Qu'avez-vous vu ? s'empressa de demander le roi.

— Le garçon boucher, c'est lui ! Vous avez torturé et coupé les mains de toutes ces personnes innocentes ! s'exclama James.

— Qu'attendiez-vous d'autre d'un boucher ? rétorqua Frontis.

— Misérable ! s'indigna Pinsec.

— Serviteur, l'abbé, répliqua Frontis en faisant une révérence.

— Je peux le faire taire maintenant ? s'agaça Blake.

— Comment vous êtes-vous introduit dans la réserve de la bibliothèque de Bodley ? enchaîna James.

Le Loup se raidit.

— C'était lui ?!

— Ma mère n'était pas une femme comme les autres, voyez-vous, raconta Frontis, sans prêter aucune attention à la détresse qui l'entourait. Elle avait hérité de sa grand-mère quelques dons de…

Il pencha la tête et baissa la voix.

— … de sorcellerie. Je n'ai pas de grands pouvoirs, mais j'en ai suffisamment pour deux ou trois sorts bien utiles.

James se mordit l'intérieur des joues. Voilà qui expliquait le sort de dissimulation dans les tunnels de L'Isle-Adam, ou encore les yeux d'Argos au bal donné par la princesse de Conti. Un peu sorcier, il avait pu voler les Loups plus aisément qu'un homme normal.

— Où est le talisman ? interrogea à nouveau le roi.

— Sire, intervint James. Vous devriez savoir…

— Le talisman est avec mon seigneur, interrompit Frontis d'une voix soudain grave. Vous le trouverez en bas, dans la crypte.

Son annonce figea l'assemblée. Le roi et Pinsec échangèrent un regard effaré.

— Est-il seul ? Où se trouve votre armée ? s'emballa James.

Frontis se contenta d'un sourire avant de lever son index en direction du ciel. Le comte fronça les sourcils. Essayait-il de dire que son armée s'était volatilisée ? Il hésita une courte seconde avant de tout de même lever les yeux… et tressaillit. Chaque triforium de la nef, là-haut, était habité d'un ou plusieurs zombies immobiles, un peu affaissés.

— Mon Dieu, murmura Pinsec avant de se signer.

— Si Sa Majesté veut bien se donner la peine de descendre, l'invita Frontis. Je tiendrai compagnie à sa suite.

— N'y allez pas, Sire, soutint Pinsec.

— Ne vous alarmez pas, l'abbé. Mon seigneur ne souhaite pas en finir ici avec le roi. Il a d'autres projets.

Louis hésita, mais ne recula pas.

— Je vais descendre, annonça-t-il. À la condition que vous laissiez le prince et la princesse rentrer chez eux.

Louise-Élisabeth et son fils, oubliés jusque-là, scrutaient la réunion sans en comprendre les enjeux.

— Oh, non, c'est impossible, refusa Frontis. Si je suis venu ici avec mon seigneur, c'était pour ramener madame avec nous.

— Pourquoi ? demanda-t-elle d'une voix effrayée.

— Mon seigneur répondra mieux à cette question que moi, répéta Frontis.

Le roi serra les poings et fit quelques pas. James n'avait pas eu le temps de divulguer l'information capitale qu'il venait de lire dans le passé du sorcier. Alors que le souverain s'éloignait, il lança sa mise en garde à voix haute :

— Sire ! Il s'est servi du joyau d'Endor desserti du talisman !

Louis se contenta de ralentir pour entendre l'avertissement de son agent, puis il reprit sa marche.

Chapitre 13

Hôtel de Cluny

La nuit venait tout juste de tomber. Hippolyte n'avait pas quitté Galatée des yeux, mais perdait aussi patience. Olympe s'était assise sur la table de travail de James et balançait ses jambes avec nervosité, elle aussi pressée d'en finir. La vampire n'était déjà pas très ardente au quotidien ; cette nouvelle version d'elle était encore plus imperturbable.

— J'ai faim, grogna Hippolyte.

— Moi aussi, marmonna Olympe.

— Et vous, Galatée, vous n'avez pas faim ?

La vampire, qui suivait leurs échanges avec toujours la même curiosité, s'étonna d'être soudain incluse. D'autant plus sur ce sujet. Elle hésita un court instant avant de réciter :

— Les humains ne me nourrissent pas, mais je me nourris des humains.

Hippolyte quitta son habit et défit sa cravate pour découvrir sa gorge.

— Très bien, alors servez-vous.

Elle entendit Olympe sauter de la table. Galatée ouvrit de grands yeux. Elle tressaillit et recula d'un pas sans relâcher sa proie.

— Buvez, je vous y autorise !

— Non, je n'y tiens pas.

— Pourquoi ? Vous l'avez déjà fait ! répliqua Hippolyte en s'approchant d'elle. Et vous allez le faire à nouveau sur cette femme !

— C'est différent, bredouilla-t-elle.

— En quoi ? Aidez-moi à comprendre, insista Hippolyte.

— Boire le sang à la gorge d'une pauvre inconnue arrachée à son sommeil est facile, même si c'est comme boire un vin crasseux d'auberge.

Hippolyte guetta une suite, pendue à ses lèvres. Le regard violine de Galatée alla d'elle à sa proie avant qu'elle ne murmure :

— Vous, vous êtes mon amie.

Le soulagement que la jeune femme ressentit à cet instant fut incomparable. Elle craignait de l'avoir complètement perdue. Pierre n'était plus et son corps était devenu un monstre : elle n'avait vraiment pas envie que Galatée suive ce chemin-là.

— Je suis désolée, Galatée, d'être partie sans vous avoir parlé. C'était égoïste de ma part.

La vampire ne put masquer sa surprise.

— Le meilleur pour la faim, dit une voix amusée à l'entrée de la salle.

Clovis, seigneur de Boréal, dont le port de tête était droit et fier, descendait les marches avec lenteur. Son habit noir, emprunté au cadavre d'un membre de la confrérie du Savoir, détonnait avec la couleur de sa peau écarlate, translucide et opaque en même temps. Ses yeux jaunes allèrent d'Olympe à Hippolyte avec un calme maîtrisé.

— Par tous les dieux, marmonna Olympe en tâtant son dos pour s'assurer de la proximité de sa hache.

Ce simple geste, très discret et spontané, qu'Hippolyte lui avait vu faire si souvent, fit douter Clovis qui disparut pour réapparaître aux côtés d'Olympe. Il agrippa sa gorge et la souleva du sol comme s'il s'agissait d'un verre levé pour trinquer.

— Si j'étais vous, j'éviterais ce genre d'erreur, elle pourrait très bien vous coûter la vie !

— Laissez-la ! s'exclama Hippolyte en brandissant son épée.

— Je doute… que v-vous puissiez… trancher quoi… quoi que ce soit, réussit à prononcer Olympe, les mains accrochées au bras de l'archivampire, aussi rigide qu'une pierre polie.

Si en plus il était insensible à l'herbe de Pline, il n'y avait aucun moyen connu de s'en débarrasser. Il jeta Olympe à l'autre bout de la salle d'un seul geste, puis s'avança vers Claude et Galatée avec une démarche cérémonielle. Hippolyte se précipita auprès de son amie pour l'aider à se relever.

— Que fait-on, maintenant ? s'enquit Olympe avec une grimace.

— On l'empêche de manger la folle, supposa Hippolyte en se redressant pour s'interposer.

Son amie saisit la manche de son habit pour la retenir.

— J'hésite.

Hippolyte ouvrit des yeux ronds. L'intrus venait de la faire voler dans les airs et elle hésitait ? Clovis était en train de retirer son tricorne et se baissait sur sa proie. Il n'y avait pas de temps à perdre !

— Tu peux la sortir de son sommeil, mon enfant.

Galatée planta son regard dans celui hagard de Claude. La femme cligna des paupières, déboussolée. Lorsqu'elle comprit que la créature écarlate se tenait juste là, au-dessus d'elle, son visage se décomposa. Ses lèvres tremblèrent en essayant de former des mots, mais seul un terrible cri put les franchir. Elle tomba à la renverse et rampa sur le côté pour tenter de s'échapper.

— Pourquoi hésitez-vous ? s'étonnait Hippolyte, qui jetait des regards alarmés vers les deux vampires.

— Cette femme n'a plus rien à nous apprendre, elle a organisé et participé au massacre d'une maison de vampires dont les corps récupérés par Frontis ont tué nombre des nôtres.

Hippolyte ne sut quoi répliquer. C'était vrai… Mais elle restait mal à l'aise.

— C'est à la justice du roi de la juger, dit-elle alors.

— La justice du roi, je n'y crois pas, grogna Olympe. Ce que je sais, c'est que cette femme a disséqué un vampire inoffensif alors qu'il était toujours en vie. Elle récolte ce qu'elle a semé.

Hippolyte déglutit. Le raisonnement implacable d'Olympe lui fit froid dans le dos. Elle hésitait presque à l'approuver. Mais elle ne pouvait pas abandonner ses principes, même si son empathie pour cette femme était proche du néant.

Clovis attrapait la cheville de Claude et la traînait derrière lui pour la balancer sur l'ottomane. Les hurlements redoublèrent. Le cœur d'Hippolyte battait de plus en plus fort. Si elle devait accepter une exécution, elle préférait encore une mort rapide. La torture et la question n'étaient que de la barbarie à ses yeux. Elle fit un pas en avant, mais Olympe la retint à nouveau.

— James veut que Clovis revienne dans le cadre des accords du Secret. Lui refuser cette mort, c'est le perdre définitivement, prévint-elle.

Hippolyte finit par acquiescer. Que ferait James à sa place ? Accepterait-il d'être le témoin passif d'une telle scène ? Cette mention du Secret et des accords la titilla. Oui, elle pouvait faire quelque chose qui contenterait à la fois Clovis, Olympe, James et elle-même. Hippolyte quitta le côté d'Olympe et rejoignit l'ottomane alors que Clovis montrait les crocs sans paraître pressé de saigner sa proie. Elle tira la femme d'un mouvement sec, la laissant tomber à ses pieds. Claude harponna sa jambe en la suppliant.

—Aidez-moi ! Vous l'aviez promis ! Dieu ! Aidez-moi !

Les yeux jaunes de Clovis virèrent au cuivré tant il sembla déchaîné.

—Je n'ai rien promis, corrigea Hippolyte en espérant que l'archivampire ne commence pas son souper par elle-même.

—Voulez-vous donc tous en finir avec vos misérables vies ?! rugit Clovis.

S'il voulut bondir sur elle, il en fut vite empêché : Galatée s'interposa. Le seigneur Boréal eut un mouvement de recul.

—Non, pas lui, dit-elle en lui tenant tête.

—Retire-toi ! vociféra-t-il.

—Non !

—Hippolyte, que faites-vous ? s'alarma Olympe, qui devait craindre à présent que Galatée ne se fasse dévorer par son créateur.

Hippolyte prit le bras de la vampire et l'attira auprès d'elle pour revenir dans le champ de vision de Clovis. Ce dernier perdait patience. Pourtant, le comportement de son enfant l'avait assez stupéfait pour qu'il ne se jette pas tout de suite sur les trois humains qui peuplaient la salle. Hippolyte inspira tout en jetant un œil sur la pauvre femme éplorée à ses pieds. Elle ne devait pas s'attendre à une telle fin.

—Seigneur, commença Hippolyte sur un ton qu'elle espéra le plus respectueux possible. Je vous laisse cette femme si vous acceptez de revenir dans les accords du Secret, et donc de cesser ici, cette nuit, votre vendetta.

Un court silence prit place.

—Sinon quoi ?! s'énerva Clovis en le brisant.

—Sinon il faudra que vous me passiez sur le corps, et donc sur celui de votre… fille, formula-t-elle avec hésitation.

Elle n'avait plus qu'à espérer que Galatée suive. Heureusement pour elle, la vampire hocha la tête avec une rare détermination.

—Sans compter que je ne suis pas du tout d'accord pour les regarder mourir sans avoir mon mot à dire, ajouta Olympe.

Clovis se rembrunit. Il se moquait bien de la vie des agents du Secret, mais celle de Galatée devrait lui importer.

—Soit, céda-t-il. Ma vendetta finira ce soir, c'est certain. Quant au Secret… je lui accorde un *seul* entretien.

Ce n'était pas une acceptation claire, mais au moins le seigneur de Boréal consentait à les rencontrer. Galatée, en guise de remerciement, se baissa et souleva le corps réfractaire de Claude pour le brandir face à son seigneur. Hippolyte en profita pour se replier.

— Croyiez-vous que vous pouviez m'échapper ? reprit alors Clovis.

— Pardonnez-moi, seigneur, gémissait-elle. Pardonnez-moi...

— Vous avez livré les corps des miennes à la folie d'un monstre !

— J'ignorais tout de ce que faisait Frontis, je le jure !

Clovis déchira le haut de sa robe pour découvrir sa gorge.

— Voyez ce que vous avez fait de moi ! rugissait Clovis. Vous avez réveillé l'arme de Dieu, et c'est par son arme que vous affronterez son jugement !

Il planta ses crocs dans sa chair avec une telle violence qu'elle s'égosilla. Hippolyte détourna le regard, en proie à des frissons incontrôlables. Le spectacle la terrorisait, mais Olympe avait raison, quelque part. Si le Secret la livrait à la justice du roi, Claude Bouilly de Lacrihais commencerait par moisir dans un cachot avant d'être pendue. Alors pourquoi priver Clovis, qui avait tant souffert, de cette nourriture-là ? Cette décision lui sembla d'une logique et d'une cruauté indéniables. Galatée prit sa part, elle aussi, sans hésiter une seconde.

— La confrérie du Savoir est dissoute, conclut Clovis sur un ton glacial. Partons.

Il s'éclipsa à l'entrée de la pièce mais constata que Galatée ne suivait pas.

— Je souhaite rester, affirma-t-elle plus qu'elle ne le demanda.

— Tu es libre, mon enfant. Tout ce que je veux de toi, c'est de te nourrir chez nous, et non pas ici.

— Oui, mon seigneur.

L'archivampire s'adressa ensuite aux deux humaines avant de disparaître :

— Si le Secret souhaite me consulter et discuter, il n'a qu'à venir me voir au Palais-Royal.

Un silence de plomb retomba sur la grande salle. Hippolyte était refroidie. L'estomac encore noué par la mise à mort à laquelle elle venait d'assister, elle ne sentit pas immédiatement le bras de son amie Olympe s'enrouler autour de ses épaules.

— On pioche dans la planque de vin d'Italie de James ?

Hippolyte poussa un petit soupir et acquiesça volontiers. Se retournant, elle vit Galatée penchée sur le cadavre. Son cœur se serra avec une vive douleur. Avait-elle fait le bon choix ? Si elle avait suivi ses principes, pourquoi éprouvait-elle cette culpabilité ? Devait-elle faire comme le roi : accepter que le monde soit différent et bousculer ses *a priori* ? Elle sut qu'elle allait tourner et retourner cette question un long moment quand son regard croisa celui de Galatée. Au milieu de tout ça, elle ressentit une vague de chaleur. La vampire l'avait aussi choisie, *elle*.

— Je vais vous débarrasser du corps, promit Galatée, du sang à la commissure des lèvres.

Hippolyte s'avança jusqu'à elle et la prit dans ses bras.

— Je suis heureuse de votre retour, Galatée.

Chapitre 14

Crypte de la basilique de Saint-Denis

Le ventre du roi se tordait. Il refusait encore d'admettre la seule évidence possible.

La vue des gisants, près du chœur, alors qu'il descendait les marches, n'avait pas arrangé ses craintes. Si le cavalier avait le talisman, en bas, dans le caveau de sa famille, que se passerait-il lorsqu'il le prendrait en main ? Qu'arriverait-il aux corps embaumés de sa fille et de son fils, morts deux années auparavant ? Il ne pouvait pas laisser ce monstre jouer ainsi avec ses enfants. Cette pensée lui rendit plus de courage qu'il ne l'aurait cru.

Le froid était encore plus mordant dans les souterrains. Le déambulatoire, qui reprenait celui du chevet en surface, était éclairé de torchères ; seul leur crépitement se faisait entendre. Louis savait déjà qu'il trouverait l'inconnu dans la chapelle des Bourbons. Plus il s'en approchait, plus ses jambes tremblaient. Le souvenir de cet arrière-grand-père sur son lit de mort, vieux roi épuisé et malade, lui donna un haut-le-cœur. La mort lui semblait si présente, juste là, sous sa peau. Elle pouvait apparaître à sa guise et le faire disparaître à tout moment. Elle s'était penchée beaucoup trop de fois sur les siens.

Le caveau des Bourbons n'était qu'une chapelle pas très large, plutôt profonde, dans laquelle les cercueils de plomb reposaient sur des tréteaux. Louis s'arrêta à l'entrée. Une silhouette se promenait parmi eux tout en tapotant du bout des doigts les couvercles et en chantonnant :

— *Vous avez, Belle Conti, un vilain singe de mari…*

— Retirez votre masque, monsieur, demanda le roi, un trémolo dans la voix qu'il ne put cacher.

La silhouette s'immobilisa avant de lui faire face. Le talisman autour du cou, l'intrus posa sa main sur le masque au singe vert sans réelles hésitations. Il le releva lentement et découvrit un visage émacié, squelettique au point d'en être effrayant. La capuche de sa cape glissa en arrière, révélant une chevelure blanche et effilée. Il était cadavérique, mais son regard était vif. Ses lèvres minces se retroussèrent.

— Sire, je ne vous attendais pas si tôt.

Louis recula d'un pas et souffla une volute vaporeuse dans le froid saisissant qui l'entourait.

— Armand… vous êtes vivant…

— « Ressuscité » serait plus juste.

Le roi secoua la tête. James avait parlé du joyau d'Endor, il craignait donc ce genre de maléfice, mais le prince de Conti était décédé en 1727 et le joyau n'avait pas été volé avant 1729 selon le comte de Nairn. Pourtant il était là, sous ses yeux, le prince de Conti, le Singe vert, celui qu'il avait vu mourir plusieurs années auparavant.

— … Comment ?

— Mon cher garçon boucher m'a sorti du long sommeil, expliqua le prince. Je vous l'avais dit que ce garçon était un ange ! Oh, bien sûr, quelques années ont passé entre ma mort et ma résurrection. Je ne me suis pas réveillé ainsi !

Il éclata d'un rire sinistre.

— Il m'a fallu du temps, beaucoup de temps avant de pouvoir seulement lever le bras. Saviez-vous que la reconstruction de la chair, lorsqu'elle est forcée, provoque une douleur insoutenable ? Mon corps avait été embaumé, certes, mais il y avait encore tant à refaire.

Ses mains aux longs doigts maigres tâtèrent le talisman sans pour autant le saisir.

— C'est ce qui m'a donné envie de passer par ici. Qui pourrais-je réveiller parmi vos illustres prédécesseurs ?

Louis se raidit. Au fond de lui, il eut soudain le désir fou de voir ses parents, d'entendre leur voix, de les laisser vivre auprès de lui… Pourquoi pas, après tout ? Si Dieu n'avait jamais permis une telle chose, alors pourquoi créer ce joyau ? Puis les paroles de James lui revinrent en mémoire : le cavalier était immunisé contre les Manusdei.

— Pour devenir quoi ? questionna-t-il, blême. Qu'êtes-vous donc, à présent ?

Le prince laissa un silence s'installer, le regard fixé sur lui.

—J'aimerais le savoir, moi aussi. La première année de ma résurrection, la souffrance était telle que j'ai pris un pistolet, j'ai posé le canon sur mon cœur et j'ai tiré. Mais cela a été sans aucune conséquence, la mort m'a méprisé. La douleur, elle, fut atroce.

Comme pour les zombies, songea le roi : les blessures n'avaient aucun impact sur eux. Le prince de Conti, lui, avait un corps reformé et une âme à l'intérieur, mais les deux ne semblaient pas vraiment fusionnés. Il fallait tenter la décapitation.

—Voulez-vous que je vous aide à en finir ? proposa-t-il alors.

Le Singe vert se remit à sourire.

—Cher cousin, je me suis fait à cette vie. Je me suis même dit que je pouvais prendre votre place et instaurer un nouvel ordre ! Vous souvenez-vous de cette fable de La Fontaine ? *Les grenouilles qui demandent un roi* ? Eh bien, vous êtes le roi dépourvu d'autorité, cher cousin. Et je suis la grue venue les dévorer !

—Vous avez perdu la tête ! s'exclama Louis.

—Pas de vœu pieux, mon cousin, vous pourriez la perdre avant moi, s'amusa le Singe vert avant de s'approcher du cercueil de Louis XIV. Alors, essayons-nous de raviver le Roi-Soleil ? A-t-il suffisamment de tendons pour se lever ?

Le roi s'avança, de plus en plus agité.

—Ne vous avisez pas de toucher ce talisman ! prévint-il.

—J'imaginais vivre l'expérience seul, mais avec vous à mes côtés, c'est beaucoup mieux.

Il plaqua sa paume contre le talisman et le leva avec un emportement frénétique. Louis se glaça. Une très longue seconde s'écoula avant qu'un bruit sourd ne résonne. Il se rendit compte qu'il avait avancé au milieu de la chapelle, tout près du prince de Conti, et qu'il était cerné de cercueils. Un deuxième coup, puis un troisième se firent entendre.

—Arrêtez, souffla-t-il.

Son regard allait d'un coffre à l'autre, hagard… Qui frappait ? Qui se réveillait ?

Le Singe vert se mit à tourner sur lui-même, en pleine exaltation.

Plusieurs coups retentirent.

—Oh ! Je crois que votre fille souhaite vous saluer, Sire ! lança le prince en s'approchant du petit cercueil d'enfant.

—Arrêtez ! cracha Louis, les yeux brûlants de larmes. Arrêtez ça !

Posant son autre main près de son oreille, le Singe vert fit mine d'écouter un autre bruit, tout près.

—Votre mère, il me semble. Ne souhaitez-vous pas la rencontrer ?

N'écoutant plus que sa monstrueuse colère, Louis voulut se jeter sur lui pour lui arracher le talisman, mais deux puissants bras le ramenèrent en arrière avec brutalité. Deux lycanthropes zombies, descendus servir leur maître, se saisirent de lui. Furieux, le roi se débattit avec force sans pouvoir se défaire de leur emprise.

— Arrêtez ou je vous tuerai ! s'enrageait-il.

— Je ne peux plus arrêter maintenant, s'excusa le prince. J'ai besoin de mes hommes. Mais nous pouvons partir si vous le voulez ?

Désespéré, le roi voyait les couvercles se déformer sous les coups de poing des corps. Le cœur brisé, il discernait les petits coffres de ses deux enfants bouger avec plus de vigueur encore.

— Oui, partons, accepta-t-il.

— Bon, si c'est ce que vous souhaitez. Allons à Versailles. Une belle cérémonie de destitution nous attend. Je repasserai par là de toute façon ; une Cour sans courtisans, la chose n'est pas envisageable. N'est-ce pas, mon parrain ? demanda-t-il en se penchant contre le cercueil de Louis XIV qui tremblait encore.

— Partons ! hurla le roi, pressé de laisser les corps de sa famille en paix.

Le Singe vert dodelina de la tête et sortit de la chapelle, suivi de ses lycanthropes qui saisirent leur captif.

— Je reviendrai prendre votre mère, devisait le prince en grimpant les marches de la crypte. J'ai un souvenir encore distinct d'elle, une femme très désirable.

— Vous ne m'avez pas encore détrôné ! rétorqua Louis.

— Vous pensez à votre Secret ?

Le Singe vert éclata de rire alors qu'il émergeait dans la nef principale.

— Je n'en ferai qu'une bouchée ! Comme je l'ai déjà fait la première fois.

Ils rejoignirent Frontis. Des vampires, des succubes et des soldats assiégeaient leurs prisonniers.

— Mon seigneur, salua son complice avec un profond respect.

— Quelle diablerie, souffla la princesse en posant les mains sur sa bouche.

— Bonsoir, mon épouse, bonsoir, mon fils, fit le Singe vert. Ainsi nous sommes réunis.

Le jeune prince de Conti prit sa mère contre lui, hébété.

— En cadeau, nous avons trois Manusdei, indiqua Frontis en désignant James, Blake et Pinsec.

Le visage amaigri du Singe vert eut une grimace.

—Maudit abbé. Vous officierez une fois que je vous aurai abattu, grogna-t-il.

—Jamais ! refusa le confesseur.

Une succube lui infligea un coup qui le mit à terre et le sonna. James se précipita pour l'aider.

—Y a-t-il la moindre chance qu'un thaumaturge se cache parmi vous ? soupira le Singe vert.

—Les thaumaturges ont disparu depuis longtemps ! lança James.

—Je suis sûr que nous en trouverons un dans notre nouveau royaume, assura le Singe vert avant d'admirer son assemblée. Eh bien ? Qu'attendez-vous ? Allons, allons ! À Versailles, ne perdons pas de temps !

* * *

Château de Versailles

Le Singe vert n'avait fait preuve d'aucune pitié sur sa route. Le roi étant enfin entre ses mains, il n'avait plus à couvrir ses traces. Alors, chevaux comme êtres humains, tous mouraient pour rejoindre sa suite. Mettant pied à terre dans la cour de Marbre, James s'éloigna de sa monture avec des frissons. Morte, elle avait obéi au doigt et à l'œil du Singe vert. Le roi, le prince et la princesse douairière de Conti descendirent d'une malle-charrette à trois chevaux réquisitionnée à Saint-Denis. La carriole qui trimballait le courrier les avait secoués tout au long de la route.

Déserté par le roi et sa Cour, le palais était bien silencieux. Quelques torches brillaient dans la nuit, indiquant pourtant que la Maison du roi veillait : des valets et des gardes-françaises l'entretenaient et le surveillaient en attendant son retour. Le Singe vert leva le talisman ; ses vampires s'engouffrèrent par les fenêtres pour se débarrasser de tous les êtres vivants qu'elles croiseraient.

—Ainsi nous aurons notre propre Maison, se réjouissait-il.

—Mon seigneur, souhaitez-vous prendre du repos ? questionna Frontis avec tranquillité.

—Tous ces nouveaux venus épuisent mes forces. Emmène nos hôtes dans un salon confortable. Le premier Manusdei qui tente quoi que ce soit sur mon noble serviteur, je lui coupe les mains, menaça le Singe vert en regardant ses prisonniers.

Juste à la fin de sa phrase, des valets, la tête virant de côté à cause de leur nuque brisée, ouvrirent le double battant de l'entrée et laissèrent un passage à leur nouveau maître. Pinsec, déjà fébrile, peu habitué au terrain et apeuré à l'idée que le roi de France meure cette nuit, s'avança d'un pas, les poings serrés le long du corps.

— Pourquoi ne pas en finir maintenant ? Pourquoi nous garder en vie ?

James se posait bien la question, mais il ne l'aurait jamais tentée de vive voix, et il ne fut pas le seul à penser ainsi.

— Taisez-vous, grand-père, grogna Blake. Je ne suis pas pressé de mourir.

Le Singe vert jeta un regard à Frontis qui, sans discuter, sortit une dague de sa ceinture et poignarda l'abbé dans le ventre. James rattrapa son corps blessé sous le cri de la princesse douairière.

— Pourquoi cette barbarie ? À quoi cela vous sert-il ?! s'exclama le roi.

— Ça vous occupera, répliqua Frontis en haussant les épaules.

Le Singe vert reprit son chemin, et les zombies se mirent à bousculer les prisonniers pour qu'ils le suivent. James passa le bras de l'abbé autour de ses épaules pour l'aider à marcher. Ils grimpèrent un escalier de service pour accéder aux appartements du roi. Le Singe vert les mena dans sa petite chambre à coucher pour s'approprier la grande chambre de parade. Il fit fermer les portes et posta des mousquetaires, dont Pierre de Varceau, aux deux entrées. Lorsqu'ils furent seuls, James et le prince de Conti allongèrent Pinsec sur le lit. Le roi prit la chandelle de veille et l'approcha. Le vieil homme se tordait de douleur.

Blake préféra observer les deux zombies gardiens qui restaient droits comme des piquets.

— Le talisman a changé de main, indiqua-t-il lorsqu'ils s'affaissèrent avant de se redresser.

— Pourrais-tu venir ici et aider ? appela James.

Le Loup poussa un soupir peu coopératif.

— Empêche-le de bouger, demanda James.

Blake déganta sa main et toucha celle du confesseur. L'homme s'immobilisa. James, toujours ganté, put dégrafer la soutane et relever sa chemise pour observer la blessure. Aucun organe vital n'avait été touché, mais il fallait recoudre.

— L'entaille n'est pas grave.

Il regarda partout autour de lui avant d'en arriver à la robe de la princesse douairière.

— Madame, votre robe est-elle cousue au corps à baleines ?

Louise-Élisabeth baissa les yeux sur son buste.

— Oui, et je dois avoir deux aiguilles épinglées, se rendit-elle compte. Aidez-moi, Louis.

Son fils retira le fil sans le casser et découvrit une aiguille à chas utile. Il tendit le tout au comte.

— Tu n'es pas chirurgien, fit remarquer Blake d'un œil critique.

— Je suis au courant, répliqua James avant de passer l'aiguille au-dessus de la flamme de la bougie.

— Que faites-vous ? s'inquiétait le roi.

— Croyez-moi, c'est mieux que rien, marmonna James avant de regarder Pinsec. Je suis désolé, mais ce sera douloureux. Sire, pouvez-vous tenir la chandelle ?

Le roi s'agenouilla sur le lit et tendit la lumière au-dessus de son confesseur. James se mit à suturer la blessure, songeant que le pouvoir de Blake avait parfois du bon. Lorsqu'il eut fini, ils retirèrent le drap du lit pour en découper une bande et panser l'abdomen de l'abbé. Le Loup le toucha à nouveau et le sortit de sa torpeur. Pinsec posa des mains tremblantes sur sa blessure, secoué de frissons.

— C'est temporaire : nous tâcherons de faire mieux dès que nous serons sortis de cette situation, promit James.

L'abbé hocha la tête.

— Comment vous sentez-vous ? demanda le roi.

— Je vais bien, Sire, ne vous inquiétez pas, murmura-t-il avec toute l'assurance dont il était capable.

James les laissa, jeta un œil sur la princesse et son fils qui restaient eux aussi près du chevet, puis rejoignit le Loup qui observait l'extérieur, planté devant une fenêtre.

— Tous les zombies surnaturels sont dehors ; les humains sont à l'intérieur, fit-il remarquer. Si nous ne pouvons rien faire avec nos pouvoirs, nous sommes condamnés. Tu ne veux pas savoir si je vis ou meurs cette nuit ?

James dévisagea le visage froid, pas effrayé pour un sou, de son ancien confrère. La dernière chose dont il avait envie, à cet instant, était de sonder son tortueux esprit. Et encore moins de risquer un aperçu de son propre passé ou de son avenir à travers les yeux de Blake.

— Non, sans façon. Mais tu devrais te reposer. Nous avons moins de valeur que les autres aux yeux du Singe vert et de Frontis. Je peux te prédire cela : nous serons les premiers à y passer.

Chapitre 15

— Je vais mourir d'impatience si ça continue, grognait Hippolyte en faisant les cent pas. Aucune nouvelle de James et l'aube pointe déjà. Que se passe-t-il à Saint-Denis ?

À minuit passé, alors qu'elle commençait tout juste à angoisser, Goliath s'était proposé d'aller jeter un œil en toute discrétion sur la basilique. Il était parti, mais n'était toujours pas revenu. Comme le roi lui avait déjà fait le reproche d'avoir quitté son poste à Cluny et que James comptait sur elle, Hippolyte avait refusé de partir avant le lever du soleil.

La lumière du jour finit par percer la lourde couche opaque des nuages qui n'avaient pas quitté le ciel. Prêtes depuis trois heures, Astarté, Olympe, Galatée et Hippolyte allaient s'élancer quand le trot d'un cheval dans la rue silencieuse les interrompit. La marquise de Waterford apparut sur sa monture, montée en amazone, baissa la tête en passant la porte cochère et s'arrêta dans la cour. Elle mit pied à terre, lumineuse dans une tenue équestre rouge bordeaux. Sa longue jupe glissa sur ses jambes et elle défroissa son grand justaucorps de velours.

— Alors, où est-il, ce marquis ? demanda-t-elle d'une voix calme qui tranchait avec l'état d'esprit de la troupe.

Hippolyte renâcla.

— Vous n'êtes plus en deuil ?

— Si, mais le noir n'est pas ma couleur, répliqua-t-elle avec un grand sourire forcé.

Hippolyte allait se moquer de son inconstance quand la voix d'Olympe retentit :

— Goliath !

Elle s'élança vers le lycanthrope qui franchissait la porte. Il semblait fatigué mais n'affichait aucune blessure visible.

— Il n'y avait personne dans la basilique, les informa-t-il, le souffle court. Je connais l'odeur du roi et du comte, j'ai pu les pister, mais ils n'étaient pas seuls... loin de là.

— Que voulez-vous dire ? s'inquiéta Hippolyte.

— Qu'ils étaient entourés de beaucoup, *beaucoup* de cadavres ayant baigné dans de l'esprit-de-vin.

— Diable ! s'exclama-t-elle. Où allaient-ils ?

— J'ai suivi leur trace le plus loin possible avant de faire demi-tour. Ils ont pris la route de Versailles.

Frontis avait le roi, le doute n'était plus permis à présent. Elle jeta un œil sur Olympe qui attendait son avis.

— Nous partons tous pour Versailles, décida-t-elle alors.

Son amie approuva.

— Goliath, pouvez-vous rassembler tous les lycanthropes disponibles ?

— Je vais faire le tour des repaires.

— Je me rends chez dame Sémiramis, décréta Astarté. D'autres guerrières pourront nous prêter main-forte.

Hippolyte la remercia d'un hochement de tête avant de regarder sa montre à gousset.

— Il est presque 8 heures ; retrouvons-nous au plus vite aux Invalides. Avec de bons chevaux, nous mettrons une heure et demie pour nous rendre à Versailles.

Le lycanthrope et la fille de Lilith s'élancèrent. Constance, elle, avait croisé les bras et la scrutait avec une impatience et une colère à peine contenues.

— Le comte n'est pas là pour vous supplier, s'agaça Hippolyte.

— Quand comptiez-vous me dire que mon Loup était porté disparu ?

— Nous serions passées vous chercher en route, lui assura-t-elle.

— Je n'aurais jamais dû accepter de rester en arrière ! pestait Constance.

— Venez-vous avec nous ? Oui ou non ?

La Louve planta un regard acéré dans celui d'Hippolyte.

— Je vais chercher mes Loups, ils nous seront utiles, décida-t-elle en remontant à cheval. Je vous retrouve aux Invalides.

* * *

Le jour s'était levé depuis une ou deux heures, et Pinsec dormait encore avec une légère fièvre. James, incapable de fermer l'œil, avait fait les cent pas en jetant des regards de temps en temps dans la cour de Marbre, avant de faire face au corps inanimé de Pierre de Varceau. L'ami et l'amant d'Hippolyte. Il avait presque envie de le décapiter ici et maintenant, pour préserver son ami de cette terrible rencontre. Mais il ignorait si ce geste entraînerait des représailles immédiates. Le zombie le fixait sans même un battement de cils. Aussi le comte finit par s'en détourner pour s'approcher du roi, assis contre le lit à baldaquin. Le jeune prince de Conti et sa mère s'étaient installés de l'autre côté, sur les deux fauteuils à la reine. Quant à Blake, il s'était allongé sur le sol, les bras croisés sous la tête, somnolant mais prêt à bondir à tout moment.

—Comment vous sentez-vous, Sire ? demanda James en prenant place près de lui, sur un grand tapis de la manufacture des Gobelins.

Le roi n'avait pas fermé l'œil non plus, il était resté prostré.

—N'avez-vous jamais souhaité le retour d'êtres chers ? Si j'avais le talisman, je pourrais revoir mes enfants, les prendre à nouveau dans mes bras.

James acquiesça pour témoigner de sa compréhension, mais il savait aussi que ce désir-là était le plus grand des interdits de tout être mortel.

—Ils ne seraient plus ce qu'ils étaient, finit-il par dire.

—Mon cousin est pourtant aussi fou qu'avant sa mort. Et si les Manusdei ne peuvent plus l'atteindre, n'est-ce pas une protection de plus ?

—J'imagine qu'une résurrection ne vient pas sans son lot de souffrances, Sire. Vous ne pouvez pas souhaiter cela à vos disparus.

—Vous avez raison, admit-il avec difficulté.

—Je n'étais pas présent à la mort de mon père, confia James en tentant de le réconforter. Je ne suis pas arrivé à temps et je n'ai jamais pu lui dire adieu. Mais vous, vous étiez auprès de vos enfants ?

Le roi sortit la croix qu'il portait toujours en médaillon autour de son cou.

—Les médecins m'ont fait sortir avant la fin. Je les ai à peine touchés, je ne devais rien risquer… au point de ne pas pouvoir enlacer mon fils et ma fille une dernière fois.

—Je suis désolé, Sire.

— C'est le métier de roi, murmura-t-il avec fatalisme.

Sur l'instant, James eut presque envie de lire le futur du monarque. Peut-être qu'il pourrait puiser des bonheurs futurs ? Il cherchait dans sa mémoire un souvenir de vision lui assurant que ses compagnons sortiraient vivants de cette histoire, mais tout ce qui lui vint fut le futur du jeune prince de Conti et sa noueuse relation avec le roi. Finalement, le monarque devrait s'en sortir. Mais, s'il savait que le Singe vert échouerait d'une manière ou d'une autre, le jour d'après comme l'année suivante, il ignorait tout du futur des autres.

Angoissé, il repoussa cette pensée dans un coin de son esprit pour interroger le roi sur un point qui l'avait étonné :

— Pourquoi le Singe vert a-t-il évoqué les thaumaturges hier ? Il en avait besoin dans sa vie de mortel, mais quel intérêt aujourd'hui ?

— Je ne saurais dire, répondit Louis. Le thaumaturge est un « faiseur de miracles », peut-être souhaite-t-il devenir à nouveau humain ? Ou, du moins, souhaite-t-il avoir une apparence plus humaine ? Sa difformité, durant sa vie de prince, a été la source de nombre de ses maux.

— C'est possible…

Soudain, le corps de Pierre s'affaissa avant de se redresser.

— Le talisman a encore changé de main, s'aperçut James en se relevant.

Il ne fallut que quelques secondes pour que des bruits de pas retentissent dans la chambre du Conseil attenante. Pierre s'avança, la porte s'ouvrit derrière lui et Frontis pénétra dans la chambre comme un général victorieux sur un champ de bataille, les doigts de la main droite jouant avec un chapelet en cornaline.

— Êtes-vous prêts ?

Blake bondit sur ses pieds ; le prince et la princesse douairière se redressèrent et le roi se releva avec détermination.

— Prêts à quoi ? rétorqua-t-il.

— À vous présenter devant mon seigneur, répondit Frontis avec un grand sourire, tout en les invitant à suivre la voie qu'il ouvrait.

— Nous y allons. Mais l'abbé Pinsec reste, il a besoin de repos.

— Il nous rejoindra en temps et en heure, assura Frontis avec un demi-sourire mauvais.

Si Pinsec mourait, il se relèverait, songea James. Le roi prit la tête du groupe ; James le talonna, suivi de près par les Conti et par Blake. Une allée de mousquetaires formait un chemin des plus sordides jusqu'à la porte-miroir donnant sur la galerie des Glaces.

— Qu'en pensez-vous ? lui demanda le roi à voix basse.

— Nous devons gagner du temps, Hippolyte viendra, lui assura-t-il.

James était au moins sûr de cela : la loyauté constante de son ami.

Trois rangées de mousquetaires s'alignaient le long des miroirs et des fenêtres, créant ainsi un passage central vertigineux en direction d'une estrade rouge sur laquelle, unique et isolé, le Singe vert trônait, obstruant l'entrée du salon de la Paix. Des valets au teint cireux attendaient, prêts à servir. Les prisonniers s'avancèrent avec une appréhension sourde.

James examina la longue et magnifique galerie, espérant trouver une faille dans le plan du Singe vert. Ses yeux se posèrent sur les visages plus ou moins bien conservés des soldats, sur leurs armes sorties des fourreaux, sur les torchères et les consoles contre les trumeaux, sur la voûte peinte aux lustres cristallins, puis sur le sol.

Le parquet. C'était *ce* parquet. C'était *ici*. C'était *ce* jour même. La mort d'Hippolyte d'Arcy.

* * *

Versailles, près de la grille de la cour d'Honneur

Elles avaient atteint le palais en un peu plus d'une heure et s'étaient arrêtées près des grandes écuries. Il valait mieux faire preuve de prudence en approchant le château. Hippolyte et Olympe firent quelques pas sur le sol en terre battue. Des gouttes tombaient du ciel et une brise froide leur fit refermer le col de leurs manteaux.

— Voulez-vous que nous fassions le tour du domaine ? demanda Goliath, nu.

Tous les lycanthropes des repaires de Paris avaient suivi leur alpha. Ils étaient bien une cinquantaine à renifler le sol, soulevant déjà des indices olfactifs sur l'ennemi.

— Inutile, intervint Astarté en s'approchant d'eux.

Les filles de Lilith avaient distancé la troupe sur la longueur. Si les chevaux et les lycanthropes ne pouvaient tenir au galop sur une trop longue distance, les guerrières n'avaient pris aucun repos. Elles étaient arrivées avant tous les autres.

— J'ai fait le tour avec deux des miennes, précisa-t-elle.

Elles étaient une quarantaine, toutes vêtues d'une belle tunique orientale épaisse, de couleur écarlate. Les manches dorés de leurs deux sabres dépassaient de leurs épaules et de longues tresses s'enroulaient à l'arrière de leur crâne, ne pouvant ainsi gêner leurs mouvements.

— Des vampires sont perchées sur les toits. Nous avons aussi aperçu des filles de Lilith près de la porte centrale du palais, ajouta-t-elle avec un regard noirci. Quant aux lycanthropes, ils sont du côté des jardins.

— Les mousquetaires sont donc à l'intérieur, en conclut Hippolyte.

— Si on arrive à franchir les premiers zombies, une armée entière nous tombera dessus dans le château, s'inquiéta Olympe.

— Sauf si nous les attirons à l'extérieur, déclara Galatée.

Les regards de la troupe se posèrent sur elle, surpris de l'entendre, puis de trouver l'idée tout à fait pertinente.

— Nous pouvons jouer l'appât, approuva Goliath.

— Il n'est pas question de sacrifier qui que ce soit, grogna Hippolyte, peu emballée.

Le hennissement irrité de chevaux les interrompit. Constance et deux de ses Loups cavalaient vers eux. Hippolyte soupira dans son coin. Elle avait fait mine d'attendre cinq ou dix minutes aux Invalides avant de partir sans eux. Ni elle ni Olympe n'avaient confiance en eux, et encore moins envie de les avoir dans les pattes. Les trois Loups mirent pied à terre et s'avancèrent, à cran. Harold en avait les mains en feu. Finn, alors qu'il n'était pas des plus expressifs en temps normal, fronçait les sourcils, la bouche tordue. À les voir si exaspérés, Hippolyte finit par penser que c'était plutôt l'humeur massacrante de la Louve qui les avait poussés à bout.

— Je ne ferai aucun commentaire ! lança Constance, le corps tendu. Où en êtes-vous ? Pourquoi vous n'avez toujours pas ordonné l'assaut ? Qu'attendez-vous, bande de pleutres !

Olympe retint le coup de sang d'Hippolyte d'un bras tendu.

— Nous devons attirer les zombies à l'extérieur, résuma-t-elle.

— Goliath a raison, reprit Astarté. Nous devons attaquer de front avec les lycanthropes. Les zombies du palais seront obligés de sortir.

— Mais vous risquez de grossir leur armée, réfléchit Hippolyte.

— Le but est de reprendre le talisman, engagea Constance.

— Le but est de sauver le roi, corrigea Hippolyte.

— Accessoirement, oui.

— La diversion est le meilleur plan que nous ayons, finit par reconnaître Hippolyte. Pendant que les lycanthropes et les filles de Lilith forceront la grille principale, j'irai dans le palais.

— Je viendrai avec vous, approuva Olympe.

Hippolyte interrogea Galatée du regard ; cette dernière se joignit à elles.

—Vous aussi, ajouta Hippolyte en scrutant Constance.

—Je n'attendais pas votre permission, s'agaça la Louve.

—Je vous la donne pourtant. Goliath, Astarté, nous comptons sur vous et nous ferons au plus vite de notre côté.

La fille de Lilith hocha la tête avec un sourire confiant.

—Andromède brillait de mille feux cette nuit, c'est un bon présage.

Goliath reprit sa forme de loup et rassembla les siens. Les deux Loups retirèrent leurs gants avant même l'autorisation de leur cheffe.

—Brûlez et brisez tous ces maudits morts-vivants, ordonna-t-elle.

Hippolyte, Olympe, Galatée et Constance s'éloignèrent.

—Vous êtes déjà entrée à Versailles. Une idée? demanda Olympe à son amie.

—On va contourner l'aile des Ministres nord et entrer par la grille de la chapelle royale, indiqua Hippolyte en pressant le pas. Nous n'aurons plus qu'à nous glisser dans le palais par le pavillon nord.

* * *

Galerie des Glaces

—Qu'en pensez-vous, ma tendre épouse?

La princesse douairière de Conti n'avait pas lâché le bras de son fils. Elle avait assez donné du vivant de son époux, et voilà qu'elle devait faire à nouveau face à cet homme violent, si mort soit-il.

—Que vous auriez dû rester dans votre tombeau, rétorqua-t-elle.

—Et vous? Fils?

—Je n'ai plus l'âge d'être à vos ordres! rétorqua le jeune prince de Conti.

—Rejeté par ma propre famille, soupira le Singe vert en feignant la peine.

Il se leva du trône, tout en jouant avec le talisman.

—Eh bien soit, je ne vous ressusciterai pas. Vous auriez pourtant pu rester à mes côtés pour l'éternité, mais à la place j'ai bien peur que vous finissiez comme ces pauvres soldats. *Utilisés.*

—Vous vous êtes déjà servi de nous, reprocha la princesse. Par le biais de votre... odieux bouffon!

Frontis se contenta d'un mince sourire ravi en guise de commentaire.

— Vous oubliez que L'Isle-Adam m'appartient ! rugit soudain le Singe vert. Il ne peut pas y avoir deux princes de Conti !

La menace explicite fit craindre le pire aux vivants. La princesse s'interposa aussitôt :

— Je vous interdis de le toucher, prévint-elle.

— Vous m'avez dit un jour que moi sans vous, je ne pouvais faire de prince, mais que vous sans moi, vous le pouviez. Vous en souvenez-vous ? questionna le Singe vert.

— Vous ne voulez pas faire de prince, vous voulez en faire un monstre comme vous !

— Un immortel comme moi, rectifia-t-il en levant le talisman.

Trois mousquetaires approchèrent ; deux agrippèrent le jeune prince pour l'agenouiller de force, le troisième emprisonna les bras de sa mère pour la tenir à l'écart. Pierre de Varceau s'avança alors, sabre dégainé.

— Ne le touchez pas ! hurla la princesse.

Le roi se dressa sur le chemin du lieutenant.

— Vous n'avez pas fait tout cela pour tuer votre fils, clama-t-il d'une voix ferme. Mais pour me confronter, moi !

Sa diversion fonctionna à la perfection. Le Singe vert se tourna vers lui, mais les trois mousquetaires ne lâchèrent pas leur emprise sur les Conti. James sentit son pistolet le démanger à nouveau dans son dos. Leur ennemi les craignait si peu qu'ils n'avaient pas été désarmés. James pouvait tenter sa chance : atteindre le Singe vert, même s'il était à première vue immortel. S'il visait bien, l'une des balles pouvait lui trouer la cervelle.

Le roi captait toute l'attention du Singe vert, mais Frontis, lui, jetait toujours des coups d'œil sur chacun d'entre eux, tout en faisant rouler les perles du chapelet entre ses doigts. James se pencha vers le Loup à ses côtés et murmura :

— Attire son attention.

Blake le regarda furtivement.

— Quoi ?

— Attire son attention, répéta James tout en glissant ses mains dans son dos.

— Es-tu devenu fou ?

— Ne pose pas de question, fais-le.

Blake roula les yeux dans leurs orbites et avança.

— J'aimerais parlementer, énonça-t-il à haute voix. Au nom de Sa Majesté le roi de Grande-Bretagne et d'Irlande, George II.

Surpris, Frontis détourna le regard pour se concentrer sur le Loup avec une grimace incertaine. James inspira et se lança. Il visait bien, il ne tremblait jamais. Il fallait tenter. Il sortit son pistolet de sa ceinture, le canon déjà armé. Il n'avait plus qu'à cibler le Singe vert… Lorsqu'il appuya sur la détente, le coup partit ; juste à cet instant, il se sentit basculer sur le côté. La balle défonça le dossier du trône et en pulvérisa le bois, saisissant l'assemblée.

James, jeté sur le sol par un zombie, fut aussitôt relevé par Pierre qui, sans attendre, le plaqua contre un miroir de la galerie avec une telle violence que la glace se brisa. La main agrippée au col du comte, le mousquetaire le souleva sans l'étrangler et le maintint en hauteur. Blake lui, se retrouva dans la même position que le jeune prince de Conti, agenouillé et entravé par un zombie. Une fois le calme revenu, le Singe vert, qui s'était immobilisé, reprit la parole :

— Si vain, commenta-t-il avant de tendre le bras en direction du roi. Sire, si vous voulez bien vous donner la peine de prendre place sur le trône, que nous procédions à notre cérémonie.

Le roi obéit.

— Mon seigneur, intervint Frontis. Quelqu'un a franchi les barrières ensorcelées que j'ai installées le long de la grille d'Honneur.

James vit les perles du chapelet de marquis rougeoyer. C'était donc à cela que servaient les perles qu'il touchait sans arrêt. Le Singe vert ferma les yeux et resserra le talisman dans son poing.

Chapitre 16

Près de la chapelle royale

Les trois femmes et la vampire avaient longé l'aile des Ministres et s'étaient tapies près du mur de la chapelle en attendant de voir les zombies se détourner de leur surveillance. Le frisson de l'action revint titiller Hippolyte. Elle dégaina son épée avec impatience. Soudain, les vampires, les lycanthropes et les filles de Lilith ennemis quittèrent leur poste et se ruèrent vers la cour d'Honneur à toute vitesse. Hippolyte retint son souffle et attendit quelques secondes. Enfin, les soldats zombies sortirent du palais et se précipitèrent à leur suite.

—Ce ne sont pas des mousquetaires, s'aperçut Olympe.

—Des gardes-françaises, confirma Hippolyte. Nous risquons d'avoir un sacré comité d'accueil, une fois à l'intérieur.

—Nous y allons ? s'impatienta Constance.

À peine arrivée devant la grille, Galatée força la serrure d'un geste du poignet et le battant s'ouvrit sans aucune difficulté. Alors que la bataille débutait tout juste dans la vaste cour pavée, elles poussèrent une porte-fenêtre du pavillon nord et s'élancèrent à l'intérieur, à l'abri des regards. Elles débouchèrent sur un accès latéral du grand escalier des Ambassadeurs, montèrent les marches du perron et pivotèrent sur l'escalier de gauche.

—Allons dans les petits appartements du roi, décida Hippolyte.

Elles s'enfilèrent dans une suite de cabinets déserts, à pas plus modérés. Hippolyte en frissonna. De toutes ses visites à Versailles, elle avait surtout retenu le fourmillement des gens, serviteurs, courtisans, soldats...

Un bruit les figea. Une armoire de l'antichambre du roi avait craqué. Olympe fit signe à ses trois compagnes de ne pas bouger tandis qu'elle avançait sur la pointe des pieds. Constance se secoua les mains, prête à envoyer leur agresseur dans les airs. Olympe ouvrit la porte d'une main et leva sa hache de l'autre. Un homme d'une soixantaine d'années, à la perruque Régence, recroquevillé à l'intérieur du meuble, se couvrit la tête de ses mains.

— Ne me faites pas de mal ! s'exclama-t-il.

Olympe abaissa son arme.

— Qui êtes-vous ? s'étonna Hippolyte en l'attrapant par le bras pour le sortir de là.

L'homme se releva et épousseta son habit de soie grise.

— Louis-Henri de La Tour d'Auvergne, comte d'Évreux.

— Oh.

Lewis lui avait suggéré de rester à Versailles alors que les Loups s'installaient dans son hôtel à Paris. Le comte était donc resté, contre vents et marées, malgré l'ordre du roi d'abandonner le palais. Malheureusement, Lewis était mort avant de l'avoir sorti de cet état. Si Hippolyte se souvenait bien, il lui avait ordonné de demeurer ici « quelque temps ». Y avait-il une fin à cela ?

— Que se passe-t-il ? interrogea-t-il, déboussolé. Lorsque j'ai vu ces… choses faucher tout être vivant, je me suis caché par lâcheté, mais je n'avais pas le choix.

— Vous avez eu raison, le rassura Hippolyte. Venez avec nous, si le danger devient plus grand vous assurerez nos arrières.

L'ancien soldat qu'il était approuva.

— Je sens l'odeur du sang par là, indiqua Galatée devant la porte suivante.

Constance, toujours aussi impatiente, s'avança et, d'un geste ample, fit voler le battant. Un corps roula sur le parquet. Elles s'engouffrèrent vite dans la pièce ; Olympe n'eut besoin que d'un rapide coup d'œil pour décapiter le mousquetaire à terre.

— L'abbé ! remarqua Hippolyte en sautant par-dessus la balustrade qui séparait le lit du reste de la chambre.

Elle se pencha sur le corps de Pinsec. Sa respiration était agitée, mais il semblait lucide. Des bandes de tissu tachées de sang ceignaient sa taille.

— D'Arcy, reconnut-il. Vite… le roi…

— Où est-il ?

— Derrière… dans la galerie…

—Nous y allons, promit Hippolyte. Monsieur, resterez-vous auprès de lui ?

Le comte d'Évreux s'assit sur le bord du lit.

—Passez par le couloir de service, leur conseilla-t-il. En contournant la cour des Cerfs, vous trouverez le salon de Mercure qui mène au salon de la Guerre et à la galerie des Glaces.

—Parfait, merci.

Les trois femmes et la vampire poussèrent une porte dissimulée dans le mur, près du lit, et suivirent les indications du comte. Du grand salon de la Guerre, qui faisait l'angle, surgit l'écho d'éclats de voix. Hippolyte resserra la poignée de son épée tout en accélérant. La main de Galatée l'agrippa.

—Nous venons de passer un sort de détection.

Avant même qu'Hippolyte puisse la remercier, des mousquetaires se ruèrent sur elles tandis qu'elles franchissaient les portes du salon de la Guerre. Constance balança le gros de la troupe contre les murs, éraflant le médaillon en haut-relief de Louis XIV à cheval. Hippolyte grogna devant le dégât alors qu'elle tranchait la tête d'un soldat. Les zombies étaient de moins en moins bien conservés. S'ils n'en finissaient pas ce jour, le Singe vert devrait réitérer sa récolte et cacher cette anormalité deviendrait de plus en plus périlleux.

—Hippolyte ! prévint soudain Olympe.

Elle roula par terre au dernier moment pour esquiver une attaque ; son épée glissa sur le sol ciré.

—Maudit parquet ! pesta-t-elle.

Galatée se déporta près de l'arme et la lui rendit d'un coup de pied, juste à temps pour planter la lame dans la poitrine du zombie qui s'affaissait sur elle. Olympe termina le travail d'un coup de pied énergique qui le plia en deux, et de hache qui l'acheva. Hippolyte bondit sur ses pieds avec un sourire aussitôt rendu par Olympe. Elles allaient reprendre le combat quand un corps vola près d'elles, emportant avec lui un camarade, avant de défoncer une fenêtre pour choir à l'extérieur.

—Un peu d'aide par ici ! s'enflamma Constance.

Hippolyte serra les dents. Se faire sauver la mise par Olympe, soit, mais par la Louve… Elle se rua sur les deux assaillants suivants. Ils avaient tous deux leurs sabres levés. Elle aurait bien voulu faire face à des hommes doués de réflexion : les battre à l'épée dans les règles était beaucoup plus rassurant que d'affronter leurs coups hasardeux. Les deux lames sifflèrent près d'elle à plusieurs reprises avant qu'elle se dise que ce beau parquet ciré était peut-être une aubaine en fin de compte.

Elle se jeta sur le sol et effectua une courte glissade qui suffit à les faucher tous les deux. Ils tombèrent à la renverse; elle n'eut plus qu'à les décapiter.

Le cri d'Olympe derrière elle la fit frissonner. La jeune femme posa un genou à terre, essoufflée. Elle venait d'être touchée à la cuisse. Hippolyte se décala sur le côté et s'interposa pour lui laisser le temps de se remettre.

Olympe arracha un morceau de sa chemise pour panser la plaie.

— Merci!

Galatée prit appui sur le rebord de la grosse cheminée en marbre, puis bondit sur le lustre central pour jeter un œil dans la grande galerie.

— Que voyez-vous? demanda Hippolyte.

— Plein de mousquetaires.

— Et le roi?

— Assis sur un trône.

— Tout semble parfait, alors! commenta Olympe en tentant de détacher sa hache coincée dans la colonne vertébrale d'un mousquetaire pour terminer le travail.

— Je peux tenter de percer un passage jusque là-bas! proposa Constance.

— Nous nous ferions déborder sur les côtés, douta Hippolyte qui commençait à ressentir des douleurs le long des bras à force d'envoyer son épée.

— Il faut atteindre le talisman! insista la Louve. Et mes forces ne sont pas infinies!

Hippolyte soupira, mais sut aussi qu'elles n'avaient pas le choix.

— Soit! Galatée?

— Je passerai par les lustres.

— Nous vous suivons, dit Olympe en rejoignant Constance.

— J'en envoie le maximum par les fenêtres et contre les murs, annonça la Louve avant de commencer par déblayer une ouverture.

Comme un boulet de canon, elle fit voler les corps qui obstruaient le passage, annonçant leur arrivée à l'autre bout de la galerie.

* * *

L'agitation qui venait du salon de la Guerre fit sourire James malgré son entrave. Le Singe vert devait se concentrer sur deux fronts, l'un dehors, l'autre dedans, sur un vaste périmètre, sans compter les nouveaux corps qui se retrouvaient sous son emprise. Il n'avait donc pas encore accordé trop d'attention au roi, espérant régler ces divers problèmes avant de reprendre.

—Mon seigneur! Passez-moi le talisman! s'alarma Frontis.

—Silence! rugit le Singe vert en ouvrant les yeux.

Son visage cireux était saisi par l'effort intense qu'il devait fournir.

—Vous êtes fini, le provoqua le roi.

—Les choses ne sont jamais *finies*, répliqua-t-il. La mort n'est plus qu'un incident de parcours pour moi.

—Et qu'avez-vous l'intention de faire? Dévorer le monde et régner sur une terre désolée?

—Mes sujets seront loyaux et obéissants, comme le sont devenus tous vos mousquetaires! Il n'y aura plus de courtisans à asservir, plus de diplomatie rendue inutile! L'influence du talisman grandit. Je vais pouvoir transformer le royaume et en faire un lieu unique où l'on déjoue la mort! Et où plus aucune vie ne sera misérable.

La percée des intrus dans la galerie prenait de l'ampleur: les corps volaient, explosant les fenêtres et les grandes glaces de la galerie dans un fracas retentissant. Pourtant, le Singe vert resserra le talisman avec une nouvelle force qui raffermit chacun de ses zombies. James crut d'abord que Pierre le relâcherait à cause de l'arrivée tumultueuse de ses collègues, mais le mousquetaire attrapa sa gorge. Le comte, étranglé, tenta de donner des coups de pied devant lui. Seulement le zombie était aussi raide et impassible qu'une statue.

—Seigneur! Le talisman! intervint à nouveau Frontis.

—Ta dague! exigea le Singe vert.

Frontis, mal assuré pour la première fois, tendit sa lame, mais son maître semblait incapable de bouger. Des tremblements incontrôlables le prenaient. Alors Frontis glissa la poignée de son arme entre les doigts du Singe vert qui la leva à peine.

—Votre vie sera à jamais misérable! rugit à nouveau le roi.

—Tout comme votre mort, assura-t-il en posant la pointe de la dague sur le cou de Louis.

La lame creusa un sillon rouge sur la peau du roi, qui se figea. Mais le Singe vert ne fit rien.

—Les chiens! s'exclama-t-il.

Face à lui, la Louve anglaise apparut, agitant les bras, faisant décoller les zombies. Hippolyte et Olympe tranchaient tout ce qui s'approchait d'elles avec une énergie qui semblait illimitée.

—Tue-le! ordonna le Singe vert, abandonnant la dague à Frontis pour pouvoir se concentrer sur le contrôle du talisman.

* * *

— Sire ! s'écria Hippolyte.

Galatée, arrivée sur le lustre le plus proche, entendit l'alarme de son amie et plongea sur Frontis. Ils roulèrent tous les deux derrière le trône comme des quilles. Elle tenta de l'immobiliser, s'attendant à l'entraver avec la facilité de sa race, mais elle se sentit soudain démunie de toute force.

— Sale vampire ! pesta Frontis en agrippant ses poignets. Tu croyais vraiment que je ne me protégerais pas contre ta répugnante engeance ?

Elle eut un haut-le-cœur en percevant une puissante odeur lui cisailler les narines. Du sang s'écoula de ses yeux et de son nez. De l'herbe de Pline. Frontis s'était imbibé de son essence. Galatée réprima son instinct qui lui commandait de s'enfuir le plus loin possible. Son amie avait besoin d'elle, et il était dans l'intérêt de tous de se débarrasser de cet homme détestable. Aussi, puisant au fond d'elle-même, elle choisit de combattre cette vulnérabilité. Sa résistance sembla étonner Frontis. Il lui décocha un coup de tête qui aurait pu assommer n'importe qui, mais qui détourna à peine la vampire. Ses yeux se mirent à flamboyer et ses crocs jaillirent sans aucune forme de procès. Elle se redressa sur ses genoux alors que Frontis se débattait de toutes ses forces. Rien n'ébranlait la volonté de son adversaire.

— Monseigneur Clovis avait raison, déclara Galatée, son propre sang coulant sur ses lèvres. L'humanisme est révolu.

Frontis se sentit basculer sur le dos alors qu'elle lui grimpait dessus.

— Relâche-moi ! Obscène fange !

— Tu as souillé le corps de mes sœurs. Prépare-toi à mourir !

Il avait beau se débattre, les mains de la vampire lui faisaient l'effet de fers cloués au sol. Il se tortilla, gagné par le désespoir.

— Maître ! appela-t-il alors. Mon seigneur !

Galatée planta ses crocs dans son cou pour le vider. Un hurlement échappa au garçon boucher, alors qu'il servait de souper à la dernière prostituée de l'*Hermaphrodite*.

* * *

Hippolyte, avec l'aide d'Olympe, dut se ruer aux côtés de la Louve pour la protéger d'une horde de zombies. Le Singe vert la visait expressément. Ils étaient trop nombreux pour que Constance tente d'appeler le talisman. Hippolyte jeta un œil rapide vers James, maintenu par Pierre un peu plus loin. Impossible de les approcher pour le moment. Au même instant, le mousquetaire repoussa James pour se jeter dans la mêlée. Le Singe vert lançait vraiment toutes ses troupes : c'était bon signe ! James se hâta de rejoindre le roi qui s'était levé du trône.

— Je peux l'atteindre !

La voix rageuse d'Olympe la surprit. Elle lui désignait le Singe vert, isolé sur son estrade, focalisé sur elles. Peut-être que cette concentration relâchait son attention sur la cour d'Honneur. Les lycanthropes et les filles de Lilith soufflaient peut-être déjà...

— En un coup de hache, je peux tenter ! proposa Olympe.

— Vous vous retrouveriez désarmée !

— Ou je peux tous nous épargner !

Hippolyte déglutit avec frayeur. Puis elle s'inclina, déterminée à soutenir son amie.

— Couvrez-moi ! lança Olympe.

Hippolyte se déporta à son côté. Olympe tendit son bras armé derrière elle et lança sa hache avec toute la puissance qui lui restait.

Le Singe vert se pencha d'un coup sur le côté ; la lourde larme se ficha dans le trône, le fendant en deux, juste entre le roi et James qui sursautèrent.

— Par tous les démons de l'Enfer ! cracha Olympe.

L'ennemi recula contre une fenêtre. Il ordonna à trois zombies de lui livrer l'imprudente. Hippolyte en décapita deux, mais le troisième parvint à jeter Olympe aux pieds du Singe vert. Alors qu'elle se retrouvait sur le dos, il appuya sa botte sur sa joue et commença à l'écraser.

— Je m'occuperai de toi.

Hippolyte voulut se précipiter auprès de son amie, mais Pierre finit par apparaître en face d'elle. Son sang ne fit qu'un tour. Il brandit son sabre ; elle le contra et le repoussa, mais il ne bougea pas d'un pouce. Revoir son visage, qui commençait à s'abîmer, fit remonter une rage et une douleur qui ranimèrent son combat. C'était leur dernier duel, leur dernier échange de lames ! Leur passe d'armes devint rapide et vive comme l'éclair. Il n'avait aucune technique, juste la possibilité de repousser chacune de ses attaques avec une impassibilité et une facilité épouvantables. Les zombies en étaient pourtant incapables ! Y avait-il encore un peu de Pierre dans ce corps ?

Hippolyte s'écarta de la Louve, quitte à l'abandonner, pour s'adonner entièrement à ce face-à-face. Elle tenta toutes les bottes qu'elle avait apprises depuis le jour où elle avait abandonné Pierre dans cette auberge, sur la route de Nevers. Mais, chaque fois, le mousquetaire para.

—D'Arcy ! appela Constance qui s'épuisait.

Hippolyte l'entendit à peine. Il lui restait sa botte favorite, celle de la feinte. Un zombie ne pouvait prévoir ça. Elle déporta tout son corps sur sa jambe droite, baissa le bras, faisant croire à une frappe d'estoc au ventre quand, en fait, elle leva la lame, visant la gorge. Pierre exerça une parade parfaite, comme si… comme si son corps d'épéiste *savait*, se souvenait. Ébranlée, Hippolyte déglutit et recula. Était-il encore là ? Pouvait-il encore être dans ce corps ?

—Pierre…

Le zombie, en guise de réponse, plongea sa lame dans le ventre d'Hippolyte, jusqu'à la garde.

* * *

Le roi jeta un œil sur la hache et l'attrapa. James avait pris les choses en mains pour le défendre, mais lui aussi devait avoir un rôle à jouer à présent. La princesse de Conti et son fils, relâchés en même temps que le comte, s'étaient réfugiés sur le côté, terrorisés. Le Loup, lui aussi défait de ses entraves, bataillait comme il le pouvait. Louis regarda le Singe vert écraser de plus belle le visage de l'ancienne esclave, l'asphyxiant. Elle ne parvenait même pas à se débattre… Pourtant il décida de miser sur elle. Il fit glisser l'arme devant lui, sous les pieds des mousquetaires qui se pressaient pour leur arracher la vie.

—Votre hache ! s'exclama-t-il, espérant que la jeune femme l'entende.

Elle aperçut l'arme filer sur le parquet, l'agrippa et, avec un mugissement de colère, la ficha dans la jambe du Singe vert qui hurla de douleur.

Ses zombies faiblirent au même instant, mais restèrent debout. Le temps sembla se suspendre dans la grande galerie. Olympe put repousser le pied de l'adversaire et se relever. La respiration emportée, elle retira sa hache sans soin. Le Singe vert cria de plus belle en s'agenouillant. Sa main restait crispée sur le talisman, mais il n'arrivait plus à commander ses zombies.

Le roi les repoussa donc pour se frayer un chemin jusqu'à eux.

—Lâchez ce talisman ! exigea-t-il.

—Je n'en ai pas encore fini…

Les mousquetaires tressaillirent tous.

Olympe leva sa hache sans attendre.

— Non ! intervint le roi.

Elle lui jeta un regard exaspéré.

— C'est à moi de le faire, ajouta-t-il.

— Vous ? se moqua le Singe vert. Vous en êtes incapable !

La jeune femme hésita une courte seconde avant de confier son arme au souverain.

— Il est temps que je me débarrasse de vous, déclara ce dernier.

— Tâchez de ne pas manquer votre coup, recommanda le Singe vert. Je sais très bien que vous vous êtes détourné de ma mort la première fois.

— Je ne tremblerai pas, lui assura Louis en levant la hache.

L'ancien prince de Conti eut un tout petit soupir avant de regarder les glaces brisées de la galerie, cisaillant son reflet.

— La mort ne m'a apporté que des insatisfactions, murmura-t-il.

Le roi trancha sa tête d'un mouvement ample. Il aurait des regrets plus tard, très certainement. Mais la rare satisfaction qu'il éprouva sur l'instant lui parut plus que bénéfique.

Dès que le corps s'affaissa, tous les zombies chutèrent dans un bruit sourd.

Le roi se baissa et attrapa la chaîne du talisman de Charlemagne. Le joyau d'Endor brillait d'une lueur fascinante.

Chapitre 17

James parcourut la galerie des yeux. Constance était assise, pâle mais bien vivante, le souffle court. Hippolyte était debout un peu plus loin, le corps de Pierre à ses pieds. Le soulagement le submergea comme une vague chaleureuse. Il dévala les marches pour le rejoindre, l'estomac noué. Lorsqu'il se souvint qu'aucune de ses visions n'était fausse, son esprit lui fit remarquer la tache sur l'abdomen de son ami et le sabre rouge dans la main du mousquetaire. Hippolyte tomba à genoux avant de glisser sur le flanc, sur le beau parquet versaillais.

James accourut auprès de lui et l'allongea sur le dos ; son corps grelottait. Le comte prit sa main, impuissant. Sa gorge se serra et ses yeux s'engorgèrent. Ce qu'il avait craint depuis leur première rencontre se produisait déjà, et rien ne pouvait être fait pour l'empêcher. Hippolyte, les joues blêmes, le fixa d'un regard à la fois surpris et résigné.

— Dites-moi que vous l'aviez vu venir, bredouilla-t-il. Que je vous prenne au sérieux, rien qu'une fois.

Son mince sourire moqueur frappa James. Il ne put s'empêcher de le lui rendre tout en acquiesçant. Les doigts de son acolyte se crispèrent sur les siens.

— Je suis désolé, murmura le comte.

Des pas résonnèrent près d'eux. Le roi, le visage défait, tendait le talisman vers James.

— Nous pourrions l'utiliser ?

Pendant une courte seconde, James fut tenté. Il allait même s'en emparer, mais les conséquences étaient bien trop néfastes.

— C'est de la mauvaise magie, refusa-t-il d'une voix tremblante. Seul un miracle pourrait changer cela.

Hippolyte devint fiévreux, mais ne perdit pas pour autant son sens de l'humour.

— Si j'avais su, j'aurais bu votre vin d'Italie avant.

James secoua la tête, un rire nerveux se bloquant dans sa gorge.

— Je suis sûr qu'il vous aurait plu. Peut-être trop.

Le roi finit par se laisser choir près d'eux. James ne quitta pas son ami des yeux. Confus, il regarda son corps se vider de son sang à une allure vertigineuse. La flaque grossissait sur le parquet à vue d'œil. Voilà une image qui le hanterait toute sa vie.

— Tant que je vous ai sous la main, reprit Hippolyte d'une voix de plus en plus éteinte.

Ses yeux verts fixaient la voûte de la galerie d'un air absent.

— Pourriez-vous dire à mes parents que… que…

Hippolyte ne put terminer sa phrase.

— Je vous le promets, répondit-il tout de même pour l'accompagner jusqu'à la fin.

Olympe laissa tomber sa hache. Le choc le fit tressaillir. Elle s'avança, contourna Galatée qui avait plaqué ses mains sur sa bouche, les yeux écarquillés, et s'agenouilla en face de James, le corps inerte d'Hippolyte sous les yeux.

— Reculez, imposa-t-elle sur un ton qui étourdit le comte. Allez, reculez.

James finit par lâcher la main d'Hippolyte et s'écarta. Il ne sut pas vraiment pourquoi il acceptait d'abandonner ce dernier contact, mais le ton confiant d'Olympe était la seule chose rassurante à laquelle il pouvait se raccrocher. La jeune femme ouvrit l'habit brun et releva la chemise et son gilet.

— Olympe, la blessure est mortelle, la prévint James.

— Oui, elle l'est. Mais le joyau n'est pas le seul à pouvoir déjouer la mort, ici.

Elle ferma les yeux et posa ses mains sur le ventre meurtri.

— Il n'est pas trop tard, murmura-t-elle.

Alors que le temps se suspendait et que toute l'assemblée observait les mains d'Olympe, les tissus charnels du ventre d'Hippolyte se ressoudèrent, et un sang nouveau s'engouffra dans ses veines. Les joues du garçon reprirent une teinte rose, sa poitrine se souleva avec plus de force et les deux bords de la plaie se raccordèrent pour ne laisser qu'une peau saine et intacte.

Olympe retira ses mains.

Hippolyte ouvrit les yeux.

James se releva, interdit.

— Une thaumaturge, murmura le roi, aussi médusé que le comte.

— Impossible, lâcha Constance qui s'était tenue à l'écart jusque-là.

— Comment vous sentez-vous ? demanda Olympe.

— Bien, répondit Hippolyte, désorienté.

Il se redressa sur ses coudes, étonné.

— Que s'est-il passé ? Je ne ressens plus aucune douleur.

Olympe l'aida à se relever et Hippolyte finit par remarquer les visages abasourdis qui l'entouraient.

— Quoi ?

James ne put retenir un grand sourire ému. Pour la première fois de sa vie, une mort programmée venait d'être déprogrammée. Et c'était celle de ce... garçon si agaçant et à la place si particulière auprès de lui. Heureux comme rarement il l'avait été, enfin surpris par un retournement imprévisible, lui qui présageait presque tout, il attrapa la manche d'Hippolyte et l'attira à lui pour l'embrasser. Au moment où ses lèvres se posèrent sur les siennes et où sa main effleura sa joue, il se passa une nouvelle chose inattendue.

Son don s'activa, et la nouvelle vie d'Hippolyte de Sancy s'étala en une poignée de visions.

Il vit deux bébés jumeaux pleurer, une fille et un garçon. Une jeune fille d'une quinzaine d'années qui décidait de prendre l'habit de garçon et de fuir avec le mousquetaire Pierre de Varceau. Elle qui affrontait des brigands sur la route, sauvant ainsi Henriette de Richelieu. Elle, de la neige jusqu'aux mollets, avec Olympe, à Oxford, lancée à sa recherche – il allait donc avoir des ennuis. Et enfin, elle, à cheval à ses côtés, en Écosse, sur ses terres, dans quelques années.

Lorsque la dernière vision aboutit, James la relâcha et recula, livide.

Hippolyte le fixait, les joues rouges, interdite, mais ce n'était rien à côté du roi, de Constance et de Blake, de Galatée ou encore d'Olympe qui le scrutaient, à la fois gênés et perplexes.

— Désolé, dit-il après s'être éclairci la voix.

Ce serait une véritable catastrophe si quelqu'un l'apprenait dans cette assemblée. Lui-même n'en revenait pas de ne jamais l'avoir perçu, ni dans ses premières visions ni au cours de leur vie commune. Mais le fait était là.

Hippolyte était une femme.

Chapitre 18

Cour de Marbre

L'atmosphère oppressante de la grande galerie les avait poussés à sortir dans la cour de Marbre. Le roi avait besoin de recul pour comprendre tout ce qui venait de se passer et prendre les décisions à venir. La chaîne du talisman enroulée autour de sa main le rassurait, mais l'apparition d'une thaumaturge en la personne d'Olympe, avec un caractère aussi retors que le sien, et la situation à gérer dans le monde naturel – ne serait-ce que les explications qu'il devrait fournir au prince et à la princesse douairière de Conti, lorsqu'ils sortiraient de leur torpeur, ou encore au comte d'Évreux, malheureux témoin qui avait tenu compagnie à Pinsec – le plongeaient dans la plus grande confusion.

Olympe pressa le pas dès qu'elle fut dehors. D'abord pour fuir l'étrange compagnie défiante qui l'entourait, ensuite pour rejoindre les peuples auprès desquels elle se sentait le mieux. Elle s'était mise en danger en révélant son don, mais elle ne pouvait pas laisser son amie mourir. Elle parcourut toute la cour d'Honneur d'un regard avant d'apercevoir Goliath, agenouillé auprès du corps de Fenrir, les larmes aux yeux. Une rage oppressante la fit accourir. Et cette rage oppressante se transforma en un chagrin partagé, mêlé de culpabilité, dès qu'elle fut à ses côtés. Elle s'assit et le prit dans ses bras.

Astarté, plus pragmatique, faisait le compte des filles de Lilith disparues, les traits tirés. Les pertes n'étaient pas catastrophiques, mais il allait falloir engager le processus de reproduction. Elles ne se contenteraient plus de se nourrir du désir des mâles : elles devraient également s'engrosser. Dame Sémiramis était encore soumise aux accords de François Ier depuis son arrivée à Paris, et la reproduction des « succubes » faisait partie des points essentiels à discuter avec le roi. Parce que les humains, et les hommes en premier, prenaient un malin plaisir à contrôler le corps des femmes. Ce point avait toujours poussé dame Sémiramis à ne pas s'engager plus dans les sociétés mortelles qui l'entouraient, ni dans les entretiens qui pouvaient en découler. Cela dit, depuis qu'une femme faisait partie du Secret, dame Sémiramis était intriguée. Pour la première fois, elle souhaitait instaurer un dialogue.

Hippolyte se rapprocha de Galatée qui n'avait pas dit un mot depuis qu'elles étaient sorties du palais.

— Comment vous sentez-vous ? Vous n'avez pas été blessée ?

Les corps de ses sœurs jonchaient le sol, ici et là. C'était aussi la fin de leur calvaire.

— Je vais bien, répondit-elle seulement.

— Les autres ont dit que vous aviez tué Frontis, je regrette d'avoir manqué cela, ajouta Hippolyte avec un petit sourire.

— Vous n'avez rien à regretter, répondit Galatée, embarrassée par son propre comportement. J'ai contré l'herbe de Pline, mais je n'oublierai pas ma propre bestialité.

— Vous avez dû faire preuve d'un sacré courage pour sauver la vie du roi et nous débarrasser d'un tel ennemi, se pressa d'ajouter Hippolyte.

Galatée finit par hocher la tête.

— Et votre ami ? s'enquit-elle alors.

Hippolyte déglutit. Elle avait cru retrouver Pierre, mais c'était idiot, et ça lui avait coûté cher. Bien trop cher pour son amie Olympe. Même si elle comprenait enfin pourquoi elle s'était remise si vite de ses blessures après le bal masqué de L'Isle-Adam. Olympe s'était occupée d'elle, le baume lycanthrope n'avait été qu'un prétexte.

— Je vais pouvoir remettre le corps de Pierre à ses parents, il aura une sépulture décente.

Galatée lui accorda un sourire qui fut alors le plus humain de tous jusque-là. Hippolyte le lui rendit et chercha James des yeux, encore chamboulée par cet autre humain peu naturel. Il avait rejoint les Loups et affichait son air le plus grave.

— Que comptez-vous faire, à présent ? s'enquit James en toisant Constance.

Blake, Harold et Finn, seul Loup blessé par le combat, encadraient leur cheffe mais ne semblaient pas témoigner envers lui la même aversion qu'au départ. C'était sûrement dû à la fatigue et à l'émotion des fins de bataille.

— Demander à reprendre le talisman, bien sûr, répliqua Constance.

James se mit à sourire.

— Vous croyez vraiment qu'après tout ce qui s'est passé le roi vous l'abandonnera ?

— Pour nous remercier d'avoir participé et d'avoir sacrifié Lewis ? Oui !

— Harold n'a pas dû être très efficace avec la pluie, grogna James en haussant les épaules.

Le Loup fit un pas menaçant en avant, mais fut bien vite arrêté par sa cheffe. Le problème était que James ne pouvait rien reprocher à la Louve en particulier. Elle avait été d'une aide précieuse. Même Blake, qui pourtant n'était pas le premier à embrasser l'entraide. Mais il était hors de question que les Loups récupèrent le talisman en guise de récompense.

— Le talisman, ou la thaumaturge, glissa-t-elle alors.

— Vous ne toucherez pas à Olympe, la prévint-il. Elle est sous la protection de ce royaume et du Secret.

Constance poussa un petit soupir.

— Ce n'est pas avec toi que je négocierai de toute façon. Nous allons rentrer nous reposer, j'ai laissé nos affaires en attente bien trop longtemps. Mais je ne manquerai pas la prochaine convocation du roi.

Elle pivota ensuite vers ses hommes.

— En route, ce soir nous festoierons !

James jeta un œil sur Hippolyte et capta son regard. Son cœur s'emballa à nouveau. Hippolyte était une femme. Il avait été troublé par la personne plus que par le sexe, au final. Il était même sûr qu'il aurait de toute façon franchi le pas. Cela dit, il se remémorait avec un reste d'embarras ces instants qu'il avait partagés avec elle sans savoir.

Une seule chose était sûre : il devait protéger son secret s'il voulait qu'elle reste au service du roi.

Louis, de son côté, s'approcha de son confesseur que le comte d'Évreux installait sur la malle-charrette pour le transporter auprès d'un médecin. L'homme s'éloigna en quête d'une monture vivante.

— Allez-vous bien ?

— Je survivrai, Sire, grimaça Pinsec.

— J'ai tant à vous dire et nous avons tant à faire, confia Louis.

Pinsec lui sourit malgré la souffrance. Le roi le borda d'une couverture de sa chambre pour le garder au chaud. Il aperçut, à quelques pas, son jeune cousin qui tenait sa mère effondrée dans ses bras. Ils échangèrent un sourire bien plus sincère qu'ils ne l'avaient jamais fait.

— Quant aux Conti, gardez-les auprès de vous, conseilla Pinsec en interceptant leur regard. Sachez bien vous entourer, dans les moments agréables comme dans les plus difficiles.

Le roi acquiesça. Hippolyte d'Arcy et James Darroch le rejoignaient déjà pour le seconder dans sa tâche. Tout ce qui allait suivre était parsemé d'incertitudes et de craintes, mais une chose restait pourtant solide et claire dans son esprit.

— Le Secret est entre de bonnes mains.

Épilogue

Hôtel d'Henriette de Richelieu, dans le Marais, 15 octobre 1735

— Avez-vous eu l'occasion de retourner à Versailles depuis le retour de la reine ? demanda Henriette sur un ton guilleret. Le roi a été si heureux de revoir ses enfants, c'était un spectacle des plus attendrissants.

Hippolyte lui sourit en guise de réponse et but une nouvelle gorgée du chocolat servi dans un beau service en porcelaine de Sèvres.

— Lui qui semblait encore si marqué par les victimes de cette terrible épidémie, regretta Henriette en secouant la tête avec une grimace.

On avait agrandi les fosses communes près de l'hôtel des Mousquetaires-Noirs pour enterrer les cadavres qui avaient jonché le sol du palais. On avait aussi dit que l'épidémie avait touché Versailles et que le roi s'en était éloigné pour cette raison précise. À présent, la vie reprenait petit à petit son cours dans la capitale du royaume et les courtisans peuplaient à nouveau les grands appartements versaillais.

— Savez-vous si les travaux de la grande galerie avancent ? s'enquit Hippolyte.

— Elle est encore fermée. J'ai entendu dire que le roi avait décidé de changer des miroirs, quelle dépense faramineuse !

Hippolyte haussa les épaules.

— La manufacture des Glaces a du travail, c'est bien, non ?

— C'est une manière de voir les choses, mais on critique beaucoup un gaspillage inutile dans les salons. Enfin, ce malheureux couvre-feu est terminé, nous allons pouvoir retourner à l'opéra le soir, se réjouissait-elle. À ce propos, comment se porte votre ami, le comte de Nairn ?

Hippolyte termina sa tasse avant de répondre, penchant la tête sur le côté. En vérité, elle le trouvait étrange depuis qu'elle avait réchappé à la mort dans la galerie des Glaces. Elle imaginait fort bien qu'il s'en veuille et culpabilise d'avoir embrassé un homme, mais impossible de le rassurer : il fuyait méthodiquement chaque tête-à-tête. Elle-même n'était pas si embarrassée ; elle lui aurait arraché les yeux avant qu'il ne la touche si elle n'avait pas consenti. Son baiser la confondait encore. Elle avait bien eu envie de lui avouer toute la vérité, mais le roi lui avait fait promettre de cacher sa condition de femme. Elle obéirait.

— Bien, finit-elle par dire avec une dose de hasard.

Henriette se dandina pour se rapprocher. Elle avait retrouvé son entrain !

— Avez-vous su si la marquise de Waterford et lui ont pu se rencontrer ?

Hippolyte retint un grognement.

— La marquise est rentrée en Angleterre, il me semble.

Et sans le talisman. Le roi avait été intransigeant. Il avait aussi refusé de le remettre à sa place à Aix-la-Chapelle. Il l'avait confié à Pinsec qui l'avait caché, eux seuls savaient où. La marquise avait bien exigé la vie d'Olympe en échange de services rendus, mais, là aussi, le roi avait refusé. Olympe était un sujet protégé par le souverain et par le Cabinet, tout attentat contre sa vie pouvait déclencher un incident diplomatique sans précédent. Louis XV avait beaucoup insisté sur ce point. La vie de la thaumaturge était bien trop précieuse pour la risquer ; ses agents avaient pour ordre de garder un œil sur elle. Il avait même voulu l'enrôler, mais Olympe avait été très claire : elle acceptait de les aider, elle-même et James, par amitié et par solidarité avec les lycanthropes et les filles de Lilith, mais elle refusait d'obéir au roi tant que l'esclavage n'était pas aboli. C'était donc l'impasse.

— Quel dommage, elle était de si charmante compagnie, soupira Henriette.

Hippolyte se mordilla la lèvre. Elle craignait surtout le retour de flammes des Loups qui rentraient chez eux bredouilles.

— Chère amie, je vais devoir vous laisser, se décida-t-elle en se levant.

— Repassez me voir très vite, exigea Henriette en l'accompagnant. Écouter le récit de vos aventures est si plaisant. Et si inspirant, chevalier !

« Chevalier », le roi lui avait accordé le titre honorifique, pension incluse. Elle, Hippolyte de Sancy, était *chevalier.* Comme chaque fois qu'on la qualifiait ainsi, elle se sentit gonflée d'orgueil et de fierté.

Elle prit congé, sortit du petit salon et descendit l'escalier jusque dans la cour.

— Chevalier ! s'exclama une voix derrière elle. Chevalier !

La nièce d'Henriette accourait, la robe soulevée pour ne pas trébucher.

— Mademoiselle Yvaine.

— Cher chevalier, regardez ! dit-elle, excitée.

Elle brandit une rapière sous le nez d'Hippolyte.

— Ma première épée ! Qu'en pensez-vous ?

Hippolyte attrapa et observa la lame : peu aiguisée, parfaite pour une débutante, avec une belle garde dorée. Elle fendit l'air pour tester son équilibre et l'approuva.

— Elle est faite pour vous.

— Je suis prête pour suivre vos leçons !

Ouvrir une salle d'armes pour femmes, voilà ce qu'elle avait trouvé de mieux pour s'occuper utilement – si toutefois le Secret lui en laissait le temps. Yvaine était sa première élève.

— Bien, je vous ferai chercher le moment venu.

Yvaine hocha la tête avec une hâte débordante. Hippolyte sortit de l'hôtel et retrouva Galatée, de l'autre côté de la rue. La vampire, le visage recouvert de blanc de céruse, l'habit juponné fermé jusqu'au col complété par un long pantalon fuselé, ne passait décidément pas inaperçue. Mais elle s'en moquait. Le roi, pour la remercier, lui avait offert une charge au Secret, faisant d'elle le premier « troisième agent » de son histoire, la première vampire du Cabinet, et officiellement le premier élément féminin. Louis XV avait décidé de recruter plus d'agents et en avait fait une nouvelle mission : trouver des perles rares capables de défendre la Couronne contre les dangers les plus inattendus.

Galatée était aussi le dernier contact que la Couronne possédait avec les vampires de Paris.

— Savez-vous si Clovis va accepter de nous recevoir ? s'enquit Hippolyte en marchant à ses côtés. Il a déjà repoussé deux de nos demandes.

— Le seigneur va accepter, assura Galatée. Les funérailles de mes sœurs l'ont beaucoup meurtri. Il travaille aussi au retour de dame Flora Rubea auprès de lui, mais les autres maisons sont craintives. Elles n'acceptent pas ce qu'il est devenu.

— Est-il menaçant pour les siens ? s'étonna Hippolyte.

Galatée ne répliqua pas immédiatement. Le sujet semblait l'embarrasser. Hippolyte avait compris qu'elle était divisée entre les siens et le Secret ; entre sa part bestiale stimulée par Clovis, et sa part humaine qui reprenait le dessus en sa compagnie.

— Il pourrait le devenir, j'imagine, dit-elle à mi-voix.

— Nous devrions garder un œil sur lui. Pour son bien, ajouta-t-elle.

Galatée approuva. Elles marchèrent un petit moment en silence, profitant de l'air plus frais et de la lumière déclinante de l'automne, avant que la vampire ne relance la discussion :

— J'ai lu les aventures d'Impétueux, pourriez-vous répondre à mes questions ?

— Diable, soupira Hippolyte. Je n'en serai jamais débarrassée…

Tout en expliquant à son amie qu'il ne s'agissait en aucun cas d'elle, qu'elle n'avait jamais posé les pieds ni dans un couvent ni dans une maison close – sauf dans celle de Galatée mais dans l'unique but de lui venir en aide –, Hippolyte pressa le pas pour arriver le plus vite possible à l'hôtel. Avant de franchir la porte cochère, elles tombèrent nez à nez avec Olympe et Goliath, qui portait un paquet volumineux de viande fraîche.

— Vous êtes partantes pour une partie de cartes un peu plus tard ? les invita Olympe d'un ton enjoué. Goliath m'a promis de participer, cette fois-ci.

Le lycanthrope, après avoir pleuré la mort des siens, et surtout celle de Fenrir, avait reçu du roi la révocation du Grand Louvetier de France, le marquis d'Heudicourt. À sa place, le roi avait mis un obscur vicomte qui n'appréciait pas du tout la chasse mais qui avait besoin d'une faveur royale pour éponger ses dettes. Il serait donc moins actif dans la chasse aux loups et plus malléable. Ce n'était pas l'abrogation du titre, mais c'était un bon compromis.

— Parfait, se réjouit Hippolyte.

— « Parfait » ? grogna Diderot en apparaissant derrière eux.

Il n'avait toujours pas acheté de manteau neuf, mais prenait soin de celui d'Hippolyte.

— Rien n'est parfait en ce sombre jour d'octobre, maugréa-t-il. Je n'ai toujours pas de travail et je suis coincé dans l'écriture de ma pièce.

— Joignez-vous à nous, le convia Hippolyte. Les cartes vous changeront les idées.

— Est-ce qu'il y aura du vin ?

— Le meilleur : celui du comte.

Le garçon afficha un sourire conquis.

— J'en suis !

— Je vais proposer à James de se joindre à nous, ajouta Hippolyte.

Elle s'élança dans l'escalier pour accéder à ses appartements. Elle avait une bonne raison de le voir monter sur ses grands chevaux et espérer un retour à la normale entre eux. La cheffe des filles de Lilith, Sémiramis, venait de leur envoyer une invitation officielle qu'il repoussait sous de fausses excuses. Il était toujours aussi défiant envers les « succubes » et faisait preuve d'un manque flagrant de motivation à l'idée de se rendre dans leur antre, alors qu'elle, elle trépignait. Elle s'était même résolue à s'y rendre sans lui, avec Olympe et Galatée.

Hippolyte frappa à la porte avant d'entrer mais le salon était désert, tout autant que la chambre. Elle descendit dans la salle du Secret, au bout du couloir étroit. Personne. La haute pièce était fraîche mais le feu, presque éteint, témoignait de la présence récente du comte en ces lieux.

Elle poussa un soupir.

Il était sorti. Hippolyte se rembrunit. Son ami commençait à lui manquer. Elle allait rejoindre les autres lorsqu'elle aperçut une feuille de papier posée en évidence sur le bureau du comte. Elle s'immobilisa, se mordilla la lèvre avec nervosité et décida d'obéir à son élan de curiosité. Elle s'en approcha et jeta un œil.

Quelques mots étaient griffonnés.

« Cher Hippolyte,
Je vous emprunte James quelques jours. Ou semaines. Voire mois. Je vous le rendrai. Peut-être. S'il me rend service, bien entendu.
Avec toute ma tendresse,

Constance. »

Son sang ne fit qu'un tour. Elle s'attendait à une revanche des Loups, mais pas à celle-ci. Hippolyte froissa le mot dans sa main et s'élança à la surface. Ils n'avaient pas une seconde à perdre : Oxford devenait le nouvel objectif du Secret !

Remerciements

Je remercie les éditions Bragelonne pour tout le travail mené sur ce livre, et plus particulièrement Claire, Hania, Agnès, Janis, Justine pour la correction et Marie Magny pour la merveilleuse couverture !

Grand merci à Séverine, ma bêta readeuse de choc, investie depuis le début !

Mes remerciements vont aussi aux trois communautés indéfectibles dans lesquelles je me retrouve toujours. La Communauté de Shivers : Émilie, Florie et Séverine, autrices, créatrices, coupines depuis si longtemps. La Communauté de la Triade sacrée (Cinéma, Gastronomie, Châteaux) : Jérémy, Marina et Yuki, sans qui les voyages et la carte illimitée perdraient toutes leurs saveurs. La Communauté des Poneys redoutables de la Cité fertile : Alex, Alice et Kummba, pour ces longs après-midi de travail et de détente. Un grand merci à Pantinoise Gwen, Cairotes Julie et Simon, Scottish Stéphanie, pour les discussions au détour d'un canal ou d'un appel de si loin. Vous êtes toutes et tous les Hobbits de ma Comté ! <3

Je remercie enfin Samantha et Lise pour leur écoute et leurs bons conseils.

Achevé d'imprimer en avril 2022
Par CPI Brodard & Taupin à La Flèche
N° d'impression : 3047146
Dépôt légal : mai 2022
Imprimé en France
2811400-1